신서로

장편소설

피어클리벤의

금화

2

황금가지

피어클리벤의 금화 2 목차

제 1장

얼음과 눈의 계절이다.

공기마저 얼어붙은 듯 선예(線銳)하게 다가오는 풍경은 원근
감을 잊었다. 말 위에 탄 이들의 날숨은 진작부터 차디찬 외기
와 뒤섞여 희미했으나, 행군의 노동을 대신하는 말들과 아울러
도보로 뒤따르는 이들의 뜨거운 숨결은 내딛는 걸음마다 우렁
차다. 치밀하게 짜인 양모 담요가 그 위엄을 둘둘 말아 치우도
록 허락한 고블린 대사, 울리케 피어클리벤은 문득 몸을 돌려
마차에 쌓인 보급물자를 흐뭇하게 바라보았다.

"고블린 동맹이라니, 아직도 별로 믿기지 않는 이야기여요."

울리케의 곁, 마부석에서 어색하게 고삐를 쥐고 있던 시야프
리테 일 길가네스가 이렇게 종알거렸다. 그의 품 안에는 네그
레즈로부터 받아온 류그네라스의 가지가 걸치듯 안겨 있었다.

아직 몸이 좋지 않은 시그리드가 성에 남기로 했기 때문에 일행은 마법적 공백을 메울 필요가 있었으며, 해서 참으로 내키지 않는 얼굴이었지만 장로는 그들 무리의 보물을 손녀에게 맡겼다. 이 보잘것없는 나무 막대기가 지닌 무게는 천둥벌거숭이 같은 시야프리테를 누르기에 충분한 모양이다. 행렬이 성을 떠난 이후 지금껏 용케 망동을 삼가고 있는 것을 보면.

"그래? 하지만 용보다 덜 놀라운 이야기 아닌가."

"하긴요."

울리케가 아우셸바프에서의 여정을 마치고 성으로 돌아온 것은 이틀 전이었다. 그 전날 이미 빌러디저드로부터 용의 존재가 발각되었음을 들었던 아셰리드에 의해 엄한 추궁이 있었고, 시그리드가 나서 두둔과 대부분의 설명을 해 주었다. 이후 급히 소집된 가신 회의는 울리케의 영역이 아니었기에 어떤 이야기가 오갔는지는 모른다. 다만 아우케트가 보급을 요청했다는 이야기만 전해 들은 울리케였다. 지금 그가 시그리드를 뺀 모험가 일행의 호위를 받으며 잉겐으로 향하는 것은 그 때문이었다.

"곧바로 용을 볼 줄 알았는데 고블린이라 아쉬운가?"

"어차피 노인네가 허락 안 했을 거예요."

영주 노아크는 기꺼이 류그라들의 장기 체류를 허락하고 성과 그룬테름 산 중간지점에 그들의 거점을 마련해주었다. 물론 거점이라 해 봐야 딱히 집을 지어줄 필요조차 없는 일이었다.

다만 영주의 사냥터 초입에 묶인 땅이라 적합했을 따름이다. 애초에 길 위에서 태어나고 살다 죽어가는 류그라들이다. 그들로서는 가릴 것도 없는 일이었다.

"시야프리테? 그렇게 부르면 되나."

시야프리테와 울리케가 탄 포장마차 곁에서 말을 몰고 있던 라그나가 다가오더니 말했다. 소녀가 흠칫 놀라더니 대답했다.

"네? 그러시죠."

"류그라 아가씨가 유사시 무얼 할 수 있는지 알아둬야 해서 말이지. 전력의 요소로 가늠할 수 없으면 사실상 써먹을 수 없다. 급조된 구성이니 반드시 필요한 일이야."

시야프리테는 미간을 오므리다가 말한다.

"일단 외상에 조치할 수 있어요. 그건 아시잖아요?"

"장로는 능숙한 술사가 아닌가? 아가씨는 어린 만큼 서툴지 않아?"

별로 말을 돌리지 않는 라그나였다. 하지만 시야프리테 역시 스스로 그러한 만큼 타인의 직설에 꽤나 공평히 관대하다.

"큰 차이는 없어요. 류그네라스의 가지는 술사의 숙련도가 아니라 일종의 신앙과 감수성에 영향받으니까요."

"그럼 아가씨가 장로만큼 할 수 있다는 말인가?"

"더 나을지도 몰라요?"

말을 마친 시야프리테는 한 손으로 지팡이를 들어 올리더니 머리 위에서 크게 한 바퀴를 돌리곤 울리케 너머 길가의 한 나무를 가리켰다. 그러자 별안간 우웅 하는 바람 소리가 묵직하게 준동하더니 그 애꿎은 나무가 주먹에 얻어맞은 듯 굉음을 내질렀다. 펑 하는 폭발음과 함께 나무 위에 그득히 쌓여있던 눈들이 소나기처럼 쏟아져 내렸다.

"뭐야! 마수냐!?"

모두가 깜짝 놀란 가운데 전위의 역할을 잊지 않는 랄로프가 검을 빼 들며 말을 몰고 달려왔다. 일전 빌야미르에게 대파당한 방패 대신 피어클리벤의 문장이 새겨진 원형 방패를 빌려 차고 있어, 얼핏 보면 마치 영지의 기사 같다.

"노인네에게 이르지 마셔요? 제가 마차 하나를 부숴 먹은 이후 할아버지는 절대 쓰지 말라고 하는 술기니까요."

"이게 대체 뭐야?"

울리케가 기가 막혀 하며 묻는다. 시야프리테는 지팡이를 품 안에 갈무리하며 어깨를 으쓱였다.

"뭐라고 할까요? 딱히 이름은 없어요. 할아버지는 가르치지 않았으니까."

"너는 이걸 어떻게 쓰는 건데?"

울리케의 이어지는 질문이다. 이렇게 호쾌한 마법을 눈앞에서 보니 호기심이 안 날 리 없다.

"……설명하기 어려워요. 그냥 가지가 이끌어준달까……, 아니, 아니에요. 그렇게 말하기도 애매하고……."

"어떤 제한이나 지불 요소는 없는 건가?"

라그나가 날카롭게 물어왔다. 시야프리테가 상쾌히 대답했다.

"있지요. 이건 가지의 힘이에요. 가지가 말라 죽지 않는 선에서 가능한 거죠."

울리케는 지팡이를 쳐다보았다. 그 끝에 매달린 잎사귀 가장자리가 그새 약간 노랗게 마른 게 보였다. 아무렇지도 않아 하는 시야프리테와 달리, 울리케는 약간 어처구니가 없었다.

"……장로의 고뇌를 왠지 알 것 같다."

"네? 무슨 말씀이실까요?"

"아니다."

울리케는 말을 멈추고 그냥 앞을 보았다. 피식거리면서 대화를 듣고 있던 라그나가 질문했다.

"그 밖에는? 치유와 일격, 이 두 개뿐인가?"

"으……, 몰라요! 나는 지팡이를 쥐게 허락받은 적이 거의 없단 말입니다! 그래서 실제로 해 본 건 이게 다예요. 하지만 상상할 수 있는 범위 내에서는 원래 그다지 제한이 없어요. 이제와서 안 해본 생각을 할 수는 없잖아요? 그러니까 나도 좀 궁리해 볼 테니, 좀 저리 가요."

라그나는 이를 드러내고 낄낄거리더니 토 달지 않고 순순히 물러났다. 근처에서 귀를 쫑긋 세우고 대화를 듣고 있던 브륀힐데도 쓴웃음을 지으며 말을 물려 후미로 빠졌다. 랄로프는 이게 별일 아니었다는 걸 알자마자 진작에 행렬의 맨 앞으로 물러나 있었다.

"놀랐잖아! 그런 것은 미리 말하고 해야지 않느냐!"

하지만 시그리드의 동료들만이 호위의 전부가 아니었다. 마차 뒤를 따르다 폭음을 듣고 달려온 이들은 자신이 아끼는 무구를 걸치고 말을 탄 채 합류해 있던 아그니르와 함께 딸린 병사 둘이었다. 바로 디드리크와 발리엇이다. 그러니 자연히, 흰 이리개 사우트도 이 행렬의 하나가 되겠다.

"아이고, 죄송합니다!"

아그니르의 호통에 대들듯이 답하는 시야프리테다. 그 말과 태도의 어긋남이 아그니르의 화를 북돋을까, 눈치를 살핀 울리케가 재빨리 끼어들었다.

"아그니르, 회의 내용에 대해 들은 것 있어?"

아그니르라고 해서 가신 회의에 참석하거나 한 것은 물론 아니다. 다만 근신하는 흉내라도 내야 했기에 뭔가를 물을 입장이 아니었던 울리케보다는 나았으리라 여긴 것이다. 그러나 동갑내기 배다른 자매의 기대는 다음과 같이 무너진다.

"뭘? 그런 것 전혀 없는걸."

뜬금없어하기까지 하는 그의 표정을 보니, 아그니르는 그쪽으로 일절 관심이 없었던 게 분명하다. 울리케는 새삼스레 자매의 무신경함을 되새기며 허탈해졌다. 용이 머물고 있음이 만방에 알려지고 있고, 반역자들의 주목을 끌기 시작한 영지의 일원이면서 어찌 저럴 수가 있을까? 그런 울리케의 의문을 읽어내기라도 한 듯, 아그니르는 약간 짜증 난다는 듯 말을 이어 왔다.

"그건 어른들의 일이야, 울리케! 경거망동하다가 혼나놓고도 그래?"

"우리도 이미 거의 어른이야? 나는 지금 공무집행 중이라 고?"

울리케의 항변에 아그니르는 웃음을 터트렸다.

"공무라니? 세상에 고블린 대사 같은 어이없는 직함이 부끄 럽지도 않은 거야?"

울리케는 분명하게 화가 났지만 전혀 내색하지 않으며 되물 었다.

"그럼 왜 일부러 자청해서 따라오는 거야?"

"나는 기사니까. 네가 바보 같은 일에 휘말리지 않게 하기 위 해서야. 나는 너와 달리 칼을 쓸 수 있잖아?"

한 호흡, 잠시 기세를 누를 필요가 있다. 아그니르의 말은 철 저할 정도로 모든 부분에서 울리케를 건드리고 있었다. 그럼에 도 울리케는 아그니르가 아직 기사가 아님을 지적해 공연히 말 싸움을 크게 만들지 않는다. 사실 엊그제 성에 귀환한 이래로 아그니르의 태도는 전에 없이 딱딱했었다. 경황 중이라 잘 살 피지 못했기에 그가 이번 일에 따른다 했을 때는 그저 반가워 했지만, 이제 보니 그리 애틋한 이유가 아닌 모양이다. 왜일까? 평소 성향이나 관심사는 판이했어도 어울리는데 격의 없던 사이였다. 고집이 세고 어린애 같은 면이 강하여 종종 다투기는 했어도 이렇게까지 날이 선 태도는 처음이었다.

"……알겠어. 아그니르……, 아참, 그런데 크누드 서리엇 경에 대해 알아?"

재빨리 화제를 돌리는 게 낫겠다고 판단한 울리케의 입에서 예상치 못한 이름이 튀어나오자, 아그니르의 낯빛이 싹 변했다. 그러곤 여지까지의 일견 오만한 태도를 풀고 갑자기 모두의 눈치를 보는 듯 굴었다.

"무……, 뭐야? 어떻게 그 이름을 알아?"

자매의 이런 갑작스러운 태도 변화에 흥미를 느끼며, 울리케는 건조하게 대답했다.

"아우셀바프에서 나올 때 바케르까지 호위를 받았어."

"뭐? 까마귀 금고단이 그런 일을 하진 않을 텐데?"

"아, 지금은 시의 치안 판관을 겸직하는 모양이야."

"……그래?"

그렇게만 대답한 아그니르는 어딘지 망연해진 얼굴로 넋을 놓고 그저 말을 몰았고, 뜬금없는 침묵이 마차 행렬을 두고 한 바퀴 돌았다. 그 꼴을 가만히 구경하던 울리케가 이윽고 헛기침을 하자, 아그니르가 허둥거리며 말했다.

"아, 내가 전에 그 사람 이야기 안 했던가?"

"아니, 안 했다네, 자매여."

"이상하네……."

뭐가 이상하다는 걸까. 이건 아까의 뾰족한 태도만큼이나 낯선 모습이다. 울리케가 아그니르의 이 변고에 대해 본격적으로 의아해하기 시작하자, 곁에서 묵묵히 고삐를 쥐고 마차를 몰고 있던 시야프리테가 예의 명랑한 목소리로 갑자기 크게 말했다.

"아, 아가씨 그분 좋아하시나 봐요?"

아, 저건 딱 그 빛깔이다. 울리케는 생애 단 한 번, 귀한 게 잡혔다고 누엘 마을의 어민들이 성에 바쳤던 그 먹거리를 기억해 냈다. 삶아 낸 그 거대한 문어가 딱 저리 새빨간 빛이었지. 하도 갑작스럽고 예상외의 변화를 목격하자 이런 엉뚱한 회상에 빠지는 울리케였다. 그리고 그 연상을 불러일으킨 낯빛의 주인, 아그니르는 노여움 반에 당황함 반을 뒤섞어 죄 없는 시야프리테에게 이리 악을 쓴다.

"허튼소리 하지 마라, 이 천한 것이! 어디 천박한 말을 함부로 내뱉느냐!"

이 과격한 언사는 행렬 구성원 모두의 이목을 끌었고, 그건 빨개진 얼굴을 식히는 데 별 도움이 못 되었다. 그때까지 곁에 따르며 이 대화를 지켜보고 있던 디드리크는 낭패감을 느꼈다. 이게 딱, 자신에게 달려들었던 그때의 아그니르를 떠올리게 했기 때문이었다. *저러다 또 행패를 부리면 어떡하지?*

"쉰네가 천하니까 천박한 말을 하는 게 아니겠사옵니까, 아씨?"

손을 거의 허리춤의 검 자루에 가져간 아그니르에게 이리 말하는 시야프리테다. 그 흰 손가락이 품 안의 지팡이를 노골적으로 쓰다듬는 게 보인다. 디드리크는 하마터면 웃음을 터트릴 뻔했지만 자신의 위치를 잊지 않고 입술을 깨물며 필사적으로 견뎠다. 왠지 주변에 곤란한 인간들이 많아지고 있다는 느낌이다.

"자아."

울리케가 손뼉을 짝 치며 입을 뗐다. 시그리드가 없는 이상, 이 상황의 중재를 할 이가 달리 없다. 게다가 그는 공식적으로 이 행렬의 주인공이다. 관록은 없지만 책임이 따른다. 그걸 잊지 않는 울리케였다.

"아그니르, 시야프리테는 아버지의 손님이야. 공적인 요청으로 이 여정에 참가했어. 유랑단 취급을 하면 안 돼."

울리케는 이 발언이 아그니르의 화를 누그러뜨리지 못하리라는 것을 안다. 다만 일단 자매의 주의를 자신에게 끌 필요가 있는 것이다. 그리고 의도대로 되었다.

"저 맹랑한 것이 그런 입장과 저 지팡이만 믿고 무례하게 굴고 있잖아!"

"시야프리테가 처음 한 말은 전혀 무례하지 않았어. 네가 심한 말을 하니까 받아친 것뿐이잖아? 그리고 그런 입장과 지팡이의 힘을 정말 인정한다면, 나는 시야프리테가 그런 무례쯤은 범할 권리가 있다고 생각해."

"뭐라고?"

아그니르가 어이없다는 듯이 울리케를 보았다. 부끄러운 화제를 벗어나서인지 낯빛은 한결 가라앉아 있었지만 어쩌면 이제 새로운 분노가 또 들끓을지 모른다. 지켜보는 디드리크는 이만저만 조마조마한 게 아니었다.

하지만 울리케는 천연덕스럽게 말했다.

"영지의 가객(佳客)으로서 이번 외교 사절의 공식 호위이고 마법 보좌 대리야. 그를 유랑단으로 그리 하대하는 건 아버지의 이름에 누를 끼치는 거야? 아그니르가 보기에 내 직함은 어이없을지 몰라도, 유세트 경의 동료들이나 그에게까지 그리 말할 수 있어? 아니면 버릇을 고쳐주겠다고 류그네라스의 가지와 한판 붙을 거야? 이길 자신 있니?"

"야, 울리케……!"

"그리고 보니 서리엇 경이 널 보고 싶어 하던데."

울컥 치밀어 오르던 아그니르의 혈기가 목구멍 즈음에서 딱 얼어붙었다. 힐끔 그 모양새를 포착한 울리케는 속으로 혀를 찼다. 시야프리테의 앞선 지적은 진실에 가까운 것이며, 고로 울리케가 아그니르와 함께 크누드를 험담해보려고 했던 꿈은 산산조각이 난 것이라 봐야 했으니까. 저래서야 울리케가 크누드에 대해 아그니르와 더불어 공유할만한 것은, 이제 무슨 연적이라도 되지 않는 한 아무것도 없을 것이다. 다시금 귀까지 빨개진 자매에게 울리케의 말이 이어졌다.

"구체적인 날짜는 적시하지 않았지만, 그는 조만간 성을 방문할 거야."

"서, 서리엇 경이? 어째서?"

"그러니까, 가신회의 내용에 관심을 조금 가지지 그랬어? 그랬으면 그를 맞이했을 때 한마디라도 더 해 볼 수 있을 텐데."

말을 마친 울리케는 진심으로 아쉬운 표정을 지었다. 망연히 그 말을 곱씹던 아그니르의 표정도 차차 울리케의 것을 닮아가더니 이내 원본을 넘어서 지극한 자책의 빛에 잠겨간다. 옆에서 이 꼴을 보고 있는 디드리크는 웃겨 죽을 지경이었다. 일주일 전 그에게 얻어맞은 건 기꺼이 용서하기로 한다. 이건 그만큼의 관대함을 보일 가치가 있는 장면이었다.

치안관의 집무실은 좁고 소박했다. 이 방에서 유일하게 사치스러운 요소는 남쪽 벽에 커다랗게 난 유리창뿐이라 하겠다. 여관 등에서 볼 수 있는 기름 먹인 마포나 불투명한 유리와는 격이 다른, 맑고 평평한 판유리였다. 한스는 벽난로 앞 걸상에 앉아 토닥거리며 타오르는 장작의 노래를 들었다. 그는 다소 어안이 벙벙한 표정으로 그 유리창 밖의 시내 풍경을 보고 있었는데, 창가에 세워진 횟대 위 웅크린 도래까마귀가 그 눈길을 자꾸만 끄는 걸 어쩔 수가 없었다. 이 뜬금없이 거대한 새는 그가 이 방에 들어온 이래 한결같이 꼿꼿이 앉아서는 한스를 쏘아보고 있었다. 마수나 맹금류가 아니었음에도 그 눈빛은 자못 사나운 데가 있어 한스를 기죽게 한다.

"아, 왔군. 식사는 했나?"

손에 서류를 쥔 채 문을 열고 빠르게 들어서던 크누드가 한스를 발견하고 던진 말이었다. 한스는 후다닥 걸상에서 일어나 대답했다.

"예, 판관 나리. 수사관님이 배려해 주셨습니다."

"앉게나."

아무렇지도 않게 응수하는 치안 판관이다. 한스가 엉거주춤 걸상에 앉는 것과 동시에, 크누드도 자신의 자리에 털썩 주저앉았다. 현재의 처지가 의문스럽고 불편하기 짝이 없는 한스와 달리, 크누드의 표정은 평온하기 이를 데 없었다. 심지어 그는 가지고 들어온 문서를 훑으며 때로 씩 웃기까지 하였다. 좌불안석이던 한스가 마침내 참지 못하고 입을 열고 만다.

"나리, 저는 이제 어떻게 되는 것입니까?"

"어떻게 될까? 한 번 자네가 말해보게."

서류에서 눈을 떼지 않고 오히려 되물어 오는 크누드였다. 젊은 치안관의 의도를 가늠할 수 없는 한스는 그저 눈만 끔벅거리다 간신히 입을 떼기 시작했다. 그다지 자신 없는 목소리였다.

"모르겠습니다……. 모든 게 말씀하신 대로 되었지요. ……인력 시장의 공개입찰에서 저를 그런 거액으로 낙찰하신 이유가 무엇입니까? 저를 한낱 노예로 쓰려 사들이신 게 아닌 것 같습니다만."

일은 크누드의 예고대로 흘러갔다. 피어클리벤 영지로의 호위를 마치고 온 그는 곧바로 아우셀바프 시 의회로부터 호출되었다. 의원들은 한스와 같은 잡범에 대한 공개 교수형은 지나치다는, 지극히 '인도적인' 차원의 압박을 던졌으며, 이 일을 지나치게 정의감이 강한 신출내기 판관의 실수로 만들려 했다. 그 과정에서 크누드는 세상 물정 모르는 꼿꼿한 법치주의자로서 꽤나 완벽한 연기를 해내었다. 좋은 게 좋은 거라는 노인네들의 회유가 뒤따랐고, 약값을 빙자한 뇌물이 찔러졌다. 정의감과 공명심에 넘치던 젊은 치안 판관은 병석에 누운 아버지를 생각하며 눈물을 흘리며 못 이기는 척, 그를 받아들였다. 물론 뒤돌아 나오던 크누드의 표정엔 어떤 법치도 효성도 없었지만 말이다.

"그렇지. 별 볼 일 없는 시커먼 사내를 금화 이백마흔 장에 사는 미친놈이 있겠는가? 지금쯤 아우셀바프의 호사가들이 내 취향에 대해 진지하게 떠들어대고 있겠지."

그리 말한 크누드는 혼자 조용히 낄낄거렸다. 한스는 그저 불쌍한 표정으로 눈만 깜박일 따름이었다. 형 집행이 중지되고 선고가 번복된 한스네 일당은 시의 한시적 공공 자산으로 전환, 인력 시장으로 팔려나갔다. 죄수 노예의 사유화를 엄격히 금지하는 제국법에 따라, 모든 수인은 공개입찰을 통해 소유주를 결정해야만 하기 때문이었다. 수인 출신의 '노예'들은 대부분 광산이나 포구의 하역장, 말 목장, 채석장 등에 끌려가 가혹한 노동에 시달리게 된다. 죄의 경중에 따라 그 기간은 달랐지만 문제는 이러한 노예의 절반 정도가 기간을 채우지 못하고 이런저런 이유로 죽어 나간다는 점이다. 그래도 교수형보다는 낫다고 서로를 눈으로 위로한 한스와 요레이프, 버크였다.

"요레이프와 버크였나? 자네 동료들의 구매자가 누구인지 알겠는가?"

크누드가 서류를 놓고 시선을 맞춰오며 말했다. 한스는 입찰 당시를 떠올린다. 인력 시장의 입찰자들은 대부분 신분이나 정체를 공공연히 드러내지 않으려 한다. 그게 대단한 극비는 아니었지만, 나서서 떠벌릴 것도 없는 일이라는 일종의 묵시적 관행이었다. 때문에 정확한 신분을 알 길이 없지만, 한스는 요레이프와 버크를 사들인 자가 동일인물임을 기억한다. 그것도 통상보다 약간 높은 가격이 제시된, 분명 의도된 입찰이었다.

"잘 모르겠습니다만……."

"눈썰미가 그래서야? 자네와는 마주친 적이 있다고 알고 있는데?"

크누드가 혀를 차며 하는 말이었다. 한스는 망연히 그의 얼굴을 바라보다 문득 깨달은 듯 화들짝 놀랐다. 그 두건과 외투, 그리고 폭이 좁은 어깨.

"……그렇군요. 그 여자군요? 살수들을 거느리던."

"역시 그런가?"

한스는 기억을 더듬는다. 발가벗겨져 추위와 절망에 떨고 있었던지라 깨끗하지 않은 기억이지만, 그의 곁에 서 있던 거구의 사내를 떠올리는 데는 별 무리가 없었다. 그 비범한 풍채가 흔할 리 없다.

"틀림없다고 생각합니다. 하지만 정체나 이름은 모릅니다."

"그렇군. 이제 그걸 알아봐야겠지. 그래서 자네를 산 것이다."

"……예?"

한스는 자신이 경매에 오른 순간 치고 들어온 치안 판관을 기억한다. 정확히는 그가 아니라, 그와 같이 까마귀의 표장을 달고 있던 다른 남자였지만. 그 곁에서 웃고 있던 크누드의 얼굴은 분명히 기억한다. 질세라 호가를 높여가던 여자 쪽과 크누드 쪽은 마침내 말도 안 되는 가격까지 치달은 끝에 크누드의 승리로 끝났다. 이것이 지금 한스가 이 자리에 와 있을 수 있는 이유였다.

"자네들의 진술 보고를 신용한다면, 저쪽이 자네들을 사들이려 한 이유는 그 베르벳이라는 아이의 통제를 용이하게 하기 위해서지. 저쪽은 실수로 한 명을 죽게 했으니, 자네까지 놓치려 하지 않을 거야. 나는 저쪽이 상당히 필사적일 거라 예상하거든."

크누드는 어느덧 보던 서류를 집어치우고 한스에게 시선을 고정시키고 있었다. 한스는 그 맑고 날카로운 시선에 어쩔 수 없이 긴장하며, 그의 말을 들었다. 치안관의 말이 이어졌다.

"자네가 앞으로 어디에 있든, 저쪽은 자네를 찾아내 데려가려 할 거야. 하지만 나는 자네가 제 발로 그들을 찾아가길 원한다."

"……뭐라고요?"

크누드의 생각을 결코 따라잡을 수 없는 한스가 명청히 던진 물음이다. 치안관은 계속해서 설명했다.

"하지만 저들이 자네를 사로잡아 동료들과 억류하는 것 보다, 이쪽의 소유물로 놔둔 채 다만 정기적인 보고를 해 오는 쪽이 낫다고 여긴다면 어떨까? 왜냐면 자네는 이제 용이 가호하는 피어클리벤과 긴밀한 관계가 되길 원하는, 까마귀 금고단의 사환이니까 말이지. 마찬가지로 피어클리벤에 관심이 있는 저들은 자네라는 인간이 가져올지도 모르는 정보를 포기하고 싶지 않을 것이네."

한스는 한참이나 아무 대답도 못 하고 들은 내용을 곱씹으며 정리하려고 애썼다. 결국 그는 하나씩 확인하기로 한다.

"제가 용병단의 일원이 된다고요?"

"바로 그 말이네."

"그리고 저들에게 제 발로 찾아간다고요?"

"그렇지. 혹시 왜 가야 하는지 모르겠나?"

"……잠시만요, 나리. 생각 좀 해 보겠습니다."

잠시 생각이란 걸 해 보던 한스였다.

"……죄송합니다만 모르겠습니다."

이런 한스의 이른 포기에, 크누드는 전혀 실망하지 않고 대답하였다.

"우선 첫 번째는, 동료들과 베르벳이 걱정되기 때문이지. 그리고 두 번째는 어차피 저들이 자네를 찾아낼 거라 여기기 때문에 선수를 치는 것이네. 자네가 까마귀 금고단의 일원으로 남아 움직이는 편이 저들에게 이로울 수 있다고 설득하는 것이지."

"……제가 첩자 노릇을 자청한다는 말입니까?"

"그렇네. 나를 돕는 척하며 얻은 정보를 저쪽에 흘리겠다고 말하는 거야."

"……저들이 제 이야기를 듣겠습니까? 듣는다고 믿겠습니까? 그리고 설령, 모든 게 그대로 된다 하더라도 제가 나리의 편으로 남으리라 어찌 확신하십니까?"

이런 질문을 입 밖으로 하는 걸 보면, 한스는 확실히 순진한 데가 있다. 크누드는 묘한 미소를 지으며 대꾸하였다.

"내겐 그 확신이 필요 없네. 확신이 필요한 것은 저들이지. 저들에게 자네가 매력적인 상품으로 보여야만 하네. 여기서 중요한 것은 오로지 그뿐이야."

한스는 머리를 부여잡았다. 아직도 도무지 이 치안관의 생각을 잘 모르겠다. 왜 이런 일을 시키려는 것일까? 이것으로 치안관이 얻으려는 게 무엇일까? 한스는 오히려 아이슐리드의 편에 서서 크누드를 배신할 수도 있다. 그것이야말로 동료와 베르벳의 안전을 위해, 한스가 실제로 선택할 가능성이 매우 높은 노선이 아닌가?

의혹과 불안에 휩싸인 채 고뇌하는 한스를 물끄러미 바라보던 크누드가 입을 열었다.

"나는 용의 언약을 흉내 낸 주문을 들여 자네의 배신을 미연에 방지해 둘 수도 있지. 하지만 그렇게 되면 저들이 자네를 신용하는 게 너무 어려워져. 그런 교활하고 불신 어린 방책은 저들이 할만한 것이지, 내가 하고 싶지는 않아. 나는 오로지 자네에게 약속을 하지. 자네와 자네의 동료들이 안전히 그들의 마수에게 풀려나도록 돕겠네. 그들의 위협에 굴복하는 게 당장은 편한 길이 될 테지만, 이 판이 어떻게 흘러가든 자네들은 쓰고 버려지는 말이 되거나 반역자들로서 극형을 면치 못할 거야."

"반역자라뇨?"

의외의 단어에 한스가 깜짝 놀라 물은 것이다. 크누드가 정색하고 대답한다.

"나는 저들이 역도당이라 확신하네. 그만한 역량과 내력을 가진 자들이라 생각하지. 이 자유도시의 구성원 중 이미 꽤 많은 세력이 저들에게 회유되었고, 회유되고 있다고 감지하네. 도대체 마법사의 양산을 획책하고, 파마의 화살 같은 걸 준비할 이유가 무엇이라 생각하나? 단지 한 번이지만 마주쳤으니 자네가 말해보게."

한스가 빌야미르의 그 눈빛과 패기를 잊을 리 없다. 아이슐리드의 소름 끼치던 언행도 어제 일처럼 생생하다. 그래, 그것은 분명 보통 놈들이 아니었어. 그제서야 한스는 이 이야기의 전체적인 흐름이 얼추 그려졌다. 몇 해 전 류그네릭을 훔쳤던 바로 그 순간부터, 한스네는 이 무시무시하고 흉험한 일에 휘말려 들었던 것이다. 그저 일개의 도둑질치고는 너무나 고약한 대가가 아닌가. 모골이 송연한 가운데서도 장탄식이 나왔다.

"자네는 자유를 찾아 그저 달아날 수도 있어."

"그놈들은 결국 저를 찾아내고 말 겁니다……. 나리에게마저 쫓기고 싶지는 않습니다요."

쓰게 대꾸하는 한스의 말에는 탈력된 웃음기마저 배인 듯했다. 수년을 그저 한몫 잡아보겠다고 설친 몸부림이 도달한 꼬락서니였다. 자초한 몰락이 스스로 우스웠다. 잠시 고개를 떨구고 있던 한스가 눈을 들어 크누드를 바라보았다.

"……말씀하시는 대로 해 볼까 합니다."

"그러면 각오를 다지게. 저들은 자네를 신용하지 못할 테고, 아마 어떤 고약한 저주를 내려둘 거야. 그 전에 진실을 추궁코자 고신을 할지도 모르지. 무사히 저들의 끄나풀로 인식되더라도 앞으로의 길은 칼날 위를 달리는 삶이 될 거야. 저들이 이기거나, 와해될 때까지 말이네."

이제 와서 새삼 느낄 공포는 달리 없었다. 아니면 이미 각오를 다지기 때문일까, 한스는 꽤나 담담하게 치안관의 말을 받아들었다. 선명하게 힘이 실린 크누드의 말이 계속해서 이어진다.

"한가지 그나마 다행인 것은, 저들이 이기건 지건 자네는 자네 살길을 도모해 볼 수 있다는 거야. 저들이 와해되면 자연히 벗어날 것이고, 저들이 이긴다면 여태껏 쌓아 올린 신용으로 살길을 챙길 수 있겠지. 말하자면, 자네 두 친구와 아이의 목숨도 자네 하기 나름이란 말이야."

한스는 조용히 고개를 끄덕였다. 여태껏 그의 삶은 불가피하게 내몰린 끝에 별수 없이 저질러 온 일뿐이었다. 어쩌면 처음으로 무리하면서도 능동적인 선택이라는 것을 해 보는 것일지 모른다. 자신보다 어린 이 젊은 치안 판관은 그에게 그럴 기회를 주고 있다, 한스는 그렇게 느끼는 것이다. 침묵 속에서 그를 바라보던 치안관과 도래까마귀의 시선이 마주쳤다. 어떤 의미인지는 그들만이 알리라.

피어클리벤 성에서 잉겐까지는 이틀이 소요되었다. 중간지점의 마을 피어크에서 묵었기에 노숙은 하지 않을 수 있었다. 피어크는 피어클리벤 영지에서 가장 넓은 농지를 갖고 있어 상대적으로 넉넉하고, 북부 백작령 뉘른스에크로 이어지는 길목에 위치한 관계로 관사 겸 막사 역할을 하는 공공건물이 있었다.

아무튼 그렇게 해서 울리케 일행은 별 탈 없이, 성을 출발한 이튿날 저녁 무렵 잉겐에 당도하였다. 행렬을 맞이한 잉겐의 촌장은 고블린 순찰대에 대해 이미 잘 알고 있어, 일행에게 가는 길을 알려줄 수 있었다.

"뿔나팔 소리군요."

잉겐의 북동쪽 숲은 면적에 비해 경사가 심한 이름 없는 산자락을 휘감고 있었다. 어둑해지기 시작한 가운데 그 울창함을 눈이불에 감춘 숲으로부터 희미한 울음소리가 들려왔고, 이에 눈만큼이나 귀도 좋은 브륀힐데가 위와 같이 반응한 것이다. 울리케는 밝은 얼굴로 모두의 전진을 재촉했다. 이윽고, 가까워진 숲에서 숲흑늑대 칸에 올라탄 아우케트가 나타났다. 찌푸리듯 미묘한 표정은 인간의 것과 달라 이질적이지만, 그것이 나름의 반가움을 뿜고 있다는 것을 알아보는 데는 그리 어려움이 없다.

"아우케트! 잘 지냈는가? 오랜만이다!"

울리케는 솔직한 반가움을 담아 인사하였다. 아우케트가 심드렁히 대꾸한다.

"보통 겨우 보름 날짜를 가지고 오랜만이라 하지는 않는다. 보급요청을 전한 것이 일주일 전이었다. 너무 꾸물거리는 것 아닌가?"

이게 바로 울리케가 보고 싶었던 아우케트다움이다. 울리케는 체통도 잊고 까르륵거리더니 이내 주변의 눈치를 살피고 민망하여 재빨리 대답했다.

"남쪽 도시에 다녀오느라 늦었다. 사정을 살펴주기 바란다."

"뭐, 곤란한 상태는 아니었다. 마침 취사를 마련하던 참이니 함께 하자."

말을 마친 아우케트는 대답도 듣지 않고는 늑대를 돌려 숲 쪽으로 향했다. 멍하니 그 뒷모습을 보며 고삐를 보채길 잊고 있는 시야프리테에게 울리케가 다그쳤다.

"가자! 뭐해?"

"예? 아, 이랴!"

행렬은 느긋이 다시 전진하였다. 곧바로 시야프리테가 눈을 동그랗게 뜬 채 아우케트의 뒷모습을 보며 울리케에게 물었다.

"저 아둑발이랑 친하세요?"

"응? 글쎄, 당당히 그렇다고 대답할 수 있으면 좋겠지만."

시야프리테의 눈이 더 커졌다.

"동맹이라고 하셨지만, 그래도 서로 겨우 칼이나 섞지 않을 뿐 팍팍하고 날 선 자리일 거라 상상했단 말이에요. 이게 뭐죠?"

시야프리테가 그래도 눈치 없지는 않다. 길지 않은 인사말의 나눔에서 읽어낸 분위기는 그를 충분히 당황케 했다. 유랑단으로서 류그라들에게 고블린은 그리 자주 맞닥뜨릴 수 있는 '마수'에 속하진 않는다고 해도, 그 악명에 대한 편견은 제국인들의 인식과 크게 다르지 않았기 때문이다.

"동맹이라면 달리 말해 친구가 아닌가? 약속이 필요하다는 점에서는 친구보다 못하지만, 상대를 위해 피를 내어줄 수 있다는 점에서는 친구보다 더하지. 안 그래?"

울리케의 말이다. 시야프리테는 끄응 하며 수긍도 반발도 하지 않고는 조용히 나름의 생각에 빠져들었다. 그러는 사이, 행렬은 숲 안쪽으로 이르는 길에 접어들었다. 고블린만의 양식이 깃든 목책과 파수탑이 나타났다.

"마차는 거기 세워라. 보충병들에게 하역을 지시하겠다. 말을 돌볼 대원도 편성해주지."

돌아서 그렇게 말한 아우케트의 말에 토를 달 여지는 없었다. 울리케와 시야프리테가 마차에서 내림과 동시에, 모험가 일행과 아그니르도 말에서 내렸다. 울리케는 다가오던 고블린 보충병들을 잠시 대기시키더니, 디드리크에게 그때까지 마차를 따라오던 나귀, 유슬리스로부터 작은 궤짝 하나를 내리도록 했다. 그러고는 그것을 의아한 표정의 아우케트에게 가져갔다.

"보급물자는 대부분 식량이지만 이것은 특별히 따로 가져온 것이다."

"무엇인가?"

"노주 아베냐드다. 알고 있나?"

아우케트는 놀랐는지 잠시 눈을 깜빡이곤 대답했다.

"……딱 한 번 맛본 적이 있지."

"양이 적어 연회에 내기는 힘들겠지만, 부하들을 격려하거나 상찬하는 데 쓰기엔 적당할 것이다. 물론, 어디까지나 오십장의 권한이지만."

어둑해지기 시작한 가운데라 아무도 몰랐지만 시야프리테는 입을 헤벌리고 그 광경을 보고 있었다. 아우케트는 천천히 고개를 끄덕이며 대답했다.

"고맙게 받겠다, 대사."

"무얼. 동맹에 대한 친애의 표시이다."

"그런가."

아우케트는 그렇게만 대꾸하더니 늑대 위에서 뛰어내려 지면에 발을 디뎠다. 그제야 눈높이가 같아진 아우케트가 울리케에게 권했다.

"이쪽이다."

모두가 안내된 공터는 잘 정돈되어 가히 나름 연병장이라 부를 만했다. 결코 길지 않은 기간 동안 고블린들은 아주 열심히 일했던 모양이다. 마차를 세워둔 입구로부터 이곳에 이르기까지 곳곳에 참호나 움막 같은 것도 있었는데, 특히 일행의 눈길을 끈 것은 막대한 양의 토사가 수북이 쌓인 더미였다. 그 양을 보건대 이미 작지 않은 규모의 토굴을 만들어낸 모양이었다. 울리케는 순진하게 감탄했고, 아그니르는 긴장한 표정을 지어 보였다. 디드리크와 발리엇은 질렸다는 얼굴이다.

"이게 뭐지?"

공터의 한편에서 고블린들이 부지런히 밥을 짓는 가운데, 일행은 불을 지피고 둘러앉아 기다리게 되었다. 멀거니 앉아있는 꼴이 별로 보기에 안 좋았는지, 아우케트는 부하들을 시켜 사람들에게 뜨거운 차 한 잔씩을 내어주었다. 상쾌하면서도 시큼

한 향기에, 이런 것을 그냥 넘기지 않는 울리케가 물은 것이다.

"말린 개땅들쑥의 차다."

"으아아. 시어! 우에!"

이 채신머리 없는 소감의 발화자가 시야프리테 말고 달리 있을 리 없다. 부주의하게 차를 들이켠 류그라 소녀는 혀가 말려 들어간다는 표정을 짓더니 이내 목을 움츠리곤 부르르 몸서리를 쳤다. 바로 옆에서 그 꼴을 보고 껄껄 웃던 랄로프도 한 모금 맛보았지만, 별 탈 없이 고개를 갸우뚱거린다.

"시긴 하지만 그렇게 유난 떨 건 없는데?"

"서피바리들은 신맛에 약하단 말이에요!"

그제야 그들 무리에 이채로운 일원이 끼어 있음을 알아본 아우케트의 표정이 살짝 변했다.

"류그라? 쓰러진 신목의 유배자들이 왜 여기 껴 있는가?"

"칵, 유배자라니, 말조심하시죠! 이 까맣고 무식한……."

"악의는 없다. 그게 너희를 이르는 관용구임을 모르진 않을 텐데."

발칵 대드는 시야프리테의 말을 자르며 들어온 아우케트였다. 심히 불행히도 관용구라는 단어의 뜻을 잘 모르는 시야프리테는 차마 그에게 무식하다는 험담을 마저 잇지 못하게 되어 버렸다. 할 말을 찾지 못한 소녀는 무심코 차를 다시 마시는 실수를 저질러 모두를 웃겼다.

"그래, 지내기는 어떠한가?"

울리케의 물음이다. 아우케트와의 담화가 시작되었다.

"아, 아무 문제 없다. 잉겐의 인간들은 우리에 대해 들었는지 아무 해코지도 해 오지 않았다. 일대의 마수들도 꽤나 정리했고."

"어머니의 귀환 행렬을 와이번으로부터 구했다 들었다. 고맙다."

"약속을 지키는 것뿐이다."

"약속이라 해서 말인데, 동맹의 조약을 좀 더 세부적으로 가다듬으라는 아버지의 지시가 있으셨다."

"듣겠다."

"우선……, 북부의 백작령 뉘른스에크로부터 정기적으로 순찰대가 잉겐까지 왔다 간다. 그들과 접촉하지 않도록 주의하는 게 최선이지만, 혹시 접촉할 경우 결코 분쟁으로 이어져서는 안 된다. 자칫하면 우리 영지가 너희의 융성을 방조하거나 도왔다는 혐의를 받게 된다."

"……주변 영지들로부터 말인가?"

"그래."

잠시 생각하던 아우케트가 말했다.

"다른 오십장들과 논의해야겠지만, 약속된 물자가 주어진다면 달리 인간의 영지를 공격할 이유가 없다."

"모두가 너 같으면 나도 별걱정 안 해."

은근슬쩍 말투의 격조를 변화시키는 울리케였다. 아우케트는 딱히 반응하지 않았고, 이를 지켜보는 모두의 표정만 흥미로웠다. 아그니르는 불만스러움과 감탄이 뒤얽힌 오묘한 얼굴이다. 울리케의 말이 이어졌다.

"머지않은 미래에 우리는 우리의 왕과 주변 영지들로부터 경계의 대상으로 찍힐 위험이 있어. 그 와중에 고블린과 동맹을 맺었다는 이야기는 그 경계심을 누그러뜨리는 데 아무 도움이 안 될 테지. 사소한 충돌이라도 자칫, 심각한 외교적 문제로 발전할 수 있다."

"너희 영지가 경계의 대상이 될 거라고? 용의 존재가 생각보다 일찍 발각된 모양이군."

정곡을 찔러오는 아우케트다. 울리케는 땅이 꺼지라 한숨을 내쉬었는데, 그 바람에 그의 앞 모닥불로부터 불티가 우르르 비산하였다.

"맞아. 그렇게 되었다. 진짜 문제는 우리끼리가 아니라 외부로부터 비롯하는 것이야. 이해하겠어?"

"이해한다. 내 견해로도 이제 너희 영지는 주변의 이목을 끌기에 충분하다. 우리의 존재는 그것에 묻어가는 사소한 얼룩이지. 어차피 용이 있는 한, 우리는 너희를 배신하지 않는다. 이건 오히려 다른 오십장들이 더 그렇다."

"무슨 말이야?"

"호전성은 대개 공포의 씨앗으로부터 자란 나무이기 때문이다."

시야프리테는 문학적인 문장을 구사하는 눈앞의 이 고블린을 얼빠진 얼굴로 쳐다보았다. 무슨, *저거 혹시 사람 아니야?* 그리고 그러한 그의 당혹감을 공유하는 것은 아그니르도 마찬가지였다. 모험가들과 디드리크는 일전에 아우케트를 한번 본 적이 있었으므로 그리 놀라지는 않았다.

그런 가운데, 울리케는 까닭 없이 기쁜 듯 모닥불을 쳐다보며 말을 받았다.

"그렇군? 형제들의 약점을 그렇게까지 돌려 말하는 것이 너의 좋은 점이다."

"……이해할 수 없는 지점에서 칭찬하지 마라."

"아무튼, 약속을 믿지 않는 것은 아니지만 서면으로 조약을 작성해야 해."

아우케트는 잠깐 침묵했다. 그러더니 그리 달갑지 않은 목소리로 대답하였다.

"문서? 우리는 인간의 문자를 쓰지 않는다. 그리고 우리는 전쟁기호 외에 우리의 언어를 표기할 문자가 달리 없다. 그러니 그건 어렵겠다."

"문자가 없어? 그럼 그냥 우리의 문자로……."

"너희 제국인의 문자는 배우기에 너무 지독하다. 그리고 설령 안다고 해도 다른 오십장들은 자존심 때문에 인간의 문자로 조약을 작성하는 데 거부감을 보일 것이다. 이것은 물을 필요도 없다."

생각지도 못한 문제였다. 하지만 울리케는 아우케트의 이야기에 수긍이 갔다. 북부 제국의 문자는 표의문자로, 제대로 읽고 쓰기를 해내기 위해서는 족히 이천 자는 외워야 한다. 학식이 높은 이들은 삼천 자까지도 외워 구사한다고 한다. 그러니 문맹률은 높을 수밖에 없었고, 이민족들에게 제국의 문자 체계가 매력적이지 않은 것이다. 성장이 빨라 이른 나이에 성인과 같은 생활을 시작하는 고블린들이라면 더욱이 학습에 그러한 시간을 투자할 여력이 없겠다.

"전쟁기호란 것은 어떤 것이야?"

난해한 과제에 마주쳤음에도 호기심이 어디 가지 않는 울리케다.

"아, 그것은 우리가 간단하게 의사를 주고받거나 표식을 남길 때 쓰는 기호의 묶음이다. 숫자와 약간의 뜻글자들로 이루어진다."

아우케트는 그 자리에서 막대기로 땅에 몇 가지의 전쟁기호를 그려 보였다. 대기, 충원, 연락, 보급과 같은 의미의 기호들이라 했다. 흥미롭게 설명을 들으며 그 예시를 구경하던 울리케가 말했다.

"그렇군. 그러면 너희는 기록된 역사서가 달리 없는 거야?"

"기록이 필요하지 않다. 구전은 여성들의 유산이다. 실로 많은 노래가 전해진다. 그걸 얕잡아 봐서는 안 된다."

울리케는 고개를 끄덕여 수긍을 표했다. 인간들도 어차피 귀족 이하 평민들은 대개 평생 글자를 모르고 살아간다. 도시민들은 좀 더 사정이 낫지만 영지의 농민들은 정말 그랬고, 그것에 아무런 불편도 없다. 수렵과 전쟁이 일상인 고블린이라면 역시 비슷하겠지. 귀족의 딸로 자랐고 어릴 때부터 글을 익혀 온 울리케였지만 충분히 이해하는 부분이었다. 하지만, 지금 그는 책무를 지닌 대사의 입장이었다. 그저 그런가 보다 하고 물러설 수는 없는 일이다.

"해결책을 생각해 볼게. 아우케트도 생각해 봤으면 해."

"……이 문제에 무슨 해결책이 있을 수 있단 말인가?"

"아우케―트!"

별안간 숲을 꿰뚫는 고함이 들려왔기에 그들의 대화는 마저 봉합되지 못했다. 모두가 깜짝 놀란 가운데 목소리의 임자를 눈치챈 아우케트가 벌떡 일어나 몸을 돌렸다. 어둠 속에서 늑대를 타고 뛰쳐나온 것은 오십장 두카르였다.

"아우케트! 전령이 왔다!"

"무슨 일인가, 두카르?"

형제의 심상치 않은 기색을 느끼며 아우케트가 날카로이 물었다. 두카르의 이어진 다급한 말이 좌중 한가운데 떨어졌다.

"본진 산채가 공격받고 있다! 눈트롤 수십 마리라고 한다! 지원 요청을 받았다!"

"서리심이군."

찬물을 끼얹는 듯한 라그나의 발언에, 다급하여 씩씩거리던 두카르가 눈을 크게 뜨고 그를 보았다. 모두의 사이로 긴장된 침묵이 내달렸다.

제 2장

귀기 어린 눈보라가 시우부름 요새를 감쌌다. 요동치는 기압
의 급격한 변화는 고산 생활에 익숙한 고블린에게조차 지극히
불쾌한 경험이었다. 수시로 귀가 잠겼고, 종잡을 수 없는 바람
의 흐름이 요새의 창과 환기구, 봉쇄된 출입구의 유격을 들쑤
신다. 산을 때려 부수는 듯한 아우성이 천지사방에 가득하였다.
아직 어린 고블린들과 여성들을 최하층으로 피신시킨 가운데,
산채의 가용병력 모두가 요새의 중앙 출입구에 집결해 있었다.

"비상구들의 상태는 어떤가?"

오십장 가르아트가 점검을 마치고 달려온 휘하 십장 조디르
에게 물었다. 질문을 받은 조디르가 말했다.

"예상대로입니다. 눈트롤의 체구로는 출입이 불가능합니다.
그래도 만일의 사태에 대비해 병력 둘씩만 남기되, 신경 쓰지

않아도 될 것 같습니다."

"옳다! 그대로 해라!"

남쪽 수해를 뚫고 나타난 것들이 쉰 마리의 눈트롤이라는 보고는 경악스럽기 이를 데 없었지만, 체고만 통상 고블린의 거의 세 배에 달하는 그 거구들로서는 좁다란 산채의 출입구로 애초에 접근이 불가능한바, 모든 병력을 요새 내부로 불러들이고 농성을 택한 직후였다. 지형을 이용한다 해도 현재의 병력 백오십 대 눈트롤 오십 마리라는 것은 승기가 잡히지 않는 전력 차였다. 거기에 무언가 눈과 바람을 다루는 미지의 것이 이 사달을 지휘하고 있다고 여겨진다. 오십장들의 막다른 호전성이라 해도, 이 사태를 맞이해 나가 싸우는 것은 어리석은 일로 판단되었다.

"농성계로 배치한다!"

곁에서 듣고 있던 소우라케가 외쳤다. 침입자들의 보고가 올라온 뒤, 즉각 비상사태임을 깨달은 가르아트에 의해 파수대 근무를 포기하고 불려 올려진 다른 오십장이었다. 그의 외침이 떨어지자 도열해 있던 백오십의 고블린들이 일사불란하게 흩어지기 시작했다.

고블린 요새의 중앙 출입구는 대규모 병력과 물류의 출입을 고려해 넓고 크게 지어졌다. 다만 문짝의 유용성을 불신하는 고블린들의 묘한 철학이 여기서도 예외는 아니었기에, 출입구는 그저 뻥 하니 뚫린 석조 처마에 불과하다. 하지만 그것이 인도하는 중앙 위곽(圍廓)으로부터 산채의 곳곳으로 연결되는 모든 통로는 역시 좁고 얕았다. 즉, 트롤들이 위곽으로 쏟아져 들어 온다고 하더라도 물리적으로 딱 거기까지다.

"파견 부대에 전령을 보낸 것이 괜한 일은 아니었을까?"

대청의 삼면은 일차적으로 포위진을 구성할 수 있도록 돕는 석조 흉벽(胸壁)과 기둥, 총안(銃眼)들이 배려되어 있다. 각 면에 오십씩 나뉘어 배치를 끝마치자 소우라케가 가르아트에게 다가와 위와 같이 물은 것이다. 찌푸린 얼굴로 병력의 배치를 헤아리고 있던 가르아트는 또 다른 오십장 바르바크가 다가오는 것을 보고 기다렸다가 대답했다.

"병력은 많을수록 좋지. 무슨 질문인가?"

"어차피 농성계다. 두카르와 아우케트의 부대가 합류한들 저 것들의 구축에는 달리 힘이 되지 못할 것이다. 우리의 농성력을 믿고 시간을 벌어, 차라리 인간의 영주에게 손을 벌리도록 요청하는 것이 안 낫겠나?"

"소우라케, 무슨 되먹지 못한 소리냐?"

듣고 있던 바르바크가 성을 내었다. 그를 예상하지 못한 바는 아니었기에, 말을 꺼낸 소우라케는 딱히 불쾌해하지 않았다. 그가 말을 이었다.

"요새로 이어지는 맞뚫레가 있으니 그들의 합류는 어려움이 없을 것이다. 하지만 그다음은? 병력 이백오십이면 해 볼 만하다는 것인가?"

그러나 그의 냉정한 질문은 적절한 대답을 듣지 못했다. 세 오십장이 서로 눈빛을 교환한 그 순간, 음울한 눈보라의 포효가 중앙 출입구의 정면으로부터 들이닥쳤다. 그와 함께, 새하얀 털투성이 거체들이 흩뿌려진 새끼거미들처럼 난입하였다.

그것은 싸움이라 부를 만한 꼴을 갖추지 못했다. 퍼부어대는 포대의 밀가루마냥 시계를 방해하는 눈바람은 심지어 피부를 할퀴어대는 우박까지 뒤섞어 포위진의 고블린들을 을러대었다. 단궁을 지닌 사수들이 마땅한 목표물을 찾지 못해 허둥거리는 가운데, 방어용 벽감(壁龕)에서 부주의하게 몸을 내민 궁병 하나가 눈보라 속에서 나타난 팔에 붙잡히는가 싶더니 이내 허공을 날았다. 눈트롤들의 흉악한 팔 서너 개가 이 가엾은 고블린을 우악스럽게 붙잡았고, 거짓말처럼 간단하게 찢어발겼다.

"응사! 조준을 고려하지 마라! 마주 보는 형제의 엄폐를 믿고 위쪽으로 쏴라!"

2층 흉벽 난간에서 이 갑작스러운 난리를 내려다보던 가르아트가 목이 터지게 외쳤다. 소우라케와 바르바크는 약속한 듯 그를 뒤로 한 채 위곽 양옆에 각각 포진한 자신의 부대 쪽으로 달려갔다. 흉벽과 기둥이 상층 통로를 트롤의 거체로부터 보호하고는 있었지만, 맹렬하기 짝이 없는 눈보라만큼은 어찌할 수가 없었다. 특히 정면에서 칼바람을 두들겨 맞던 가르아트는 이내 더 견디지 못하고 기둥 뒤로 몸을 숨겨야 했다. 윙윙거리는 바람소리 때문에 눈트롤들의 포효와 병사들의 비명소리가 잘 분간되지 않았다. 이래서야 무슨 지휘를 내리든 제대로 전달될 리 없었다.

"벽감에 깊숙이 처박혀! 그 덜떨어진 대가리를 내밀지 마라! 제기랄, 겁 좀 먹어라! 숨으라고!"

바르바크는 눈보라의 굉음에 대들듯 악을 쓰며, 이런 독전 아닌 독전을 하고 있었다. 눈먼 화살들이 삼면으로부터 쏟아지고 있었지만, 마력이 어린 게 분명한 눈보라의 파도가 화살의 궤적마저 얼리고 있는 듯, 그 효과는 기대 이하였다. 몇몇 트롤들이 화살에 맞아 날뛰는 게 순간순간 보였지만, 기세가 꺾이기는커녕 오히려 화를 북돋는 것 같았다. 다행히 좁디좁은 사수용의 깊숙한 벽감에 요령껏 그 작은 몸을 쑤셔 넣고 있는 고블린 사수들은 거의 피해를 입지 않았다. 냅다 한 발을 쏘아낸 다음 뒤로 물러나면 다음 사수가 나와 또 한발을 갈기는 것이다. 조준을 집어치운 만큼 연사의 간격은 짧게 유지되었다. 간혹 기습적으로 달려들어 그 긴 팔을 벽감 안으로 쑤셔 넣는 눈트롤들이 있다는 게 문제였지만.

"달려들지 마라! 겁 좀 먹으라고 이 멍청이들아!"

화살에 박혀 분노한 눈트롤 하나가 벽감 안으로 팔을 집어넣었다가 빼자, 사수 하나와 더불어 그 팔에 단검을 찔러 넣은 병사 셋이 고구마 덩이마냥 줄줄이 딸려 나와 죽어버렸다. 이걸 본 바르바크가 위와 같이 기가 막혀 소리 지른다. 오십장들 가운데 평소 가장 용맹을 강조해 온 그였지만 그에 반비례해버린 부하들의 판단력을 보고 있자니 눈물이 날 지경이었다. 이렇게 헛되이 병력을 야금야금 잃을 바엔 응사를 포기하고 죄 통로 안으로 후퇴하는 게 나을 것이다. 어차피 트롤은 때려죽여도 뒤따라올 수 없다.

"안 되겠다, 바르바크! 엿 같은 상황이다! 지금까지 열 순을 쐈지만 쓰러진 눈트롤들은 하나도 없다! 그냥 물리는 게 좋겠다!"

"찬성한다! 머저리들!"

눈보라를 뒤집어써 반쯤 얼어붙은 가르아트가 달려와 이렇게 외치자, 바르바크가 기다렸다는 듯이 대답하였다. 이내 반대쪽에서 지휘하고 있던 소우라케에게도 의견이 전해졌고, 모든 고블린 궁사들이 통로 안쪽으로 물러나기 시작했다. 그리고 마치 그것을 기다렸다는 듯, 눈트롤들은 눈보라의 아우성과 함께 후퇴하였다. 거짓말처럼 텅 빈 중앙 위곽엔 헛되이 죽은 고블린 병사들의 시체 열댓 구만이 어지러운 트롤들의 발자국과 함께 쌓인 눈에 뒤덮여 있다.

"뭐 하자는 수작이지? 결국 눈트롤은 한 마리도 죽지 않았군."

"그건 모른다. 트롤들이 물러나며 끌고 갔을 수도 있지. 저쪽을 봐라."

2층의 흉벽 난간 위에서 아래를 내려다보며 기가 막혀 하는 바르바크에게, 소우라케가 손가락으로 한쪽 방향을 가리키며 말한 것이다. 가르아트와 바르바크가 그쪽으로 눈을 향하자, 눈 위에 질질 끌린 거체의 흔적과 혈흔이 보였다.

"그렇군. 아주 바보짓은 아니었군."

이렇게 말하는 가르아트의 목소리는, 그러나 침통하다. 눈트롤 한 마리에 열댓의 병사라면 아주 형편없는 교환비이기 때문이다. 이래서야 농성의 의미는 아무 데도 없겠다.

"응전을 일절 하지 않는 쪽이 맞겠다. 다시 위곽으로 쏟아져 들어오건 말건, 시설의 구조를 믿고 무시하면 그만이다."

소우라케가 그리 말했다. 모두가 눈을 들어 중앙 출입구 바깥에 여전히 기세등등한 눈보라의 장벽을 보았다. 언제든 그 너머에서 눈트롤이 뛰쳐나올 것만 같았다. 덕분에 급격히 추락한 기온이 전투의 열기를 빠르게 씻어내린다. 소우라케가 말을 이었다.

"저것들이 우릴 가두고 굶겨 죽이거나 얼려 죽일 작정인가. 저 요술의 술사가 말이 통하는 상대라면, 분명 어떤 요구라도 해 오지 않을까."

"하, 요구? 아우케트에게 물들었냐, 소우라케! 이런 요망한 짓을 하는 것과 섞을 말은 없다! 우린 이미 피를 봤다!"

바르바크가 화를 냈지만 소우라케는 말없이 살짝 고개만 흔들었다. 가르아트는 여기에 딱히 어떤 소란을 더하는 대신 침묵을 지키며 난간 너머, 출입구 바깥의 눈보라만 바라보았다. 이로써 한 차례의 주고받기가 끝이 난 걸까? 상대의 정체를 알

수 없으니 그 의중의 깊이와 경향도 짐작하기 어렵다. 도대체
저 눈벼락 너머에 있는 것이 무엇이란 말인가?

"서리심이라……."

"아우케트, 뭐 하고 있나! 빨리 출발해야지!"

두카르의 윽박지름에도 아우케트는 팔짱을 끼고 모닥불 앞
에 주저앉은 채 침묵했다. 방금까지 울리케 일행의 모험가들로
부터 시우부름 남쪽 숲의 존재에 대해 들은 참이었다. 눈트롤
수십 마리를 거느린, 북부 야만족의 무녀 서리심. 그것은 이미
필멸자의 굴레를 벗어난 마법적 존재이다. 달랑 산채의 백오십
병력으로 맞설 수 없음이 자명하며, 순찰부대가 돌아가 거기에
일백을 더해도 오십보백보다. 트롤은 멍청하지만 강력하고, 거
기에 지혜와 마법을 더할 수 있는 지휘자가 있다면 앞선 단점
은 상쇄된다. 산채의 형제들이 미치지 않았다면 요새 안으로
들어가 농성을 택했을 것이며, 따라서 당장의 피해는 별로 없
을 것이다. 다만 그다음은? 이대로라면 겨우내 고립되어 동사
와 아사를 면할 길이 없으리라.

"그 무녀와 접촉한 너희 의견엔 어떤가? 서리심은 대화나 교
섭이 통할 만한 존재라 보나?"

두카르를 무시한 채, 아우케트가 라그나에게 물었다. 라그나
는 랄로프와 브륀힐데를 굽어보곤 대답하였다.

"글쎄, 우리가 들은 것은 일방적인 선언이었다. 인간이 숲을 침범하지 않는 한 밖으로 나가지 않을 것이라고. 숲을 금지하는 이야기였다."

"그 '인간'에 우리도 속하는 것인가."

딱히 대상을 정하지 않은 아우케트의 질문이었다. 듣고 있던 울리케가 말했다.

"한마디 해도 될까, 아우케트?"

"말해라."

"유세트 경조차 아직 딱히 대응책을 찾지 못했다. 나는 싸움에 대해 잘 모르지만, 너희의 전 병력으로도 어찌해볼 여지는 안 나올 것 같아."

"입을 다물……."

두카르가 소리쳤으나 그의 말이 채 예정된 욕설에 도착하기 전에 시선을 휘갈겨 틀어막는 아우케트였다. 울리케는 별 신경 쓰지 않았지만.

"그는 대사다. 언행을 주의해라, 형제. 더구나 맞는 말이다."

아우케트의 말이었다. 두카르가 눈을 부릅뜨며 맞선다.

"뭐? 못 이길 거란 말인가?"

"기백으로 폭풍을 잠재울 수 있나? 하다못해 허리춤에 오는 파도라도 막을 수 있다면 말을 안 한다."

그렇게 두카르의 입을 막아버린 아우케트는 계속 침묵 속에서 장고하였다. 울리케는 유감스러운 표정으로 그를 바라보았는데, 여태 이를 주목하고 있던 아그니르가 입을 열게 되었다.

"울리케, 무슨 생각이야? 설마 이들과 고블린 산채로 갈 생각은 아니겠지? 달랑 여덟 명으로 생색낼 생각이야?"

"모른 척하자는 말이야?"

되묻는 울리케의 목소리에 약간의 노기가 어렸다. 그러나 오히려 아그니르가 더 화난 목소리로 받는다.

"내가 언제 그랬어? 이들이 우리의 동맹이라는 게 너와 아버님의 확고한 인식이라면, 이럴 땐 마땅히 칼을 빌려줘야지! 나는 다만 우리가 제대로 된 칼이 아니라고 지적하는 거야!"

곁에 있던 디드리크는 살짝 감탄했다. 모처럼 그가 제대로 된 이야기를 했겠다. 싸움에 관한 이야기라 그런 것일까? 그의 말마따나, 울리케 일행은 대사의 호위로서 붙은 것일 뿐이며, 조약의 상세와 문서화, 아울러 보급품의 전달이라는 지극히 '별거 아닌' 임무를 띠고 있었다. 그랬기에 변변한 성인 책임자 없이 울리케를 위시한 인원으로 편성된 것이다. 이번 여정은 말하자면 울리케의 근신에 추가된 약간의 시험이기도 했다. 그러니 이 예기치 않은 상황에 대해 무언가를 결정할 권리는, 울리케에겐 없다고 할 수 있다.

"지당한 말씀입니다."

듣고 있던 라그나가 동의했다. 모두의 시선을 끈 가운데, 그의 말이 이어졌다.

"명령체계로 말씀드리자면 저희는 엄밀히 시그리드, 유세트 경의 지시를 받습니다. 그리고 그는 현재 영주님의 신하죠. 아가씨께서 애초에 저희가 받은 호위 임무를 벗어난 군사 작전에 힘을 보태겠다 하셔도, 저희는 그것을 따를 의무가 없습니다. 마땅히 영주님께 우선 보고드리고 볼 일입니다."

조개칼 하나도 들어가지 않을 만큼 단단한 논리였다. 이 정론은 그때까지 긴가민가하던 모두의 생각을 확고하게 정리해버렸고, 이로써 한마음이 된 모두의 눈빛이 울리케를 향하게 되었다. 울리케는 저절로 볼멘소리가 나온다.

"누가 싸운다고 했어? 도와주려면 징집을 해야 하는데 농한기라 하더라도 그런 부담을 함부로 영민들에게 주고 싶지 않아! 적의 정체와 힘, 의도를 파악하지도 못했는데 싸움부터 걸 생각이야?"

울리케의 말에 점점 더 힘이 실렸다. 그의 말이 이어진다.

"지금 되돌아가 보고한들, 어차피 적의 정체를 모르는 이상 당장 대응책을 꾸리기 힘들어. 그리고 상비군이 없는 우리가 징집과 부대 편성을 마치고 원군을 보내는 데까지는 적지 않은 시간이 걸릴 것이야. 모든 작전은 정찰과 정보수집에 따른다 들었어. 아그니르, 아니야?"

"맞는 말이지만, 그런 위험을 감수하게 할 수 없어."

아그니르가 잘라 말했다. 잠시 적막이 흐르며 모두가 고민하는 가운데, 라그나가 조심스레 입을 열었다.

"궁금한 게 있는데, 고블린 오십장. 너희의 부대는 어떻게 요새로 접근할 생각이지? 트롤 쉰 마리와 눈보라의 포위를 뚫고 그게 가능하겠나? 그건 의지를 가지고 살아있는 눈보라다. 마법사의 지원 없이 맨몸으로는 결코 만만치 않다. 아니, 사실상 불가능하다고 본다."

말을 마친 라그나는 슬쩍 브륀힐데를 보았다. 그들 가운데 그 눈보라의 위력을 정통으로 맞고 얼어 죽을 뻔했던 브륀힐데다. 그는 당시의 기억을 불쾌한 듯 떠올리며 말했다.

"맞아요. 고블린을 무시하는 건 아니지만, 별다른 대비책 없이 이백 보도 못 지나갈 거라고 확신합니다."

그러자 모두가 아우케트를 쳐다보았다. 고블린 오십장은 약간 곤란한 듯 망설이다가 두카르를 보았다. 두카르는 매우 마음에 들지 않는 표정을 지었지만 이내 어쩔 수 없다는 듯 혀를 차며 외면한다. 그와 동시에 아우케트의 입이 열렸다.

"모두가 모르는 게 하나 있다. 우리 산채의 지하로부터 너희 영지에 이르는 비밀 땅굴이 두어 개 있다. 그중 하나가 드리츠 마을의 인근까지 연결되지. 우린 그걸 이용할 생각이다."

"뭐?! 이런 교활한 놈들!"

아그니르가 소리치더니 벌떡 일어났다.

"동맹 좋아하시네! 그런 술책을 꿍쳐두고 협력 운운했단 말이지! 돌아가자 울리케! 이놈들이 트롤들과 치고 박든 얼어 죽든 우리 입장에서는 좋은 것이다!"

"물론 그렇다, 피어클리벤의 딸. 이번 일로 우리가 크게 피해

입고 쫓겨나는 걸 너희 영주나 문무가신들은 내심 기대할 수 있다. 그럼 앞으로 조약이니 물자 양도니 그런 귀찮은 일이 모두 없어질 테니까. 이는 기존의 조약 내에서도 위배되지 않는다. 우리는 어쩔 수가 없지."

아우케트가 냉소적으로 이리 내뱉자, 좌중의 공기가 달라졌다. 두카르는 눈을 희번덕거리며 자신의 형제를 보았고, 울리케는 매우 불유쾌한 표정을 지으며 턱을 괴고 모닥불만 노려보았다. 정작 먼저 말을 꺼낸 아그니르는 아우케트가 도리어 이와 같이 말해오자 순간적으로 할 말을 잃었다. 잠시 뒤, 부글거리며 아그니르의 입이 열렸다.

"우릴 그런 모리배 취급하지 마라!"

"우리 또한 그러하다. 해당 맞뚫레는 우리의 안전을 도모하기 위해 만들어진 비상 시설이다. 아직도 우리가 너희를 공격할 수도 있다고 보는가? 용이 지켜주는 너희에게? 어리석은 소리로 여길 테니 이 이상 우리를 모욕하지 마라. 우리는 방금 우리의 유일한 생명줄일지도 모르는 대외비를 공개했다. 오히려 신뢰의 증거로 받아들이면 안 되겠나."

아그니르는 매우 짜증이 났지만 그의 말에 수긍이 갔고, 그래서 그들을 모욕하는 대신 어리석은 소리를 한 소녀가 되기로 했다. 왜냐면 그 편이 결과적으로는 덜 어리석은 것이기 때문이다.

"그러니 즉, 드리츠에서 산채의 지하까지 안전하게 접근할 수 있다는 것이지? 그렇다면 그것으로 탈출도 가능하지 않아?"

울리케의 물음은 앞선 논쟁을 마치 없던 일로 하는 것 같았다. 아우케트는 선선히 대꾸하였다.

"그렇다. 시간은 걸려도 전원 무사히 나올 수 있다. 그러니까 이 싸움은 생존보다 산채의 사수를 하는가 마는가의 문제가 된다. 그리고 적의 의도를 알기 어렵다."

"그걸 모르는 한 결국 이 대화는 돌고 돌 뿐이야. 서리심을 이끌어내고 대화를 시도할 필요가 있다. 영지의 공식적인 지원을 하는가 마는가, 하면 어떻게 하는가도 전적으로 그에 달린 것이다."

울리케의 말이었다. 이 흐름이 별로 마음에 들지 않는 라그나가 말했다.

"아무래도 아가씨는 정녕 곧바로 산채를 향하실 모양이군요."

"물러나 어른들에게 이 사실을 전하고 알아서 대응하시도록 나는 손을 놓을 수도 있다. 하지만 그러는 동안 지체되는 시간과 잃게 될 목숨들을 생각하면 안 될까? 일단 나는 이들의 대사다. 그러니 신세를 좀 지고 싶다, 라그나."

"소득이 없을 수도 있습니다. 서리심이 대화에 응하지 않을 수 있고요."

"그때는 나도 순순히 물러나 모든 걸 윗분들에게 맡기겠다."

"무엇보다 안전에 신경 쓰시겠다고 약속해 주십시오."

라그나는 가볍게 신분의 차를 넘어, 보호자인 어른으로서 이리 말한 것이다. 오히려 그것이 반가운 울리케는 밝은 얼굴로 대답했다.

"그리하겠다."

"시야프리테."

"네!?"

여태까지 한마디도 안 하고 조용히 구경만 하고 있던 류그라 소녀가 느닷없이 이름을 불리자 깜짝 놀라 대답하였다. 라그나가 물었다.

"훈기의 방패를 켤 수 있나?"

"……그게 뭐죠?"

가슴에 묵직한 통증이 스쳐 갔다. 시그리드는 갓 마련된지라 별다른 가구 없이 휑뎅그렁한 자신의 집무실, 벽난로 앞에서 얕게 한숨을 내쉬었다. 물론 신목의 가지는 기적 같은 치유 솜씨를 발휘했다. 다만 흉터를 제외하고, 겉으로 보기에 그의 부상은 완치된 것처럼 보였다. 하지만 그는 평범한 사람이 아니라 마법사이다. 에다의 도리와는 근원적으로 이질적인 기운이 그의 목숨과 가장 가까운 지점을 헤집었다. 만일 경상이었다면 그는 류그네라스의 개입을 거절했으리라. 하지만 당시로써는 어쩔 수 없는 선택이었고, 이제 그 대가를 치르는 중이었다.

"대가라고 하셨습니까……?"

그의 곁, 손수 땀을 내며 서툴게나마 간신히 벽난로에 불을 지펴낸 발프리드가 걸상에 앉으며 물었다. 성의 하인들은 안절부절못했으나 마법 고문의 명령은 지엄한 것이었다. 성에 돌아오던 날, 발프리드가 그의 제자임이 천명되었다. 영주와 유레는 기뻐했지만 그 기쁨은 이내 당혹감으로 변하였다. 시그리드가 마치 몸종을 대하듯 발프리드를 부리기 시작했기 때문이다. 남작 노아크는 그것이 기사가 향사를 대하는 것과 유사하다고 느껴 별다른 유감을 표하지 않았지만, 유레에게는 그런 이해심이 없었다. 하지만 그러거나 말거나, 시그리드는 누구의 눈치도 보지 않았고, 결국 발프리드는 이처럼 허드렛일을 다루게 된 것이다.

"그렇다. 서로 기원이 다른 두 마력의 섞임이 문제 되는 거야. 너는 이미 한번 경험했을 텐데?"

물론 잊을 리가 없다. 발프리드는 물끄러미, 여전히 목에 걸고 있는 시야프리테의 액막이를 내려다보았다.

"네게 가볍게 걸려있던 용의 마법은 그 기원을 에다에 둔다. 하지만 류그네라스의 마법은 전혀 다른 것이다. 그것은 깨달음이 아니라 공감에서 기인한다."

"공감이요?"

"나도 그 정도밖에 모른다. 나는 깨달은 이후 의도적으로 신목에 관한 관심을 버려왔다. 아무튼, 네가 기절했던 것은 서로 다른 두 마력의 얽힘 때문이다. 그리고 이제 내게도 유사한 일이 일어난 것이지."

발프리드는 매우 걱정스러운 얼굴이 되었다. 하지만 시그리드는 허탈하게 웃어 보인다.

"이 여파의 결과는 아직 짐작할 수 없다. 다만……."

말과 함께 시그리드의 오른손이 들렸다. 그의 손가락이 벽난로를 가리키자, 장작에 갓 붙어 피어오르던 작은 불꽃들이 깜짝 놀란 듯 확 커졌다. 눈 깜빡할 사이에 벽난로의 불은 맹렬한 단계에 도달해 열정적으로 타오르기 시작했다. 발프리드는 입을 살짝 벌리고 그것을 구경하였다. 하지만, 시그리드의 안색은 별로 좋지 않다.

"이처럼 마법엔 별문제가 없다. 다만 마법을 쓸 때마다 고통이 따른다. 규모가 큰 마법일수록 고통도 크겠지. 이는 모험가로서는 치명적이다. 적어도 해결책을 강구할 때까지, 나는 내 일행들을 이끌기 어려울 거다."

"……저를 제자로 들이신 것은 그 때문입니까?"

"꼭 그것 때문만은 아니다."

마법사의 고요한, 그러나 한결같은 엄격함을 가진 시선이 어린 소년을 향했다. 발프리드는 침을 삼켰다. 스스로의 심장을 달래듯 천천히, 마법사의 고백이 이어졌다.

"나는 목전의 죽음을 일별(一瞥)하곤 생각했다. 그 얼마나 많은 사람이 내 역량에 도달코자 평생을 전전한 줄 아느냐? 내 깨달음엔 마땅히 지불된 노력 따위가 없었다. 쉽게 얻은 것이라

쉽게 흘리는 것이지. 나는 많은 선배들과 스승들에게 나도 모르는 새 죄를 짓고 있었던 게다. 고집을 피울 만한 일이 아니라 여겨졌다. 달리 생각하면, 이는 탐내도 얻을 수 없는 인연이지. 그리 생각했다."

아직 어린 소년은 이에 무어라 대답해야 할지 모른다. 그러나 딱히 대답을 기대한 것도 아니었기에, 시그리드는 그저 살짝 웃어 보였다. 잠시간의 침묵이 그들 사이를 거닐고, 지난 대화를 반추하던 소년의 입이 용기 내어 열렸다.

"일전에 스승님께서는 모든 마법사들이 류그네라스의 가지를 탐낸다 하셨습니다. 말씀하신 얽힘의 문제가 있다면, 그건 무엇 때문입니까?"

"바로 그 얽힘의 문제를 연구하고 싶어 하기 때문이다."

약간 내키지 않는 듯한 표정으로 마법사의 말이 이어진다.

"그리고 그들과 같은 이들이 종래에 류그네릭 같은 것을 만들어내고야 말 것이지. 신목의 존재는, 그것이 알려진 수백 년 전부터 실로 많은 이들의 관심을 끌어왔다. 불가해한 깨달음의 수련 없이 마법을 얻을 수 있다는 유혹은 꽤나 강렬한 것이니까. 아울러, 에다의 도리에 더해 공감의 기원까지 부리고자 하는 지적 탐욕이다. 여기에 그 힘이 가진 군사적 가치를 주목한 배후의 정치적 탐욕도 끼어드는 것이다. 너는 다만 그리 알거라."

"네."

별안간 못을 박는 스승의 말에 깜짝 놀라 대답하는 발프리드였다. 시그리드가 물었다.

"책을 만들 준비는 되어가느냐?"

"네……, 바우트 공에게 다량의 양피지를 부탁해 두었습니다."

에이드리크가 뒷목을 잡았다는 이야기는 구태여 하지 않는다.

"경석(輕石)으로 마름질한 단계까지만 부탁해라. 선별과 재단, 필사와 제책 과정 모두가 너의 손으로 이뤄야 한다. 서두르면 올겨울 안에 끝낼 수 있겠지."

"알겠습니다, 스승님."

대답은 야무지게 했지만 발프리드는 내심 부르르 떨었다. 외우는 것만으로도 벅찰 텐데 노동까지 해야 하게 생겼으니까. 하지만 소년은 왠지 스승의 이런 지시들이 전혀 싫지 않았다. 거침없이 명령을 내리는 시그리드는 그간 엄격한 훈육에서 멀리 떨어져 자란 소년에게 꽤나 신선한 존재였다. 매사에 확신을 가지고 호불호가 뚜렷한 그의 기백은 어느새 발프리드의 흠모를 받고 있었다.

"아직 춥구나. 차를 한잔하자. 에눅스의 향에 익숙해 둘 필요가 있다. 언제일지는 모르나, 네게도 꿈이 그리워지는 날이 올 테니까. 그러니 꿈꿀 수 있는 지금의 시절을 즐겨두어라."

멀거니 스승의 말을 듣고 있던 발프리드는 이내 깨닫고 후다닥 일어나 더운물을 받아오기 위해 주방으로 향했다.

'빌러디저드 님.'

— 나는 요리를 기대하고 있었다.

'말씀대로 실컷 혼이 나느라 그런 어리광을 부릴 여유가 없었습니다.'

— 빨리 돌아와 상 좀 차리거라.

'그걸 바라신다면 당면한 소동에 도움을 주셔야겠습니다.'

— ……흐로킨의 꼬맹이들 말이냐? 내게 그러한 의리는 없노라.

'그리 말씀하실 줄 알았습니다. 하면, 서리심도 일절 상관없으십니까?'

— 그것이……, 서리심이었는가?

'아시는지요?'

— 그렇다. 그렇다면 더더욱 관여하기 어렵다.

'어째서입니까?'

— 너는 우리가 어떻게 언약의 굴레를 쓰게 되었는지 아느냐?

'신과의 맹약을 어긴 벌이라 들었습니다!'

— 그런 것은 좀 더 돌려 말해도 좋다……, 아무튼, 그 신의 이름을 아느냐?

'모릅니다. 제가 아는 한, 구전되지 않사옵니다.'

— 그럴 것이다. 그 신의 이름은 윤나다. 바로 겨울과 약속의 신이지.

겨울은 모든 생명의 해후를 약속하기 때문이다.

— 그래서 우리는 결코 겨울과 약속에 저항할 수 없는 것이다. 그러니, 그 신의 계보를 모시는 무녀 또한 나의 적이 될 수 없다. 이 일만은, 나라는 존재를 넘어선 동족의 굴레이다. 그러니 더는 청하지 말라.

울리케는 입안 가득 쓴맛을 느끼며 사정없이 덜컹거리는 마차 위에서 눈을 떴다. 같이 짐칸에 올라타 있던 디드리크와 발리엇이 짐짓 걱정스러우면서도 참 신기한 걸 다 본다는 표정으로 그를 주시하고 있었다. 어쩐지 부끄러웠다.

"퉤!"

어찌할 수 없는 쓴맛을 핑계 삼아 후다닥 마부석으로 몸을 내민 울리케가 침을 그러모아 뱉자, 앞으로부터 달려드는 바람이 왈칵 그를 맞이했다. 옆에서 찌푸린 얼굴로 한 손에 고삐와, 다른 한 손엔 앞으로 내민 지팡이를 든 채 운전에 몰두하고 있던 시야프리테가 바람을 이기려 다음과 같이 외쳤다.

"잘 되었나요? 그래갖고 잠이 오던가요?"

"애기똥두릅의 효과는 잘 알고 있다!"

"그래도 그렇지, 그건 보통 독초라고요. 그걸 한숨 자려고 먹는 사람이 어딨어요?"

"하지만 바라던 대로 되었다!"

"용님과 대화했어요?"

"그래! 하지만 역시 별 소득은 없어! 도움을 바랄 수 없다!"

이들이 악을 쓰며 대화하는 이유는 다름 아닌 마차의 몰상식한 속도 때문이었다. 잉겐에서 드리츠까지 강행군으로 반나절만에 주파할 수 있는 것은 고블린뿐이다. 그들을 따를 울리케의 일행들은 비록 말을 타고 있다 해도 그만한 속도를 가질 수가 없었다. 더구나 병사 둘은 걸어왔고, 울리케와 시야프리테는 마차를 타고 왔다. 그들이 발목을 잡는 것이다.

그랬기에 고심 끝에 시야프리테의 지팡이가 한몫을 하게 되었다. 그와 같은 마법은 난생처음이라 했지만, 몇 차례의 시도 끝에 곧 마차에는 비정상적인 바람이 걸리기 시작했다. 이끄는 두 필의 말과 마차 굴대의 내구력도 신경 써야 했기에 지금 류그라 소녀의 집중력은 어마어마한 압박을 받고 있었다. 울리케가 힐끗 보니 어둠 속에서도 지팡이의 끝 이파리의 색이 한층 노래진 게 보였다.

"이러다가 잎이 떨어지는 거 아니니!"

"괜찮습니다!"

아니, 네그레즈가 봤다면 울부짖었을 것이 분명하다. 그리 여기는 울리케였지만 별 토 달지 않고 어둠이 자욱한 사방으로 시선을 돌렸다. 전방에 브륀힐데와 라그나의 말이 달렸고, 마차의 뒤로는 랄로프와 아그니르의 말이 따르고 있었다. 거기에 더해 나귀 유슬리스도 어쩔 수 없이 끌려와 마차의 바로 뒤를 도무지 나귀답지 않은 속도로 따라잡고 있는 게 보인다. 이 가 없은 나귀는 예전 시그리드가 그러했듯, 출발 전 시야프리테가 귓가에 무어라 속삭이자 마치 자신이 명마의 후예라도 된 듯 지금껏 달리고 있었다. 콧김을 훅훅 뿜으며 모둠발로 달리고 있는 유슬리스의 꼬락서니는 우습다 못해 공포스럽기까지 했다.

이대로 밤새 달려야 내일 오전 중에나마 드리츠에 도착하리라. 본래 이런 어둠 속에서 이와 같은 속도로 말을 달리는 것은 위험천만한 짓이나, 눈이 밝은 두 사람이 길을 잡고 있고, 그들 이상으로 눈이 밝은 시야프리테가 고삐를 쥐고 있으니 그리 걱정은 안 됐다. 다만 채 쉴 여지가 없었다는 점이 아쉬웠다. 시야프리테가 외쳤다.

"이라!"

그렇게, 일행은 류그네라스의 격려를 받으며 밤새 질주했다. 모두 마법에 대한 지식이 일천했기에 별달리 놀라지 않았지만, 시야프리테가 보여준 기예는 마땅히 경이로운 것이었다. 그는 쉴 새 없이 지팡이에 기원을 담았고, 위태위태한 마차의 굴대를 지탱하며 여섯 마리 말들과 한 마리의 나귀에게 기력를 부었다. 그에 더해 피로의 쇄신과 중량의 감경 또한 보조적으로 이루어진 일이었다. 질주의 끝에 다다른 새벽녘엔 급기야, 바람의 저항을 상쇄하는 경지에 이르기 시작했다. 때문에 처음 일행들은 모두가 각자의 얼굴로 쇄도해오던 바람끝이 약해진 것을 속도의 저하로 오해하기까지 했다.

"허, 한 번도 쉴 필요가 없었다니."

아침 안개가 옅은 가운데 낯익은 드리츠 마을의 수호목 즈음에 이르러 속도를 줄인 랄로프가 감탄했다. 그의 말대로 밤샌 질주에 단 한 차례의 휴식도 필요 없었다. 통상 말이 습보(襲步)를 유지할 수 있는 시간은 결코 길지 않은 것이다. 길이 험해 다소의 완급은 있었으나, 그걸 여태껏 유지해 왔다.

"편자가 나가지 않았을까 모르겠군."

"신경 썼어요! 괜찮을 거예요! 뭐……, 한번 보시던가요."

라그나의 염려에 항의한 시야프리테가 자신 없이 말끝을 흐린다. 그는 쿡쿡 웃더니 대답했다.

"괜찮을 거다. 아주 대단한 일을 했군, 류그라 아가씨."

말들은 바보같이 멀쩡했건만 그 위에 탄 사람들은 기실 초주검이 되어있었다. 그나마 강골인 모험가들은 티를 덜 내고 있었지만, 아그니르의 얼굴은 아주 볼만하다. 이 와중에 유슬리스는 마치 전설 속의 명마처럼 거만을 떨고 있었다. 이건 분명 자신이 해낸 위업을 자각하고 으스대는 꼬락서니다.

"컹!"

웬일로 사우트가 한번 짖더니 마차 짐칸 밖으로 뛰어내렸다. 그러고는 안개를 헤치며 일행들로부터 멀어져 달려갔다. 디드리크가 채 말릴 새도 없었다.

"어? 사우트? 왜 여기 있지?"

개가 반긴 대상은 안개 너머에서 나타났다. 그를 알아본 디드리크가 소리쳤다.

"어, 형!"

"디드리크? 아니 웬일이야?"

다가오던 디드리크의 형, 룻트가 일행의 범상치 않은 면면을 알아보더니 깜짝 놀라 멈춰 섰다. 디드리크는 그의 당황이 의도하지 않은 실수로 이어지지 않을까 저어하며 재빨리 달려나갔다. 그의 귓속말을 들은 룻트가 읍을 했다.

"미천한 것이 아가씨와 기사님들을 뵙니다."

울리케가 일행을 대표하여 인사를 받는다.

"고개를 들어라! 디드리크, 네 친형이냐?"

"네, 아가씨. 두 살 터울의 룻트입니다."

대답할 말을 채 고르지 못하고 있는 형을 대신해 디드리크가 대답했다. 형보다 체구는 한결 작았지만 당당히 잘 손질된 무구를 차고 서 있는 디드리크 쪽이 훨씬 더 잘나 보였다. 이 재미있는 대조가 힘들고 바쁜 가운데도 모두를 살짝 웃게 한다.

"저……, 안 그래도 촌장님이 오시는 분들을 모시라 해서 영문도 모르고 나와 있던 참입니다."

"그렇구나! 앞서거라. 디드리크도 함께."

울리케는 이렇게, 형제가 나란히 일행의 앞을 잡도록 해 주었다. 디드리크가 고향 드리츠 마을을 등진 것은 채 열흘이 조금 넘은, 아직 그리 오래지 않은 일이었다. 그러나 한창 훈련병으로서 병사의 소양을 익히느라 본래라면 성을 나올 일이 전무한 것이기에, 디드리크는 이 갑작스러운 재회가 반갑기 이를 데 없었다. 울리케는 그걸 놓치지 않았다.

"이 계절에 이런 안개는 드물지 않아?"

디드리크가 형에게 묻는다. 동생의 무구를 힐끗힐끗 훔쳐보고 있던 룻트는 들이대는 사우트의 머리를 우악스럽게 쓰다듬더니 어두운 표정으로 대답했다.

"그저께부터 이래. 동북쪽으로부터 내려온 걸 봐서 시우부름 산 쪽에서 나온 것일 거야. 이상한 일이라고 모두들 두려워하고 있어."

북쪽 땅의 게으른 겨울 태양이 주춤거리며 옅은 안개를 밀어냈다. 행렬은 한 소년병과 염소치기, 그리고 그 곁을 반갑게 알짱이는 휜이리개의 인도를 받아 드리츠 마을을 지났다. 일찌감치 그들의 당도를 느끼고 있던 촌장이 나와 맞이했고, 새벽녘 한발 먼저 도착했던 고블린들의 전언을 내놓았다. 그것은 칼끝으로 도형들을 새긴 작은 나무패였다. 울리케는 그것이 어제저녁 잠깐 본 전쟁기호임을 알아보았다. 방위표가 한 개에, 촌락 표시가 하나, 목표지점을 뜻하는 표시가 하나였다.

"약도로군요. 그 뚫레의 위치를 가늠할 정도는 되겠습니다."

울리케가 기억을 더듬어 기호들을 해석해내자 듣고 있던 라그나가 말했다. 그는 창백한 해를 힐끔 보고 북쪽을 향해 서더니 잠시 나무패를 내려다보았다.

"음……, 어딘지 알겠습니다."

식사라도 하고 가라는 촌장의 권유는 아쉽지만 뿌리칠 수밖에 없었다. 기다리고 있는 고블린들을 목전에 두고 그런 여유를 부릴 수야 없는 일이다. 디드리크는 형과 아쉽게 작별을 하고 사우트를 채근하여 움직이는 행렬에 따라붙었다. 모두는 서둘지 않고 드리츠의 북부에 면한 숲으로 다가갔다. 라그나의 인도를 따라 얼마간 숲속을 거닐자, 문득 홀로 늑대 칸에 올라탄 채 기다리고 있던 아우케트가 보였다.

"미안, 늦었다, 아우케트!"

마차에서 뛰어내린 울리케가 다가가며 말했다. 고블린은 고개를 갸웃하더니 대꾸했다.

"늦었다? 오히려 예상보다 한참 빨랐다. 류그라의 요술인가?"

"그래."

"신통하군."

"모두 어디 있는 거야?"

"굴 안에 있다. 안은 비좁으니 너희는 여기서 잠시 쉬며 식사를 해 둬라. 그리고 마차는 두고 가야 한다. 억지로 넣을 수는 있지만 만일의 경우 되돌리거나 할 수 없어 심각한 장애물이 될 수 있다."

"그럼 여기서 산채까지 걸어가야 하는가……."

길은 달랐지만 일전에 요새까지 끌려가야 했던 울리케는 마음에 들지 않는 목소리로 일행을 향해 뒤를 돌아보았다. 그때까진 발의 아픔이 기억났던 것이다. 등 뒤에서 아우케트가 말했다.

"뚫레의 폭은 좁지만 높이는 넉넉하다. 말은 탈 수 있다."

일행 모두 그새 말에서 내려 고삐를 끌며 다가오고 있었다. 아그니르는 노골적으로 엉덩이가 아파 죽겠다는 표정이었다. 참으로 강행군이었으니, 결코 엄살은 아니라 하겠다. 오히려 별 내색하지 않는 모험가들이 비상한 쪽이었다.

"말은 싫은데……, 무섭단 말이야."

아우케트의 지시에 따라 고블린 보충병들이 마차에 싣고 온 보급물자를 내려 손수레와 등에 나뉘 지는 사이, 조금 떨어진 숲 한편에서 분주히 아침을 마련하는 가운데 불 가에 앉아 언 몸을 녹이던 울리케가 불평하였다. 열정적으로 장작을 지피던 아그니르가 한심하다는 듯이 말했다.

"승마의 소양만은 여전한 거야? 그러니까 이럴 때 곤란한 거 야."

"탈 줄은 알아! 높아서 무섭단 말이야!"

"그걸 탈 줄 모른다고 하는 거야!"

아그니르는 지지 않고 지적했다. 울리케는 별달리 할 말이 없 었다. 어떤 면에서는 꽤나 담대하다고 할 수 있는 그였지만, 높 은 곳만은 어릴 때부터 질색이었다. 용의 발에 채여 영지를 가 로질러 날았던 경험은 그것을 더욱 심하게 만들어 버렸다. 우 습다는 듯이 자매를 바라보던 아그니르의 시선이 한쪽을 향하 더니, 한결 더 웃는 표정이 되며 말해왔다.

"나귀는 어때? 저것도 높다고는 말 못 하겠지."

여전히 전설의 명마인 듯, 저 건방진 나귀를 타게 생겼다.

제 3장

 그 시각의 초병은 스벨크와 지올벤이었다. 지올벤이 헐레벌떡 달려와 올린 보고를 듣자마자, 에이드리크와 함께 오전 나절의 행정 업무에 몰두해 있던 영주, 노아크 피어클리벤 남작이 한마디 했다.

 "과연, 울리케의 말대로 나름의 배려가 있군."

 "……소신은 영 무슨 말씀인지 모르겠습니다만."

 처음 보는 사람들에게는 다소 의아하게도, 문관 에이드리크는 영주의 자리를 차지하고 앉아있었다. 정작 그 자리의 임자인 노아크는 응접용 협탁을 벽난로 가까이에 대 놓고 격식 없이 불을 쬐며 문서들을 보고 있었던 게다. 그러니 실은 이것이 나름 위계에 맞는 자리의 배치라 하겠다. 가엾은 에이드리크.

 "딸의 이야기를 떠올린 것이네. 용이 모닥불을 헤집을까 저어해서 일부러 멀리 떨어진 뒤 날아올랐다는 이야기를 들었거든. 지금도 그렇잖은가? 초병들이 볼 수 있게끔 먼 거리에서 모습을 드러내 천천히 날아올 까닭이 전혀 없지. 자네도 그리 말했다.”

“그렇습니다.”

그제야 알아들은 에이드리크는 고개를 끄덕였다. 용은 그 거체와 달리 마법처럼 유연하게 비행하고, 수시로 은형의 술법을 쓴다. 그가 그룬테름 산에 용의 거처를 짓느라 오갔던 날 중, 숱하게 체험한 바였다. 그러니 용이 멀리서 대놓고 눈치채이게 날아오는 것은 완전히 일부러 그러는 것이 틀림없었다.

“공식적으로 맞이할 채비를 하라는 거겠지. 하여간에, 용이란 정말 알 수 없는 생물이야.”

“생물……, 이겠습니까.”

보던 문서들을 내려놓고 일어서는 주군에게 문관은 피곤한 목소리로 묻듯이 중얼거렸다. 하지만 그는 곧바로 자신의 직무에 충실했다. 곁에 서 있던 비서 오토에게 가신들을 부르라 일렀다.

그리하여 잠시 뒤, 한껏 여유를 부리며 북쪽으로부터 날아온 검은 용, 빌러디저드를 맞이한 것은 영주 노아크와 문관 에이드리크, 기사 스벤과 에길, 그리고 마법 고문인 시그리드였다. 그의 곁에는 이제 갓 제자가 된 발프리드도 시동처럼 붙어 있다.

검은 용의 거체는 피어클리벤 성의 상공을 한 바퀴 돌더니, 이내 천천히 성의 안뜰에 내려앉았다. 용의 독특한 체취가 실린 미풍이 순간적으로 훅, 모두를 휘감았다. 기이한 따뜻함이 어려 있었다.

"황공하게도 이리 친히 거하시다니요, 사자를 부르시지 그러셨습니까?"

"나름대로 촌각을 다투는 일이다, 노아크 피어클리벤 남작."

나서서 읍을 하며 맞이한 노아크의 생색에, 빌러디저드가 이렇게 답했다. 다른 이들과는 다르게 작위와 성명 전부를 꼼꼼하게 불러준 것은 용 나름의 존중이라 해석할 수 있겠다. 둘러선 모든 가신들의 기분이 나쁘지 않았다. 노아크는 면구스러운 얼굴을 조아리며 말했다.

"송구합니다. 제가 어리석어 어떠한 일인지 짐작지 못하겠습니다."

"고한다. 고블린들의 산채가 서리심의 무녀에게 공격받고 있다. 네 딸의 사절단은 그 사태파악을 위해 그리로 향했다."

짧고, 일체의 장식을 더 하지 않은 전달이었다. 때문에 오히려 남작과 더불어 둘러선 모든 가신들은 잠시 말을 잃었다. 이럴 때 그들을 구원할 만한 것은 역시 마법사뿐이다. 시그리드가 나서며 말했다.

"이 일에 경외와 태고의 묵시자께서 직접적인 도움을 주실 수 있으십니까?"

용의 거대한 모가지가 살짝 틀어지며 그 시선이 마법사를 향했다.

"왜 그리해야 하는가부터 말해보라. 내가 증거한 가운데 흐로킨의 검은 혈맹자들과 너희가 맺은 약속은, 그저 상호 불침에 전제한 순찰력과 물자의 교환이다. 어느 한 편의 위기에 흘릴 피를 대리할 것은 미처 약속되지 않았다."

그랬다. 그리고 실제 군사적 동맹까지 맺었다면 이를 비밀로 하지 않는 한 이웃 영지들로부터 견제와 의심을 사게 된다. 그러므로 엄밀히 말해 현재 피어클리벤과 고블린은 결코 동맹이라 할 수 없었다. 그랬기에 일전 아셰리드를 호위했던 뉘른스에크의 기사들에게도 선선히, 다소 각색되긴 하였지만 고블린들에 관한 이야기를 할 수 있었던 게다.

시그리드는 대답의 마땅한 권리를 영주에게 넘겼다. 그의 눈길을 받은 노아크는 한동안 신중히 침묵하였다. 그런 그를 물끄러미 내려다보던 용이 다시 입을 열었다.

"울리케는 이미 알고 있는 일이나, 너희는 모를 테니 전한다. 서리심의 무녀는 겨울과 약속의 신 윤나를 모신다. 때문에 언약의 굴레에 있는 나는 그와 대적할 수 없다. 또한 서리심은 우리 이상으로 약속의 엄격함을 추종한다. 그것이 우리에게 저주라면, 그에게는 불멸의 근원이자 신앙이다."

처음 듣는 이야기에 시그리드는 눈을 크게 떴다. 대륙 어디의 고매한 기담사도, 고서도 이와 같은 바를 알지 못하리라는 생각이 들었다. 그야말로 희귀한 전설이 아닌가.

"울리케가……, 제 딸이 그리로 향했다는 것은 이미 고블린을 도우리라 작정하고 행동한 것이 아니겠습니까? 잇따른 경거망동에 대신 사죄드리옵니다."

노아크의 말이었다.

"용서한다. 하나 그리 예단하는 것이야말로 섣부른 일이 아니겠느냐? 그 아이는 나름 책임과 직분을 다하려 노력하는 중이다. 나는 다만 이러한 사정을 알리고, 너의 결정을 촉구하고자 왔다. 노아크 피어클리벤, 너는 그저 약속한 바에만 국한하여 저들의 곤란을 방관할 권리가 있다. 그러나 이웃된 도리로서, 세간의 유구한 인식에 저항하여 그들을 도울 칼을 들어 보이는 것도 하나의 방편이다. 이는 너와 네 식솔, 나아가 이 땅에 거하는 모든 것들에 관한 향후의 지향을 가늠토록 한다."

용은 이리 말했다. 노아크는 고민한다. 고블린들을 돕기 위해 움직이는 것은 아직 채 논하지 않은 군사적 동맹의 의사를, 이쪽에서 먼저 보이는 것이 된다. 서로 불침하며 거래하는 것까지는 영지의 마땅한 자위를 위해 취할 수 있는 일종의 지혜로 이야기될 수 있지만, 칼을 들어 돕게 되는 것은 완전히 다른 이야기다. 이는 고블린을 유해한 마수의 일종으로만 취급하는 제국의 시선에 명백히 위배되는 일이다. 그저 이대로 그들의 재난을 방관하는 게 현명한 일이 아닐까?

조약의 증거자인 용이 만일 고블린들을 도우라 명했다면 하는 수 없었겠지만, 용은 지금 그저 그의 선택을 종용하고만 있었다. 노아크는 막대한 부담을 느끼며 가신들을 돌아보았다. 이에, 에이드리크가 나선다.

"그들을 도우십시오, 주군."

"바우트 공, 미치셨소?"

스벤이 참지 못하고 격한 언사를 내뱉었으나, 달리 그에게 눈치를 주는 이는 없었다. 문관의 말은 그만큼 파격적인 까닭이다. 에이드리크조차 그런 말을 들으리라 예상했는지 낯빛 하나 바꾸지 않았다. 노아크가 묻는다.

"왜 그리 생각하는가?"

"필히 군사로써 도와야 하는 것도 아닙니다. 어떠한 상황인지 살펴야 하겠으나, 보급이나 구호품의 지원만으로도 족할 것입니다. 중요한 것은, 이러한 때에 우리가 조약을 방기하지 않았다는 태도를 보이는 것입니다. 아니그러면 이후 저들이 어떠한 피해를 입든 우리에 대한 신뢰를 갖지 못할 것입니다. 물론 린트부름의 웅강한 후예께서 살피시니 저들이 뒤를 치지는 못할 것입니다만, 이후 명백히 버림패가 되어 약속은 유명무실해지겠지요. 다루고 살펴 영지에 쓸 만한 방패가 될 수도 있는 그들을 너무 아깝게 버리는 일이 됩니다."

말을 마친 에이드리크는 슬쩍, 스벤을 보았다. 굴강함을 미덕으로 섬기는 그였으나, 너무도 유려하게 이어진 에이드리크의 이야기에 말문이 막혀버렸다.

"일리 있는 이야기다. 현시점에서 중요한 것은 우선 상황의 파악이로군. 우리가 도울 수 있는지, 돕는다면 어떻게 도울 것인지 모두 그에 달렸다. 유세트 경."

"네, 영주님."

아직 주군이란 호칭이 채 입에 붙지 않은 마법사였다. 그에 달리 개의치 않는 노아크가 질문하였다.

"서리심에 관한 보고는 앞서 조금 들었소만, 그가 무엇을 할 수 있고 얼마나 강대한 것이오?"

시그리드는 현재 명백히 그의 신하였으나 마법사로서 그 작위 자체가 영주에게 비롯된 것이 아니다. 그랬기에 노아크는 그에게 다른 가신들을 대하듯 딱 잘라 하대하지 못하는 것이다. 바로 이러한 부분이, 제국에서 마법사가 가진 위치를 보여주는 한 단면이 되겠다. 시그리드가 입을 열었다.

"국지적인 규모에 한하나 그 능력은 명백히 겨울 자체입니다. 또한 다수, 다종의 마수를 제어하고 수족처럼 부릴 수 있습니다. 서리심이 시우부름 산을 공격했다면 결코 단독으로 하지 않겠지요. 강력한 마법과 마수의 군대를 예상하셔야 합니다."

영주는 이미 그로부터 모험가들이 마주쳤던 서리심의 이야기를 들었다. 그러므로 다수의 눈트롤 군대를 어렵지 않게 상상할 수 있었다. 이에 노아크의 얼굴이 찌푸려졌다. 그의 말이 옳다면 상대하기에 있어 고블린보다 훨씬 까다로운 적임이 명백하기 때문이다. 더구나 용은 도울 수 없다 했다. 에이드리크

의 말대로 그저 보급물자나 전해주고 생색내는 데서 그쳐야
할까?

"돕기로 한 모양이로군."

용의 묵직한 음성이 좌중을 갈랐다. 노아크가 돌아서 용을 향
해 읍한다.

"……그러합니다."

"그 결정이 품고 있는 일장일단을 잘 살피거라. 이 이상 사소
한 것을 내가 관여할 필요는 없겠지. 그런데, 에다의 경을 암송
하는 자여."

"네?"

별안간 불린 시그리드가 약간 놀라 답하였다.

"쓰러진 신목의 파편이 얽힌 게 느껴진다. 고생하고 있는 게
로군?"

마법사는 놀랍게도 피식 웃었다. 아마 용의 면전에서 그럴 수
있는 것은 지금 이 자리에서 마땅히 그뿐이리라.

"감지하십니까? 다만 목숨값이라 달게 받고 있습니다."

"밀어낼 가시라고만 여기느냐? 품고 갈 배움이 될 수도 있
다."

시그리드의 표정이 기이해졌다. 눈을 살짝 치켜뜬 그가 묻
는다.

"배울 것이 있겠습니까?"

"내가 아니라 가지의 운반자들에게 묻거라. 그리고, 이 문제

는 필히 너의 첫 제자와 함께하거라."

그때까지 얌전히 시그리드의 곁을 지키던 발프리드에게 눈길을 주며, 용은 그렇게 말했다. 이 자리에서 처음으로 용의 시선을 받은 발프리드는 살짝 당황했지만 의연하게 웃어 보였다. 그것은 자신의 길을 알려준 은인에 대한 호의의 표시인 동시에, 한번 꿈속의 대화를 나누었던 경험이 만들어낸 친애의 표정이었다.

말을 마친 빌러디저드는 밤의 장막과 같은 날개를 펼쳤다. 공무로서 용의 첫 내방이 끝남을 알리는 바람이 불었다. 용이 사라지자마자, 스벤이 다급히 다가와 시그리드에게 물었다.

"유세트 경, 묻겠는데, 울리케 아가씨와 연락할 방도가 혹시 있소?"

시그리드는 한쪽 입꼬리를 올렸다.

"제게 물으신 건, 어떤 마술적 방법이 없는가 하는 뜻이겠죠?"

"어……, 그렇소이다."

이들의 대화는 노아크와 다른 가신들의 주목을 끌고 있었다. 시그리드가 대꾸했다.

"물론 가능하죠."

"그런데, 용조차도 원격으로 대화를 걸 때는 꿈속에서만 가능한 게 아니오?"

"전혀 그렇지 않습니다."

시그리드가 단정했다. 그러고는 노아크를 비롯한 좌중 모두를 훑어보며 말했다.

"빌러디저드 님이 울리케 아가씨의 꿈속에서만 대화한 것은 대단히 기술적인 이유에서지요. 또한 아가씨에게 부담을 주지 않으려는 그분의 배려입니다. 저는 그런 사소한 배려는 신경 쓰지 않으므로, 아가씨의 행렬 편에 연락을 취하실 거라면 언제든 말씀하십시오."

그 배려란 게 뭔지 모르겠지만 엄청나게 신경 쓰이는 노아크가 물었다.

"괜찮은 것이오? 그 부담이라는 게."

"아프거나 해로운 것이 전혀 아닙니다. 그저 수신자 쪽이 불안정하거나 긴급한 상태에 있을 때 예기치 않은 접촉을 당하면 혼란에 빠지니까요."

생각해 보니 그렇다. 상대가 어떤 상태에 있는지도 모르는 상황에서 그런 마법을 날리는 건 자칫 심각한 민폐가 되리라. 그러나 마법사는 이에 대해 별 염려하지 않는 것 같았다. 다들 뭔가 더 묻고 싶었으나, 용이 사라진 하늘로 얼굴을 들어 보이는 시그리드의 태도에는 더 이상의 문답이 귀찮다는 기색이 어려 있었다. 그야말로 언제나의 그였다.

아그니르의 말마따나, 울리케는 짤뚱한 체구의 나귀 유슬리스마저 높아서 무섭다고 불평할 수 없었다. 다만 애초에 탈것으로써 고려되지 않았던지라 적당한 마구가 없었고, 이 문제를 눈치챈 랄로프와 라그나가 나서 여벌로 준비해온 수선용 마구의 부품들을 급조해 나귀에 달기 시작했다. 울리케는 차마 그걸 말리지도 못하며 복잡한 표정을 지은 채 구경해야 했고, 결국 으쓱이며 다가온 유슬리스에 올라타야 했다. 임기응변에 뛰어난 모험가들의 솜씨 덕이었을까, 그다지 불편함은 느껴지지 않았다. 다만,

"눈 뜨고 볼 수 없는 꼴이네."

아그니르가 깔깔거리고 말했다. 울리케와 나귀의 체구를 고려해 조정된 등자가 황송스러울 지경이었다. 울리케는 볼이 부어 있었지만 아무 말도 하지 않았다. 그렇게 모두를 살짝 웃긴 끝에, 일행은 고블린들의 비밀통로 입구로 안내되었다. 모두가 말을 탔으나 디드리크와 발리엇은 여전히 구보로 따르게 된다. 시야프리테도 마찬가지였다.

"바로 출발할 거야?"

나귀 덕에 늑대에 탄 아우케트와 눈높이가 얼추 같아진 울리케가 묻는다. 입구에서 그들을 기다리고 있던 아우케트가 답했다.

"그렇다. 다만 모두에게 약간의 주의점을 말하고자 한다."

그러자 일동이 순순히 그에게 주목하였다. 고블린의 말이 이어졌다.

"뚫레의 폭은 말 하나를 돌릴 수 있을 정도에 불과하다. 그럴 일은 없을 거라 여기지만 만일 어떤 비상상황이 일어나더라도 당황해서는 안 된다. 자칫 통로가 막히는 사태가 일어나면 큰 일이다."

"마냥 일자 통로인가?"

라그나의 물음이었다. 아우케트가 답했다.

"아니다. 중간 두 지점에 비상 보급을 위한 터가 있다. 그리고 만일을 대비해 설치된 함정이 역시 두 군데 있다. 그러므로 어떤 일이 있어도 선두보다 먼저 치고 나가지 마라."

함정에 관한 이야기는 모두의 상상력을 폭주시켰지만 아무도 입을 열어 묻진 않았다. 아우케트의 말이 이어진다.

"또한, 당연히 예상할 수 있겠지만 통로 안은 일체의 어둠이다. 우리는 아주 약간의 광원만으로 충분하지만, 너희는 거기 류그라를 제외하곤 확실한 조명이 필요할 거다."

"아, 등잔이 있다."

라그나가 말했다. 모험가들의 등짐에 모두 하나씩 갖춘 유리 등잔이 있었다. 나름 비싸지만, 바람의 영향을 덜 받고 지속시간도 길기에 이와 같은 여정에서 빠트리지 않는 상비품이었다. 횃불은 거추장스럽고 지속시간도 짧기 때문에 그럴만한 이유가 있지 않는 한 잘 사용하지 않았다.

"아우케트, 문제가 생겼다!"

아우케트가 라그나의 말을 듣고 고개를 끄덕이던 찰나, 통로 안으로부터 다급하게 뛰쳐나온 두카르가 이렇게 소리치며 다가왔다. 모두의 시선이 그를 향했다.

"무슨 일인가, 두카르?"

"뚫레의 중간 지점이 막혔다! 침수가 되었는지 벌어진 외벽으로부터 얼음덩이가 뻗어 나왔다! 스물을 붙여 부수라 명해놨지만 얼마나 뚫어야 할지 알 수가 없다. 일단 보기에도 얼음의 두께는 상당하다."

"우연한 일이 아니겠지."

아우케트는 고민할 것도 없다는 듯, 즉시 대답했다. 듣고 있던 모두의 생각도 같았다. 이것은 명백히 의도를 가진 방해 공작일 것이다. 아니고서야 자연스레 침수가 일어났다면, 상대적으로 온도가 일정한 지하 토굴 안에서 얼음이 그렇게까지 얼 수가 없다. 서리심의 개입이라고밖에 생각할 수 없었다.

모두가 잠시간 침묵을 유지하던 끝에, 묘한 일이 벌어졌다. 딱히 서로의 눈치를 살피지도 않았건만 마치 약속한 듯 모두의 시선이 시야프리테를 향했던 것이다. 그는 그때까지 지팡이를 땅에 박고 선 채 멀거니 먼 데를 보며 있었고, 그래서 꽤나 늦게, 그것도 울리케의 조심스러운 헛기침 소릴 듣고서야 자신이 처한 상황을 깨달았다. 이상하다는 듯이 모두를 휘돌아본 시야프리테가 말했다.

"뭐죠?"

"지팡이는 괜찮은 거야?"

마침 지루한 듯 흐느적거리는 유슬리스 위에서, 울리케가 살짝 휘청이더니 그렇게 물었다. 시야프리테는 절반 가까이 노래진 지팡이의 잎사귀를 내려다보고 말했다.

"걱정하지 마시라니까요? 이 이파리가 설령 떨어져 버려도 가지가 죽는 것은 아니에요. 작정하고 가지를 말려 죽이는 건 아주 힘들다고요. 이파리는 그러니까……, 어, 엄살피우면서 써라, 뭐 이런 의미죠. 할아버지나 여기에 벌벌 떨지요."

말은 그렇게 하지만, 울리케는 시야프리테가 틈날 때마다 지팡이를 땅 위에 꽂아대는 걸 봐왔다. 그것이 지력을 흡수하여 가지의 힘을 양생시키는 방법이라 했다. 지금처럼.

"지하 통로를 이용할 수 없다면 결국 육로로 가야 하는데, 당장 눈트롤 수십 마리와 눈보라를 뚫어야 한다."

울리케가 말했다. 다른 이들도 모두 그리 생각했기에 시야프리테를 쳐다본 것이다. 즉, 마법사의 도움이 절실하다.

"아가씨."

라그나의 침착한 목소리가 울리케의 말을 뒤따라 잡았다. 그의 말이 이어졌다.

"어제 출발하기 전, 무엇보다 안전에 주의하시겠다 약조하셨습니다. 맞뚫레를 쓸 수 없다면 우리는 바로 귀환을 도모하는 게 맞습니다."

라그나의 어조는 정갈했으나, 저항은 용납하지 않겠다는 엄격함도 드리워 있었다. 이에 울리케는 고마움과 불만을 동시에 느끼며 조르는 표정으로 그를 보았다. 늘 찌푸린 듯 조소 어린 그 표정만큼은 한결같았으나, 지금만큼은 배타적인 책임감이 선두에 나선 게 보였다.

울리케는 무어라 말을 해 보려 입술을 달싹였지만 그건 성공하지 못했다. 순간 난데없이 나귀 유슬리스가 부르르 몸서리를 치더니 제자리에서 껑충껑충 뛰기 시작했기 때문이다. 울리케는 기겁해서 고삐를 당기며 허우적거렸다. 균형을 잡기 위해 발에 걸린 등자가 팽팽해졌으나, 나귀의 날뜀은 여전히 진정되지 않는다.

"울리케!"

자매가 나귀 옆으로 나가떨어지는 걸 본 아그니르가 깜짝 놀라 소리쳤다. 하지만 아그니르는 좀 떨어진 위치에서 말 위에 있던지라 반응할 짬이 없었다.

"아얏!"

꽤나 위험한 자세로 떨어지던 울리케를 달려가 잡아낸 건 디드리크였다. 다만 워낙 급하게 취하느라 디드리크도 처내듯이 엎드리며 구를 수밖에 없었고, 덕분에 울리케는 목이 부러지는 것은 면할 수 있었지만 디드리크 투구와의 박치기는 피할 수 없었다. 하지만 울리케는 그까짓 고통보다 흉한 꼴을 보이고 말았다는 부끄러움에 신경 쓰며 후다닥 몸을 굴려 일어났다. 평소 운동신경과는 거리가 먼, 울리케답지 않은 민첩함이었다.

"괘, 괜찮으십니까?"

"너야말로 괜찮으냐?"

뒤늦게 몰려오는 두통을 참으며, 울리케는 바닥에서 일어나는 디드리크의 물음에 그리 대꾸했다. 다행히 눈과 낙엽, 진창이 어우러져 좀 지저분해지긴 했지만 멀쩡하고 씩씩한 전직 목동이었다.

"저는 괜찮습니다요, 아가씨."

"도대체 이 나귀는 뭐가 문제야!"

울리케는 지끈한 뒤통수를 감싸며 유슬리스를 향해 소리쳤다. 울리케를 내동댕이친 나귀는 그러거나 말거나 이제 투레질을 하며 앞뒤로 왔다 갔다 하고 있었다. 그새 말에서 내린 랄로프가 다가와 고개를 갸우뚱한다.

"왜 이래? 뭐 잘못 먹었나?"

이 맥락 없는 변고는 모두의 관심을 끌었다. 랄로프는 나귀를 잡아 진정시켜야 하는지 어쩐지 고민스러운 모양이었다. 하지만 그가 결론을 내리는 것보다 나귀의 진정이 더 빨랐다. 방금 전까지의 요란법석을 잊은 듯, 어느새 고요해진 나귀는 귀를 쫑긋거리며 주변을 쳐다보았다. 기가 막힌 울리케가 한마디 한다.

"도대체 뭐였던 거야!"

그러자 나귀가 대답했다.

"아, 이건 미처 예상하지 못했군."

그랬다. 나귀가 대답했다. 모두의 눈이 홉떠졌고, 서로의 안색을 살피며 이 괴이한 사태에 직면한 입장의 공감대를 형성하려 노력하기 시작했다. 하지만 시야프리테만은 그 흐름에서 벗어나 폭소를 터트리고 말았다. 무리는 아니었다. 나귀가 말했으니까. 그리고 나귀는 또 다음과 같이 말했다.

"어쩌다 나귀에 탈 생각을 했지? 누가 탔지? 아가씨가 탔나요?"

"……유, 유세트 경?"

귀에 익은 목소리의 주인공을 깨달은 울리케가 되물었다. 그의 말대로, 유슬리스의 목소리는 시그리드의 것이었다. 울리케의 물음이 이어졌다.

"대체 어떻게……, 아니 그것보다, 나귀의 목소리가 아니에요? 그 입으로 언어 구사가 되나요? 왜 경의 목소리가 그대로 나오죠?"

이런 상황에서도 호기심을 잃지 않는 것은 울리케가 가진 한 가지 경이로운 면이라 하겠다. 어느새 현 사태의 당황스러움, 직면한 입장의 난처함, 모두에게 보인 부끄러운 장면, 뒤통수의 고통까지 모두 잊은 울리케의 물음이었다. 나귀 유슬리스, 아니 시그리드는 바보 같다는 듯, 투레질을 하더니 대답했다.

"마법이니까요. 이건 용이 말하는 방식하고 같아요. 용은 말할 때 입과 혀를 사용하긴 하지만 일반 동물들과는 달리 그것조차도 마법을 운용하기 위한 기술에 불과해요. 그러니까, 소리를 내기 위해 혀와 목청을 사용하는 게 아니죠. 지금 이 나귀도 똑같답니다."

나긋나긋 말하는 게 영락없는 시그리드의 어조였다. 울리케는 설명을 들으면서 한편으로 나귀가 입을 움직이는 방식을 관찰하였다. 그의 말대로, 유슬리스는 입을 움직이고는 있었지만 그 모양과 움직임이 발음과 전혀 연결되지 않았다. 그제야, 울리케는 빌러디저드 또한 그러했다는 것을 깨달았다. 생각해 보면 그런 구강구조로 인간의 말을 구사한다는 것 자체가 말이 안 되는 일이었다. 그걸 방금 깨달은 것이다.

"아니, 정말 누님이오?"

나귀가 말한다는 충격적인 사실에, 그때까지 아연해 있던 랄로프가 곁에서 외쳤다. 어느새 라그나와 브륀힐데도 말에서 내려 다가와 있었다.

"그래. 심상의 원화(遠話)를 쓰는 게 덜 귀찮은 일이겠지만, 이쪽에서도 정확한 상황을 볼 필요가 있고, 수신자에게 부담을 주기 싫어 이 녀석에게 깃들기로 했다. 이럴 일도 있을까 싶어 준비해둔 일이다."

울리케는 감탄했다. 일전 수호의 부적도 그렇고, 역시 그의 준비성은 언제나 한발 앞서 있다.

"그 가엾은 나귀는 괜찮은가요?"

어느새 웃음을 멈추고 다가온 시야프리테가 색다른 관점에서 질문한다. 모두의 시선이 잠시 그를 향했다. 나귀마저.

"괜찮다. 오히려 이런 일에는 인간이 아닌 동물이 적합하다.

인간이 이런 일을 겪으면 정신에 감화가 일어나 부작용이 좀 고약하지. 걱정 말거라."

유슬리스, 아니 시그리드의 말이 이어졌다.

"그래서, 어떤 상황이죠? 용이 직접 내방해 대강의 사태는 알려왔어요. 윤나와 서리심에 관한 문제도 들었죠. 영주님과 가신들은 일단 비군사적 지원에 대해 뜻을 모았어요. 추가적으로 군사적 도움이 필요합니까? 아가씨도 아시겠지만, 그 결정이 가져올 여파는 신중히 고려해야 합니다."

"빌러디저드 님이 친히 납셨다고요? 세상에, 전혀 안 도와줄 것 같이 굴더니, 그 깍쟁이 같은 용!"

울리케는 이렇게, 욕인지 칭찬인지 알 수 없는 소릴 했다. 하지만 이내 조용히 입을 다물고 고민하였다. 그러자 라그나가 기다리지 않고 나선다.

"시그리드? 우리가 안전히 접근할 수 있을 거라고 생각한 고블린들의 통로가 막혀버렸다. 자연스러운 사고는 아닌 듯하다."

"그래? 그럼 눈보라와 트롤 군대를 돌파해야 한단 말이로군."

"……혹시 나귀의 몸으로 주문을 쓸 수도 있소?"

정말 혹시나 해서 던져본 질문이었건만, 랄로프는 곧 나귀가 자신을 비웃는 것 같은 표정에 직면하게 되었다. 랄로프가 너무 불쌍해지지 않는 선까지만 말없이 쳐다보던 시그리드가 대답했다.

"말도 안 된다. 나는 여기서 그저 이야기만 주고받고 상황을 볼 뿐이야. 나귀 눈이라 색맹이지만. 원, 시력도 형편없는 데다 양안시야가 좁아 두통이 오는군."

나귀의 몸을 한 마법사는 이렇게, 알아듣지 못할 소리를 하며 투덜거렸다.

"마법사? 그건 정말 마법사인가?"

그때까지 이 괴이한 광경을 한발 물러난 곳에서 구경하고 있던 아우케트가 다가왔다. 고블린의 기막혀하는 목소리가 이어졌다.

"정말이지, 요술쟁이들의 기행은 끝이 없군. 우리가 싸울 일이 없었던 것에 감사한다."

"싸울 일이 없었다고는 말할 수 없지 않아?"

은근히 비꼬아오는 나귀형 시그리드였다. 나귀의 형상이라 그럴까, 이럴 때 드러나는 그 특유의 쌀쌀맞음이 한결 기괴하게 다가온다. 아우케트는 이 보기 드문 광경에 기어이 피식 웃고 말했다.

"그쪽이 돕든 돕지 않든, 또 어떻게 돕든 현시점에서 필요한 것은 요새로의 안전한 접근이다. 얼음을 뚫고는 있지만 기약이 없다. 다만 별다른 방도가 없다면 우직하게 그것만을 할 수밖에. 마법적 지원 없이 돌파할 생각은 나도 없다."

이렇게 말한 아우케트는 혹시라도 반대의견이 나오지 않을까 두카르 쪽을 돌아보았으나, 형제는 쓸쓸한 표정이긴 했어도 달리 입을 열지 않았다. 두카르 역시 아우케트의 의견에 찬성하는 것이다.

"그렇군, 알겠다. 아가씨, 현재의 상황을 영주님께 보고하지요. 이후 다시 연락드리겠습니다. 그때까지 쉬고 계시지요. 아, 그리고……."

나귀형 시그리드의 말이 이어졌다.

"이 녀석 꼴 좀 챙겨주시겠습니까? 배가 고프군요."

"바우트 공."

"스벤."

지금처럼 에이드리크가 기사 스벤에 대한 공대를 생략해버리는 것은 두 가지 경우 가운데 하나다. 보는 이들이 아무도 없는 완전한 사석이거나, 에이드리크가 경황이 없는 경우다. 지금의 에이드리크는 후자에 해당했다. 위계로 보자면 그 둘은 원칙상 평등했지만, 에이드리크가 세 살 많은 데다 영지의 재정에 관한 재량권을 갖고 있다는 점에서 아무래도 스벤은 살짝한 수를 접어주곤 했다. 다만 불평은 확실히 한다.

"이야, 바쁘시오?"

"안 보이나."

중년의 문관은 뒷목을 벅벅 긁더니 말했다. 최단 시간 안에 고블린들을 지원할 물자를 공수하고, 그것을 수송하며 호위할 인력을 구성하는 작업이었다. 어지러운 물품목록과 짐궤짝을 들고 뛰어다니는 하인들, 병사들, 바쁜 것은 대장장이와 늙은 장제사조차 마찬가지다. 오히려 이 북새통에 느물거리며 다가와 말을 거는 스벤이 열없다.

"몇 명을 붙일 생각이오?"

"전원."

스벤은 눈을 크게 떴다.

"병사 전원? 아니, 성에 경계병조차 남기지 않는단 말인가?"

"서넛으로는 어차피 별 의미 없잖은가? 앞마을에서 징집을 꾸리려면 편제를 도울 종사(從士)가 많을수록 좋지. 생색을 내기로 했으면 화끈하게 하게."

"마법사 하나 믿고 이러는 거외까?"

에이드리크는 약간 짜증을 냈다.

"마법사 하나라니, 우리끼리니까 한 실언으로 듣겠네!"

그러나 큰 허물은 아니다. 에이드리크는 그리 생각한다. 검의 물리와 머릿수의 힘에 익숙한 기사들에게 있어 마법사는 그 전략적 가치를 가늠하기 어려운 존재이니까. 물론 에이드리크 역시 시그리드의 실제 힘이 어느 정도인가를 구체적으로 알지는 못했다. 다만 그가 발프리드의 스승이 되겠다고 알려왔던 날, 이 신중한 문관은 그를 찾아가 넌지시 이렇게 물은 바 있었다.

"제가 이 성의 살림꾼으로서, 유세트 경을 얼마만 한 자산으로 여겨야 합니까? 무례하고 무식한 질문인 줄 알지만, 저는 이 것을 알아둘 책임이 있습니다."

"마땅한 말씀이군요."

장작의 불을 붙이는 게 아직 서툰 발프리드가 벽난로 앞에 붙어 검댕을 묻혀가며 악전고투를 하고 있었다. 시그리드는 싱글싱글 웃으며 그 꼴을 뒤에서 지켜보는 중이었다. 그가 말을 이었다.

"문관의 영역에서는 말을 아끼겠습니다. 다만, 무관의 영역이라면 글쎄요. 기병 이백을 전투 불능으로 만들 수 있고, 창병 이천의 전멸 정도는 가능하겠어요. 사족이겠지만, 물론 여러 상황에 따라 다릅니다."

미리 어느 정도 예상한 에이드리크는 그리 놀란 모습을 보이지 않을 수 있었다. 하지만 침을 삼키며 묻게 되었다.

"경은 혹시……, 스스로 용과 상대할 수 있다고 보십니까?"

"글쎄, 어떨까요."

시그리드는 잔잔하게 웃음을 터트렸다. 그러곤 도리질을 하며 대꾸했다.

"한 달 정도 함정을 파고 전략을 짜고, 모든 것이 계획대로 되었다면 뜨거운 맛을 보여줄 수 있겠죠. 그리고 저는 죽을 테지만, 성공한다면 그래도, 용이 죽는 날까지 나를 기억해줄 흉터 하나 정도는 남길 수 있을지 모르겠군요. 바우트 공, 그런데 진지하게 물으신 건가요?"

"아닙니다."

에이드리크는 손사래를 쳤다. 그날의 대화는 이후로도 조금 더 이어졌고, 에이드리크는 그가 마법사로서 어떤 것들을 할 수 있고 어디까지 할 수 있는지를 기술적인 차원에서 다소나마 들었다. 고블린을 지원하는 행렬에 성의 군사력 전부를 얹어 보낸다는 계획은 그것을 바탕으로 입안된 것이다. 즉, 시그리드 혼자 능히 이 성의 비상사태를 책임질 수 있다. 에이드리크는 그렇게 믿었다.

"호위치고는 너무 많다고 여기지 않겠소?"

"고블린 성채의 병력을 모른다면 그런 소리가 나올 수 있겠네만."

스벤의 가벼운 염려를 에이드리크는 이렇게 틀어막았다. 이번 물자수송에 붙는 병력은 기사 둘과 병사 열하나, 그리고 성하촌에서 임시 징집된 장정 백십 명이 될 것이다. 이 계획은 에이드리크가 짜낸 것으로, 기본적으로는 물자의 호송인력이라는 핑계를 갖지만 유사시 상황을 보아 군사적 도움도 줄 수 있게끔 하는 역할을 수반했다. 그리고 만일 외부에서 이를 알게 되더라도 고블린과의 통상교역을 신뢰하지 못해 만일을 대비한 자구책이었다고 둘러대면 그만이다. 물론 실제로 군사적 도움을 주게 된다면 그땐 또 구설이 나오지 않을 방안을 생각해야겠지만, 이번 행군의 가장 큰 목적은 어디까지나 생색내기였다. 그러니 실제로 창을 휘두를 일은 없어야 한다.

말하는 나귀란 것은 보기에 재미있는 것이었지만, 그걸 가능케 한 스승은 전혀 즐겁지 않은 상태가 되었다. 발프리드는 벽난로 앞에서 모포를 덮고 명상을 취하던 그가 진땀에 젖어가는 것을 걱정스러운 얼굴로 바라보았다. 그리고 마침내 깨어난 시그리드는 무서울 정도로 창백해진 얼굴을 들어 발프리드를 찾았다.

"이걸 다시 해야 한다고 생각하니 정말 싫군."

"괜찮으십니까, 스승님?"

"해로운 것은 결코 아니다. 하지만 고통이 너무 심해……, 아, 몰라. 묘사하기 귀찮다. 그냥 치통 정도라고 생각해라. 한 이빨 열 개 정도."

상상력이 좋은 발프리드는 부르르 떨었다. 하지만 자신의 역할을 잊지 않은 소년은 미리 준비해두었던 따끈한 약차를 잔에 따라 내밀었다. 시그리드는 진저리를 치며 그걸 받아 마시곤 한숨을 내쉬었다.

"가신들은 어쩌고 있지?"

"네, 다들 매우 바쁘게 움직입니다. 병사들이 성 아랫마을에서 징집하고 있고, 보급물자와 무기, 마차를 내느라 분주합니다."

"조용히 독경이나 하려 했건만, 어째 이 땅은 쉴 틈을 안 주는군."

시그리드의 푸념은 발프리드를 향한 것이 아니었지만, 소년은 왠지 꾸중을 들은 것 같이 무안한 낯이 되었다. 그러나 그런 사소한 것을 굽어살피는 시그리드는 아니다.

"쓸데없는 병력보다야 내가 가는 게 좋으련만, 지금의 나는 여기를 지키는 쪽이 낫다. 이번 일은 매우 번거롭게 진행할 수밖에."

하지만 발프리드는 아직 그리 생각하지 않았다. 마법사인 그에게는 이 북새통이 지극히 효율 떨어져 보이겠지만, 마법사가 없는 영지에서는 너무나 당연한 일상에 지나지 않는다. 사람은 말을 전하려면 그곳까지 인편을 달려야 하고, 무언가를 움직이려면 팔을 뻗어 힘을 써야 한다. 그런 걸 귀찮고 무용하게 여기는 것은 오로지 마법사라는 인종들만 갖는 특권이었다. 그모든 것들을 그저 짧은 명상으로 해낼 수 있는 그가 괴이한 존재다.

"궁금한 게 있습니다, 스승님."

"아마 지금 물을 자격이 없는 궁금함일 것이다. 그래도 들어는 주마."

원 세상에, 이래놓고 질문을 하라는 건가 말라는 건가? 발프리드는 잠시 기가 질렸지만 어떤 상황에서도 궁금한 건 물어봐야 직성이 풀리는 누나 울리케를 떠올리며 용기를 낸다.

"그……, 저는 스승님이 어떤 마법을 쓰실 때는 그저 쓰시고, 어떤 마법을 쓰실 때는 아까처럼 노래를 선행하시는지, 그게 궁금합니다."

"그 노래가 시무나리다. 창송(唱頌)이라고도 하지. 본래 모든 마법은 그것으로 이루어진다. 마법사가 주문을 연구하거나 훈련하는 것은 그래서, 옆에서 보면 노랫가락을 엮는 것처럼 보인다. 훈련과 명상을 통해 안정적으로 주문을 제어하게 되면 이후에는 완창할 필요 없이 필요에 따라 즉각적으로 사용할 수 있게 되지. 물론, 이에는 매우 많은 훈련이 필요로 따른다. 그러므로 마법사가 어떤 주문을 오래 노래하고 있을수록 해당 주문에 조예가 적은 것이라 볼 수 있다."

간만에 꽤 긴 설명을 성실하게 해낸 시그리드였다. 그래도 끝에 이와 같은 말을 덧붙이는 걸 잊지 않는다.

"에다의 한 구절도 모르는 네게, 지금은 알 바 없는 이야기지만."

"……네."

달리 대답할 요령을 모르는 소년은 그렇게 응수했다. 그래도 마법에 대한 이야기를 듣는 것은 즐거웠다. 한편, 잠시간의 스승 노릇을 마친 시그리드는 어느새 빠르게 영지의 마법 고문 역할로 돌아가 있었다. 한동안 침묵 속에서 당면한 문제에 관해 생각하던 시그리드가 말했다.

"발프리드, 장로 네그레즈를 불러오거라. 나는 영주님께 들은 것을 보고하러 가겠다."

"예, 인편을 보내도록 하겠습니다."

"아니야. 다들 바쁘다고 말한 건 너잖아? 네가 직접 가거라."

너무한다.

"누님을 따라다닌 게 꽤 되었지만, 아까 같은 구경거린 또 처음이었소."

"나도 그렇다. 아주 볼만하더군."

랄로프와 라그나의 대화였다. 마법사가 대기하라 이야기했기에, 일행 모두는 한결 조바심을 거두고 숲 안에 머물러 있었다. 모험가들은 유슬리스가 건초를 꾸역꾸역 먹어치우는 걸 먼발치에서 보며 이야기하는 중이었다.

"제빙작업은 잘 되어가나?"

마냥 쉴 생각이 없는 울리케가 마침 상황을 보기 위해 토굴 안에 들어갔다 나온 아우케트에게 물었다. 고블린 오십장은 눈살을 찌푸렸다.

"안 좋다. 무슨 얼음들이 살아있는 것 같다. 팽이로 부수어도 새살이 돋듯이 돋아난다. 냉기도 극심해서 보충병들의 동상을 걱정해야 할 판국이다. 저건 도무지……, 요술 얼음이다."

"정말로 서리심의 소행인가보군."

울리케는 근심 어린 표정을 지었다. 그러다 문득, 한가지 생각에 미친다.

"가만, 그게 서리심의 피조물이라면, 그걸 두들겨 깨어도 괜찮은 것일까?"

"무슨 말인가?"

아우케트가 심란한 얼굴로 되물었다.

"나야 물론 마법에 대해 모르지만, 그게 우리가 여기 있다는 것을 오히려 알려주지 않을까 하는 말이야."

아우케트가 의혹의 눈초리로 울리케를 보며 입을 다물던 찰나, 숲 너머에서 쐑 하는 소리가 날카롭게 솟아올랐다. 그와 동시에 불 가에 앉아있던 랄로프가 외쳤다.

"효시다!"

이것이 좋은 징조일 리 없다는 것을 깨달은 사람들은 다급하게 움직이기 시작했다. 라그나는 언제나처럼 모닥불에 흙과 눈을 차 넣으며 껐고, 랄로프는 무기를 빼 들고 소리가 들린 방향의 숲을 노려보았다. 아그니르와 발리엇, 디드리크도 사우트와 함께 랄로프의 곁에 도열했다.

잠시 뒤, 음울한 기색의 찬바람이 심상치 않게 나무들 사이로 흘렀다. 모두가 긴장하던 그 순간, 토굴에서 소란이 일더니 고블린 수십 마리가 구르듯 튀어나왔다. 늑대에 올라탄 두카르와 그의 십장들도 함께였다. 놀랍게도, 그들의 피부와 무구에는 하얀 성에가 그득하였다.

"무슨 일인가!"

아우케트의 물음에 두카르가 외쳤다.

"얼음이 갑자기 미친 듯이 자라기 시작했다! 달라붙어 빨려들어간 병사들이 꽤 된다! 나머진 도리가 없어 물러나야 했다!"

"서리심이 와요!"

이 외침은 숲 저편에서 사슴처럼 뛰어오는 브륀힐데의 것이었다. 그의 곁에서 지팡이를 꼭 끌어안고 같이 달려오는 시야프리테도 보였다. 잠시 주변을 살피기 위해 숲 경계 쪽으로 나갔던 그들이 돌아온 것이다.

"눈보라가 시우부름 산 쪽에서 이리로 향해요!"

마침내 합류한 브륀힐데가 숨을 몰아쉬며 소리 질렀다. 일찍이 서리심과 맞닥뜨려본 모험가들의 표정이 아주 안 좋아졌다. 다른 이들은 그저 긴장 어린 기색이되, 그들만큼 불안해하진 않았다.

"어쩌지? 누님도 없는데!"

랄로프가 말했다. 동시에 본격적인 냉기가 사방을 아우르기 시작했다. 심상치 않은 기운을 느낀 사우트가 긴장하며 낮게 으르렁대었고, 모두의 시선에 불안이 교차했다. 울리케는 고블린들이 두카르와 아우케트의 호통에 힘입어 재빠르게 진을 짜는 걸 보았다. 아그니르 역시 그것을 보며 내심 그 신속한 대응에 감탄하고 있었다.

"훈기의 방패가 없다면 우린 삽시간에 얼린 대구가 됩니다."

라그나가 이런 말을 해서 미안하다는 표정으로 입을 열었다. 모닥불을 끄지 않는 편이 조금은 위안이 되었을지도 모르지만, 그 눈보라를 경험해본 그는 그런 시시한 화력이 아무 도움이 안 되리라고 예상한다. 그리고 그 예상은 맞았다. 어느 순간 기괴하던 바람 소리가 뚝 그쳤고, 사방이 포근할 정도로 고요해졌다. 다만 그들 머리 위에 소용돌이치는 잿빛 하늘과, 뼈를 에는 추위만이 머물렀다. 다들 볼썽사납게 덜덜 떨기 시작했다.

"해 볼게요!"

귀가 떨어져 나갈 것 같은 냉기에 몸서리치며, 시야프리테가 작게 외쳤다. 지팡이를 그러쥐고 품 안에서 똑바로 세운 류그라 소녀는 마치 악몽을 쫓아내듯 발을 동동 구르며 안절부절못했다. 그러자 잠깐의 따스한 바람이 그들 사이를 감싸는가 싶었지만, 금세 사라졌다. 약이 오른 시야프리테는 조바심 어린 목소리로 외쳤다.

"아, 왜 안 되지!"

"진정해, 시야프리테!"

추위에 떨지 않으려고 애쓰던 랄로프가 외쳤다. 하지만 모두의 주목은 더 이상 류그라 소녀에게 머물지 못했다. 어느새 반짝이는 세빙(細氷)을 헤치며 나타난 흰 머리 소녀가 그들 눈앞에 나타났다.

"이 숲을 떠나라 했었다!"

공기마저 새파랗게 질린 가운데, 서리심이 외쳤다.

제 4장

울리케는 자신이 떨고 있는 것이 공포 때문이 아니라 추위 때문이라 확신했지만, 그럼에도 불구하고 이렇게 계속 떨다 보면 없던 두려움도 생겨나지 않을까 생각했다. 이유와 결과의 인과가 뒤집힌 염려임이 분명하지만, 서리심이 추위를 먼저 깔고 나타난 데는 그런 효과를 노리는 것도 있지 않을까, 이 와중에도 이런 엉뚱한 생각을 머리 한편에서 굴리고 마는 울리케다. 그래도 본분은 잊지 않았다.

"이야기를 하고 싶다! 나는 울리케 피어클리벤이다."

한 발 내디딘 그가 이렇게 말하자, 소녀의 흰머리가 살짝 흔들렸다. 냉혹해 보이는 시선이 울리케를 향했다.

"떠나라!"

"아니, 그러니까. 왜지? 무엇보다, 이 땅은 본래 아버님의 것이다. 이 영지의 어디서도 누군가에게 떠나라 마라 할 수 있는 것은 그분뿐이다."

울리케의 말이 끝나기가 무섭게 한 줄기 바람이 그들 사이를 스쳤다. 또 무슨 사달이 나는가 싶어 일행은 잔뜩 긴장했으나 다행히 일어난 일은 거기까지였다. 서리심의 무녀가 짜증 난다는 듯이 말했다.

"너희의 땅? 프레데릭 피어클리벤이 셰이위르로부터 이 땅을 불하받은 것은 불과 사백 년 전이다. 내가 이 땅의 겨울을 세어 온 것은 그보다 훨씬 오래전이다! 대체 누가 어디의 주인이라는 말이냐!"

소녀의 입에서 별안간 아득한 역사가 나올 줄은 미처 예상하지 못했다. 인계에 무심할 거라 여겨지는 서리심이건만, 의외로 또렷하게 저 이름들을 기억하고 있는 것이다. 울리케는 거기에 주목했다. 어쩌면 이것이 난관의 해결을 풀 열쇠가 될지도 모른다. 그렇게 여기며, 울리케는 목청을 높였다.

"그렇다면 이상하지 않은가? 대제께서 그대의 주재를 허락하셨다는 말인가? 왜 우리는 그 사실을 몰랐는가? 그리고 왜 이제 와서 그대는 자신의 존재와 영역의 권리를 주장하는가?"

"나는 대화를 하러 온 것이 아니다!"

서리심의 노호성이 떨어지더니 할퀴는 듯한 바람과 함께 세빙 가루가 흩날려 올랐다. 울리케가 움찔하며 물러선 순간, 그때까지 뒤에서 지팡이를 주물럭거리고 있던 시야프리테가 앞으로 튀어나오며 둘 사이에 류그네라스의 가지를 가로막듯 찔러 올렸다.

"진정해! 폭력 반대!"

시야프리테의 외침과 함께 훈풍이 안도의 한숨처럼 그들 사이를 확 에워쌌고, 모두의 옷과 무구 위에 어느새 뿌리내리고 있던 서릿발이 맥없이 멸렬(滅裂)하며 이슬로 화했다. 서리심의 무녀는 질겁을 하더니 몇 발자국 뒤로 물러났다.

"······이건? 왜 신목의 아이가 여기 있느냐?"

"너는 왜 여기 있는 건데?"

물론 어느 모로 봐도 서리심의 소녀가 시야프리테보다는 어려 보인다. 다만 백발처럼 성성한 머리색과 더불어 인간미가 느껴지지 않는 그 눈빛에, 아울러 모두가 이미 알고 있는 그 장구한 내력이 자연스러운 공대를 이끄는 것이다. 하지만 시야프리테는 그런 것에 상관하지 않았고, 그건 서리심도 마찬가지였다.

"······길가네스로군."

대답 대신 물끄러미 가지를 쳐다보던 서리심이 말했다. 시야프리테의 눈이 크게 떠졌다.

"아니? 그걸 어떻게 알아보지?"

"나는 류그네라스의 백서른아홉 가지 모두를 기억한다."

그제야, 이 말괄량이 류그라도 눈앞의 소녀가 심상치 않은 존재임을 인식했다. 시야프리테는 차마 대꾸할 말을 찾지 못하고 입을 헤벌린 채 서리심을 쳐다보았으나, 그 시선을 무시하고 그저 훈기의 경계에서 일어나는 서리의 응결을 불쾌한 듯 바라보던 소녀가 말을 이었다.

"류그네라스는 경계를 허무는 중재의 나무였다. 너는 그 유산의 의의를 알고 왔느냐? 여기까지 가지를 운반한 것이 그 때문이냐?"

하지만 매우 유감스럽게도, 시야프리테는 서리심이 도통 무슨 말을 하는지 알 수 없었다. 평소 외할아버지인 장로 네그레즈의 수업을 필사적으로 기피해 왔기 때문이다. 민족의 역사와 문화, 신앙이 한데 뒤엉켜 어우러지는 네그레즈의 설명은 시야프리테에게 있어 그가 처한 현실에 하등 도움이 되지 않는 이야기에 불과했으니까.

그러나 시야프리테는 '그게 무슨 말이야?'라고 물어 산통을 깨는 대신 이렇게 말했다. 아는 게 없으면 눈치라도 있어야 하는 법이다.

"그래! 그러니 울리케 아가씨와 이야기해라!"

그러고는 울리케를 쳐다보며 씩 웃는 시야프리테였다. 그 시선을 받은 울리케가 살짝 미소지었다.

그러나 서리심의 말이 그 사이를 가르고 들어왔다.

"그는 현재의 영주가 아니지 않은가? 나와 말을 섞을 입장이 아니다."

울리케는 물러설 생각이 없다.

"나는 피어클리벤 영지의 팔녀로, 고블린 대사의 소임을 맡고 있다. 또한 아버님으로부터 이번 사태의 파악과 사전 교섭을 위임받았다."

"고블린 대사?"

처음으로, 서리심의 얼굴에 알아볼 수 있는 놀라움의 빛이 어렸다. 잠시 울리케를 뚫어지게 쳐다보던 흰머리 소녀는 그때까지 그들로부터 좀 떨어진 곳에 진을 치고 있던 고블린 부대에게 고개를 홱 돌렸다.

"이 말이 사실인가! 그가 너희의 대사인가?"

"일고의 거짓도 없다."

내려져 있던 투구의 뾰족한 면갑을 거두어 올리더니, 숲흑늑대 칸에 올라타 있던 아우케트가 이렇게 대꾸했다. 소녀의 눈이 다시 울리케를 향했다. 어째서일까? 놀랍게도 그 눈동자 속에는 이전과 같은 완강함이 완전히 사라져 있었다. 소녀의 입이 열린다.

"그렇다면 이야기를 들어보겠다."

"잘 생각했다. 그런데 먼저, 이 추위를 어떻게 해 줄 수 없겠는가?"

울리케는 서리심의 무녀가 대화의 뜻을 보인 것이 반가웠으나, 여전히 냉혹한 추위에 노출된 고블린들이 안타까워 이리 청했다.

"왜 그래야 하지? 물고기는 물에 속하는 법이다."

"아예 나와달라는 말이 아니다. 조금 누그러뜨려 주어도 족하지 않은가? 이래서야 목에 칼을 겨누고 이야기하는 것과 같다."

울리케는 차분하게 말했다. 서리심의 무녀는 지그시 듣고 있더니 이윽고, 살짝 고개를 끄덕였다. 시야프리테는 그것을 긍정으로 알아듣고 곧장 지팡이를 거두었다. 온기가 물러간 자리에 싸늘한 공기가 흘러들었지만, 아까 같은 냉혹함은 간데없었다. 울리케가 고블린들을 쳐다보니 그때까지 오들오들 떨고 있던 그들 역시 안도하듯 어깨가 처지는 게 보였다. 두카르가 찰갑의 미늘들을 손으로 툭툭 치며 짜증 내듯 성에를 털어 낸다.

"되었는가?"

"고맙다."

서리심이 묻고, 울리케가 답했다. 울리케의 말이 이어졌다.

"하고자 하는 질문은 이미 아까 건네었다. 하지만 당면한 문제의 우선순위에 따라, 어째서 이제와 고블린을 공격하는지 먼저 묻고 싶다."

"내 집의 안마당을 사냥터로 삼은 것들이다! 나는 이미 숱하게 봐주었다."

재차 소녀의 엄한 목소리에, 울리케는 고개를 갸웃하더니 아우케트에게 소리쳤다.

"아우케트! 너희가 시우부름에 머물기 시작한 게 언제부터지?"

아우케트는 바로 대꾸하지 않고 늑대에서 내리더니 두카르에게 몇 마디 던지고는 터벅터벅 다가왔다. 모두의 시선을 받으며 지척에 이르러서야, 아우케트가 이렇게 답변했다.

"소리치지 마라, 울리케. 바보 같다."

"뭐……! 아니, 나는……!"

"내가 태어나기 전 일이다. 스물두 해 전부터라고 알고 있다."

울리케의 표정이 묘해졌다.

"……그러고 보니 아우케트, 몇 살이야?"

"열아홉이다."

의외라는 표정을 짓는 것은 울리케뿐만이 아니었다. 고블린 태생인지라 키가 작긴 했어도, 아우케트의 체구나 태도, 그간의 언행을 통해 모두들 그가 인간으로 치자면 중년은 될 거라고 여겼다. 모두의 표정이 비슷해진 걸 본 아우케트가 어깨를 으쓱하며 말했다.

"우리의 첫 공식 회의석에서 내가 말하지 않았던가? 우리는 빨리 자란다. 삼 년이면 성체가 되지. 물론 정신의 발달은 인간과 비슷한 속도라 제대로 생각하고 말하기까지는 십 년이 넘게 걸린다. 십장이 되는 시기와 얼추 비슷하지."

울리케는 예상외의 이야기에 잠깐 정신이 팔렸지만 금방 회복하였다. 지금 중요한 것은 따로 있으니까. 울리케가 서리심에게 물었다.

"스물두 해나 가만히 있다가 이제 와서?"

"처음에는 신경 쓰지 않았다. 무리가 커지고 저들의 영역이

넓어지면서 숲의 생태가 균형을 잃기 시작했다. 나는 겨울마다 이를 바로잡으려 했지만, 어느 해부터 더 이상 좌시할 수 없다는 것을 깨달았다. 하여, 나는 아이들을 추려 이 싸움을 마련했다. 그러느라 다시 몇 해를 기다렸다."

울리케는 서리심이 말하는 '아이들'이 눈트롤임을 알았다. 그 친근한 호칭에 따르는 의문에, 그가 물었다.

"당신의 힘만으로 능히 해결할 수 있지 않은가? 구태여 아이들을 부려 피를 볼 필요가 있는가?"

서리심의 무녀는 언짢은 듯 대답했다.

"심장이 뛰는 것들은 피보라가 눈보라보다 무서운 것이다. 내게는 아득한 기억이지만. 아니었는가? 겨울은 아무리 추워도 저들의 공포를 이끌어 내지 못하는 것이다."

울리케가 아우케트를 살폈으나, 그는 별다른 기색의 변화 없이 듣고 있었다. 울리케는 천천히 입을 열었다.

"그렇다면 이 땅에서 이들을 몰아내려는 것뿐인가?"

"정확히는 이 숲이다. 시우부름을 기점으로 서쪽과 남쪽까지."

울리케의 머릿속에 영지의 지도가 펼쳐졌다. 서리심이 말하는 것은 영지의 북쪽 전반을 차지하는 광활한 숲이며, 그 경계는 영지의 바깥으로도 한참을 더 이어진다. 빌러디저드가 머물던 아트름 요새의 폐허도 그 숲의 서쪽에 위치한다. 그에 생각이 미친 울리케가 말했다.

"빌러디저드 님도 이 숲에 삼 년간 머무르셨다 했다."

"그 검은 녀석의 이야기는 꺼내지 마라!"

"……그럼 결국 최초의 질문으로 돌아오게 된다. 대제께서 그대가 이 숲에 머물도록 허락하셨단 말인가?"

소녀의 눈살이 찌푸려졌다.

"허락? 오히려 그가 내게 허락을 구한 것이다. 나는 이 숲을 침범받지 않는 한 그의 지도에 뭐라 새기든 상관하지 않겠다고 했다. 그의 붉은 용은 나와 합의 하에 물러나는 대신 그들 전사에 거짓된 승전의 기록을 자랑스레 적었겠지. 셰이위르는 홀로 나를 찾아와 이 땅에 관한 나의 권리를 이해하였다. 어째서 그 봉속된 후손들이 그 약속을 기억하지 못하는 것이냐? 필멸자들에게 사백 년이 그토록 긴 것이냐?"

길다마다. 울리케는 그리 생각했다. 하지만 그 말을 입에 내는 대신, 소녀의 이야기를 골똘히 반추하였다. 그야말로 완전히 처음 듣는 이야기였으니까. 개국의 황제가 그 벗, 붉은 용 스미드레드와 함께한 북부 대륙의 전쟁사는 오늘날에도 널리 읽히고 구전되는 이야기였다. 하지만 그 어느 꼭지에도 이런 이야기는 없다. 스미드레드가 싸움을 물리고 거짓된 승리를 고했다? 서리심의 설명은 너무 축약되어 앞뒤의 세세한 맥락을 파악하기 어려웠으나, 울리케는 전설 속에서 그려지는 개국 황제의 성격에 미루어 나머지를 짐작한다.

역사 속의 그 위업은 정복 군주이자 맹장이지만, 이야기 속에서 그려지는 그는 언제나 현철하고 미덕을 귀히 여기는 여기사였다. 그러면 스미드레드가 서리심과 싸울 수 없어 피치 못하게 물러난 정황을 알고도 내심 속아주며, 따로 소녀와 만나 어떤 약속을 했을 수 있다. 문득, 울리케는 눈앞의 소녀가 지닌 특수한 내력을 되새기며 말했다.

"용서를 구한다. 우리에게는 충분히 긴 시간이다. 하지만 알지 못하는 약속을 지킬 도리는 없는 것이다. 그대와 약속한 이는 이미 오래전에 흙이 되었다."

"유산은 마땅히 부채를 겸하는 것이다! 너희가 이 땅에 너희의 이름을 두려면 그 아우른 책임도 짊어졌어야 한다."

"그렇다. 하지만 기록이 전하지 않는 것이다. 혹은, 증거가 있는가?"

울리케는 그렇게 물었다. 지금 이 사태는 딱 그런 꼴이었다. 서리심은 죽은 아비와 약속을 했다며, 영문을 모르는 자식에게 나타나 부동산의 권리를 주장하는 인물인 것이다. 그러면 마땅히, 자식은 계약의 증거를 확인하려 들 수밖에 없다.

하지만 작금의 소녀는 그렇게 생각하지 않는 듯하다. 서리심은 노한 목소리로 외쳤다.

"약속은 신성한 것이다! 이를 모르는 인간들이 발명한 불신의 도구를 내밀라는 말이냐? 셰이위르는 이 도리를 이해하였다, 피어클리벤의 딸!"

"마땅히 대제께서는 그 도리를 아실 만큼 현명하셨다. 그러니 인간이 얼마나 쉽게 약속을 잊고, 서로를 불신하는가도 아셨을 것이다. 후손들이 다른 말을 하지 못하게 그 증거를 아니 두실 분이 아니다! 증거가 없다면 이 논의는 그 선약의 유무를 무시하고 새로운 약속으로 갱신되어야 마땅하다."

울리케의 선언이었다. 토지의 소유권에 관한 기록이라면 이쪽은 차고 넘치며, 저쪽은 말뿐이다. 증거가 없다면 이쪽이 유리하다. 이는 울리케만의 생각이 아니었는 듯, 흰머리 소녀는 낭패한 듯한 표정으로 시선을 떨궜다. 이런 것을 보면, 완전히 인간의 규칙과 윤리에서 유리된 존재는 아닌 모양이다. 한결 교섭의 희망이 생긴다.

"울리케."

그때까지 조용히 듣고 있던 아우케트가 말했다. 서리심을 포함한 모두의 시선이 그를 향했다. 잠깐 망설이던 고블린이 조심스레 입을 열었다.

"실은, 오래전에 숲의 남쪽을 정찰하다 어떤 선돌을 발견한 적이 있다. 그때는 그것의 의미를 몰라 그냥 무시했는데, 생각해 보니 그것에 너희의 문자들이 빼곡히 새겨있었다. 어쩌면 그것이 약속의 증명이 아니겠는가?"

아니, 아우케트! 왜 나서? 인간 모두는 마음속으로 뒷목을 잡았다. 하지만 울리케는 곧바로 빠르게 마음을 고쳐먹는다. 정말로 증거가 존재한다면 그것을 알고도 모른 척하는 것이야말로 이 교섭의 신뢰를 무너뜨리는 일이 될 것이다. 그리 마음을 다진 울리케가 소녀에게 말했다.

"그럼 그걸 확인해보자. 서리심……, 그런데 그대를 무어라 불러야 하지?"

그 질문이 뜻밖이었는지, 잠시 아연해 있던 소녀가 대꾸했다.

"이름 따위는 아무래도 좋다."

"……그런가. 그러면, 아우케트가 말한 석비를 확인할 때까지 시우부름 요새에 대한 공격을 거둬줄 수 없겠는가? 고블린도, 그대의 아이들도 무용한 피를 흘릴 가치가 없을 것이다."

그러자 소녀는 얼핏, 아우케트를 노려보았다. 처음 등장 때보다 한결 누그러진 태도를 보인다곤 하나, 그 푸른 눈동자는 여전히 빙하의 심층처럼 차게 빛났다. 그럼에도 아우케트는 담담히 마주 쏘아본다. 그렇게 잠시 눈싸움을 하던 소녀가 이윽고 천천히 말했다.

"……정직에 대한 보답을 해야지. 그러겠다. 선돌의 확인을 하고 이 논의를 이을 때까지 공격은 멈춘다. 다만 나의 아이들과 눈보라의 경계가 산기슭을 포위할 것이다. 맞뚫레의 얼음 뿌리는 거둬주지."

울리케는 고개를 끄덕이고 아우케트에게 물었다.

"아우케트, 여기서 그 선돌의 위치까지 가는 데 얼마나 걸리지?"

고블린은 잠시 생각하다 대답했다.

"반나절이면 충분하다."

그렇게, 서리심과의 첫 공식적 접촉은 무사히 끝났다. 한바탕 눈보라와 함께 소녀가 사라지자 너나 할 것 없이 모두의 입에서 안도의 한숨이 나왔다. 랄로프가 다가와 시야프리테의 어깨를 툭 쳤다.

"이야, 잘했어!"

"네? 뭐를요?"

"뭐라니?"

용맹한 류그라 소녀와 청순한 검사가 서로의 얼굴을 마주 보며 의아한 표정을 짓고 있다. 울리케는 그 꼴을 구경하며 앞서 서리심이 흘렸던 말에 관해 생각했다. 경계를 허무는 중재의 나무? 그게 무슨 뜻일까? 시야프리테조차 모르는 눈치라 지금 이 자리에서 그의 의문에 답해줄 이는 없을 것 같다. 안타까운 일이었다.

그 사이, 라그나는 숙련된 솜씨로 부시를 당겨 신속하게 불을 일으켰다. 한바탕 시달린 추위에 대한 일종의 보상 심리였을 것이다. 모두가 자연스레 불 가로 모여들었고, 이는 울리케도 예외가 아니었다. 다만 시야프리테만이 나귀와 말들이 묶인 곳으로 종종 걸어갔다. 말 못 하는 짐승들이 서리심의 등장과 잇단 눈보라에 노출되어 시달린 것을 염려한 것이다. 그 뒷모습을 물끄러미 쳐다보며, 앞선 접촉과 대화들을 되새기는 울리케에게 아우케트가 다가왔다. 그는 두카르와 부하들에게 상황을 알리고, 맞뚫레 안으로 들어갈 탐색조를 편성한 직후였다.

"눈치를 보니, 역시 알고서 저 아이를 데려온 게 아닌 모양이군."

아우케트가 투구를 벗으며 그렇게 말했다. 그의 시선이 마차 근처에서 훈기의 방패를 만들어 말들을 달래주고 있는 시야프리테를 따르고 있었다. 울리케는 고개를 갸웃하며 물었다.

"알다니, 무얼 말이야?"

"서리심이 한 말을 듣지 않았나? 나도 그제야 기억이 났지. 아주 오래된 노래란 말이다. 신목은 중재의 나무로, 입장의 판이함을 이해하고 공감하는 상징을 가졌다. 서리심이 누그러진 태도를 보인 것은 그 때문이라고 생각된다. 아울러, 네가 고블린 대사라는 점도 작용했겠지."

흰머리 소녀의 표정이 변했던 것을 울리케도 기억한다. 그는 차분히 고개를 끄덕이며 아우케트의 추측에 힘을 실었다. 고블린의 말이 이어졌다.

"그런데 가지를 운반한 본인도, 그리고 이 교섭의 책임자인 너도 그와 같은 사실을 알지 못한 게로군. 너희 마법사조차 별 이야기가 없었던 것인가?"

"……없었다. 서리심도 류그네라스도, 우리에게는 너무 오래된 이야기들이다. 오히려 그런 것을 아는 네가 더 이상하지 않아?"

울리케의 물음엔 절반 정도의 경탄이 섞여 있었다. 고유한 문자 체계를 갖지도 못한 그들이 어떻게 이러한 사실을 전해오고 있을까? 놀랍기 그지없는 일이다. 아우케트가 말했다.

"어제, 우리의 구전을 얕보지 말라 하지 않았나. 나는 군무가 없는 시간이면 대개 쉼터에서 여성들의 노래를 듣는다. 그것은 단순한 여흥이나 위안이 아닌, 그 자체로 역사이고 지식이다."

울리케는 산채에 머무르는 동안 그와 같은 것을 구경할 여지가 없었다. 고블린 여성들의 면목조차 몇 번 스치듯 본 게 전부였다. 그래서 아우케트의 이야기는 울리케의 호기심을 자극했고, 보고 싶다는 생각이 들게 만들었다. 하지만 지금은 당면한 문제를 처리해야 한다. 어쩌면 나중에 기회가 있을지도 모르지.

"……류그라의 장로는 분명히 이 사실을 알았을 거야. 그래서 가지를 들려 보냈겠지. 시야프리테가 그 사실을 모른다는 걸, 장로도 몰랐을 수 있어."

이미 어느 정도 시야프리테의 성정을 파악하고 있는 울리케의 짐작이었다. 아우케트는 고개를 끄덕였다.

"바보 같은 이야기지만, 그럴 수도 있겠군. 나무라는 것은 아니다. 아무튼 저 소녀와 지팡이에게는 신세를 졌다."

"하지만 아직 끝난 게 아니니까."

몸을 녹인 일행들은 다시 분주히 움직였다. 예기치 않았지만 애초의 목적이었던 서리심과의 접촉이 성사된바, 일행이 고블린 산채로 향할 이유는 없어졌다. 가벼운 논의 끝에 두카르의 부대와 나머지 보충병들만 요새로 향하게 되었다. 그들의 임무는 울리케 일행이 싣고 온 물자를 전하고, 이 교섭의 결과를 알리는 것이다. 어느 쪽으로든 산채의 고블린들에겐 반가운 것이 될 터였다.

"부탁한다, 두카르."

"……정말 그 정도로 되겠나?"

아우케트는 자신의 수하 십장 넷 가운데 하나만 데리고 울리케 일행을 따르고자 한다. 나머지는 임시로 두카르의 아래에 배치한 것이다. 그러니 아우케트가 데려가는 병력은 스물에 불과했다.

"무얼 걱정하는가? 어차피 무력으로 결판날 일이 아니다."

하지만 두카르는 끝내 고집을 부렸고, 결국 두카르 또한 아우케트와 합류하게 되었다. 그리하여, 울리케 일행은 세 고블린 기수의 선도를 받으며 출발하게 되었다. 발리엇과 디드리크, 그리고 사우트가 빈 마차에 올라탔다. 하지만 울리케 또한 여기서 약간 고집을 피웠다. 나귀를 타기로 한 것이다.

"왜? 그냥 마차에 타면 되잖아?"

아그니르가 말을 몰고 다가와 물었다. 울리케는 유슬리스의 고삐를 쥐고 앞을 재촉하며 씩씩하게 답했다.

"반성을 하는 거야. 유사시 선택할 수 있는 게 하나라도 더 있으면 좋잖아? 나귀에 익숙해지면 말도 덜 겁나게 될 테니까."

아그니르는 물끄러미 자매를 바라보았다. 그가 애초에 울리케에게 나귀를 권한 것은 순전히 놀려먹으려는 의도가 전부였다. 하지만 울리케는 그런 것에 전혀 신경 쓰지 않고, 심지어 이따금 유슬리스를 뛰게 하며 질주에 익숙해지려 하고 있었다.

"선돌에 적힌 것이 서리심의 권리를 증명한다면 어찌할 셈인가?"

울리케가 나귀를 재촉해 선두로 뛰어나오자, 이를 맞이한 아우케트가 물어왔다. 울리케는 상큼하게 대꾸했다.

"글쎄, 어찌할까?"

"……그걸 내게 되물어서 어쩌겠단 말인가?"

"왜, 안 되나? 모처럼 의견을 두루 듣고 신중히 생각해 볼 시간을 얻었잖아. 그러니 아우케트도 가감 없이 의견을 말했으면 좋겠어."

행렬은 드리츠를 지나 아가스 마을까지 이어진 도로를 따를 계획이다. 시간은 오전 나절을 지나 점심에 다다르고 있었다. 스물의 고블린이 선도하는 기마행렬에, 나귀를 탄 아가씨의 일행은 일견 기괴하기 짝이 없는 것이었다. 울리케는 노상에서 마주칠 영민들이 가능한 한 적길 바란다.

"우리는 땅을 소유한다는 개념이 없다. 이는 저 류그라들도 마찬가지일 것이다. 토지에 관한 너희의 집착과 대물림은 기이하다."

아우케트가 말했다. 울리케는 고개를 끄덕이며 말을 받았다.

"인간은 농사꾼이니까. 토지는 생산수단이다."

"땅을 점하고, 이용하는 것은 물론 이해한다. 하지만 그것을 영구히 소유하고 또한 거래하는 것에서 불합리가 발생한다고 본다. 너희 영지만 하더라도 개발되지 않아 실제로는 아무 쓸 모없는 땅이 칠 할은 될 것이다. 우리와 공유되고 있는 서리심의 숲도 지세가 험하고 위험하여 너희의 관심밖에 있지 않았는가?"

"맞아."

"그렇다면 서리심에게 그 거할 권리를 주더라도 너희 입장에서 손해가 있는가?"

"없지."

울리케는 짧게 대답했다. 별 고민 없이, 그것은 사실이었다. 토지의 명의에 관한 무익한 논쟁이라면 관심 밖이다. 어차피 지난 사백 년간 방치되어 온 야생의 땅이다. 울리케의 말이 이어졌다.

"대제께서 승인한 기록이 존재한다면 우리 영지로서는 명분상으로도 실리적으로도 숲에 대한 권리를 고집할 필요가 없다. 하지만 여전히 남은 문제는 너희잖아. 이대로 산에서 쫓겨날 셈인가?"

아우케트는 아무 대답도 하지 않았다. 아니, 못했다. 울리케가 찬찬히 말을 이었다.

"이 교섭은 그러니까, 피어클리벤이라는 중재자를 가운데 둔, 너희와 서리심의 교섭이 된다. 우리로서는 시우부름이 무주공산이든, 누가 점하든, 냉정히 말해 현재로서는 크게 상관이 없지. 하지만 너희가 그간 닦아온 터를 잃게 된다면, 우리의 앞선 조약부터 시작해서 너무 많은 것들이 복잡해지고 의미를 잃거나, 변하게 될 거야."

"실로 그렇겠지."

아우케트는 드물게 침통한 목소리로 대꾸했다. 스물두 해에 걸쳐 겨우 마련한 그들 무리의 거점을 하루아침에 잃는 이야기다. 심각할 수밖에 없었다.

"다행이랄까, 서리심은 단순히 무력으로만 이 상황을 윽박지르려 하지 않고 있잖아. 류그네라스의 가지 때문만이라고 하기엔, 의외로 인간의 규칙이나 도리, 명분 같은 것을 무시 못 하는 것 같았어."

이걸 울리케의 위로라고 할 수 있었을까? 그의 말을 들은 아우케트가 한결 나아진 목소리로 이렇게 대답했다.

"그것은 애초에는 인간이었을 테니까. 그리고 모시는 신이 약속의 신라면, 약속이라는 것은 그에게 절대적인 교리일 것이다. 당연히, 교섭의 여지가 있겠지."

모든 것은 일단 선돌의 내용에 달렸다.

행렬이 아가스 마을을 지나치는 것은 꽤나 곤혹스러운 일이었다. 발리엇과 디드리크가 먼저 달려가 행렬의 정체를 마을 사람들에게 알리지 않았다면, 고블린 스물의 호위들로 인해 대소동이 일어나고 말았으리라. 아가스 마을의 촌장은 의혹의 눈초리로 나귀에 탄 채 또박또박 다가온 울리케를 쳐다보았지만, 아그니르와 모험가들의 기세에 떠밀려 그가 영주의 딸임을 납득하지 않을 수 없었다. 일행은 마을 사람들의 협조를 얻어 잠시간 머물며 식사를 했고, 오후 들어 다시 길을 잡았다. 빈 마차는 아가스 마을에 맡겼다.

숲의 부근에 이르자, 여지껏 묵묵히 따라온 아우케트의 십장 누트가 선두에 나서 길을 안내했다. 누트라는 이름은 본래 그가 탄 숲흑늑대의 이름으로, 늑대를 받고 십장이 되면서 얻은 이름이었다. 십장들은 아직 어리기 때문에 그 가치가 타고 있는 늑대보다 낮다고 여겨지며, 그렇기 때문에 본래의 이름이 아닌 늑대의 이름을 먼저 공유한다는, 아우케트의 설명이 따랐다.

"저깁니다!"

누트가 소리치며 가리킨 방향에 그 선돌이 있었다. 울창한 숲의 비탈, 웅장한 바위가 솟은 절벽의 위였다. 그야말로 세월의 흐름을 보여주는 나무뿌리와 억센 목질 덩굴들이, 천연의 바위를 깎아내 이룬 장식적 바닥을 감싸고 있는 게 보였다. 볕이 잘 드는 곳이라 그런지 쌓인 눈은 없었다.

울리케는 그 선돌이 북부 대륙의 오랜 양식임을 알아본다. 그것은 상부가 둥글게 연마된 원기둥과 같았지만, 전체적으로 완만하고 유려한 곡선미가 있었다. 상부에는 거의 다 삭아버린 철제 테두리가 왕관처럼 씌워져 있었는데, 이제는 그 태반이 아득한 시간 동안 삭풍에 시달려 흘러내린 녹물로 화해버리고 말았는지, 선돌의 표면에 흘러내린 짙은 자국들로만 과거의 원형을 짐작게 한다.

"이래가지고 읽을 수 있겠는가?"

아우케트가 염려스러운 목소리로 물었다. 울리케는 가까이 다가가 그 표면에 새겨진 글자들을 살폈다. 확실히 그것은 제국의 문자들이었다. 다만.

"옛체다. 아예 모르지는 않지만 나는 여기에 소양이 적어. 읽어내려면 꽤 시간이 걸리겠다."

"뭐, 시간을 끌어도 좋은 일이다."

이 시간이 가져오는 한시적 휴전이 아쉬운 고블린 오십장, 아우케트다. 울리케는 피식 웃으며 고개를 끄덕여 그 의견에 동의를 표했다.

해독이 오래 걸리겠다는 울리케의 의견이 전해지자마자, 일행은 장시간의 체류에 대비해 자리를 잡았다. 십장 누트와 휘하 고블린들이 주변을 탐색하러 나갔고, 모험가들은 말을 모으고 불을 피웠다. 벼랑과 같이 솟은 바위 위라 바람이 제법 차가웠기에, 울리케는 모포를 몸에 휘두르고 선돌 앞에 웅크린 채 읽기에 몰두했다. 읽을거리라면 무엇이건 어릴 때부터 환장해 온 그였다. 심지어 자신만의 암호 글자를 끄적이던, 비밀 취미마저 있다. 이런 매력적인 작업에 그 범상치 않은 집중력이 발휘되는 것은 당연한 일이었다.

"아니, 여기는 또 어디야?"

별안간, 시그리드의 목소리가 울려 퍼졌다. 불가에 쪼그려 앉아 얼굴의 흉터를 긁적거리고 있던 랄로프가 벌떡 일어나 나귀에게 다가갔다.

"누님? 왔소?"

"그래. 고삐 좀 풀어줘."

랄로프는 씨익 웃으며 나무에 비끄러매둔 나귀의 고삐를 풀었다. 나귀형 시그리드 유슬리스는 투레질을 하더니 사방을 둘러보고 입을 열었다.

"무슨 일이야? 어디야, 여기?"

"어……, 숲의 남쪽이오. 서리심이 말한 선돌을 찾으러 왔소."

"라그나!"

앞뒤 다 잘라 먹는 랄로프의 조리 없음에, 시그리드가 신뢰하는 동료의 이름을 불렀다. 뭉친 눈덩이를 주전자에 집어넣고 있던 라그나가 다가왔다.

"왔나, 시그리드?"

"무슨 영문인지 말 좀 해줘!"

라그나는 뒤통수를 긁적였다. 어디서부터 말해야 하려나. 그가 망설이며 입을 열려는 찰나였다.

"서리심이 와요!"

브륀힐데의 외침이 숲 저편에서 들렸다. 아무래도 빨리 설명해야 할 것 같다. 하지만 두 번째 목격하는 서리심의 도래는 아까와 그 기세가 달랐다. 하늘에 낮게 깔리는 잿빛 눈구름과 찬 기운은 그대로였지만, 그 변화는 느렸고 침착했으며 어떤 호전적인 느낌도 들지 않았다. 선두에서 가장 먼저 이를 포착했던 브륀힐데 역시 그래서였을까, 그다지 긴박한 기색 없이 이쪽으로 뛰어오고 있었다.

"……해서, 여기까지 온 거야."

라그나는 그사이 빠르게 설명을 마쳤다. 짧고, 사실과 핵심만을 간추린 이야기에 만족한 나귀형 시그리드는 고개를 끄덕이려 했지만, 본래 자신의 것이 아닌 근육들의 조화가 그만 투레질을 이끌어 내고 말았다. 시그리드는 그게 원래 하려고 했던 동작인 양 모른 체하고 입을 연다.

"불찰이군. 통로가 막혔다고만 들었지, 그것이 서리심의 얼음 뿌리였을 줄이야. 알았더라면 건들지 말라고 했을 텐데."

"뭐, 결과가 나쁜 것만은 아니었어. 예기치 못한 일들의 연속이었지만."

라그나는 그렇게 말했다. 시그리드가 말을 받았다.

"그 사이 류그라 장로 네그레즈와 이야기했다. 그는 서리심이 지팡이를 알아보고 교섭에 응하리라 예상했더군. 다만 그도 자신 있게 확신한 부분은 아니었던 모양이야. 나로선 못 미더워하는 손녀에게 씨족의 보물을 선뜻 들려 보낸 저의를 명쾌하게 이해하기 어렵다. 그래도 의중이 있는 것 같아 보이더라만."

말을 마친 시그리드는 선돌 쪽을 바라보았다. 모포 담요를 감싼 채 웅크려 앉은 울리케는 턱을 만지작거리며 흐릿한 음각들에 완전히 몰두하고 있었다. 곁에 지팡이를 들고 서서 찬바람을 약하게나마 막아주고 있는 시야프리테가 있는 것도 모르는 것 같았다.

"좀 읽어냈나요? 내가 도와줄까요, 아가씨?"

나귀형 시그리드가 다가가 물었지만, 선돌의 글귀에 정신이 팔린 울리케는 듣지 못했다. 결국 시야프리테가 어깨를 톡톡 건드리고서야 그의 정신이 현실로 돌아왔다.

"……아, 유세트 경? 아니 괜찮아요. 거의 다 읽어냈어요."

하지만 그렇게 말하는 울리케의 표정은 미묘했다. 나귀가 물었다.

"왜 그래요? 내용에 문제가 있나요?"

"……문제는 없어요. 이 석비는 대제께서 남기신 게 맞아요. 다만……."

그때 모두의 기억에 있는 적막감이 사방에 깔렸다. 눈의 장벽이 만드는 고요의 장벽이었다. 모두의 시선이 숲 너머로부터 나타난 흰머리 소녀에게 가 닿았다. 아까까지 귓가에 웅성이던 바람 소리마저 완벽하게 잦아들어, 아주 조그만 소리라도 맑게 울려 퍼지는 가운데 오로지 다가오는 소녀의 발소리만 들려왔다. 이 적막이 울리케의 말을 채 잇지 못하게 끊었던 것이다.

"이것이 그 증거인가? 무어라 적혔느냐?"

자신을 묵묵히 응시하는 사방의 시선을 무시한 채 일동의 한

가운데를 지나 선돌에 다가온 서리심의 무녀가 물었다. 쪼그려 앉아 있던 울리케는 다리를 펴고 일어났다. 담요를 두르고 있긴 했지만 확실히 별로 춥진 않았다. 서리심은 추위에 관한 울리케의 청을 계속 따라주고 있다.

"대제께서 남기신 글이다."

"무어라 적혀 있느냐? 이 땅에 관한 내 권리를 증거하는가?"

다그치는 서리심을 앞에 두고, 울리케는 드물게 우물쭈물했다. 나귀는 문득 선돌에 새겨진 글귀들을 훑어보더니 말했다.

"아니, 이게 뭐야?"

서리심의 하얀 눈썹이 살짝 움직였다. 시그리드의 목소리를 알아챈 것이다.

"그때의 마법사로군? 역시 에다의 광신도답게 가엾은 나귀의 몸을 빌렸는가? 사악한 술수로다."

"생의 굴레를 벗어난 존재에게 윤리의 지적을 받고 싶지는 않은데."

나귀가 콧방귀를 뀌며 대꾸한다. 이죽거리는 게 무척 잘 어울렸다. 하지만 서리심은 살짝 미간을 찌푸렸을 뿐, 언쟁을 이어나가는데 더 이상 관심 갖지 않았다. 소녀가 재차 울리케에게 말했다.

"무어라 적혔느냐 말이다."

울리케는 난처한 얼굴로 서리심과, 그리고 주변의 인물들을 한 번씩 쳐다보았다. 얼마쯤 떨어진 곳에서 보고 있는 아우케

트가 의아한 표정을 지었다. 마침내 작게 한숨을 내쉰 울리케
가 입을 열었다.

"대제께서 남기신 노래다. 아무래도 전문을 그대로 옮겨야겠
지. 낭송에는 별 자신이 없지만……, 어……, 유세트 경?"

울리케는 구원을 바라는 표정으로 나귀를 쳐다보았다. 그러
나 선돌의 글귀를 읽고 있던 시그리드는 나귀식으로 피식거리
며 대꾸했다.

"나귀의 낭송이라니요? 마법 고문은 그런 창피를 거부할만한
권한이 있답니다."

"……좋네요, 그 권력."

이제 어쩔 수가 없다. 싸늘한 날씨임에도 울리케의 귀가 조금
빨갛게 달아올랐다. 조바심을 내는 듯한 서리심의 눈빛이 냉엄
하게 그를 다그치고 있었다. 몇 번 심호흡을 한 울리케의 낭송
이 시작되었다.

고목의 그루터기는 세어낼
나이테가 숱해도 끝이 나는 일.
반 천년의 겨울을 헤아리느라
눈 쌓인 머리칼, 빙하의 눈을 하고
어째서 잊힌 신의 이름은 그대의
낡은 유년을 용서하는가.
나는 긴 칼을 엮어 피의 길쌈을 하고

약속의 날개를 부끄러이 여겨 돌아가

사람이 닦은 길의 끝에서 마주한 이.

벗은 약속으로 마시지 않는 술,

다만 그날의 삭망을 떠올려, 북녘의 아이

내 이름을 세어주게.

겨울의 아늑한 고요는 내 가엾은

아이들과 개들이 부둥켜 저녁을 짓는 집,

땅을 재우고 씨를 꿈꾸게 하는

흰 굴뚝의 연기를 용서해주게.

나의 물러나는, 그리고 다시는 딛지 못할

이 땅의 한숨을 아껴주게.

　적막한 가운데 울리케의 선명한 노래가 끝났다. 새하얀 눈에 지배된 수해의 남쪽 끝, 오래 묵어 세월의 녹이 켜켜한 선돌 곁에서 울려 퍼진 낭송은 꽤나 호젓하고도 묘한 느낌을 주었다. 둘러선 이들은 저마다의 감상과 표정이 되어 그 노래를 들었으나, 아무래도 이런 낭송이 부끄럽기만 한 울리케였다.

　"셰이위르 시그렐, 아우스뉘르. 마흔두 해의 겨울. 마지막에 그렇게 새겨있군."

　잘 읽었다는 듯, 시그리드가 적막을 깨고 말했다. 붉어진 얼굴의 울리케가 돌아보자 그의 말이 이어졌다.

　"대제의 마흔두 세라면 제국년으로는 오 년이겠지. 딱 사백오십칠 년 전이로군요."

"그렇습니다."

"대제의 글귀가 틀림없어요. 하지만 시라니, 이래서야 구체적인 증거로 삼기가 너무나 난해하군요."

울리케의 고개가 갸웃했다.

"난해할까요? 저는 왠지 대제가 하시는 말씀을 알 것 같아요. 오히려, 그 어떤 공문보다 거역할 수 없는 감정이 있잖아요? 이 땅은……."

말을 이으며 서리심을 돌아보던 울리케가 입을 딱 다물었다. 무슨 일인가 하고 그 시선을 따르던 나귀형 시그리드와 시야프리테도 순간 숨을 죽였다.

서리심이 울고 있었다.

흰 머리 소녀는 숨죽이며 애처롭게 흐느꼈다. 다만 그 눈물은 세빙이 되어 반짝이며 흩날렸고, 얇게 떨리는 누더기 속 어깨는 좁았다. 그 한순간, 소리 없이 우는 작은 소녀는 천년을 살아온 이야기 속의 존재로 보이지 않았다. 그저 부모를 잃고 신 앞에 공양된, 그리고 아득한 기억 속 옛 벗을 떠올리며 우는, 사람의 딸에 불과하였다. 그 울음은 결코 격하지 않은 채, 더할 나위없이 처연한 낯빛으로 삼켜진다.

울리케는 석비의 글귀가 시라는 것을 깨달았을 때처럼, 난처한 얼굴로 소녀를 보다가 다시 선돌을 물끄러미 보았다. 그리고 노래에 관해 생각했다. 이것은 어떠한 공식적인 선언이나 약속을 담고 있지 않다. 다만 한 개인으로서 대제 셰이위르가 서리심의 무녀를 만나고, 자신이 지나온 생에 대한 소회와 추억, 그리고 앞으로의 일을 넌지시 청하는 노래에 지나지 않았다. 이를 어떻게 해석하고 어떻게 받아들이는가는, 전적으로 남아있는 자들에 달린 일이겠다.

"대제께서는 그대를 뉘르뉴(북녘의 아이)라 부르셨는가?"

흰머리 소녀의 소리 없는 울음이 조금 잦아들었다고 여겨지자, 울리케가 건넨 물음이었다. 멍하니 허공을 보고 있던 소녀가 답했다.

"그래⋯⋯, 셰이위르는 나를 그리 불렀다."

"어떤 분이었는가?"

울리케의 이 물음은 상황에 걸맞지 않을지도 모른다. 그러나 대제의 노래가 남긴 울림이 아직 여전하였다. 구태여 분위기를 해치며 딱딱한 이야기로 몰고 싶지 않았다. 뉘르뉴 또한 선선히, 절벽 아래 펼쳐진 숲의 풍경을 보며 대답하였다.

"셰이위르는⋯⋯, 자신이 짊어진 군주로서의 멍에를 무거워했다. 그가 속을 나누는 상대는 아마도 없었던 듯하다. 붉고 멍청한 스미드레드조차 그의 도반(道伴)으로서 적합지 않았지. 우리는 고작 하룻밤을 어울렸으나, 잊힐지언정 잊을 수는 없는 것이 서리심의 무녀이다. 셰이위르와 나눈 모든 말과, 그 이야기들이 흐를 때 쌓였던 눈의 결정들을 기억한다. 나는⋯⋯, 나는 그 시간의 모든 것들을 기억한다."

울리케는 조용히 소녀의 이야기를 들었다. 여전히 사방은 적막했고, 서리심의 감정인양 이따금씩 살랑이는 미풍이 불었다. 그 바람끝은 눅눅하였다.

"셰이위르의 마지막 노래를 들려주어 고맙다, 피어클리벤의 딸이여."

불현듯 소녀가 그리 인사해오자, 울리케는 무어라 대답해야 좋을지 몰랐다. 울리케의 시선이 나귀를 향했으나, 시그리드도 잠자코만 있었다. 힐끔, 시야프리테를 보니 이 감수성 풍부한 류그라 소녀는 그새 연신 눈물을 훔쳐냈는지 얼굴이 엉망진창이었다.

셰이위르에게 뉘르뉴라 불렸던, 서리심의 무녀가 말을 이었다.

"셰이위르는 내게 이 숲을 부탁하고, 아울러 너희를 묵시(默視)할 것을 청하였다. 다만 그뿐이었지, 셰이위르는 군주된 도리로 마땅히 행해야 할 세세한 이야기는 하지 않았다. 나는 그를 기다렸으나, 인계의 어지러운 사정은 그에게 그럴 틈을 주지 못했던 모양이다. 이 숲은 피어클리벤에 속하고 피어클리벤은 다시 뉘른스에크에 속하며, 뉘른스에크는 이어 아우스뉘르에 속할 것이다. 셰이위르 시그렐 아우스뉘르가 나와 나눈 약속이 무엇이건, 그것은 이제 피어클리벤과, 아울러 이 숲에 거하는 고블린들의 문제가 되겠지. 류그네라스의 중재 아래, 나는 너희와 교섭할 준비가 되었다."

뉘르뉴의 목소리에는 어느덧, 잊혔던 인간성이 약간이나마 깃들어 있었다. 그것을 느낀 울리케는 순간, 아득한 과거의 황제에게 감탄하며 경외를 느꼈다. 이 모든 것이, 이 제국의 기틀을 마련한 그의 예지는 아니었을까? 불확실한 북부 변방의 정황을 고려해 세세한 행정적 여지는 미결로 남겨두되, 훗날 분쟁이 발생했을 때 선돌을 찾아 자신의 노래를 서리심에게 들려줌으로써 지난 만남을 회고하고, 소녀에게 숨은 인간성을 끌어내 그 인정에 호소하도록 한다. 이것이 황제가 준비한 귀결은 아니었을까? 억측일지도 모르지만 울리케는 짙은 확신을 가지며 문득, 소름이 돋았다. 그는 말했다.

"그러면, 공식적인 자리를 만들자. 입회자들을 분명히 하겠다."

교섭이 시작되었다.

회의의 자리엔 고블린 측 대표로서 아우케트가, 피어클리벤 측 대표로서 울리케와 나귀형 시그리드가 참가했다. 시야프리테는 중재자로서의 상징을 가지고 회의를 지켜보게 되었다. 나머지 인원들은 주위를 둘러싼 채, 대화를 경청하게 된다. 더 이상 위기는 없는듯해 모두 안심한 표정이었지만 사뭇 진지하였다. 최초의 발언자는 울리케였다.

"이 논의의 목표는 우선 이 숲, 그러니까 피어클리벤의 북동쪽 시우부름 산을 기점으로 하는 광활한 영역 전반에 관한 소유권을 다루는 것이다. 공식적으로, 그 땅은 피어클리벤의 소유이며 이는 황실로부터 인가된 역사에 그 근거를 가진다. 이것이 피어클리벤의 입장이다."

"나는 천 년을 여기서 살아왔다."

서리심의 무녀, 뉘르뉴의 말이었다. 모두가 그를 보았다. 덧붙여 어떤 이야기가 나오지 않을까 기다렸건만, 소녀는 눈을 깜박이며 그냥 서 있기만 할 뿐이었다. 울리케가 살짝 당황한 사이, 아우케트의 말이 예기치 않게 나섰다.

"선점은 토지의 권리에 대해, 그 자체로 충분한 근거가 된다. 우리가 시간을 돌려 아득한 고대로 거슬러 올라간다면, 어떤 땅이든 처음에는 그 임자가 없었을 수밖에 없다. 원시 상태의 개인들이 선점한 토지를 그 개개의 권리에 따라 이용하고 처분해온 결과가 현시점에서의 소유권 분포라고 할 수 있다."

모두 망연자실한 얼굴로 고블린을 보았다. 랄로프는 나직하게 투덜거렸다. '대체 정체가 뭐야 저거…….' 그리고 나귀형 시그리드가 드물게도 낄낄거리기 시작했다. 그가 말했다.

"맞는 말이다, 고블린 오십장. 거기에 더해, 노동으로써 개간이라는 행위가 더해진 토지는 더더욱 확실한 소유권의 근거가 되지. 하지만 이것들도 결국엔 하나의 의견이다. 소유의 근거를 따지기 시작하면 그것이 사회적 합의에 의한 권리인지, 아니면 누구도 부정할 수 없는 천부의 권리인지부터 첨예하게 다투어진다. 그리고 그 다툼이 합의에 이르지 못할 때 발생하는 것이 바로 분쟁, 다시 말해 전쟁이 아닌가?"

"그렇다."

아우케트의 대답이었다. 울리케가 치고 들었다.

"하지만 우린 이미 무력분쟁에 의해 이 소유권의 판가름을 하지 않기로 동의한 게 아닌가? 우리가 논할 것은 어디까지나 권리의 근거와 한계이다."

"나는 동의한다."

뉘르뉴의 나직한 선언이었다. 이는 다시 한번 모두를 안심하게 했으나, 뉘르뉴의 지적이 아래와 같이 잇따랐다.

"하지만 잊지 말아라. 아우스뉘르 제국이 북녘에 그 영토를 세운 것은 명백히 폭력의 논리에 의했다. 이후 공과와 협의에 따라 불하된 땅 가운데 하나가 피어클리벤인 것이다. 나는 개국 이전부터 이미 이 땅에 거해왔으며, 무력에 의해 압도된 것도 아니었다. 그럼에도 불구하고 나는 셰이위르의 권리를 인정하는 것이고, 그렇기에 피어클리벤의 권리도 인정하는 것이다."

"어째서인가? 거기엔 어떤 합리도 없다."

아우케트가 물었다. 뒤에 서 있던 두카르는 눈을 크게 뜨고 왜 공연한 소리를 하냐는 표정으로 그를 보았다. 잠시 침묵하던 뉘르뉴가 대답하였다.

"합리의 근거가 항상 이해(利害)를 따져 나오는 것은 아니기 때문이다. 보아라, 나는 생물로서 득실의 영역에 있지 않다. 부와 권력, 소유는 나의 사업이 아니다. 나는 잊힌 신과 부족, 약속과 명의에 얽힌 존재다. 단 하나, 예외가 있다면 내가 사람이었던 때에 공유한 도리와 인정의 기억이다."

울리케는 눈을 살짝 크게 떴다. 그제야 눈앞에 있는 교섭 상대의 독특함을 깨달은 것이다. 이익과 손해의 저울질에 관심이 없는 상대라니, 이런 상대와 도대체 어떤 교섭을 할 수 있지?

제 5장

시간은 어느덧 해 질 녘에 다다랐다. 아스라한 볕이 지평선을 향해 기어가며 곧 도래할 밤에 대해 으름장을 놓고 있었다. 잠시 좌중을 돌아보던 뉘르뉴가 말을 이었다.

"내 요구는 이것이다. 나는 이 숲의 여전한 주인이며, 어떤 문명의 개발 대상으로 훼손되지 않길 바란다. 피어클리벤은 지난 사백 년간 내가 용납할 수 있는 범위에서 어울리는 이웃이었다. 그러나 고블린은 이야기가 다르다. 그들의 머릿수는 이제 본격적인 삼림의 훼손을 수반하게 되었다. 나무들과 그로부터 나는 모든 결실, 산짐승들, 그리고 너희가 마수라 부르는 생물들까지 고블린의 위협을 받고 있다."

아우케트는 찌푸린 얼굴로 듣고 있었으나 딱히 별다른 반응을 하지 않는다. 울리케가 나섰다.

"맨 처음에는 그들을 용납했다고 했지?"

"그렇다."

서리심이 대답했다.

"내게 있어, 이 숲에 누군가 들어오고 머무는 것 자체는 아무 상관이 없다. 숲은 모두의 것이니까. 하지만 어떠한 특정 존재 나 무리가 조화를 깨트리는 것은 두고 볼 수 없다. 그렇게 하지 않을 수만 있다면 저들이 숲이나 산에 머무는 것 자체는 문제 되지 않는다."

모두가 아우케트를 보았다. 꽤나 심각한 얼굴로 이야기를 듣 고 있던 그는 사람들의 시선이 향해지자 조금 귀찮다는 표정이 되었다. 하지만 그럼에도 불구하고 꿋꿋하게, 한동안 생각에 잠 겨있었다. 그러던 그가 마침내 입을 열었다.

"우리로서는, 애초에 시우부름이 피어클리벤의 영지에 속한 다는 사실도 받아들일 수 없다. 인간의 황제가 멋대로 친 지도 의 선에 불과하니까. 마찬가지로 서리심의 권리 주장도 우리로 서는 납득하기 어렵다. 선점의 권리에 대한 이야기는 앞서 내 가 꺼냈지만, 그렇다고 해서, 그가 이 광활한 숲 전반을 선점했 다는 이야길 순순히 납득할 수는 없는 것이다. 그는 무엇인가? 이 숲의 관리자인가, 소유자인가? 그는 이 숲의 자연스러운 조 화를 유지하면서 훼손되지 않기만을 바란다고 했다. 그는 이 숲을 치환 가능한 자원으로 유용하는 데 관심이 없고, 가치를 가진 사물로써 매매하고자 하지도 않는다. 호주머니나 금고에 넣을 수 없는 부동산에 대해, 대체 그것의 가치를 논하려 들지도 않는 자가 어떠한 권리를 이야기하고 있는 것인지, 나는 도통 모르겠다. 단순한 점유권인가? 처분권인가? 조세권인가? 수익권인가? 너는 무엇을 소유하는가?"

아우케트의 시선이 똑바로 서리심을 향했다. 뉘르뉴는 잠시 아연한 표정이 되더니 물었다.

"저건 고블린인가? 아니면 이상하게 생긴 사람인가?"

아마 같은 의문을 품은 이들이 그 말고도 이 가운데 몇 있으리라. 울리케는 쓴웃음을 짓더니 대신 대답해주었다.

"아……, 일단 그는 고블린이다. 일단은……."

이러느라 논의의 맥이 잠시 끊어졌다. 아우케트의 앞선 발언은 모두의 머리를 굉장히 복잡하게 만들었고, 특히 시야프리테와 랄로프는 본격적으로 아주 언짢은 표정을 짓기 시작했다. 그럼에도 반성이 없는 아우케트가 마저 이야기를 이어 나간다.

"그는 이 숲에 천년을 머물고, 단지 지켜만 보아왔다. 그게 어쨌다는 것인가? 고작 그 때문에 우리가 산을 뚫고 나무를 베고 사냥을 하며, 물경 스물두 해에 걸쳐 쌓아 올린 노동의 대가를 허공에 날리란 말인가? 그가 말하는 훼손이란 우리의 관점에서는 개발이 된다. 어떤 신성하고 강대한 존재라고 해서 무슨 권리로 이를 막는다는 말인가? 창조신 에아가 노랫가락으로 세상을 엮고 나서 손대지 말라 이르셨는가? 그에게는 찰나와 같은 시간이었겠지만, 우리는 긴 시간에 걸쳐 많은 희생과 노동력을 쏟아부어 우리의 요새에 가치를 부여했다. 그에게 그 가치를 부정할 수 있는 권리가 있다고, 나는 결코 인정할 수 없다!"

"맞소! 그건 너무해! 크억!"

엉뚱한 응원이 랄로프의 입으로부터 터져 나오자, 곁에 있던 브륀힐데가 반사적으로 그의 발을 내리찍어 밟아버렸다. 하지만 그만큼 아우케트의 논리엔 설득력과 호소력이 있었다. 고블린들은 모두 격앙된 표정을 지어 보였고, 전직 염소치기 소년인 디드리크조차 고개를 끄덕거렸다. 개척과 그에 따르는 노동의 어려움, 그 가치를 절실히 알고 있었기 때문일까.

"뭐라고 하든, 애초에 내 땅이란 말이다!"

서리심이 짜증 난다는 듯 외쳤다. 아우케트는 물러서지 않았다.

"그대는 소유함으로써 이 숲의 가치를 봉인하겠다는 것이다! 우리에게는 삶이 걸린 일이다. 그럼에도 양보를 해야 하는 쪽이 우리인가? 고블린 수백의 목숨은 안중에 없는가? 그것이 애초에 이 숲에 속하지 않기 때문에? 그렇다면 이 숲에서 나고 자란 것들 가운데 스물두 해가 되지 않는 것들도 이 숲에 속하지 않을 테니, 우리가 모두 싸 들고 여길 떠나면 공평하겠는가!"

아우케트는 마침내 노한 목소리로 소리쳤다. 모두가 그 기세와 더불어 놀라운 웅변력에 아연실색한 가운데, 다행히 본분을 잊지 않은 시야프리테가 지팡이를 세운 채 돌바닥에 내리쳐 땅하는 소리를 냈다. 그러고는 엣헴, 하는 헛기침을 내었다.

"토론이 지나치게 열기를 띠는군요! 조금들 식히셔요."

그래도 어색한 듯, 조심스럽게 나온 시야프리테의 말이었다. 두카르와 고블린들은 매우 고무된 표정이 되어, 그들의 오십장에게 열렬한 눈빛을 보내고 있었다. 울리케는 이마에 손을 짚고 아우케트가 한 말들을 생각했다. 서리심에게 어떤 권리가 있다면, 고블린들에게도 마땅한 권리가 있을 것이다. 더구나 뉘르뉴의 권리란 애매하고, 가치의 추종과는 동떨어진 개념의 소유권이다. 그에 반해 고블린들의 입장은 확실하고 명쾌하다. 이것은 숲을 가치자원으로 보는 입장과, 전혀 다른 입장의 대립이었다. 아무래도 흙을 파먹고 사는 인간의 입장에서 아우케트의 논리가 훨씬 더 공감 가고 와닿는 이야기가 된다.

잠시 침묵하던 뉘르뉴가 입을 열었다. 꾸짖는듯한 어조였다.

"가치, 가치, 가치! 너희는 모든 것을 오로지 그것으로 대한다. 채 백번의 겨울도 보질 못하면서 천년을 기획하고, 나눌 수 없는 땅에 선을 긋고 그것으로부터 이끌어낼 소출을 계산한다! 소유? 너희가 감히 무얼 소유하고 있다고 말할 수 있는가!"

"몸뚱이다."

시야프리테의 말이 효과를 보았던 것일까, 한결 차분해진 목소리의 아우케트가 답했다. 그의 말이 이어졌다.

"하늘과 선조로부터 주어진 오로지 하나의, 나의 것이라 말할 수 있는 것이 나의 몸뚱이다. 그러니 그 몸뚱이로 하는 모든 일, 노동 자체가 나의 것이다. 내가 꾀한 것들이 나의 것이다. 우리가 쌓아 올린 것들이 우리의 것이다. 나무에 매달린 결실은 그 자체로 자연에 속하겠지만, 우리가 그것을 따기 위해 수고한 순간 그것이 우리의 것이 된다. 우리의 몸뚱이, 노동이 지불한 정당한 결과이다. 여기엔 어떤 동의도 필요치 않다. 숲이 신성한 만큼 우리의 노동도 신성하다, 이걸 인정할 수 없는가?"

스스로 격앙되지 않으려 억누르는 가운데 이어진 아우케트의 말이었다. 듣고 있던 울리케가 조심스레 입을 열었다.

"하지만 아우케트, 우리의 경우, 그러한 노동의 결실은 세금으로 일부 바쳐질 수 있다."

"알고 있다. 그것은 영지가 본래 영주의 것이며, 또한 영주가 영민들에게 보호라는 이름의 용역 재화를 제공하기 때문이 아닌가? 그것은 거래지."

여태 조용히 곁에서 듣고 있던 아그니르가 눈살을 찌푸리며 괴악한 표정을 지어 보였다. *이 고블린이 무슨 미친 소릴 하는 거야?*

"내가 한마디 할까요."

나귀, 시그리드가 입을 열었다. 모두의 시선이 그를 향한다.

"이야기가 정말 재미있군요. 조금 정리를 해 보죠. 서리심, 그대는 이 숲의 명의자로서 말하자면 지주인 셈인데, 거주자들의 개발권리를 인정하지 않는 것인지?"

뉘르뉴는 입술을 깨물고 있다가 대꾸했다.

"그의 말을 부정할 수 없다. 저들의 생존권과 노동이 만들어낸 가치의 권리는 정당하다. 이 또한 숲의 생태 일부로서 납득할 수 있겠다. 다만……."

좌중을 한 바퀴 돌아본 흰머리 소녀가 아우케트를 똑바로 쳐다보며 말했다.

"숲의 개간에 대해서는 여전히 허락할 수 없다. 이대로라면, 오십 년에서 백 년 안에 숲의 절반을 잃게 된다. 저들의 개발엔 가속이 붙고 있다."

"인정한다. 그럴 테지."

아우케트가 차분하게 수긍하였다. 서리심의 말이 이어졌다.

"그러므로, 이후 임야 개발과 수렵에 관한 제한이 필요하다. 그것을 약조해라."

"하지만……, 그러면 우리는 도무지 인구를 부양할 수 없다."

아우케트의 말이었다. 그러자 울리케가 나선다.

"그렇다면 피어클리벤 대 시우부름 고블린 조약의 갱신이 필요하겠다."

모두의 시선이 울리케에게 향했다. 그의 말이 이어진다.

"결국, 너희는 이대로 시우부름 산에 머무는 거주권을 얻는 셈이야. 하지만 식량과 물자를 숲으로부터 얻을 수 없다면, 외부에 의존하는 수밖에 없지. 그러니……."

"거절한다, 울리케."

아우케트가 딱 잘라 말했다. 예상치 못한 반응에 놀란 울리케는 이어, 심통 난 표정이 되더니 말했다.

"아니 왜, 끝까지 듣지도 않고?"

"이 이상 식량 주권을 외부에 의존하는 것은 노예화와 다를 바 없다. 차라리 산을 포기하는 쪽을 택하겠다. 형제들도 마찬가지 이야기를 할 것이다."

차분하지만 침통함이 깃든 어조였다. 울리케가 말했다.

"맞아. 그러니 끝까지 들어보라고. 우리로서도 이 이상 너희들에게 식량과 물자를 내주긴 힘들어. 그러니, 이참에 너희는 변화해야 한다."

아우케트가 의혹의 눈초리로 울리케를 잠시 쳐다보더니 입을 열었다.

"……뭘 하라는 말인가?"

"농사를 지어라."

아우케트는 표정을 단속할 생각도 잊고 멍한 얼굴로 울리케를 쳐다보았다. 울리케의 말이 잇따랐다.

"드리츠와 시우부름 사이엔 빈 땅이 있지. 거기 말고도 요새에서 가까운 거리에 너희가 이용할 토지는 얼마든지 있다. 개간을 하고 밭을 일궈라. 깨순무와 두더지감자가 적당할 거야."

"무슨 터무니없는 소리인가? 농사라니!"

"왜? 또 긍지가 허물어지나? 아까 노동의 신성성을 웅변하던 고블린은 어디로 갔지?"

아우케트는 말문이 막힌 표정을 지었다. 하지만 그는 다시 정신을 차리고 말했다.

"그 계획엔 심각한 문제가 있다. 그러한 노동을 할 인력이 마땅치 않다."

"아니, 될 거라고 본다. 그가 협조한다면."

울리케는 서리심의 무녀에게 눈을 돌렸다. 지목받은 뉘르뉴는 의아한 얼굴로 물었다.

"내가 무슨 협조를 한다는 거지?"

"숲의 명의자이자 겨울의 대리자로서, 그대는 숲의 마수들을 통제할 수 있는 권능이 있지 않은가?"

"……바로 보았다."

"시우부름의 고블린들이 더 이상 숲에 해악을 끼치지 않고 외부에서 자원을 마련하도록, 그대가 마수들을 제어해주는 것이다. 즉 이로써 숲에 인접한 피어클리벤의 모든 인간과 고블린들은 마수의 위협을 신경 쓰지 않고 오로지 개간과 노동에만 집중할 수 있게 된다. 그러면 순찰 인력이 필요치 않게 되며, 그 인력 전부가 농사에 전념할 수 있지. 그대는 숲을 지켜서 좋고, 고블린들은 스스로 식량을 마련하게 되어 좋으며, 우리는 마수의 공포로부터 일부분 해방되어 좋은 것이다."

"좋아요, 썩 훌륭하군요."

나귀형 시그리드의 감상이었다. 아우케트와 뉘르뉴 모두 조용한 채 각자의 생각을 이어가고 있었다. 울리케 또한 이 방안에 어떤 문제가 없는지 다시 한번 되새겨본다. 영지의 토지 일부를 내어주는 이야기니 엄밀히 말해 그의 권한 밖의 방안이나, 얻을 수 있는 소득이 훨씬 크다고 기대되었다. 영지의 북동쪽 치안이 완전하게 해결되며, 고블린이 식량을 자급하게 되면 영지의 재정적 부담도 없어진다. 더구나 기존의 조약에서 고블린은 북쪽의 순찰을 담당했던바, 이 새로운 조약이 실행되면 그들의 병력을 다른 데 이용할 수 있으리라. 생각을 거듭할수록, 득이 많았다.

울리케와 마찬가지로 생각에 잠겨있던 뉘르뉴가 선선히 입을 연다.

"그리만 해 준다면, 나는 청을 받아들인다. 시우부름과 면한 숲의 모든 아이들이 인간과 고블린들을 해하지 않게끔 조율하겠다. 하지만 드물게 나의 영향력을 벗어나는 것들도 없지 않다. 이는 말해두마."

"그 정도 자위수단은 갖춰둬야겠지."

뉘르뉴의 말에, 울리케는 수긍하며 고개를 끄덕거렸다. 이제 모두가 아우케트를 쳐다보았고, 그때까지 난처한 얼굴로 생각에 잠겨있던 그가 마침내, 체념한 듯 입을 열었다.

"형제들을 설득해 봐야겠다."

고블린들에게 농사의 가치를 가르칠 차례다.

울리케 일행이 피어클리벤 성으로 돌아온 것은 출발한 날로부터 나흘째였다. 예기치 못한 사태가 벌어진 것 치고는 일정이 그리 늦어졌다 할 수 없었다. 모두가 부지런히 움직인 덕분이었다.

"고생했어요."

돌아온 울리케를 맞이한 것은 마법 고문, 시그리드였다. 그는 서리심과의 논의가 끝난 직후 나귀 유슬리스에 대한 빙의를 풀었고, 또 한바탕 몰아친 고통에 끙끙거려야 했지만 발프리드의 간호를 받아 빠르게 회복하였다. 그 직후 그는 영주 노아크에게 저간의 사정을 자세히 알렸다. 때문에 울리케가 딱히 공식적인 보고를 크게 더할 것은 없었다.

"아버님은 뭐라셔요?"

마차에서 내려선 울리케의 상태는 별로 좋지 않았다. 서리심이 몰고 온 추위 때문이었을까? 아니면 큰일을 마무리한 뒤끝의 탈력 때문이었을까, 울리케는 그만 가벼운 고뿔에 걸리고만 것이다. 시야프리테가 가지의 치유를 해 주겠다 말했지만 울리케는 그것을 거절했다. 감기 따위의 시시한 것에 그런 사치를 부릴 수 없다는 것이 이유였다. 때문에 시그리드에게 묻는 울리케의 목소리는 다소 쉬어있었다. 마법사가 답했다.

"전혀 나무라지 않으셨어요. 오히려 칭찬하셨지요. 그리고 앞으로 그에 관한 모든 감독 책임을 아가씨께 맡겼어요. 좌우지간, 뵙고 이야기를 들으셔야죠."

"저는 우선 침대가 필요해요."

시간은 어스름한 저녁 무렵이었다. 아가스에서 하루를 묵고 성까지 꼬박 하루가 걸렸다. 울리케는 덜컹이는 마차 안에서 흔들림과 더불어 고뿔 기운과 싸워야 했다. 이대로 몸조리를 소홀히 하면 한바탕 크게 앓을 징조였다. 마법사는 웃으며 수긍했다.

"그러세요. 발프리드에게 식사를 갖다 주라 하지요."

만일 울리케가 좀 제정신이었다면 하녀 로테나 뮤리드가 아닌 발프리드에게 그와 같은 일을 시킨다는 것이 이상하다 여겼을 것이다. 하지만 감기 기운에 정신이 없는 울리케는 대충 대답하고 자신의 방으로 향했다.

그런 한편, 울리케처럼 행렬의 모두가 각자의 자리로 흩어지고 있었다. 발리엇과 디드리크는 사우트를 데리고 연병장의 막사로 향했고, 아그니르는 이미 마구간으로 가 장제사와 무어라 떠들고 있었다. 시그리드는 웃는 낯으로 자신의 동료들이 다가오는 것을 보았다. 그 뒤에, 지팡이들 안은 시야프리테가 두리번거리며 따르고 있다.

"어서들 와. 생각지도 못한 일을 겪느라 욕봤어."

"고생이랄 건 없었어. 다만 그 추위만 좀 견디기 힘들더군."

시그리드의 환영에, 라그나가 서리심의 눈보라를 떠올리며 살짝 진저리를 쳤다. 말들을 맡기고 온 브륀힐데와 랄로프가 합류했다.

"모두 식사 전이지? 공관에서 여독을 풀도록 해. 이따 내가 함께하지."

"그러세요."

브륀힐데가 대답했고, 이어 일행은 시그리드를 뒤로 한 채 공관으로 향하려 했다. 그러다 그들 곁에서 우물쭈물하고 있는 시야프리테를 보았다.

"어쩌죠? 시야프리테는?"

브륀힐데가 류그라 소녀를 챙기며 물었다. 시그리드가 대답했다.

"오늘은 공관에서 묵지? 곧장 홀로 류그라들의 숙영지에 가기엔 좀 늦은 시간이야. 모처럼 성에 왔는데 대접받고 가. 그럴 만한 공이 있잖아?"

"감, 감사합니다……."

이런 분위기와 장소가 영 낯선 시야프리테는 그만 어영부영 대답하고 만다. 그러나 모험가들은 전혀 개의치 않았다. 본래가 유사한 족속들이라 그런 것일까.

모험가들과 류그라 소녀가 공관으로 향한 직후, 시그리드는 성의 주방으로 향했다. 요리장 겔다에게 동료들과 시야프리테, 그리고 자신이 먹을 오 인분의 저녁식사를 마련토록 지시한 그는 울리케의 식사도 덧붙여 주문했다. 감기 기운이 있으니 환자식과 유사하도록 고려하라는 지시도 잊지 않는다. 잠시 생각하던 그는 예정과 다르게 울리케의 식사를 하녀 로테에게 맡기기로 하고, 자신은 발프리드와 함께 동료들의 식사를 나르기로 했다. 그러나 이 결정은 예기치 않은 방해와 맞닥뜨리게 되었다.

"유세트 경."

유레였다. 주방에서 발프리드와 함께 식사를 챙기던 시그리드의 앞에, 이 성의 두 번째 안주인이자 발프리드의 생모인 그가 나타난 것이다.

"어쩐 일이십니까, 부인?"

시그리드가 여상스레 물었다. 유레는 굳은 얼굴로 주방과 음식들을 훑어보고 말했다.

"발프리드를 몸종 부리듯 하는 게, 저는 좋아 보이지 않습니다."

"이해합니다."

나긋한 시그리드의 대답이었다. 하지만 그게 전부였다. 당황한 발프리드와 유레를 무시하고, 그는 바구니에 식사 담기를 계속했다. 유레의 얼굴에 언짢은 기색이 본격적으로 떠오르기 시작했다. 마침내 그가 다시 말했다.

"발프리드에게 허드렛일을 시키지 말아주세요. 무엇하면, 하인을 하나 전담시켜드리겠습니다."

"아, 필요 없습니다."

시그리드는 빙긋 웃으며 말했다. 여전히 손은 멈추지 않은 상태였다. 발프리드는 굉장히 난처한 낯으로 어머니와 스승을 번갈아 보았다. 이런 상황에서 무어라 껴들 변죽이, 아직 이 소년에게는 전혀 없었다. 요리장 겔다와 그의 조수인 하녀 뮤리드도 얼굴이 좋지 않았다. 다만 화덕 쪽으로 몸을 돌리고 묵묵히 자신들의 일에 집중할 따름이라, 그들의 기색은 상전들에게 보이지 않았다.

마침내 결국 식사 챙기기를 모두 끝낸 시그리드가 얼굴을 들고 유레를 똑바로 보았다. 늘 그렇듯, 정말 설명하기 귀찮다는 피로가 스쳤으나, 시그리드는 최대한 정중하게 입을 열었다.

"발프리드는 에다의 굴레에 들어선 것입니다. 여기서 중요한 것은 오로지 가르침과 깨달음입니다. 세속의 풍속과 가치를 강요하지 마세요."

유레는 낮게, 하지만 충분히 엄하게 외쳤다.

"발프리드는 귀족이에요!"

"아니죠. 그저 마법사의 제자일 뿐입니다. 깨우치지 못한 햇병아리죠."

그렇게 대꾸한 시그리드는 웃으며 발프리드를 보았다. 소년은 황망한 얼굴로 스승의 눈빛을 받았다. 어떻게 반응해야 할지 전혀 모르겠다.

"이런 것에는 모두 의미가 있습니다. 발프리드가 마법사가 되면, 그리하여 사물을 구성하는 힘의 얼개를 깨닫게 되면, 손 하나 까딱하지 않고 많은 것들을 할 수 있게 되지요. 지금 몸을 움직여 물건을 나르고, 연장을 손보고, 청소를 하고, 장작에 불을 지피는 것들은 나중에 도움이 됩니다. 발프리드는 원래 귀히 자란 출신인 만큼, 오히려 더 많이 이런 일을 해야 합니다."

어느새, 음식이 든 바구니가 시그리드의 손 위에 있었다. 문제는 그것이 한 뼘가량 허공에 떠 있었다는 점이다. 그것은 유레가 처음 목격하는 시그리드의 마법이었다. 유레의 얼굴에 드리워있던 불쾌함이 약간의 놀라움을 거쳐 불편한 빛으로 변했다. 그는 자신의 눈앞에 꼿꼿이 선 이 마법사로부터 어떤 말 할수 없는 위압을 느꼈다. 화덕의 맹렬한 불빛에 사로잡힌 주방전체가 마치 대장간의 가마처럼 새빨갛게 달아오르는 것 같았다. 그 빛을 받아 그늘진 마법사의 얼굴에서는 눈빛만이 형형했다.

"발프리드는 많이 경험하고 다뤄봐야 합니다. 사물의 촉감과 무게, 그 구조와 성분을 알아야 하죠. 그러니 모쪼록 이해하십시오, 부인. 에다의 도리는 신분을 초월한 것이니까요."

유레가 무어라 대답할 수 있었을까? 결국 그는 입술을 깨물며 물러설 수밖에 없었다. 만일 그가 시그리드를 독대해 이러한 화제를 꺼냈다면 지금 같은 창피를 당하지 않았을 것이다. 오히려, 이 상황과 자리를 이용해 마법사를 압박해보려던 만용이 일으킨 사태였다. 그로서는 시그리드를 탓할 수도 없는 일이다.

그러나 유레 스스로는 그렇게 생각하지 않았다. 그는 시그리드의 말을 납득했기 때문이 아니라 단지 그 위압에 굴복한 것뿐이었다. 어쨌거나 상대는 마법사고, 성의 가신이며 사실상 직책상으로 최고 위계라 할 수 있는 마법 고문인 것이다. 더구나 아들의 명줄과 미래를 쥔 스승이었다. 물러서지 않는 이상 다른 도리가 없다. 그렇게, 유레는 개운치 않은 기분으로 음식 바구니를 들고 가는 시그리드와 발프리드의 뒷모습을 보았다. 여전히 스스로도 설명하기 어려운 마뜩잖음이 가슴속에 가득한 채.

그런 가운데, 시그리드는 제자와 함께 성의 안뜰을 지나 공관으로 향했다. 음식들의 따뜻함이 가실까, 꽤나 빠른 종종걸음이었다. 뛰듯이 곁을 따른 발프리드의 이마엔 어느새 땀이 맺혔다. 음식 바구니는 소년이 들기에 다소 묵직했기 때문이다.

"이리 주세요."

모험가들이 머문 방의 문을 두드리자, 브륀힐데가 나와 이렇게 말하며 발프리드의 바구니를 받았다. 안으로 들어선 시그리드는 바구니를 탁자에 내려놓고 물었다.

"시야프리테는?"

"옆방에 있소."

반색을 하며 바구니를 열어보던 랄로프가 브륀힐데의 매서운 손에 손등을 얻어맞고 대답했다.

"발프리드, 가서 데려오거라. 너도 여기서 같이 먹자."

"네, 스승님."

왠지 기쁜 듯, 발프리드가 대답했다. 이어 소년이 방을 나서자, 침대에 앉아 단검들을 정리하던 라그나가 말했다.

"우리 없는 동안에 도련님은 어땠나?"

"그리 긴 시간도 아니었잖아? 수업은 아직 시작도 못 하고 있어."

시그리드가 탁자에 그릇들을 펼치며 한 대답이었다. 라그나는 피식거리며 말했다.

"뭐……, 그걸 물어본 건 아니지만. 아무튼 괜찮았나 보군."

발프리드와 시야프리테가 왔고, 식사는 곧바로 시작되었다. 아무리 애써도 노상의 식사는 어쩔 수 없는 한계가 있는 법이다. 그러니 숙련된 솜씨의 요리장이 준비한 사골국과 전병, 구운 야채들과 돼지고기는 그 향기만으로 모두의 위를 두드려대었다. 며칠간 보존식과 거친 식사에 시달려있던 모험가들은 체면 차리지 않고 덤벼들게 되었다. 본래라면 귀족으로서 상석에 모셔야 할 발프리드건만 지금은 그저 동료의 어린 제자에 불과했기에, 그 사실이 서로 간의 거리감을 확 줄여주어 자리를 불편하지 않게 했다.

"편식하면 안 돼."

돼지비계를 골라내던 시야프리테가 브륀힐데에게 딱 걸렸다. 류그라 소녀는 민망한 듯, 난처한 얼굴이 되었다. 쩝쩝거리며 고기를 뜯던 랄로프가 아무렇지도 않은 듯 말했다.

"뭐 어때? 그거 나 줘."

"좀 추잡스럽게 먹지 않을 수 없어요?"

그러자 미소 띤 얼굴로 국을 마시던 시그리드가 다음과 같은 이야기를 꺼냈다.

"고블린들은 어떻게 되었지?"

단검으로 뼈에 붙은 고기를 깨끗하게 발라내며 라그나가 대답했다.

"산으로 돌아갔어. 그 고블린 오십장, 아우케트가 교섭 결과를 전하겠지."

"고블린이 농사라……. 잘 받아들여질지 모르겠어요."

브륀힐데의 말이었다. 그러자 시그리드가 말했다.

"그들이 농사를 짓지 않은 것은 단지 그럴 필요가 없었기 때문이야. 상황이 바뀌면 적응해야지. 오히려 둔전의 개념으로 받아들이게끔 설득할 수 있을 거야. 저들은 만사가 위계와 조직, 전쟁과 보급이니까. 그렇게 보면, 농사가 의외로 거북스럽지 않을 수 있어. 일정 규모 이상의 무리를 유지하려면 수렵만 갖고는 결국 한계에 마주치지. 저들 가운데 그걸 깨달을 자가……."

"아우케트요."

랄로프의 말이었다. 돼지 연골쯤은 우습게 아는 그의 턱이 까득까득 소릴 낸다. 브륀힐데의 경멸을 옆으로 흘리며, 랄로프의 말이 이어졌다.

"아우케트라면 능히 알걸? 그 자식은 정말 대단하단 말이야! 아니 도대체, 그게 고블린이 맞소? 뭐라고 했더라……, 점유권? 처분권? 우와, 내 세상에 고블린한테 낱말을 배울 줄이야!"

"배웠다고요? 무슨 뜻인데요?"

브륀힐데의 기습을 받은 랄로프는 억울한 표정을 지었다. 라그나가 예의 쓴웃음을 한결 선명히 띄우며 말했다.

"일전에도 느낀 거지만 그 고블린은 놀라워. 그 자리에 있던 부하가 스물밖에 안 된 게 아쉬울 정도더군. 전원 다 있었다면 마치 결전 직전의 연설을 방불케 했을 거야. 만일 적이라면……."

"쓸데없는 걱정이야."

시그리드가 잘라 말했다. 모두의 시선이 그에게 모아졌다. 손수건으로 입술을 훔치며, 마법사는 말했다.

"그는 어리석지도 않고, 도리를 모르지도 않아. 더구나 울리케 아가씨와는 좋은 관계를 맺어가고 있다고 생각해. 그가 아니었다면 고블린은 진작에 이 영지나 용에게 도륙당했을 거야. 그리고 이번 일은 울리케와의 친분이 만들어낸 걸작이지. 그와의 관계가 아니었다면 고블린은 이미 서리심에게 당해 모두 얼어 죽었을 거고, 아우케트가 그걸 모를 리 없어. 그리고 이제 고블린들도 모두 그리 생각하게 될걸? 아우케트가 그렇게 만들겠지. 아직 머리맡을 맡길 만한 동료라고는 결코 말할 수 없겠지만, 등 뒤에 칼을 숨기고 대할 필요도 없다고 생각해. 어떻든 간에, 이 영지는 저들보다 강하니까."

듣고 있던 모두가 고개를 끄덕였다. 용이 있고, 마법사가 있는 영지다. 시우부름 산의 고블린들 규모로는 이미 어찌해볼 수 있는 차원을 아득히 벗어났다. 아니 오히려, 피어클리벤이 그들을 소탕해버리지 않는 것이 이상한 일일 것이다.

"그건 그렇고, 너는 참 잘했어."

시그리드가 시야프리테에게 건넨 말이었다. 소녀는 배시시 웃어 보였다.

"도움이 되어서 기쁘군요. 언제 또 마음껏 지팡이를 휘둘러 보겠어요? 원 없이 질렀답니다."

"아, 그건 정말이야. 도무지 자중을 모르던걸? 지팡이는 정말 대단했소!"

랄로프의 소감이었다. 시그리드가 말했다.

"어떤 것들을 했지? 나귀의 눈으로 목격한 게 없으니 모르겠네. 가능한 한 자세히 이야기해줘."

곧이어 이번 여행 중 시야프리테와 지팡이가 보여준 마법들에 대한 각자의 묘사와 소감이 잇따르기 시작했다. 그렇게 저녁 식사의 흥이 무르익었고, 이야기와 밤이 깊어갔다.

― 아픈 게로군?

'아으으. 아으.'

― 생각조차 귀찮으냐?

'아파보소서!'

― 그건 나름 재밌을지도 모르는 경험이겠다만, 아무래도 유익한 것보다 번다한 고통만이 많을 것 같군. 사실 나는 병에 걸려본 일이 없노라. 그건 어떠한 느낌이냐? 내가 너희의 짧은 생

을 가엾게 여기고 그 박약한 육신에 그나마라도 공감하고자 한다면, 한번 아파보는 것도 좋겠느냐? 하지만 문제는 너희와 달리, 나는 나를 수발할 이를 구하거나 약을 마련커나 하는 모든 것들이 지극히 어렵다. 그런 관계로……

'아으으! 아으!'

— 알겠다. 푹 쉬거라.

결국 울리케는 그대로 내리 닷새를 앓아야 했다. 그동안 발프리드는 시그리드의 엄명에 따라 누나의 식사 수발과 난로 관리를 맡았다. 하마터면 요강 치우는 일까지 맡을 뻔했으나, 아픈 와중에도 필사적으로 자신의 치부를 수호한 울리케와 다른 하녀들의 읍소로 인해 다행히 그것만은 면할 수 있었다. 원래 잔병치레는 발프리드의 몫이었던지라, 그로서는 늘 자신을 보살펴준 누나의 병시중이 전혀 억울하거나 힘들진 않았다. 다만 생경한 노동들에 적응하느라 애를 먹었을 뿐.

그렇게 비몽사몽 한 닷새를 보내고 엿새째 되던 날 아침, 울리케는 몸이 한결 가벼워진 것을 느꼈다. 물론 여전한 고뿔 기운이 머리 뒤쪽에 도사린 게 느껴졌으나, 조금 조심하기만 하면 될 것 같았다. 그새 제법 난로를 다루는데 익숙해진 발프리드가 새벽녘 넣고 간 장작들이 시뻘겋게 영근 잉걸불로 변해 방을 데우는 가운데, 가을의 끝자락에 일찌감치 기름 먹인 마포로 봉했던 창문이 펄럭이는 소릴 내었다. 울리케는 심한 허기를 느끼며 가볍게 몸단장을 하고 밖으로 나섰다.

"아니, 뭘 하고 있는 거야?"

익숙한 부엌에 들어서자마자, 울리케는 예상 밖의 그림에 놀라 물었다. 발프리드가 화덕에 올려둔 솥 곁에서 어색하기 그지없는 몸짓을 하고 있던 것이다.

"누님? 어……, 국을 끓이려고요."

"세상에, 요릴 한단 말이야?"

발을 질질 끄며 다가선 울리케가 기막혀했다. 슬쩍 보기만 했으나, 울리케는 주변의 난장판과 솥 안에 끓고 있는 닭의 가엾은 몰골을 통해 이 작업의 과정과 결과를 짐작할 수 있었다. 그래도 머쓱해 하는 동생의 면목을 세워주려 한다.

"거의 다 했네, 잘했어. 나머진 내가 할게. 유세트 경이 그것조차 뭐라고 하진 않겠지."

발프리드는 주섬주섬 물러서며 손에 끈적이는 마늘의 흔적들을 털어냈다. 부엌 한편에서 여태 이 모든 과정을 가슴 졸이며 지켜보던 요리장 겔다가 눈치 빠르게 다가왔다. 곧 두 여자는 신속한 손놀림으로 온갖 재주를 부려 발프리드가 이뤄낸 과업의 평판을 높이기 위해 애쓰기 시작했다. 마법사의 제자는 그저 누나와 요리장이 부리는 마법을 넋 놓고 지켜볼 수밖에 없었다.

"몸은 괜찮으십니까?"

솥에서 식욕을 돋우는 냄새가 나기 시작할 즈음, 발프리드가
물었다.

"이제 괜찮아. 며칠간 고마웠어. 넌 어땠지? 다들 어떻게 하
고 있어?"

소년은 누나에게 이틀간의 이야기를 고했다. 고블린에게 보
내고자 했던 병력과 물자의 수송은 예정대로 집행되었다. 서리
심 뉘르뉴와의 교섭이 사실상 끝난 관계로, 병력의 차출은 전
혀 필요치 않다고 할 수 있었지만 가신들 모두 어차피 준비한
것이니 생색을 내 볼만 하다고 결론 내린 것이다. 그리하여 기
사 스벤과 에길이 이끄는 병력 백십이 다섯 대의 짐마차를 호
위하여 시우부름 산의 기슭까지 향했다. 지휘관인 스벤은 거기
서 다섯 명의 고블린 오십장들과 회동하였고, 영주의 공식적인
입장을 전달했다. 다만 고블린이 문자가 없다는 문제가 있었기
에 문서의 교환은 이뤄지지 못했다고 했다. 하지만 구두 약속
이라도 용의 귀에 들어가는 이야기였다. 양편 어느 쪽도 허투
루 여겨 다루진 않았다.

"스승님도 배석했으니까요."

발프리드가 말하자, 질그릇에 닭고기를 찢어 넣고 있던 울리
케가 눈을 크게 떴다.

"유세트 경이 거기까지 가셨어?"

"아뇨. 나귀가요."

어느새, 나귀 유슬리스는 이동식 파견형 시그리드로 공인된

모양이다. 하긴, 함부로 성을 비울 수 없는 마법 고문에게 그만한 대안도 없다 하겠다. 울리케는 새삼 이번 일에서 유슬리스가 보여준 활약을 떠올리며 웃음 지었다.

"그들은 결국 농사를 받아들인 거야?"

"네. 둔전의 개념을 제시한 스승님의 이야기가 먹혔어요. 그리고 그 오십장, 아우케트도 이미 닳슨 경들이 도착하기 전 어느 정도 설득을 마친 상태였대요. 그런데……."

이어지는 발프리드의 이야기는 울리케를 조금 놀라게 했다. 아우케트를 위시한 고블린들이 대사인 울리케 없이 어떤 조약의 변경이나 확장도 공식화할 수 없다며 항의했다는 것이다. 다음은 당시 아우케트가 한 말이다.

"물론 우리는 이 조약의 변경에 별다른 이견이 없다. 하지만, 대사인 그를 배석하지 않은 상태에서 확약을 기정사실화 하는 것은 절차적으로 큰 문제가 있다. 오늘은 다만 서로의 입장을 확인하고 긍정적인 검토를 마치는 것으로 하자. 안 그러면 향후 그가 대사로서 임무를 지속함에 있어, 피어클리벤이 그를 신뢰하지 않거나, 혹은 그의 직무를 가벼이 여긴다는 선례로 작용할 우려가 있다. 내 말이 틀렸는가?"

나귀형 시그리드는 참지 못하고 웃음을 터트렸다고 한다. 스벤과 에길, 그리고 그들을 따랐던 향사 슈타크와 토날드의 얼굴도 볼만했으리라. 결국 이야기는 그쯤에서 마무리되었다. 신고간 식량과 종자, 무구와 양피 등이 건네졌고, 고블린들은 이를 매우 기꺼워했다. 그간의 약속에 회의적이던 오십장들도 피어클리벤이 실제로 물자와 병력을 지원해 이번 사태를 도울 의사를 보인 데 대해서는 놀란 눈치라고 했다. 유쾌한 듯한 발프리드의 이야기가 이어졌다.

"누님 의견대로, 일단 드리츠와 시우부름 산 사이의 빈 땅들을 개간하기로 했대요. 드리츠 마을 촌장에게도 이 사실을 알리고, 직간접적인 협력을 요청했어요. 어쩌면 향후 염소를 치는 일도 같이 할 수 있을지 모릅니다."

상상하기 어려운 그림이었다. 염소를 치는 고블린이라니. 하지만 울리케는 그래도 애써 그림을 그려보며 흐뭇해했다. 그렇게, 그는 누워있는 동안 일어난 성 안팎의 자잘한 일들에 관해 들으며 요리장의 식사 준비를 거들었다. 성 안의 식사는 영주의 모든 가족들과 더불어 기사와 병사들, 직인들과 하인들 및 공관에 머무는 손님들까지 감당해야 하는 일이다. 울리케의 생모인 이실케가 살아있을 시절만 해도 형제자매들이 일을 돕는 것은 당연했다. 하지만 그가 죽고, 유레의 입김이 세어지면서 그와 같은 가풍이 조금씩 희미해지고 있었다. 하지만 어머니의 가르침을 기억하는 울리케는 꿋꿋이 이런 일들을 도왔다. 요리는 그의 취미이기도 했으니까.

"무슨 일이야?"

울리케가 발프리드와 음식 바구니를 나누어 들고 모험가들이 머무는 공관으로 향하던 길에, 성의 본관 정문으로 디드리크가 뛰어 들어왔다. 근무 중이었는지, 무구를 갖추고 있는 소년은 배운 대로 군례를 올려붙였다. 그새 밖에는 또 눈이 오는 것인지, 소년 병사의 어깨에 쌓인 눈이 흩날려 떨어졌다. 귀여우면서도 조금 어색한 모습에, 울리케가 웃으며 위와 같이 물었다. 이에, 디드리크가 대답했다.

"백작령으로부터 전령입니다! 보고드리러 가는 참입니다."

안 좋은 기분이 들었다.

"예상보다 빨랐군요."

시그리드의 말이었다. 영주의 집무실, 전령이 올리고 간 서신이 벽난로 앞으로 당겨진 협탁 위에 있었다. 남작 노아크는 흐릿한 창 너머로 눈 내리는 성의 안뜰을 내려다보며 서 있었고, 시그리드는 벽난로 앞 탁자에 앉아 있었다. 호출을 받은 스벤과 에이드리크도 그의 맞은편에 앉았다. 다만 이 가운데 가장 위계가 낮은 에길만이 앉으라는 권유를 거부하고 선 채였다. 장남 아룬드는 일단 부르지 않았다.

"이것이 무슨 의미이겠습니까? 주군과 백작님의 돈독한 관계는 우리가 다 압니다. 여태 그냥 넘기던 일이 아닙니까? 백작님의 심경에 변화라도 생겼단 겁니까?"

좌중을 둘러보며 나온 스벤의 말이었다. 에이드리크는 약간 난처한 얼굴로 시그리드를 보았다. 그가 말없이 눈썹을 움직이자, 문관이 말했다.

"중앙의 개입이라고밖에 여겨지지 않습니다. 피어클리벤에 용이 머문다는 사실이 알려진 것이겠지요. 하지만……, 유세트 경, 정말로 이렇게 빨리 알 수가 있는 것입니까?"

"마법사들의 연통이었겠죠."

시그리드가 대답했다. 그것이 아니고서는 설명할 수 없는 신속함이다. 아우셸바프에서 빌러디저드가 모습을 드러낸 날로부터 이제 겨우 스무날가량이었다. 제아무리 파발이 미친 듯이 달려도 그 소식이 중앙에 전달되고, 다시 뉘른스에크를 거쳐 이곳에 돌아올 시간은 되지 못한다. 하지만 마법사들의 기술이라면 능히 가능한 일이 되겠다. 그리고 그것은 그만큼, 이 일이 중대하다는 것을 증명한다.

"여태 면해진, 시시한 군역 따위나 하라고 일부러 불러올릴 리가 없지. 거기다 아룬드까지 데려오라 했다. 의도는 명백하지 않은가?"

여전히 창밖을 보고 선 노아크의 말이었다. 이에 가신들의 낯빛이 모두 흐려졌다. 다만 시그리드만이, 별다른 동요 없이 탁자 위의 서신을 내려다보았다.

전령이 전한 그 서신은 뉘른스에크의 인장이 선명한 공식 서찰이었다. 표면상의 내용은 농한기를 맞아 의례적으로 수행하는 금번 혹한기 군사 훈련에 참여하라는 지시였다. 아울러 오백 명의 징집병에 더해, 영주 노아크와 장남 아룬드, 그리고 기사 일 인을 임의 동행시키도록 명확히 지정하고 있었다. 게다가 장기 체류에 대비해 하인과 가솔을 재량껏 대동해도 좋다는 내용이었다. 이는 결코 거부할 수 없는 의무 수행의 촉구였다. 그간 뉘른스에크가 아셰리드의 친정인 정리로 눈감아 면해준 의무였다. 새삼스럽지만, 원칙이다.

"마님께서 온양을 다녀오신 것이 불과 지난달입니다. 변경백께서 이와 같은 일을 계획하고 계셨다면 언질을 주지 않으셨을 리 없지요. 이는 갑작스럽고, 백작 각하의 본의도 아니리라 짐작됩니다."

"나도 그리 여긴다."

에이드리크의 말에 답한 남작의 말이었다. 그 목소리는 낮고 가라앉아 있었으나 힘을 잃지 않았다. 잠시 그대로 창밖을 보던 그가 몸을 돌려 가신들을 보더니 말을 이었다.

"익히 생각할 수 있는 최악의 예상을, 경들이 차마 뱉지 못하는 것 같으니 내가 하지. 나는 이것이 중앙의 지시 아래 꾀해지는 명령이라 보네. 목적은 아마도 나와 아룬드를 군령의 빌미로 뉘른스에크에 묶어두고, 장차 볼모화 하려는 계획의 시작이겠지. 거부권은 없다."

에이드리크와 스벤은 차마 한숨도 쉬지 못했다. 뉘른스에크와 피어클리벤이 가져온 돈독함이 이런 식으로 빚이 되어 돌아올 줄이야. 일반적인 봉속의 관계였다면 임의로 거절하거나 군량과 같은 보급으로 미룰 수 있었으리라. 그러나 이미 용에 관한 사실이 알려진 마당에, 여태껏 면해온 군령을 거부한다는 것은 자칫 심각한 의혹을 초래할 수 있었다. 시그리드는 문득, 아우셸바프 자유도시에서 떠나오던 날 만났던 치안관 크누드의 말을 떠올렸다. 그의 예지는 조금 다른 방향이지만 맞아떨어지고 있었다.

"그냥……, 변경백 각하의 변덕일 가능성은 없겠습니까?"

서 있던 기사 에길이 침통하게 물었다. 스스로 바보 같은 소릴 해서 면박이라도 들을 요량이었을까? 그러나 가신들은 물론, 남작 노아크도 달리 그를 나무라지 않았다. 오히려 남작은 고개를 가로저으며 빙긋이 웃어 보였다.

"어쩌겠나? 같이 가서 한번 알아보지 않겠나?"

"안 됩니다, 주군! 제가 갑니다."

갑자기 스벤이 일어서며 외쳤다. 순간 시그리드는 입을 손으로 가리고 입술을 지그시 깨물며, 이 난데없이 충성 무쌍한 무반의 기백을 비웃지 않기 위해 애썼다. 그는 이런 기사들의 도리를 존중하러 무척 애쓰는 사람이었다. 다만 면전에서 실제로 보면 이렇게 웃고 마는 것을, 어쩔 수가 없었다. 마법사는 그래도 스스로를 설득하며 그의 충직함에 감동하기 위해 노력했다. 이런 마법사의 고요한 사투를 아무도 모르는 가운데, 노아크가 말했다.

"내 집에 경험 많은 기사 하나는 놔두고 싶다. 나는 호위를 데려가는 것이 아니네."

"뭐라고 하시건, 그것만은 안 됩니다."

스벤은 아예 듣지 않겠다는 태도였다. 조금만 더 부추기면 차라리 목을 치라고 할 태세였다. 시그리드는 별수 없이 몰래 허벅지를 꼬집어 뜯기 시작한다. 노아크는 한숨을 내쉬더니 에길에게 말했다.

"안됐네. 자네 상관에게 여행을 양보하게나."

"……"

에길은 아무 대답도 하지 못했다. 여태 듣고 있던 에이드리크가 입을 연다.

"유세트 경, 달리 생각한 바는 혹 없으십니까?"

"제가 영주님을 모시는 게 어떠냐는 말씀일까요? 뉘른스에크와 중앙에 저는 아직 알려지지 않은 패입니다. 피어클리벤에 머무는 게 낫지 않겠습니까?"

결코 여행이 싫거나 해서 꺼낸 말이 아니었다. 냉정하게 사태를 보고 영지에 이득 되는 쪽으로 생각한 결론인 것이다. 모두가 가만히 고개를 끄덕이는 가운데, 그의 말이 이어졌다.

"모두 걱정이 너무 심하시군요. 볼모라고 해도, 중앙이나 뉘른스에크가 미치지 않은 이상 영주님을 건들지는 못합니다. 회유하여 제국에 귀히 쓸 수 있는 용의 언약자를 대 놓고 포로 취급할 만큼 어리석은 자들이라면, 오히려 더 겁날 것이 없겠어요. 영주님은 꽤나 극진하게 모셔질 겁니다. 하지만 그 융숭한 대접이 잠자릴 뒤숭숭하게 하겠지요. 그래도 이렇게까지 걱정들 할 필요는 없다고 봅니다. 다만, 저도 여기에 대해 아는 것이 여러분과 별 차이 없으니, 저 나름대로 좀 더 알아보고 여러 방책을 생각해 보겠습니다."

모두의 얼굴에 약간의 희망과 의아함이 동시에 떠올랐다. 시그리드는 얇게 한숨을 내쉬더니 불만스럽게 중얼거렸다.

"정말 싫은 일이지만, 스승님께 연락을 한번 해 보지요. 노인네가 여태 살아있다면 그래도 무언가 쓸 만한 이야기를 해 주겠죠."

제 6장

북쪽으로부터 날아든 편지 한 장이 작은 영지에 낯설고도 어수선한 겨울을 불러왔다. 이 계절의 피어클리벤 남작령은 그저 두꺼운 눈과 목가적인 고요 속에 파묻혀 다가올 봄을 기다리는 게 유일한 일이었으니까. 적어도 노아크가 이 땅의 주인이 된 이래, 그것은 한 번도 변한 일이 없는 풍경이었다. 그러한 이 영지에 처음으로 소란스럽고 우울한 겨울이 도래한 것이다.

성의 병사들이 이인 일조로 징집관 역할을 위임받아 영지 내 일곱 마을로 떠났고, 곧이어 이것이 지난번 같은 임시 소집이 아니라 몇 달에 걸친, 혹은 더 오랜 기간이 될지도 모를 군역의 소집이라는 소문이 퍼졌다. 오백 명이라는 인원은 영지에 큰 타격을 주는 숫자가 전혀 아니었지만, 이 잊힌 의무의 부활은 영민들 대부분에게 불길한 예감을 주었다. 하지만 선대 영주 시절을 기억하는 노인들은 오히려 불안해하는 청년들을 나무랐다. 그들은 여태껏 누려온 평화와 생략된 의무가 결코 당연한 것이 아님을 기억하고 있었기에.

피어클리벤 성 안의 분위기는 당연히 무겁게 가라앉았다. 가신들은 다들 말을 삼간 채 이번 파병과, 아울러 영주의 부재를 감당하게 될 장차의 미래를 준비하였다. 이런 가운데 분위기를 살리려 애쓰는 것은 그나마 좀 머리가 굵어진 아이들이었다.

"오라버니."

울리케가 반쯤 열린 아룬드의 방문으로 빼꼼, 머리를 디밀며 오빠를 불렀다. 영지의 장남이자 차기 계승자인 아룬드는 이번 파병에 앞서 필요한 무구와 짐들을 늘어놓은 채 직접 하나하나 손질하고 있었다. 시종을 둘 만도 하건만, 울리케와 마찬가지로 이실케의 피를 받은 아룬드는 직접 수고하는 것을 마다치 않는다. 그가 말했다.

"방이 어지럽다. 이해하렴."

"괜찮습니다."

울리케는 괜히 부지깽이를 들고 열없이 벽난로의 불을 다그쳐본다. 나무가 튀는 소리와 함께 불꽃이 일어났다. 물끄러미 그 뒷모습을 보던 아룬드는 무언가 생각났다는 듯, 몸을 일으키더니 혁대로 봉해진 궤짝을 열었다.

"백작령에 세곡을 전하러 갔을 때 산 거야. 진작 전해줬어야 하는데, 너무나 경황이 없어서 이제야 준다."

울리케는 눈을 동그랗게 뜨고 아룬드가 내미는 물건을 보았다. 그것은 가죽 표지를 가진, 손바닥만 한 크기의 작은 수첩이었다.

"어머나, 종이군요?"

그것을 받아들고 펴본 울리케가 작게 감탄사를 내었다. 수첩은 누런 데다가 결이 거칠게 일어나 있는 종이 묶음이었다. 아룬드가 말했다.

"그래. 뉘른스에크에 들른 행상이 팔더라. 양피지보다 싸서 부담 없이 살 수 있었어. 대개는 기품이 없고, 재산 가치가 적다고 그다지 인기는 없대."

"바보 같은 소리예요! 이것의 가치는 여기에 무얼 적느냐에 달린걸요."

기뻐하는 누이를 보니 아룬드는 흐뭇했다. 그의 취향을 잘 아는 까닭이다. 종이는 남녘의 이교도들로부터 전래된 물품이었다. 두껍고 한없이 비싼 양피지 책에 비해 훨씬 저렴하였지만, 그 때문에 외려 서책의 주 소비층인 귀족들에게는 별로 인기가 없었다. 물론 어쨌거나 그 가성비에 주목한 상인 계층은 이미 대량으로 종이를 소비하고 있다 했다. 책과 글을 좋아하는 울리케에게, 종이는 마다할 이유가 없는 선물이었다.

"철필과 먹은 있지? 하지만 표면이 좀 거칠어서 철필로 쓰기에 적당할지 모르겠더라. 세필을 쓰는 게 나을지도 몰라. 그리고 그건 양피지처럼 지우기는 힘들대. 아예 전부 씻어버리는 건 가능하다던데, 나는 잘 모르겠구나."

"제가 알아서 하지요."

울리케는 기쁜 얼굴로 아룬드에게 고마움을 표시했다. 그러나 곧, 뒤이어 안타까움이 밀려들었다. 노아크와 아룬드가 한꺼번에 영지를 떠나게 된다. 그러면 피어클리벤 남작가의 사람들 가운데 영지에 남는 것은 아셰리드와 울리케, 아그니르, 발프리드, 로젤뿐이었다. 유레가 이번 파병에 있어 노아크를 돌보겠다며 자청하여 따라나서겠다고 한 까닭이었다. 아직은 어미의 손길이 절실한 여덟 살의 쌍둥이 형제 루디크와 유프리드, 그리고 다섯 살배기 막내 요네는 유레를 따를 수밖에 없었다. 발프리드는 마법사의 제자인 까닭에 어머니를 따를 수 없었으며, 로젤은 스스로 거절했다. 이유는 정확히 말하지 않았지만 아무래도 여행 내내 동생들을 돌보게 될 것이 싫은 눈치였다.

유레와 아이들의 이번 동행은 그 자신의 고집이기도 했지만, 가신들과 노아크가 합의한 뜻이기도 했다. 아셰리드와 유레 사이에 불편 미묘한 기류가 존재한다는 것은 전혀 비밀이 아니었기 때문이다. 정치적 볼모로 불려가는 것이 사실상 뻔한 여정에 가솔을 일부러 대동하는 것은 어리석은 일일지도 모르지만, 여러 가지를 고려한 끝에 결국 이번 파병의 구성원은 그렇게 결정되었다.

"로젤은 동생 돌보기에선 해방될지 몰라도, 하녀들 못지않게 일을 해야 할 텐데."

아룬드가 어두워진 표정의 누이를 보곤 이렇게 화제를 돌렸다. 울리케가 미묘한 미소를 지었다.

"원래 부지런한 아이잖아요? 로젤은……, 괜찮아요."

귀족의 자식들이지만 어릴 때부터 이런저런 일들을 거들도록 하는 것이 피어클리벤의 가풍이었다. 예외라면 몸이 약한 발프리드 정도라 하겠다. 물론 이실케가 작고한 이후 태어난 쌍둥이들과 요네도 아직 어려서 일을 배우지는 않았다. 유레는 자신의 배에서 난 아이들을 유난히 챙겼고, 그러한 태도가 형제들 사이에도 묘한 거리감을 갖게 했다. 아그니르와 로젤 모두 유레의 아이였지만, 울리케와는 유년을 공유하는 관계로 다행히 사이는 나쁘지 않다고 할 수 있었다. 물론 최근의 아그니르는 좀 신경질 나게 하지만.

"둘째 서모(庶母)께서 이번 여정에 따르시는 게 나는 차라리 다행이라 생각해. 안 그랬으면 너 혼자만 겉돌았을 거야."

"안 그래요. 어머니도 계시는걸요."

울리케가 말하는 어머니는 당연히 아셰리드를 이름이다. 이제 그는 영주의 전권대리로서 공식적인 직무를 이양받게 되었다. 다만 그 약한 몸이 걱정되는 것은 모두의 한결같은 염려였다. 그렇기에, 아룬드는 이렇게 당부한다.

"어머니를 잘 부탁한다. 다른 아이들도. 이제는 사실상 네가 장녀야."

"아그니르도 있는걸요?"

"없는 자리의 뒷담화 같아 그렇지만, 나는 그 아이에게 뭘 맡길 생각이 안 들어."

아룬드는 사람 좋은 웃음을 지어 보이며 그렇게 말했다. 울리케도 피식 웃으며 오빠를 보았다. 무사히 그 미소를 다시 볼 수 있기를, 그는 바란다. 남매는 그렇게 한동안 정담을 나누었고, 서로의 무사함을 기원했다.

울리케가 아룬드의 방을 빠져나와 눈 쌓인 성의 안뜰로 향한 것은 이른 점심 무렵이었다. 본래는 모험가들이 머무는 공관을 방문할 요량이었다. 하지만 문득, 대장간 주변에서 서성이던 발리엇과 디드리크를 발견하고 걸음을 멈추게 되었다.

"파병에 따르겠다고 자청했다며?"

"아가씨."

대장장이와 무언가 이야기하고 있던 발리엇과 디드리크가 읍을 했다. 울리케의 말이 이어졌다.

"너는 아직 기초 훈련도 안 끝났잖아? 뭐하러 고생을 자처해?"

"……이번 파병도 훈련이 아니옵니까? 좋은 기회라고 생각했습니다."

그러자 곁에 있던 발리엇이 큭큭거렸다. 울리케가 쳐다보자, 그가 말했다.

"저것은 핑계고요, 아씨. 이놈은 제 형이 징집되었다는 걸 알고 따라붙기로 한 것입니다. 아이고, 기특하지 않습니까? 누가 누굴 걱정하는지."

그러자 디드리크의 얼굴이 조금 붉어졌고, 울리케는 맑게 웃었다. 본래 염려가 되어 건넨 말이었으나, 사정을 듣고 보니 그 기분이 이해가 갔다. 발리엇의 말이 까불거리듯 계속되었다.

"다른 건 다 제쳐두고라도, 말도 제대로 타려면 한참 먼 녀석이 어쩌겠다는 것인지 모르겠습니다. 징집병들 앞에서 낙마라도 해 봐라, 일곱 마을에 소문이 다 날걸?"

가볍게 이야기하곤 있었으나, 발리엇의 지적은 중요한 문제였다. 성의 상비군은 기초적인 군사 훈련을 통해 실로 여러 가지를 익히는데, 그 가운데서 숙달이 가장 오래 걸리는 것은 검술과 승마였다. 검술이야 사실 실전에 써먹기보다는 무사의 기본이자 끝이 없는 기예로써 배우는 것이나, 말을 타는 것은 실용적인 면에서 실로 중요했다. 상비군들은 유사시 전령의 역할을 수행할 수 있어야 하며, 지금처럼 징집병들을 이끌 때는 분대 단위의 종사로서 기사들의 지휘를 하달하는 위치에 서게 된다. 이것들 모두 말을 탈 수 없으면 애초에 성립하지 않는 이야기였다. 병사들이 정규 과정을 거쳐 제대로 이 모든 것을 숙달하는 데는 보통 짧게 잡아도 이 년이 걸렸다.

"그래도 달슨 경이 허락한 걸 보면, 아주 도리가 없는 건 아닌 모양이구나?"

울리케의 물음이었다. 발리엇이 답했다.

"뭐, 이놈이야 원체 운동신경도 좋고 네발 달린 것은 다 친하더라고요. 조금 노련한 말을 고르니 그럭저럭 봐줄 만은 했습니다."

쉽게 이야기했으나, 결코 쉬운 이야기는 아니었다. 디드리크가 성의 병사로 생활을 시작한 지 이제 한 달이 조금 넘었고, 그간 발리엇을 포함한 모든 고참들이 최우선적으로 가르친 것도 승마였다. 소년은 그간 숱하게 떨어지고 구르며 가까스로 구보에 적응한 것이다. 물론 돌격속도인 습보에 이르려면 아직 멀었고, 마상 무예는 아주 언감생심이다. 울리케는 고개를 끄덕이고 물었다.

"뉘른스에크까지는 먼 길이니, 익히기에 좋은 기회는 맞겠구나. 사우트도 데려가니?"

"아닙니다. 두고 갑니다."

디드리크가 담담하게 답했다. 지금처럼 성에서 머물 때야 사우트는 좋은 친구지만, 대규모 편제에 속하게 될 앞으로의 여정에서 흰이리개는 명백히 규격 외의 존재였다. 아쉽지만 데려갈 수 없는 일이다.

"성의 경계인력도 확 주니까, 개가 있는 편이 좋을 것입니다. 물론 마법사께서 계시는 마당에 무얼 더하고 뺀들 별 상관은 없겠지만요."

발리엇의 말이었다. 울리케가 말했다.

"알겠다. 사우트는 내가 잘 챙길 테니 걱정 말거라."

말을 마친 울리케는 그들의 하던 일을 더 방해하지 않고 자리를 떠났다. 공관을 향하는 도중에 보니 막사 근처에서 고참 병사 데릭과 사우트가 놀고 있는 게 보였다. 모르는 이가 보자 면 노는 게 아니라 사람이 늑대에게 잡아먹히는 것으로 보일 지경이었지만, 울리케는 그 광경을 보며 디드리크가 없더라도 사우트의 매일이 우울할 것 같진 않겠다고 안심했다. 긴 시간 은 아니었지만 어느덧 저 충직한 개는 자연스레 이 성의 일원 이 되어 있었다.

"울리케 아가씨?"

공관에 이르자, 브륀힐데가 홀로 밖에 나와 있는 게 보였다. 그는 훈련장에서 빌려온 표적을 멀찌감치 세워놓고 쇠뇌를 쏘 던 참이었다. 울리케가 이를 헤아리더니 묻는다.

"좀이 쑤시는가?"

"아닙니다. 그냥 시험 삼아."

모험가들도 이번 사태를 맞아 앞으로의 일을 논의했다. 어차 피 시그리드가 영지의 마법 고문이자 발프리드의 스승으로서 눌러앉게 된 이상, 그들에게 남은 선택권은 그리 많지 않았다. 하지만 라그나와 랄로프, 브륀힐데 중 어느 누구도 일행을 떠 날 생각이 없었다. 여태 그래왔듯, 시그리드를 보좌하며 함께 할 생각인 것이다.

"그 검은 화살이군."

울리케가 브륀힐데의 곁, 걸상에 놓인 화살집을 보다가 말했 다. 시그리드에게 치명상을 입혔던 파마의 화살 두 개가 거기 있었다. 울리케의 미간이 저절로 좁혀진다.

"세상에 이런 흉악한 무기가 있을까? 브륀힐데, 이게 정말 용을 상대할 수 있어?"

"글쎄요. 유세트 경에게 듣기로는, 적어도 백 발을 맞춰야 용의 마법을 완전히 봉할 거라 했어요. 하지만 그러고도 용에게는 여전히 강력한 무기가 있죠."

울리케는 이해했다. 마법이 막힌 용이라 해도 여전히 그것은 하늘을 나는 거체이며, 마법과 전혀 상관없는 불을 뿜는다. 그것만으로도 울리케는 도무지 그런 것을 어떻게 상대해야 할지 감이 오지 않았다. 그 흉악한 무리들은 정말 제정신으로 용과 맞서려는 것일까? 그렇다면 그들이 가진 무기는 이것뿐만이 아닐지도 모른다.

"그건 그렇고, 유세트 경은 여기 있는가? 아침부터 안 계시던데."

"아, 모르셨군요? 라그나와 랄로프, 발프리드 도련님을 데리고 류그라들의 거처로 가셨어요."

울리케의 눈이 동그랗게 떠졌다. 무슨 일일까?

"장신구를요?"

피어클리벤 성에서 그룬테름으로 이어진 흙길을 한참 따르다 보면 당도하는 이곳, 성이 멀찌감치 내려다보이는 구릉의 한편에 류그라의 새 보금자리가 있다. 산에서 내려오는 실개천을 지척에 두고 마련한 이 장소는 흰 자작나무들이 빼곡한 숲의 초입이었다. 지난 열흘간 길가네스의 가지 구성원 스물두 명은 이 터를 잡느라 바쁘게 움직였고, 그리하여 네 개의 작은 천막과 커다란 공용 천막 하나를 아주 튼튼하게 짜 올렸다. 지금 시그리드 일행이 안내된 곳이 바로 그 천막 안이었다. 장로 네그레즈가 일행을 대접하여 차를 내는 가운데, 시야프리테가 불려왔다. 그리고 방금, 이 류그라 소녀가 위와 같이 물은 것이다.

"그래. 모양은 아무래도 상관없지만, 똑같은 한 쌍으로 반려석을 써 줘."

손에 찻잔을 들고 앉은 시그리드가 천막 가운데 꽂혀 있는 류그네라스의 가지를 보며 말했다. 시야프리테의 혹사를 견딘 이 지팡이는 그새 장로의 극진한 보살핌을 받았는지, 혹은 땅의 기운을 잘 받은 것인지 노래졌던 잎이 완전히 회복되어 있었다. 아마도 그에 대해 잔뜩 혼났을, 시야프리테가 말했다.

"그뿐일까요?"

"별도의 기원은 일절 불어넣지 말렴. 시무나리를 새길 거야. 충돌이 생기면 골치 아파져."

그러자 모두가 불현듯, 발프리드를 보았다. 소년은 여전히 그때의 액막이를 목에 건 채였다. 시야프리테의 표정이 의아한 가운데, 마법사의 말이 이어졌다.

"그건 심상의 원화를 걸 마법 도구야."

"에다와 류그라의 마법은 상성이 사납다고 알고 있습니다만."

네그레즈의 조심스러운 참견이었다. 마법사는 웃어 보였다.

"알고 있어요. 지난번 모셨을 때도 나눈 말씀이죠. 시야프리테가 그래도 손재주는 야무지니 청하는 것입니다."

"아하, 단지 모양만 내라는 것이로군요?"

시야프리테가 이렇게 말해왔다. 마법사가 대꾸했다.

"그래. 주문새김은 본래 내 장기라곤 할 수 없으니, 공작에 소양이 있는 네게 맡기는 거야. 시간도 많지 않으니까."

소녀는 그런가 보다 하는 표정으로 고개를 끄덕였다. 하지만 이를 지켜보는 장로의 표정은 여전히 마뜩잖았다. 그가 다시 조심스레 입을 열었다.

"의도하시는 바를 모르겠습니다. 저야 늙은 서피바리로, 에다의 도리에 대해 그저 무식합니다만, 구태여 저 아이의 손을 빌리시는 이유를 짐작하지 못하겠습니다. 시야프리테의 손을 탄 그 자체로, 장신구는 에다에 전혀 어울리지 않는 바탕이 될 뿐입니다. 직인이라면 성에서 적지 않을 텐데요? 하다못해, 성하촌의 장인이나 바구니 짜는 아낙들에게 시키시는 것이 낫지 않습니까? 구태여 위험요소를 더하실 필요가 있습니까?"

"아니, 영감……, 할아버지! 나를 뭐로 보는 거야?"

시야프리테가 발칵 짜증을 내었다. 시그리드가 손을 들어 소란을 제지하더니 말했다.

"염려하는 바를 알고 있어요. 이번 일에서 나는 마지막 단계

에만 참가합니다. 기물은 시야프리테가 만들고, 시무나리 자체
는 발프리드가 새길 거예요."

"예?! 아니, 제가요?"

발프리드가 놀라 물었다. 마법사가 대답했다.

"그렇다. 물론 너는 아직 아무것도 모르지. 그러니 내가 가르
친다. 다른 마법사들이 알면 미친 짓이라고 하겠지만, 내게 생
각이 있으니까. 어차피 현 단계에서는 이 이상 설명할 재간도
없구나. 돌아가는 길에 대장간에 들러 손에 맞는 조각도나 주
문해 두어라."

말을 마친 시그리드는 희미하게 웃었다. 하지만 그 의미를 아
는 이는 이 자리에 아무도 없었다.

지난 새벽, 그는 아무도 모르게 홀로 운신했었다. 본래는 그
렇게까지 할 생각이 아니었지만 문득 하품하는 경계병을 보
니 장난기가 생겼던 것일까, 묶음과 은형의 술을 펼친 마법 고
문은 자신의 말을 타고 아무에게도 들키지 않은 채 성을 빠져
나왔다. 다만 시무나리를 엮을 때마다 가슴에 동통이 현란하게
일었다. 그가 만일 모험가라는 거친 생활을 해오지 않았다면
아마 도저히 이 고통을 이겨낼 수 없었으리라.

서리의 씨앗을 품은 안개가 지면을 핥는 새벽, 푸르스름한 먼
동은 창백한 너울의 너머에서 게으르게 움텄다. 시그리드는 말
을 재촉해 조용히 달렸다. 그의 목적지는 류그라들의 거처를
지나, 그룬테름 산 중턱에 위치한 용의 보금자리였다. 예의를

아는 시그리드는 은형과 묵음의 술을 산기슭에서 일찌감치 풀었다.

"기습인가?"

용은 자고 있지 않았다. 슬슬 밝아오는 동녘을 굽어보던 용이 그 거대한 목을 돌리며 물었다. 말에서 내린 시그리드가 다가가며 대답했다.

"찌르면, 받아주기는 하십니까?"

"아, 최대한의 예우를 약속하지."

이걸 인사라고 하고 있는 두 생물이었다. 시그리드는 천연덕스럽게 말을 받았다.

"작금의 상황은 아시지요?"

"아노라. 울리케와 이야기했다."

"방기하실 생각입니까?"

용은 물끄러미 시그리드를 내려다보다 이윽고 투덜거렸다.

"도대체 이 땅에 어떤 마법이 걸려있는가? 그게 아니면 내가 마주치는 모든 인간의 딸들이 어찌 죄 겁을 상실하는가?"

"바로 그런 것을, 꾸짖는 대신 불평하시기 때문이 아니겠습니까?"

"내 탓이란 말인가? 용서한다."

"그 잦은 용서의 대상에는 스스로도 포함됩니까?"

"눈치챘느냐?"

지극한 통찰로 에다의 도리를 깨우친 자와, 날 때부터 에다의 굴레에 얽힌 생물이 서로를 응시하였다. 유쾌한 긴장감이 새벽 안개를 밀어내었다. 용이 다시 입을 뗀다.

"아느냐? 나는 너희를 감탄하노라. 본래 날 때부터 너희의 것이 아닌 것을 쥐어낸 그 노력과 성취는 경이로운 것이지. 너는 마땅히 내가 괄목상대할 만한 이다."

빌러디저드가 이런 말을 할 줄은 몰랐기에, 시그리드는 다소 놀랐다. 용이 인간 마법사에 어떤 존중을 갖고 있다는 이야기는 들어본 바 없었다. 아니면 빌러디저드만의 개성일까? 문득, 시그리드가 말했다.

"감사하군요. 결국 바라시는 대로, 저는 그 아이의 스승이 되었습니다."

"그렇게 말하는 한, 아직 스승이라 자처하긴 부족하지."

시그리드는 잠시 아무 말도 못 했다. 결국 그는 이렇게 말했다.

"용서하십시오."

"찾아온 용건이나 이르거라."

"영지를 떠나는 영주님과 가솔들을 보호할 수단이 필요합니다. 최소한 무슨 일이 일어나는지는 알 수 있어야 합니다."

"능히 방책을 고안할 수 있지 않은가?"

"발프리드와 같은 일이 또 일어나면 곤란하지 않겠습니까? 제게 패를 감추실 까닭이 없습니다."

"너는 피어클리벤에 속하는가? 이 땅의 가신으로 뼈를 묻을

각오가 없는 자에게 내 언약의 수행을 일일이 이를 의리가 없
노라."

"어찌 그리 말씀하십니까."

시그리드가 불만스레 내뱉었다. 그가 이 땅에 묶인 것은, 따
지고 보면 오로지 용의 수작이었다. 새삼, 용의 멱살을 잡고 싶
어지는 시그리드다. 빌러디저드가 말했다.

"너와 발프리드는 이미 길가네스의 축복을 받았다. 그게 무슨
의미인지, 잘 생각해 보거라."

시그리드의 눈이 살짝 커졌다.

"……그게……, 가능하다고 보십니까? 제게는 아직 가설입니
다."

"그렇다면 증명할 차례로군."

용이 말했다.

자유도시 아우셀바프 주재 용병단 까마귀 금고의 지휘소는
조합 밀집 구역의 한편에 위치했다. 용병 생활관은 따로 떨어
져 있는 관계로 지휘소 건물은 전혀 클 필요가 없다. 완전히 해
가 떨어진 시각, 스물세 살의 치안 판관 크누드 서리엇은 타고
온 말을 매어놓고 지휘소의 문을 밀었다. 실내에는 등잔불의
기름 냄새와 어둠만이 깔려있었다. 그는 혀를 차며 차게 식은
벽난로로 다가갔다.

"불 좀 피우고 지내세요, 그리젤. 보통 사람들은 문을 열 때 따뜻하고 환한 실내가 맞이하길 바라요. 장작값을 아까워하는 구두쇠 노파가 어둠 속에서 눈을 빛내는 오싹한 광경이 아니라요."

"여기가 점포냐? 그런 정성을 들이게."

벽난로의 곁, 작은 책상에 앉아 장부를 들여다보고 있던 노파가 말했다. 거의 희게 세어버린 머리가 이제 예순에 달한 그의 나이를 짐작게 한다. 꾹꾹 눌러놓은 심지 덕에 탁한 불빛만을 쥐어짜고 있는 송근유 등잔이 책상머리에 놓여있었다. 크누드는 이 모든 광경이 전혀 마음에 들지 않는다.

"맙소사, 랑그리드여. 그리젤, 저는 당신의 몸을 걱정하는 거라고요? 좀 더 자신에게 투자를 하세요."

"무엇 하러? 기대할 수익이 변변치 않다."

크누드는 본격적으로 언짢은 표정이 되었다. 서둘러 장작에 불을 댕긴 그는 빈 책상에 놓여있던 등잔 하나를 낚아채더니 장작 조각 하나에 안에 든 기름을 몽땅 부어버렸다. 그러고는 아직 수줍기만 한 불에 갖다 댔다. 순식간에 확, 검댕이와 함께 불꽃이 크게 일었다. 장부에 집중하느라 뒤늦게야 이 난행을 눈치챈 노파가 고개를 획 돌리더니 빽 소리 질렀다.

"뭐 하는 짓거리야! 기름 아까워!"

"전 방금 시간을 샀어요! 이걸 언제 기다립니까?"

크누드는 이렇게 대꾸하며 걸상을 끌어다 놓고 앉았다. 여태 추위를 뚫고 온 그의 삭신이 그제야 조금 풀어져도 될까, 일렁이는 불기운과 노파의 형형한 시선에 눈치를 본다. 그리젤은 크누드의 대답이 맘에 안 드는 듯 혀를 찼지만 더 이상 말꼬리를 잡진 않았다. 그는 다시 장부에 집중했고, 어두운 실내에는 침묵만이 차츰 퍼지는 온기에 실려 깔렸다. 한참 뒤, 정적을 깬 것은 노파였다.

"그래 어디, 금화 이백 장짜리 투자의 경과를 들어볼까."

사무가 끝났는지, 노파는 크누드를 똑바로 보며 말했다. 하지만 크누드는 걸상에 방만한 자세로 기대앉은 채, 시선을 벽난로 위의 와이번 박제두상에 고정하고 입만 달싹였다.

"성급하시지 않습니까? 금액이 큰 만큼 길게 보셔야지요?"

"나불거리는 걸 보니 아직 망하진 않은 모양이군?"

"물론이죠. 뜻대로 되어갑니다."

"그 머저리가? 무슨 재주를 피운 거지?"

"재주요? 감정에 호소하는 것도 재주라면 재주일까요. 진심은 통하는 법이 아니겠습니까?"

크누드가 말했다.

지금 그들이 말하고 있는 대상은 한스였다. 막대한 금액으로 구입된 이 전직 불한당은 크누드의 약속대로 곧장 까마귀 금고단의 사환이 되었다. 하지만 그는 한동안 아무것도 하지 않은 채 크누드에게 붙들려 있었다. 한스에게 지급된 새 옷과 반짝이는 까마귀 모양 백동 표장을 달고 거리에 나선 것은 크누드가 한스를 사들인 날로부터 일주일이 된 바로 어제였다.

"예상대로, 적들은 곧장 한스를 감시하며 따라붙더군요."

"그건 어찌 알아? 감시꾼을 다시 감시하는 재주는 네게 없는 걸로 아는데?"

"돈을 썼죠."

"야, 이놈아!"

노파는 짜증을 내며 손으로 책상을 내리쳤다. 그 바람에 충격을 받은 등불이 일렁이는가 싶더니 훅 꺼져버렸다. 지나치게 알뜰히 눌러놓은 심지가 죽어버리고 만 것이다. 하지만 이제 환히 타오르는 벽난로의 불빛 때문에 별 상관은 없었다. 크누드는 아랑곳하지 않고 말했다.

"한스는 암시장 조합으로 갔고, 결국 적들을 만났죠. 결과적으로, 그의 설득과 호소는 먹혔어요."

"어찌 확신하느냐?"

"한스가 낚인 저주를 뒤집어쓰고 왔으니까요."

노파의 짙은 흰색 눈썹이 꿈틀거렸다. 그가 물었다.

"……그걸 알아내는 데는 도대체 얼마를 썼지?"

"주술의 식별입니다. 은화 몇 장으로 해치울 이야기가 아니잖아요?"

"그걸 확인한 마법사가 누구야?"

"사람이 아닙니다. 모험가 조합의 사무원 일케 양에게 부탁해서 식별의 부적을 하나 샀죠."

"더 비싸잖아!"

"하지만 부적은 말을 못 하죠. 왜 자꾸 비용이라 생각하세요? 투자라니까요?"

노파, 그리젤은 머리를 감싸 쥐었다. 하지만 전혀 신경 쓰지 않는 크누드의 말이 이어졌다.

"한스에게 걸린 낙인 저주는 그가 주기적으로 적들을 방문해 갱신받지 않으면 죽음에 이르는, 매우 지저분하고 고약한 저주예요. 뭐, 예상한 범위의 대응이긴 하지만."

"……자꾸 적들, 적들 하는데, 정말로 확신하느냐?"

크누드는 얼른 대답하지 않았다. 어느덧 앞으로 수그린 자세가 되어 벽난로의 불길을 응시하던 그가 입을 열었다.

"한스는 베르벳을 만났습니다. 생각보다, 그 둘의 관계는 꽤나 끈끈한 것 같아요. 적들은 베르벳을 회유하기 위해 무척 애쓰고 있고, 그래서 그 아이에게는 정보의 차단을 별로 하지 않고 있죠. 한스는 베르벳으로부터 그 정보를 꽤 많이 들었습니다. 그래서 저는 이제 그들의 정체를 압니다."

"말해라."

크누드가 그리젤을 보았다. 불빛을 받아 붉게 빛나는 그의 옆얼굴이 전에 없이 심각했다.

"그리젤, 듣지 않고 넘기는 방법도 있습니다. 제 선에서 끝내게 해 주세요."

"시끄럽다! 나는 투자자야! 들을 권리가 있어!"

크누드의 얼굴에 순간적으로 쓴웃음이 일었다. 하지만 다시금, 그는 염려를 가득 담은 얼굴로 설득해 본다.

"위험 부담이나 도박, 꺼리시잖아요? 단장, 이건 자칫하면 명줄을 당기게 된다고요."

"등잔 심지만큼 남은 내 명줄 말이냐? 시끄럽고, 어서 말해라."

별수 없다. 크누드는 고개를 젓더니 대답했다.

"현재 아우셸바프에 머무는 게 저 역도당의 최고 간부인지의 여부는 불확실합니다. 한스의 기억에서, 그는 의뢰인을 언급한 적이 있는 만큼 배후가 따로 있을지도 모르고요. 하지만 어쨌건, 현재 여기 아우셸바프에서 저들을 이끄는 그의 이름은……, 아이슐리드 헤르펠, 아우스뉘르입니다."

실내에 정적이 깔렸다. 모닥불의 탁탁 튀는 소리만이 한동안 어둠과 두 사람의 일렁이는 그림자를 조종하였다. 굳은 얼굴로 마룻바닥을 노려보던 그리젤의 입이 열렸다.

"틀림없겠지."

"이딴 걸 지어내요?"

까마귀 금고 용병단의 단장, 그리젤 라르그문드는 짧게 신음을 토했다. 아우스뉘르, '제국의 이름을 가진'. 헤르펠, '수십 년 전 멸문한 방계의 이름.' 저 세 어절의 이름이 가진 진실은 명약관화하다.

"……생존자가 있었다니."

"사칭이 아니라면, 이야기가 그렇게 되지요."

자신이 태어나기도 전 일어났던 정쟁의 피바람이다. 하지만 우등생인 크누드는 익히 알고 있는 이야기였다. 선대의 황제가 모종의 이유로 가계에서 지워버린 혈족의 비극이었다. 헤르펠의 이름을 가진 자는 전원, 그 딸린 가솔 모두를 포함해 도륙되었다.

"사칭일 가능성도 있지."

"있죠. 아주 좋은 핑계니까요. 좀 더 알아보긴 할 테지만……, 쉽지는 않겠습니다."

"……그 사건의 목적 자체가 알려지지 않았어. 알 수 있을까, 나는 회의적이다."

다시 방 안에 침묵이 찾아왔다. 한참 동안 이야기의 앞뒤를 살피고 있던 그리젤이 이윽고 입을 열었다.

"그 한스란 놈이 너를 배신할 가능성은 어찌 생각하느냐?"

"상관없습니다. 한스의 자의로 저를 배신한다면, 저는 속지 않을 자신이 있으니까요. 적들이 한스를 이용하려 든대도, 오히려 저는 반가울 것 같군요. 그럴만한 맞수가 되어준다면 말이지만."

말하는 크누드의 얼굴에는 희미한 호승심과 기대감마저 내비쳐진다. 그의 성격을 익히 아는, 늙은 용병 단장은 코웃음을 쳤다.

"너는 그러다 언제고 기어이 모가지가 잘릴 거야."

그러자 짐짓, 목을 쓰다듬으며 너스레를 떠는 크누드였다.

"혀는 안 잘릴까요?"

"그래서? 내게 막대한 투자를 종용한 건 네놈이야. 피어클리벤과는 어떻게 연결될 거지?"

"그건 제가 아니라 저들이 고민할 문제죠. 우리는 공식적으로 피어클리벤과 접촉할 수 있고, 그건 누구의 주목을 끌지도 않잖습니까? 지금 아우셀바프에서 피어클리벤에 뭐 하나라도 대보려 하는 상회가 얼마나 됩니까?"

크누드의 이 말은 사실이었다. 용이 목격된 지 고작 보름 남짓이었지만 아우셀바프의 시민들은 이제 모두 용이 피어클리벤에 머문다는 것을 알았다. 자유모험가 연맹 조합은 전에 없이 연통을 넣거나 받으려는 이들로 북적였고, 도시 의회 또한 이 상황을 어떻게 처리할지에 대해 연일 회의를 거듭했다. 아우셀바프의 모든 이익 단체들이 그야말로 혈안이 되어 조금이라도 더 정보를 얻고, 앞으로의 이익을 예상하기 위해 아우성이었다.

그리젤 역시 용병단의 단장인바, 도시 의회의 일원이다. 귀찮고 효율 떨어지는 회의가 질색인 그는 첫날만 참석하고 이후부터는 부단장을 보내고 있었다. 조만간 아우셀바프는 일종의 공식 사절단을 꾸려 피어클리벤에 예방할 계획이며, 여기엔 아우셀바프의 큰손들이 대거 참여할 것이다. 까마귀 금고는 물론이고, 저 암시장 조합까지도 틀림없이 어느 상회의 뒤에 숨어 따라붙으리라.

"얼어 죽을 자유도시. 돈만 더 벌린다면 황제의 특허도 기꺼이 반납하고 피어클리벤 영지에 속할 기세들이야."

매일 부단장으로부터 의회의 회의 보고를 받는 그리젤의, 냉소가 드리운 말이었다. 크누드가 웃으면 받았다.

"아무렴, 그 노인네들이 돈보다 긍지겠습니까?"

"나도 그러하단 말이냐?"

"그리젤의 돈에 대한 태도는 긍지 그 자체입니다. 존경합니다."

"미친 녀석."

하지만 욕을 하는 노파의 표정은 기꺼웠다. 크누드는 장난스러운 얼굴로 부젓가락을 들더니 장작을 조금 살폈다. 잠시 뒤, 그가 말했다.

"한스는 한동안 제 집무실과 이 지휘소, 그리고 대원들의 생활관을 오갈 겁니다. 그 와중에 한 차례씩 '몰래' 암시장 조합에 들러 보고하겠지요. 베르벳이 그 친구를 찾는 한, 그와 그 동료들은 나름 안전할 겁니다. 직접 말은 안 했습니다만, 그에게 걸린 주문의 파훼법을 찾아둘 생각이에요. 만일의 경우 사용할 필요가 있을지도 모르니까요."

"내 금고에 금이 가는 소리만 계속하는군."

"믿으십시오. 금고 자체가 황금 문짝을 달게 될 테니까요."

"미친놈아, 그럼 그게 금고냐!"

노파가 농담하는 걸 보니 이야기는 제법 납득되게 마무리되어가는 듯하다. 왈칵 소리친 까닭에 잔기침을 몇 차례 뒤잇던 그리젤이 다시 말을 이었다.

"이 일은 철저히 처음부터 너의 주도로 진행되었다. 솔깃하여 비용을 집행한 건 나지만, 전권은 여전히 네게 맡기마. 죄다 알아서 해라."

"염려 놓으세요."

크누드가 이렇게 대답했을 때, 누군가 지휘소의 문을 두드리는 소리가 났다. 이 시간에 예상할 수 있는 방문객이 없는바, 크누드는 선약이 있었냐는 듯한 표정으로 그리젤을 보았지만 그는 고개를 가로저을 따름이었다. 크누드는 자리에서 일어나 현관으로 다가가 문을 열었다. 바깥의 냉기가 물씬, 안을 엿본다.

"단장님 계십니까?"

두건 달린 가죽 외투로 몸을 감싼, 나긋하고 매끄러운 목소리의 남자 하슈펠이다. 그러나 면식이 없는 크누드는 그저 아래위로 그를 훑어보며 물었다.

"계십니다만, 무슨 용무십니까?"

"말씀을 전하러 왔습니다. 잠시 들여보내 주시겠습니까?"

이 남자의 말투에는 어딘지 훈련된 구석이 있다. 크누드는 직감적으로 그가 떠나온 곳의 냄새를 맡는다. 코끝에 수로의 악취가 느껴졌다면 지나친 허풍일까?

"드시죠."

군말 없이 옆으로 물러선 크누드에게 가벼운 예를 표하고, 하슈펠은 안으로 들어섰다. 크누드는 그의 뒤를 따라 함께 그리젤에게 다가갔다. 그 짧은 몇 걸음이었지만 이 젊은 치안 판관이자 용병인 검사, 크누드는 그 새 하슈펠의 역량을 알아보았다. 이 자는 유술(柔術)과 가느다란 검의 명수임이 틀림없다.

"처음 뵙겠습니다, 라르그문드 단장님. 하슈펠이라 합니다."

그가 들어섰을 때부터 뚫어지라 처다보아온 그리젤이 잠시 조용하더니 대꾸했다.

"어차피 모시는 주인의 이름을 말할 수 없는 객이겠지? 박대하지 않아야 할 이유를 어서 하나만 대 봐라."

아무리 봐도 손님맞이의 법도가 아니건만, 하슈펠은 오히려 미소를 지어 보였다. 그가 말한다.

"역시, 긴 이야기를 덧붙일 필요가 없겠군요. 탄복했습니다."

"용건이나 말하라니까?"

"격조에 누가 되겠으나, 조그만 자리를 마련코자 합니다."

그리젤의 고개가 비스듬해졌다. 그가 묻는다.

"검은 반석 위에서 밥이 넘어가겠느냐, 술이 넘어가겠느냐?"

"제 주인께서는, 단장님과 공유할 덕담을 많이 준비하고 계십니다."

"꺼져라!"

그리젤의 목소리에 본격적으로 노기가 배어 나왔다. 크누드는 천장을 한번 슬쩍 올려보더니 물러선다. 이어, 하슈펠로서는 생각지도 못하게 쩌렁쩌렁한 노파의 고함이 시작되었다.

"이놈! 비록 검을 녹여 돈을 버린다고 손가락질을 받는 우리지만, 한 푼의 에누리를 참지도 못해 손님을 그 더러운 수로의 익사체로 꽂아버리는 것들과 말을 섞을 만큼 천하지는 않다! 등 뒤의 칼을 가장 무섭다고 여기는 겁쟁이들이 누굴 오라 가라야! 당장 베어버리기 전에 썩 꺼져라!"

처음으로 하슈펠의 얼굴이 딱딱해졌다. 책상에서 일어선 노파의 어깨는 그 노구에 걸맞지 않게 곧았고, 뿜어져 나오는 기세는 고함만큼이나 절륜했다. 그것도 그저 사납기만 한 외침이 아니라 또박또박 정리된 꾸짖음이다. 하슈펠은 살짝, 식은땀이 났으나 내색하지 않으려 애썼다.

"노여워하시는 것은 당연합니다. 결례를 용서하십시오. 다만, 세상의 이(利)를 좇는 형태가 어찌 한가지겠습니까? 결코 헛된 꿍꿍이가 있어 모시려는 것이 아니니, 생각해봐 주십시오."

"나는 이미 답을 했다!"

그리젤은 그렇게 내뱉더니 크누드를 힐끔 쳐다보고는 그대로 자리를 떠나버렸다. 휴게실인 듯 보이는 안쪽 방으로 들어가 버렸다. 하슈펠은 부르지도 못하고 황망하게 서서 그 문만 바라보았다. 그러자 크누드가 뒤에서 헛기침한다.

"자, 하슈펠 씨? 단장님 성품이 워낙 저래놔서 이거 저도 고생이 많습니다. 저는 크누드 서리엇이라 합니다. 이곳의 단원이자, 치안 판관을 겸하고 있죠."

이 젊은 치안관은 에이나르의 살해 사건부터 보고서에 그 이름을 올리고 있었으며, 한스를 경매에서 사들이던 현장에서도 목격되었다. 그리고 마침내 한스가 암시장 조합으로 찾아와 밝힌 이야기에 따르면 이 모든 일을 주도한 자이다. 그러니 당연히, 하슈펠은 크누드의 이름을 알고 있었다.

"명성은 익히 들었습니다, 치안관 서리엇 경."

"단장님께서는 제가 따로 말씀드려 볼 테니, 너무 실망하지 마십시오."

크누드는 싱글하고 웃어 보인다. 아직 딱딱한 낯을 채 풀지 못하고 있던 하슈펠이 정중히 말했다.

"부탁드려도 되겠습니까? 저는 빈손으로 돌아갈 수 없습니다. 우리는 공통의 적을 목전에 두고 있지 않습니까?"

오호라, 이게 무슨 말이야? 크누드의 눈매가 살짝 가늘어졌다.

제 7장

룻트는 침을 꿀꺽 삼켰다. 설핏거리던 새벽잠은 고드름을 목덜미에 갖다 댄 마냥 사라지고 없었다. 그와 마찬가지로 지루하게 꿈지럭거리며 도열해 있던 영민들의 얼굴에도 경외와 공포가 떠올랐다. 그들 영주의 성 너머, 잔뜩 찌푸린 잿빛 하늘을 뚫고 나타난 크고 검은 용은 마치 스스로를 전시하듯 성 위의 상공을 두어 차례 선회하였다. 날갯짓이 의미가 있을까 싶을 정도의 거체건만, 실제로 용은 고작 서너 번밖에 펄럭이지 않았다. 룻트는 다시 한번 침을 꼴깍 삼키고 용의 모습을 두 눈 안에 단단히 새겼다. 저 용의 이름이 뭐랬더라……? 빌……, 빌더리저드였던가?

"정말 엄청나군."

용이 성벽 안으로 사뿐히 내려앉아 그들의 시야에서 사라지자, 그때까지 쥐죽은 듯 팽배하던 침묵을 처음으로 깨며 이렇게 말한 것은 룻트네의 이웃 청년 올베르였다. 룻트보다는 한 살, 디드리크보다는 세 살이 많은 염소치기로 그 역시 이번 징집에 뽑혀왔다.

"디드리크는 저 안에 있는 거야? 정말 저 용을 눈앞에서 보고 있는 거래? 기절 안 하고?"

그가 룻트에게 물었다. 룻트는 피식거리며 대답했다.

"디드리크는 아가씨를 만날 때 이미 눈앞에서 봤어. 그 정도로 졸도하진 않는다고."

룻트의 말엔 동생에 대한 약간의 자랑스러움이 묻어난다. 그럴 만도 하다. 영주의 따님을 구하는 데 도움을 주고 성의 상비군으로 출세한 녀석이다. 일전, 고블린과의 회동 때 만난 디드리크의 행색은 꽤 멋들어졌다. 그때의 긴박한 상황만 아니었다면 마을 사람 전부를 불러다 보여주고 싶을 정도였으니까. 용이 사라진 성 위의 하늘을 보던 올베르는 감탄 반, 웃음 반을 섞어 다음과 같이 말했다.

"포근하네. 눈이 오겠어."

지금 룻트가 징집병들과 서 있는 곳은 성하촌이었다. 피어클리벤 성이 바로 올려다보이는 개천가의 마을로, 이곳을 포함한 영지의 일곱 마을에서 뽑힌 징집병 오백 명이 성을 향해 도열해 있다. 이런 경우 목적지인 뉘른스에크로 가는 길목에 위치한 잉겐이나 드리츠의 병사들은 구태여 성에 집합하여 행군을 시작할 필요가 없었지만, 출병 전 모든 징집병들에게 용을 분명하게 보여주는 게 좋겠다는 영주와 가신들의 판단에 의해, 이 자리에 모이게 되었다.

"확실히, 이건 의미가 있겠어."

그 시각, 성의 옹벽 위에 있던 발리엇이 뒤를 돌아 성하촌 쪽을 굽어보곤 말했다. 곁에 서 있던 디드리크도 고개를 끄덕였다. 용이 피어클리벤을 수호한다는 소문은 진작에 퍼졌지만, 영민들은 아직 한 번도 용을 제대로 본 적이 없다. 그러니 때아닌 징집령에 불안할 병사들에게 그 실체를 한 번 보여주는 것은 사기에 도움이 될 만한 연출이었다. 디드리크는 눈에 잔뜩 힘을 주고 성하촌의 공터를 향해 시선을 쏘아댔지만, 그런다고 이 거리에서 형의 모습이 보일 리는 없다. 발리엇은 이 귀여운 막내가 하는 짓이 웃겼던지 기어이 낄낄거리며 그 잘 눌러쓴 투구의 뒤통수를 살짝 때렸다.

"좀 더 오래 날아볼 걸 그랬느냐?"

영주와 가신들의 의도를 정확히 파악하고 있는 용, 빌러디저드가 성의 안뜰에 착륙하자마자 그렇게 물어왔다. 영주와 가신들이 그들을 둘러싼 가운데, 울리케가 나와 맞이하며 웃는 낯으로 답했다.

"아니옵니다. 너무 오랜 선회는 먹이를 노리는 매처럼 보일 것이 아닙니까? 그만하면 참으로 적절하고 우아한 비행이었습니다."

"지느러미 없이 연어의 수영을 칭찬하고, 날개 없이 수리의 비행을 칭찬하는 것이 너희 인간이지."

"그야 말하는 입을 달고 있으니까요."

"그 입은 먹는 데도 쓴다!"

"드시옵소서! 오래 기다리셨습니다."

성의 안뜰 한가운데에는 그간 빌러디저드가 고대해온 요리들이 있었다. 다시금 솜씨를 발휘해, 요리장 겔다와 함께 주방을 진두지휘한 울리케의 역작들이었다. 지난번보다 한결 완벽하게 구워낸 소 통구이와 돼지고기 찜, 누엘에서 공수한 신선한 숭어 요리와 예의 대구탕도 있었다. 빌러디저드는 여전히 뜨거워 김을 펄펄 내는 요리들을 만족스럽게 훑어보았다. 하지만, 해야 할 일들이 남아있음을 아는 용이다. 빌러디저드는 자신을 보며 서 있는 영주와 가신들을 보았다. 그러고는 한참이나 아무 말이 없었다.

"우리의 언약을 기억하느냐?"

용이 입을 연 것은 기다리던 모두의 조바심이 극에 달할 무렵, 때마침 떨어진 한 송이의 눈이 모두의 주목을 끈 순간이었다. 멍하니 용의 코끝에서 녹아 사라진 눈송이의 궤적을 쫓던 남작, 노아크가 읍을 하며 뒤늦게 대답했다.

"그것을 어찌 잊겠습니까?"

"그 언약의 전제들을 기억하느냐? 너와 너의 핏줄, 피어클리벤의 가계가 이 땅을 수호하는 한, 이라는 가정이 붙어있었다."

"기억합니다."

"그 말대로다."

갑자기 용이 두 날개를 활짝 펼쳤다. 펄럭하는 소리와 함께 일어난 바람에 의해, 본격적으로 쏟아지기 시작한 눈발들이 소용돌이쳤다.

"나는 오로지 이 땅과, 그리고 이 땅의 적법한 혈통이 이 땅에 거할 때에만 너희의 후견으로 유효하다. 그러니, 노아크 피어클 리벤과 그 적장자 아룬드여. 영지 밖에서 나는 너희를 수호할 의무가 없다."

"너무합니다!"

울리케의 외침이었다. 어찌나 재빠르게 튀어나온 말이었는지 노아크와 아룬드는 깜짝 놀랐다. 거기에 울리케가 쌓아온, 용에 관한 발칙함의 역사를 모르는 가신들은 급기야 새파래졌다. 아무렇지도 않은 표정으로, 아니, 그럴 줄 알았다는 듯한 표정으로 구경하는 것은 시그리드와 아셰리드뿐이었다. 용은 눈을 내리깔고 울리케를 보며 말했다.

"들어라. 말이 끝나지 않았다."

그러자 울리케는 화난 목소리로 대답했다.

"용서하소서!"

잠시 말을 끊고 있던 용의 코끝에서 희미한 불길이 일렁이 더니 허공을 향해 후욱 내뿜어졌다. 그러곤, 용은 다시 천천히 날개를 갈무리해 접으며 몸을 수그렸다. 그제야 사람들은 용이 방금 일종의 한숨을 내쉰 거라고 생각했다. 용의 말이 이어졌다.

"이제 나의, 이 땅에 대한 주제는 온 세상에 알려졌다. 그러나 우리의 언약이 어떠한 내용인가는 알려졌을 리 없지. 그리고 그것만큼은, 앞으로도 영원히 지킬 수 있는 비밀일 것이다. 그러니 노아크, 피어클리벤이여."

"말씀하소서."

"그대는 기어코 황제의 충신인가?"

다시 적막이 좌중을 휩쌌다. 둘러선 가신들과 가족들 모두, 감히 어떠한 말도 하지 못하고 용과 그들의 주인된 남자를 보았다. 이 질문의 가진 함의의 무게와 그 대답에 따른 향후 여파를 짐작하건만, 어쩐지 이것이 지극히 개인적인 질문인 듯 여겨지는 까닭이다. 울리케조차 굳은 얼굴로 입을 다물고 있었다.

"저는……."

마침내 곤혹스러운 얼굴로 한동안 생각하던 남작이 입을 열었다. 그의 말이 이어진다.

"저는 그저 물려받은 땅과 따르는 이들의 보호자이길 바랍니다."

"그 말이 이루어지도록 약속한다. 새삼, 다만 그뿐이다."

말을 마친 용은 울리케를 내려다보았다. '따질 것이 있느냐?'라는 무언의 몸짓이었다. 그리고 울리케는 기회를 마다하는 성격이 결코 아니었다.

"아버님과 오라버니를, 영지 밖으로 나간 모든 이들을 왜 보호하지 못하십니까? 충분히 그러실 수 있지 않습니까?"

울리케의 질문이 창을 올려 찌르듯 울려 퍼졌다. 노아크는 그저 묵묵한 얼굴로 땅을 내려다보고 있었고, 그 곁에 선 아룬드는 걱정스러운 얼굴로 그런 아비를 바라보고만 있다. 한편, 아셰리드는 울리케와 비슷한 표정으로 용을 쳐다보고 있었다. 아니, 노려보고 있다고 하는 게 더 정확하겠다.

"방금 네 아비가 한 말을 듣지 못했느냐? 내가 영지의 경계에 선을 긋는 한, 그의 바람은 이루어진다."

"재고하시지요!"

"울리케 피어클리벤."

용의 두텁고 묵직한 목소리가 울려 퍼졌다. 하지만 거기엔 이상하게도 약간의 슬픔이 깃든 것 같았다. 모두가 움찔하는 가운데, 용의 말이 천천히 이어졌다.

"너는 셰이위르 시그렐, 아우스뉘르의 길을 따르고자 하는 것이냐?"

울리케는 살짝, 흔들리는 목소리로 되묻는다.

"무슨 말씀이십니까? 당치도 않사옵니다."

"나 또한, 스미드레드의 길을 가고자 하지 않는다."

울리케는 머리를 흔들었다. 도무지 이 용이 무슨 이야기를 하는지 알 수가 없었다. 약속이고 나발이고, 뭐가 곤란해서 이러는 거지? 울리케는 한동안 자신이 놓친 바가 없는지, 혹은 미처 생각 못 한 바가 없는지를 고민하였다. 이 잠시의 짬을 놓치지 않고 시그리드가 나서게 되었다.

"빌러디저드 님."

"보아하니, 방책을 준비해 두었군."

마법사와 그 곁에 선 제자, 발프리드를 쳐다본 용이 말했다. 시그리드는 수긍의 빛을 보이며 오른손 소매를 걷어 보였다. 북자단(北紫檀) 나무에 반려석이 박힌 한 쌍의 팔찌가 그의 손목에 걸려있었다. 지난 며칠간, 시야프리테가 만들고 발프리드가 새긴 주문에 그가 마무리한 부적이었다. 본래 한몸인 반려석은 솜씨 좋게 두 조각으로 나뉘어 각각의 팔찌에 박혀있지만, 그것이 가진 본래의 성질에 의해 맞쌍과 가까이 닿은 반려석은 은은한 빛을 낸다. 이제 이 두 돌조각은 제아무리 먼 거리에서도 서로를 그리워할 것이며, 만 개의 돌무더기 속에서도 서로를 알아볼 것이다. 시그리드가 말했다.

"하나는 성에 두고, 하나는 영주님께 드릴 겁니다. 그러면 언제고 쌍방에 심상의 원화를 걸 수 있지요."

"생각할 만한 수단이다. 시간이 많지 않았을 텐데, 잘 준비했다."

"그럼 뭐합니까? 아버님께 위기가 닥쳤다는 것을 알게 된들, 저 멀리 뉘른스에크에 저희가 무슨 수로 도움을 보냅니까?"

울리케의 항의였다. 그러자 용이 대답했다.

"그는 언약으로 스스로를 보호할 것이다. 나는 망설(妄舌)을 할 수 없으나, 너희는 그것을 할 수 있지 않느냐? 이미 들었듯, 네 아비가 고른 길이다."

울리케가 또 무어라 말하려는 찰나, 어느새 곁에 다가온 아셰리드가 그의 어깨에 손을 얹어 제지하였다. 노아크도 아룬드를 이끌고 다가왔다.

"그만하거라, 울리케. 각오도 준비도 없었다면 애초에 따르지도 않을 명령이었다."

노아크의 침착하고 인자한 목소리였다. 울리케는 말을 잇지 못하고 고개를 떨군 채 살짝 입술만 깨물었다. 아셰리드도 한마디 보탠다.

"나도 너와 같은 심정이다. 하지만 지금 이러는 것은 적절치 않구나. 사람의 일은, 본래 사람의 몫이지 않으냐?"

맞는 말이다. 하지만 이 땅의 위험을 몰고 온 원인이 바로 용이 아닌가? 불러오리라 기대한 영광은 아직 그 여명도 보이지 않건만, 당장 재난부터 도래한 판국이다. 새삼, 울리케는 자신의 실수로 빌러디저드의 노출이 앞당겨졌음을 자책하였다. 스스로의 입을 찢고 싶은 심정이었다.

그리고 용이 말했다.

"피어클리벤의 이름을 가진 모두를 축복한다."

다만 말뿐이었고, 어떤 마법적 기현상도 일어나거나 느껴지지 않았음에도 불구하고 노아크와 아룬드, 아셰리드 등 가족들은 모두 용에게 감사를 표했다. 조용히 있던 울리케도 마침내 말했다.

"음식이 식사옵니다."

"좋다."

마침내 이야기가 마무리되었다. 모두 드세진 눈발에 아랑곳하지 않고 술과 음식을 나누었다. 그런 뒤, 노아크와 아룬드는 가신들과 함께 징집병들의 편성과 무장을 다루기 위해 물러났고, 유레와 아이들도 여행 채비를 갖춘 채 따랐다. 아그니르와 시그리드의 모험가 일행 세 사람도 이 군무를 돕기 위해 따라나갔다. 그리하여 눈이 펄펄 날리는 성의 안뜰에는 아셰리드와 울리케, 시그리드와 발프리드만이 남았다. 로젤도 유레와의 작별이 아쉬운지, 혹은 여전히 용이 무서운지 배웅을 핑계로 유레를 따라 나가버렸다.

"참 조용하구나."

식사를 마친 용이 말했다. 그 말대로, 성은 텅 비어 조용하였다. 오직 사박사박 눈 쌓이는 소리만이 들리는 듯하다. 울리케도, 아셰리드도, 시그리드도 입을 열지 않았다. 다들 추운 줄도 모르고 눈을 맞은 채 멀거니, 성 안의 고요에 잠겨있었다. 용이 다시 말했다.

"내 기거(起居)함이 알려진 뒤, 나는 신중하게 이 땅의 사방과 앞으로의 일을 탐색하였다. 황제의 간섭은 명백하며, 너희의 염려도 또한 근거가 있다."

울리케는 말없이 용을 보았다. 울리케를 물끄러미 내려다본 그의 말이 이어진다.

"이는 그들에게 이를 바가 아니라고 생각하여 말을 아꼈으나, 지금 이 자리의 세 사람에게는 일러둬야 한다."

"무슨 말씀입니까?"

또 무슨 소릴 하려나 싶어, 긴장한 울리케의 물음이었다. 용은 대답하지 않고 마법사에게 눈길을 주었고, 그 뜻을 알아들은 시그리드가 발프리드에게 말했다.

"안으로 들어가 있거라."

발프리드는 용에게 예를 올린 뒤, 스승의 명령에 군말 없이 따랐다. 소년이 성 안으로 사라지자, 용은 주의 깊게 사방에 귀기울이더니 자신에게 주목하고 있는 세 사람에게 눈을 돌렸다. 그가 말했다.

"참으로 큰 의혹이라 신중하게 탐색하고 장고하였으나, 나는 이 결론이 틀리다는 어떠한 증거도 찾지 못하였다. 이는 향후의 일과 정세에 큰 영향을 줄 사실이며, 앞으로 너희가 모든 것을 예측하고 판단함에 있어 무엇보다도 중요한 전제로 작용해야 마땅하다. 그러니 명심하고 긴히 다루며, 반드시 그래야겠다는 판단이 설 때에만 노아크와 아룬드에게 알리거라."

"도대체 무슨 말씀을 하시려고 이리 뜸을 들이시옵니까?"

울리케가 뾰족한 목소리로 물었다. 하지만 곁에 선 두 여자는 전혀 말리지도 않는다. 아셰리드와 시그리드 역시 눈을 부릅뜬 채 용을 노려보고 있었기 때문이다. 검은 용은 새삼, 왜 하필 이런 여자들만 성에 남게 된 것인지 짧게 고민하며 마음속으로 혀를 찼다. 그러고는 결국 조심스레, 하지만 견고한 확신을 담아 이렇게 말했다. 그것은 나직하게, 오로지 세 여인의 귀에만 들렸다.

"현재, 아우스뉘르 제국에는 린트부름의 올바른 적생자가 없다."

황실에 용이 없다.

배웅은 끝났다. 영주와 스벤, 그리고 그의 향사 슈타크는 디드리크를 포함한 상비군 일곱과 말을 타고 오백 명의 징집병들을 이끌어 떠났다. 뉘른스에크까지는 일주일 이상 걸리는 긴 여행일 것이다. 모두의 표정은 그리 밝지 않았으나 영지의 수호신인 검은 용이 그들 머리 위를 한동안 날았던 덕분일까, 행군의 분위기는 다행히 별로 무겁지 않았다. 그들에게 축복을. 성에 남는 모든 이들은 그렇게 생각했다.

"제가 여기 있을 자격이 있습니까?"

따뜻하게 벽난로가 지펴진 시그리드의 방이었다. 유례가 없어서인지 성 안뜰에서 고삐 풀린 망아지처럼 눈싸움하며 뛰노는 아그니르와 로젤, 발프리드가 창밖으로 내려다보인다. 그걸 구경하던 울리케가 몸을 돌리고 위와 같이 물었다.

"우리와 함께 그 이야기를 들었으니까. 그 공통점이 네게 이 공무에 참가할 자격을 준 것이지."

시그리드가 건네는 찻잔을 받아들며, 이제 영주의 권한대행이 된 아셰리드가 말했다. 잠깐의 배웅에 따른 외출이었으나 요즘처럼 한껏 곤두박질친 기온이다. 몸이 약한 그로선 그 정도도 위험하다. 하지만 마법사가 재주를 부려 준비한 약차가 그의 몸 안에 스미자, 그 독특한 향과 함께 치밀한 훈기가 뱃속을 데웠다. 마법 고문 시그리드가 찻잔을 감싸 쥐고 말했다.

"부인의 말씀을 듣고 보니, 이 또한 용의 노림수 같군요."

"어머, 유세트 경은 빌러디저드 님에 대한 경애가 없는가?"

시그리드를 반쯤 공대했던 노아크와 달리, 아셰리드는 시그리드를 보자마자 편히 말을 놓아버렸다. 그에 전혀 개의치 않는 시그리드가 되묻는다.

"이런, 아군이 아니셨습니까?"

"왜 아니겠는가? 바로 보았네."

부인과 마법사는 웃었다. 비록 인상도 다르고 나이 차도 스무 해에 달하건만, 이 두 여인에겐 어떤 공통된 느낌이 있었다. 선량하면서도 노회하달까, 이것은 이 둘을 재밌다는 표정으로 바라보는 울리케의 감상이었다.

"본론으로 들어가야지. 듣고 있는 귀는 없겠는가?"

아셰리드의 말이었다. 시그리드가 대답한다.

"없습니다, 부인. 무엇하면, 묵음의 너울이라도 쳐 둘까요?"

"큰 수고가 아니라면 부탁하고 싶다. 조심할 필요가 있으니."

마법사는 순순히 고개를 끄덕였다. 여전히 주문을 엮는 것은 고통스러운 작업이었으나, 그는 싫은 내색도 아픈 기색도 내비치지 않았다. 다만 짧고 의연하게 맡은 바 임무를 다할 뿐이다.

"됐습니다. 바깥소리는 여전히 우리에게 들리지만, 안에서 밖으로는 나가지 않습니다. 편히 말씀하시죠."

시그리드가 말했다. 그러자 울리케가 물었다.

"금방 하시는 걸 보니, 미리 준비하셨나 봐요?"

그러자 마법사는 날카로운 표정으로 울리케를 쳐다보고 묻는다.

"발프리드가 시무나리에 대해 그리 낱낱이 말하던가요?"

울리케가 뜨끔하여 대답했다.

"예……, 제가 물어보았습니다만."

"저런."

마법사는 혀를 찼다. 하지만 거기에 대해 더 이상 어떤 설명도 소감도 덧대지 않고 차에만 열중해버리는 통에, 울리케는 대단히 난처해져 버렸다. 아셰리드는 빙긋이 웃으며 지켜보다가 울리케에게 권했다.

"너도 이쪽으로 와 앉으렴. 차도 마시고."

"감사합니다."

이제 세 사람이 탁자에 둘러앉았다. 한 호흡 쉬어간 끝에, 생각하던 아셰리드가 말했다.

"빌러디저드 님께 더 자세히 추궁해야 하는 게 아닌가?"

"그 용은 제 할 말만 합니다. 일단 말한 것만 갖고 생각해보시 지요."

딱 잘라 말하는 시그리드였다. 듣고 있던 울리케도 입을 연다.

"제국에 린트부름의 올바른 적생자가 없다라고 하셨어요. 말 씀하신 것만 생각해보면, 상당히 미묘한 해석이 나올 수 있잖 아요?"

"들어볼까."

아셰리드의 허락이었다. 울리케는 다시 입술을 달싹였다.

"린트부름의 올바른 적생자란 일반적으로 용을 뜻하지만, 좀 더 정확히는 '어엿한 용'을 뜻해요. 어쩌면 황실에 용 자체는 있 을지도 모르죠. 하지만 이 용이 어엿하진 못할 수 있어요."

"용이 어엿하지 못하다는 것은 어떤 것일까?"

다시 아셰리드의 물음이었다. 울리케가 용에 관해 알고 있는 보통을 넘는 지식은 본래 그로부터 온 것이다. 비록 피로 이어 지진 않았지만, 이 모녀간의 공유된 취미였던 까닭이다. 울리케 가 답했다.

"본래 용은 알에서 깨어나고 유년기에 부모용의 훈육을 받아 야 해요. 안 그러면 마법을 제대로 다룰 수 없고, 결과적으로 그 용은 사실상 스스로 숨 쉴 수조차 없게 됩니다. 성장에 따라 스 스로의 체중에 짓눌려 질식해버리니까요. 용은 사지를 움직이 거나, 날거나, 말하고 먹는 모든 일체의 자연스러운 행위에 모두 마법을 사용해요. 그걸 스스로 터득하지 못하면, 죽을 수밖에 없죠."

"하지만 여전히 살아있을 수도 있지요."

이건 마법사의 말이었다. 시그리드의 말이 이어졌다.

"인간 마법사의 도움이나 마법 도구의 도움을 받으면 그 용은 그럭저럭 목숨을 부지할 수 있게 됩니다. 솜씨 좋은 마법사가 많다면, 다양한 마법 도구의 패용을 통해 아마 겉보기엔 꽤 그럴싸한 '어엿함'을 가장할 수도 있을 겁니다. 그리고 황실은 예로부터 마법사만큼은 눈에 불을 켜고 긁어모았죠."

"예로부터라고 하지만, 황실이 그런 경향을 적극적으로 보이기 시작한 건 백 년 안팎이네, 유세트 경."

아셰리드의 지적이었다. 그러자 울리케가 알았다는 듯한 표정으로 나직하게 외쳤다.

"그렇다면, 그때쯤 스미드레드에게 변고가 생겼던 것일까요?"

아셰리드나 시그리드 모두 섣불리 대답하지 않았다. 그들의 가설은 너무 성큼성큼 달려나가고 있었다. 하지만 '제국에 제대로 된 용이 없다'라는 전제를 기정사실화 하자마자, 알려진 역사상의 모든 사건과 흐름들이 죄다 이것과 연관 지어져 생각이 드는 것은 어쩔 수 없는 일이었다. 개국 황제의 벗이자 언약자였던 스미드레드는 그 초기의 활약을 제외하고는 대중에게 거의 모습을 드러내지 않았다. 제국력 200년경에 이르러서는 황제보다 배알하기 어려운 존재임이 당연시되었고, 그랬기에 제국에 용이 있다는 것은 확고한 진실임에 반해 하나의 전설이기도 했다. 그러나 그 위명이 여태 워낙 대단했고, 제국의 통치기반 또한 나름 단단하여 별문제가 없었던 것이다. 거기에다,

"라핀다시르 공작령의 백룡, 아이비레인이 태어난 것도 그쯤이라 알려져 있지. 당시의 기록에 스미드레드의 대외 활동은 전무하지만, 아이비레인은 실제로 목격담이 있고 그가 이후 공작령과 관계된 것도 사실이야. 이후로도 그에 대한 언급과 목격담은 많아. 대화록도 있고. 이게 모두 날조일 수 있겠나, 유세트 경?"

"생각 못 할 것도 아니지요, 부인."

시그리드가 대답했다. 듣고 있던 울리케가 참견한다.

"하지만 삼십 년 전 중부의 내전에서 실제로 아이비레인은 참전했다고 알려져 있어요. 수많은 병사의 눈이 있는 전장의 기록이 날조될 수 있을까요?"

"그것도 하려고 하면 못 할 것도 없답니다. 당시 공작령과 황실의 마법사만 해도 백 명은 되었어요. 용이 나설 것도 없을 정도였죠."

시그리드의 대답이 잠시간의 침묵을 불러왔다. 결국, 그가 다시 말한다.

"……하지만, 역시 지나치게 번다하지요. 이건 확인이 필요한 이야기입니다."

"우리가 이걸 확인할 수 있겠는가? 빌러디저드 님이 밝혀낸 이상으로? 스미드레드가 죽었고, 아이비레인이 실제로 존재하지 않는 용이거나 있다 해도 부실한 용이라면, 황실은 이를 필사적으로 은폐해올 만하지. 알다시피, 현 체계기반으로는 중앙의 지방에 대한 행정력이 미치기 힘드니까. 그런 만큼 지방 호족들의 자치에 대부분을 맡기고 있고, 다만 조세와 군역으로 지배의 명의를 세우고 있잖은가? 용이 없다면 제국은 사실상 유지될 수 없다네. 분리와 반란의 제압이 다시 오로지 인간의 손을 타야 하니까. 지금까지와 같은, 억지력에 의한 강제적 평화는 순식간에 허물어지고 말 것이야."

아셰리드의 말이었다. 평소 그의 충실한 학생인 울리케는 고개를 끄덕였고, 마법사도 이견을 더하지 않았다. 그의 말대로 지난 사백 육십 년간의 평화는 확실히 용의 강력함에 대한 공포에 기대어 왔다. 그러니 새삼, 지난 세대의 유일한 전쟁이었던 중부 내전이 의아스러워지는 것이다. 하지만 이 방 안에 있는 이들 가운데 어느 누구도 그 내전에 관해 잘 알지 못했다. 많은 희생이 기록되었건만, 그 이상으로 많은 것들이 은폐된 싸움이었다. 흘린 이유를 모르는 피였다.

눈 쌓인 시우부름 산은 고요했다. 언제나처럼 경계병들은 사주에 여념이 없었으나, 요새 전체적으로는 그 한결같은 긴장감이 퍽이나 누그러져 있었다. 병영 논리로만 작동하던 집단의 체계는 목전에 둔 변혁 앞에서 그 갈피를 잡기가 어려웠다. 관성적으로 임해오던 많은 일들이 그 목적을 잃어버린 것이다.

"보고드립니다!"

취약시간대인 새벽녘, 지시에 의해 암흑에 휩싸인 남쪽 숲을 한 바퀴 돌고 온 십장 하나가 외쳤다. 그러자 파수대에 기댄 채 육포를 씹고 있던 그의 직속상관 바르바크가 둔탁하게 내뱉는다.

"보고할 게 있더냐?"

"······없, 없습니다."

바르바크는 왠지 혀를 찼다.

서리심의 눈트롤들과 맞붙은 지 열흘째였다. 약속대로 그 이후 어떤 숲의 마수도 고블린들을 공격해오지 않고 있었다. 뿐만 아니라 거의 눈에 띄지도 않았다. 사정을 모르고 봤다면 이 숲은 마수가 존재하지 않는 낙원일 테다. 터무니없는 이야기였지만 사실이었다. 하지만 그러면 뭐하나? 그 대가가 이 숲을 누리지 못하는 것인데. 바르바크는 눈을 돌려 부하들을 훑어보았다. 평소대로라면 어두운 숲을 경계의 눈빛으로 쏘아보아야 할 병사들이 하품을 하고 있었다. *이 자식들이!*

그 싸움에서 잃은 병사는 모두 열여섯이었다. 무의미한 희생이라 생각했지만, 눈트롤 하나도 그때 입은 부상으로 결국 죽었다는 것을 나중에 알고 나니 뒤늦게나마 그래도 그렇게 나쁘지 않은 교환비라는 생각이 들었다. 물론, 호전적이고 단순한 바르바크라 해도 명색이 오십장인 그가 그런 말을 입 밖에 내지는 않는다. 다만 그는 이번 일에서 사실상 자신들이 별로 한 게 없다는 사실만을 곱씹었다. 아우케트와, 사실상 그를 추종하는 두카르가 모두 해치워버린 일이다. 게다가 도대체 무슨 일이 일어났던 것인지, 서리심과의 협상을 목격했던 병사들로부터 아우케트에 대한 선망적 목격담이 전파되고 있었다. 적을 쳐부순 것도 아니고 고작 세 치 혀를 놀려 뭐라 말한들, 그것이 뭐가 대단하다고 이 야단들인지 모르겠다.

"근무 중 이상 없는가?"

"그거 농담인가?"

어둠 속에서 숲흑늑대를 타고 나타난 것은 소우라케와 가르아트였다. 바르바크는 가르아트의 목소리에 이렇게 대답하며 고개를 돌렸다가 오십장 둘이나 파수대에 나타난 것을 보고 약간 놀라 질문했다.

"무슨 일이야? 논할 게 있나?"

"그렇다. 자리 좀 내주게."

바르바크는 뭔가 마뜩잖았지만 순순히 응했다. 파수대의 부하들에게서 한껏 떨어진 도로의 일부까지 거슬러 올라간 바르바크는 잠시 사방을 둘러보다 말했다.

"아우케트와 두카르는?"

"그들에 관한 이야기니, 데려오면 곤란하지 않겠나."

소우라케가 늑대에서 내리며 말했다. 바르바크는 영문을 모르겠다는 표정으로 턱을 긁었다. 소우라케와 마찬가지로 늑대에서 내린 가르아트가 다가와 말했다.

"본론부터 말하지. 나와 소우라케는 아우케트를 이백장에 올릴 용의가 있다."

바르바크는 얼른 대답하지 않았다. 아니, 못했다. 그는 한동안 눈을 끔벅이며 형제 오십장들을 멀거니 바라보았다. 마침내 그가 말했다.

"이게 무슨 작당들이야? 아니, 그래서 나보고 따르라고?"

그러자 소우라케가 대답한다.

"자네까지 따르면 이백오십장이지. 두카르에게는 넌지시 의향을 물어두었다. 자네가 따르지 않으면 그냥 이백장이다."

"칵!"

바르바크가 으르렁거리더니 몸을 휙 돌려 흙더미를 찼다. 근처의 참호를 파느라 형성되어있던 작은 흙무덤이 그의 애꿎은 화풀이 대상이 되었다. 그가 다시 몸을 돌려 말했다.

"그럴 필요가 있는가? 본래 우리의 전통에 맞지도 않는 자리다! 백장을 건 결투를 금했던 것도 잊었나!"

"그건 불필요한 분쟁을 막기 위한 우리끼리의 합의였다. 우린 지금 분쟁을 하자는 게 아니라 이 또한 합의에 의해 이백장을 세우자는 이야기다."

가르아트의 대답이었다. 바르바크가 다시 윽박질렀다.

"전통은? 오십장 다음은 오백장이다!"

"형제, 우리는 이미 전통을 무너뜨리는 시대로 들어갔다. 그렇게 생각하지 않나?"

설득하는 듯한, 소우라케의 낮은 목소리였다. 바르바크는 한동안 그를 노려보더니 고개를 돌려 침을 뱉었다. 공교롭게도, 그 침은 베어낸 나무 그루터기에 기대져 있던 깨순무 자루에 떨어졌다. 피어클리벤의 인간들이 가져다준 물건 가운데 하나였다. 새삼 짜증난다는 표정으로 그걸 바라본 바르바크가 외쳤다.

"저걸 보라지! 농사라니! 이 무엄한 사업을 끌고 들어온 것이 바로 아우케트 본인이다!"

"농사의 필요에 대해서는 우리 모두 동의한 것이 아니었나?"

"난 다만 반대하지 않았을 따름이야!"

소우라케의 물음에 바르바크가 답한 것이다. 그러자 가르아트가 말했다.

"이번 일은 아우케트의 공이었다. 시작부터 끝까지. 인간의 영지와 인연을 만들고, 생존과 번영의 길을 제시한 것이 그가 아닌가? 그가 아니었다면 우리는 지금쯤 산속에서 아무도 모르는 죽음을 맞았을 것이다."

소우라케도 연이어 말을 보탠다.

"지금 우리는 좀더 단일한 명령체계가 필요하다. 그리고 이 사태를 맞아 그가 보여준 활동과 결정들은 신뢰할 만하다고 생각한다. 그래서 가르아트와 나는 뜻을 일치한 것이다."

그러자 바르바크가 어이없다는 표정으로 둘을 번갈아 보더니 어깨를 늘어뜨리며 한숨을 내쉬었다. 잠시 침묵하던 그가 입을 열었다. 한결 진정된 목소리였다.

"이게 무슨 합의야? 그냥 통보가 아닌가? 너희들끼리 아우케트를 따르겠다는 이야기 아닌가? 나는 싫다."

"그리 말하리라 생각했다. 그럼 우리끼리……."

소우라케의 문장은 채 봉합되지 못했다. 바르바크가 말을 낚아채더니 나직하게 선언한 것이다.

"아니! 나는 명백하게 '반대'를 한다! 이백장은 안 된다! 오십장 중 하나는 빠지고 백오십장으로 해라! 이백대 오십이면 어차피 단일화나 다름없다! 백오십대 백이어야 견제가 되지!"

"그게 무슨 의미가 있나? 어차피 우리는 심중으로 그를 따르기로 했다. 편성의 문제가 아니지 않나?"

가르아트의 물음에, 바르바크는 투구를 벗더니 그걸 사납게 내동댕이쳤다. 조용하던 숲에 금속성 굉음이 쩔그렁 일어났다. 아연해하는 두 오십장에게, 바르바크가 고함을 질렀다.

"그럼 나는 차라리 이 염병할 투구를 벗겠다! 내 제장 중 하나에게 저걸 내줘라!"

낮부터 내리기 시작했던 눈은 여태 그칠 줄을 모른다. 용이 거하는 산, 그룬테름은 그 꼭대기를 짙고 얕은 눈구름에 꽂아 넣은 채 적막하기만 하였다. 하지만 그런 가운데, 작은 소동을 일으키며 눈 쌓인 산길을 따라 오르는 이들이 있었다.

"언니는 좀 미쳤어!"

이 광폭한 힐난의 주인공은 류그라 소녀, 실네스레유였다. 두 살 터울의 자매인 시야프리테는 그렇게 외친 동생을 째려봤지만 차마 어떤 응징도 하지 못했다. 그의 곁에서 감시하는 두 어른 때문이다. 류그네라스의 가지를 지팡이로 짚으며 곁을 따르던 장로, 네그레즈가 맞장구친다.

"암, 이를 말이냐. 말 한번 잘했다, 실네."

다만 말뿐이었으나, 시야프리테는 아까 얻어맞은 뒤통수의 혹을 괜스레 쓰다듬었다. 홀로 그룬테름 산을 오르려던 소녀의 용맹이 동생의 감시에 들통나 바스러지며 남긴 흔적이었다. 피곤한 표정으로 뒤를 따르던 자매들의 아버지, 류프리그데도 한마디 더한다.

"오래 머물 새 터도 잡았겠다, 내 손으로 훈육의 바퀴를 깎게 하지 말아라."

정말 너무들 하네. 시야프리테는 속으로 중얼거렸다. 혼자 용을 보러 나선 게 뭐 그리 대단한 잘못이라고 이 난리들일까? 그저 떨어진 비늘이 없을까 산책도 겸해서 올라보려던 뒷산이다. 결국 덜미를 잡혀 그들 일가가 다 함께 나서게 되었지만.

피어클리벤에 머문 지도 꽤 날짜가 흘렀건만 그들 유랑단,

'길가네스의 가지'는 아직 공식적으로 용을 배알한 바 없었다. 그럴 새 없이 바쁘게 보낸 까닭도 있지만, 멋대로 찾아가는 것도 법도가 아니라 여긴 것이 제일 큰 이유였다. 하지만 지난번 찾아왔던 마법사에게 넌지시 물어보니, 용을 배알하는 것은 전적으로 그들 자유이며 영주의 가문에 딱히 허락을 구할 문제가 아니라 하였다. 해서 말이 나온 김에 조만간 찾아가리라 계획하던 참이었다. 시야프리테의 시도만 아니었다면 좀 더 느긋하게 이루어졌겠지만, 이대로 미루다간 틀림없이 '미친' 시야프리테가 혼자 용을 찾아가 버릴 거라는 위기감이 길가네스 전원에게 공유되었다. 그리하여 결국 부랴부랴 이렇게 되었다.

"우리는 이 땅에 머무는 손객이다. 그러니 이 땅을 지키는 분에게 최대한 잘 보여야지, 너는 너 스스로가 우리의 첫인상을 결정할 대표로 적합하다고 믿는 게냐?"

네그레즈의 질책이었다. 시야프리테는 말없이 입술을 내밀고 가족의 신뢰가 이렇게도 전무함에 말없이 불만을 표한다. 그러나 여태껏 그가 쌓아온 업보이니 무어라 달리 불평할 말은 없겠다.

장로 일가는 그렇게 이따금 시야프리테를 혼내며 산 중턱에 다다랐다. 눈이 소복이 쌓인 용의 거처는, 그 자체만으로는 의아스러울 만큼 별거 아닌 풍경이었다. 다만 그 가운데 흰 눈을 얇게 덮어쓴 검고 거대한 용이 있으니 이야기가 다르다. 마침내 난생처음 지척에서 보는 용의 위용은 경이로웠다.

"쓰러진 신목의 아이들인가."

일찌감치 그들의 입산을 파악하고 있던 용, 빌러디저드가 말했다. 네그레즈가 허겁지겁 앞으로 나서더니 쓰러지듯 몸을 숙이며 예를 표했다. 앞으로 내민 두 손에 그들의 유산인 지팡이를 세워 잡은 채.

"그러합니다, 린트부름의 올바른 적생자이자 언약의 화신이시여. 류그네라스의 열두 줄기 세 번째 끝, 길가네스의 가지를 보전하고 있는 네그레즈이옵니다."

"틀림없구나."

이제 완전히 푸른잎을 되찾은 가지를 내려다보며, 빌러디저드가 말했다. 용의 눈길이 지팡이를 떠나 시야프리테와 실네스레유, 류프리그데에게 이어지자, 모두가 알 수 없는 경외를 느끼며 소름이 돋았다. 시야프리테조차 마찬가지다. 네그레즈의 말이 이어졌다.

"선험의 군주께서 언약의 도리를 베푸신 피어클리벤의 은혜를 입어 잠시간 이 땅에 머물게 되었습니다만, 거하시는 곳의 지척이라 삼가 그 존엄에 누가 될까 두렵습니다."

"용서한다."

용은 짧게 말했다. 시야프리테는 용의 목소리에 감탄했다. 긴 귀 끝이 찌릿찌릿할 정도로 두텁고 묵직한 음성이다. 살아있는 생물의 목소리가 아닌 것만 같았다. 용이 다시 말을 이었다.

"나를 찾아온 이유가 단지 문안은 아니리라 여긴다. 구하고자 하는 바가 있는가?"

물론 있다. 그들이 이 땅을 찾아온 가장 큰 목적. 앞으로 일어
날지도 모를 제국의 탄압보다 더 큰 이유, 그들 민족이 가진 숙
원에 관한 것이다. 네그레즈는 저도 모르는 사이에 몸을 부르
르 떨었다. 어쩌면 사백 년 만에 처음으로 이 불행한 민족이 마
주친 기회일지 모른다. 신목의 가지가 뿌리내릴 터를 찾아 그
숙명에 일평생 충실해 온 네그레즈였다. 일흔에 다다른 그의
노구가 솟아오르는 기대감과, 그리고 어쩌면 뒤이어질 실망에
대비하며 긴장하였다. 마침내 노인이 입을 연다.

"현준한 용신의 자손이시여……, 혹, 신목이 뿌리내릴 터를
아시옵니까?"

그는 처음처럼 바닥에 무릎 꿇은 채 지팡이를 앞세우고 있었
다. 다만 그 두 눈만이 열렬하게 용을 올려다보았다. 길가네스
자매들과 그 아비도 따라서 용을 쳐다보았다.

빌러디저드가 대답한다.

"그것을 왜 내게 묻는 것이냐? 이 땅의 주인은 피어클리벤이
며, 나아가 뉘른스에크, 나아가 아우스뉘르에 속한다. 너희가
등진 고향을 내버려 두고 왜 사람의 제국에서 그 안녕 된 자리
를 찾느냐?"

네그레즈는 무어라 말하지 못하고 눈만 끔뻑거렸다. 좌중이
적막한 가운데 여전히 한결 잦아든 눈만 나풀거린다. 용이 다
시 말했다.

"류그네라스의 고사(枯死)한 이유를 아느냐?"

"······제국의 득세와 시기가 일치하는 관계로, 전승은 그저 너리서니의 탓이리라 추측합니다."

"틀렸다. 북녘의 딸과 아들들은 이 일과 무관하다. 그리고 참으로 그리 여겼다면, 어찌하여 셰이위르의 신민들을 향해 저항하지도 않았느냐?"

역시 네그레즈는 대답하지 못했다. 가만히 그를 내려다보던 용은 자세를 고쳐잡았다. 한순간에 빠른 진동이 요동치더니 그의 몸 위에 쌓여있던 눈들이 훅하고 불어낸 먼지처럼 솟아올라 바람과 함께 뒤엉켰다. 용은 똑바로 장로를 향하고 엄숙히 말했다.

"들어라, 길가네스의 맏이여. 나의 조언과 훈육은 오로지 피어클리벤에 한한다. 너희가 너희의 위치를 객(客)에 두는 한, 나는 이 이상 말할 의리가 없노라. 물러가 그래왔던 것처럼 하염없이 재건을 향한 유랑에 몰두하든가, 그렇지 않다면 너희의 뿌리를 이 네잎 토끼풀의 땅에 내리겠다 약조하라. 나의 이야기는 여기까지다."

네잎 토끼풀의 땅이란 북부 방언으로 피어클리벤을 이른다. 네그레즈는 침을 삼켰다. 이 검은 용은 자신이 명백히 피어클리벤의 후견임을 선언함과 동시에, 이 이상의 정보를 구하려거든 이 땅의 백성이 되라 말하고 있다. 이 뜻밖의 제안에 노인의 머릿속이 하얘졌다. 그는 고개를 떨구고 잠시 아무 말도 하지 못했다.

"그렇게 해, 할아버지! 으아!"

시야프리테였다. 올라오면서 실컷 들은 주의도 홀랑 까먹고 나서버린 소녀는 우악스럽게 귀를 잡아 뜯는 아버지의 손길에 잇따라 비명을 지르고 말았다. 용의 눈길이 이채를 띠며 이쪽으로 향했다. 뒤를 돌아보며 어처구니없는 표정을 짓는 네그레즈의 머리 위로, 용의 목소리가 스쳐왔다. 놀랍게도 어쩐지 즐거워하는 듯한 목소리였다.

"참견을 용서한다, 길가네스의 장녀. 뜻밖이었으나 너의 상재(商才)가 발프리드를 엮고, 그로 인해 피어클리벤은 장차의 위대한 신하를 얻었지. 그리고 또한 피어클리벤의 장자들이 살아날 여지를 구하게 했다. 아느냐? 너라는 변수가 일으킨 파란들이 어떤 역사를 가져올지? 류그나림이 결실을 맺는 시대였다면 너는 넉넉한 노후로써 그것들을 지켜볼 수 있었을 것이다. 이대로 물러가 그를 아쉬워만 할 것이냐?"

시야프리테는 아버지의 손을 때려 뿌리친 뒤 귀를 쓰다듬었다. 용의 질문이 명백히 그에게 향했기에, 네그레즈와 류프리그데는 감히 끼어들지 못하고 있었다. 잠시 미간을 모으고 귀를 만지며 생각하던 시야프리테가 대답했다.

"말했잖아요? 나는 우리가 이 땅에 영원히 터를 잡아도 좋겠다고 생각해요. 그렇기만 하다면야, 류그네라스를 새로 세우고, 다른 가지들을 불러 모으면 되니까요. 비록 우리는 그 새 고향을 향유할 수 없을지도 모르지만, 뭐 어때요? 하지만, 도대체 그럴만한 가치가 있는 조언을 해 주실 수 있기는 한 건가요?"

졸지에 확실치도 않은 정보의 유무를 쥐고 공갈을 치는 게 아니냐는 의심을 산 검은 용, 빌러디저드는 잠시 침묵하며 고개를 비스듬히 기울였다. 시선이 갈 곳을 잃은 네그레즈의 손가락이 지팡이를 부서질 듯 꽉 쥔 채 부르르 떨었고, 실네스레유는 '역시 언니는 미쳤어'라는 표정으로 시야프리테를 보았다. 류프리그데는 두 눈을 부릅뜬 채 그저 발밑만 내려다본다.

빌러디저드는 그 자주색 눈을 형형히 빛내며 다음과 같이 입을 열었다.

"우리는 본래 위계가 같다는 것을 아느냐? 우리는 모두 신들을 직접 부르지, 사람의 아이들처럼 왈퀴레야를 대신 부르고 섬기며 신들의 은혜로부터 스스로를 격리하지 않았다. 그것이 너희와 나의 선조가 인간과 같은 번영을 원치 않은 대신 획득한 특권이다."

이게 무슨 뜬금없는 소린가 싶지만, 시야프리테는 그보다 이렇게 묻는다.

"특권이요? 우리가 무슨 특권이 있죠?"

"……시야!"

네그레즈가 마침내 참지 못하고 소리치고는 허우적거리며 일어섰다. 그래도 경우를 잊지 않은 노인은 황급히 용에게 읍을 올리고 말을 이었다.

"용서하십시오. 이 무식한 녀석은 아무리 가르쳐도 도무지 듣질 않사옵니다. 말씀하신 바는 모두 제가 알게끔 이르겠습니다. 그러니 이 터무니없는 녀석에게 이 이상의 무례를 범할 기회를 허락지 마시옵소서."

"용서한다. 그러나 상관없다. 그대의 가르침은 통하지 않은 게 아닌가? 그러니 내가 이르는 수고를 하지. 들어라, 길가네스의 딸."

"시야프리테라고 합니다."

외할아버지의 고뇌는 안중에도 없는 소녀가 뒤늦은 자기소개를 올린다. 기꺼운 듯, 용의 말이 이어졌다.

"우리가 날 때부터 손쉽게 에다를 깨우치는 바와 같이, 너희는 신목과 연결되고 그것을 다루는 권능을 가졌다. 다만 너희의 장생(長生)은 류그나림에 종속되고, 우리의 영생은 언약에 예속된다."

"예? 용은 그냥 불멸이 아닙니까?"

소녀의 발랄한 무식에, 다른 모든 가족이 신음을 지르며 뒷목을 잡았다. 이를 개의치 않는 용이 말했다.

"아니다. 다른 계보를 가진 지적 존재와 언약하지 않는 한, 우리의 생도 현재의 너희와 그리 다를 바 없다. 보통 인간들은 이를 아직 모르지. 그것이 우리가 가진 굴레이며, 이제는 너희가 직면한 굴레이기도 하다."

이 말에 반응을 보인 것은 네그레즈였다. 장로는 눈을 크게 뜨고 예의도 접어둔 채 황급히 용에게 물었다.

"그 말씀이 무슨 뜻이옵니까? 허면, 이것이 정녕 신벌(神罰)이었습니까?"

"역시 그렇게 받아들이는 쪽이 편하겠느냐?"

네그레즈는 당황한 표정으로 용을 한동안 올려다보다 묻는다.

"……예?"

"나는 무신론자다."

시야프리테는 고개를 갸웃거리며 이게 무슨 말인가 잠시 생각했다. 하지만 소녀로서는 알 수가 없는 이야기였다. 무심코 고개를 돌려 외할아버지를 보니, 네그레즈는 얼어붙은 듯 꼿꼿하게 서서 이루 형언할 수 없는 표정으로 용을 쳐다보고 있었다. 용의 말이 이어졌다.

"물론 이는 정확한 표현이 아니겠다. 실로 긴 시간을 고민해 온 문제이지. 미지론에서 시작해 불가지론에 이르고, 현재에는 무신론에 무게를 두고 있으나 여전히 변동의 여지는 있다."

이게 도대체 무슨 말이야? 알아들을 수 없는 이야기다. 시야프리테는 여전히 얼음기둥처럼 정지되어 서 있는 네그레즈를 신기하게 쳐다보았다. 실네스레유도 알아듣지 못해 갸웃거리고 있었고, 류프리그데는 당혹스러운 표정이었지만 천천히 고개를 끄덕이기도 했다. 이윽고, 올가미에 질식했다 풀려난 사람처럼 헐떡거리며 네그레즈가 말을 뱉었다.

"어찌……, 도대체 어찌 그런 말씀을 하실 수 있습니까……?

스스로가 신화의 계보를 증거하는 실재의 현현이시며, 반신의 적생이라 불리시지 않습니까?"

"내 어버이는 반신 같은 분이 아니었다."

"……터무니없습니다! 용서하소서! 말씀하신 것은 죄 못 들은 것으로 하겠습니다!"

"그러거라. 용서한다."

갑자기 털썩, 네그레즈가 지팡이를 떨어뜨리며 주저앉았다. 류프리그데가 황급히 다가가 부축했으나 노인은 손사래를 칠 뿐, 일어서지도 말을 잇지도 못했다. 시야프리테는 영문을 몰라 하며 지팡이를 대신 주워들었다. 잠시 기다리며 그들을 살피던 용이 다시 말했다.

"류그네라스가 말라죽은 것은 지하의 용맥(龍脈)이 끊어진 탓이다. 그러니 가지의 활착에는 우선 그 용맥을 찾는 일이 선결되어야 한다. 하지만 그것이 전부가 아니지."

맥을 놓고 있던 네그레즈였으나, 이 너무나도 중요한 이야기에 다시 생기가 돌아오는 표정이 되었다. 모두가 용을 주목하였다. 그의 말이 이어진다.

"하지만 남은 하나는 그저 알려줄 수 없다. 아까 말한 선택을 하여라. 실마리를 주자면, 시야프리테가 이미 그 해답에 상당히 다가갔다."

모두의 얼굴이 시야프리테에게 향했다. 그러나 영문을 모르는 소녀는 눈을 동그랗게 뜨고 열없이 가지를 품에 안는다.

제 8장

바르바크가 투구를 벗어 던졌다는 소문은 금세 시우부름 전체로 퍼져나갔다. 그가 이끌던 오십의 병단원들은 그들의 장수가 선언한 바에 전적으로 동의했으며, 다른 부대원들은 물론이고 아직 소속이 잡히지 않은 보충병들과 어린 고블린들에게 그 주장을 부지런히 전하고 다녔다. 때문에 본래는 조용해야 할 겨울 요새의 곳곳에서 때아닌 논쟁들이 활발하게 벌어졌고, 그 것이 지나쳐 이따금 과격한 다툼도 벌어졌다. 각 부대의 십장들은 이를 부지런히 단속하고 다녔으나 불붙기 시작한 토론의 열기를 잠재우기엔 역부족이었다. 무엇보다, 그것을 금지할 명분 자체가 없었다.

이제 뉘르뉴와의 약속으로 인해 시우부름 숲이 금림(禁林)으로 묶인지라, 땔나무를 구하기 위해 두카르와 보충병들을 이끌고 며칠간 드리츠 인근의 바깥 숲까지 다녀온 아우케트는 뒤늦게야 이 사태를 접했다. 두카르를 데리고 소우라케와 가르아트를 찾아간 아우케트는 그들로부터 사정을 듣고 난 뒤, 한동안 찌푸린 표정으로 침묵하다가 말했다.

"이게 무슨 짓들인가? 나는 그럴 의향이 없다."

그러자 다른 오십장들의 표정이 일변했다. 소우라케가 삼엄하게 말한다.

"방금 그 말을 취소해라. 나는 너를 존중하지만, 이 말만은 명백히 너의 실수이다."

두카르와 가르아트도 같은 생각이다. 아우케트는 여전히 찌푸린 표정을 풀지 않았다. 그가 얼른 대답하지 않자, 가르아트가 한마디 보태었다.

"우리의 두 번째 이름이 주어졌을 때, 이미 맹세하는 이야기가 아닌가? 아래로부터의 추종과 동급자들의 합의에 따른 추천, 그리고 도전을 거부할 모든 권리를 잃는 것이다. 칸의 이름과 아디우크의 이름이 그것을 증명한다."

그랬다. 이것이 고블린의 사회에서 부하를 이끄는 상급자가 된다는 것의 의미였다. 한 마디로, 아우케트는 현재 동료들의 추천을 거부할 수 없다. 그가 정히 뜻을 굽히지 않는다면 바르바크처럼 투구를 벗는 수밖에 없었다. 이 사실을 익히 잘 알고 있음에도 아우케트는 뱉은 말을 주워 담으려 하지 않았다. 다만 이렇게 묻는다.

"바르바크는 어쩌고 있는가?"

"……자신의 방에 틀어박혀 있지. 누구 말도 듣지 않는다."

소우라케의 대답이었다. 아우케트는 한숨을 내쉬고 말했다.

"그의 체면을 살려줄 수 있지 않은가? 내가 의향이 없다 한 것은 오십장 하나를 이런 일로 버려가면서까지 이백장이 되고 싶지 않다는 것이다. 백오십 대 백으로, 바르바크가 지적한 바는 문제가 없다. 오히려, 이백장이 세워지면 남은 하나의 오십장이 문제 아닌가? 다들 바르바크가 투구를 벗는 것 외엔 선택할 수 없게 해 놓고 통보한 것이나 마찬가지다. 왜 좀 더 신경 써 사전에 대화하지 않았나?"

소우라케와 가르아트가 난처한 듯 서로를 마주 보았다. 두 카르는 턱을 긁으며 홀로 생각에 잠긴다. 아우케트가 다시 말했다.

"내가 만나보겠다. 다들 기다려라."

이런 상황에서 바르바크의 얼굴을 보는 건 아우케트로서도 불편하기 짝이 없는 일이다. 게다가 그 자신은 아무 짓도 안 하고 미움을 산 셈이니, 오히려 억울하다고 할 수 있었다. 그럼에도 아우케트는 자신이 나설 수밖에 없다는 것을 안다. 평소 바르바크의 성정을 생각해 보면 더욱이.

"왔나, 임금님."

아우케트가 홀로 요새의 복도와 계단을 지나 그의 방에 이르자, 드리운 양가죽이 바람에 펄럭이는 채광창을 향해 홀로 돌아 앉아있던 바르바크가 용케 알아채고 말했다. 그는 모든 무구를 완전히 벗고 말코손바닥사슴의 털가죽으로 된 옷을 걸치고 있었다. 그 행색만으로도 완강한 결의가 느껴진다.

"나를 그렇게 부르지 마라. 대화하러 왔다."

아우케트가 대답하며 방으로 들어섰다. 그러고는 별다른 양해도 구하지 않고 밀랍을 먹여 광을 낸 그루터기 걸상을 끌고 와 바르바크의 맞은편에 털썩 깔고 앉았다. 바르바크는 불쾌한 듯 뺨을 한차례 실룩였으나 아무 대꾸 없이 아우케트만 노려봤다.

"투구를 다시 써라, 바르바크. 너의 십장들은 아무도 너를 대신할 생각이 없어 보였다."

아우케트가 말했다. 바르바크는 나직하게 일갈한다.

"집어치워! 제깟 것들이 처음이나 그럴 테지. 곧 표결에 들어가지 않고 배길 것 같으냐."

"이러는 이유가 뭔가?"

"몰라서 묻나!"

"정말로 몰라서 묻는 것이다. 전통에 관한 고집인가? 아니면 형제들이 자네를 고립시키고 뜻을 같이 한데 대한 분노인가? 혹은 나에 대한 악감정인가?"

바르바크는 얼른 대답하지 않고 그저 아우케트만 노려보며 재차 뺨만 실룩거렸다. 한동안 그렇게 형제를 노려보던 바르바크는 갑자기 탁 하고 시선을 물리더니 투덜거리듯 말했다.

"……나를 말로 설득할 생각일랑 그만두어라, 아우케트! 그 정신 나간 인간의 딸과 어울리더니 맛이 들렸나? 언제까지 그 헛바닥으로 이 평화를 일궈나갈 수 있을 것 같나? 처음에는 거래를, 그다음에는 농사를, 그다음은 뭐지? 종래에는 무장해제를 당하고 저들이나 혹은 저들에 준한 힘을 가진 자들에게 복속되지 않으리라 어찌 장담하나? 그 파국에서도 언변이 우리를 구해주겠나? 나는 근래의 이 흐름이 전혀 마음에 들지 않는다!"

"나는……."

"아무 말도 하지 마라, 듣지 않겠다!"

이렇게 외친 바르바크는 벌떡 일어나더니 아우케트를 꼿꼿이 노려보았다. 멀거니 그를 쳐다보던 아우케트는 마침내 한숨을 내쉬고 말했다.

"그렇다면 참으로 할 수 없지. 결투를 신청한다."

"결국 그래야겠지!"

바르바크가 기쁜 듯이 으르렁거린다.

오십장 둘의 공식적인 결투 소식이 눈 덮인 시우부름 요새를 뒤흔들었다. 최소의 경계병력만 남긴 고블린들은 이 드문 결전을 구경하기 위해 연병장에 새카맣게 몰려들었다. 비전투 계층인 어린 고블린들과 여성들까지. 지난 며칠간 아우케트의 부하들과 바르바크의 부하들 사이에 벌어진 논쟁과 소란을 모두가 익히 알고 있었기에, 이는 피할 수 없는 결착으로 여겨졌고 그래서 아무도 반대하지 않았다.

"무엇을 걸 것인가?"

오십장 가운데 최연장자인 가르아트가 물었다. 아우케트가 대답하기도 전에, 바르바크가 잽싸게 소리 질렀다.

"패자는 투구를 벗을 뿐이다!"

그러자 아우케트가 말했다.

"그게 무슨 소린가? 자네는 이미 투구를 벗겠다고 했다. 내가 자네 투구를 벗기고자 했다면 애초에 이 결투는 내게 아무 가치가 없다."

맞는 말이다. 바르바크는 떫은 표정으로 말없이 아우케트를 바라보았다. 아우케트가 이어 말했다.

"패배의 짐을 논하지 말고 승리의 대가를 말하지. 자네가 이겼을 때 내가 투구를 벗길 바라나?"

"그렇다."

"나는 내가 이겼을 때 자네가 투구를 다시 쓰고, 내가 백오십장에 응하되, 자네가 백장에 임하기 바란다."

그러자 일제히 좌중이 술렁였다. 이건 아우케트에게 그저 불리하기만 한 조건인 것이다. 바르바크는 어차피 투구를 벗겠다고 했으니 진다고 하더라도 잃을 것이 없다. 아니 오히려, 질 경우 얻는 것이 생긴다. 그러니 이 황당무계한 이야기를 듣자마자 소우라케와 두카르가 동시에 치고 나와 이의를 제기했다.

"이게 무슨 말도 안 되는 이야기야! 이런 결투가 어디 있나!"

두카르의 외침이었다. 소우라케도 거든다.

"아우케트, 자네가 백오십장이 된다고 해서 그를 백장에 임명할 권리는 없다. 그것은 어디까지나 다른 오십장 하나의 동의가 필요한 일이 된다!"

"알고 있다, 소우라케. 물론이지."

아우케트가 답했다. 하지만 이 가운데 가장 당혹하고 동시에 분노한 것은 바르바크였다. 잠시 아연해 있던 그가 노해 소리 질렀다.

"이, 뭐 하자는 수작이야! 나를 졸렬하게 만들 셈인가! 내가 아무것도 걸지 않고 결투에 임할 것 같은가! 받아들일 수 없다!"

"그런가? 그럼 결투는 없었던 것으로 하지."

아우케트는 별일도 아니라는 식으로 대꾸했다. 그러자 또다시 좌중이 파도치듯 술렁였다. 아우케트를 제외한 오십장 넷은 모두 영문을 모르겠다는 표정이 되었다. 바르바크가 이를 바득바득 갈더니 소리쳤다.

"장난하나! 너는 도대체 전통을 뭐로 아는 것인가?"

그러자 참 별나게도, 아우케트가 씨익 웃었다. 그러더니 천천히 모두를 돌아본 그가 말했다.

"그래, 이제 이야기를 들을 마음이 생겼는가?"

바르바크는 순간 화낼 기운도 잃고 어이없는 표정이 되어 아우케트를 망연히 바라보았다. 그제야, 뒤늦게 바르바크는 아우케트가 왜 결투를 하자고 했는지 깨달은 것이다. 처음부터 이 이상한 고블린은 그와 싸울 마음이 없었던 게 분명하다. 귀를 막고 이야기를 듣지 않겠다는 바르바크를 불러내 모두의 앞에 세우고, 호전적인 그의 성품을 자극하여 이 상황을 만든 것이다. 그저 어떻게든 아우케트의 면상에 주먹을 꽂아 넣고 싶었던 바르바크가 이러한 앞뒤를 잴 수 있었을 리 없다. 눈을 돌려 한결같이 자신을 응원하는 눈빛의 부하들을 본 바르바크는 어쩐지 헛웃음이 나왔다. *저런 바보 같은 자식들.*

산채의 거의 모든 고블린들이 이 상황을 둘러싸고 구경 중이다. 앞서 스스로 졸렬하게 만들지 말라고 외친 것은 그 자신이다. 투구를 벗을 각오까지 했었으나, 옳고 그름이나 명분을 무시할 만큼 용렬한 바르바크는 아니었다. 마침내 그는 약간 탈력된, 실로 기묘한 패배감을 느끼며 아우케트를 바라보았다. 그가 말했다.

"듣지. 하지만 들을 뿐이다. 따른다는 말이 아니다."

아우케트는 여전히 씁쓸하게 웃어 보이며 말했다.

"어련하겠나."

대화가 시작되었다.

영주가 떠난 피어클리벤 성은 겉보기에 조용했다. 그러나 고블린의 요새만큼, 이곳도 내부적으로 홍역을 치르고 있었다. 전체적으로 일손은 줄어들었지만 노아크와 아룬드, 스벤이 하던 일들을 여전히 누군가의 손길을 기다리는 까닭이다. 영주의 권한대행인 아셰리드는 일체의 행정적 결재를 총괄하였으나 몸이 약한 그가 할 수 있는 일은 거기까지가 한계였다. 결국, 시그리드가 곁에 달라붙어 대민적이거나 대외적인 일들을 거들지 않을 수 없었다.

"그건 알겠는데, 왜 또 저를요?"

영주의 집무실로 불린 울리케가 물었다. 아셰리드는 노아크가 쓰던 벽난로 앞 협탁에 앉아 언짢은 표정으로 서류를 들여다보고 있었고, 마법 고문인 시그리드가 영주의 책상에 앉아있었다. 문관 에이드리크와 비서 오토는 서가에 달라붙어 무언가에 부산하다. 벽난로의 온기만으로는 부족하여 모포까지 뒤집어쓰고 있던 아셰리드가 관자놀이를 두들기다 말했다.

"네게는 일단 고블린 대사라는 직함이 있지 않느냐? 설마하니, 그걸 장난으로 여겨온 것은 아니겠지?"

"결코 아닙니다, 어머니."

울리케가 단호하게 대답하였다. 빈정거리던 아그니르에게 그렇게 선언했던 게 그 자신이었다.

"그 직함이 유명무실해질 것 같지도 않고, 오히려 앞으로 점점 더 중요하게 작용할 게 뻔하다. 그러니 그와 같은 공무를 제대로 수행하려면 그와 유사한, 그리하여 상호 도움이 될 역할을 병행하는 게 좋지 않겠느냐? 솔직히 말하자면 일손이 달린 까닭도 없지 않다마는."

울리케가 배시시 웃으며 말했다.

"알겠어요. 그래서 무엇을 맡기실 생각이죠?"

"진흥행정관(振興行政官)을 맡아라."

울리케는 잠시, 그로서는 드문 표정인 멍청한 얼굴이 되었다.

"……송구합니다, 그게 뭐죠?"

이윽고 정신을 차린 울리케가 묻자, 여태 표정을 구기고 서류를 보고 있던 아셰리드가 얼굴을 들더니 가볍게 미소지었다.

"모르는 것도 무리가 아니지. 보통은 잘 세우지 않는 직함이거든. 상황이 상황인 만큼 예외적이면서도 유연한 특권을 가진 관리들이 필요하다. 너는 그 직함으로서 영지 내의 모든 하급 관리들을 상대하게 된다. 그들이 하는 일을 지원하고, 올라오는 모든 보고를 검토한 뒤, 네 선에서 처리할 것들은 처리해라. 그렇지 않은 일들만 바우트 공이나 나에게 상신하면 된다."

울리케는 띄엄띄엄한 얼굴로 눈을 추켜세우고 생각하더니 말했다.

"대충 다 하라는 말씀이죠?"

"네가 게으를수록 우리 일이 늘어난다는 이야기야."

물론 울리케가 추호도 그럴 리 없다는 것을 아는 아셰리드의 농담이다. 울리케는 웃으며 고개를 끄덕였고, 이에 다시 아셰리드가 말했다.

"달슨 경이 부재이니, 송사에 관계된 것들은 일단 에길……, 아니 하우스케트 경이 다 떠맡게 되었다. 어릴 때부터 서류에 질색하였는지라 요즘 들어 그 눈망울이 참 사슴 같더군."

에이드리크가 작게 웃었다. 아셰리드가 그쪽을 힐끔 보더니 말을 이었다.

"그러니 네가 좀 도와주거라. 대필만 해 주어도 크게 고마워할 거야. 바우트 공?"

"네, 마님. 여기 있습니다."

에이드리크가 다가오더니 묵직한 양장본의 책을 협탁 위에 올렸다. 한눈에 봐도 퍽 비싸 보이는 책이다. 그리고 그것이 무엇인지를 알아본 울리케는 눈을 크게 뜨고 말했다.

"제국 법전이군요?"

"그렇습니다, 아가씨. 마침내 보실 수 있게 되었습니다."

에이드리크가 웃는 낯으로 말한다. 십 대의 초반부터 성 안의 장서는 대개 독파한 울리케였지만 유일하게 만지는 것조차 허락받지 못한 책이 바로 이것이었다. 그러니 울리케는 기쁘면서도 덜컥, 부담을 느끼지 않을 수 없다.

"네가 그걸 전부 알 필요는 결코 없구나. 서두의 대헌장과 뒷부분, 영지 자치에 관한 법률 항목만 알면 되겠다. 그러니 부담 갖지 말거라."

울리케의 표정을 살핀 아셰리드의 차분한 조언이었다. 그러나 이미, 어렵게 허락받은 책을 바라보는 울리케의 눈빛에는 은은한 탐욕이 빛나고 있었다. *책을 받았으면 다 읽어야지!*

뉘른스에크. 북부 방언으로 '북쪽의 가시덤불'을 의미하는 이 땅은 제국의 최북방에 지붕처럼 도사린 발트부름 휴화산을 경계선이자 방패로 삼아 북부의 야만족들로부터 제국을 수호한다. 발트부름의 북쪽으로 펼쳐진 끝없는 냉대림은 마수의 천국이었고, 그에 면한 이 땅 역시 전반적으로 거칠기는 피어클리벤과 별 다를 바 없었다. 다만 초지가 상대적으로 광활하게 확보된 덕에 대규모 목축이 주요한 산업이다. 거기에 피어클리벤을 포함한 봉속령을 셋 두어 그곳들로부터 올라오는 군역과 세금들을 받기에, 일 년 내내 군사 요새로서 형편을 유지할 수 있었다.

일주일에 달하는 여정이었다. 남작 노아크 피어클리벤은 행렬의 선두, 말 위에 탄 채 착잡한 표정으로 흰 설원을 눈으로 훑었다. 막힘없이 뚫린 사방 가운데라 차가운 바람이 사양 없이 불어닥치고, 이에 노아크의 곁에서 향사 슈타크가 세워 들고 있는 피어클리벤의 깃발이 할퀴어지듯 나부낀다. 남작은 찬바람에 얼굴이 새파래진 청년을 안쓰럽게 쳐다보다 행렬의 후미 쪽으로부터 말을 몰고 다가오는 스벤에게 물었다.

"언제쯤 고쳐질 것 같나?"

"금방 됩니다, 주군. 송구합니다."

그러나 보급마차의 굴대가 부러진 게 어디 그의 탓이겠는가. 이런 규모의 여정에서는 언제나 발생할 수 있는 종류의 사소한 재난이다. 그나마 뉘른스에크령에 들어선 이후 도로의 포장

상태는 양호하기에 좀 더 오래 버텼던 것이리라. 뉘른스에크는 백작령답게 모든 도로를 정성껏 포장하고 순찰대들을 주기적으로 순회시켜 그 시설의 안전을 살피며, 혹시 모를 마수 및 범죄자들의 활동을 감시하고 있다. 때문에 인적이 드문 지역이지만 도로의 눈도 제법 치워져 있었다.

"주군! 전방에 행렬이 다가옵니다."

슈타크의 외침에 스벤과 이야기하던 노아크가 얼굴을 획 돌렸다. 백작령에 들어선 지 이틀째건만 순찰대가 전혀 보이지 않아 안 그래도 의아하면서 조금 섭섭한 그였다. 자신은 부름을 받아 올라오는 속령의 영주다. 비상시가 아닌 한 마중을 나오는 것이 당연한 관례였다.

"늦었군."

스벤이 불만스러운 듯 중얼거렸다. 그러나 그의 중얼거림은 노아크의 귀에까지 가 닿지 않았다. 그와 함께 슈타크는 피어클리벤의 깃발을 한결 더 꼿꼿이 세우고 앞으로 나갔다. 전방 북쪽의 길 끝에서 나타난 기마 무리가 역시 그들의 기수를 앞세우고 빠르게 달려오는 중이었다.

"……기수? 순찰대가 왜 기수를……."

스벤이 의아하게 뱉은 말은 맺어지지 못했다. 잔뜩 긴장한 눈으로 다가오는 행렬을 응시하던 슈타크가 놀라 다음과 같이 외쳤던 것이다.

"어, 제……, 제국기입니다!"

스벤과 노아크의 얼굴에 놀라움이 떠올랐다. 아니나 다를까, 다가오는 행렬이 내세우고 있는 기는 선명하게 붉었다. 노안인 노아크와 스벤에게는 아직 그 문양까진 보이지 않았으나, 이제 열아홉 살인 향사의 싱싱한 눈은 그 펄럭이는 도안을 알아본 것이다. 스벤이 물었다.

"확실하냐?"

"예! 제국기가 틀림없습니다!"

제국기라면 중앙의 누군가가 다가오고 있다는 뜻이 된다. 스벤은 그의 주군을 쳐다보았고, 그 시선을 느낀 노아크가 말했다.

"누군지 알고 예를 따져도 무리가 없지. 기다리세."

스벤은 징집병들을 이끄는 병사들을 부르기 위해 행렬의 후미 쪽으로 다녀왔다. 부서진 마차 곁에서 하인들과 머물고 있던 아룬드를 포함, 최고참인 병사 아드손과 이하 병사들이 말을 타고 다가왔다. 최후미에 발리엇과 함께 있던 디드리크 역시 헐레벌떡 말을 몰아왔다.

피어클리벤의 일행들이 맞이할 준비를 마칠 무렵, 다가오던 기마 행렬도 지척에 이르렀다. 모두 열둘의 기수였고, 경무장이었으나 수준 높은 장비들로 번쩍거린다. 횡행하는 바람에 펄럭이는 제국기의 문장이 또렷하게 위엄을 들이대었다. 기수를 제치고 맨 앞으로 먼저 나선 것은 일전에 아셰리드를 피어클리벤까지 호위했던 뉘른스에크의 기사, 헨릭이었다. 그가 말을 이끌고 바로 앞으로 다가왔다.

"어서 오십시오, 남작님! 마중이 늦은 것에 사과드립니다."

"우서베르트 경."

노아크가 그의 환영에 응했다. 아룬드도 그를 알아보고 반가운 표정을 짓는다. 남작은 헨릭의 어깨너머, 제국기를 힐끗 보고 말을 이었다.

"사정이 있었던 것으로 이해되는군."

"알아주시니 기쁩니다."

헨릭은 안도와 하소연이 뒤섞인 얼굴로 답했다. 그리고는 뒤를 쳐다보고 고개를 끄덕이더니 고삐를 당겨 행렬의 옆으로 물러났다. 그런 그가 소리 높여 외쳤다.

"모두 예를 갖추시오! 라프시르그 시그렐, 아우스뉘르! 제2황자께서 납시었습니다!"

중요 인물일 거라 예상은 했지만 이건 너무 날벼락이었다. 그래도 노아크가 침착하게 응한 덕분에 일행은 우왕좌왕하는 추태를 면할 수 있었다. 그들의 주군이 하마하는 것과 동시에 잇따라 아룬드와 기사 스벤 및 향사 슈타크, 그리고 그 뒤에 서 있던 상비군 전원이 말에서 내려 앞으로 나섰다. 일행의 맨 앞으로 나간 노아크는 공손히 몸을 굽혀 충성의 예를 올렸다. 그 옛날, 그가 뉘른스에크 백작에게 올린 이후 처음 재현하는 예법이었다.

"그대가 피어클리벤인가?"

전혀 화려하지 않은 복장과 무구들 덕에, 여태 기수들 가운데서 평범한 듯 섞여 있던 황자가 말을 다그쳐 앞으로 나오더니 이렇게 물었다. 스물 중반이나 되었을까, 아룬드와 거의 같은 연배인 듯 젊고 어딘지 선이 가는 인상이었다. 노아크가 선명히 답하였다.

"그러합니다, 전하. 아우스뉘르의 광영 아래 여덟 대째의 복록을 누리고 있사옵니다."

"거친 땅에 한결같이 안녕을 머물게 하는 것은 그대와 같은 목민관들의 기량이지. 지극한 수고를 다하느라 고생이 많다."

"참으로 망극하옵니다."

일면식도 없는 황자와의 첫 만남이었다. 노아크는 어쩔 수 없이 긴장하고 있었으나 라프시르그의 어조엔 일체의 오만함이나 가시가 느껴지지 않았다. 황자가 바닥에 꿇은 이들을 살피더니 다시 말했다.

"행렬이 멈춰 있던 까닭이 무엇인가?"

"마차에 문제가 있어 지체하던 참이옵니다. 나서서 맞이하지 못한 무례를 탓하소서."

"기술적인 문제였는가? 다행이다. 다치거나 아픈 이가 있는 게 아닌가, 걱정했노라. 그러면 날도 추운데 그만 예를 거두고 행장을 다그치지."

노아크는 잠시 어리둥절했으나 라프시르그는 빈말을 한 것이 아니었다. 힐끗 헨릭의 얼굴을 살피니 묘한 낯빛으로 고개를 끄덕이는 게 보였다. 노아크가 망설이는 기색을 보이자 황자는 재차 말했다.

"역시 내가 있는 것이 불편한가? 이대로 말을 돌려 되돌아가는 것이 낫겠는가?"

"아니옵니다."

노아크는 황급히 대답했다. 그거야말로 무례 가운데 무례일 것이다. 할 수 없이 그는 무릎을 펴고 일어났고, 스벤과 병사들도 이를 따랐다. 병사들은 다들 약간 혼이 나간 얼굴이었으나, 스벤이 눈치껏 채근하여 고장 난 마차 쪽으로 향하게 한다. 노아크의 눈길을 받은 아룬드는 눈치 빠르게 뛰어가 행렬의 중앙쯤에서 여태 사정을 모른 채 마차에 타고 있던 유레에게 이 사실을 전하였고, 이내 보고를 받은 유레 역시 창백한 얼굴로 세 아이와 하인들을 데리고 나타나 예를 올리게 되었다. 라프시르그는 웃으며 그들을 맞이했다. 어느 모로 보나 선량하기만 한 태도인 것이 자연스레, 그를 처음 보는 모두의 호감을 산다.

"출발 준비가 되었습니다!"

앞선 스벤의 보고대로, 마차가 다시 움직이게 되는 데는 그리 오랜 시간이 걸리지 않았다. 아드손의 외침과 함께 여태껏 멈춰 있던 피어클리벤 행렬이 드디어 앞으로 나가기 시작했다. 황자와 함께 나타난 기수들이 맨 앞에서 제국기를 들고 인솔하였고, 라프시르그는 자연스럽게 노아크의 곁에서 말을 몰았다. 헨릭과 아룬드, 스벤이 나란히 그 뒤를 따른다.

"내가 왜 변경백의 땅에 와 있는지 궁금하지 않은가?"

황자가 노아크에게 물었다. 농담하듯 가벼운 목소리였으나 질문을 받은 남작은 결코 가볍게 응할 수가 없었다. 안 그래도 황자의 존재를 안 순간부터 줄곧, 그 머릿속으로 생각해오는 의문이었다. 그러나 설령, 이유를 짐작한다 해도 곧이곧대로 말하기는 힘들 것이다.

"……짐작하지 못하고 있습니다."

"누이 닐스그림도 와 있다네."

노아크는 낯빛에 변화를 주지 않으려 애쓴다. 이럴 때 적지 않은 나이는 도움이 되나, 다만 뭐라 대답해야 할지 채 떠오르지 않았다. 다행히 황자는 자연스레 말을 잇는다.

"이번 동절기 소집령은 뉘른스에크의 세 속령 모두에 전해졌다. 거기에 더해 용병단 둘도 계약되었지."

그의 말을 들은 노아크와 스벤, 아룬드의 눈이 크게 떠졌다. 그렇다면 상당한 대규모 소집이다. 의례적인 훈련이 아닌 것일까? 라프시르그는 뒤를 힐끔 돌아 모두의 낯빛을 살피더니 다시 말을 이었다.

"이 일의 규모에 비해 피어클리벤은 아주 적게 소집된 것이다. 여러 사정을 고려했다네."

황자가 말하는 '여러 사정'이라는 것이 노아크의 상상력을 들끓게 했다. 그의 대화가 도대체 어디로 이어질까에, 모두의 이목이 집중되었다. 노아크가 조심스레 한마디 한다.

"훈련이 아니옵니까?"

"훈련은 맞다, 남작. 다만 대규모로 할 필요가 있는 것이지. 최근, 극북(極北) 순찰대가 흐리뉼들의 비상한 움직임을 포착하였다. 여러 부족이 남하하여 집결하고 있다고 한다."

흐리뉼은 일반적으로 제국인들에게 북부 야만인들이라 칭해지는 민족이다. 제국의 성립 시기에 복속을 거부하고 황제 셰이위르와 스미드레드에 패퇴 당해 쫓겨간 이들로, 이후 지난 수백 년간 간헐적으로 크고 작은 내침을 시도해왔다. 예전 앞서 시야프리테가 어르매라 이른, 바로 그들이다.

"그것이었습니까……."

약간 탄식하는듯한 목소리로 노아크가 말하였다. 북부 야만인들이 공격해온다면 제1 방어선은 단연코 뉘른스에크가 된다. 백작령이 뚫릴 거라는 상상은 하기 힘들지만, 그 속령인 피어클리벤은 마땅히 책무를 다해야 한다. 그러니 정말로 공격이 시작된다면 앞으로 영지의 살림이 몇 곱 더 힘들어질 게 자명하다. 영주로서 노아크가 반길 까닭이 없다.

"폐하는 심히 우려하시네만, 필요 이상의 걱정은 아니 하시네. 뉘른스에크의 방패는 언제나 든든하였지. 안 그런가, 피어클리벤 남작?"

"그러합니다."

그리고 황자는 한동안 입을 다물었다. 먼저 말을 걸기도 어색하기 짝이 없는 탓에, 일행은 한동안 그저 침묵 속에서 바람과 말발굽 소리만을 반주 삼아 앞으로 나갔다. 스벤과 아룬드는 이따금 묻는 표정으로 헨릭을 보았으나, 그 역시 어색하고 난처한 표정을 지어 보일 뿐, 무어라 말꼬를 트지 못했다. 물론 황자의 바로 뒤에서 그들끼리 멋대로 대화를 할 수도 없는 일이긴 했다.

앞서 나눈 대화는 결국 왜 이곳에 황자가 있는지를 설명하지 못한다. 단지 대규모 훈련에 대한 참관일까? 물론 그럴 수도 있겠다. 하지만 시기가 시기인 만큼, 그런 단순한 이유이리라 낙관할 수 없는 것이다. 하지만 그렇다고 섣불리 뭘 물을 수도 없고, 노아크는 그저 눈치만을 살필 따름이었다.

한참이나 침묵 속에서 말을 몰던 라프시르그는 마침내, 무언가 결심한 듯 입을 열었다.

"남작, 경은 황실의 충신인가?"

노아크는 순간 살짝 오싹하였다. 출발 직전, 용 빌러디저드가 그에게 건넨 말과 같은 질문이었다. 하지만 그때와 같은 대답을 할 수는 없다. 다행히, 노아크는 용과 달리 거짓말을 함에 있어 자유로운 인간의 아들이다. 그는 부드럽게 대답했다.

"어찌 아니겠습니까?"

"아닐 수도 있지. 지방의 호족 가문은 다단한 충성서약의 얼개로써 제국에 이바지할 뿐, 모두가 황실의 직접적인 속령인 것은 아니니까. 우리가 오늘에서야 처음 만난 것처럼, 이 구조는 그리 단단하지 않지. 경은 폐하를 배알한 적은 있는가?"

일면 냉소적이기까지 할 만큼 담백하게 사실을 지적하는 황자의 이야기였다. 노아크를 포함한 일행은 모두 조금 충격을 받았다. 재빨리 그 충격을 수습한 노아크가 대답하였다.

"그런 영광을 미처 누리지 못했습니다."

"내가 아는 대로군. 심히 안타까운 일이다."

라프시르그의 목소리에는 진심으로 그런 기색이 묻어났다. 그의 말이 이어졌다.

"폐하의 대에서는 지방 호족들에 대한 자치권 존중이 과하다 못해 방치에 가깝도록 운영되었다고 생각하네. 중앙과 지방의 협력이 지금보다 긴밀해진다면, 개척도 한결 가속화하고 영지의 살림도 빠르게 개선될 수 있으리라 본다. 아니 그런가?"

"참으로 탁견이십니다."

노아크가 다소 입에 발린 소리를 했다. 아직까지 황자의 의중을 파악하기가 모호하였다. 라프시르그는 남작의 공치사를 알아들었는지 살짝 유감스러운 표정으로 눈을 맞춰오며 웃었다. 황자가 말했다.

"내가 불쑥 마중한 것만으로도 이미 충분히 놀라게 했겠지. 나는 사람을 놀래주는 취미는 없네. 그러니 예정된 것들을 공연히 감추지 않겠네, 피어클리벤 남작. 뉘른스에크에 도착하는 대로 폐하께 일임받은 나의 권한과 누이의 정무적 동의, 그리고 변경백의 후견 아래 그대의 승작(陞爵)식이 있을 것이다. 그대의 땅은 내일부로 피어클리벤 백작령이다."

노아크는 아연하여 아무 말도 하지 못했다. 뒤에서 따르며 듣고 있던 아룬드와 스벤 역시 마찬가지였다. 백작위가 된다는 것은 이전처럼 뉘른스에크에 속하는 것이 아니라 중앙 황실에 직접적으로 복속됨을 의미한다. 물론 변경백의 지위가 일반 백작보다는 높긴 하므로 관례적 위계상 뉘른스에크가 여전히 살짝 더 높다. 황자의 목소리가 한결 더 높게 울려 퍼졌다.

"사양은 폐하께서 허락지 않으시네. 변경백의 동의도 받아두었지. 비록 피어클리벤과 황성이 제법 먼 곳이지만, 이는 사소한 문제라 본다. 거기다 이번 승작은 당장에 한한 것이고, 차후에는 적당한 공을 달아 궁정백을 거쳐 후작에 이르겠지. 대강 그런 흐름을 예상해두게."

노아크는 불식 간에 살짝 입술을 깨물었다. *이런 것이었나……?* 잠자리를 뒤숭숭하게 할 만큼 융숭한 대접을 받을 것이라는 시그리드의 말이 떠올랐다. 그 말대로, 날벼락 같은 이야기를 건네는 황자의 얼굴에는 어떤 악의도 내비쳐지지 않았다. 오히려 절실한 기색마저 풍기는 것이다.

"남작."

"말씀하십시오, 전하."

노아크가 살짝 갈라진 목소리로 대답했다. 삭풍 때문만은 아니었다. 황자는 진지한 얼굴로 말했다.

"그대는 용이 거하는 땅의 주인이다. 이는 마땅한 일이라네. 헤아려주게."

고백인 듯 요청인 듯, 라프시르그 황자의 말이었다.

성의 모두가 변동된 직책과 부족한 일손으로 인해 부산했다. 용과 마법사의 존재 덕에 그나마 부족해진 상비군 숫자는 그리 문제 되지 않았지만, 영지의 살림에 관한 문제들만큼은 오롯이 세 여자를 향했다. 다만 이들을 돕는 에이드리크는 유능한 문관이었고, 그가 도와야 할 세 사람은 그 못지않게 유능한 이들임이 곧 밝혀졌다.

이전부터 남편인 노아크를 도와 공무에 관한 논의를 해왔고 때때로 결재를 대행하기도 했던 아셰리드는 그 체력적인 문제만을 제외하면 아주 빠르게 업무에 숙달하였다. 시그리드는 실무에 관해서 그리 높은 학식이나 경험을 갖고 있지 못했음에도 마법사 특유의 통찰과 이해력, 그리고 판단력을 보임으로써 에이드리크의 신뢰를 얻었다. 한편 진흥행정관이라는 생소한 직함을 달게 된 울리케는 생각 끝에 공관의 일인실 하나를 지정하여 자신의 집무실로 삼아버렸다. 잠자리와 일터는 구분되어야 한다는 그 나름의 고집이 반영된 결과였지만, 사실은 약간의 사심도 끼어든 결정이었다.

"저희는 무식한 모험가들입니다."

라그나가 말했다. 징세관이 피어클리벤 일곱 마을의 월동 식량 비축분과 종자 보유량에 관한 보고서를 올리고 나간 직후였다. 울리케는 탁자에 앉아 그것들을 살펴보고 있었고, 브뢴힐데는 화로의 불을 살피며 주전자에 물을 끓이는 중이었다. 랄로프는 문가에 서서 왠지 슬픈 표정을 짓고 있다. 울리케가 말했다.

"모두 글을 알지 않는가? 일전에 베르벳……, 의 쪽지를 읽어 냈잖아."

"저는 아닌데요. 저는 아닙니다."

울리케가 묻자, 랄로프가 손사래를 치며 부정하였다. 라그나는 그를 흘끔 돌아보더니 울리케에게 말했다.

"유세트 경이 이곳에 머무는 통에 저희가 일 없는 한량이 되긴 하였습니다만, 하고 많은 일 중에 서류 업무입니까? 차라리 영지 내 마수 소탕 정도를 시키시지요. 정기 순찰도 좋고 경계 임무도 좋습니다."

뒤에 서 있는 랄로프의 얼굴에 격렬한 동의의 빛이 떠오른다. 책상물림을 할 바엔 죽고 말겠다는, 결연한 의지가 빛나 보였다. 울리케는 피식 웃으며 대꾸하였다.

"그것은 고블린과 영내 인력으로 이미 충분하다. 유사시 유세트 경도 있고, 심지어 길가네스의 가지들도 도움을 줄 수 있지. 숙련된 모험가들을 그런 일에 투입하는 건, 아무리 생각해도 과잉하다."

"그렇다고 서류 작업입니까?"

라그나는 부드럽게 말하고 있었지만, 이 일에 대한 거부감은 랄로프 못지않은 듯했다. 울리케는 여전히 미소 띤 얼굴로 대답했다.

"결코 서류 작업을 부탁하려는 게 아니야. 나는 모두에게 자문을 구하려는 것이다. 다들 여러 영지와 도시를 다녀봤겠고, 출신 계층도 다양하잖은가? 분명히 입체적인 관점을 제시할 수 있을 것이다. 그리고 일단은, 가장 선결해 둘 큰 업무로 피어클리벤 영지 전체에 걸친 세밀한 작도(作圖)를 생각하고 있다."

"지도를요?"

라그나가 묻더니 생각에 잠긴다. 일전 그들이 뉘르뉴의 숲을 조사하러 처음 나서던 길에 성에서 빌렸던 영내의 지도는 부실하기 짝이 없었다. 지형지물에 대한 어느 정도의 참고는 되었으나, 현장을 답사하며 실제로 일에 써먹기에는 전혀 신뢰할 만한 정밀도를 제공하지 못한 것이다. 그러니 라그나 역시 그 필요성에 동의한다. 울리케가 말했다.

"쉽지는 않은 일이겠으나 유세트 경을 따르던 그대들은 가능하리라 보고, 또한 최적임자라 생각한다. 영지의 정밀한 지도는 모든 행정업무를 추진함에 있어 중요한 기반이고, 가치가 있지 않은가?"

"그렇습니다. 농지의 면적계산을 정확히 할 수 있으면 공평한 징세의 근거로 삼을 수 있고, 군사 작전의 입안에도 무엇보다 유용하죠. 괜찮은 과제를 포착하셨군요."

명백히 신분이 낮은 라그나가 울리케를 칭찬하는 광경이었다. 하지만 아무도 그것을 이상하게 여기지 않았다. 울리케 또한 기꺼이 칭찬받은 소녀의 얼굴을 한다. 그가 입을 열었다.

"그리고 이 일이라면 류그라들도 돕게 할 수 있을 것이다. 그들 또한 앞으로를 생각하면 영지 전반의 지리에 익숙해 둘 필요가 있지. 게다가 지팡이의 보조 없이 답사를 나서는 것은 아무래도 위태로우니까. 나는 이번 겨우내 그대들과 류그라들을 붙여 영지 전반과 일곱 마을에 대한 시찰을 시킬 생각이다. 앞서 말한 지도 제작과, 지팡이를 이용한 대민 의료 지원이 주된 임무다."

"좋은 묶음이군요."

라그나가 고개를 끄덕였다. 안 그래도 줄곧 성에 처박혀 있느라 좀이 쑤시기 짝이 없었다. 따뜻한 불과 음식, 튼튼한 천장은 달가운 것이지만 그 이상으로 무료한 노릇이다. 여기에 불만이 생기지 않는 인간이라면 애당초 모험가를 할 수 없는 것이다. 다시 울리케의 말이 이어졌다.

"하지만 그 일의 출발에 앞서, 모두가 이 보고의 내용을 좀 봐두어야 해. 생각 같아서는 새로이 갱신될 지도안에 세밀한 영지 개척상황과 농지별 토지산출력, 각 마을의 호구 정보 및 마수 출현과 분포에 따른 통계까지 싣고 싶지만……."

"세상에, 아가씨. 그건 겨우 내로는 무리입니다. 그리고 저는 그런 엄청난 지도를 본 적이 없습니다. 무슨 야심 찬 계획이십니까?"

라그나가 감탄인지 질책인지 모를 말을 했다. 울리케 또한 그 것이 무리임을 짐작하고 있었기에 별달리 반응하지 않았다. 그 저 고개를 기울인 채 머릿속으로 이런저런 생각과 계산을 해 볼 뿐이다. 이제 열일곱에 지나지 않는 울리케이지만, 살림의 기본이 '파악'에서 출발함을 아주 잘 알고 있었다. 이 일은 사실 그가 부여받은 직책에 따르는 임무가 아니었다. 울리케는 자발 적으로 통치와 행정에 요구되는 기반정보를 스스로 만들어내 려 하고 있었다. 물론, 그는 아직 그러한 자각이 전혀 없다. 이 는 순전히 그의 개인적인 욕심과 취향에 보다 가까웠다.

"천천히 해야지. 한 번에 다 도는 것은 여러모로 무리일 테고, 류그라들을 막무가내로 끌고 다니는 것도 또한 무례한 일이니, 영지를 일곱 마을과 몇 구획으로 나누어 한 장소에 대한 답사 가 끝날 때마다 성으로 귀환하여 휴식과 보급을 행하면 좋을 거야."

"그리고 그때마다 아가씨께 보고를 올리면 되겠습니까?"

"그러하다."

"보고는 서면이어야 되겠군요?"

"물론이지."

"브륀힐데의 필체가 좋습니다."

그러자 그때까지 벽난로 앞에 쪼그리고 있던 브륀힐데가 획 몸을 돌렸다. 그가 말했다.

"저, 대강은 읽을 수 있지만 쓰기는 그렇게 자신 없어요."

"괜찮아. 내가 초벌로 쓴 것을 대필하기만 해 주면 돼. 내 필체는 너무 엉망이니까."

라그나가 달래었다. 브륀힐데는 조금 민망한 표정을 짓고는 더 이상 거부하지 않는다. 랄로프는 이 대화에서 완전히 소외되어 있었지만, 그에게 그 이상 기쁜 일은 없었다.

그렇게 해서, 울리케가 입안한 이 지도 제작 사업이 시작되었다. 그에게 부여된 직함과 재량은 아셰리드나 시그리드에게 이 일에 관해 보고할 것을 강제하지 않는다. 그럼에도 울리케는 잠깐 고민하다가 마법 고문에게 우선적으로 자문을 빙자한 보고를 올리기로 했다. 점심 휴식시간에 성의 안뜰에서 사우트 뒤집기 놀이를 하고 있던 시그리드는 울리케의 계획을 듣더니 조금 놀라는 것 같았다.

"……맹점이었군요. 지난 며칠간 생소한 일에 치여 있느라 헤아리지 못했습니다. 아가씨는 할 일을 찾아내는 재주가 있군요?"

"그거 칭찬인가요?"

울리케는 시그리드가 말하는 와중에도 기묘한 수인(手印)을 맺어가며 연속으로 사우트가 데굴데굴 구르게 하는 것을 보았다. *뭐지, 이건 마법인가?* 도무지 쓸모를 짐작할 수 없는 재주이다. *어쩌면 업무에 지친 이 마법사만의 괴팍한 유희려나?* 시그리드가 대답했다.

"아무렴요. 그건 좋은 생각이에요. 하지만 길가네스 쪽에서 지팡이를 장기간 대여하는 일이니 좋아하진 않겠어요. 그만한 보상을 해야겠지요. 그리고 세밀한 지도 작성을 위해서는 측량의 기술이 요구될 텐데, 생각한 바가 있나요?"

"답사와 기록만 꼼꼼하게 해도 지금 보유한 것보다는 나은 지도를 만들 수 있어요."

울리케의 말은 사실이었다. 그는 애초부터 전문적인 지식이 필요한 일을 추진하려는 게 아니었다. 게다가 아주 맨땅에서 시작하는 일도 아니고, 기존의 지도에서 오류를 바로잡아나가는 성격의 일이다. 그리고 모험가들은 그 오차를 검증하고 수정하는데 가장 적합한 직군이다. 자유모험가 연맹조합이 조합원들을 상대로 가르치는 기술에 기초적인 독도와 작도법이 포함되니까.

"그 정도로 만족하십니까?"

다시 한번 개를 뒤집으며, 마법사가 물었다.

"고문께서야 말로 생각하신 바가 있나요?"

울리케가 되묻는다. 마법사는 수인을 풀고 품속에서 육포 하나를 꺼내 사우트에게 던져주며 말했다.

"내가 가면 더 좋겠지만……, 아무래도 시야프리테에게 조감술(鳥瞰術)을 가르쳐야 할 것 같군요."

"네? 에다가 류그라네스를 가르칠 수 있어요?"

"힘의 근원이 다를 뿐, 마법이란 수렴적으로는 같으니까요. 그가 상상할 수 있게 해 주어야 합니다. 그게 바로 마법사가 제자를 가르치는 방법이랍니다."

말을 마친 마법사는 육포를 한입에 먹어치운 사우트의 머리를 거칠게 쓰다듬었다. 울리케는 눈을 돌려 여태껏, 그들의 대화에서 완벽하게 소외되어 바닥에 자리를 깐 채 앉아 명상에 잠긴 동생, 발프리드를 보았다. 덧옷을 걸치고는 있으나 저러고 있으면 꽤 추우련만, 꼼짝도 하지 않고 앉아 눈을 감고만 있는 소년이었다.

"발프리드는 좀 어떤가요?"

당사자를 앞에 두고 평가를 종용하는 것은 예의가 아니겠다. 일반적으로는 빈말로나마 칭찬을 이끌어내자는 수작, 그러나 울리케는 시그리드가 얼마나 가차 없는 평가를 면전에서 던질 수 있는지 잘 안다. 따라서 이 질문은 어떤 교활한 의도도 없이 순전히, 있는 그대로를 묻는 것이었다. 시그리드 역시 개의치 않고 대답하였다.

"괜찮아요. 의지는 좋습니다. 몸도 점점 건강해지고 있죠. 하지만 아가씨께서 발프리드의 어떤 성취를 느끼시려면 족히 몇 년은 걸릴 거예요. 그 전까지는 그저 명상하고 물긷고 심부름하는 종자와 다를 바가 없지요. 아, 시무나리의 배움을 하긴 합니다만. 왜 그래? 오줌 마려워? 누고 와라."

마지막 말은 물론 개에게 한 것이다. 사우트는 그 말을 알아들은 것처럼 재빠르게 뒤뜰로 달려가 버렸다. 멍하니 그걸 보던 울리케가 물었다.

"일전에 발프리드가 낑낑대며 그 시무나리를 팔찌에 새기던 걸 기억해요."

"예. 단단한 북자단 나무라 고생 좀 하였지요."

둘은 동시에 몸을 돌려 꼼짝 않고 명상에 잠긴 소년을 본다. 자신의 이야기를 하고 있건만 표정에는 어떠한 변화도 없다. 신기할 정도로 그새 틀이 잡힌 모양이다. 울리케가 마법사에게 물었다.

"그런데 유세트 경, 시무나리가 고유한 언어와 문자체계를 갖는다고 했죠? 그럼 마법사들은 새로이 또 수천 자를 외우나요?"

"설마요. 시무나리의 표기는 표음문자거든요. 오십하고 다섯 자만 외우면 된답니다."

표음문자. 제국에서는 공식적으로 사용하지 않지만 울리케는 읽어본 책 가운데서 그러한 개념을 소개한 책이 있었음을 기억한다. 어린 시절, 지루한 글 익히기에 짜증이나서 스스로 글을 만들어버릴까 하는 생각도 하였던 울리케는 이후 한동안 자신만의 암호 만들기에 매달렸었다. 비록 그 터무니없는 일은 오래 지속되지 못하고 끝이 났지만, 그가 문자와 언어에 보다 흥미를 가지게 해 주었던 취미였다. 울리케가 감탄한 듯 나직이 외친다.

"표음문자! 그랬군요! 어떤 것인지 조금 소개해 주실 수 없을까요?"

시그리드는 빙긋 웃더니 바닥에서 가지 하나를 주워 땅바닥에 무언가를 휘갈기기 시작했다. 울리케의 호기심 가득한 눈이 그를 따르는 가운데, 작성을 마친 시그리드가 말했다.

"나는 방금 아가씨의 이름을 시무나리 표기법으로 썼어요."

"왜 두 개죠?"

"위에 것은, 발음대로 울—리—케라고만 적은 거예요. 그래서 세 글자죠. 아래 것은, 아가씨의 이름이 가진 원래의 의미 '번영'을 시무나리로 음차한 것이고요. 번영이라는 단어는 지역에 따라 다양한 발음으로 다르게 나타나죠. 그럼 아가씨의 이름은 울리케인가요? 아니면 번영인가요? 지역에 따라 달리 불러야 할까요?"

"……으악?"

울리케가 지적인 항복을 이런 식으로 선언하는 건 드문 일이었다. 마법사는 피식 웃으며 말했다.

"표의문자의 문제는 이것이죠. 하지만 표음문자도 한계는 있어요. 모든 발음을 표기할 수 있는 것은 아니니까요. 각기 장단점이 있답니다."

울리케는 고개를 끄덕이며 물끄러미, 바닥에 적힌 글을 보았다. 문득, 아우케트가 보여주었던 전쟁기호가 떠오른 울리케는 멍하니 생각에 잠겼다. 그러더니 갑자기 마법사에게 양해를 구하고 허겁지겁 공관의 집무실로 달려갔다 나타났다. 그의 손에는 일전에 아룬드가 선물한 수첩과 필통이 들려있었다. 의아하게 쳐다보는 시그리드에게 울리케가 말했다.

"저, 시무나리 표기법을 전부 알려주실 수 없을까요?"

어쩌면 고블린에게 글을 선물할 수 있을지도 모르겠다.

제 9장

지긋지긋한 회의는 장장 열흘을 끌었다. 아우셀바프 자유도시의 모든 조합 대표자들이 의견을 하나로 모은다는, 애초부터 가능할 리 없는 일을 그나마 어떻게든 해내는데 걸린 시간이었다. 그리젤 대신 회의에 출석해야 했던 까마귀 금고 용병단의 부단장, 구드위르는 진절머리를 쳤지만 피할 수 없는 일이었다. 그래도 결국 피어클리벤으로 향하는 예방단의 면면이 결정되었고, 간신히 각 조합과 단체의 의견이 조율되었다.

이 방문단 구성에서 까마귀 금고단은 예방단의 호위차 따라 붙게 되었지만, 그것은 어디까지나 표면적인 이야기였다. 크누드의 주도에 의해 용병단은 피어클리벤과 거래할 내용의 준비에 여념이 없었다. 그리고 이는 아우셀바프의 다른 모든 조합들도 마찬가지였다. 다들 드러내지 않은 시커먼 속내 한둘씩은 반드시 있을 것이다. 크누드는 각 조합의 상징 깃발을 내건 마차 십수대를 보며 그렇게 생각했다. 예방단은 어제 자유도시를 나서 스도룬 여각촌에서 하루를 묵은 직후였다.

"저, 말씀 좀 물을게요."

이른 아침부터 일찌감치 일어나 단원들과 함께 출발에 앞서 마필과 마차들을 점검하던 차였다. 크누드가 별안간 들려온 여성의 목소리에 고개를 돌리자, 꽤나 묵직해 보이는 가죽 가방을 짊어진 여자가 무장한 두 남자와 함께 서 있었다. 용병이지만 현직 치안 판관이기도 한 크누드의 눈썰미는 재빠르게 그들의 행색을 훑는다. 아무래도 꽤 먼 여행을 서두른 기색이 완연하였다.

"네, 어쩐 일이십니까?"

"저흰 어제 여기서 하루를 묵었는데, 이야기를 듣자 하니 피어클리벤으로 향하는 행렬이라더군요. 그래서 혹, 폐가 되지 않는다면 따라붙어도 되겠습니까? 절대 걸리적거리지는 않겠습니다."

크누드와 동년배로 보이는 젊은 아가씨는 공손하게 청하였다. 말하는 모양새나 태도 모두에서 교육받은 티가 진하다. 크누드는 상대의 신분이 결코 낮지 않으리라 생각하면서도, 그런만큼 더욱 그가 등에 짊어진 거대한 짐이 기이하게 보였다. 아무리 봐도 호위로 보이는 뒤편의 남자들보다 더 무거워 보이는 짐이었다. 게다가 그의 용모는 어딘지 모르게 익숙한 느낌이다.

"모두 말은 있으십니까?"

여행객들이 무장행렬에 빌붙어가길 청하는 일은 드물지 않다. 마수와 범죄로부터 당할 위험이 대폭 줄어드니까. 그 사실을 이해하는 크누드가 거부감을 보이지 않고 위처럼 물었다.

"원래는 있었지만, 오다가 한 마리를 잃었어요. 망할 와이번 녀석."

"저런, 다친 사람은 없었습니까?"

"네. 천만다행이었죠."

그 아가씨는 별거 아니라는 식으로 대답하였으나, 크누드는 무심코 뒤편에 선 두 남자를 다시 한번 보지 않을 수 없었다. 한 사람은 먼 거리의 여행에 걸맞은 경무장을 하고 있었으나 잘 손질되어 있었고, 서른 중반으로 보였다. 다른 한 사람은 나이가 거의 그리젤만큼은 들어 보이는 노인이었는데, 가죽 흉갑 외에는 별다른 무구를 달고 있지도 않았다. 게다가 허리에 찬 저것은 아무리 봐도 그냥 서피날이다. 단지 이 셋만으로 와이번을 뿌리쳤다면 꽤 믿기지 않는 이야기였다. 크누드가 재차 물었다.

"혹, 서쪽에서 오셨습니까?"

"어, 어떻게 아셨죠?"

여자가 신기하다는 듯 물었다. 크누드가 웃어 보인다.

"안 그래도 최근 시구르넬름 산맥 쪽에 와이번의 출몰이 보고되어 있습니다. 서쪽에서 오셨다면 인근을 지나치셨을 테니 그래서 여쭌 것입니다. 피해 신고는 하셨습니까?"

"네. 어제 도착하고 바로 했어요."

"한 분은 말이 없으니 따라붙기 곤란하실 텐데요."

"아! 그 점은 걱정 마세요. 여기서 한 마리 빌릴 생각이랍니다."

크누드는 멈칫했다. 스도룬은 여각촌인만큼 이런 경우 여행자들에게 말을 빌려주긴 한다. 다만 말을 제대로 회수 받을 수 있다는 일종의 보증이 필요하게 된다. 확실한 소속과 신분을 제시하거나, 아니면 말 한 마리 값 이상의 보증금을 내어둬야 한다. 그러고 보니 이들은 어째서 피어클리벤에 가려는 것일까? 크누드는 넌지시 물어본다.

"신분보증이 가능하십니까?"

그러자 여자가 활짝 웃어 보이며 대답했다.

"네! 저는 에인달케 피어클리벤이에요. 몇 년 만에 고향에 돌아가는 길이지요."

"그래, 어쩔 셈이냐? 잘난 네놈의 계획이 틀어진 게 아니냐?"

암시장 조합의 하슈펠이 방문했던 이튿날, 한스를 만나고 온 크누드는 다시 그리젤을 찾았다. 노파는 그를 보자마자 이렇게 염장을 질렀으나, 크누드는 별다른 반응을 보이지 않은 채 또다시 싸늘한 벽난로 앞에 주저앉았다. 대화는 그가 불을 지펴낸 후에야 시작되었다. 크누드가 말했다.

"어찌 생각하십니까?"

"그걸 왜 내게 물어!"

노파가 어이없다는 듯이 윽박질렀다. 크누드는 턱을 매만지다 말했다.

"암시장 조합이 애초부터 반군 무리에 협력할 생각이 없었다는 하슈펠의 주장은 믿거나 말거나 별로 중요하지 않죠. 중요한 건 현재 황실에 용이 없다는 이야깁니다."

"공작령에는 아이비레인이 있다. 나는 삼십 년 전 실제로 봤지."

"그건 정말 환영이 아니었나요?"

그러자 아무 말 없이, 그리젤은 한동안 크누드를 노려보았다. 다시 노파의 입이 열렸을 때 그 목소리는 상당히 가라앉아 있었다. 그는 어떤 악몽을 떠올리듯 다음과 같이 중얼거렸다.

"……나는 용의 불을 맞아 타들어 가던 병사들을 보았다. 그건 분명히 용 특유의, 백린(白燐)의 불길이었지. 뼛속까지 타들어 가는 그 끔찍한 불길은 참 지랄 맞게도 꺼지지 않았다. 그건 환영도, 마법도 아니었어. 아이비레인은 실존한다."

"황실에 용이 없다면, 파마의 화살은 애초부터 아이비레인을 노리고 준비된 것이었을까요. 하슈펠의 말에 의하면 공작가의 용은 어릴 때 마법을 깨칠 시기를 놓쳤다고 하더군요. 외부의 마법 도구들로 그 육신을 유지하고 있는 것이라면, 파마의 화

제 9 장 263

살은 지극히 훌륭한 무기가 될 테니까요."

그리젤은 대꾸 없이 듣기만 했다. 크누드가 계속 말을 이었다.

"하지만 저들의 진짜 무기는 출중한 암살자들도, 파마의 화살
도 아닙니다. 제국에 용이 없다는 사실 그 자체죠. 이것만 제대
로 유포해도 제국은 그 근간이 흔들립니다. 물론 아이비레인이
건재하고, 이제 피어클리벤에 새로운 용이 나타났으니 그 소문
만으로 당장 제국이 무너지지는 않겠지만……."

"그것과 상관없이, 네가 생각한 장사는 물 건너간 게 아니
냐?"

그랬다. 크누드가 하슈펠의 이야기를 듣고 뒷목을 잡은 것은
바로 그 지점이었다. 현재 제국에 용이 없다는 사실 자체가 문
제가 아니라, 용이 그렇게 없어질 수도 있다는 전례가 문제인
것이다. 예상이 빗나가는 것을 전혀 좋아하지 않는 크누드가
언짢음을 숨기지 않으며 말했다.

"젠장. 용의 절대적 신용이란 게 이런 식으로 와해될 수 있다
고 여겨지면, 그렇죠. 그리젤, 제가 생각한 대로는 되지 않겠어
요."

"하면?"

"우선은 스미드레드가 어떻게 사라졌는지를 알아내야 하겠
죠. 그리고 저들이 여태껏 이 사실을 유포하지 않은 걸 보면, 이
걸 무기화할 생각은 없거나, 적어도 당장은 아닐 겁니다."

"그 무슨 순진한 낙관이냐?"

"저라면······."

크누드가 말을 이었다.

"제국에 용이 없다는 사실을 제국 내에 유포하는 건 마지막 순간이 될 겁니다. 하지만 제국 바깥으로는, 이미 알려졌을 수 있죠. 북쪽으로는 흐리눌들도 있고, 남쪽으로도 부족 연합이 있으니까요. 특히, 그 파마의 화살은 적도산으로 보이는 만큼, 저들이 끌어들인 외세에 남부 유목민들이 있으리란 추측이 가능합니다. 게다가 하슈펠과 한스의 말에 의하면 그 여자가 북쪽으로 연락을 넣는 것 같다고 했어요. 우리도 뉘른스에크 방면에 소식을 좀 구해봐야 하지 않을까요."

크누드가 말하는 그 여자는 당연히 아이슐리드를 이름이다. 듣고 있던 그리젤이 말했다.

"외세를 끌어들여 반란을 획책한다고? 뭘 도모하길래 그런 악수를 둔단 말이냐."

"그걸 이제 알아봐야죠. 어쨌건 그리젤, 아직 제가 망했다고 단정하긴 이릅니다."

노파는 콧방귀를 뀌었다.

"알아서 해라. 호위 인편에 더해, 피어클리벤에 가져갈 것들을 생각해 놨느냐?"

크누드가 말없이 웃어 보였다. 여기까지가 예방단이 떠나기 닷새 전 이야기이다.

예방단의 행렬을 호위하는 까마귀 금고단의 기마대는 크누드를 포함해서 모두 딱 스물이었다. 경무장 열 명에 중무장 열명. 모두 번쩍거리는 까마귀 표장을 한결같이 달고 엄숙하게 호위를 수행한다. 그들이 보호하는 열네 대의 마차는 온갖 물품들과 족히 쉰에 이르는 사람들을 포함하였다. 그런 무리에, 뜻밖의 인물 세 사람이 추가된 것이다.

에인달케 피어클리벤. 크누드로서는 정말이지 예상하지 못한 인물의 출현이라 하겠다. 여행 중 그는 가능한 한 자연스레 말을 몰며 그들의 주위를 맴돌았고, 때때로 말을 건넸다. 노인과 무사는 입을 꾹 다물고 있었으나 에인달케는 크누드가 묻는 말에 대부분 선선히 대답해주었다. 때론 조금 지나치게 떠들었는지 노인이 살짝 눈치를 주기도 할 정도였다. 그럼에도 그는 별로 자중하지 않았다.

"사 년 만이네요."

스도룬을 떠난 이튿날 오후, 예방단이 성하촌 인근에 이르러 비로소 피어클리벤 성을 눈에 담을 수 있게 되자 에인달케가 위와 같이 말했다. 그 목소리에서 확실하게 벅참과 그리움을 읽어낸 크누드가 대답했다.

"아그니르 아가씨와, 일전에 울리케 아가씨를 한 번 뵈었을 뿐, 저는 처음입니다."

입에 발린 말로라도 멋진 성이라 말할 법하건만, 크누드는 멀리 보이는 성곽의 검소한 풍경에 달리 어떤 칭찬을 더하지 않았다. 에인달케가 피식 웃었다.

"서리엇 경이 제 동생들과 인연이 있다는 건 놀라운 우연이에요. 덕분에 안전한 여행도 했고, 감사드려요."

"별말씀을."

오히려 감사하고 싶은 것은 그였다. 이틀에 걸친 짧은 여정 가운데 단편적으로나마 주고받은 대화 속에서, 크누드는 그로부터 제법 많은 이야기를 들을 수 있었기 때문이다.

에인달케는 현 피어클리벤 형제 중 두 번째였다. 나이는 크누드와 같은 스물세 살이었고 사 년 전 홀로 집을 떠나, 개인 규모로는 제국 최고의 장서량을 자랑하는 라핀다시르 공작의 서고에서 사서이자 필경사(筆耕士)로 일해왔다. 크누드가 그와 주고받은 대화에서 얻을 수 있는 사실 자체는 이게 전부였다. 이외의 대화는 어린 시절의 이야기나 형제들 이야기, 그리고 대개는 책에 관한 이야기였다. 대화를 시작하고 얼마 지나지 않아 크누드는 자신이 그의 길지 않은 생애에서 여태 본 바 없는, 엄청난 책벌레를 상대하고 있음을 깨달았다. 일전 말을 섞었던 울리케에게서도 어느 정도 느꼈던 면모지만, 그래도 눈치와 세상 물정에 대한 감각을 갖추고 있던 울리케와 달리 에인달케는 손위 언니라는 점이 무색할 정도로 그저 책벌레 그 자체인 것 같았다. 그래서 그들의 대화 내용 자체는 그 양에 비해 그다지 건질 게 없었다.

하지만 크누드는 그가 다른 어느 곳도 아닌 라핀다시르 공작령으로부터 왔음에 주목했다. 넌지시 아이비레인에 관한 것을 물었으나, 에인달케는 용을 본 적은 없다고 대답하였다. 더구나 그 대화는 그를 따르던 두 사람이 눈치를 주는 바람에 더 이상 이어지지 못했다.

"기억 속의 풍경과 하나도 다르지 않지만, 어쩐지 달라 보여요. 용이 지키는 땅이라는 사실 때문일까요?"

에인달케가 천진난만하기까지 한 얼굴로 크누드에게 물은 것이다. 크누드는 살짝 쓴웃음을 지었다.

"그렇습니까? 그럴 수도 있겠군요."

그는 고향에 용이 머문다는 소식을 전해 듣고 오랜만에 가족들도 볼 겸, 방문하는 길이라고 말했다. 그를 따르는 두 남자는 크누드에게 통성명도 하지 않았지만, 에인달케는 넌지시 그들이 공작의 사람들이라 말했다. 크누드는 이틀에 걸쳐 그들을 관찰함으로써 한 사람은 특출난 무사임을, 그리고 다른 한 노인은 아무래도 마법사임이 틀림없다고 결론 내린 상태였다. 그런 대단한 호위가 침묵을 지킨 채 피어클리벤의 혈통을 수행해왔다. 하필 이 시기에. 크누드는 이 방문이 결코 에인달케의 개인적 용무가 아닐 것이라 확신하였다.

"멈추시오!"

별안간 노인이 빽 소리 질렀다. 이틀 만에 처음 듣는 그의 목소리였다. 연배가 느껴지나 실린 힘이 예사롭지 않다. 크누드는 사정을 몰라 어리둥절하며 그를 쳐다보았고, 노인이 재차 고함을 질렀다.

"전방에서 마기가 다가온다! 대비하시오!"

마기? 크누드는 고개를 휙 돌려 앞을 보았다. 여기는 피어클리벤 성이 뻔히 보이는 영지의 중심이다. 성하촌이 지척에 있는 장소에 무슨 마기가 있단 말일까? 그러나 의문을 갖는 대신 크누드는 재빨리 동료들에게 수신호를 전하며 말을 채근해 앞으로 뛰쳐나갔다. 이 소란에 예방단의 전체 행렬이 멈추었다.

"무슨 일인가?"

전방에서 행렬을 인솔하고 있던 부단장, 구드위르가 달려온 크누드에게 물었다.

"모릅니다. 노인장이 앞에서 수상쩍은 것이 다가온다더군요."

"수상쩍다니?"

둘의 시선이 앞을 향했다. 눈 쌓인 마을의 어귀, 호젓한 오후의 시각이다. 오가는 사람의 그림자조차 별반 없었다. 다만 있는 것은 마을 수호목의 아래에서 종종걸음으로 달려오는 나귀 정도일까.

"……나귀?"

구드위르가 멍청한 목소리로 다가오는 나귀를 보며 말했다. 그러나 어느덧 상큼한 걸음걸이로 다가온 나귀는 크누드와 구드위르를 힐끔 보며 무시하고 지나치더니 에인달케의 앞으로 다가갔다. 그러자 노인이 에인달케를 뒤쪽으로 끌어당기며 앞으로 나섰고, 곁에 있던 사내는 손을 칼자루에 올렸다. 나귀는 그런 그들을 물끄러미 올려다보더니 입을 열었다.

"스승님?"

나귀, 유슬리스가 말했다.

마법사의 제자, 발프리드의 요즘 일과는 대략 다음과 같다.

우선 꼭두새벽부터 눈을 뜬 소년은 재빠르게 몸단장을 마치고 주방에서 뜨거운 세숫물을 챙겨 스승의 방으로 향한다. 성내의 하인들만이 먼저 깨어있는 시간, 피어클리벤의 이름을 가진 이들 가운데서는 가장 먼저 일어나 그들의 틈으로 섞여 들어가는 것이다. 처음에는 울고 싶을 정도로 곤혹스럽고 민망한 일이었지만 곧, 체면이나 노동의 힘겨움 따위는 잊었다. 불과 두어 달 전만 하더라도 잔병치레에 전전긍긍하며 살아온 소년이었다. 시그리드를 스승으로 모신 지 채 한 달도 되지 않았건만, 점점 몸이 가뿐해지고 건강해지는 것을 느낄 수 있었다. 어떠한 염려 없이 자신의 몸을 사용할 수 있다는 쾌감은 꽤 강렬했고, 그래서 이제 발프리드는 기쁘게 이러한 노동들을 수행한다.

"발프리드입니다."

시그리드의 방문을 두드리고 이렇게 말한 뒤, 소년은 물동이를 들고 들어선다. 그러면 어김없이, 침대 위 책상다리를 하고 앉아 명상에 잠긴 시그리드가 침묵으로 맞이한다. 스승이 늦잠자는 것을 단 한 번도 본 적 없는 발프리드다. 그저 조용히 더운물을 대야에 부어두고 긴 겨울밤을 견디게 해 준 벽난로의 재들을 치우기 시작한다. 간단한 손짓만으로 불을 일으킬 수 있는 스승이건만, 제자의 할 일을 구태여 빼앗지 않는 것이 그의 친절함이다.

"열두 번째 장(章)을 불러보거라. 손을 멈추지 말고."

새로 지필 장작을 채워 넣던 제자의 등 뒤에서 문득, 눈을 뜬 스승이 말한다. 한 호흡 망설이던 발프리드의 입에서 이내 조용한 노래가 시작된다. 발프리드는 시그리드의 제자가 된 직후부터 매일 에다의 노래를 배우고 있었다. 그것은 시무나리의 말로, 그저 듣기에는 알 수 없는 발음의 연속이지만 천지만물의 조화를 선언하는 창조신의 말씀 그 자체라 알려져 있다. 마법사들만이 공유하는 언어이지만 각 단어가 열두 개나 되는 성조를 가진 까닭에 듣기에는 마치 이국의 노래와 같다. 하지만 이 엄청난 난해함이 오히려 외우기에는 더 유리한 측면도 있다. 뜻 모를 발음들의 연속일 뿐이라면 모르지만, 이것이 노래와 같다는 점에서는 그러했다. 그래서 발프리드는 처음 가졌던 두려움과 부담에 비해서는 생각보다 쉽게 노래를 익히고 있었다.

"음률은 틀리지 않았지만 발음에는 몇 군데 문제가 있군."

발프리드가 장 하나의 완창을 끝내자 이어진 시그리드의 평가였다. 발프리드는 송구한 낯을 띠며 노래하는 와중에 지펴낸 불을 조심스레 부추겼다. 간밤의 숯더미가 불씨를 간직한 덕에, 이내 수월하게 타오른다.

"씻을 동안 방금 부른 것을 필사해 보아라."

"알겠습니다."

발프리드는 순순히 벽 한쪽의 책상에 앉아 시그리드가 씻을 동안 방금 부른 노래를 적어낸다. 이 연습을 위해 일찌감치 시그리드가 장인을 시켜 만들어둔, 커다란 밀랍 서판에 철필로 써 새기는 작업이다. 시무나리의 표기에 사용되는 문자는 이러한 새김에 적합한, 가늘고 뾰족한 형태를 하고 있다. 그간 이미 무수하게 연습한 소년은 하얗게 일어나는 밀랍 찌꺼기들을 헤치며 막힘없이 술술 시무나리를 새겨넣는다.

"괜찮군."

이 정도면 그가 보여주는 최상의 칭찬이다. 발프리드는 멋쩍게 웃어 보인다.

이후 제자와 스승은 주방에 내려가 아침밥 짓기에 참견하고, 주방 한구석이나 성의 뒤뜰에서 식사한다. 시그리드는 발프리드에게 마치 모험가적인 기질을 가르치기라도 하려는 듯, 식탁의 예절에는 무심했고 매우 뜬금없는 장소에서 빠르게 먹도록 가르친다. 발프리드가 느끼기에 그는 차 마시기를 제외하고는 그다지 음식에 욕망이 없는 것 같았다. 종종 울리케와 요리에 대해 이야기하는 걸 보면 관련 지식이나 관심은 결코 부족하지 않은 듯함에도, 스스로의 식생활은 상당히 소박하고 거칠게 가꾸고 있었다. 그래도 성장기의 제자가 무얼 먹는지에 대해서는 신경 써주는 그였다. 대략 다음과 같은 이야기들을 식사 중에 던지곤 하였다.

"청어젓갈이 싫다니, 네가 그러고도 북부 사람이냐? 더구나 피어클리벤은 어촌이 가까운 은혜로운 곳이잖아."

"가끔은 많이 씹어야 하는 딱딱한 것들도 먹을 필요가 있다."

"돼지 잡을 날이 조만간이라더구나. 너도 거들도록 해라. 비위가 약한 것은 아무짝에도 쓸모가 없어."

"이 계절에는 엄동딸기가 제법 무르익었을 때지. 겨울에 나는 소채나 과실은 귀한 것이다. 언제 한번 따러 가자."

아침 식사를 마치고 나면 시그리드는 아셰리드의 집무실로 향한다. 그러면 발프리드는 홀로 그간 배운 노래를 되뇌고, 시무나리를 쓰며, 아울러 명상에 잠긴다. 점심 이후는 자유시간이나 종종 스승에게 불려 심부름을 하거나, 쉬러 나온 시그리드로부터 새 노래를 배웠다. 이렇게 그가 머물기 시작한 이후 피어클리벤 성에서는 때아닌 노래가 자주 울려 퍼지곤 했다. 성안의 누구도 영지의 마법 고문이 부르는 그 노래의 의미를 알지 못했지만, 그 가락이 풍기는 마법적 향취만은 제법 중독적이었다. 그래서 아무도 이것을 싫어하지 않는다.

"시야프리테가 올 거다."

울리케가 시그리드로부터 시무나리의 표기 문자를 받아 적어간 이튿날이었다. 시그리드의 방에서 점심 식사 도중, 그가 위와 같이 말했다. 발프리드는 너무 반색하지 않으려 낯을 꾸미며 대답했다.

"오늘 말입니까?"

"그래. 간밤에 원화를 날려 두었는데, 아무래도 낌새가 영 안 좋길래 아까 장로와 연락해보았다. 아니나 다를까 개꿈이라고 생각하고 올 생각조차 하지 않고 있더군."

웃어야 하려나? 하지만 발프리드의 관심을 끄는 대목이 따로 있었다.

"원화라면, 일전에 빌러디저드 님이 제 꿈에 대고 하신 말씀 같은 것이죠? 깨어있는 상대에게도 가능한 것입니까?"

"그렇다. 다만 상대가 마법사가 아닐 경우, 대개 심한 부작용을 보인다. 네그레즈는 오랫동안 지팡이의 소유자였기에 별 무리 없었지."

"하지만……, 그들은 류그라가 아닙니까? 에다의 힘과는 이질적인 것이라 알고 있습니다. 그럼에도 문제가 없습니까?"

마법사는 얼른 대답하는 대신 제자의 얼굴을 쳐다보았다. 이 짧은 침묵으로 말하자면 나름 기특해하는 것일 게다. 그가 호밀전병을 찢으며 대답하였다.

"본래는 문제가 있지. 마법사가 아닌 이보다 더 심한 저항을 일으켜야 맞다. 일전에 네가 시야프리테의 액막이로 인해 기절했던 것처럼. 하지만 너도 알다시피, 내 몸 안에는 가지의 힘이 남아있고 그로 인해 여태 고통을 받고 있지 않느냐?"

"그렇습니다만……"

발프리드가 유감스러운 표정으로 대답하였다. 소년은 스승이 그 때문에 얼마나 고생을 하고 있는지 알고 있는 탓이다. 차마 두고 보기 힘들었다. 그러나 시그리드는 엷게 미소지으며 말했다.

"하지만 그로 인해, 본래라면 완전히 충돌해야 할 류그네라스의 힘이 말하자면 내게 다소간 그 침범을 허락하게 되었다. 일전 네그레즈와 이것에 대해 단둘이 이야기 나눈 바가 있었지. 그리고 이미 유사한 경험을 하고, 여전히 그 액막이를 걸고 있는 네게도 어쩌면 같은 일이 일어나리라 생각한다."

발프리드는 목에 걸린 액막이를 내려다보았다. 하지만 스승의 말이 잘 이해가 가지 않는다. 소년이 물었다.

"……이질한 두 힘이 섞인단 말씀입니까? 본래 그것이 가능한 일입니까?"

"내가 아는 바로는 전례가 없구나. 그래서 연구할 가치가 있다."

대답하는 시그리드의 눈이 은은히 빛났다. 대화는 그쯤에서 끝났다.

점심 이후 발프리드는 살짝 초조한 기색으로 성 안뜰에서 일 없이 서성이다가 결국 시그리드의 불호령을 듣고 말았고, 그 벌로 한동안 나귀 유슬리스와 흰이리개 사우트의 털을 솔질해 줘야 했다. 그리고 그러느라 시야프리테가 성에 들어서는 것을 놓치고만 발프리드는 나중에서야 이를 알고 몸에 범벅이 된 개털을 채 털어낼 생각도 못 한 채 만나러 가려 했으나, 이번에는 울리케에게 들켜 저지당하게 되었다.

"세상에, 무슨 꼴이야?"

울리케는 공관에 위치한 자신의 집무실에서 기사 에길과 함께 막 나서다 발프리드를 발견하고 이렇게 불러세웠다. 그러고는 솔로 옷에 붙은 털을 벗겨주다가 시야프리테가 왔다는 이야길 전해 듣고 말했다.

"음, 만나러 가는 건 좀 미루는 게 좋을걸? 유세트 경에게 가르침을 받으러 온 거니까. 뭐, 구경은 할 수 있을지도 모르지만."

그랬다. 시야프리테는 울리케의 영지 지도 개선 계획의 중요한 부분으로서, 말하자면 공무 수행차 들른 것이다. 비록 마법사의 호출을 개꿈이라 생각하고 무시해 버릴 만큼 경이로운 신경의 소유자였지만, 류그네라스의 가지를 다루는 데 있어 현재 길가네스의 가지 사람들 중 가장 뛰어난 인재라 할 수 있었다. 물론, 이는 그의 외할아버지를 제외한 평가가 된다.

발프리드에게는 다행히도 시야프리테와 시그리드의 독대는 생각보다 빠르게 끝났다. 류그네라스의 가지를 들고 시그리드와 함께 성의 안뜰로 모습을 드러낸 시야프리테는 그때까지 울리케의 집무실 앞에서 명상하는 척하던 발프리드를 발견하고 소리쳤다.

"아하, 도련님!"

발프리드는 잔망스럽게도 못 들은 척했다. 심히 명상에 몰두한 자의 집중력이란 본래 그래야 하니까. 하지만 그러느라 소년은 그의 스승이 어떤 표정으로 자신을 바라보는지 전혀 알 수가 없었다. 어느 순간 느닷없이, 발프리드의 머릿속에 다음과 같은 목소리가 울려 퍼졌다.

— 이쪽에 신경 쓰는 것 다 알고 있다.

'……스, 스승님?'

— 뭐, 나도 소싯적에 가짜 명상을 하다 이렇게 걸린 적이 있지. 계속해보렴?

발프리드는 창백한 표정으로 식은땀을 흘리며 눈을 떴다. 사정 모른 채 화창한 얼굴로 지팡이를 흔들며 다가오는 있는 시야프리테의 너머, 잠시나마 방금의 마법을 사용하느라 잇따른 고통에 매우 언짢은 표정이 된 시그리드의 모습이 보였다. 그야말로 무시무시하기 짝이 없다.

"그럼, 시야프리테도 함께 갈 수 있나요?"

다행히 그 이상의 사달 없이, 시그리드와 시야프리테, 발프리드는 곧장 울리케의 공관 집무실로 들어섰다. 모험가들과 에길까지 있었기에 작은 방은 삽시간에 사람들로 가득 차 버렸다. 그때까지 에길과 첫 번째 여정의 계획을 짜고 있던 울리케가 위와 같이 물었다.

"개념은 전해두었어요. 실전파니까 어떻게든 해낼 테죠."

시그리드가 답했다. 그러자 그를 제외하면 마법에 대해 아는 게 전혀 없는 사람들이었건만 대부분 고개를 끄덕인다. 일전의 여정에서 시야프리테가 얼마나 빠르게 낯선 주문들을 획득하고 부리는지 충분히 목격한 까닭이었다. 의외로 신용 받게 된 이 류그라 소녀는 말없이 흡족해하며 웃어 보였다.

"첫 왕복에는 저도 따라가요. 실무를 봐두고 싶고, 또 아우케트를 만나 일전 조약의 협정서를 마무리 지을 생각입니다. 농장 개간의 진행 상황도 봐야 하고요. 그래서 지도의 첫 번째 지점은 시우부름과 드리츠 일대여요."

울리케가 말하자, 시그리드가 물었다.

"고블린들이 아가씨의 생각에 따라줄까요? 시무나리의 표기 문자도 결국엔 인간의 문자라고 생각할지 몰라요."

"그건 에다의 문자잖아요? 그리고 그대로 사용할 것도 아니고, 그들의 형편에 맞춰 변용하게 될 거예요. 무엇보다, 그 작업은 아우케트가 맡을 거고요."

"……그런 계획이로군요."

시그리드가 찬찬히 고개를 끄덕인다. 시무나리 문자가 갖는 정체성의 특징과, 아우케트라는 특이한 고블린의 존재를 합쳐 생각해 보면 울리케의 이 깜찍한 발상은 의외로 달성될 가능성이 높아 보인다. 고블린에게 문자라니! 그것도 실용성 면에서 보자면 제국의 표의문자 체계보다 압도적으로 우월한 것이 시무나리 표기문이다. 비록 그 특수성과 문벌 귀족들의 배타적인 자부심으로 인해 천년이 넘도록 일반에 퍼지지 못해왔지만, 어쩌면 이 엉뚱한 남작 영애와 저 특이한 고블린 덕에 시무나리 표기문은 이제사 비로소 실용성을 갖게 될지도 모른다. 그리 생각하니 여러모로 기분이 복잡해지는 시그리드였다. 그가 만일 늙고 보수적인 마법사였다면 애당초 이 계획을 용납하지 않았을 것이다. 신성한 에다의 노래를 기록하는 데 사용되는 마법사들의 전유물이 한낱 마수로 인식되는 종족의 실용문자가 되다니! 하지만 시그리드는 그런 점에서만큼은 보수적인 구석이 전혀 없었다. 게다가 이미 몇 차례나 아우케트와 맞상대하며 고블린이라는 종족들이 가진 특징과 가능성에 상당한 호의를 갖게 된 지금이다.

"내일 바로 출발할 생각인데요. 아마 돌아오려면 일주일 이상 걸리겠지요."

울리케가 말했다. 그러자 시그리드가 묻는다.

"인원은 이대로입니까?"

"네. 유세트 경의 동료들과 시야프리테, 그리고 하우스케트 경도 함께입니다."

시그리드는 잠시 생각하다 말했다.

"길가네스의 가지가 영지 지리에 익숙해지고, 영민들과 접촉하여 대민 의료지원을 하는 것도 이번 일의 목적이잖아요? 시야프리테만 보내는 것은 안 좋은 생각입니다. 조감술을 써야 하니까 시야는 뺄 수 없지만, 한 번 왕복할 때마다 류그라들을 두셋씩 같이 보내는 게 좋지 않을까요?"

마법 고문의 타당한 지적이었다. 울리케는 수긍했고, 결국 감시자들이 따라붙게 되리라는 걸 깨달은 시야프리테의 얼굴이 흐려졌지만 모두에게 깨끗이 무시당했다. 출발은 내일이 될 것이며, 아쉽지만 이번에는 나귀 유슬리스가 따라붙지 않는다. 시야프리테가 충분히 연락책이 될 수 있는 까닭이었다.

그렇게, 사람들과 몇 차례의 의견을 주고받으며 울리케는 여정의 계획과 편성을 세세히 짜나갔다. 여기까지가 아우셸바프 예방단이 성에 당도하기 이틀 전 이야기였다.

때문에, 이틀 뒤 크누드와 아우셸바프 예방단이 피어클리벤이 당도했을 때는 이미 울리케가 떠난 뒤였다. 일찌감치 그들의 등장을 포착하고 있던 시그리드는 그의 특기인 조감의 수탐으로 접근하는 예방단의 면면과 수를 알아내었고, 그 가운데 마법사가 하나 끼어있다는데 경계심을 가졌다. 나귀 유슬리스가 마법사의 의식을 갖고 출격한 것은 그 때문이었다.

"그 목소리는……, 시그리드냐?"

크누드를 포함, 주변 모두가 말하는 나귀라는 진귀한 광경에 넋을 놓고 있었지만, 노인만큼은 여상스러운 표정이었다. 그는 살짝 미간을 찌푸리고 위와 같이 물었다.

"그렇습니다, 스승님. 실로 오랜만에 뵙습니다."

"예서 뭐 하는 게냐?"

나귀형 시그리드는 대답 대신 마차 행렬과 용병들을 훑어보 디니 물었다.

"스승님이야말로 여기 어쩐 일입니까? 설마하니, 자유도시와 관계가 있으십니까?"

"아니다. 우리는 그저 중도에 합류했다."

"자세한 이야기는 직접 뵙고 하지요. 전 이만 의식을 물리겠 습니다."

말을 마치자마자 나귀는 몸을 부르르 떨며 투레질을 하더니 이윽고 어리둥절한 눈길로 사방을 둘러보았다. 그러고는 대열 을 무시한 채 곧장 집인 피어클리벤 성으로 성큼성큼 걸음을 내딛어간다. 노인은 지켜보고 있던 크누드에게 말했다.

"저 나귀를 따르시오. 방금 그건 내 옛 제자의 환영사였소."

"그렇습니까?"

달리 뭐라 토를 달겠는가? 크누드는 이 괴팍한 마법사들의 기행에 고개를 내젓고는 말을 돌려 대열의 선두로 향했다. 아 우셀바프 예방단의 마차 대열은 다시 천천히 움직이기 시작 했다.

말린 석이버섯을 충분히 물에 불릴 만한 시간 뒤에야, 영민들 의 주목을 끌며 성하촌을 지난 행렬은 성 앞에 이르러 멈추었 다. 예절과 절차를 초월한 존재인 나귀 유슬리스만이 성큼성큼 성문 안으로 들어가 버린 가운데, 이미 시그리드로부터 이야기를 전해 들은 문관 에이드리크가 비서와 함께 안에서 나타나 신분을 밝히고 방문 목적을 물었다. 그러자 예방단 선두의 마차에서 잘 차려입은 중년 남성이 내려서더니 활짝 웃는 낯으로 에이드리크에게 인사하였다.

"자애가 한량없으신 목민관의 충신을 뵙습니다. 에밀 하그라프닐, 자유도시 아우셸바프를 대표하여 찾아뵈었습니다."

에이드리크는 다소 놀란 얼굴을 숨기지 않으며 대답하였다.

"하그라프닐……? 상공회의소장이시자 현 시장님이 아니십니까? 어떻게 직접 오셨습니까?"

"응당한 일이 아니겠습니까? 예고를 드리지 못한 것을 용서하시지요. 저희가 불편치 않은 시기에 찾아뵌 것인지 걱정됩니다만……."

그들의 곁, 말 위에서 듣고 있던 크누드는 웃지 않으려고 표정을 살짝 일그러뜨렸다. 저 엄청난 저자세를 좀 보라지! 보기 흉할 정도의 깍듯함이다. 에이드리크는 약간 난처한 표정이 되더니 말했다.

"불편함이 있겠습니까? 외려 저희가, 한 번에 이런 규모의 손님들을 모실 만한 준비가 되지 않다는 것이 문제겠지요."

"아! 그것은 걱정 마시지요. 이러한 행렬을 끌고 오면서 성내의 공관을 더럽힐 생각이야 했겠습니까? 다만 허락하신다면 저희는 그저 알아서 운신하겠사오니, 체류의 허락과 더불어 영주님을 뵐 수 있도록 해 주셨으면 합니다."

에이드리크는 더욱 더 난처한 표정이 되더니 말하였다.

"현재, 주군께서는 부재중이십니다. 군역을 수행차 장기 출타 중이시지요."

에밀 하그라프닐은 당황한 표정이 된다. 그러자 이때, 그때까지 자신의 호위 두 사람의 등 뒤에서 묵묵히 모습을 감추고 있던 에인달케가 튀어나와 소리쳤다.

"선생님, 그게 무슨 말이에요? 여태 없던 군역이라니!"

에인달케를 알아본 에이드리크가 깜짝 놀란 얼굴을 하였다.

"아니, 아가씨? 도대체 어쩐 일이십니까?"

하지만 여기 서서 이럴 게 아니다. 본분을 잊지 않고 빠르게 당황에서 빠져나온 에이드리크는 일단 예방단에 관한 보고를 올릴 시간 동안 에밀과 각 조합의 대표단이 공관에 머물 수 있도록 조치하였다. 행렬의 마차 모두가 성 안 뜰, 연병장 가운데로 안내되었고 용병단을 포함, 따르는 수행원들은 묵묵히 그 곁에서 대기하게 되었다. 그러나 에인달케는 물론 예외이다. 수 년 만에 자신의 집에 돌아온 에인달케는 그저 거침없이 안으로 걸어 들어갔고, 마법사와 무사가 그 뒤를 따라갔다. 예방단의 행렬을 정리하던 에이드리크는 놓칠세라 황급히 그 뒤를 쫓는다. 간신히 그를 제지하고 한발 먼저 영주의 집무실에 들어선 문관은 놀란 아셰리드에게 에인달케의 도착을 미리 알릴 수 있었다.

"순순히 반가워하기에는 상황이 너무 묘하다 생각하지 않느냐?"

두 호위와 들어서 인사를 올린 에인달케는 이런 말을 하는 아셰리드를 멍하니 바라보았다. 그러더니 한숨을 내쉬고 말대꾸를 한다.

"제가 왜 도망치듯 집을 떠났는지 상기시켜주셔서 감사하다고 말할까요?"

"단지 집이 그리워 돌아온 게 아니라는 것을 알고 있다."

"그래도 속는 셈 치고 살갑게 맞아주실 수 있을 텐데요."

"지금의 나는 이 땅의 영주 권한대행이다. 네가 진정 사적인 자리를 원했다면 뒤의 두 사람을 붙이고 나타날 까닭이 없지 않겠느냐?"

그러자 여태 에인달케의 뒤에 서 있던 둘이 움찔했다. 재빠르게 서로 마주 본 끝에, 젊은 쪽의 무사가 앞으로 나서더니 절도 있는 자세로 예를 올린다.

"인사드립니다, 피어클리벤 남작부인. 저는 라핀다시르 공작가의 장남, 로릭스데라 합니다. 이번 여정에 따른 소중한 따님의 호위이자, 아버님의 특사로서 이렇듯, 예고치 않고 방문하게 되었습니다. 부디 용서하십시오."

아셰리드와 에이드리크의 표정에 일어난 놀라움이 사라지기도 전, 이번에는 노인이 나서 꾸부정하게 예를 올렸다.

"라핀다시르에 신세 지고 있는 케틸 아문세트입니다. 늦게나마 에다의 경전을 암송토록 허락받았지요. 그리고 참으로 뜻밖입니다만, 이곳에 제 옛 제자가 머무는 것 같군요."

노인은 별안간 형형한 안광을 흘리더니 나직하게 말했다.

"손님들을 상대로 장난은 그만두는 게 어떠냐?"

그러자 집무실의 한구석, 그늘진 서가의 귀퉁이에서 펄럭이는 소리와 함께 시그리드가 모습을 드러냈다. 일순간 어둠의 파편 같은 먼지들이 비산하며 이른 겨울의 진눈깨비들처럼 녹아 사라진 직후였다. 잠시 찡그린 표정으로 가슴의 격통을 감당한, 피어클리벤의 젊은 마법 고문이 입을 열었다.

"장난이라뇨, 스승님. 정체와 의도를 모르는 방문자들에게 응당 취할 수단이 아니겠습니까?"

용케도 미소지을 기력을 그 짧은 순간 갖추어내는 시그리드다. 케틸이 가당찮다는 듯 대꾸하였다.

"시국이 이러니 그 핑계를 용납하마."

자리가 자리인 만큼 둘의 대화는 더 이어지지 않는다. 두 손님이 밝힌 뜻밖의 정체에 연이어 놀란 아셰리드는 잠시 뱉을 말을 고르다 에인달케를 쳐다보았다.

"네 의지로 추진한 노릇이라면, 못 본 사이에 아주 많이 변했구나?"

"아니에요!"

에인달케가 억울하다는 듯 소리쳤다. 그의 말이 이어진다.

"저는 그냥 공작가의 사서일 뿐이었어요. 도련님이 부탁하셔서 온 거라고요?"

아셰리드는 힐끔, 로릭스데의 얼굴을 살폈다. 그의 뛰어난 눈썰미는 그가 이 대화의 흐름에서 약간의 낭패와 실망을 느끼는 것을 분명히 포착하였다. 아셰리드가 다시 딸에게 말한다.

"그런 모양이군. 그런데 너는 네게 부여된 역할을 하나도 수행하지 못하고 있지 않느냐? 공작가는 너를 통해 수월하게 하고자 하신 바가 있을 것이다. 그게 뭔지 알고는 있니? 아니면, 그저 네가 얼마나 대단한 사람이어서 공작 영식과 마법사가 너를 호위한 것이라 여기느냐?"

에인달케는 표정을 딱딱하게 하더니 천장을 한번 올려다보았다. 그러고는 결국 못내 찌뿌둥한 표정으로 고개를 내렸다. 그가 말한다.

"뭐라 나무라셔도 좋으니까, 이 두 분의 이야기는 좀 들어주세요. 부탁드립니다."

아셰리드는 한참이나 묵묵히 그를 응시하였다. 로릭스데의 이마에 살짝 진땀이 배어 나오고, 케틸이 속으로 혀를 차는 기색을 더 이상 감추지 못할 때쯤에야, 그는 말했다.

"너는 물러가거라. 울리케는 지금 없지만, 발프리드와 아그니르는 만날 수 있을 거야."

에인달케는 로릭스데와 케틸에게 간단히 인사를 하더니 이내 방을 나섰다. 영주의 집무실에는 한동안 불편한 침묵만이 벽난로의 송진 튀는 소리에 방해받았다. 끝내 입을 연 것은 물론 아셰리드였다.

"용서하시지요, 두 분. 무례인 줄 알았습니다만 두 분께서 물정 모르는 아이를 앞세우신 이상 이 일은 그저 공무에 한한 것이 아니 됩니다. 다만 가정사에 관한 유치한 다툼을 보게 해 드려 송구합니다."

로릭스데는 저도 모르는 새에 혀로 입술을 축였고, 케틸은 헛기침을 하더니 희미한 미소를 짓는 시그리드에게 언짢은 눈빛을 쏘기 시작했다. 이 어딘지 사이 나빠 보이는 사제 간은 미뤄두고, 로릭스데가 담담하게 입을 열었다.

"남작부인께서 이와같은 통찰을 보여주시니 낯부끄럽기 짝이 없습니다. 무리하고 무례한 추진이었습니다만, 그만큼 절박함도 있었음을 헤아려주시지 않겠습니까?"

"수사가 더 필요할까요? 잠시 예의도 내려놓지요. 대화를 좀더 단축시키는 게 좋겠습니다."

아셰리드가 배려인지 강요인지 알 수 없는 말을 던졌다. 그래봤자 아직 젊은 로릭스데다. 제아무리 교육받은 공작가의 장남이라 해도 그가 보여주는 노회함을 도무지 따라잡을 수가 없다. 정신적으로 허둥지둥하는 불쌍한 그에게, 구원의 손길인 양 시그리드가 말을 던졌다.

"허락하신다면 스승님과 제가 이야기해도 되겠습니까? 아무래도 두 분이 직접 거론하기 힘드신 듯하니."

"그거 좋은 생각이로구나."

케틸이 맞장구쳤고, 아셰리드와 로릭스데는 침묵으로 수긍의 뜻을 표했다. 경우는 아니었으나 어쩌면 두 사람의 관계에 대한 호기심도 작용했으리라. 이렇게 해서 다소 괴이하게도, 각자 모시는 주인을 밀쳐둔 채 두 마법사의 대화가 시작되었다. 선공은 시그리드였다.

"언제부터 공작가의 마법사가 되셨습니까? 관짝이나 업고 다니는 노인네를 취직시켜 주다니, 마법 명문으로 유명한 공작가의 위명은 허상인 게로군요?"

난데없이 집안의 모욕을 당한 로릭스데는 자다가 뺨 맞은 얼굴을 한다. 케틸이 질세라 제자의 말을 받았다.

"너야말로 귀족가에 몸을 묻는 걸 혐오하는, 자유로운 한 마리 종달새 아니었느냐? 그래 족히 십 년을 주유하다가 끝내 당도한 안목이 겨우 이 극동의 거지같이 가난한 땅이란 말이냐?"

이번에는 아셰리드의 미간이 꿈틀거린다. 그럼에도 설전은 계속되었다.

"왜 오셨습니까? 책밖에 모르는 아가씨를 부추겨 이 시국에 귀향토록 종용한 저의가 뭡니까? 듣자니 에인달케 아가씨는 이 상황에 대해 파악하고 있을 만큼 사리는 갖추지 못한 분 같은데, 순진하고 어리석은 아가씨는 어쩌자고 끌어들였습니까?"

그러자 아셰리드가 배신당한 표정으로 시그리드를 보았다. 아니 아무리 그래도 내 딸인데 저 표현은 너무하잖아?

"하! 나는 좋아서 한 일인 줄 아느냐? 여기 로릭스데 도련님으로도 말할 것 같으면 그저 칼이나 휘두르고 허여멀건 용이나 좋아하는 샌님이다! 아이비레인의 간곡한 요청이 아니었다면 나도 내키지 않는 일이야!"

칼이나 휘두르고 용이나 좋아하는 장성한 도련님, 로릭스데의 귀가 빨개졌다. 여태 이 꼴을 지켜보던 문관, 에이드리크가 마침내 조용히 한마디 했다.

"두 분……, 대체 지금 뭐 하시는 겁니까?"

그제야 두 독설가는 말을 멈추고 자신들의 주인을 쳐다보았다. 뭐라 말할 수 없는 표정으로 망연해 있는 아셰리드와 로릭스데를 제치고, 에이드리크의 말이 침착하게 이어졌다.

"그래, 검과 용에 기호가 극진하시며 마법 명문가로서의 위명에 의혹을 받고 계시는 라핀다시르의 장남께서는, 극동의 거지같이 가난한 땅 피어클리벤의 순진하고 어리석은 아가씨를 앞세우고, 대관절 무엇을 도모하고자 오셨습니까?"

역시 문관이다. 정리가 명쾌하기 이를 데 없었다.

제 10장

그 시각, 크누드는 단원들과 함께 대표단이 머무는 방문객 공관 객실의 문 앞을 지키고 서 있었다. 지금 안쪽에서는 각 상단과 조합의 대표들이 이 예기치 못한 사태에 대해 열을 올려 대화하고 있었으며 부단장 구드위르 역시 까마귀 금고단의 대표로서 그 안에 포함된다. 크누드는 현관문을 밀착해 등지고 서서 내부의 이야기를 엿들었다. 오가는 이야기를 옮겨보자면 대략 다음과 같다.

"불찰이군. 사전에 전령을 보낼 걸 그랬소."

"하지만 피어클리벤 남작의 부재중이라니 누가 예상했겠습니까? 관례적으로 이십 년 이상 군역을 면제받아왔던 것은 우리가 다 압니다."

"별로 상관없지 않겠소? 남작부인이 권한대행이니, 오히려 구위삶기 수월하지 않겠소이까?"

"제가 건너건너 듣기로는 남작부인 성정이 보통이 아니라고 하던데요? 셋째 부인이라면 모를까, 그 여자는 만만치 않을 겁니다."

"그래 봤자야. 누구나 돈은 필요해! 그만한 병력의 차출이 있었으니 여러 가지로 아쉬울 거라고. 뭘 위해 이 촌구석에 바리바리 싸 들고 왔는데?"

"그런데, 변경백의 호출이 단순히 동계훈련이겠습니까?"

"최근에 북방 야만인놈들이 대규모로 준동한다는 소문이 입수되긴 하였습니다만……."

"그래도 너무 공교로운 시점인 건 사실이지."

밖에서 듣고 있던 크누드는 내심 고개를 끄덕인다. 까마귀 금고단 역시 뉘른스에크로부터 인근 지역 주재 용병단에 전해진 공문을 받은 바 있었으나, 단장 그리젤의 뜻에 의해 이는 거부되었다. 피어클리벤에 용이 있다는 것을 알기도 전 일이었으니, 만일 그에 응해 계약을 하고 북방으로 올라갔다면 그와 동료들은 지금쯤 이 자리에 없었으리라. 이것이 도약의 기회가 될지 아쉬운 패착이 될지, 그것은 아직 모르지만.

"뭐야, 올리케 선물만 가져왔어? 나는 없어?"

기억 속에 있는 뾰족한 목소리. 크누드는 더 들을 것도 없는 노인네들의 대화에서 몸을 물리고 난간 밖으로 머릴 내밀었다. 아래쪽 안뜰, 성의 본관에서 예의 큰 등짐을 지고 성큼성큼 걸어 나오는 에인달케가 보였다. 하지만 방금의 목소리는 그의 것이 아니다. 오랜만에 만난 언니의 뒤편에서 불만스럽게 따르고 있는 아그니르의 목소리였다.

"뭐? 너 책 싫어하잖아? 내가 가져올 수 있는 건 책뿐이었단 말이야. 기사도낭만집이 한 권 있긴 한데?"

에인달케가 말하며 등짐을 고쳐 멨다. 아무래도 저 큰 짐은 대부분 책인 모양이다. 하지만 설마 저 부피의 전부가 책일 수는 없겠지. 그렇다면 에인달케는 엄청난 장사일 테다. 게다가 무척 튼튼해 보이는 소가죽 배낭이었지만 저 부피의 책 무게를 버틸 수 있을 것 같지는 않다. 그러니 저 짐 가운데 반 정도는 다른 잡동사니일 테지. 그렇게 생각하며 구경하는 크누드였다.

"됐어!"

아그니르가 성질내며 내뱉는다. 그 둘의 앞, 길잡이를 하고 있던 발프리드가 웃으며 말한다.

"저는 책 좋습니다."

"그래, 곧 보여줄 테니 골라보렴."

그들이 향하는 곳은 공관에 위치한 울리케의 집무실이었다. 에인달케는 여동생이 진흥행정관이자 고블린 대사라는 직함을 갖게 되었다는 소식에 황당함을 느꼈지만, 소식을 전하는 아그니르나 발프리드의 태도엔 조금도 장난기가 어려 있지 않았다. 수년 전, 에인달케가 집을 떠나면서 채 다 챙기지 못해 남긴 몇 권의 책은 자연스레 그 다음가는 책벌레인 울리케의 소유가 되었다. 하지만 울리케는 이번에 자신의 집무실을 새로 꾸미면서 그가 가진 책 전부를 침실에서 빼 와 집무실로 옮겼다. 그러니 에인달케는 자신이 선물로 가져온 책들을 놓아둘 만한 장소로 그 집무실이 가장 적합하다고 여겼다. 비록 울리케는 공무차 출장 중이긴 하지만.

"오랜만입니다, 아그니르 아가씨."

그러니 그들의 동선은 자연스레 크누드를 지나치게 된다. 아그니르는 크누드의 해맑은 웃음을 보더니 눈에 띄게 쭈뼛거리기 시작했다. 긴장감이 자꾸만 이완되는 얼굴 근육에 더해 왕래하느라 표정이 아주 괴상해졌다.

"여기서 뵙는군요, 서리엇 경."

"일전에 울리케 아가씨를 잠시 호위했었습니다. 그런데, 오늘은 보이지 않는군요?"

크누드의 질문을 가로챈 것은 에인달케였다.

"울리케는 출장 중이래요. 혹시 아셨나요? 울리케가 고블린 대사 겸 진흥행정관이라는데."

크누드는 전혀 모르는 이야기다. 그에게 울리케는 하루 정도 말을 섞은, 조금 영리한 귀족의 딸에 불과했다. 그는 다만 울리케에게 용에 관해 물었을 뿐, 고블린에 관한 이야기는 듣지 못했다. 울리케는 그에게 고블린에 관한 것들은 쏙 빼놓고 이야기했기 때문이다. 크누드는 잠시 머뭇거리다 물었다.

"고블린 대사요? 그게……, 공식 직함이 맞습니까?"

"맞아요, 서리엇 경."

이건 아그니르의 대답이었다. 뾰로통한 얼굴이었지만 그의 면전에서 자매를 무시하지는 않는다. 에인달케가 그런 동생을 힐끔 보더니 크누드에게 말했다.

"어머니와 도련님은 아직 대화 중이세요. 아우셀바프 분들은 좀 더 기다리셔야겠군요."

"뭐, 그게 저희 일이니까요."

크누드는 대답했다. 그러면서 속으로 그가 '도련님'이라 지칭한 걸 유념한다. 그렇다면 에인달케와 같이 온 그 무사는 라핀다시르 공작가의 영식이란 말인가? 애초부터 그들이 단순한 호위가 아닐 거라고 여긴 그의 추측이 보다 확신을 얻는다.

"근무 중이실까요? 아니라면 언니의 짐 정리를 좀 도와주실 수 없을까요."

어떻게든 크누드와 엮일 구실을 찾던 아그니르가 넌지시 말해본다. 이에 크누드는 시원스레 응하였다.

"그러죠. 제가 들어드리죠. 전부터 느낀 겁니다만, 도무지 숙녀께서 감당할 만한 짐이 아니지 않습니까? 공작가의 도련님께서 기사도를 모르시는 게 아닙니까?"

"아니오. 제가 거절한 겁니다. 저는 다른 사람이 제 책에 손대는 게 싫어요. 특히 무반이라면, 아무래도 그 가치를 잘 모르니까요. 도련님은 죄가 없으십니다."

에인달케가 늦을세라 로릭스데의 두둔을 한다. 그러고는 여전히 책 짐을 내놓지 않은 채 걸음을 옮겼다. 크누드는 내민 손이 열없어졌지만 그래도 물러서지 않고 그들을 따르기 시작했다. 이럴 때 하나라도 주워듣고 볼 수 있으면 좋은 거니까.

대표단이 머무는 공관의 객실과 울리케의 집무실인 일인실은 그다지 멀리 떨어져 있지 않았다. 삐걱대는 나무 마루를 지나 그들은 비어있는 울리케의 집무실 앞에 섰다. 그새 '진흥행정관실'이라는 문패를 새겨 걸어둔 게 보였다.

"진짜네. 깜찍하기도 하지."

에인달케는 그렇게 소감을 말하며 문을 열었다. 불기운이 없어 바깥과 차이 없이 싸늘하고 어둑한 실내가 그들을 맞이했다. 발프리드는 이제 아주 몸에 익은 듯 쪼르르 달려가더니 누가 시키지도 않았는데 벽난로에 불을 붙이기 시작했다. 아그니르는 남동생의 그런 모양새가 심히 마음에 들지 않았지만, 훼방을 놓지는 않는다. 에인달케는 문가에 짐을 벗어 쿵 내려놓더니 한쪽 벽면에 꾸며진 소박한 서가로 다가갔다. 예전 자신이 물려준 책들의 안위와 그간 늘어난 책이 없나 살폈다. 그저 영락없는 책벌레일 뿐이었다.

"짐을 좀 더 안쪽으로 옮겨두는 게 좋겠습니다."

다소 무신경하게 벗어둔 짐이 못내 마음에 걸린 크누드가 그렇게 말하곤 그 튼튼해 보이는 소가죽 배낭을 들어 올렸다. 순간 허리가 휘청거렸다.

'……뭐야 이거?'

크누드는 당혹스러운 눈으로 짐을 내려다본다. 손에 전해지는 무게와 무게중심으로 파악건대 이 등짐은 그의 앞선 예상과 달리, 단연코 전부 책으로 채워진 게 분명하다. 그가 결코 들 수 없는 무게는 아니었으나, 문제는 이걸 저 유약해 보이는 아가씨가 줄곧 아무 내색 없이 짊어지고 왔다는 것이다. 순간 어이가 없어진 그는 무슨 일인가 하고 의아해하는 아그니르를 무시한 채 배낭을 들어 올려 힘겹게 등에 메어보았다. 콱 하고 어깨를 옥죄는 무게가 대단하였다.

"왜 그러세요?"

아그니르가 물었으나 크누드는 대답하지 못했다. 그래도 명색이 한창때의 기사인 크누드이다. 무반이다. 쓸데없는 경쟁심이 발동한 그는 짐을 지고 몇 발자국 걸어보았다. *정말 뭐야 이거? 이걸 지고 공작령에서 여기까지 왔다고?* 채석장의 죄수 노예들에게나 지울법한 무게다. 단련된 크누드였지만 반나절 이상 지고 다니다간 어깨가 박살 날 게 뻔하였다. 이런 생각을 하며 쓸데없이 걸음을 옮기던 그는 어느새 울리케의 집무실을 나와 하릴없이 공관 앞 복도를 걸어보고 있었다.

"어? 책 도둑이야!"

갑자기 집무실 안에서 에인달케의 외침이 터져 나왔다. 울리케의 서가에 정신이 팔려있던 그가 뒤늦게 벗어둔 등짐이 없어진 걸 발견한 것이다. 후다닥 뛰쳐나온 그와, 그때까지 상념에 잠겨 아무 생각 없이 걸어보고 있다가 외침 소리에 뒤돌아본 크누드의 눈이 마주쳤다. 순간 말릴 틈도 없이 에인달케의 눈에 불똥이 튀었다.

"아니 이 남자가! 기사인 줄 알았더니 도둑놈이었어?"

"네? 아니……."

오해라 말할 틈도 없었다. 에인달케가 느닷없이 쿵쾅거리며 달려오더니 양팔을 뻗어 크누드의 가슴을 밀치듯 후려쳤다. 그러나 크누드는 별달리 방비하지 않았다. 상대는 무사도 아닌 귀족 아가씨이며, 이 일은 가벼운 오해이니까. 하지만 그의 손이 크누드의 흉갑에 닿기 직전에야, 그는 뒤늦게 떠올렸다.

'아 참, 이 아가씨는…….'

하지만 너무 늦었다. 자신의 체중 절반을 넘어가는 책 짐과 함께, 크누드는 쾅 하는 가슴의 충격을 느끼며 뒤로 넘어졌다. 그나마 훈련된 무사여서 적절하게 힘을 흘려 받을 수 있었지, 아니었다면 묵직한 등짐의 관성에 떠밀려 바로 갈빗대 하나쯤 나갔으리라.

"아니, 세상에! 에인달케 언니!"

아그니르가 달려와 분노한 에인달케를 막아섰다. 크누드가 요란한 소리와 함께 마룻바닥에 뒹군 직후였다. 놀란 얼굴의 까마귀 금고단 동료들이 우르르 달려왔고, 이 소란은 대표단이 머물던 객실 안의 사람들까지 호출하였다. 부단장 구드위르가 맨 처음 문을 열고 나오더니 이 앞뒤 모를 광경을 보고 눈살을 찌푸렸다.

"이보게, 무슨 추태인가?"

"아이고."

크누드는 그저 누운 채 희극적으로 앓는 소리를 내다가 버둥 거리며 짐을 풀어내고 일어섰다. 큰 충격을 받긴 했지만, 그의 요령과 흉갑 덕에 다친 데는 없었다. 많이 아프긴 했지만.

"오햅니다, 아가씨! 저는 짐이 하도 무겁길래 도무지 믿을 수 가 없어서 한번 메고 걸어본 것뿐이라고요?"

"아니 뭐라고요? 그런 멍청한 핑계를 누가 믿겠어요!"

에인달케가 여전히 노한 얼굴로 소리친다. 크누드는 살짝 기 막혀하다가 의혹의 눈초리로 자신을 쳐다보는 동료들의 얼굴 을 보고 더 어이가 없어졌다. 그는 바닥에 놓인 배낭을 가리키 며 구드위르에게 말했다.

"부단장님, 한번 짊어져 보시죠. 절 이해하실 겁니다."

"……?"

구드위르는 마뜩잖은 표정으로 크누드를 노려보다가 배낭의 어깨끈에 손을 뻗었다. 잠시 뒤, 그의 안색이 변한다.

"아니, 이게……?"

어깨가 떡 벌어진 무사의 감탄사였다. 그는 방금의 크누드처 럼 무언가에 홀린 듯, 배낭을 들어 올려 등에 져본다. 그러고는 크누드와 똑같은 표정으로 복도를 왔다 갔다 하기 시작했다.

"이 사람들 좀 봐! 지금 남의 짐을 가지고 뭐 하는 거죠?"

에인달케만 속이 타서 소리친다. 하지만 그러거나 말거나,

이윽고 그의 짐은 영문을 몰라 하는 까마귀 금고단원 전부에게 한 번씩 돌아가게 되었다. 왠지 다들 그 짐을 짊어지고는 믿을 수 없다는 표정이나, 혹은 인생의 허무함 같은 걸 깨달은 표정을 지으며 우왕좌왕했다. 익살스러운 표정으로 그 꼴을 보고 있던 크누드가 복잡한 표정의 아그니르에게 넌지시 묻는다.

"에인달케 아가씨는……, 집안 내력인가요?"

"……더 말하지 마세요. 짜증 나요."

아그니르가 미간을 붙이며 쏘아댔다. 어릴 때부터 바보처럼 책밖에 모르던 언니였으나 저 수수께끼 같은 완력은 남달랐다. 노아크는 용맹한 무사였던 증조부의 피가 그에게 나타난 거라고 여겼지만, 에인달케는 무예에 아무런 흥미도 보이지 않았다. 아그니르에게 그런 재능이 있었다면 진작에 서임 기사가 되고도 남았을 텐데. *괴력의 책벌레 사서라니 세상에 그런 쓸데없는 게 어디 있어?* 자신의 등짐에 감탄하는 용병들 곁에서 발을 동동 구르며 따라붙고 있는 에인달케를 흘겨보다, 아그니르가 크누드에게 말했다.

"일 끝나고 돌아가실 때 저를 데려가시지 않겠어요? 양성소의 남은 과정을 빨리 해치우고 싶으니까요."

증조부의 기질은 울리케에게, 그 힘은 에인달케에게 가버린 것일까? 자신에게는 한 방울도 남김없이? 아그니르는 가계의 혈통에서 홀로 소외된듯한 느낌에 사로잡혔다. 더구나 늘 병약하던 남동생마저 이제 마법사의 길을 걷고 있다. *난 도대체 뭘*

하고 있지?

"그러죠. 하지만 모르긴 몰라도, 피어클리벤에 꽤 여러 날 머물지도 모릅니다. 듣자 하니 아가씨의 검술 스승님인 달슨 경도 뉘른스에크로 떠나신 모양인데, 제가 잠시나마 상대해 드릴까요?"

그는 양성소에서 짧게나마 아그니르의 검술 교관이었으니까. 아그니르는 반색하며 응하였다.

"감사해요, 서리엇 경. 공무에 누가 되지 않는 시간에 찾아뵙겠습니다."

에인달케의 외침이 들려왔다.

"내 책 내려놓지 못해요? 이 사람들이 미쳤어, 진짜!"

그 시각, 울리케 일행은 드리츠 마을에 이르고 있었다. 일행의 면면은 계획대로 시그리드의 모험가 셋과 기사 에길, 그의 향사 토널드와 시야프리테를 포함한 류그라 셋으로, 다름 아닌 시야프리테의 아버지 류프리그테와 여동생 실네스레유였다.

앞서 혹한기 훈련 징집에 성의 모든 가용마차가 징발된 바람에 일행은 길가네스의 야영지에 들러 그들의 마차 하나를 빌려야 했다. 지금 그 마차를 몰고 있는 것은 류프리그테였고, 울리케와 시야프리테, 그리고 실네스레유는 짐칸에 있었다. 이틀에 걸친 여정은 별일 없이 느긋하게 흘러왔고, 시야프리테는 그

와중에 틈틈이 시그리드로부터 새로 배운 조감술의 요령을 시험했다. 물론 겉보기에는 그냥 지팡이를 싸안고 앉아서 명상하는 것에 지나지 않아 보인다. 하지만 점차, 소녀는 빠르게 익숙해져 갔다. 이를테면,

"우와, 지금 지나는 길 아래쪽으로 두렁땃쥐 일곱 마리가 굴을 파고 있어요!"

라던가,

"아……, 분명 방금까지 멧뿔토끼가 저 둔덕 아래 있었는데, 여우가 죽였나 봐요."

라는 등, 일행들이 전혀 관심 없어 할 주변의 자잘한 상황을 중계하곤 했다. 시야프리테는 점점 지각의 범위와 정밀도를 올려 가는 재미에 빠져들기 시작했고, 드리츠 근방에 이를 즈음에는 기어이 개미 수준으로까지 파악해보겠다고 조감의 해상도를 올렸다가, 이윽고 엄청난 두통을 느끼며 데굴데굴 굴러버렸다. 울리케는 야단법석을 피우는 시야프리테를 진정시키느라 한동안 애썼다.

"너무 무리하지 마."

가지의 잎끝이 노래진 걸 본 울리케가 말했다. 시야프리테는 짐칸의 뒤편에서 뭔가를 게워내고 있었다. 한심천만하다는 표정으로 등을 두드려주던 실네스레유도 종알거렸다.

"그래, 바보짓 좀 그만해."

시야프리테가 진절머리를 치더니 멍한 눈으로 울리케에게

말했다.

"알고 계신가요? 지금 이 근방엔……, 이억 칠천사백육십이 만 정도의 생명체들이 있어요. 겨울인데! 굉장하지 않나요?"

"……그걸 그새 센 거야?"

다른 지점에서 굉장함을 느낀 울리케가 물었다. 하지만 시야 프리테가 도리질을 쳤다.

"숫자는 머리에 들어와요. 으……, 하지만 다시는 하지 말아 야겠어요. 졸도할 뻔했네."

그야 그럴 것이다. 시그리드조차도 들쥐 이하 수준으로 조감 의 해상도를 올려본 적이 없다. 진지하게 반성을 다짐한 시야 프리테였지만 끝내 한동안 짐칸 한구석에 구겨져 누운 채 능력 이상의 마법을 사용한 부작용에 끙끙거려야 했다. 자업자득이 라 동정도 받지 못한다.

하지만 울리케는 약간 위화감을 느낀다. 류프리그데와 실네 스레유가 말하자면 시야프리테의 감시로서 합류했다고 생각했 는데, 이틀에 걸쳐 시야프리테가 어떤 무모한 짓을 해도 딱히 예의범절에 관한 것이 아닌 한, 그의 아버지는 아무런 간섭도 하지 않았다. 이따금 다소 불안한 듯 눈썹을 꿈틀거리긴 했지만.

"괜찮겠는가?"

마부석으로 다가온 울리케가 다소 앞뒤 없는 질문을 류프리 그데에게 던졌다. 그러자 그가 차분히 대꾸했다.

"저 녀석 말입니까? 바보는 몸으로 배우는 수밖에 없지요."

"아니……, 지팡이 이야기였다."

류프리그데는 슬쩍 몸을 돌려 가지에 달린 잎을 확인하려 했다. 대기하고 있던 실네스레유가 눈치 빠르게 가지를 들어 올려 아버지 쪽으로 내밀어 보기 쉽게 해 준다. 류프리그데는 눈썹만 살짝 움직이곤 다시 앞을 보며 말했다.

"괜찮습니다. 아가씨께서 걱정하실 것은 없습니다."

"그런가?"

하지만 이상히 여겨온 것이 확답을 받았을 뿐이다. 궁금증이 가시기는커녕 더 분명해졌다. 류프리그데는 그러한 울리케의 얼굴을 살짝 확인하더니 말하였다.

"어차피 장인께서 자리를 내 말씀드리려던 것입니다만, 계속 저어하시는 것 같으니 미리 알려드립니다. 실은 사나흘 전에, 저희끼리 빌러디저드 님을 뵈었습니다."

"결국 그랬는가? 신목의 터를 알아내었나?"

울리케는 반색하듯 물으며 마부석 옆자리에 앉아버렸다. 류프리그데가 고삐를 채근하며 답했다.

"예. 결론적으로 말씀드리자면, 우선은 신목이 자랄 수 있을 만한 용맥의 교차점을 찾아야 합니다. 하지만 그것은 저희 서피바리 모두를 불러모을 정도로 류그네라스가 크게 자라기 위한 조건이지, 뿌리내릴 절대 조건은 아닙니다."

"용맥의 교차점? 그게 뭐고, 어떻게 찾지?"

호기심 소녀, 울리케가 물었다. 류프리그데는 그 열망에 부응

할 수 없어 미안한 듯, 낯을 흐리며 답했다.

"지하에 흐르는 힘의 교차점……, 실은 저희도 자세히는 모릅니다. 그 구전은 소실되었죠. 알고 있는 다른 부족들이 있을지도 모릅니다만. 현재로서는 모릅니다. 빌러디저드 님도 모르시더군요."

그의 말은 계속되었다.

"그리고 터무니없는 사실은, 가지의 활착을 자극하는 방법입니다. 간단히 말해 가지를 고사 직전까지 혹사시키는 게 필요합니다. 그러면 가지는 살기 위해서 스스로 뿌리를 뻗기 시작한다고, 그분이 말씀하시더군요."

울리케가 어처구니없어하며 물었다.

"그런 것을 사백 년간이나 아무도 몰랐단 말인가……? 아니, 시도도 안 해 보고? 사고로라도 일어났음 직하지 않은가?"

"저희 민족이 가지를 얼마나 애지중지해왔는지 아신다면 납득하실 것입니다. 이게 얼마나 바보같이 들리는지는 저도 압니다만, 저희 서피바리, 류그라로서는 생각조차 해 본 적 없는 방법이니까요."

"그래도……, 유랑 중에 마수나 도적 떼 등에 마주치면 가지를 휘두를 법하지 않은가?"

여전히 잘 납득되지 않는 울리케가 재차 물어본다. 류프리그데는 고개를 저었다.

"아닙니다. 우선 첫째로, 대개의 장로들은……, 제 장인을 보셔서도 아시겠지만 부족이 결딴이 날 상황에 처해도 지팡이를 그렇게 소모하지 않습니다. 더구나 사람을 상하게 하는 마법은 천성적으로 거부감을 느끼기에 애초에 익히지도 않지요. 제 딸 년이 이상한 것입니다……. 그리고 둘째로, 지팡이를 뿌리 뻗게 할 만큼 소모하게 하는 것은 상당한 일입니다. 얼마나 혹사해야 하는지, 저희도 모릅니다."

울리케는 그의 설명을 듣고 몸을 돌려 아직까지 누워있는 시야프리테를 보았다. 왠지 웃음이 나온다. 류그라의 악몽이 이제 류그라의 구원자가 된 것이라면 아직 때 이른 평가일까? 문득, 어떤 것을 떠올린 울리케가 다시 자매들의 아버지에게 물었다.

"그렇다면 신목은 용맥에 문제가 있어 말라죽은 것인가?"

"그렇습니다. 그렇다고 하시더군요."

"용맥이라……, 무슨 문제였을까?"

그러자 류프리그데는 한동안 입을 다물었다. 늦은 오후의 서먹한 햇살이 기울며 북쪽으로 향하는 일행의 왼편을 간지럽힌다. 잠시 뒤, 그가 말했다.

"빌러디저드 님의 말씀에 의하면, 류그른의 용맥은 남쪽으로부터 올라오는 것이었습니다. 이건 단지 추측일 뿐입니다만, 모이리들은 사막에서 녹주(綠州)를 찾기 위한 기술로 용맥의 탐사 기법을 알고 있지요. 어쩌면 그들이 무언가를 했을지도 모릅니다."

"모이리? 아, 데아람의 열두 부족을 그대들이 이르는 말인가?"

"그러합니다."

데아람의 열두 부족. 적도와 열사의 땅에서 유목만으로 역사를 이어오고 있는 민족들로, 북구의 신화와는 완전하게 계통적으로 다른, 그들만의 이름 없는 유일신을 섬긴다고 알려졌다. 역사적으로나 지리적으로 제국과는 큰 접점이 없어 그저 아주 간혹가다 교류가 이뤄질 뿐, 본격적인 왕래는 거의 없는 것으로 울리케는 알고 있다. 무엇보다 너무 멀고, 마법사들의 본향 발라-라싸의 장대한 산맥과 더불어 이제는 버려져 마수들의 소굴이 된 류그라들의 고향, 류그른이 그 길목을 가로막고 있기 때문이다. 머릿속으로 지도를 떠올리던 울리케가 말했다.

"우연한 사고일까? 의도된 일이었을까?"

잠시 생각하던 류프리그데가 심각한 목소리로 답한다.

"의도라면, 신목을 파괴하고 저희를 그 땅에서 쫓아내려는 것이었을까요? 알 수 없습니다. 하지만 분명한 건, 남쪽으로 터를 찾아 나섰던 가지들은 결국 모두 연락이 끊겼다는 것입니다. 상황을 알아보기 위해 재차 남하한 가지들도 모두 사라졌지요. 저희에게 그 땅은 언급하기도 싫은, 침묵과 미지의 불길한 사막입니다. 더구나……."

류프리그데는 잠시 망설이더니 뒤를 흘끗 보았다. 딸들이 이쪽에 관심 갖지 않고 있음을 확인한 뒤, 그는 어렵게 입을 열었다. 작은 목소리였다.

"파마의 화살을 기억하십니까?"

"어찌 그걸 잊겠는가?"

울리케가 미간을 살짝 찌푸리며 말했다. 류프리그데가 한층 더 목소리를 낮추더니 말했다.

"그걸 어찌 만드는지 아십니까?"

"……알아야 하는가?"

물론 알고 싶지 않을 리가 없는 울리케. 하지만 류프리그데의 어두운 분위기와 더불어, 그 스스로도 그 저주받을 물건에서 느껴지던 불쾌함을 익히 기억하는 바이다. 마치 들어서는 안 될 이야기를 묻는 것 같은 기분이었다. 류프리그데가 말했다.

"그것은……, 막대한 인신 공양의 결과물입니다. 화살 한 대당 수십 명의 목숨이 바쳐지죠."

울리케는 아무 말도 하지 못했다. 기억 속의 그 새까맣고 짧은 화살의 형상이 재차 떠올랐다. 그 본능적으로 감지되던 꺼림칙함은 바로 이러한 내력 때문이었을까? 그는 불식 간에 몸을 부르르 떤다. 절대 춥기 때문이 아니었다.

"처음 그것을 보았을 때는 그저 무심히 넘겼습니다만, 신목의 고사와 연결 지어 생각해 보니 어쩐지 데아람의 아들들이 이 모든 것에 관련이 있는 게 아닐까, 그리 생각이 듭니다. 물론 아직 아무 근거도 없으며, 장인과 저만 조심스럽게 나눈 이야기였지요. 하지만 이게 사실이라면……."

그가 말을 끊고 한숨을 내쉬며 눈을 들었다. 거의 당도한 드리츠의 목가적인 풍경이 눈에 들어온다. 벌써 이른 저녁을 짓는 듯, 굴뚝에서 아늑하게 피어오르는 연기들이 보였다. 멀리서 개 짖는 소리도 들려 온다.

"그들은 저희의 재앙이었던 것만 아니라, 장차 제국의 재앙이 되지 않을까, 그리 염려가 됩니다."

다만 억측이기를, 진심으로 바라는 듯한 목소리였다. 울리케는 물끄러미 그를 보다가 그의 눈길이 향하는 드리츠의 전경에 시선을 따라 맞추었다.

싱숭생숭한 이야기는 거기까지였다. 현시점에서 알 수 없는 우울한 추측들은 미뤄두고, 울리케는 이 이야기의 긍정적인 측면들을 생각하기로 했다. 어쨌건 류그라들이 새 땅을 찾을 방법이 생긴 것이니까. 울리케는 그들을 축복하고, 앞으로도 여러 가질 돕겠다고 이야기했다. 류프리그데는 정중히 감사를 표하며, 빌러디저드와의 약속에 따라 피어클리벤의 영민으로서 속하게 될 것을 예고하였다. 이 또한 네그레즈가 공식적으로 성을 찾아와 하게 될 이야기였으나 이야기가 나온 김에 먼저 듣게 된 것이다. 울리케는 조금 놀랐지만 기껍게 여기며 한층 더 그들 미래의 안녕을 빌었다.

그렇게, 피어클리벤의 진흥행정관 겸 고블린 대사의 수행 행렬은 무사히 드리츠에 다다랐다. 이제 울리케의 방문이 아주 익숙해져 버린 촌장은 느린 걸음으로나마 뛰어나와 맞이했고, 미리 어떻게 알았는지 일행 전부를 대접할 만큼 저녁을 준비하고 있었다. 물어보니, 고블린 정찰대원 하나가 그들의 접근을 일찌감치 포착하고 알려왔단다.

"고블린들은 어쩌고 있는가?"

촌장의 집은 좁아터져 울리케 일행 전부가 들어서니 아주 빽빽하였다. 하지만 덕분에 집 안은 후끈하게 달아올랐고, 최상급자라 할 수 있는 울리케가 불편함을 보이지 않아 분위기는 좋았다. 촌장의 아들 내외는 정신없이 부엌에서 준비한 음식들을 날랐고, 손자 손녀들은 부엌에서 일행을 훔쳐보았다. 오라고 손짓해 보았지만 자꾸 달아난다.

"어……, 겨우내 쟁기질은 무리니까 밭으로 일굴 터만 결정하려고 몇 차례 오갔습니다. 그들의 사정을 듣고 필요한 면적과 자리를 보아주었습죠. 그것 말고는……, 이따금 땔나무를 마련하거나 사냥을 하려고 인근으로 나옵니다."

촌장이 울리케의 물음에 대답하였다. 울리케는 그들이 서리심 뉘르뉴와의 약속을 충실히 지킨다는 소식에 흡족히 고개를 끄덕였다. 서두를 것은 없으니 오늘은 여기서 묵고 내일 고블린들의 산채에 방문할 예정이다. 문자에 관한 이야기와 협정을 마무리해야지. 울리케는 아직 몰랐으나, 그날이 바로 아우케트와 바르바크의 결투가 있을 뻔한 날이었다.

아그니르가 나선 덕에 에인달케의 바보 같은 소동은 금방 수

습되었다. 용병들로부터 책을 돌려받은 에인달케는 오해를 풀고 모두에게 사죄한 뒤, 도망치듯 울리케의 집무실 안으로 들어가 버렸다. 아그니르는 피곤하다는 표정을 하고 크누드를 포함한 용병들에게 대신 양해의 말을 구했다.

"언니는 책에 관한 한 사람이 좀 많이 이상해져요. 이해하시라고는 말 못 하겠지만……, 그냥 그런가 보다 하시지요."

달리 어쩌겠는가? 딱히 피해 본 것도 없고, 저녁 술자리의 이야깃거리가 될 만한 구경거리였으니 투덜댈 여지는 없었다. 크누드는 뻐근한 가슴을 속으로 달래며 소동의 단초를 제공한 것에 대해 모두에게 사과했다. 그러고는 모두 제자리로 되돌아갔다. 아그니르와 발프리드도 에인달케를 쫓아 울리케의 객실로 향했다.

대표단 객실 안에서 이따금 두런두런 이야기가 흘러나왔으나, 크누드가 엿들을 만한 가치는 없는 이야기들이었다. 모두가 생각보다 길어지는 대기시간에 대해 지루함을 느끼고 있었다. 크누드가 힐끗, 안뜰에 모여있는 마차들 쪽을 보니 딸려온 마부와 수행원들 역시 추위와 지루함에 지친 표정이었다.

"기다리게 했소."

보기보다 참을성 있는 크누드마저 조금 지루해할 무렵, 에이드리크가 홀로 공관에 나타났다. 회의가 끝난 것일까? 크누드가 객실 문을 열고 그의 방문을 알리자, 대표단의 수장인 에밀이 나와 에이드리크를 맞았다. 안으로 들라는 그의 청을 점잖

게 물린 문관은 곧장 선 채로 말했다.

"여러 손님들을 기다리게 하여 정말이지 송구합니다. 긴급한 용건이 있어 먼저 다루지 않으면 안 되었습니다."

"예고 없이 찾아온 것은 저희가 아닙니까? 신경 쓰지 마십시오."

안에서 여태 가장 배배 꼬던 사람이 잘도 저런 소리를 한다. 크누드는 공관의 처마 끝을 올려다보며 그렇게 생각했다. 중년의 문관은 허허거리며 대답하였다.

"권한대행이신 남작부인께서는 몸이 편찮으셔서 그 본래의 직이 요구하는 최소한의 책무만을 감당하고 계십니다. 하여 실무에 관해 여러 가지를 저와 더불어 마법 고문이신 유세트 경에게 나누셨지요. 그러나 여러분을 맞이하고 관련된 일을 논의할 일차 책임자는 저희가 아니라 울리케 아가씨입니다."

아우셸바프의 시장, 에밀의 눈썹이 살짝 꿈틀거렸다. *이게 무슨 소리야?*

"······울리케 아가씨요?"

"네. 진흥행정관이시자 고블린 대사의 중임을 맡고 계시며, 지금은 공무차 자리를 비우셨습니다. 예정하신 일정대로라면 이틀 정도 후에나 성으로 돌아오십니다. 여러분께서는 그때까지 영내에서 자유롭게 체류하실 수 있습니다만, 목적하신 용건만큼은 아가씨의 귀환 이후 다루셔야만 합니다."

문관은 잔잔한 목소리였으나 오랜 세월 사무로 다져진, 단호한 어조로 이렇게 절차의 중요성을 강조한다. 그것이 뜻하는 바를 알아들은 에밀의 표정은 숨기지 못하고 붉으락푸르락하기 시작했다. 이를 곁눈질하는 크누드는 혀를 찬다.

"그……, 차 한잔 마실 정도의 시간만 내어주시면 되는 것을……."

"모든 민원과 송사, 대외 업무의 일차적 승인자는 진흥행정관인 울리케 아가씨입니다. 아가씨의 승인을 거치신 후 비로소 이야기하실 수 있습니다. 예의가 아닌 줄은 압니다만, 이는 어디까지나 공무에 관련한 것이니 부디 하그라프닐 시장님께서는 작은 영지의 관료적 절차라 무시하지 말아 주십시오. 머무시는 동안의 모든 편의는 심려가 없도록 조치하겠습니다. 그러면……."

말을 마친 문관 에이드리크는 좌중을 한번 둘러보더니 예를 표하고 물러났다. 시원하고 빠른 걸음이었다. 더 비벼볼 여지도 없이 덩그러니 남겨진 에밀은 기분이 몹시 상한 듯 혀 차는 소리를 반복하더니 몸을 돌려 안으로 들어가 버렸다. 곧 내부에서 짜증이 터져 나왔다.

"아니, 이게 무슨 경우야! 한참을 기다리게 해 놓고도 모자라 이삼일을 더 대기하라고? 그러고는 새파란 처녀랑 이야기하라고? 진흥행정관이 대체 뭐야? 고블린 대사는 또 뭐고?"

엿듣고 있는 크누드도 그 점이 신경 쓰인다. 진흥행정관 같은 직함이야 갖다 붙이기 나름이라지만, 고블린 대사는 정말 무슨 이야기일까? 피어클리벤은 용뿐만 아니라 고블린과도 협력하고 있다는 말인가? 그게 사실이라면 여기는 정말이지 엄청나게 재미있는 땅이 아닌가!

"일종의 기선제압이 아닐까요? 어느 쪽이 더 아쉬운가에 대한……."

"그야 당연히 여기가 아쉽지! 용이 있으면 뭘 해? 당장 돈이 나오나? 밀이 나오나? 용이 여태 식량이나 축내고 있을 게 아닌가?"

물론 이것은 그들의 그릇된 추측이다. 세간의 인식과 달리 용은 매우 적게 먹으며, 그마저도 스스로 알아서 해낸다. 빌러디저드가 피어클리벤에 머물면서 발생한 비용은 여태껏 최초의 보금자리 건설에 들어간 약간의 자재와 노동력이 전부였다. 그것을 알 리 없는 이들의 불평은 계속 터져 나왔다.

"어쩌실 겁니까? 이대로 눌러앉아 기다리다가 어린애에게 욕을 보실 참입니까? 피어클리벤이 우리 도시의 저력을 잘못 평가하는 건 아닐까요? 뭘 가져왔고, 앞으로 제공할 수 있는지 안다면 태도가 달라질지도 모릅니다."

"확실히 그럴 수도 있소. 영주란 것들은 땅만 부쳐 먹을 줄 알지, 자유도시에서 하루에 오가는 돈이 얼마인지 상상도 못 하는 것들이외다. 아닌 말로, 아우셀바프의 모든 자산을 현금화하면 피어클리벤과 옆의 시구르날프 자작령까지 다 사버릴 수 있지 않소?"

음, 저건 좀 많이 잘못된 계산이야. 듣고 있던 크누드가 그렇게 평가한다. 애초에 영지가 그런 식으로 부동산 매물이 될 수 없다는 점을 차치하고라도, 저 계산은 틀렸다. 게다가 지금 저들은 이 땅에 용이 머물고, 걸출한 마법 고문이 있으며, 아울러 고블린의 협력을 받고 있을지도 모른다는 걸 완전히 잊고 있는 게 아닐까? *자신들이 들고 온 돈궤짝에 눈이 멀어서 어쩌자는 거야? 저력을 잘못 평가하고 있는 것은 당신 영감네들이라고.*

"일단 야영지를 꾸미고, 이따 저녁을 먹은 뒤 내가 다시 그 문관과 접촉해보겠소. 어려우면 하급관리라도 매수해봐야지! 배고프니 어서 움직입시다."

문가에 기대고 있던 크누드는 반사적으로 발을 떼어 물러섰다. 곧이어 문이 열리며 대표단 일행이 우르르 밖으로 밀려 나왔다. 안에서 걸상 등을 정리하고 맨 마지막으로 나온 것은 부단장 구드위르였다. 무척 피곤한 얼굴이다.

"다 들었나?"

"들었습니다."

"한심천만하군."

"동감입니다만, 예상대로입니다."

그들은 공관 앞에 우두커니 동료들과 선 채로, 대표단들이 각자 자신들의 마차로 흩어지는 것을 지켜보았다. 잠시 그렇게 수행 임무를 방기하고 있던 그들 가운데, 구드위르가 먼저 입을 열었다.

"자네가 그 울리케 아가씨와 안면이 있다고 들었네."

"안면이 있다고까지 하면 좀 쑥스러운데요. 하지만 모르는 사이는 아닙니다."

"그 뭐라는 직함은 그렇다 치고 고블린 대사라니? 알고 있었는가?"

"그런 것을 알았더라면 제가 보고를 안 했겠습니까?"

"도대체 어떤 아가씨인가?"

크누드는 잠시 말을 고르며 기억 속에 있는 울리케의 인상을 더듬었다.

"어떻다고 평가할 만큼 접한 시간이 길지는 않았으니까요, 평가하기는 너무 섣부릅니다. 하지만 당차고, 아주 영리했습니다. 경험이 부족하고 아직 감정적인 두드러짐을 완전히 제어하지 못합니다만, 그것은 그 나이에 비해 결코 허물이 아닐 겁니다. 뭐, 저도 아직 충분히 어리지 않습니까?"

크누드가 신중히 이렇게 말하자, 구드위르는 징그러운 뱀을 보는 듯한 눈길로 크누드를 흘겨보았다.

"다른 사람이라면 몰라도 자네가 그런 이야기를 하니까 뱃속이 뒤틀리는군."

"순진한 청년을 놀리지 마십시오, 부단장님."

크누드가 짐짓 밉살스럽게 낄낄거렸다. 그러더니 정색을 하고 말을 잇는다.

"노인네들은 저대로 하고자 하는 바를 하도록 놔두죠. 원하는 만큼 시간과 돈을 낭비하게끔 말입니다. 그 사이, 저는 울리케 아가씨를 먼저 쫓아가 볼까 합니다. 그 문관의 태도에는 분명 아우셀바프의 기를 누르려는 의도가 엿보였습니다만, 허튼소리는 아니었습니다. 울리케 아가씨를 통해 이야기하라는 건 정말일 겁니다. 그러니 저희가 먼저 찾아 접촉하는 게 좋겠지요. 안전을 위한 귀환 호위라는 명목이면 핑계도 충분합니다."

"괜찮군."

구드위르는 길게 고민하지 않고 승낙했다. 곧, 크누드는 신속히 움직여 동료들 가운데 절반을 차출해 편성을 꾸렸고, 대표단과 권한대행 양쪽에 울리케의 귀환 호위를 수행할 뜻을 전달했다. 예상대로 자기들끼리의 작당에 바쁘던 노인들은 관심 없다는 듯 마음대로 하라 그랬고, 하인을 통해 소식을 받은 에이드리크는 한동안 시간을 끌더니 승낙의 뜻과 함께 작은 쪽지를 전해왔다. 크누드는 아무에게도 들키지 않고 그 쪽지를 펴 보았다.

경의 혜안에 관해 들은 바가 있습니다. 모쪼록 아가씨를 부탁드리며, 어떤 일을 목격하시더라도 너무 놀라지 마십시오. 좋은 기회가 되길 바랍니다.

크누드는 두세 번 읽어 새긴 뒤 종이를 박박 찢어 버렸다. 살짝 미소가 나왔다. 울리케는 그에 관해 문관에게 이야기해 둔

것이 틀림없다.

"서리엇 경?"

아그니르였다. 여태 에인달케에게 붙잡혀 울리케의 집무실 안에서 성격에 안 맞는 일을 하다 도망쳐 나온 참이었다. 난간 아래쪽에서 그를 올려다보며, 크누드가 답했다.

"네, 아가씨."

"어딜 가시나요?"

아그니르가 말을 타고 서 있는 용병단원 아홉을 발견하고 그에게 물은 것이다.

"울리케 아가씨 행렬을 쫓아갑니다. 궁금한 것도 있고, 귀환 길에 호위를 수행할까 합니다. 여기서 이틀이나 무료하게 서성이기는 너무하니까요. 대련은 다녀와서야 가능하겠습니다. 양해해 주시지요."

"저도 가겠어요!"

아그니르는 스스로 외쳐놓고 놀란 표정을 지었다. 크누드도 마찬가지다.

"어……, 놀러가는 게 아닙니다만."

"저도 아닙니다!"

아그니르는 막무가내로 외치더니 몸을 돌려 달려갔다. 크누드는 별수 없이 기다렸고, 이윽고 아그니르는 무장을 한 채 뛰어나와 자신의 말까지 끌고 왔다. 말릴 새도 없었다.

"좋습니다. 뭐, 야간 승마와 노숙도 수업의 하나이죠. 기억하고 계신 것들을 한번 살펴볼까요."

아그니르의 성격을 어느 정도 알고 있는 크누드는 단지 그렇게 말했다. 여기서 그의 의지를 무시했다간 출발 자체에 지대한 훼방을 받을 가능성이 크다. 딱히 필요한 인원은 아니지만 그래도 기사 지망생으로 엄격한 수업을 받아온 아그니르였다. 호위의 대상이 아니니 누가 될 것도 없으며, 아그니르가 보여준 반응의 다급함이 오히려 크누드의 관심을 끌었다. 가는 길에 울리케와 피어클리벤에 관한 이야기를 더 들을 수 있다면 나쁘지 않은 교환이지. 크누드는 그렇게 생각하고 목에서 뼈피리를 꺼내 불었다. 날카롭고 독특한 박자의 음색이 어둑해지기 시작하는 하늘을 찢었고, 잠시 뒤 묵직하게 퍼덕거리는 소리와 함께 아주 큼직한 도래까마귀 한 마리가 나타나 공관의 목제 난간에 내려앉았다. 아그니르가 반갑다는 듯 외친다.

"그림니르!"

"기억하시는군요? 이번에 같이 왔습니다. 역시 같이 갈 생각이고요."

"예전에 봤을 때보다 더 큰 것 같아요."

"아마 그럴 겁니다."

출발 준비는 대강 갖춰졌다. 그들은 드리츠 방향을 향해 어둠을 뚫고 달릴 예정이며, 길에서 노숙을 하고 이튿날 다시 달릴 것이다. 하루면 따라잡겠지. 문제 될 것은 없을 것이다.

"문제가 좀 있었다."

드리츠에서 하루를 묵고 이튿날 일찌감치 나선 울리케 일행은 시우부름 요새의 기슭, 파수대에 오십장이 나와 있지 않다는 걸 알고 조금 의아해했다. 십장 하나의 안내를 받아 요새에 당도한 이후에야 뒤늦게 마중 나온 아우케트는 위와 같은 말을 첫인사로 날렸다.

"큰 문제야?"

울리케가 염려스러운 표정으로 물었다. 고블린 오십장은 약간 의아한 얼굴이 되어 울리케의 진심 어린 낯빛을 보더니 갑자기 헛웃음을 지었다. 그리고는 고개를 흔들며 대꾸했다.

"아니다. 의견 충돌이 조금 있었다. 그걸 정리하느라 거의 날을 샌 참이지. 결론부터 말해……, 이제 나는 삼백장이다."

"뭐?"

울리케는 이 뜻밖의 소식에 놀라지 않을 수 없었다. 아니 잠깐, 시우부름의 고블린 부대는 오십장 다섯이 아니었나? 그의 의문을 읽어내기라도 한 듯, 아우케트가 말했다.

"약간 서둘러 보충병들을 승급시켰다. 본래는 비상시에나 취하는 편성 변화이지만 가능한 일이지. 자세한 이야기는 들어가서 하겠나? 여기는 낮은 지대보다 더 춥다."

"아, 참으로 친절한 말씀!"

안 그래도 훈기의 방패를 켤까 하고 심각하게 고민하고 있던 시야프리테가 외쳤다. 그때였다. 불길한 느낌의 뿔나팔 소리가 북쪽의 먼 방향에서 들려왔고, 이를 알아들은 요새의 고블린들이 소란을 피우며 움직이기 시작했다. 아우케트는 찌푸린 얼굴로 북쪽 하늘을 보았고, 울리케 일행은 영문을 몰라 긴장하며 마차 중심으로 모여들었다. 잠시 뒤, 북쪽 숲을 헤치며 튀어나온 것은 늑대에 올라탄 십장, 누트였다. 엄청난 속도로 달려온 고블린이 아우케트 앞에 멈춰서 투구의 면갑을 들어올리자, 울리케는 일전 그가 선돌의 안내를 했던 그 십장임을 알아본 것이다.

"보고드립니다! 공성귀입니다! 세 마리! 북쪽에서 빠르게 남하하고 있습니다!"

오우거가 나타났다.

제 11장

안뜰에 모여있던 예방단의 마차들이 각자 그 주인들의 신경질적인 지휘에 따라 흩어지기 시작했다. *아마 성하촌 근처의 공터에서 머물 자리를 찾겠지.* 안내된 응접실에서 갓 피워낸 불의 매캐한 냄새를 맡으며, 서른네 살의 로릭스데 라펀다시르는 그리 생각한다. 지금 그는 별로 맑지 않은 유리창 너머로 안뜰의 산개를 구경하고 있었다.

"뭘 보시는가?"

발프리드가 쭈뼛거리며 들어와 불을 지피고 나가는 것을 내내 뚫어지라 처다보던 그 스승의 스승, 케틸이 로릭스데에게 물었다.

"별거 아닙니다. 자유도시의 대표들이 들이닥친 이유가 뭐라고 생각하십니까?"

"도련님이 생각하시는 것과 같소."

"······남작부인은 저들의 사탕발림에 넘어갈 분이 아닌 것 같더군요. 다행이라고 해야 할까, 만만치 않겠다고 여겨야 할까, 어느 쪽일까요?"

"꼭 어느 쪽이어야 하겠는가?"

"······피어클리벤 남작이 갑작스레 변경백의 호출을 받은 것은 결코 관례적이지도, 사소하지도 않은 일일 것입니다. 서둔다고 서둘렀으나 역시 중앙이 한걸음 빨랐군요. 어찌 생각하십니까?"

"여기도 이리 추운데 뉘른스에크는 도대체 얼마나 추운 곳이오?"

그때까지 창밖으로 어둑한 바깥을 내다보며 이야기하고 있던 로릭스데는 마침내 몸을 돌렸다.

"아문세트 경······, 저한테 무슨 불만이 있으십니까?"

늙은 마법사, 케틸은 벽난로 앞에 걸상을 갖다 놓은 채 구부정하게 앉아있었다. 대답 대신 살짝 손을 뻗어 불꽃의 기지개를 부추겨낸 끝에야, 노인은 입을 연다.

"실례했소. 예기치 않게 옛 제자 놈을 만나 심사가 어지럽군. ······하지만 시국이야 뭐 어떻소? 애초에 아이비레인의 요청에 따른, 지극히 개인적인 용무 아니오?"

물끄러미 마법사를 보던 로릭스데가 한숨을 쉬고 말했다.

"용이 없는 황실은 어떻게든 피어클리벤을 끌어들이고 누대에 걸쳐 혈연을 쌓으려고 할 것입니다. 언약의 내용이 어떤가에 따라 달렸겠지만, 황실은 수도를 옮겨서라도 그 뜻을 이루려 하지 않을까요? 피어클리벤의 용이 황실의 용이 된다면…….”

그러자 케틸이 말을 가로챘다.

“그게 무슨 상관인가? 라핀다시르가 오랫동안 황실과 차갑게 척을 져 왔던 것은 어디까지나 그 흰 용을 내어주지 않고 보호하기 위함이 아니었는가? 이 땅이 황실의 편에 들어 황실에 용이 생긴다면 아이비레인에 대한 저들의 집착은 깔끔하게 사라지겠지. 그럼 이참에 라핀다시르는 아우스뉘르와 다시 친해져 볼 수도 있을 게 아니오?”

“저는 별로 그런데 관심 없습니다, 아문세트 경.”

그러자 노인은 그를 쳐다보았다.

“도련님 대에 일어날 일이오. 아무튼 아이비레인은 피어클리벤의 용을 보고 싶어 하고, 우린 그 중매를 서려 온 셈이니까. 난 그 이상 공연한 고민은 하지 않겠소.”

그러자 로릭스데가 살짝 언짢은 표정으로 말했다.

“중매라뇨? 그런 표현 마십시오. 이것은 어디까지나…….”

“솔직히 말해보시오, 로릭스데 도련님. 인간 여자에게 관심이 있긴 한가?”

로릭스데는 입을 살짝 벌린 채 이 충격적인 의혹으로부터 살짝, 자신의 영혼을 이탈시켰다. 짧은 아연함 끝에 되돌아온 그가 말했다.

"도대체……, 진심으로 하시는 소립니까?"

그러자 늙은 마법사는 그냥 웃기 시작했다. 머지않아 제국 제일의 영지를 정통적으로 다스리게 될 상속자에게 이런 농담을 던질 수 있는 것도 마법사라는 존재들만이 가진 유구한 만용일 것이다. 로릭스데는 어처구니가 없어서 한 말이긴 했지만, 진심으로 기분 나빠하진 않아 보였다. 한동안 낄낄거리던 노인이 말했다.

"하지만 문제는 권신들이지. 스미드레드의 공백이 만든 자리에서 자라난 중앙 귀족들이오. 저들은 황가의 의지를 겉으로는 응원하면서도, 결코 다시 제국에 용이 자리 잡게 놔두지 않을 거야. 용은 현재 피어클리벤에 있는 만큼 이 땅은 쉽게 무너지지 않겠지만, 황실은……."

로릭스데는 침묵으로 수긍했다. 용의 자리가 빈 지난 수십 년, 존재하지 않는 제국의 용을 철저히 선전수단으로 삼아 본래부터 빈약한 지방장악력을 유지해온 제국이다. 이는 불가피한 정치적 선택이었으나 그 과정에서 그를 주도한 중앙 귀족들의 급격한 득세를 가져왔다. 인의 장막 안에서 유명무실해진 황제의 권위는 이제 한낱 지방 영주들과 사실상 별 차이도 없다. 삼십여 년 전, 용의 부재 사실을 공표하고 새로운 체제로의 전복을 꾀하려던 헤르펠 일가의 멸문을 주도한 것도 당시 황제가 아니라 중앙 귀족들이었고, 황실과는 반목했으나 중앙 귀족들과의 관계만은 긴밀했던 로릭스데의 조부, 에윌루드 대공은 별수 없이 아이비레인을 참전시켜야 했다. 그것이 그 가엾은 용의 처음이자 마지막 대외 활동이었다.

"저는 황실이나 제국이 어찌 되건 아이비레인에게 다시 그런 참혹한 일을 시키지는 않을 겁니다."

로릭스데는 조용하고 차가운 분노를 담아 말했다. 그는 비록 태어나기 전이라 목격한 바 없지만, 익히 상상할 수 있다. 내키지 않는 인간들의 싸움에 끌려 나와 자신이 무심코 내뱉은, 마치 영원히 끝나지 않을 듯 영겁에 걸쳐 타오르는 백린의 불길 속에서 수많은 사람이 죽어갔겠지. 그것은 부모에게 일절 어떤 용으로서의 가르침도 받지 못하고 오로지 인간들의 손에 의해 자라난 용, 아이비레인에게 크나큰 충격을 주었다. 언약이 유지되는 한 영생을 누릴, 어떤 것도 잊지 못하는 생물에게 그건 너무나 가혹한 일이리라. 그러나 마법사는 쌀쌀맞게 중얼거렸다.

"아이비레인은 좀 더 담대해져야 하오."

"그렇게 간단하게 말씀하실 일이 아닙니다."

로릭스데가 드물게 쏘아붙였다. 하지만 더 말을 붙이진 않는다. 케틸은 표정에 별다른 변화 없이 여전히 꾸부정한 채 벽난로의 불길만을 바라보았다. 한동안의 침묵을 깬 건 노인이었다.

"피어클리벤이 어떤 선택을 하건, 우리는 그저 아이비레인의 처지를 이해하고 도와줄 유일한 우방을 마련코자 온 것이야. 나는 이 필요성에 동의했기 때문에 이 여정에 따른 것이오. 하지만 도대체 피어클리벤이 이 문제를 어떤 층위에서 이해하고 받아들일지 모르겠군. 도련님의 진심을 제대로 전할 자신이 있소? 아니라면 우린 오로지 정략적으로 소비될 거요."

잠시 생각하던 로릭스데가 말했다.

"용과 처음 접촉하게 된 경위와, 언약에 관해 알아야 하지 않겠습니까. 누구를 통해야 할지……."

"식사 왔어요!"

문이 부서지라 두드린 것은 물을 것도 없이 에인달케였다. 스스로도 민망했는지 약간의 망설임이 문밖으로부터 흘러들어왔고 이윽고 조신한 척, 문이 열린다.

"함께 식사하시죠?"

들어선 것은 에인달케와 시그리드, 그리고 발프리드였다. 하녀 로테까지 따라붙어 손님들을 위한 식사를 바리바리 싸 들고 온 참이었다. 그들은 곧장 구석에 있던 탁자 두 개를 이어붙여 자리를 마련하고 바구니에 들고 온 음식들을 차리기 시작했다. 이미 이런 잡일에 한없이 익숙해진 발프리드와, 더불어 사서로 일하며 홀로 생활하기에 익숙해진 에인달케가 주로 손을 놀렸다. 덕분에 일을 대부분 빼앗긴 로테가 한동안 쩔쩔매었다.

"어머니께서는 몸이 편치 않으셔서 만찬에 참석하시기 어렵습니다. 이렇게 대접하는 것을 용서하세요."

"저런, 남작부인께서는 괜찮으시오?"

에인달케의 말에, 케틸의 물음이었다. 에인달케가 웃으며 답했다.

"뭐, 괜찮으셔요. 그래도 제가 기억하는 모습보다는 매우 건강하시던걸요."

검소하지만 나름 잘 차린 식사가 시작되었다. 발프리드는 긴장한 티가 역력한 얼굴로 스승의 곁에 앉았고, 시그리드는 케틸과 마주 앉게 되었다. 이미 앞서 발프리드를 한번 본 케틸이 또 소년을 쳐다보다 입을 열었다.

"그래, 네 제자라고?"

"뭐, 품평하실 겁니까?"

다소 방어적인 시그리드였다. 케틸이 눈썹을 한번 띄우고는 말한다.

"어찌 찾았느냐?"

"용이 알아보았습니다."

"과연······."

혹시나 했던 생각대로라는 듯, 케틸이 고개를 끄덕였다. 듣고 있던 에인달케가 활발하게 끼어든다.

"용이 도대체 어떻게 영지로 온 것이죠?"

시그리드는 천천히 이야기를 시작했다. 우연히 영지에 들렀다가 구출 요청을 받고 드리츠로 향한 이야기부터, 고블린들과의 교섭까지. 의도한 것은 아니었지만 구태여 서리심에 관한 이야기까지 섞지는 않았다. 너무 긴 이야기가 되기도 하고, 용과는 별 관계가 없었으니까. 그의 관점에서 일견 평면적으로 전해지는 이야기였건만, 에인달케를 비롯 로릭스데와 케틸 모두 눈을 크게 뜨고 흥미진진하게 들었다. 안 그럴 수가 없는 이야기다.

"그렇다면⋯⋯, 현시점에서 피어클리벤의 용, 빌러디저드 님과 가장 긴밀한 관계에 있는 것은 울리케 아가씨로군요?"

로릭스데의 물음이다. 이 확인하는 듯한 질문에 저의가 있음을 포착한 시그리드가 말했다.

"그렇습니다. 언약의 명의는 피어클리벤의 이름 아래 마땅히 그 가주이신 영주님에게 있지만, 사실상 울리케 아가씨가 이 모든 사태의 중심축이었죠. 영주님께서 부재중인 현재 더욱 그러합니다."

발프리드는 약간 의아한 얼굴로 스승을 본다. 소년조차 로릭스데의 눈빛과 질문에서 어떤 의도를 읽어내었기 때문이다. 그런 그에게, 구태여 울리케의 가치와 비중을 실제 이상으로 부풀려 말할 필요가 있을까? 소년은 얌전히 식사하는 손을 멈추지 않은 채 계속 생각했으나 아직 덜 여문 머리로 스승의 의도를 쫓아가기란 어렵다.

하지만 시그리드가 자랑하는 듯 그렇게 울리케를 선전해버리자, 로릭스데는 오히려 그 말을 곧이곧대로 믿을 수 없게 되어버렸다. 에인달케에게 들었던 가족 사항에 따르면 울리케는 이제 고작 열일곱 살의 아가씨다. 비록 용과의 인연에서 선도적인 역할을 한 것은 맞다고 해도, 시그리드의 답변에는 어쩐지 으스대는 듯한 허풍이 끼어있는 것처럼 들린다. 혹시 그가 엉뚱한 미끼를 물고 늘어지도록 유도하는 게 아닐까? 그리 의심하는 로릭스데였다.

"제가 기억하는 울리케와는 좀 다르네요. 솔직히 다 믿기지는 않아요. 뭐, 사 년이면……, 아이들은 충분히 많이 바뀔 수 있는 시간이지만."

에인달케의 이야기가 로릭스데의 의혹에 부채질한다. 천성적으로 식사에 별 관심 없는 사서의 물음이 이어졌다.

"저는 쫓겨나서 못 들었는데, 무슨 말씀을 나눴나요?"

"……아가씨, 나중에 말씀드리겠습니다."

로릭스데가 난처한 듯 말했다. 이미 앞서 그들끼리 실컷 이야기한 사안에 대해 새삼 다시 관련자를 앞에 두고 복기하는 것은 경우가 아닌 까닭이다. 하지만 시그리드가 웃으며 말했다.

"괜찮지 않겠습니까? 어차피 아실 일이니까요. 아가씨, 그런데 라핀다시르 경이 오신 이유를 모르시나요?"

"모르는데요?"

그러자 좌중이 잠깐 짧은 침묵에 잠겼다. 발프리드는 입에 얼른 전병 조각을 쑤셔 넣으며 웃음과 함께 삼켰다. 사 년 전, 당시 열 살의 발프리드가 기억하는 둘째 누나의 모습은 전혀 달라진 데가 없었다. 한 달을 꽉 채울 여행 기간 동안 동행자의 용무에 관심이 없을 수 있는 사람이 어디 많을까? 똑같은 책벌레건만, 에인달케의 지적 욕구는 울리케와 달리 오롯이 문서화

된 이야기들에 한한다. 그에게 현실이란 그저 책을 읽기 위해 소모되는 귀찮은 껍데기들의 마찰 같은 것이 아닐까.

"……아주 좋은, 그리고 참으로 적절한 동행을 고르셨군요?"

시그리드가 은근한 비꼼을 담아 로릭스데에게 이렇게 묻자, 그는 기사도의 비난이라도 받은 양 얼굴을 살짝 붉혔다. 그가 에인달케의 성격을 파악하고 이용했다는 혐의를 벗기란 아마 불가능할 것이다. 왜냐하면 절반 정도는 사실이므로.

"악의는 없었습니다, 유세트 경. 서로의 이해가 맞았다고 여겨주시면 안 되겠습니까?"

간신히 이렇게나마 궁색하게 말하는 로릭스데가 불쌍할 지경이다. 시그리드가 여전히 미소 띤 얼굴을 유지하며 대꾸하였다.

"아이비레인 님이 빌러디저드 님과 만나고 싶어 하신다고요. 두 용의 접촉이 불러올 파장에 대해 생각해 보셨습니까?"

"솔직히 말씀드리자면, 생각하는 것은 포기했습니다."

잠시 눈을 감았다 뜬 로릭스데가 이렇게 말하자, 시그리드의 미간이 살짝 일그러졌다. 로릭스데의 말이 이어졌다.

"저는 아이비레인의 간곡한 요청으로 왔을 따름입니다. 어떤 정치적 고려가 아니라……, 물론 불가피하게 생각하지 않을 수는 또 없겠습니다만……, 그는 다른 용을 만나보고 싶어 합니다."

"왜죠?"

"만나본 적 없으니까요."

도대체 그 이상 무슨 이유가 필요하냐는 듯, 로릭스데가 말했다. 그러자 듣고 있던 에인달케가 이해된다는 듯 떡을 우물거리며 고개를 크게 끄덕거렸다. 그 바람에 모두의 시선이 잠깐 그를 향했고, 그럼에도 일고의 민망함도 없이 에인달케는 씹던 걸 마무리하며 말했다.

"정말 그렇겠군요. 백 년이 넘게 공작가의 사람들만 보고 살아왔을 테니까요. 가엾은 용."

당면한 문제의 인식을 한없이 순진무구한 차원으로 추락시키는 에인달케의 평가였다. 시그리드와 로릭스데는 잠시 입을 다물어야 했고, 발프리드는 국을 뿜지 않기 위해 노력했다. 케틸조차 쓴웃음을 짓는다.

"라핀다시르 경, 하지만 저희는 이 문제를 그렇게 개인적인 차원에서 생각하고 대응할 수 없습니다."

"그건 이해합니다……."

시그리드의 말에 로릭스데가 우울한 얼굴로 대답했다. 시그리드는 한동안 그 안색을 쳐다보았다. 마법사의 눈으로.

"골치 아픈 이야기가 된다는 걸 안다."

한동안 지켜보고 있던 케틸이 입을 열었다. 그렇게 옛 제자의 이목을 끈 그의 말이 이어졌다.

"우리는 피어클리벤에 누를 끼치지 않기 위해 어떤 협력도 할 것이다. 로릭스데 도련님과 공작님의 뜻은 오로지 아이비레인의 청을 들어주는 데 집중되어 있지."

"매사에 정리정략적 관점을 제게 가르치신 건 스승님입니다
만."

"……뭐, 나는 깨달음에 대해서는 너에게 일고도 거들어주
지 못했으니 그거라도 해야 하지 않았겠느냐? 나에 대한 불평
이라면 얼마든지 시간을 내어주마. 뭣하면 화풀이로 주문을 좀
갈겨도 좋아. 하지만 라핀다시르의 이 바보같이 개인적인 청이
진심임을 의심하지는 말아라."

시그리드는 한동안 스승과 로릭스데의 얼굴을 쳐다보며 생
각에 잠겼다. 잠시 뒤, 무언가 결심한 듯 그가 물었다.

"공작가는 여전히 중앙 귀족들과 긴밀합니까?"

"이제는 아닙니다. 옛이야기지요. 아버님 대부터 급격히 소원
하게 되었습니다."

로릭스데의 대답이었다. 시그리드가 다시 묻는다.

"반란의 움직임에 대해 아시는 바 있습니까?"

그러자 모두의 낯빛이 변했다. 에인달케마저도 흠칫 놀란다.
로릭스데와 케틸이 서로 쳐다보았고, 케틸이 되물었다.

"무슨 말이냐? 전혀 들은 바 없다. 뭘 알고 있지?"

발프리드는 갑자기 순간적으로 귀가 먹먹해짐을 느끼고 깜
짝 놀랐다. 귓불을 잡아당기며 고개를 드니 케틸의 기색이 심
상치 않았다. 노인은 이 짧은 순간에 방 전체에 대고 묵음의 너
울을 친 것이다. 에인달케를 보니 그도 얼굴을 살짝 찡그리고

는 손가락으로 귀 뒤를 누르고 있었다.

하지만 시그리드는 스승의 물음에 바로 대답하지 않았다. 한동안 심각한 눈으로 무언가를 꿰뚫어 보려는 듯, 로릭스데와 케틸을 응시하던 그는 마침내 품 안에 손을 넣어 무언가를 꺼내더니 탁자 위에 올렸다. 탁 소리가 났다.

"파마의 화살입니다. 이게 누굴 노리기 위해 만들어졌을 것 같습니까?"

의자가 뒤로 밀리는 요란한 소리가 함께, 로릭스데가 벌떡 일어섰다. 경악에 물든 그의 눈이 짧고 검은, 불길해 보이는 화살을 노려본다. 마찬가지로 눈을 부릅뜬 케틸이 천천히 손을 뻗더니 화살을 집어 들었다.

"이런 것이……, 이것을 어디서 났느냐?"

"정녕 듣고 싶으십니까? 저는 말할 수 있습니다. 그럴 권한도 있고요. 하지만 아시겠지요? 이 이야기는 결코, 여러분이 생각하시는 것처럼 간단하게 논의되지 못합니다. 그러니, 전 피어클리벤의 마법 고문이자 제국의 시민으로서 라핀다시르가 이 문제를 어떻게 다루고 관여할지 따지지 않을 수 없답니다. 부디 그런 고충을 헤아려주시지요."

로릭스데와 케틸은 입을 다물고 그저 검은 화살만을 노려보았다. 한 사람은 자신의 소중한 용을 해칠 수 있는 무기를, 다른 한 사람은 자신과 같은 마법사들을 해칠 수 있는 무기를 보고 있었다. 그것에 의해 죽다 살아났던 다른 이는 그저 말없이 식

사를 계속하였다. 그 침묵이 그들의 인식에 어떤 전환을 가져
오길 바라며.

　시간을 아껴 달린 덕에 크누드와 아그니르, 그리고 아홉 명의
용병단원으로 구성된 일행은 이튿날 점심 무렵 드리츠에 다다
랐다. 도중 새벽에 짧은 노숙이 있었으나 단련된 용병들은 부
족한 잠이나 추위에 매우 익숙한 듯 보였다. 아그니르 역시 불
평이나 힘든 내색을 조금도 하지 않고 그들과 어울렸으며 오히
려 솔선해서 길잡이와 도중 노숙지의 추천, 불 지피기 같은 일
들을 해냈다. 크누드를 제외하고는 다들 그보다 신분이 낮았지
만, 아그니르는 그들 모두를 내심 선배로 여기는 것 같았다. 비
록 서임된 기사들은 아니었으나 행동 하나하나에 노련한 절도
가 묻어나는 무사들이었으니까. 아그니르는 은연중 자신의 말
타는 자세까지 새삼 기초부터 신경 쓰며 따르고 있었다.
　"저 산입니까?"
　드리츠 근방에 이르렀을 때, 크누드가 북동쪽으로 멀리 보이
는 시우부름 산을 가리키며 물었다. 여기까지 오는 도중 간간
이 나눈 대화를 통해 고블린과 더불어, 서리심에 관한 이야기
까지 대충 들은 크누드는 그것이 아그니르의 관점에서 상당히
건조하게 윤색된 이야기리라 간파함에도, 들을수록 놀랍고 흥
미 만점이라 생각했다. 엄정한 사실만을 간단하게 이야기하는

만큼 아그니르의 이야기는 오히려 신뢰가 갔고, 이 이야기들이 모두 사실이라면 피어클리벤에 관한 크누드의 계획은 상당한 폭으로 수정될 필요가 있으리라. 해서, 표는 내지 않았으나 그의 머릿속 한편은 아까부터 지극히 부산하였다.

"네. 여기서 그리 오래 걸리지 않죠."

아그니르가 대답했다. 곧이어, 그들은 드리츠의 촌장과 만나 아침 일찌감치 울리케 일행이 떠났음을 전해 들었다. 그다지 서두를 것은 없었기에 잠시 마을에 머물며 쉬기로 한 일행은 대접하겠다는 촌장의 이야기를 받아들였다. 크누드는 잠깐 생각하더니 금화 한 장을 꺼내 촌장에게 내었고, 기겁하여 거부하는 노인에게 이렇게 말했다.

"받으시오. 장정이 열하나이니, 값은 치러야 하오."

"그의 말대로다. 받아라."

크누드가 '장정'의 수효에 자신을 묶어 세운 것이 기뻤던 것일까, 아그니르는 기분 좋은 목소리로 촌장에게 그리 강요했다. 노인은 떨리는 손으로 금화를 받아들지 않을 수 없었고, 이윽고 그는 자식 내외를 두들겨 식사 준비를 시켰다. 하지만 이대로라면 손이 달려 대접이 소홀하리라 걱정이 미친 촌장은 기어이 이웃 주민들까지 불러들이게 되었고, 그리하여 한가로운 드리츠의 중심에서 약간의 소란이 일게 되었다. 내버려 두면 잔치라도 벌일 기세였으나 크누드는 싱글거리며 그걸 구경할 뿐 달리 참견하지 않았다.

"하지만 너무 후한 삯이 아닌가요?"

용병들과 함께 마을 수호목 근처에 말을 매고 돌아온 아그니르가 촌장의 집 앞, 반쯤 무너진 돌담 위에 앉아있던 크누드에게 물었다. 그의 한쪽 어깨에 어느새 자리 잡고 앉은 도래까마귀, 그림니르가 크누드 대신 아그니르를 돌아보았다. 아그니르가 이 커다란 새와 면식이 없었다면 흠칫하여 물러섰을 만한 위엄이 있다.

"금화 말입니까? 촌장은 울리케 아가씨 일행도 대접했을 텐데, 명백히 외지인인 저희까지 챙기는 건 너무 지독한 지출입니다. 아가씨 낯을 봐서 먼저 청한 것일 텐데 좋다고 얻어먹기만 해서야, 세간에 팽배한 용병의 인식이 조금도 개선되지 못합니다. 약간의 투자라고 생각하여 그렇게 계산하였지요."

크누드가 말했다. 그러고는 어디서 났는지 엄동딸기 열매를 손바닥에 내어 까마귀 앞에 갖다 댔다. 그러자 그림니르가 독특한 목소리로 말했다.

"산사열매."

"그건 철이 지났어. 지금 구할 만한 것들은 다 말라비틀어졌다고."

"게으름뱅이."

북부의 도래까마귀들은 지능이 뛰어나고 인간의 말을 곧잘 따라 한다. 이에 주목한 북부인들은 오래전부터 이 새들을 훈련시켜 왔고, 전문적이며 체계적인 교육법을 만들어내었다. 지금 크누드와 대화하고 있는 그림니르 역시 그러한 훈련으로 거듭난 개체여서 어린아이 수준의 언어 구사가 가능하였다. 그림니르의 생트집을 들은 크누드는 혀를 찼고, 아그니르는 선망의 눈길로 까마귀를 보며 한 발자국 다가섰다. 이런 도래까마귀들은 상회나 조합, 군대에서 전령조(傳令鳥)로 요긴하게 쓰이며, 꽤 비싸고 귀한 자원으로 여겨진다. 하지만 아그니르가 이 새에게 관심을 보이는 것은 그런 가치 때문만은 아니었다.

"아그니르."

그림니르가 그의 발소리를 듣더니 고개를 돌려 아그니르를 보곤 이름을 불렀다.

"날 기억하는 거야?"

아그니르가 솔직하게 반가워하며 묻자, 까마귀는 고개를 갸웃거리더니 내뱉었다.

"떼쟁이."

"맹세코 제가 가르친 단어 아닙니다."

크누드가 황급히 덧붙였으나 아그니르에게는 구태여 필요치 않은 변명이었나보다. 그는 단지 피식피식 웃으며 이 날짐승이 자신에게 내린 평가에 재밌어했다. 그러다 그가 물었다.

"그림니르 같은 전령조는 비싼가요?"

"흠……, 시세는 금화 세 장 정도에 형성되어 있습니다. 가격이 문제가 아니라, 좋은 조련사를 통해 믿을 만한 친구를 구하는 게 힘들지요. 자칫하면 영 써먹지 못할, 말만 많은 새를 구할 테니까요."

아그니르는 은은하게 고개를 끄덕이며 뭔가 아쉬운 표정을 짓는다. 비록 아끼는 자신의 말을 가지고 있긴 하지만, 그것으로는 충족되지 않는 어떤 욕구가 그에게 있었다. 보다 드물고, 좀더 자랑할 만한, 그리고 자신과 특별한 관계에 있는 동물 같은 것 말이다. 그림니르의 윤기 있는 검은 털을 쳐다보며 자신의 이런 욕심을 자각하던 아그니르는 문득, 최근 울리케에게 쌀쌀맞았던 바를 떠올리고 흠칫하였다. *어쩌면 바로 이 점 때문이었을까? 나는 울리케와 용에게 질투하였던 걸까?*

하지만 아쉽게도 그의 이 반성은 그리 길게 이어지지 못했다. 그들의 근처에서 시우부름 방면을 쳐다보며 휴식하고 있던 동료 단원들이 별안간 다급하게 달려왔다. 크누드가 심상치 않음을 느끼고 벌떡 일어난 순간, 그림니르가 푸드덕 날아올랐다.

"서리엇 경! 북동쪽에서……!"

크누드는 보고를 가만히 듣고 있지 않았다. 쏜살같이 뛰어나가는 그의 뒤를, 질세라 아그니르가 따라붙었다. 둘은 울타리와 돌담을 뛰어넘어 시우부름 방면이 잘 보이는 둔덕 위로 올라섰다. 순간, 조금도 예상하지 못한 광경이 눈앞에 펼쳐졌다.

"오우거……? 이런 맙소사."

크누드의 기막혀하는 중얼거림을 들으며, 아그니르도 눈을 크게 뜨고 아랫입술을 깨물었다. 그로서는 도록에서만 보았을 뿐, 실제로 보는 것은 처음이었다. 인간의 세 배 키는 너끈히 될 만한 거인 둘이 멀리서 이쪽을 향해 구르듯 달려오는 게 보였다. 청회색 피부는 거칠었으나 털이 별로 없고, 조악해 보이는 가죽옷을 걸친 채 뛰고 있는 그것들은 어지간한 집의 서까래만 한 곤봉을 흔들어대고 있었다.

아그니르는 배웠던 것을 기억했다. 오우거는 말탄 중무장 기사를 한 방에 전투 불능으로 만들 수 있는 완력의 거인들이나, 영역 동물로서 대개 소규모 무리를 짓고 그 영역을 침범당하지 않는 한 보기보다 온순하다. 식인귀로 알려졌지만 그것은 사람을 먹어본 적 있는 오우거에 한해서 그럴 뿐이다. 즉, 먼저 자극하지 않는 한 공격해오지 않으며 애초에 극히 보기 드물다. 저들은 인간 사회의 힘을 잘 알기에 보복을 두려워해 인간의 영역에 발을 거의 들이지 않는 것들이었다.

"서리엇 경! 이쪽은 준비 완료입니다!"

아홉 명의 단원들은 어느새 말들을 이끌고 다가왔다. 크누드는 그들을 힐끔 돌아보며 무장상태를 떠올렸다. 경무장 여섯에 중무장 셋. 전원 쇠뇌를 보유하고 있고 기마전이 가능하다. 하지만 이 숫자로 원거리에서 쇠뇌를 날려봐야 저 두꺼운 피부의 거구들에게 의미 있는 타격을 주기란 어렵다. 그를 포함해, 열 명의 기마대란 그저 오우거 하나를 끌어내거나 발을 묶는 역할까지만 가능한 것이다. 자칫 실수해 지근거리 안으로 붙기라도 했다간 사람과 말이 사이좋게 한 덩어리로 빻여 죽고 말리라.

"아가씨 같으면 어떻게 대응할 생각입니까?"

이런 다급한 상황임에도 전혀 내색하지 않는 크누드가 시험하듯 아그니르에게 물어본다. 아그니르는 기습을 받은 표정을 짓더니 입을 살짝 벌리고 멀리서 빠르게 달려오는 두 거체를 보았다. 그러고는 고개를 돌려 용병들을 다시 확인하였다.

"오우거는 느리다고 배웠어요. 숙련된 기마 궁수대라면 의외로 별 피해 없이 제압 가능하다고 알아요."

"하지만 조금만 실수해도 한 번에 한 사람씩 죽죠. 그리고 그건 화살만으로 오우거를 잡아낼 수 있을 만큼, 많은 수의 궁수대가 후방에 있을 때 이야기입니다. 우리끼리라면 한 마리 정도는 제법 중상을 입힐 수 있을지 모르겠지만 딱 거기까지일 겁니다."

아그니르가 손으로 앞머리를 쓸어올렸다. 초조할 때 나오는 그의 습관이었다. 다시 그의 입이 열린다.

"오우거 두 마리라면 드리츠 마을 정도는 순식간에 쑥대밭을 만들 수 있어요. 원병을……, 아! 고블린은 대체 뭘 하고 있는 거지? 이곳이라면 성보다 시우부름 쪽이 압도적으로 가까우니, 오우거에게 미끼를 던져줘서라도 발을 지연시키고 우리는 울리케에게 달려가야 해요!"

"미끼로 무얼 던져주죠?"

"사람 말고 뭐든지요! 오우거는 공성귀라고도 불리는 만큼, 인간의 건설물 파괴에 집착해요. 주민들을 대피시키죠!"

"좋습니다. 피어클리벤의 이름으로, 바로 그걸 하시죠. 저는 여기서 동료들과 견제선을 짜 보겠습니다. 말에서 절대 내리지 마십시오."

크누드의 평가는 합격이었을까? 하지만 조금도 우쭐거릴 시간은 없었다. 아그니르는 재빨리 자신의 애마에 올라타고 촌장의 집으로 말을 몰아 달려가 상황을 전했다. 이미 심상치 않음을 느끼고 나와 있던 촌장과 이웃 주민들에게, 말 위로부터 아그니르의 호령이 떨어졌다.

"들어라! 오우거 두 마리가 마을로 접근 중이다! 촌장은 인명만을 추려 남서쪽으로 모든 민가를 소개하라! 재물을 챙기려 꾸물대다 흘릴 피에 대해 영주는 아무것도 보상하지 않으리라!"

평상시 다소 뾰족하게 들리는 아그니르의 목소리가 익히 연마된 독전술과 지휘 웅변술의 소양에 힘입어 맹렬한 권위를 이뤄내는 데 성공하였다. 새파랗게 질린 촌장과 그 아들 내외가 허겁지겁 달리기 시작했고, 곧 드문드문 흩어진 드리츠의 가옥들 사이로 사람들의 아우성과 함께, 위기를 감지한 흰이리개들의 외침이 터져 나왔다. 영민들의 움직임은 어설프고 답답했지만 그럭저럭 낭비 없이 이뤄졌고, 아그니르는 말을 돌려 다시 용병들이 위치한 둔덕으로 달려왔다. 무구를 완전히 채비하고 말 위에 올라선 그들의 기세가 꽤나 삼엄했다.

"잘하셨습니다."

크누드는 그 시선을 오우거에게서 떼지 않은 채 말했다. 아그니르가 보니, 그것들은 이미 드리츠 마을의 경계에 다다라 있었다. 다만 곧장 쳐들어오지 않고 마을 경계의 개울에서 서성이며 물을 마시는 것 같았다.

"게디르!"

크누드가 부르자, 용병 한 사람이 대답했다.

"저것들은 다쳤습니다. 잔뜩 약이 올라있고, 무언가에 쫓겨온 걸로 보이는군요. 이쪽의 존재는 눈치챘습니다."

시계가 깨끗한 겨울 한낮이었지만, 아그니르는 아무리 눈살을 찌푸려도 이 거리에서 그가 말한 정도로 자세하게 볼 수 없음에 감탄했다. 게디르라 불린 동료의 이야기가 끝나자 잠시 생각하던 크누드가 말했다.

"어쩌면 우리는 원군을 부르러 갈 필요가 없을지도 모릅니다."

아그니르가 그 말의 생략된 전제를 깨닫고 물었다.

"오우거들이 고블린들에게 쫓겼다고 생각하세요? 고블린들에게 그 정도의 힘이 있을까요?"

"다름 아닌 성채가 있죠. 아무리 공성귀라고 해도 산을 때려 부수지는 못합니다. 헛되이 두들기다가 화살비나 실컷 뒤집어 썼을 겁니다. 쫓겨왔다기보다는, 포기하고 대신 공격할 대상을 찾아 내려온 것이라 봐도 되겠죠. 어느 쪽이든, 앞서 제가 들은 이 영지와 고블린 간 약속이 사실이라면, 고블린들이 저것들을 내버려 두진 않을 겁니다. 더구나, 현재 그들의 대사가 저들의 진중에 있지 않습니까?"

"하지만……, 고블린들이 성채 덕에 안전했다면 병사를 빼어 지원을 섣불리 오려 할까요? 제가 알기로 시우부름의 고블린 병단은 그 수효가 이백오십이에요."

크누드가 턱을 훔치더니 말했다.

"그 정도의 기병, 궁병이라면 해볼만 합니다. 저쪽이 그럴 뜻이 있다면요. 하지만 그래도……, 역시 시간이 문제겠죠."

지금 시우부름에서 어떤 일이 벌어지고 있는지 전혀 모르는, 두 사람의 대화였다.

"삼백장이라 하였는가?"

둘러선 그들 가운데 하나가 물었다. 그러나 아우케트는 대답 대신 눈살을 찌푸린 채 그들의 곁, 요새 안마당에 널브러진 거구의 시체를 보았다. 앞으로 쓰러져 드러낸 그 거체의 등에는 십수대의 짧은 화살들이 박혀있었고, 그것들 대개 경추 부위에 집중되어 있는 것이 상당한 솜씨를 짐작게 한다. 하지만 그것이 이 오우거의 결정적 사인은 아니었다.

"우와, 타는 냄새!"

"안에서 기다리라니까!"

시그리드에게 대충 들은 설명만으로 뇌격의 낙창(落槍)을 떨어뜨려 이 오우거의 숨통을 끊은 것은 시야프리테, 좀 더 정확

히 말하자면 그가 들고 있는 류그네라스의 가지였다. 대기 지
시를 무시하고 시체를 구경하기 위해 요새의 정문 밖으로 나
온, 이 말 안 듣는 류그라 소녀를 브륀힐데가 뒤따라 나와 뒤에
서 잡아당기며 연거푸 소리쳤다.

"들어가야지! ……아가씨?"

시야프리테의 목을 걸고 돌아선 브륀힐데가 울리케를 발견
하고 은근한 질책을 담아 불렀다. 울리케는 배시시 웃어 보이
더니 난처한 듯 말했다.

"하지만, 이대로 안에서 잠자코 기다릴 수만은 없어."

여태 이 작은 소동을 지켜보고 있던 아우케트가 고개를 돌려
앞을 보았다. 숲흑늑대에 올라탄 고블린 기수 넷. 북쪽에서 오
우거 세 마리를 몰고 내려온 이들이다. 아우케트가 대답했다.

"그렇다. 전통에 맞지 않지만, 사정이 있어 그리되었다."

"저건 류그라인가? 게다가 인간? 모두 포로인가? 제법이로
군."

고블린 오십장 넷은 제멋대로 단정 내리더니 자기들끼리 고
개를 끄덕이며 수군거렸다. 아무래도 아우케트가 그러한 공을
세워 삼백장에 오른 것이라 여기는 것 같았다.

하지만 아우케트는 구태여 오해를 바로잡으려 하지 않는다.
지금 그의 신경은 이 새로 나타난 고블린들의 정체와 목적에
쏠려있었다. 아울러 그의 뒤통수에 대고 조바심의 눈길을 쏴
보내고 있을 울리케의 염려에 동조하느라 그런 사소한 것들을

신경 쓸 수 없기 때문이기도 했다. 오우거 하나가 어이없을 정도로 손쉽게 사살되었고, 나머지 둘은 남서쪽으로 달아나 버렸다. 지금 아우케트의 앞에 있는 이 낯선 오십장들은 그 결과에 만족하는 것 같았지만, 울리케나 아우케트는 도저히 그럴 수 없는 상황이었다.

"나는 포로가 아니다!"

울리케가 성큼성큼 걸어 나오며 소리쳤다. 노린내를 풀풀 풍기고 있는 거대한 시신을 살짝 흘겨본 울리케는 모두의 시선을 받으며 그 곁을 지나쳐 아우케트의 옆에 섰다. 그러고는 이 새로 나타난 고블린 오십장 넷의 얼굴을 하나씩 야무지게 쳐다보곤 마지막으로 아우케트에게 눈을 돌렸다. 그 시선의 의미를 알아챈 아우케트가 어깨를 살짝 떨구며 한숨을 내쉬더니 말했다.

"그의 말대로다. 이 인간 여자는 울리케 피어클리벤으로, 이 일대 인간 영주의 딸이며 아울러 이 시우부름 요새를 공무 차 방문 중인 고블린 대사이다. 그러한 예로 대하라."

"나도 포로 아니에요! 피어클리벤의 영민이라고요, 이 무례한 어둑발이들아!"

질세라 뒤편에서 시야프리테가 가지를 흔들며 소리쳤다. 잠시 침묵을 지키고 있던 오십장 넷의 시선이 요새의 옹성(甕城) 위에 도열해 있던 시우부름의 다른 오십장들에게 가 닿았다. 그러자 그들 가운데 소우라케가 소리쳤다.

"모두 사실이다, 북쪽에서 온 형제들이여!"

"……이게 도대체 무슨 수작이야?"

"울리케."

새로 나타난 오십장 가운데 하나가 지극히 불쾌하다는 듯 불평을 터트렸건만, 아우케트는 깔끔히 무시하고 곁에 선 울리케를 불렀다. 그의 말이 이어졌다.

"시간이 촉박하다. 빨리 결정해야 한다."

"생각하고 있어."

울리케가 대답했다. 그리고 그의 시선이 좌중을 훑는다.

그러니까, 현재 시우부름 요새는 이런 상황이었다. 앞서 북쪽에서 오우거 셋이 숲을 뚫고 온 것은 그들의 앞에 선 낯선 고블린 오십장 넷, 그리고 그들이 이끄는 이백의 병단과 아울러 보충병들과 지원단, 다시 말해 어린 고블린들과 암컷들까지 모두해서 총 오백여 수효의 고블린들이 밀고 내려왔기 때문이었다. 상당히 험하고 긴 여행을 해낸 듯, 이 군대는 다수의 부상병과 환자들을 포함하고 있었고 그 꼬락서니도 심히 좋지 않았다. 모두 우울함과 두려움에 지친 기색이 완연했다.

시우부름 요새는 즉각 단단한 농성계를 취하고 오우거들에 대응하였고, 누구의 요청도 없었지만 시야프리테가 일을 저질러준 까닭에 가장 앞서 달려오던 오우거 하나가 속절없이 고꾸라져버렸다. 나머지 둘이 그에 겁을 먹고 곧장 산 아래로 내빼버린 직후, 추적대를 편성할 틈도 없이 이 모든 일의 사달이라

할 수 있는 이 고블린들이 북쪽에서 나타났다. 달아난 오우거 둘을 처리하기 위해서는 못해도 최소 이백의 병력을 돌격시켜야 할 텐데, 저들로 인해 이렇게 발이 묶여버린 상황이었다. 그래서 아까부터 아우케트와 울리케는 초조함을 꾹꾹 누르며 이 상황을 마주하고 있었다.

그러나 그런 이들의 마음을 알 리 없는, 낯선 오십장들 가운데 하나가 분노하여 외쳤다.

"무슨 이야기인가! 이 요새의 형제들은 인간들에게 굴종하는가? 우리의 터전을 박살 내고 아이들을 도륙한 저들에게? 우리가 먼 북쪽 땅에서 여기까지 쫓겨온 이유가 뭐라고 생각하는가! 저 뒤의 형제들을 보면 모르겠나?"

그가 가리킨 뒤편, 북쪽 숲을 뚫고 나타난 오백여 고블린이 한데 모여있다. 그래도 기강을 드러내려 애쓰며 도열한 이백을 제외하고, 나머지는 그 뒤편 너머에 대개 쭈그리고 앉아 추위와 굶주림에 짓눌려 있었다. 군데군데 부상한 자들과 병자들을 돌보는 고블린들이 오가는 게 보였다. 아우케트를 비롯한 시우부름의 오십장 모두가 그것을 보고 안색이 어두워진다. 동족이 겪었을 고통이 훤히 머릿속에 그려지는 까닭이다.

"형제들은 어디에서 왔는가?"

잠시 조바심을 내려놓고, 아우케트가 진지한 눈으로 그들에게 물었다. 이 기색의 전환을 느낀 그들 가운데 하나가 나서며 답했다.

"우리는 북부 레렌트의 요새로부터 왔다. 남서쪽으로 인간의 영지 뉘른스에크를 면했었지. 나는 오십장 아난가크 에즈 단시 에크다."

"레렌트. 들어본 적이 있다. 그랬군. 어쩌다 화를 당했는가?"

그러자 아난가크라 자신을 소개한 오십장이 괴로운 표정을 지으며 말했다.

"북부의 흐리뉼들이 갑자기 대규모로 남하하였다. 그 때문에 제국의 인간들이 집결하기 시작했고, 우리는 꼼짝없이 그사이에 끼어 어쩔 수가 없었지. 근 한 달여, 필사적으로 돌파했지만 결국 이 꼴이다."

"우리의 위치를 알고 온 것인가?"

"그렇지는 않다. 인간들의 추적을 피해 필연적으로 설정된 노선이었다. 여기서 형제들을 만난 것은 그래서 우리에게 기적이다! 그런데, 대체 고블린 대사라니 무슨 시답잖은 소리냐!"

아우케트는 여태 잠자코 있던 울리케에게 눈을 돌렸다. 그는 아우케트의 낯을 봐서인지 침착하게 아난가크의 이야기를 들어주고 있었지만, 속로는 당장 드리츠로 달려가고 싶은 것을 참는 것이 분명했다. 아주 복잡한 표정이 된 울리케가 고개를 들어 아난가크를 올려다보더니 쏘아붙였다.

"대사가 뭔지 모르는가? 아니면 알고도 용납하지 못하는 것인가? 그대에게 이를 이해시키기 위해 내가 어떤 권위를 증명해야 할까, 아니면 그만한 무력을 보여야 할까? 남의 땅에 마수를 몰고 들이닥친 덕에 나는 내 백성들의 안위를 걱정해야 하는 판국이다. 실수와 근심을 몰고 온 손객의 도리로 사죄를 해야 마땅하겠거늘, 그대들의 무례함이 이와 같다! 내가 곁에 선 삼백장의 덕으로 인해 그간 흐로킨의 검은 혈맹들에게 가져온 기대를 이토록 허물다니, 이 집의 주인이 세운 규칙에 일일이 이의를 제기할 생각이라면, 그만한 자격을 보이든가, 아니면 속히 이 땅을 나가라!"

"대사의 말대로다."

아우케트가 이렇게 덧붙이자, 아난가크를 비롯한 세 오십장의 얼굴이 경악과 낭패감으로 물들었다. 심지어 뒤쪽에 있던 시야프리테까지 이렇게 외친다.

"맞아! 예의가 없어, 예의가! 오우거 어떡할 거예요, 이 멍청이들아!"

아난가크와 세 오십장의 시선이 마주쳤지만, 그들은 자신들의 상식과 이해를 벗어난 이 상황에 어찌 대응할지 모르는 것 같았다. 그에, 아우케트가 한 손을 들어 올려 주의를 끌더니 말했다.

"논할 것은 논하도록 미뤄두되, 우리는 당면한 문제를 바로 해결해야 한다. 부대가 이백이라 하였는가?"

"그렇다."

아난가크가 얼떨떨하게 대답하자 아우케트가 신속하게 말을 받았다.

"그러면 우리 병력 이백에 그쪽의 병력 백을 더해 달아난 오우거들의 뒤를 쫓는다. 나머지 병력은 놔두고, 우리가 다녀오는 사이 이 요새의 물자와 일손을 내어 너희 병자들에 대한 구호를 실시하겠다. 당장의 이견은 받지 않겠다, 우리는 급하다."

아우케트의 말에서 풍기는 단호함은 당장의 당혹감과 더불어 오랜 도피행에 지쳐있는 그들에게 저항할 수 없이 강력한 것이었다. 아난가크는 뭐라 대꾸도 못 하고 결국 수긍하였고, 그와 다른 오십장 하나가 추적대로 결정되었다. 시우부름 측에서는 두카르와 바르바크, 그리고 소우라케가 자신들의 부대를 이끌고 나섰다.

"저는요?"

시야프리테가 지팡이를 곧추세우고 달려와 물었다. 그러자 자신의 숲흑늑대 칸을 불러 등자를 보고 있던 아우케트가 답했다.

"여기서 병자들을 도와주어라."

"나는 필요 없어요?"

아까 쓴 뇌격의 주문을 좀 더 써보고 싶은 시야프리테다. 하지만 아우케트는 담백하게 거절해버렸다.

"삼백이면 충분하니까."

그 곁에서 초조하게 부대의 집결을 보고 있던 울리케가 말했다.

"마법사 없이 안전할까? 다른 지원은 필요 없어?"

울리케의 호위차 모험가들과 기사 에길도 와 있으니 하는 말이었다. 하지만 아우케트는 역시 마찬가지로 필요 없다는 듯, 투구의 면갑을 내리며 말했다.

"충분하다. 너의 일행은 너를 보호하는 것이다. 내게 맡겨라."

크누드와 아그니르, 그리고 용병들은 드리츠 마을에서 흔히 볼 수 있는 돌담 너머에 몸을 숨긴 채 숨죽여 오우거들을 지켜보았다. 한참이나 개울에서 얼음장을 깨고 물을 마시던 그들은 이윽고 천천히 마을 쪽으로 접근해 오더니, 대체 어떤 기준인지는 알 수 없었으나 집 한 채를 골라잡고 그 거대한 곤봉을 휘둘러가며 부수기 시작했다. 이미 주민들의 대피는 끝나 있었기에 인명피해는 걱정할 바가 아니었지만, 방금 전까지만 해도 누군가에게 아늑한 집이었던 건물이 허물어지는 광경은 전혀 유쾌한 게 아니었다. 거기에 오우거들은 집 안에 있던 애꿎은 가축들을 발견할 때마다 마구 내리쳐 죽였다. 아그니르는 그 목적 없는 파괴행위에 점점 기분이 나빠졌고, 어느새 이를 바득바득 갈기 시작했다. 저것은 먹거나 갖기 위한 행위가 아니라, 철저하게 무의미한 파괴 그 자체였다. 도무지 이해할 수 없는 소모였다.

"저 의복이나 곤봉은 저들 스스로가 만들어낸 것 같은데, 왜 저렇게 멍청하게 굴죠? 저게 대체 무슨 짓이야?"

더 참을 수 없는 아그니르가 말했다. 역시 별로 안 좋은 표정으로 구경하고 있던 크누드가 대꾸하였다.

"공격당해 다쳤으니까요. 눈이 뒤집힌 오우거는 그래서 공성귀라고 하는 것이죠. 진정이 되려면 반나절 이상 파괴를 계속할 겁니다."

그것도 하나의 방법이 될 수는 있다. 오우거들이 양껏 때려부수도록 놔두는 것. 그러면 저들은 정신을 차리고 인간의 영역에서 내뺄 수도 있다. 다만 그렇게 되기까지 예상되는 재산 피해가 너무 크다는 게 문제겠지. 아그니르는 그렇게 생각하며 크누드와 용병들을 쳐다보았다. 그리고 문득, 이들이 용병이라는 사실을 떠올렸다. 그가 어떤 보상을 약속하지 않는 한 이들은 아마 결코 무리한 일을 시도하지 않을 것이다. 아그니르가 아무것도 하지 않는다면 계속 이대로 지켜보겠지. 하지만 아그니르는 판단이 서지 않았다. 대체 집 몇 채, 가축 몇 마리의 희생을 용병 하나의 목숨과 교환 가능하다고 할 수 있을까? 이들에게 무엇을 요구할 수 있고 또한 약속할 수 있을까? 아그니르는 그것을 계산할 수 없었다. 생각조차 해 보지 않은 영역이었다.

"게디르, 저놈들이 우리 존재를 눈치챈 게 확실한가?"

문득 크누드가 물은 것이다. 줄곧 오우거들을 보고 있던 용병 게디르가 답했다.

"앞서 봤을 때 분명 그리 느꼈습니다."

"그런데 왜 무시하고 있는 거지?"

크누드의 이 질문은 게디르에게 던진 게 아니라 스스로에게 한 것이다. 잠시 생각하던 크누드가 다시 말했다.

"저놈들은 아직 인육 맛을 보진 못한 모양이군."

"역시, 그런 것 같죠?"

"그렇다면 애초에 왜 인간의 영역에 발을 들인 것일까? 바깥에서부터 무언가에 쫓겼단 말일까?"

아그니르는 이들의 대화를 들으면서 잠시 어처구니없어했다. 이 와중에 그런 게 궁금하단 말이야?

"크누드."

그때까지 그들의 머리 위, 꽤 높은 곳에서 날고 있던 그림니르가 별안간 내려와 돌담 위에 앉더니 크누드를 불렀다.

"군대가 온다. 고블린. 삼백. 빨라."

"됐군요. 이제 기다리기만 하면 되겠습니다."

그러자 모두가 말은 하지 않았으나, 이제 한시름 놓았다는 기색을 은연중 공유하였다. 아그니르와 용병들은 이대로 구경만해도 족할 것이다. 크누드는 수고한 도래까마귀에게 줄 먹이를 찾으러 품을 뒤적이기 시작했다. 그때 갑자기, 게디르가 다급히 외쳤다.

"옵니다!"

순간 일제히 아그니르를 포함한 기마대가 고삐를 잡아당겼다. 돌담 너머, 오백 보쯤 떨어진 지점에서 두 번째 집을 완전히 폐허로 만들고 불쌍한 돼지와 거위를 쳐 죽이고 있던 오우거들이 별안간 이쪽으로 달려왔다. 좀 더 정확히 말하자면 한 마리만 미친 듯이 달려오고 있었고, 다른 한 오우거는 웬 주춧돌 같은 걸 하나 집어 들더니 그 엄청난 거체의 근육을 몽땅 쏟아부어 냅다 아그니르 쪽으로 던졌다. 그것은 팽팽한 활시위처럼 일직선을 그리며, 달려오는 오우거의 옆을 스치고는 미처 피할 틈도 없이 용병들의 앞 돌담에 그대로 직격하였다. 돌과 돌이 부딪혀 깨어지는 요란한 소리와 함께 경무장 용병 하나가 말과 함께 나뒹굴었다.

"게디르!"

크누드가 외쳤다. 쓰러진 것은 하필 게디르였던 것이다. 하지만 외침이 전부일 뿐, 크누드를 비롯한 용병들은 신속하게 그 자리를 이탈하기 위해 말을 재촉하였다. 아그니르는 다급히 그에 따르면서도 이제 게디르는 죽었다는 생각을 했다. 달려오는 저 오우거는 아까 가축들을 내리찍듯 그렇게 게디르를 내리찍어 버릴 것이다. 상상만 해도 끔찍한 일이었다.

하지만 용병들은 그리 쉽게 물러나지 않았다. 어느 정도 거리를 벌리는가 싶더니 누가 먼저랄 것도 없이 각자의 쇠뇌가 발사되었다. 그 바람에 거의 지척까지 달려오던 오우거는 안면으로 쏟아지는 화살을 피해 팔을 올리고 몸을 돌려야 했다. 어이없을 정도의 거체가 급격히 제동을 걸며 방향을 바꾸는 바람에 휘청였고, 곧 그 오우거는 고함을 지르더니 어느 집 울타리와 돌담 한쪽을 무너뜨리며 쓰러지듯 나뒹굴었다. 애꿎은 거위들의 비명소리가 났다.

"고블린 쪽으로 간다! 퇴각!"

"네? 게디르는 어쩌고요?"

"어쩔 수 없습니다, 아가씨!"

크누드는 아그니르도, 쓰러져 있는 게디르도 쳐다보지 않은 채 소리쳐 대꾸했다. 남은 용병들 전부가 빠른 움직임으로 말을 달려 그들 쪽으로 합류하였고, 모두 고블린 부대가 오고 있는 북동쪽으로 말머리를 돌렸다. 게디르를 돌아보는 이들은 아무도 없었다.

"이럴 수가! 멈춰! 그를 구해!"

충격을 받은 아그니르가 고삐를 확 잡아당기며 격노해 외쳤다. 그러고는 크누드와 용병들의 반응을 기다리지 않고 그대로 말을 돌려 게디르에게 달려가기 시작했다.

제 12장

오우거는 왼쪽 눈에 타는 듯한 통증을 느끼며 몸을 일으켰다. 말 탄 인간들이 뭔가를 쏘아 그의 눈을 망가뜨린 게 분명했다. 타고난 거체의 둔중함을 보아서는 쉽게 예상할 수 없지만, 사실 오우거들의 동체 시력은 날카롭다. 몸을 돌리고 팔을 휘둘러 대부분의 화살은 무력화시켰지만 그럼에도 갑작스럽게 발사된 그 모두를 피할 수는 없었다.

그가 일어나 통증과 분노에 가득 찬 고함을 내지르자, 쿵쿵거리며 달려온 그 동료 오우거가 다 무너진 서까래와 이엉을 화내듯 걷어찼다. 둘은 씩씩거리며 분노를 쏟아낼 대상을 재빠르게 탐색하였고, 곧 반파된 돌담 너머 쓰러진 인간 무사 하나를 보았다. 이미 죽은 것일까? 아무튼 몰라도 이대로는 만족할 수 없다. 몽둥이로 후려쳐 터트려 내장이 삐져나오게 해 줄 테다!

그렇게 다짐하며, 눈을 다친 오우거는 자신의 곤봉을 들어 올렸다.

"게디르!"

하지만 오우거가 채 쓰러진 인간에게 접근하기 전, 말 탄 인간 하나가 엄청난 속도로 달려오더니 뭐라고 고함을 지르고는 말도 채 세우지 않은 상태에서 묘기를 부리듯 하마하였다. 몸을 한 바퀴 굴려 일어선 그 인간 여자는 어느새 손에 검을 빼어 들고 있었고, 순식간에 다가와 쓰러진 인간과 자신의 사이를 가로막듯 섰다. 그 거창한 기세에 오우거는 기가 막혀 잠시 멈춰 섰지만, 이내 왼쪽 눈의 통증이 다시 찌르듯 올라오며 부추기는 통에 맹렬한 고함을 지르며 달려들었다.

하지만 인간 여자는 물러서지 않는다. 크게 호를 그리며 내리찍힌 곤봉을 흐르듯 피하며 다가선 그는 그대로 오우거의 굵은 양다리 사이로 미끄러져 들어왔고, 다음 순간 검이 번득이더니 예리하게 살이 갈리는 기분 나쁜 통증이 오우거의 샅과 허벅지 안쪽으로부터 올라왔다. 본능적으로 급소를 당했다는 깨달음에 기겁한 오우거가 펄쩍 뛰며 앞으로 두세 걸음 달려나갔고, 뒤늦게 불에 덴 듯한 통증과 함께 상당한 양의 피가 오우거의 허벅지를 타고 흘러내리기 시작했다. 저 쥐새끼 같은 인간 여자는 그 찰나에 두 군데나 상처를 내는 데 성공한 것이다.

"아그니르!"

멀찍이 떨어졌던 인간 기마대가 달려오는 게 보인다. 그 선두에 선 자가 뭐라고 외치더니 그와 동시에 다시 쇠뇌들이 발사되었다. 하지만 그것은 왼쪽 눈을 다친 오우거가 아닌, 뒤편에 서 있던 그의 동료 오우거를 노린 것이었다. 동료는 막 자신을 다치게 한 그 인간 여자에게 달려들어 내리찍으려던 참이었으나, 빠른 속도로 쇄도하며 발사된 기마대들의 엄호는 성공적으로 그것을 저지해낸다. 허벅지의 고통과 왼쪽 눈의 고통에 화가 머리끝까지 치솟은 오우거는 그 광경을 보자 입에 거품을 물고 다시 달려들었다. 화살이고 칼이고 더는 신경 쓰지 않을 기세였다.

무너진 돌담의 돌들이 오우거의 복사뼈에 걸어 채이며 공중에 뜨고, 지푸라기와 흙먼지가 낙엽처럼 흩날렸다. 불붙은 거적이라도 뒤집어쓴 듯, 눈이 뒤집혀 격노한 두 마리의 오우거가 각자의 곤봉으로 발밑을 후려갈기며 날뛴다. 하지만 이 두 거대한 마수가 각자의 행동에 방해를 주지 않으면서 밀착해 협공하기란 불가능한 노릇이었다. 그걸 꿰뚫어 보기라도 한 듯, 그 인간 여자는 이 끔찍한 난타의 한가운데서 다람쥐처럼 움직이고 있었다. 오우거들의 맹공이 허공과 빈 땅을 갈길 때마다 그들의 분노는 점점 드세어졌고, 마침내 그들은 서로에게 부딪혀 다치게 하는 것도 상관하지 않게 되었다. 기둥 같은 발과 맷돌만 한 주먹, 서까래만 한 곤봉들이 서로 뒤엉키며 벼락처럼 떨어졌지만, 인간 여자는 최소한의 움직임으로 그걸 모두 흘려보내며 조금의 빈틈이라도 날 때마다 검을 움직인다. 곧, 오우거들의 발목과 손목에 큼직한 상처들이 하나씩 쌓이기 시작했고, 큼직한 핏방울들이 사방에 튀어 나갔다. 그러더니 어느 한순간, 오우거들의 움직임이 급격하게 느려졌다.

"왔다!"

어느새 쓰러진 게디르를 구조해 안전하게 빼낸 용병들은 지근거리에서 이 말도 안 되는 광경을 지켜보고 있었다. 아그니르가 뒤엉켜 싸우고 있는 까닭에 화살을 쏘기는 불가능했다. 하지만 크누드는 오우거 같은 거대 마수의 공통된 약점을 안다. 저들은 그렇게 장시간 격렬한 움직임을 견딜 수 없다. 마법을 쓰는 용이 아닌 한, 본시 짐승의 지구력이란 인간보다 훨씬 떨어지며 몸집이 크면 클수록 더욱 그러하다. 그래서 크누드는 오우거들의 움직임이 느려지는 이 순간을 기다리고 있었던 것이다. 크누드의 낮고 짧은 외침을 신호로, 말에서 뛰어내린 용병들은 일제히 무기를 뽑아 들고 돌격하였다. 어느 누구도 기합이나 외침은 없었다. 마치 기습처럼, 은밀하지만 쾌속의 공격이었다.

"아그니르, 물러나!"

분노와 피로에 엉망진창이 되어있던 오우거들이 그들의 접근을 알아차리는 것은 이미 모든 게 너무 늦은 후였다. 가장 선두에서 접근하던 용병 하나의 검이 애꾸 오우거의 왼쪽 발목 뒤꿈치 인대를 잘라내었고, 마수가 괴성을 지르며 주저앉자마자 일곱 개의 검이 차례로 번쩍이며 오우거의 갖가지 급소를 스치고 지나갔다. 그것은 마치 한순간의, 능숙한 정형사들이 보여주는 절정의 발골 기술 같았다. 여섯 군데의 인대와 두 군데의 동맥이 잘린 애꾸눈 오우거는 손발이 묶인 듯 무너져내렸고, 다만 입으로 고통과 공포, 분노의 비명만을 내질러대었다. 이게 전부였다면 모든 게 완벽했을지도 모르리라. 하지만 돌격하며 외친, 위와 같은 크누드의 지령을 새겨듣기엔 아그니르도 너무 지쳐있었다. 그는 용병들의 공격이 성공하는 것을 주춤하며 바라보다가 어느 순간 큰 충격을 느끼며 나가떨어졌다.

"아그니르!"

크누드가 소리쳤다. 다만 지쳤을 뿐, 큰 상처는 없이 버티고 있던 나머지 오우거 하나가 아그니르의 주춤함을 놓치지 않고 발로 걷어차 버린 것이다. 아그니르의 몸이 붕 뜨는가 싶더니 진창 바닥에 고꾸라졌다. 하지만 맥을 놓지 않은 듯, 아그니르는 간신히 몸을 일으켰다. 고통에 창백하지만 분노한 얼굴이었다. 자세를 보아하니 왼팔이 부러진 모양이다. 이에 크누드와 용병들이 모두 오우거에게 고함을 지르며 주의를 끌기 시작했다.

"야 이 개자식아! 이쪽이다!"

빠른 돌격에 방해되는 쇠뇌는 내려놓고 왔기에 쏠 수 없다. 크누드와 용병들은 발치의 깨진 돌들을 집어 들어 오우거에게 던지며 고함을 질렀지만, 오우거는 그들을 힐끗 보더니 다시 쓰러진 채 신음하며 꿈틀대는 동료를 쳐다보고는 이를 갈며 곧장 아그니르에게 달려가기 시작했다. 무슨 일이 있어도 아그니르만은 도륙을 내버리겠다는, 그 선명하고 맹폭한 결의에 크누드는 절망을 느꼈다. 이젠 정말 아무 도리가 없으리라. 달려드는 오우거의 거체를 올려다보는 아그니르의 표정도 그와 같았다.

그러나 다음 순간, 아그니르를 짓이기기 위해 곤봉을 쳐들고 달려가던 오우거의 그 거체가 기우뚱하는가 싶더니 참으로 믿어지지 않게도, 오우거의 두 발이 허공에 떴다. 그러고는 장쾌한 굉음과 함께 그 자세 그대로, 오우거는 옆으로 날듯이 쓰러져 나가떨어졌다. 그리고 그게 끝이었다. 쓰러진 오우거는 어떤 비명도, 신음도, 단말마조차 일으키지 못했다. 그것은 완전하게 침묵한 것이다.

"……뭐야, 이게?"

검을 겨눈 채 주의하며 가까이 다가간 가운데, 용병 하나가 말했다. 방금 쓰러진 오우거의 오른편 관자놀이에 거대한 고드름이 박힌 게 보였다. 어지간한 창만 한 길이였고, 심상치 않은 냉기가 흘러내린다. 그것은 한순간에 오우거의 숨통을 앗아간 듯, 꿰뚫린 자리에서는 피조차 흐르지 않았다. 아니면 이미 얼어 붙어버린 것일까? 절뚝이며 다가와 그걸 보던 아그니르가 어느 순간 흠칫하더니 고개를 돌렸다. 크누드와 용병들의 시선도 그를 따른다. 그들의 눈길이 가 닿은 끝, 반파된 가옥의 폐허 너머에서 언짢은 표정으로 이쪽을 보고 있는 흰머리 소녀가 나타났다.

"도대체 이게 무슨 소란들인가?"

크누드와 용병들은 아무도 대답하지 못했다. 그들은 고개를 돌려 아그니르를 보았다. 아그니르는 이 뜻밖의 출현에 잠시 멍해 있다가 팔의 통증이 욱신했는지 미간을 찌푸리며 말했다.

"도와준 것인가?"

"어느 쪽을 말이냐?"

흰머리 소녀가 무심히 대꾸하며 다가오더니 멈춰서서 그때까지 끙끙거리고 있던, 다른 쓰러진 오우거를 바라보았다. 매우 기분이 나쁜 듯, 소녀가 말을 이었다.

"어서 고통을 끝내주어라!"

아그니르의 재촉하는 눈빛을 받은 용병들은 의아해하면서도 지시에 따랐다. 곧, 그들의 익숙한 검이 재빠르게 오우거의 경추를 끊어내었고 이윽고 무거운 적막만이 내려앉았다. 아그니르는 그제야 나직하게 한숨을 내쉬었다. 하지만 또, 부러진 팔의 고통에 오만상을 찌푸리게 된다. 흰머리 소녀가 물었다.

"피어클리벤의 딸, 설명해라. 우리는 일전에 보았지? 이게 다 무슨 소란인가?"

"본 대로다. 오우거들이 쳐들어왔지. 무얼 더 설명하란 말이야?"

팔의 고통 때문에 아그니르가 뾰족하게 대꾸한다. 그러자 소녀가 잠시 의아한 얼굴이 되더니 말했다.

"이들은 내 땅에 속한 아이들이 아니다. 북쪽에서 고블린들에게 쫓겨왔지. 그에 관해서는 모르는가?"

"……무슨 말이야?"

아그니르가 되묻는다. 그때, 여지껏 안전한 곳으로 피신해 있던 그림니르가 날갯짓을 하며 나타나 돌담 위에 내려앉았다. 도래까마귀는 흰머리 소녀를 물끄러미 쳐다보더니 크누드에게 말했다.

"고블린들, 가까이 왔어."

"가서 만나봐야겠군요."

크누드가 말했다. 아그니르는 그와 흰머리 소녀를 쳐다보고는 대답했다.

"그래야겠죠. 그리고……, 서리심. 그대도 함께 갈 테야?"

"그래야 마땅하겠다."

흰머리 소녀, 서리심의 뉘르뉴가 대꾸하였다.

그리하여 이 예기치 않았던 사태는 일단락되었다. 아그니르는 치솟았던 흥분과 고양감이 썰물처럼 빠져나가는 순간, 온몸에 난 자잘한 상처들과 부러진 왼팔의 고통을 느끼고 무너진 돌무더기 위에 주저앉았다. 오우거들의 난장으로 그들 주변은 무너진 돌담과 가옥의 벽, 울타리 등으로 엉망진창이었고, 곳곳에 곤봉이 내리찍어 생긴 구덩이와 거대한 발자국, 흩뿌려진 핏자국들이 어지러웠다. 크누드는 어느새 바닥에 떨어져 있던 아그니르의 검을 들고 다가와 그의 팔을 살피더니 곧장 부목을 대주었다.

"일단은 좀 참아야겠습니다."

처치가 끝나자 크누드가 말했다. 아그니르는 그의 말에서 달리 어떤 감정도 느낄 수 없음에 잠시 의아해했고, 그런 눈치를 파악한 크누드가 다시 말했다. 이번에는 좀더 자상한 어조였다.

"아무것도 마음에 두지 마시지요. 덕분에 게디르는 목숨을 건졌고, 위험에 처했었다곤 해도 결과적으로 아가씨 말고는 아무도 다치지 않았습니다. 아가씨의 만용이 치를 값은 그 팔로 충분하지 않겠습니까?"

하지만 정말 대책 없는 돌격이었다. 만일 아그니르가 죽었다면 이번 예방길에서 크누드가 준비했던 모든 교섭은 완전히 무위로 돌아가거나, 심각한 난항을 겪게 되었으리라. 하지만 그가 어떤 생각을 가지고 피어클리벤에 왔는지, 아그니르는 아직 전혀 모른다. 그는 다만 그의 입장과 가치관에서 행동한 것이며, 크누드는 그것에 대해 더 이상 어떤 채점도 하지 않았다. 이미 일어난 일이고 결과적으로는 나쁘지 않았으니까. 하지만 크누드는 몸을 돌려 거대한 두 시신을 보며 새삼, 이런 것을 상대로 대든 아그니르의 정신상태가 믿기지 않는다. 다른 용병들 역시 이 흔하게 볼 수 없는 전리품의 주위를 오가며 이따금 시신을 쿡쿡 찔러보고 있었다.

"목이라도 잘라가고 싶지만 그래서야 한 짐이군."

"엄지손가락을 자를까요? 그거라면 적당한 증거가 될 겁니다."

크누드의 중얼거림에 한 용병이 제안했고, 모두가 그것에 수 궁하였다. 이윽고 용병들이 달려들어 오우거의 오른쪽 엄지를 잘라내기 시작했는데, 그때까지 묵묵하게 주변을 쏘아보고 있던 서리심 뉘르뉴가 그 광경을 보고 불쾌한 듯 중얼거렸다.

"지저분한 것들."

이 비범한 어린 소녀의 냉기 어린 목소리는 크누드와 더불어, 숙련된 용병들조차 움찔하게 만들었다. 하지만 용병들은 손을 멈추지 않았다. 오우거 또한 마수인지라 그 부산물은 그리 오래도록 증거물이 되지 못할 테지만, 그럼에도 좀처럼 구할 수 없는 이 전리품에 대한 욕심들이 컸다. 크누드는 아그니르에게 다가가 속삭였다.

"저 아이가 오면서 들은 이야기의 소녀, 서리심이 맞습니까?"

"무슨 다른 존재겠어요?"

크누드는 고개를 끄덕이며 소녀를 보았다. 빙하의 심금과도 같이 새파란 눈과 나이 들어 세어버린 백발과는 또 다른 느낌의 흰 머리카락이 길게 드리워진 아이였다. 입고 있는 옷은 복식이랄 것도 더는 남아 있지 않은, 몇 번이고 덧붙여 기워낸 누더기에 맨발이다. *스스로 바느질을 해 온 것일까?* 문득 그런 기묘하고도 사소한 의문이 드는 크누드였다.

"됐습니다. 움직이시죠."

눈치 보지 않고 역겨운 전리품을 회수한 용병들이 말했다. 아그니르는 작게 신음을 토하며 일어섰고, 살짝 절뚝이며 모두와 함께 말들에게 다가갔다.

"오, 게디르. 정신이 드나?"

후방으로 말들과 함께 옮겨져 있던 게디르는 깬 채로 바닥에 주저앉아 있었다. 헬쑥하고 망연한 표정으로 멀거니 주변을 둘러보던 용병 사내는 반가워하는 크누드의 목소리에 정신이 돌아온 듯 말했다.

"제가 오래 기절해 있었습니까? 오우거들은 어찌 되었습니까?"

"모두 죽었다네. 몸은 어떤가?"

"……죽어요? 그걸 잡았습니까?"

하지만 크누드는 설명보다 그의 몸 상태에 관심이 있었다. 대답 대신 다른 동료 용병들로 하여금 게디르를 살피게 한 그는 약간의 찰과상을 제외하고는 별문제가 없다는 진단을 듣고 안도하였다. 하지만 어지러워하는 것이 분명했기에, 시간을 두고 좀 더 지켜보긴 해야 할 것 같다.

용병 일행들이 이러는 와중, 시우부름에서 줄곧 달려온 삼백의 고블린 부대는 어느새 지척에 다가와 있었다. 아그니르에게 사정을 전해 들어 그들이 적이 아님을 알고 있었지만, 막상 눈앞에서 많은 수의 무장한 고블린을 목격하니 절로 긴장이 되는 것은 어쩔 수 없는 일이었다. 왼팔을 다쳤음에도 이를 악물고 기어이 말에 올라탄 아그니르와 크누드는 동료들을 뒤에 두고 천천히 그들 앞으로 나갔다. 뉘르뉴는 별말 없이 가벼운 걸음으로 그들을 따른다.

"오우거들이 오지 않았는가?"

자신과 이름을 공유하는 숲흑늑대, 칸을 타고 선두로 나선 아우케트가 면갑을 들어 올리며 물어왔다. 그의 곁, 다른 오십장 다섯이 따르는 가운데다. 아그니르는 아는 얼굴의 고블린이 있다는 게 실로 이상한 기분임을 자각하며, 소리높여 대답한다.

"왔다. 그리고 모두 해치웠다."

"……서리심인가?"

아우케트는 섣불리 '대체 어떻게?'라고 묻는 대신 주변을 살피다 뉘르뉴를 발견하고 물었다. 그러자 소녀가 고개를 끄덕이며 말했다.

"하나는 내가, 다른 하나는 뒤의 무사들이 죽였다. 자, 이제 누가 내게 설명해줄 거지? 이 불필요한 비극의 책임을 누가 질 것인가? 거기! 네놈인가?"

뉘르뉴의 노기 띤 목소리가 마지막에 가리킨 것은 아우케트의 뒤, 늑대에 올라타 있던 아난가크와 그 동료 오십장이었다. 모두의 시선이 불현듯 그들을 향했고, 그러자 기이할 정도로 새파랗게 질린 아난가크의 얼굴이 보였다. 그 동료 오십장은 면갑을 내리고 있어서 알 수 없었지만, 움츠러든 어깨선이 감정을 읽을 수 있게 한다.

"서……, 서리심? 아니 어떻게 흐리늂의 마녀가 여기에!"

아난가크는 공포와 의혹이 반반씩 어린 얼굴로 아우케트를 노려보았다. 하지만 이 신임 고블린 삼백장은 그저 어깨를 으쓱해 보일 뿐이다.

"그는 우리가 속한 숲의 명의자다. 우리는 그의 허락 없이 숲의 산물을 취할 수 없지. 대신 숲의 마수들로부터 안전을 보장받고 있다."

"여기는 대체 무슨 해괴한 미친놈들의 땅이냐!"

아난가크가 격앙되어 침을 튀기며 윽박질렀다. 지켜보는 크누드는 잔잔한 표정을 짓고 있었으나 그의 소감에 적극 동감하여 하마터면 환성을 지를뻔하였다. 아난가크의 욕설 같은 말에 뉘르뉴는 눈살을 찌푸리더니 외쳤다.

"이 해괴한 땅에 위해를 가한 것은 네놈들이다! 묻겠다, 아우케트. 저들은 이제 너희 식구인가? 저들이 앞으로 질 책임과 권리를 나눌 셈인가?"

"아직 결정하지 못하였다."

아우케트가 짐짓 심드렁하게 대답하자, 아난가크는 서리심과 그를 번갈아 쳐다보며 여전히 당혹한 낯빛을 한결 진하게 했다. 뉘르뉴가 다시 말한다.

"나는 시우부름의 고블린에게 나의 숲에 머물 권리를 제한적으로 승인하였다! 현시점에서 저들은 명백한 침입자들이며, 따라서 내게는 저들을 내쫓을 명분이 있다! 너희가 몰고 온 이 재난을 봐라! 나는 너희가 숲의 경계에 들어선 순간부터 주시하고 있었으나, 시우부름의 결정을 존중하여 기다리고 있었다. 그러니 아우케트, 결정해라!"

"당장은 무리다, 서리심. 번거롭지 않다면 같이 돌아가지 않겠나? 우리의 대사, 울리케를 끼고 해야 할 논의라고 생각된다."

그러자 울리케의 이름은 들은 뉘르뉴의 표정이 약간 누그러진다. 잠시 조용한 채, 아난가크를 노려보던 소녀가 말했다.

"그렇게 하지. 먼저들 돌아가라. 나는 따로 가겠다."

논의 끝에 삼백의 고블린 병사들은 바로 회군하지 않고 잠시 드리츠에 머물렀다. 오우거의 시체 처리를 할 일손이 필요했기 때문이었다. 아그니르는 피신시켰던 주민들에게 상황 종료를 알렸고, 고블린 병사들은 오우거 시체 둘에 줄을 매달아 끌어 마을 밖 숲 근처로 옮겼다. 집과 세간이 부서진 참상을 본 주민들은 울상이 되었지만 그래도 사상자가 없는 것은 무엇보다 다행한 일이었다. 더구나 영주의 딸이 직접 칼을 들고 집채만 한 마수에 맞서 싸우다 부상까지 입었다. 그 사실을 목격한 주민들로서는 더 이상 토로할 불평도 없게 만드는 일이었다. 아그니르는 촌장에게 재산 피해에 대한 기록과 보고를 올리라 이르며 적절한 보상을 약속하였다.

그리하여 늦은 오후, 아그니르와 크누드의 용병단은 고블린

병단의 선두에서 오십장들과 나란히 말을 몰아 시우부름으로 향한다. 산길을 올라 요새의 연병장에 당도한 해 질 녘, 어느새 북새통으로 변한 광경이 그들을 맞이했다. 울리케가 진두지휘하는 가운데 큰 솥이 여러 개 내걸리고 장기간의 피난에 지친 고블린들과 환자들을 위한 죽이 끓고 있었다. 그리고 그 한편에서는 시야프리테가 다치거나 병든 고블린들을 보살피고 있다. 기사 에길과 그의 향사, 그리고 시그리드의 모험가들은 대부분 울리케 곁에서 잡일을 거드는 것 같았다. 류프리그데와 실네스레유도 솥 곁에 있다.

"멋진 광경이군."

크누드가 말에서 내리며 감탄하는 말이었다. 그로서는 고블린들의 영역에 들어와 있는 것 자체가 신기한 일이겠다. 그와 마찬가지로 까마귀 금고단의 용병 동료들 역시 눈을 크게 뜨고 주변의 모든 것들과 고블린들을 구경하느라 바빴다. 아그니르는 말없이 신음을 참으며 말에서 뛰어내렸고, 뒤늦게 이를 눈치챈 크누드가 말했다.

"무리하지 마시죠."

"괜찮아요."

별로 괜찮지 않은 얼굴이었으나 아그니르는 그렇게 대답했다. 그때, 그들의 도착을 발견한 울리케가 깜짝 놀라더니 긴 국자를 든 채 다가왔다. 모두 무사한 것을 확인한 그는 아그니르를 비롯, 크누드와 용병들이 대관절 왜 이곳에 있는지 궁금했지만, 그 의문은 미뤄둔 채 기뻐하며 물었다.

"오우거는?"

"해치웠어. ……서리심이 도왔지만."

아그니르가 대답했다. 의외의 이야기들을 들은 울리케의 눈이 살짝 크게 떠졌다. 그러고는 곧바로, 아그니르의 팔에 덧댄 부목을 발견하더니 깜짝 놀라 시야프리테를 불렀다.

"시야프리테!"

"아니, 그만둬!"

아그니르가 제지했으나 이미 부름은 허공을 나른 뒤였다. 열병에 걸린 어린 고블린을 치료해주고 있던 시야프리테가 한달음에 달려왔다.

"부르셨어요?"

"아그니르의 팔을 좀 봐줘."

"필요 없어!"

아그니르가 명확하게 거절하자, 시야프리테는 물론이고 울리케와 크누드까지 의아한 표정이 되었다. 하지만 아그니르는 별로 설명할 생각이 없어 보였다. 그저 오른손으로 왼팔 상박의 부목을 감싸듯 하며, 그가 말했다.

"내 몫을 빼앗지 말아."

그러고는 성큼성큼, 솥단지 근처에서 모험가들과 이야기하고 있던 기사 에길 쪽으로 걸어가버렸다. 시야프리테는 아그니르와 울리케를 번갈아 쳐다보더니 어깨를 으쓱하곤 다시 고블린들에게 되돌아갔다. 입을 살짝 벌리고 아그니르의 뒷모습을 보던 울리케가 고개를 돌려 크누드를 보았다. 아우셸바프에서 돌아오던 날 이후로, 스무날 남짓 만에 다시 보는 서로였다. 하지만 울리케는 인사를 무참히 생략하고, 크누드의 좁혀진 미간에 어린 기색을 읽어내며 물었다.

"왜 저러는지 알겠나요?"

"아, 제 실수라고 생각됩니다……."

그리고 크누드는 울리케에게 아그니르가 저지른 일에 대해 짧게 일렀다. 그가 아그니르에게 부목을 대주며 한 이야기를 마지막에 덧대며.

"……저 부상이 아가씨의 만용을 치를 값으로 충분하다 했지요. 제가 서툴렀습니다."

"그랬군요."

울리케는 이해된다는 듯, 고개를 끄덕이며 아그니르 쪽을 보았다. 그의 고집 센 동갑내기 자매는 에길의 안내를 받아 불 가에 웅크리고 앉아있었는데, 이따금 에길이나 모험가들이 건네는 말에 도리질 치는 게 보였다. 울리케는 측은하기도 하고 답답하기도 했지만 그것이 아그니르다운 것이기도 했다. 크누드가 만용이라 말한 것은 울리케 또한 십분 동의하는 바이다. 류그네라스의 치료를 거부하는 것은 아그니르 나름의 반성이겠지. 무사하면 그것으로 되었다. 나머지는 사소한 문제들이며, 결과를 생각하자면 오히려 칭찬과 축하를 해야 마땅한 것이다.

"그나저나 다시 뵙는군요, 치안 판관? 웬일로 오셨죠?"

울리케는 그제서야 크누드에게 인사를 한다. 크누드는 가볍게 웃어 보였다.

"밖에서는 그저 기사입니다. 그 직함은 자유도시 안에서만 유효한 것이죠. 저희 용병단은 이번에 아우셸바프 대표단의 예방을 호위차 따라왔습니다."

"성에 계시지 않고?"

울리케가 다시 물었다. 크누드는 정곡을 찔린 듯한 그 질문에 어떤 도발적인 매력을 느끼며 대답했다.

"울리케 아가씨께서 진흥행정관이시라는 말씀을 들었습니다. 남작부인께서는 대표단이 일차적으로 행정관님과 면담하도록 명하셨습니다. 그래서 지금 대표단의 모든 노인네들이 손톱을 물어뜯고 있죠. 저는 아가씨께 이러한 사정을 알리고, 귀환을 촉구하며 동시에 돌아오시는 길의 안전을 도모코자 왔습니다. 아그니르 아가씨는 뭐, 자유롭게 동행하셨고요."

울리케는 그의 단조로운 설명들 사이의 행간을 읽으려 애써본다. 스무날 전 그가 어떤 이야기들을 했던가 떠올리며. 그가 말한 대부분의 것들이 실제로 맞아떨어진 현재, 그가 그런 단순한 이유로 왔으리라 순진하게 믿을 수는 없는 것이다. 하지만 어쨌건 그가 와준 덕분에 드리츠 마을의 피해는 경미하게 끝났다. 울리케는 우선 그것에 감사해두기로 한다.

"드리츠 일은 감사해요. 하지만 여기 일이 정리되려면 얼마나 걸릴지 모르겠군요. 원래 하고자 하던 일조차 따로 있는 마당에, 이런 예기치 않은 사태가 벌어졌으니까요. 대사로서 모두 제가 관여할 직무 범위 안에 듭니다."

"참으로 그렇겠습니다."

둘은 동시에 연병장 안의 소란 통을 보았다. 솥 곁에서 왔다 갔다 하던 실네스레유가 별안간 이리저리 뭔가를 찾더니, 울리케 쪽을 바라보고는 소리쳤다.

"언니! ⋯⋯아니아니, 아가씨! 국자!"

울리케는 그제야 자신이 여태 국자를 들고 있었음을 깨달았다. 살짝 얼굴이 빨개진 그는 크누드에게 눈인사를 하고 종종걸음으로 실네스레유에게 되돌아갔다. 명백히 이 자리에 초대받지 않은 손님인 크누드는 동료들과 함께 잠시 멍청히 서서 사방을 구경하였다. 다행히 그가 본격적으로 난처해지기 전, 부하들을 해산시키고 늑대 칸을 쉬도록 한 아우케트가 나타났다.

"아직 거기 있는가? 따라와라. 말들을 맬 곳을 알려주겠다."

잠시 뒤, 아난가크의 고블린을 위한 배식이 시작되었다. 울리케는 그새 부랴부랴 아그니르와 용병들을 위한 분량을 더하였고, 늦지 않게 모두의 식사를 마련할 수 있었다. 하지만 이 가운데 고블린과 함께 식사한 경험자는 오직 울리케뿐이었다. 크누드나 용병들은 물론이고 시그리드의 모험가들도 매우 어색해하는 게 느껴진다. 하지만 그 중 정말로 어색해한 이는 식사 자리가 거의 차려질 무렵 불현듯 나타난 뉘르뉴였다. 모두의 주목을 받으며 서늘한 바람과 함께 나타난 이 흰머리 소녀는, 울리케가 바닥 한구석에 깔린 털 깔개 위로 안내하자 어처구니없어하는 표정을 지으며 멀거니 쳐다보다 물었다.

"……같이 밥을 먹자는 말이냐?"

"어, 혹시 채식주의야?"

나무 사발에 삶은 돼지고기를 올리려던 울리케가 멈칫하며 물었다. 뉘르뉴는 말없이 가만히 서 있다가 천천히 깔개 위에 앉고는 말했다.

"……아니, 못 먹는 것은 없다. 다만……, 너무 오래 뭔가를 먹어본 적이 없군."

그 자리에 동석을 허락받은 고블린 오십장들과 크누드의 용병들, 그리고 울리케 일행 모두가 숨을 죽였다. 울리케는 좌중을 한번 둘러보더니 모두의 마음을 대변해 물었다.

"안 먹어도 죽지 않는가?"

그러자 뉘르뉴는 가슴께에 손을 올리며 대답했다.

"서리심이 차가운 한, ……나는 그렇다."

울리케가 소녀에게 내주려던 사발을 들고 잠시 망설이는 기색을 보이자, 뉘르뉴는 그를 쳐다보고 말을 이었다.

"그냥 주어라. 기꺼이 맛을 보겠다."

울리케는 긴 기아에 시달린 사람에게 갑자기 음식을 주는 것이 얼마나 위험한지 알고 있다. 하지만 그것은 어디까지나 평범한 사람의 이야기지, 천 년을 아무렇지도 않게 살아온 존재에 해당되는 이야기는 아닐 것이다. 울리케는 곧 모두에게 음식을 나눠주기 시작했고, 각자의 앞에 사발 두 개씩의 음식을, 모두가 공유할 수 있는 요리는 바구니나 큰 함지에 갖추어 중앙에 두었다. 상당한 대인원이 동석한 만찬이었으나, 자리의 배치는 자연스럽게 한쪽에 고블린 무리, 맞은 편에 울리케를 포함한 인간들의 무리로 자리잡혔다. 시야프리테의 가족들은 솥단지 근처에 따로 앉았다.

그러자 약간 재미있는 광경이 벌어졌다. 고블린과 인간 모두, 일제히 서리심을 쳐다보았던 것이다. 마치 그가 이 자리의 주인이거나 주최자인 듯. 하긴 최고령자인 것은 사실이니까, 울리케는 가볍게 미소를 띠고 뉘르뉴에게 권하였다.

"그대가 먼저 들지 않으면 다들 기다릴 것 같다."

"아……. 이해했다."

자신에게 쏟아지는 눈길들을 망연한 표정으로 받아내고 있던 소녀가 대답했다. 그러고는 작고 하얀 손을 내밀어 사발을 들었다. 기름이 동동 뜬 국물에 잠긴 고깃덩이를 물끄러미 내려다보던 그가 말했다.

"……나는 본래 사람들의 공물을 받았다. 아득한 기억이지만 충분히 선명하지. 나는 생을 연장하기 위해 먹는 수고로움을 감내할 이유가 없는 몸이나, 공물을 받고 그것을 먹는 것은 내 존재가 비롯된 세상과 나의 옛 모습을 되새기게 하는 의식이었다. ……본디 사람의 어린아이였기 때문이었을까? 내가 받았던 그들의 공물은 달고 예쁜 과자들이었다. 그래서 이런 고기는……, 아니, 내가 따스한 숨을 쉬던 시절에조차 먹어본 것 같지 않군."

말을 마친 뉘르뉴는 사발을 들어 입에 갖다 대었다. 국을 한 모금 꿀꺽 삼킨 소녀가 말했다.

"이런 맛이군."

그때까지 꼼짝 않고 구경하던 모두가 그제야 슬금슬금 손을 움직였다. 울리케가 문득 생각났다는 듯 서리심에게 묻는다.

"뜨거운 음식인데 괜찮은가? 그러고 보니, 오늘은 눈보라를 몰고 오지 않았네?"

"이 정도는 괜찮다. 어차피 금방 식어버리니까."

울리케가 사발을 보니 정말로 어느새 고깃국은 차게 식어 흰 기름이 엉겨있었다. 하지만 서리심은 그다지 개의치 않는다는 듯, 고기를 한 조각 떼어 입에 넣었다. 그러고는 낭패한 표정의 울리케에게 이어서 말했다.

"그리고 눈보라는 일종의 위협과……, 의전이다."

"의―전?"

울리케가 희극적인 표정으로 묻듯이 말했다. 뉘르뉴는 순간 떨떠름한, 상당히 인간적인 얼굴로 울리케를 쳐다보며 더 토 달지 말라는 듯, 무언의 시선을 날렸다. 울리케는 고개를 수그리고 킥하고 짧게 웃음을 삼키더니 뉘르뉴의 뜻에 따라 잠자코 식사를 시작했다.

"먼저, 감사를 해두려 한다."

가장 먼저 입을 연 것은 아난가크였다. 그는 드리츠에서 뉘르뉴와 만난 이후부터 내내 표정이 매우 안 좋았고, 시우부름으로 돌아온 직후 동료 오십장들과 한동안 무언가 이야길 나눈 참이다. 모두의 주목을 끈 그가 다시 말했다.

"시우부름의 형제들이 우리를 치료하고, 이렇게 대접해준 바에 감사한다. 우리는 도리어 오우거 셋을 끌고 오는 폐를 끼쳤다. 어떻게든 보상하겠다."

그러자 아우케트가 즉각 입을 열었다.

"치료는 류그라들이 한 것이며, 오우거 역시 류그라와 인간, 그리고 서리심의 무녀에 의해 격퇴되었다. 우리의 수고와 지출은 다만 지금 이 저녁 한 끼에 한한 것이지. 그대의 형제들이 진정 보상하기를 바란다면 우리가 아니라 저들에게 해야 한다. 이 밥값 정도는 기꺼이 동족을 위한 대접으로 여기겠다."

아우케트의 이 말은 결코 단순한 겸양의 의미를 담고 있지 않았다. 아난가크의 고블린들이 신세 진 대상을 동족 고블린이 아니라 외부의 인간과 세력으로 명확히 함과 동시에, 두 고블린 부족 간 어떤 빚도 없음을 선언한 것이다. 때문에 아난가크는 유감스러운 얼굴로 아우케트를 보았다. 그러고는 시선을 돌려 서리심과 울리케, 용병들과 시야프리테를 차례로 보곤 한숨을 내쉬며 말했다.

"도대체 이 땅은 어찌 된 영문인가……? 아직 전혀 이해할 수가 없다. 뭐가 이렇게 복잡한가?"

아우케트는 울리케를 쳐다보며 그 설명의 권리를 넘겼다. 잠시 고민하던 울리케가 대답했다.

"아니, 설명하기에 적절치 않다. 좀더 정확히는, 그대……, 아난가크라고 했나? 그대의 고블린들은 설명을 들을 자격이 없다. 이 자리에 동석한 저 용병들처럼, 그대들은 외부인이다. 그러니 그 문제를 먼저 명확히 해야 한다."

"한 말씀 드려도 되겠습니까?"

손을 들며 나선 것은 크누드였다. 의외의 순간에 의외의 인물. 모두의 주목을 얻어낸 그가 말했다.

"모르시는 분들도 있으니 제 소개를 하지요. 저는 이 땅, 피어클리벤의 남쪽 자유도시 아우셀바프에 주재하는 까마귀 금고 용병단의 크누드 서리엇입니다. 동시에, 시의 치안 판관이기도 합니다."

하지만 인간 기사의 직함과 소속이야 아무래도 좋은 고블린들이다. 서리심 뉘르뉴 또한 '뭐 어쩌라는 것이냐?'라는 표정으로 쳐다볼 따름이었다. 그럼에도 이 낯짝 두꺼운 기사는 뻔뻔하게 말을 이어나갔다.

"방금 진흥행정관이자 고블린 대사이신 울리케 피어클리벤 아가씨께서 저희를 외부인이라 정리하셨습니다. 송구하지만, 그걸 좀 바로잡고 싶군요."

"……뭐라고요?"

고기 조각을 입에 넣으려다 딱 멈춘 울리케가 물었다. 크누드가 진지하게 답한다.

"일전 처음 뵐 때 넌지시 말씀드리지 않았습니까? 까마귀 금고는 피어클리벤과 긴밀하게 협력하고 싶다고요. 그러니 부디 저희를 외부세력이라 여기지 말아주십시오."

울리케는 말없이 마저 고기를 넣고 씹었다. 한동안 우물거리며 대답을 미루던 그가 말했다.

"서리엇 경, 그런 이야기는 돌아가서 하시죠? 적절한 자리가 아니라 생각됩니다."

"실례지만, 이보다 적절한 자리는 없으리라 생각합니다."

아 맞아. 잊고 있었다. 저 사내는 짜증나는 데가 있었지. 울리케는 낯빛을 태연히 고정하려 애쓰며 그를 쳐다보았다. 그런 울리케의 마음을 아는지 모르는지, 크누드는 도발적으로 씩 웃더니 말을 이었다.

"아우셀바프의 노인네들이 아가씨를 구워삶으려 할 겁니다. 제가 울리케 아가씨를 몰랐더라면 염려했겠지만, 저는 거기에 대해 아무 조언도 할 필요가 없다고 생각합니다."

"칭찬으로 듣겠어요."

크누드의 의중이 아직 잡히지 않는 울리케였다. 그는 재빨리 치고 나와 이렇게 말을 끊었다. 이 자리의 선결 화제는 고블린들에 관한 것이지 결코 저 수다쟁이의 쓸데없는 이야기가 아니다. 하지만 크누드는 주도권을 놓지 않으며 기어이 입을 놀리고 만다.

"용과 고블린, 그리고 서리심에 이르기까지 능히 관계하시는 아가씨니까요. 부디 저희를 밀어내지 마십시오."

그리고 크누드는 다시 식사에 열중했다. 울리케는 턱을 살짝 벌리고 그를 쳐다보다가 불현듯 바로 곁의 아그니르에게 눈을 돌렸다. 아그니르가 눈을 피하며 말했다.

"······그래, 내가 말했어. 숨길 것도 없잖아? 여기오면 어차피 알게 되는 사실들이야."

"아그니르······."

울리케가 한숨 섞인 목소리로 자매의 이름을 중얼거린다. 하지만 이 자리에서 더 추궁하기는 부적절하다. 그런 한편, 크누드의 마지막 말에 반응한 것은 아난가크와 그 동료 오십장들이었다. 아난가크는 눈을 부릅뜨고 크누드를 노려보더니, 이어서 좌중의 모두를 훑어보았으나 어느 누구도 그의 말에 딱히 놀라지 않는 것이다. 그 사실은 즉, 저 이상한 인간 기사의 말이 사실이란 뜻이렸다. 아난가크가 부르르 떨며 말했다.

"아우케트, 시우부름의 삼백장이여······."

"아, 그의 말은 사실이다."

아우케트는 그때까지 마뜩잖은 눈길로 크누드를 쳐다보고 있었다. 도대체 뭐 하는 인간이지? 경박하기 이를 데 없군. 하지만 의도를 가진, 꾸며진 경박함 같다는 느낌이 아우케트를 더 불쾌하게 했다. 그러다 아난가크가 말을 걸어오자 재빨리 잡아

채 대꾸해버린 것이다. 그의 말이 이어졌다.

"말할 수밖에 없군⋯⋯. 우리와 피어클리벤의 인간들은 용의 보증을 통해 서로 상호 협력한다. 그게 가장 큰 틀이고, 이 숲에 한해서는 서리심의 보호와 감시를 받는다. 그러니 그대 형제들에 관한 처우 결정은 용과 서리심, 아울러 피어클리벤 모두의 관여를 받을 수밖에 없다. 이해하겠나?"

아난가크는 머리를 싸쥐고 있다가 대꾸했다.

"⋯⋯우리는 물러날 데가 없다. 북쪽은 다시 돌아갈 수 없는 땅이다. 부디 고려해주게."

"⋯⋯이해를 못 했다는 말이군. 내가 결정할 수 있는 문제가 아니라는 것이다."

아우케트는 그렇게 말하더니 서리심과 울리케를 보았다. 문득, 흐리뉼의 이름을 들은 울리케가 뉘르뉴에게 묻는다.

"뉘르뉴, 흐리뉼들이 최근 북부에서 준동한다고 한다. 짚이는 부분이 없어? 그대의 민족이 아닌가?"

"⋯⋯별로 이제는 그다지 그런 인식은 내게 없다."

이미 얼어버린 국물을 입에 넣고 와삭와삭 씹던 소녀가 대답했다. 그러자 고개를 푹 숙이고 있던 아난가크가 고개를 들고 소리쳤다.

"참말인가? 우릴 맨 처음 공격했던 흐리뉼 가운데 서리심의 무녀가 있었다. 눈트롤 부대와 와이번 떼가 도사린 얼음 폭풍을 몰고 왔지! 너무나 많은 형제와 아이가 그대로 얼어 죽었다! 나머지 우리는 간신히 포위망을 뚫고 벗어나 다시 그대로 전열도 가다듬지 못한 채 인간의 방어선을 주파해야 했다. 너는……, 그대는 다시 흐리뉼들에 협력하지 않는가? 우리가 너를 어찌 믿는가!"

아난가크는 어느새 자리에서 일어나 있었고, 그 목소리는 처음의 두려워하는 떨림을 벗어나 분노에 가득 차 있었다. 노여움에 일렁이는 그의 눈동자 속으로 지나온 고통의 기억이 스쳐가는 듯했다. 곁에 있던 아우케트가 손을 들어 그를 말리려는 듯한 몸짓을 할 정도였다. 하지만 뉘르뉴는 그의 자못 무례한 노성과 삿대질의 대상이 된 마당임에도 어떤 격렬한 반응을 내보이지 않았다. 오히려 약간 의외라는 듯 망연한 표정으로 아난가크를 쳐다보더니 입을 연다.

"나는 나를 기억하던 무지한 군상들의 대가 끊겼을 때 내게 주어진 모든 의무에서 해방되었다. 내가 지킬 것은 이제 이 숲과 거기 머무는 것들에 관한 추억, 그리고 셰이위르와의 약속이지. 흐리뉼이라 했는가? 이제는 그렇게 부르는가? 그조차 내 시대에 기억하는 이름이 아니었다. 너희가 만난 서리심의 무녀는, 나와는 다른 것이다."

말을 마친 뉘르뉴는 문득, 시선을 잠시 허공에 두더니 한 마디 더했다.

"그들이 나의 경계를 침범한다면 나는 마땅히 적으로 간주할게다."

서리심의 고요한 목소리에는 어떤 결의가 있었다. 울리케는 그가 수백 년간 그들 민족으로부터 잊힌 채 지내왔음을 상기하였다. 스스로가 속한 자리, 그리고 지킬 것들에 대한 인식이 완전히 달라지기에는 너무나 충분한 시간이리라. 자세한 내막은 알 수 없었지만, 아난가크 또한 서리심의 말에서 아득한 시간의 간격을 느끼고 입을 다문 채 쳐다보았다. 믿기 힘들었지만, 왠지 믿기는 이야기였던 까닭이다.

"그렇다면……."

이제 자신이 말할 차례임을 깨달은 울리케가 입을 열었다.

"현재, 시우부름의 고블린들은 모든 자원을 이 숲이 아닌 외부에서 조달해야 한다. 아난가크의 고블린들이 더해진다면 더욱 그래야 하지. 계획했던 것의 배는 더 큰 농장을 꾸며야 할 것이다. 아울러, 소출이 없을 올겨울 동안은 명백히 쌓아둔 식량만을 소비해야 한다. 아우케트, 가능한가?"

"불가능하다. 그렇게 되면 외부 조달이 절실하다."

아난가크의 고블린들이 모두 합류하면 시우부름의 고블린 숫자는 그 병력만 오백, 나머지까지 다 세면 물경 천에 가까워진다. 그 정도면 피어클리벤 영지 내에 아예 없던 마을 하나가 갑자기 생겨나는 수준의 계산이었다. 뉘른스에크의 출병으로 영지의 일손과 다량의 자원이 빠져나간 현재, 피어클리벤의 곳간을 아무리 탈탈 털어도 답이 없는 이야기다. 울리케가 그리 생각하며 미간을 찡그리고 있자, 마침내 다시 자신이 끼어들

때임을 깨달은 크누드가 손뼉을 쳤다.

"자, 들으시지요. 일단, 현재 피어클리벤 성에는 아우셸바프의 모든 부호들과 조합장들이 대거 몰려와 이것저것 진상하기 위해 아우성치고 있습니다. 그러니 이 문제는 아주 쉽게 해결될 것입니다."

그러자 울리케가 전에 없이 뾰족한 목소리로 물었다.

"도대체 아우셸바프가 왜 그러는데요?"

"결론부터 말씀드릴까요? 아우셸바프는 피어클리벤의 직할도시가 되기를 바랍니다. 여전히 알량한 자치권은 움켜쥐겠지만, 황실에 보낼 세금의 대부분을 피어클리벤으로 돌리고 대신용의 영광된 날개 아래 들어가려는 것입니다. 그게 노인네들 속셈이죠."

"마치, 까마귀 용병단은 아닌 것처럼 말씀하시는군요?"

울리케가 비꼬는 듯 응수하자 크누드의 얼굴이 해맑아졌고, 아그니르는 미간을 찡그리며 자매를 노려보았다. 크누드가 질세라 말한다.

"글쎄요, 저는 그간 놀고 있지 않았습니다. 아가씨, 저를 다시 만나면 한스 일행과 베르벳의 안부부터 물으시리라 예상했었는데, 역시 생각만큼 다정한 분은 아니었군요?"

울리케는 잠시 움찔했다. 하지만 잠시 뒤 불같은 억울함이 치밀어 올랐다. 오늘 하루 정신이 없는 와중에 어떻게 그것부터 떠올릴 수 있었겠는가? 하지만 울리케가 입술을 채 달싹이기 전, 크누드는 자신이 할 말을 챙겨버린다.

"저는 이제 반란군 핵심 주동세력의 정체를 압니다. 그리고 그들이 북부의 흐리늘들을 자극하여 침략하도록 부추겼다고 생각할 만한, 첩보도 입수했지요."

"잠자코 듣고 있자니 억측이 너무나 심하시군."

그의 말마따나 여태 묵묵히 침묵하고 있던 모험가 일행 중한 명, 라그나가 마침내 더 이상 참지 못하고 입을 뗐다. 그는 크누드와 용병들이 등장했던 순간부터 미묘한 경계의 눈초리로 그들의 일거수일투족을 감시하고 있었다. 크누드가 입을 열때마다 라그나의 표정은 고까운 빛을 더해갔으며, 이제 드디어 그의 인내가 한계에 다다른 것이다. 크누드는 눈을 동그랗게 뜨고 물었다.

"어떤 억측이란 말씀입니까?"

"제국에는, 황실에는 용이 있소. 북부의 이민족 무리가 수백년간 내침하지 못한 것은 그 억지력 때문이오. 그건 남부의 유목민족 같은 모든 외세에 공통된 이야기지. 이제 와서 준동을 획책한다고? 사백 년 전 스미드레드에게 가장 뜨거운 맛을 보았던 게 그들이오."

"황실의 용이라!"

크누드가 마치 연극의 대사를 하듯 거창한 태도로 받아쳤다. 그러고는 몸을 돌려 울리케를 향하더니 말했다.

"그렇다는데요, 진흥행정관 나리? 어찌 생각하십니까?"

어쩌긴 뭘 어째! 울리케는 자신이 아그니르였다면 기꺼이 그의 따귀를 날릴 거라고 생각한다. *이 남자는 도대체 어디까지 알고 있는 거야?* 그렇게 여기며, 울리케는 당혹하고도 짜증 어린 얼굴을 가리지 못한 채 그를 노려보았다.

제 13장

하지만 크누드는 울리케가 뭐라 말하기도 전, 그에게 미묘한 눈짓을 하더니 몸을 돌려 좌중을 향해 연설하였다.

"당연히, 황실의 용과 공작의 용은 건재하죠. 하지만 저들은 용을 상대할 비책을 갖추고 있습니다. 물론 이 자리에서 언급할 만한 것은 아닙니다. 아무튼, 울리케 아가씨께서는 저희가 여기까지 알고 있고, 이 문제에 대해 관여하길 바란다는 걸 아셔주셨으면 합니다."

크누드의 이야기는 그렇게 뜬금없이 마무리되었다. 울리케는 살짝 이마에 난 진땀을 훔치며 생각했다. *도대체 이 작자는 왜 이러는 거지? 좀 더 주위를 경계하고 은밀한 자리에서 나눠도 될 이야기들을 아슬아슬하게 이리 꺼내는 이유가 무엇일까? 구하고자 하는 바와 태도 모두가 잘 이해 가지 않았다. 제국에 제*

대로 된 용이 부재한다는 사실은 아직 피어클리벤에서도 단 세 사람만이 알고 있는 이야기다. 하지만 크누드의 방금 발언과 과장된 몸짓, 눈치로 보건대 그는 이미 알고 있는 것이 명백하였다. 그가 울리케의 주의를 끌고 긴장감을 불어넣으려는 의도로 이와 같은 연출을 한 것이라면 제대로 성공한 셈이겠다. 하지만 동시에, 정말이지 짜증이 났다!

이제 울리케와 비슷한 생각을 하기 시작하는 라그나와 아우케트 모두 한결같이 의혹에 가득 찬 눈길로 크누드를 대차게 쏘아보았다. 물론, 그들은 용의 부재에 관한 것은 전혀 모른다. 그러니 그들로서는 더더욱 이 남자의 뜬금없는 끼어들기와 태도 모두가 마냥 괴상하게만 여겨질 것이다. 울리케는 그 스스로가 크누드에게 말할 수 없이 신경질 나 있음에도 왠지 그를 위한 변호가 필요한 게 아닐까 한순간 생각하고는, 그런 생각을 했다는 사실 자체가 웃겨서 그만 쿡 하고 헛웃음을 뱉고 말았다. 아그니르가 어처구니없다는 얼굴로 말했다.

"……울리케? 왜 웃어?"

"아, 아냐. 아그니르."

울리케는 헛기침을 하고는 마른세수와 함께 표정을 닦아 매우 사무적인 얼굴로 만들고는 크누드를 가만히 쳐다보다 말을 던졌다.

"서리엇 경의 이야기가 사실이라면, 시우부름의 월동 문제는 해결될 수 있겠죠. 하지만 경, 도대체 아우셸바프가 뭘 얼마나 낼 수 있죠? 막연한 이야기로는 아무런 결정도 내릴 수 없어요."

"두 진영의 고블린이 결합한다면, 그 수가 모두 얼마입니까?"

크누드가 이렇게 묻자, 아우케트가 아난가크를 쳐다보더니 크누드에게 말했다.

"대략 천이다."

"그리고 넉넉히 대략 반년으로 계산하면 될까요? 충분합니다. 차고 넘칩니다."

"어, 하지만……."

이번에 입을 연 것은 현재 피어클리벤의 유일한 기사인 에길이었다. 그는 무반인 주제에 모두의 시선이 자신에게 쏠리자 조금 우물쭈물거렸지만, 기어이 본분을 잊지 않고 말하는 데 성공하였다.

"현재 뉘른스에크의 징집령 때문에 주변 영지는 모두 상당한 양의 군량을 보냈을 것이오. 아무리 돈을 댄다고 해도 겨울 식량을 그리 선선히들 팔 것 같지 않소만……."

"자유도시는 징집과 무관하니까요. 비축 물자는 많습니다. 도시란 게 그렇습니다……. 뭣하면 암시장을 통해서도 얼마든지 음성적으로 거래하실 수 있습니다. 부자들이 뭘 얼마나 숨겨두고 있는지, 영지민들은 잘 상상하기 어렵죠."

크누드는 그렇게, 잘도 입을 놀렸다. 그 유들유들한 답변은 너무나 막힘없는 나머지 오히려 모두의 의심을 살 판국이었다.

모두의 시선을 깨달은 크누드가 들고 있던 그릇을 내려놓더니 차분하게 말했다.

"믿으셔도 좋습니다. 저는 단순한 용병이 아니라, 비유하자면 시의 금고지기입니다. 아우셀바프의 부가 얼마나 되는지, 저희만큼 확실하게 알 수 있는 이들이 따로 있을까요? 오히려 시의 의회는 온갖 허위 보고와 위조 장부들을 껴안고 있죠. 저희는 진짜 금화와 그리고 그것들이 보증하는 물류의 흐름을 압니다. 피어클리벤이 이 고블린 문제에 직면해 부담하게 될 재정적 과제는, 아우셀바프의 힘만으로 완벽하게 감당 가능하다고 확언드립니다."

여기까지 명쾌하고 분명하게 이야기하는 데야 달리 토 달 거리가 없겠다. 하지만 울리케는 그의 말을 곧이곧대로 믿고 선불리 아난가크의 고블린들을 받아들였다가 혹 무리라도 발생한다면 그 부작용이 엄청나리라는 것을 쉬 예상한다. 그리고 발생한 부작용은 몽땅 피어클리벤의 문제가 된다. 혹시라도 굶주린 고블린들이 난동을 부리게 된다면 그보다 무참한 일은 없을 것이다. 그러니 일단, 이것은 아셰리드와 시그리드, 더불어 문관 에이드리크와 상의해야만 할 안건이었다. 그리고,

"결정된 것인가?"

숲의 명의자인 서리심, 뉘르뉴 또한 이 문제에 관여할 권한이 있다. 소녀가 대화의 흐름을 지켜보고 있다가 이렇게 입을 열자, 모두가 움찔하며 처다보았다. 울리케가 말했다.

"아직 아냐. 시간을 두고 좀 더 검토해야 한다."

"저들의 거취는 어찌 되든 내게 별 상관없다. 하지만 그 문제와 별개로, 저들은 할 도리를 다해야 하지. 불필요한 죽음이 있었고, 다친 이들이 있으니까."

그러자 모두의 시선이 아그니르에게 쏠린다. 게디르는 약간의 뇌진탕 증세를 보인 까닭에 시야프리테의 치료를 받은 뒤 다른 곳에서 휴식을 취하느라 이 자리에 없었다. 아그니르는 주목받는 것에 별로 부끄러워하지 않고 단호히 말했다.

"나는 괜찮다."

아난가크와 동료 오십장들은 어렵사리 이 상황을 받아들이고 있었다. 고블린의 산채를 찾아냈을 때만 해도 이젠 살았다고 기뻐했는데, 흐리뉼의 마녀로부터 꾸중을 듣고 인간에게 사과해야 하는 형편이라니. 더구나 용이라니! 손도 발도 대볼 수 없는 것들이 우글대는 땅이 아닌가? 이런 곳에서 태연히 고블린의 얼굴을 하고 삼백장 노릇을 하고 있는 아우케트에게, 새삼 기가 막히는 아난가크였다. 하지만 그에게는 아무 선택권이 없었다. 이제 더는 내몰릴 구석도 없다. 아난가크는 한숨을 내쉬더니 말했다.

"무엇으로든 보상을 하겠다. 다만, 지금 우리가 가진 것은 단지 목숨뿐이다. 우리가 어떤 것을 변제하기 위해서는 시간과 더불어 운신할 형편이 필요하다."

"사과에는 돈이 들지 않습니다."

크누드가 유쾌한 듯 말했다. 아우케트는 눈살을 찌푸리며 그를 흘겨봤지만 뭐라고 하진 않았다. 맞는 말이었으니까.

"그렇겠지……."

본래도 제법 나이가 들어 보이는 고블린 아난가크는 순간적으로 한결 더 늙어 보였다. 하지만 그는 인간에게 머릴 조아리느니 죽고 말겠다고 외칠 만큼 꽉 막힌 고블린은 아니었다. 그러기에 지금 그에게는 책임질 목숨이 너무 많이 딸려 있다. 그가 말했다.

"정말 미안하다, 피어클리벤의 인간들이여. 시우부름의 형제들이여, 그리고 치료해준 류그라들에게도 감사한다. 우리는 결코 너희의 적이 되지 않을 것임을, 흐로킨의 이름으로 맹세한다."

고블린이 흐로킨의 이름을 올린 한, 그것은 맹약이나 다름없다. 아우케트는 살짝 이채로운 눈길로 아난가크를 보았고, 그 발언의 무게와 진심을 짐작하는 울리케 또한 상냥한 얼굴이 되었다. 하지만 서리심은 냉랭하게 말했다.

"너희는 마땅히 죽은 거인들에게도 사죄해야 한다. 그들은 본래 북부의 땅, 그들만의 터전에서 한가로이 지내고 있었으리라. 그들을 자극해 맹폭하게 만든 것은 너희다."

아난가크는 그것이 불가피한 일이었음을 변명하고 싶었으나 하지 않았다. 다만 입이 바싹 마른 목소리로 이렇게 물었다.

"……죽은 자들에게 사죄는 어찌하면 좋겠는가?"

"너희의 방식대로 제를 지내라. 그리고 적당한 축문을 지어 너희의 구전에 한 줄이라도 더해라. 불필요한 폭력을 경계하는 목적이니라."

굉장히 희한한 주문이었지만 못할 것도 없는 일이다. 아난가크는 아우케트를 쳐다보고는 말했다.

"그리하겠다."

"좋다. 그렇다면, 나도 조금은 여유를 더해주지."

뉘르뉴는 자리에서 일어나 모두를 둘러보며 말했다.

"너희의 거취가 확실해질 때까지만, 시우부름의 모든 고블린들에게 내린 숲의 금령을 해제한다. 필요한 만큼 충당해도 좋다."

아난가크는 서리심의 선언이 가진 내막을 잘 몰랐지만, 일전 그 문제를 둘러싸고 벌어졌던 소동을 기억하는 모든 이들은 한결같이 서리심이 꽤 후한 양보를 해줬다고 느꼈다. 울리케는 손뼉을 짝 치더니 말했다.

"그것은 정말 고마운 말이야!"

뉘르뉴는 불편한 표정으로 울리케를 쳐다보고 말했다.

"용무는 끝났다. 나는 이만 돌아가겠다."

"자, 잠깐 기다려라!"

아난가크가 다급하게 외쳤다. 모두가 의아하게 돌아보는 가운데, 그는 동료 오십장 하나에게 뭐라 귀엣말을 건넸고, 그 오십장은 일어나 어디론가 달려갔다. 잠시 뒤, 그 오십장은 털가

죽으로 돌돌 말린 꾸러미를 들고 나타났다. 아난가크는 그걸 받아들더니 조심스럽게 말했다.

"실은 우리가 필사적으로 남진하는 가운데 본의 아니게 여러 짐승을 해하게 되었다. 이건 그 와중에 줍게 된 것으로, 우리로서는 어찌 처리해야 할지 알 수가 없다. 서리심의 마녀……, 아니 무녀는 알지 않을까 하여 가져오게 했다."

모두의 호기심이 집중된 가운데 아난가크는 꾸러미를 풀었다. 그러자 팔뚝만 한 길이의 거대한 알 하나가 나타났다. 그것을 알아본 크누드가 나직하게 말한다.

"세상에, 그리핀의 알이군요."

아난가크는 마치 죄를 지은 듯한 표정으로 뉘르뉴의 눈치를 보며 대답하였다.

"그렇다……. 정말이지 본의가 아니었다."

"뭐, 포란기의 그리핀은 영역에 대한 보호 본능이 강해지니까요. 누구라도 어쩔 수 없었을 것입니다."

크누드의 말과 함께, 모두는 알과 뉘르뉴를 번갈아 쳐다보기 시작했다. 흰머리 소녀는 별다른 표정의 변화 없이 물끄러미 알을 내려다보다가 생각난 듯 입을 열었다.

"어차피 그리핀의 부모가 없다면, 그것은 길들여질 수밖에 없다. 그렇다면 나는 적당한 보호자가 아니지. 마침 잘 되었지 않느냐? 오늘 낮에 일어날뻔한 재난은 어떤 한 사람의 용기에 의해 그만한 손실로 끝났다. 나는 처음부터 모두 보았으나, 어쩐 일인지 다들 나로서는 이해 못 할 도리에 사로잡혀 칭찬에 인색하더군. 그러니 그에게 주어라."

뉘르뉴가 말하는 대상이 아그니르 말고 또 있겠는가? 모두의 시선이 집중된 가운데 이 의외의 전개에 깜짝 놀란 아그니르가 아무말도 못 하고 두리번거리다 알을 쳐다보았다. 그러자 곁에서 크누드가 싱긋 웃으며 부추겼다.

"받으시지요. 이야, 이거 아가씨께서 그리핀 기수가 되게 생겼습니다."

"⋯⋯예? 제가 될 수 있는 것인가요?"

"뭐, 관례대로라면 보통 냅다 황실에 진상하지요. 하지만 지금의 피어클리벤은 안 그래도 될 것 같은데요?"

아그니르는 믿기지 않는다는 듯, 눈을 깜빡였다. 그리핀 기수라니! 황실의 이름을 가진 이들 가운데서도 소수만이 누릴 수 있는 특권 가운데 특권이다. 역사적으로 일반적인 영주나 기사가 되었던 전례가 아주 없지는 않지만, 적어도 지난 백 년간은 전무하였다. 그리핀의 둥지란 그만큼 마주치기 힘든 것이니까. 아그니르는 뭐라 말해야 할지 떠올리지도 못하고 그냥 주저앉아 있었다. 하지만 이미 뉘르뉴의 말을 명령으로 받아들인 아난가크가 알을 조심스럽게 다시 싸서 들고 와 그 앞에 놓는다.

"이제 당신의 것이다."

아그니르는 여전히 얼떨떨한 얼굴로 눈앞에 놓인 알을 차마 만져보지도 못했다. 어느새 다가온 뉘르뉴가 그 대신 알에 가만히 손을 얹어보더니 말했다.

"닷새 안에 깨어날 것이다. 하지만 알을 깨고 나오는 데 아무리 오래 걸려도 결코 도와줘서는 안 된다. 그리고 반드시 그 과정을 너 홀로 지켜봐야 하며, 새끼가 맨 처음 보는 사람도 너여야만 한다. 하지만 생육에 관한 것은 내가 알려줄 수 있어도, 인간의 길들이기에 관한 지식은 달리 내게 없다."

"그건 제가 도울 수 있을 것 같군요."

크누드가 곁에서 말했다.

"아우셀바프에서 그리핀 길들이기에 관한 기록을 구할 수 있습니다. 약간 은밀한 길을 터야 하지만, 본격적인 훈련을 시작하기 전에 충분히 구해다 드릴 것을 약속합니다."

"우와, 아그니르! 좋겠다!"

울리케의 순수한 축하였다. 아그니르는 그제야 마침내 실감이 났는지 살짝 떨리는 손으로 알껍데기를 쓰다듬었다. 매우 단단하고 윤기가 나는, 그리고 어딘지 따뜻한 온기가 서린 알이었다.

"그럼 됐지? 나는 이만 물러가겠다."

뉘르뉴가 말하자, 좌중의 모든 이들이 일제히 일어섰다. 처음 맞이할 때 마냥, 자리의 최고 어른을 배웅하는 모양새였다. 울리케는 또다시 이 광경에 미소를 지으며 뉘르뉴에게 말했다.

"마냥 방관할 수도 있었을 텐데, 오늘 나서주어 고맙다."

그러자 아그니르도 일어나 재빨리 뉘르뉴에게 말했다.

"나도⋯⋯, 아까 낮에 구해주어 고맙다. 늦게 인사하는 걸 사과한다."

하지만 뉘르뉴는 아그니르의 말에 별다른 반응을 보이지 않고 울리케를 물끄러미 쳐다보다 불렀다.

"울리케."

왠지 아련한 표정의 뉘르뉴가 말했다.

"너는 부디 셰이위르의 길을 걷지 말아라."

서리심의 무녀는 그렇게, 알 수 없는 소리를 하고 사라졌다.

십 년 만에 보는 뉘른스에크 성은 변함없이 그 소유 가문의 강철같은 기골을 웅변하는 듯하다. 검은 현무암으로 쌓아 올린 옹벽과 탑, 성곽의 전체적인 조형은 피어클리벤 성이 미치지 못하는 규모와 위용이었다. 기사 스벤이나 에길, 아룬드는 세곡의 운반을 위해 정기적으로 오가는 통에 뉘른스에크의 풍경과 지리가 낯설지 않지만, 피어클리벤의 영주인 그는 오히려 이 땅을 직접 방문한 적이 별로 없었다. 그랬기에 새삼스러워하며, 노아크는 길을 따르는 내내 연신 풍경을 감상한다.

웅장한 발트부름 휴화산의 동쪽 능선, 그 산 뿌리의 끝에 쌓아 올려진 이 검은 성채에 이르는 길은 잘 닦여 있었으나 길고 높아 자못 힘들었다. 굽이쳐 오르는 도로의 중간 지점에서 기사 스벤은 병사들이 머물 숙영지를 마련키 위해 이탈하였고,

남작 노아크와 아룬드만이 유레와 아이들이 탄 마차와 함께 뉘른스에크의 기사 헨릭의 안내를 받아 따르게 되었다.

"호위들을 데려갈 수 있도록, 기다릴 수 있네."

하지만 출발 직전, 라프시르그 황자는 노아크에게 이렇게 말했다. 안 그래도 내심 그것을 생각하고 있던 노아크는 속마음을 들킨 듯, 움찔하였으나 태연한 낯을 가장한다.

"아닙니다, 전하. 저들 모두 맡은 군무가 바쁘옵니다."

군신은 가신과는 다른 관계이다. 엄밀하고 냉정하게 말해 그것은 휘하의 세력이 아니라 복속된 세력에 가깝다. 때문에 제 아무리 황자나 백작이라 해도 남작으로서는 호위 기사를 대동치 않고 만나는 것이 위험하게 여겨지며, 이는 결코 무례가 아니었다. 그래서 황자는 미리 앞선 이야기를 통해 배려한 것이나, 반면 노아크는 이렇게 사양한 것이다. 이는 현시점에서 노아크가 보일 수 있는 최대한의 신뢰였다. 그 의미를 모르지 않는 라프시르그 황자가 낯을 밝힌다.

"고마운 말이네. 그러면 나의 호위를 신뢰해주게."

때마침 삿갓구름이 걸린 발트부름 정상은 넘어가는 석양을 등지고 붉게 타올랐으나, 뉘른스에크 성이 위치한 기슭은 남쪽으로 굽은 탓에 산그늘에 숨지 않는다. 그리하여 일행 모두는 붉은빛을 한쪽에 이고 긴 그림자를 드리운 채, 느긋하게 오르막을 올랐다. 이윽고 성문에 다다르자, 한 무리의 사람들이 그들을 맞이했다. 무장한 뉘른스에크의 기사 여섯이 길을 양옆에서 잡아주었고, 얼핏 보아도 지체 높거나 부유해 보이는 이들이 안쪽에 서 있었다. 그리고 그 끝에서 일행을 기다리고 서 있는 것은 다름 아닌 현 변경백, 길바드 뉘른스에크였다. 노아크는 참으로 오랜만에 보는 그의 얼굴이 기억 속의 모습보다 배는 늙어 보인다고 생각해 순간 마음이 안 좋았다.

"다녀오셨습니까, 오라버니."

변경백을 제치고 먼저 나서 인사한 것은 그 곁에 서 있던 묘령의 아가씨였다. 노아크는 순간 그가 앞서 황자가 언급했던 누이, 닐스그림이리라 짐작했다. 라프시르그 황자는 말 위에서 대답했다.

"그래. 별일은 없었느냐?"

"겨우 한나절이 아닙니까? 뭐 별일이 있을라고요."

"그래. 그럼 예를 차려야 하니 잠시 비켜주렴."

황녀 닐스그림은 생글거리더니 고분고분 물러났다. 그러자 라프시르그를 필두로 노아크, 헨릭, 더불어 아룬드가 말에서 내렸다. 황자는 그대로 걸어가 닐스그림과 어울려 섰으나, 노아크와 아룬드는 그 자리에 서서 기다린다. 기사 헨릭이 나서 그의 주군, 길바드 변경백의 앞에 군례를 올리더니 보고하였다.

"피어클리벤 남작과 그의 장자, 오백의 징집군을 인솔하여 금번 혹한기 훈련에 참여코자 당도하였음을 보고드립니다, 주군."

"수고했다. 우서베르트 경."

백작은 짧게 대답했고, 헨릭은 곧바로 물러나 유레와 하인들이 타고 온 마차 쪽으로 갔다. 노아크는 아룬드를 데리고 백작에게 다가왔고, 한동안 말없이 서로를 보게 되었다. 노아크는 뭐라 말할 수 없는 만감에 사로잡혀 먼저 인사를 올려야 하는 예의를 잠시 잊었지만, 길바드 백작은 약간 씁쓰레한 얼굴로 웃으며 단지 이렇게, 먼저 말할 따름이었다.

"……이러한 일로 경을 부르게 된 것이 유감일세."

꿈에서 깬 듯, 노아크는 화들짝 놀라더니 예를 올리며 답했다.

"오래 은혜를 베푸셔 그만 격조한 감격에 무례를 범했습니다. 그간 강녕하셨습니까?"

"세월이 들이대는 데에야 장사 없다네, 그래도 근심이라 말할 것은 없지."

"종종 찾아뵙지 못한 것을 부디 용서하십시오."

"그러라고 면한 군역이었지 않은가? 두려움 없이 땅을 갈아먹으려면 지키는 이가 한결같아야지. 민망하고 뻔한 인사는 그만두시게. 더구나……."

여기서 잠시 말을 끊은 길바드 백작은 고개를 돌리더니 황자와 황녀를 보았다. 노아크는 그 시선의 의미를 추측하며 더욱 황송한 듯, 몸을 낮추었다. 변경백으로부터 무언의 압박을 받은 라프시르그 황자는 고까운 기색 없이 입을 열었다.

"오는 길에 이미 전했다. 이른 바와 같이, 내일 간소하나마 승작식이 있을 것이며, 이로써 피어클리벤은 백작위가 된다. 이는 길게 이어진 뉘른스에크와 피어클리벤 간 군신의 관계를 무리 없이 파하는 형식을 갖출 것이며, 대신 같은 백작위라도 뉘른스에크가 명백히 더 높은바, 변경백은 이후로 피어클리벤의 정치적 후원자가 될 것이네."

"……그렇습니까……."

노아크는 겨우 그렇게만 말했다. 변경백은 남작을 바라보더니 말했다.

"황자 전하와 나는 여기에 대해 이미 모든 논의를 끝냈다네. 내 개인적 사감이 어떠하든 간에 도리 없는 일이며, 거부할 까닭도 없지. 나는 다만 아셰리드가 무사하길 바랄 뿐이네. …… 들어라, 아룬드 피어클리벤."

"네, 백작 각하."

아룬드가 긴장하여 대답하였다.

"너는 빨리 영주로서 자격을 갖추어야 한다. 인계가 끝나는 대로 네 아비는 황궁으로 가야 하니까. 혼인과 동시에, 너는 자작으로 봉해질 것이며 이후 가주로서, 또한 영주로서 여러 대에 걸쳐 지켜온 땅의 보호자가 되어야 한다. 그러한 미래를 준비하고, 뜻에 새기고 있어라."

"알겠습니다."

대답은 했지만 아룬드로서는 정신없는 이야기였다. 혼인? 자작? 아룬드는 결코 무책임한 청년이 아니었지만 면전에서 이런 이야기는 너무나 갑작스럽다. 지켜보고 있던 황자가 말했다.

"나는 이런 이야기를 좀 더 안락한 곳에서 하게 되리라 예상했는데, 뉘른스에크 경은 성미도 급하시군."

그러자 길바드는 쓴웃음을 짓고 대답했다.

"제 심사도 헤아려주시지요, 전하……. 하지만 말씀이 옳습니다. 다들 안으로 드십시다."

이미 땅거미가 깔린 시각이다. 기다리고 있던 유레와 아이들이 다가오자 조금 전까지의 복잡한 표정과 달리 환히 웃으며 그들을 맞이한 길바드는 이내 호탕하고 너그러운 집주인의 풍모를 드러내었다. 성의 집사와 하인들의 안내를 받아 모두가 각자의 방을 배정받았고, 휴식과 목욕도 할 수 있도록 배려되었다. 하지만 저녁인지라 자연스레 만찬이 예정되어 있었기에 다들 바쁘게 다음 행사를 준비하였다.

그러나, 다른 이들과 달리 상념에 잠긴 채 낯선 방에 그냥 앉아있던 노아크는 대기 중이던 하인을 물리고 문득 한숨을 내쉬었다. 두꺼운 방문 너머로는 고요한 가운데, 성의 안뜰이 내려다보이는 창문 밖은 오가는 병사들의 구령이나 하인들의 외침으로 시끌벅적하면서도 활기찼다. 조용히 그 소음에 귀 기울이던 남작은 손목에 채워져 있던 북자단나무 팔찌를 살그머니 만져본다. 류그라 소녀가 만들고 그의 어린 아들이 조각했으며, 영지의 젊은 마법 고문이 힘을 불어넣은, 쉽게 보기 힘든 물건이다. 그는 어색한 듯 헛기침을 하곤 팔찌에 박힌 반려석을 쓰다듬으며 시그리드가 알려주었던 짧은 구절의 노래를 읊었다.

잠시 뒤, 그의 머릿속에 시그리드의 목소리가 꿰뚫듯 울려 퍼졌다.

— 영주님이시겠죠? 아니라면 당장 머리가 터져 죽을 것이다.

"······그게 가능하오?"

잠시 창백해져 있던 노아크가 입을 열어 묻는다. 심상의 원화라는 마법을 도구의 힘에 기대하는 것이지만, 이런 경우 화자는 직접 육성으로 말하는 것이 좋다고 시그리드가 말한 까닭이다. 물론, 노아크로서는 그 이유를 모른다. 다시 시그리드의 목소리가 그의 머릿속에 또렷이 스쳤다.

— 불가능합니다.

"······다행이구려."

— 저는 가능했으면 좋겠는데요?

보는 사람도 없건만, 노아크는 괜히 당혹하여 코를 슥 훔쳤다. 어서 용건이나 말하는 게 좋을 것 같다.

"뉘른스에크 성에 도착했소. 놀랍게도 제2 황자께서 마중을 나왔소. 그리고······, 나는 내일부로 백작이 되오."

세세한 설명 없이 놀랍도록 축약된 이야기건만, 익히 예상할 만한 추궁 대신 마법사는 단지 이렇게 전하여 온다.

— 그렇군요. 황자라······, 다른 중앙 귀족은 거기 없습니까?

상세한 설명을 요구받으리라 예상했던 노아크는 잠시 맥이 빠진다. 이 마법사는 저 정도의 이야기로도 정말 충분한 것인가?

"있는지도 모르지만, 아직 인사는 못 하였소."

— 울리케 아가씨가 공무 차 시우부름에 나가 있는데, 안 그래도 어제 그쪽에서 연락을 주었습니다. 북방 흐리뉼들이 집결했다지요. 단순한 훈련이 아니라는 정황을 파악했습니다.

"나 또한 그렇게 들었소. ……그런데 울리케는 어떻게 그걸 안 거요?"

— 동행한 아우셀바프의 용병단이 전했답니다. 그리고 흐리뉼들에게 쫓겨 피난해온 일단의 대규모 고블린 부족이 시우부름에 합류했습니다.

용병단? 고블린 피난민? 오히려 설명을 요구해야 할 것은 이쪽이 되었다. 노아크는 당혹감을 느끼며 질문을 시작했고, 그리하여 잠시간이었지만 꽤나 많은 이야기가 오가게 되었다. 노아크가 뉘른스에크 성에 당도한 이 날이, 바로 울리케가 시우부름에서 뉘르뉴를 끼고 고블린들과 만찬을 가진 그 이튿날이었다. 진흥행정관이라는 생소한 직함을 달기가 무섭게 일들을 찾아내 곧잘 내달리는 딸의 이야기를 듣자니 노아크는 설핏 웃음이 나왔다. 경황 중인 가운데서도 어쩐지 즐거운 이야기였다.

— ……그리고 라핀다시르 공작령에서 장남 로릭스데가 에인달케 아가씨를 앞세우고 방문했습니다. 공식적으로, 하지만 은밀하게 아이비레인과 빌러디저드의 만남을 원하더군요.

집을 도망치듯 떠났던 둘째 딸의 귀환보다 신경 쓰이는 것은 뒷이야기다. 노아크는 이렇게 묻지 않을 수 없었다.

"그건 어째서요?"

— ……공작령의 용이 다른 용을 본 적이 없으니까요.

"그게 무슨 소리요? 황실에……."

— 영주님. 황실에는 현재 용이 없습니다. 확인이 끝났습니다.

충격에 아연한 것도 잠시, 노아크는 아직 늙었다고 변명하지 않는 머리를 재빨리 굴려 생각하였다. 황실에 용이 없다. 황자와 황녀가 그 사실을 모를 리 없고, 그렇다면 저들은 피어클리벤의 용을 어떻게든 구워삶으려 할 것이다. 오늘의 마중은 시작에 불과하겠지. 그제야, 자신을 황궁으로 불러들이겠다고 말한 황자의 저의가 이해되었다.

"신중해야겠구려."

— 그것은 황실도 마찬가지죠. 영주님, 부디 내색하지 마시고 임하십시오. 그리고 황녀가 있다니까 문득 든 생각입니다만, 황실이 피어클리벤과 관계되는 가장 좋은 방법은 역시 혼인이 아니겠습니까?

"당연하오."

— 아룬드 도련님은 여색에 약한가요?

도무지 돌려 묻지 않는 시그리드. 그러나 이런 것에 대답할 수 있는 아버지가 세상에 얼마나 있을까 모르겠다. 노아크는 성실하기만 한, 나이에 비해 일찍 철이 들었던 아룬드의 일면만을 알 따름이다. 하지만 보지 않아도 짐작할 수 있는 것들이 있다. 당혹한 노아크가 간신히 입을 열었다.

"……쑥맥에 가깝다고 생각하오."

— 그게 영주님의 희망 사항이나 착각이 아니라고 보증하실 수 있습니까?

혹시 머리가 터지는 건 가능한 게 아닐까? 이런 식의 대화로 말이다. 노아크는 살짝 진땀을 내며 대답했다.

"……남자로서 하는 말이오."

— 그럼 별로 안 좋군요. 닐스그림 황녀는 예쁘던가요? 성격은 어때 보이죠? 몸매는요? 다섯 단계로 나눠서…….

"유세트 경. 뭘 염려하는지 내가 알겠소. 주의할 테니, 맡기시오."

마침내 더 견딜 수 없게 된 노아크가 시그리드의 입을 막았다. 그와 동시에, 만찬이 준비되었음을 알리는 하인의 목소리가 문밖에서 들려왔다.

시우부름 요새가 밤을 맞았다. 하지만 아난가크의 무리가 아우케트의 고블린과 한 식구가 되기로 했다는 이야기가 전해지자마자 시우부름의 모든 어린 고블린과 여성이 나와 그들을 맞이했고, 쉴 곳을 마련해주느라 분주하였다. 때문에 평소라면 고요해야 할 요새의 곳곳이 소란과 활기로 가득했다. 단지 같은 종족일 뿐, 어떤 교류도 없었던 두 집단이 빠르게 서로를 받아들이는 광경은 울리케에게 있어 상당히 이채로운 광경이었다.

그래서였을까? 그는 아우케트가 마련해준 숙소의 방에서 가만히 쉬지 않고 요새의 곳곳을 돌아다니며 온갖 것들을 구경하였다. 처음 이곳에 포로로 잡혀 왔던 시절에도 비교적 눈치 보지 않고 돌아다니던 그였으나, 아무래도 이번과는 다른 입장이었으니 제약이 있긴 하였던 당시다. 그래서 울리케는 이번 기회에 요새를 속속들이 구경할 요량으로 거침없이 배회하였고, 덕분에 그를 수행하는 기사 에길과 향사 토날드는 쩔쩔매며 뒤를 따랐다.

"당신이 대사인가? 듣던 대로라면."

대개 막사로 이루어진 요새의 상층부에 별다른 볼 것이 없다고 생각한 울리케가 아래층을 찾아 내려가 당도한 곳은 산의 심층부, 마치 광장과 같은 규모로 뚫린 지하 석실이었다. 원래 시우부름 산 내부에 있었던 자연 동굴을 이용해 사방으로 확장한 듯, 귀를 기울이면 바람 소리가 들릴 정도로 거대한 공동이었다. 곳곳에 환히 밝혀진 등불들로 인해 마치 야시장과 같은 풍경을 이루고 있었고, 많은 수의 수레와 천막, 다리들이 보였다. 그렇게 수많은 고블린이 북적이는 가운데 울리케를 보고 다가와 위와 같은 인사를 던진 것은 한 여성 고블린이었다. 울리케는 누군가 자신에게 말을 걸리라 예상하지는 못했기에 살짝 놀랐으나, 이내 제대로 응수한다.

"그렇다. 울리케 피어클리벤이다. 귀하는?"

"우이라."

짧고 당당하게 말하는 고블린을 보며, 울리케는 인간들이 생각 없이 말하는 '암컷'이라는 단어에 문제가 있다고 생각했다. 그것은 분명히 고블린을 마수로 구분하여 멸칭하는 성별이니까. 적어도 대사인 그 스스로는 머릿속 관념으로라도 사용하지 말아야겠다고 다짐한다. 울리케가 다시 물었다.

"뒷 이름은 없는가?"

그러자 스스로를 우이라라고 밝힌 고블린은 살짝 고개를 기울이며 되묻는다.

"그것이 왜 필요하지? 피어클리벤은 무얼 의미하는가?"

"나의 가문의 이름이다."

"부계를 말하는 것인가? 어차피 딸들은 전하지 못하는 이름이 아닌가? 그대가 자랑스럽게 밝힐 가치가 있나?"

아니 뭐야, 나 왜 추궁당하고 있지? 울리케는 이 맹랑한 고블린을 쳐다보며 잠시 말을 잃었다. 하지만 아무리 쳐다봐도 역시 고블린의 나이는 인간이 보기에 짐작이 가질 않는다. 울리케는 물었다.

"실례지만, 몇 살인가?"

"스물셋. 그대의 이야기를 가끔 들어왔다. 나는 지금 할 일이 없는데, 바란다면 안내를 해주마."

괜히 시비나 걸려고 말을 걸었던 것은 아닌 모양이다. 울리케는 그의 제안을 받아들이고 같이 걷기 시작했다. 그리고 그러자마자, 그의 역할을 제대로 이용하는 울리케다.

"고블린은 밤눈이 아주 밝은 걸로 아는데, 여기는 왜 이렇게 조명이 많은가?"

"아이들 때문이다. 세 살 이하의 아이들은 너희와 밤눈이 별반 다르지 않아 적당한 조명이 필요하다. 그리고 늙은이들도 그렇지."

"늙은이라면 몇 살부터인가?"

"보통 오십 무렵부터 퇴역 취급한다. 하지만 늑대를 잃으면 그보다 먼저라도 퇴역이나 마찬가지다."

"응, 아우케트에게 약간 들은 적이 있다."

아우케트의 이름이 나오자 우이라는 약간 묘한 표정을 짓더니 울리케에게 물었다.

"그와 친한가?"

"친하긴 뭘, 그래봤자 고지식한 고블린!"

갑자기 분통을 터트리는 울리케다. 우이라는 궁금한 표정을 지었지만 울리케가 설명을 하지 않는 통에 이야기를 더 들을 수 없었다. 그들은 번다한 생활의 냄새가 물씬한, 그 지하광장의 한복판에 들어섰다. 오가는 어린 고블린들과 여성 고블린들, 그리고 간혹 보이는, 늑대를 앞세운 늙은 고블린들이 울리케를 힐끔힐끔 처다봤지만 단지 신기해할 뿐, 특별히 적대하는 느낌은 아니었다. 이 인간 고블린 대사는 이미 그들 사이에서 매우 유명하기 때문이다.

"여기서 목을 축이고 가지 않겠나? 내가 내지."

우이라가 발걸음을 멈춘 곳은 몇 개의 움집 같은 건물들이 엉겨있는 장소였다. 초병 근무를 마치고 들어온 고블린 병사 둘이 그루터기에 앉아 사발에 든 뭔가를 나눠마시고 있는 게 보였다. 여기는 일종의 주점일까? 울리케는 재미를 느끼며 그의 제안을 수락했고, 곧 어색해하는 에길과 토냘드도 울리케를 따라 각자 그루터기에 주저앉았다. 우이라는 움집의 안으로 들어가더니 한 손에 겹쳐 쌓은 나무사발을, 다른 한 손에는 입구가 봉해진 작은 단지를 들고 나왔다. 울리케는 쇠주목나무 사발을 받아들고 우이라가 밀랍과 수피로 봉해진 항아리의 입구를 허무는 걸 구경했다. 예상대로, 알싸한 술 냄새가 풍겨 나온다.

"들어라."

일행은 때아닌 건배를 했다. 그것은 그리 독하지 않았지만 꽤 매운 듯한 뒷맛이 거친 술이었다. 생경하나 나쁘지 않다. 에길과 토냘드는 울리케를 수행하는 가운데라 거절했으나, 울리케가 강력하게 추천하자 마지못해 마셨다. 울리케가 입맛을 다시며 술의 재료를 추측해보고 있을 때, 우이라가 물었다.

"아우케트는 왜? 그를 고지식한 고블린이라 하는 건 말이 안 된다."

울리케는 말없이 한잔을 더 받아 들이키더니 작게 한숨을 내쉬고 말했다.

"내가 이번에 방문한 목적 중 하나가 어그러졌다. 나는 그에게 우리와의 조약을 수정하고 제대로 성문화하여 두기를 요청했지. 문제는 문자다. 나는 고블린들에게 문자가 빈약함을 미리 듣고 그것을 해결할 생각으로 시무나리를 배워왔다. 하지만 아우케트는 내 생각이 마음에 들지 않는 모양이야. 어쨌거나 인간의 문자라는 거지! 아니, 고블린은 마법사가 없어서 그래? 시무나리의 기원은 신의 글이라고!"

"시무나리가 어떤 것인가?"

우이라가 흥미롭게 물었다. 울리케는 다시 한 잔을 연거푸 마시더니 품에서 수첩을 꺼내 펼쳐 내밀었다. 우이라는 사발을 내려놓고 그것을 받아들더니 자세히 쳐다보기 시작했다. 울리케가 말했다.

"그것은 표음문자다. 글자 하나가 하나의 음절을 갖지. 그래서 모두 오십 개쯤 되지만 표현 가능한 소리에는 한계가 있다. 본래 시무나리는 그것으로도 충분히 표기되는 언어인 모양이야. 하지만 지금 우리가 쓰는 언어를 소리대로 담기에는 많이 부족하다. 그러니 어차피 그대로 쓸 수는 없어. 그러려면 언어를 바꿔야 할 판이니까."

"어떤 소리들인가? 읽어봐 줄 수 있나."

울리케는 살짝 흐릿한 눈으로 우이라를 보았다. 아우케트에 대한 실망으로 짜증을 부리고 있었지만, 그가 대신 이렇게 관심 가져주는 게 결코 기분 나쁘지 않다. 울리케는 엣헴 하고 헛기침을 하더니 수첩에 적힌 글자들을 하나하나 짚으며 빠르게 음절들을 발음해주었다. 입을 다문 채 주의 깊게 듣고 있던 우이라가 말했다.

"……신기하군. 이건 우리의 옛말과 상당히 닮았다."

"옛말?"

에길의 주의를 뿌리치고 다시 한잔을 기울이던 울리케가 눈을 빛내며 물었다. 우이라가 묻는다.

"혹시 생각해 보지 않았는가? 우리들의 이름 말이다. 우리의 이름에는 받침소리가 하나뿐이지. 일반적으로 모든 음절들이 복잡하게 발음되지 않는다. 우리가 구전하는 노래들 가운데 오래된 것은 옛말 그대로 노래 되는데, 그 언어들이 그러했다. 우리의 이름이 너희와 다르게 지어지는 것은 그 전통의 흔적이지. 이 시무나리의 글자들은 우리의 옛말을 표기하는 데 사실상 별문제가 없어 보인다. 받침소리가 하나뿐이라는 것조차 같다. 공교롭군."

울리케는 빠른 속도로 기어오르던 취기가 달아난 얼굴을 했다. 흥미로운 이야기일 뿐만 아니라 우이라가 보여주는 관심에 순간 어떤 희망이 생긴 것이다. 울리케가 말했다.

"혹시 이것에 관심 있는가? 너희 여성들은 구전의 전승을 외우고 노래하는 게 업이라 들었다. 만일 그대들이 문자를 사용한다면……, 무리겠는가?"

그러자 우이라는 잠시 팔짱을 끼고 생각했다. 그리고 한동안 수첩을 들여다보던 그는 술을 한 사발 따라 마시고 입을 열었다.

"쉽지 않다. 우리는 문자 없이 구전을 외워왔다는 것에 오히려 자부심을 얻는 까닭이다. 젊은 여성들은 그것으로 경쟁을 할 정도고, 매겨울마다 가장 잘 암송한 자를 뽑아 상도 준다. 문자의 도입은 이러한 전통에 누가 된다. 특히 평생 암송만 해온 늙은이들이 반발할 것이다."

잠깐 기대를 했던 울리케의 눈에 다시 취기가 돌아버린다. 그는 말없이 다시 술 항아리를 기울였다. 에길이 초조한 얼굴로 울리케를 보았으나 말리지는 못했다. 다시 우이라가 말했다.

"……하지만, 나는 이것의 유용성을 이해한다. 아우케트도 실제로는 이해하고 있으리라 생각해. 하지만 이조차 인간의 손을 빌린 문화를 도입하는 데 대한 반발을 우려한 것이라 생각한다. 이 수첩은 돌려주지."

울리케는 명백히, 그리고 완전히 실망한 얼굴로 내미는 수첩을 받아들었다. 그 낯빛을 본 우이라가 피식 웃더니 말했다.

"왜 그러는가? 그 문자의 형태를 그대로 쓰지 않겠다는 것뿐이다."

"……뭐?"

"그것은 하나의 좋은 예시다. 아주 처음부터 생각해 보라 했다면 어려웠겠지만, 일단 구경하고 이해하고 나니, 유사한 것을 얼마든지 만들어낼 수 있을 것 같다. 지극히 내 개인적인 영역에서 시도해 볼 만한 것이지. 그것의 체계를 흉내 내되, 우리가 갖고 있던 전쟁기호의 형태를 본 따 변형하면 될 거야. 그리고 만일 그것이 어린 고블린들을 가르치는 데 유용하게 쓰인다면, 그래서 결국 여성들끼리만이라도 글을 쓰게 된다면, 저 바보 남성 전사들이 이를 받아들이는 것은 시간문제다."

울리케의 표정이 천천히 밝아졌다. 그리고 우이라가 제시한 방안을 듣자 반성도 따랐다. 이 문제는 처음부터 아래에서 위로 올라가는 방식을 취했어야 했던 것이다. 말하자면, 아우케트로서는 받아들이고 싶어도 도리가 없는 문제이리라. 그가 정말로 고블린 왕이나 된다면 모를까, 아직은 너무나 급진적인 도입일 테지. 아우케트는 결코 티를 내지 않았지만, 울리케는 고블린이 인간의 규칙과 농사 등을 받아들이는 가운데 적지 않은 저항감이 있으리라 이미 짐작하고 있었다. 그런 마당에 문자조차 인간의 것을 빌려온다면, 그것이 제아무리 신의 문자라 하더라도 그들 스스로의 문화 주권에 대한 위기의식을 초래할 법하다. 아우케트는 그걸 고려하고 자신의 제안을 거절했던 것이리라. 비로소 울리케는 그렇게 깨달으며 우이라의 제안을 다시 생각했다. 당장 조약서를 꾸밀 만큼 빨리 일이 진행되지는 않을 것이며, 길게는 몇 해가, 아니 어쩌면 지극히 한 세대가 걸릴 일이다. 그래도 우이라의 말마따나 이 일이 시작된다면, 고블린에게는 정말로 문자가 생기겠지. 울리케는 그것이 마냥 기뻤다.

"너희의 전승이 기록된 책을 볼 날을 기대하겠다."

울리케는 이렇게 개인적인 소망을 담은 말로 감사 인사를 대신했다. 그러자 우이라는 묘한 표정으로 사발을 기울이곤 말했다.

"너무 기대하지 마라. 나는 아무것도 약속할 수 없어. 권한 같은 것은 내게 없다. 비록 삼 년 연속 겨울 암송의 승자이지만 말이야."

"그거 굉장한걸?"

울리케가 순진하게 감탄해주자, 우이라는 입을 삐죽거리더니 갑자기 진지한 얼굴로 울리케를 바라보며 말했다.

"그리고 말해두겠는데, 아우케트는 나의 것이다. 그러니 대사는 행여라도 허튼수작하지 말아라."

······네? 뭐라고요? 울리케는 아연하여 입을 딱 벌리고 이 난데없는 선언을 들었다. 에길과 토날드의 표정도 그러했다.

제 14장

울리케가 우이라와 그렇게 때아닌 술자리를 갖던 시간, 하루 반나절 내내 지팡이로 고블린들을 치료해주었던 시야프리테는 녹초가 되어 아버지가 친 천막 안에 누워있었다. 아우케트가 요새 안에 모두를 위한 자리를 만들어주겠다고 했지만 류그라들은 이를 완곡히 거절하고 마차에 실어온 야영 장비를 꺼내 요새 안뜰의 한쪽에 쉼터를 마련한 것이다. 고블린들의 요새 안이 불편하긴 매한가지였던 모험가 세 사람도 이를 따라 시야프리테의 가족 곁에 천막을 쳤다.

"각이 잘 잡혀 있군."

불 가에 앉아있던 라그나가 뜰 맞은편, 그들과 마찬가지로 자리잡은 크누드와 용병들을 보면서 한 말이다. 아그니르 또한 저들 가운데 섞여 있었다. 브륀힐데가 힐끔 그들을 쳐다보더니 말한다.

"저 치안관이라는 자는, 일전에 아우셀바프에서 호위받을 때도 느낀 거지만 정말 재수 없어요."

"어, 그래? 왜지? 난 잘 모르겠던데."

이제는 거의 버릇이 된 듯, 얼굴의 흉터를 만지작거리던 랄로프가 묻는다. 브륀힐데가 그를 살짝 노려보더니 갑자기 몸서리를 치며 말했다.

"두드러기가 날 정도로 싫다고요."

"허……, 그 정도야?"

랄로프가 묻자, 라그나가 거들었다.

"나도 싫다. 꿍꿍이를 모르겠고, 모든 행동과 말이 어딘지 어긋나 있어. 아까의 눈치로 보건대 우리가 모르는 것들을 많이 알고 있는 것 같긴 한데……, 아무튼 내내 놀림당하는 느낌이라 불쾌하다. 한 대 후려치고 싶더군."

"아니, 형님까지? 나는 정말 모르겠군. 말이 죽을 만치 많은 친구이긴 한데……, 잘 생겼고……."

"그게 무슨 상관이에요?"

브륀힐데의 목소리는 랄로프를 비난하는 건지 크누드를 비난하는 건지, 혹은 어느 쪽이든 상관없는지 그렇게 톡 쏘듯이 날아들었다. 랄로프는 그냥 낄낄거리고 말 뿐이다.

그들 셋은 잠시 침묵에 잠겨 각자 오늘 하루를 반추했다. 오우거 셋을 보았을 때만 해도 오랜만에 할 일이 생겼다고 내심 기뻐했던, 천상 모험가들이었다. 하지만 전투는 칼을 채 빼 들기도 전에 맥없이 끝났고, 뒤이어 나타난 고블린들조차 적이 아니었다. 문득, 랄로프는 이렇게 새어 나오듯 중얼거리며 그들의 눌리어진 불만을 토로하게 된다.

"칼이 녹슬겠네."

이 맥락 없는 소리에, 평소라면 뭐라 딴죽을 걸었을 브륀힐데조차 조용히 고개를 끄덕였다. 라그나 또한 마뜩잖은 얼굴이다. 그들의 좌장이 이 영지의 고문으로 자리잡은 지 어언 한 달여, 지내기에 좋은 나날들이었지만 좀이 쑤시지 않았다고는 결코 말할 수 없다. 만일 이 불만이 적절히 해소되지 않는다면, 이대로 영지에 계속 머물겠다는 애초의 결심이 흔들리지 않으리라는 보장이 없다. 마침내 뭔가 결심한 듯, 라그나는 자신의 단창 한 쌍을 집어 들며 일어서더니 말했다.

"시비나 걸러 가볼까. 같이 갈래?"

"아니, 형님. 무슨 그런 솔깃한 소릴 마구 하슈?"

랄로프가 이렇게 구성진 반색을 표하며 일어선다. 브륀힐데마저 힐끔 용병들 쪽을 보더니 말없이 자리를 털고 일어났다. 그렇게, 세 모험가는 뚜벅뚜벅 뜰을 가로질러 용병들이 불을 지피고 둘러선 자리로 다가갔다. 아니나 다를까, 크누드가 가장 먼저 말을 걸어 온다.

"아, 피어클리벤에 머무시는 모험가분들이시죠? 아까는 실례가 많았습니다."

라그나는 그가 '아까의 실례'를 언급하자 눈썹을 살짝 꿈틀거렸다. 하지만 이렇게 화제를 돌린다.

"다친 동료는 괜찮소?"

"괜찮습니다. 류그네라스의 도움도 받았는걸요. 천만다행이었습니다."

"……경은 기사가 아니시오? 말씀을 낮추시오."

"제가 불편합니다. 그러니 그냥 두시지요. 앉으시겠습니까? 술이 있습니다."

이 지역 이 계절, 먼길 떠나는 이들에게 독한 술은 무엇보다 중요한 상비품이다. 용병들은 그렇게 챙겨온 술을 풀었고, 이에 공짜 대접을 마다할 이유가 없는 모험가들은 염치 차리지 않았다. 그들 가운데 섞여 커다란 알을 소중히 감싸고 있던 아그니르만이 술을 사양한다.

별 대화 없이 술이 한 바퀴 돌고 난 가운데, 크누드가 먼저 입을 열었다.

"유세트 경께서 결국 피어클리벤에 적을 두게 되셨군요. 여러분은 앞으로 어쩌실 생각입니까?"

"왜 묻는 거요?"

라그나는 자신도 모르게 방어적으로 말한다. 얼마든지 부드럽게 응수할 수도 있겠건만, 마침 자신들의 눌린 불만을 콕 짚어내는 크누드의 이야기가 얄밉고 만 것이다. 크누드는 싱긋 웃더니 말했다.

"용병과 모험가는 비슷한 처지니까요."

"터무니없네. 난 그렇게 생각한 적 없수다."

랄로프가 가당찮다는 듯 말한다. 명백히 시비 거는 어투였지만 크누드는 일말의 언짢음도 내비치지 않고 그저 미소만 지었다. 그 얼굴을 가만히 쳐다보던 라그나가 입을 열었다.

"아까 울리케 아가씨와 이야기하던……, 말씀하신 게 모두 사실이오? 그 역당의 무리가 변경에 전란을 획책했다고?"

"네. 여러분과 인연이 있는 한스 일당은 모두 암시장 조합에 몸이 묶였죠. 한스만은 제가 빼냈지만, 우리와 암시장 조합 사이에서 줄타기를 하는 몸이죠. 그가 물어다 준 정보입니다."

"그걸 신뢰할 수 있소?"

"베르벳을 기억하십니까?"

그러자 모험가 세 사람의 얼굴이 안 좋아졌다. 브륀힐데가 묻는다.

"그 애는 잘 지내나요?"

크누드는 걱정하지 말라는 듯 말한다.

"잘 지냅니다. 그 아이는 저들 도당에게 매우 소중한 존재니까요. 마음 놓고 땡깡 부리며 지내는 것 같더군요. 한스의 말에 의하면 아주 떠받들어진다던데, 마법까지 마구 사용하니 도무지 손댈 수가 없는 존재이죠. 아무튼, 저들은 애초부터 오로지 베르벳을 달래고 통제하기 위해 한스 일당들을 살려두고 보호하는 것입니다. 그리고 꽤나 이것저것 베르벳에게 이야기해주고 있고, 그걸 그 아이는 다시 한스에게 전한 것이죠."

"그건 그냥 한스의 말이잖소?"

여전히 회의적인 라그나다. 그러자 크누드가 고개를 저었다.

"저는 그 친구에게, 이 이야기를 맞춰서 창작해낼 만한 주변머리가 없다고 생각합니다."

"……그러면 그 역적들이 대신 불러준 대로 전하는 것은 아니겠소?"

"그건 그럴 수 있죠. 하지만 저는 들은 정보를 교차 검수합니다. 한스만 믿고 있는 건 아니라고요."

라그나는 입을 다물었다. 그러다 잠시 뒤, 그가 다시 묻는다.

"……용에 관한 언급은 뭐요? 꽤 광대 같았소만."

이것만큼은 크누드도 얼른 대답하지 않는다. 좌중에 묘한 침묵이 서성였고, 모두가 서로의 눈치를 보는 듯하다. 아그니르만이 별 관심 없는 듯, 품 안의 알만 들여다보고 있었다. 마침내 크누드가 입을 열었다. 아주 진지한 목소리로.

"저는 말할 수 없습니다. 저는 아직 울리케 아가씨께 신뢰받지 못하죠. 여러분은 신뢰받고 계십니까?"

라그나의 인상이 사나워진다. 그가 내뱉듯 말했다.

"우리 시그리드가 마법 고문이오."

"그것은 그분만의 이야기죠. 여러분은 여러분입니다. 여러분은 현재 피어클리벤의 신하입니까? 제가 알기로는 그저 식객인데요."

"그래서?"

라그나의 자못 삼엄한 음성은 크누드를 제외한, 다른 용병들의 기색을 삽시간에 거칠게 만들었다. 알에만 정신 팔고 있던 아그니르도 그제야 이 긴장감을 감지하고 의아한 얼굴로 고개를 들었다. 하지만 크누드는 여전히 웃는 낯이다. 그가 말했다.

"저도 지금은 그냥 방문객입니다. 하지만 저는 곧 이 땅에 숟가락을 얹을 생각입니다. 그러므로, 이 이상의 대화는 사교에 그치도록 하지요."

크누드의 이야기는 모험가 세 사람에게 모두 매우 도발적으로 들렸다. 거칠게 해석하자면 이런 이야기다. '나와 당신들은 입장이 다르다. 식객으로 계속 미적거릴 거라면 아침 인사나 주고받는 사이에서 그치자.' 그리고 이러한 함의를 못 알아챌 리 없는 라그나는 마침내 이렇게 말했다.

"정말 수상하군."

"그렇습니까?"

크누드의 물음이 끝나자마자 라그나는 앉은 자세 그대로 단창을 뽑아 들며 크누드에게 내질렀다. 하지만 크누드는 마치 예상했던 듯, 역시 앉은 채로 검을 뽑아 연달아 날아드는 두 자루의 창을 쳐냈다. 다음 순간 두 사람은 벌떡 일어나 약속한 듯 옆으로 미끄러지며 요새의 뜰에 때아닌 불꽃을 튀기기 시작했다. 랄로프와 브륀힐데, 그리고 용병들 모두는 깜짝 놀라 벌떡 일어났고, 손쓸 새 없이 이 영문모를 결투의 시작을 바라보아야 했다. 그래도 랄로프가 가장 먼저 두 사람의 근처로 다가가며 소리 지른다.

"형님! 형님! 왜 이러시오?"

하지만 라그나는 아무 대꾸도 하지 않는다. 그는 두 자루의 단창을 절묘하게 휘두르며 변칙적인 공세를 물 흐르듯 이어나가고 있었고, 크누드는 이에 맞서 양손으로 장검을 잡고 번개처럼 응수하였다. 엄청난 빠르기의 연격이 얽히며 차차 서로의 급소를 또렷하게 노려간다. 용병들과 모험가 두 사람 모두 잠깐의 관전만으로도 이 때아닌 결투의 높은 수준을 순식간에 알아보았고, 그래서 서로 시선을 주고받으며 끼어들지 않을 것임을 말없이 동의하였다.

옆에서 구경하던 랄로프는 크누드의 체격이나 그 경박함에 미뤄, 자신이 그의 무반으로서의 실력을 얕보고 있었음을 깨달았다. 마구잡이로 실전을 쌓아 올린 랄로프의 눈에 크누드의 검법은 체계와 법도가 지나치다 못해 조금 고지식해 보였으나, 그럼에도 불구하고 미친듯한 빠르기와 정확성으로 라그나의 묘기에 가까운 연격을 되풀이하여 파훼하고 있었다. 방패를 앞세우고 저돌적으로 들어가면 힘의 차이에서 이길 수 있을까? 랄로프는 자신도 모르는 사이 이런 생각을 하며 싸움을 구경하였다. 하지만 어느 순간, 그들의 공방이 형식적인 수준에 그치지 않는다는 것을 깨닫고 흠칫하였다. 랄로프는 한숨 들이키더니 예의 그 무지막지한 폐활량에서 나오는 목소리로 고함을 질렀다.

"멈추시오! 죽일 작정인가!"

이 기겁할 만한 고성에 깜짝 놀라 순간 시선을 옮긴 것은 크누드였다. 라그나의 창이 이를 놓치지 않고 파고들었으나, 크누드는 마치 그것이 일부러 던진 덫이었던 듯 오히려 앞으로 흘러나가더니 라그나의 창 하나를 겨드랑이에 끼어 봉해버렸다. 그리고 다음 순간 온몸을 비틀어내며 기어이 라그나의 창 한 자루를 그 손에서 떨구는 데 성공하였다. 싸움은 딱 그 지점에서 멈추었다.

"젠장, 이럴 수가?"

못 믿겠다는 듯 말을 던진 것은 오히려 랄로프였다. 일전 빌야미르와 그 시커먼 검사들과 마주쳤을 때 세 명의 검사들에 둘러싸이고도 별다른 중상을 입지 않았던 라그나다. 쌍단창이라는, 쉽게 보기 힘든 그만의 고유한 무술 덕에 일어나는 상성의 문제이긴 했으나, 단병접전에 관한 한 라그나의 기술은 랄로프도 언제나 한 수 이상 접어주는 것이었다. 그런 그가 처음부터 작정하고 선수를 냈음에도 이런 결과가 나오다니.

라그나가 숨을 몰아쉬며 갈라진 목소리로 말했다.

"훌륭하군. 내가 검을 들었다면 더 일찍 패했겠소."

크누드는 바닥에 떨어진 라그나의 단창을 집어 들며 말했다.

"이거 정말 애먹었습니다."

조금 전까지 명백하게 상대의 목숨을 노리던 두 남자의 대화다. 하지만 라그나의 목소리에서 어떤 이질감을 느낀 브륀힐데가 다가서더니 깜짝 놀라 외쳤다.

"라그나! 다쳤어요?"

"뭐? 언제 다쳤소?"

랄로프도 놀라 다가오며 추궁한다. 다가서서 보니 창을 빼앗길 때 입은 듯, 라그나의 오른손바닥이 크게 찢어져 피를 흘리고 있었다. 예의 한결같이 쓴웃음을 짓는듯한 그의 표정이 두세 결 깊어 보인다. 그가 혀를 차며 말했다.

"괜찮아. 검상은 아니다."

"대관절 이게 대체 무슨 짓이오?"

랄로프가 따지듯 묻는 가운데, 여태껏 지켜보고 있던 용병들도 일제히 몰려왔다. 다친 팔이 불편하고 알을 돌보고 있는 아그니르만이 계속 불 가에 앉아있었다. 라그나는 대답 대신 크누드를 쳐다보았고, 크누드는 이마의 땀을 훔치더니 들고 있던 라그나의 창을 한 바퀴 돌려 자루 쪽으로 내밀었다.

"받으시지요."

"……따질 생각 없소?"

라그나가 창을 받지 않고 이렇게 묻자, 브륀힐데가 눈치를 보더니 크누드가 내민 창을 대신 받아들었다. 크누드는 이렇게 말했다.

"무엇을 말입니까? 혈기 넘치는 무사들 사이에 종종 있는 일이 아닙니까?"

천연덕스러운 그의 반응에 다들 할 말을 잃는다. 명백히 먼저 기습한 것은 라그나였다. 크누드는 물론이고 용병들 모두가 분노하며 따지거나 집단 칼부림이 일어나도 이상하지 않을 일이었다. 그럼에도 크누드는 저렇게 말하며, 용병들도 아무런 소란을 일으키지 않는다. 라그나 또한 자신의 행동에 대해 달리 설명하려 하지 않았다.

"이게 무슨 일들이죠?"

하지만 이렇게, 울리케의 외침과 같은 물음이 날아들었다. 다들 몸을 돌려 기사 에길과 함께 나타난 그를 보았다. 그에게조차 설명하지 않을 수는 없을 것이다.

만찬은 끔찍했다. 요리야 나무랄 데가 없었지만 변경백과 황자, 황녀를 위시한 데다 웬 용병단장 둘에 중앙 귀족들도 셋이나 있었고 그들이 데려온 기사들도 또한 여럿이었다. 정신없이 통성명을 주고받았지만 아룬드는 만찬이 끝날 무렵까지 그들의 이름과 면면을 통 외우지 못했다. 그의 아버지 노아크와, 뒤늦게 나타나 만찬에 합류한 스벤이 능란한 관록을 보여주지 못했더라면 매우 어색한 자리가 되었으리라. 그래도 아룬드는 그나마 면식이 있는 기사 헨릭 곁에서 조용히 말 상대를 해주어 외롭지 않은 식사를 할 수 있었다. 하지만 여전히, 그의 입장에서 만찬 자리에 오간 대화를 기억하는 것은 어렵다. 너무 많은 새 얼굴들과 긴 이름들, 작위와 관직명이 서로 뒤엉켜 있었으니까. 다만 그 가운데서 아룬드가 유일하게 선명히 기억하는 한 인물이 있다. 바로 중앙 귀족인 발리위그 드레스바르프 후작이었다.

그는 반백의 머리 덕에 아룬드의 아버지인 노아크와 비슷한 연배로 보였다. 하지만 어딘지 정력적으로 보이는 태도와 눈빛은, 겉모습과 달리 실은 더 젊은 게 아닌가 하는 의심을 갖게 했다. 아울러 그의 차림새는 노아크와 별다른 차이 없이 수수한 것이었기에, 라프시르그 황자가 그의 신분을 소개하자 피어클리벤에서 온 사람들은 다들 살짝 놀란 눈치였다. 아룬드 또한 그러했다. 후작은 만찬 내내 별다른 말을 하지 않았지만, 이따금 형형한 눈길로 피어클리벤 부자를 지그시 쏘아보았고, 아룬드는 그래서 그의 인상을 단단히 각인하게 되었다.

"저도 포함입니까? 잠깐 식후산책을 하고 싶습니다만……."

만찬 직후, 뒤이어질 다과 자리의 예고가 있자 아룬드는 민망한 얼굴로 노아크에게 이렇게 물었다. 식사 자리는 그나마 가벼운 이야기들이 오갔기에 체할 것 같은 분위기 속에서도 아룬드는 대화의 중심에서 비켜있을 수 있었다. 하지만 차 마시는 자리라면 어떤 식으로든 한 번 이상 화제에 오르리라. 소화를 시키고 싶다는 아룬드의 청은 전혀 거짓말이 아니었다.

"저런, 비위가 약한가?"

분명 대화가 들릴 리 없는 거리였건만, 아룬드의 이야기를 들은 발리위그 후작이 어느새 빠르게도 다가오더니 노아크가 뭐라 말하기도 전에 끼어들었다. 피어클리벤 부자는 물러서며 그에게 예를 표했고, 이에 후작은 손사래를 쳤다.

"걱정 마시게. 식후 차는 그런 걸 위해서 마시는 것이니까. 피어클리벤의 장자에게 나는 아주 관심이 많소. 부디 자신이 없는 곳에서 화젯거리가 되는 누를 범하지 마시게나."

그는 그렇게만 말하더니 빠른 걸음으로 연회장을 빠져나갔다. 멀거니 그 뒷모습을 보고 있던 노아크가 아룬드에게 말했다.

"어쩔 수 없겠구나. 불편해도 정신 바짝 차리거라."

아룬드는 송구한 얼굴을 했다. 남작 노아크라고 이런 자리가 편할 리 없다. 피어클리벤은 오랜 대대로 변경의 바로 아래 붙어 개척에만 몰두해온 땅의 지주이다. 다만 그뿐, 귀족다운 사교나 정치적인 것들과는 통 인연이 없었다. 노아크만 하더라도 여흥이 아니라 정말로 저녁거리를 위해 사냥을 하던 시절이 있었고, 그들의 땅에서 나는 모든 작물의 재배법을 알며, 염소와 돼지를 치고 개를 다룰 줄 안다. 피어클리벤에 있어 그 이름을 책임지는 귀족다움이란 그들 땅에 가장 어울리는 생활의 파악과 지휘였다. 도무지 노릴 것도 없는 땅이라 이웃 영지들은 물론이고 중앙 권력의 관심도 받지 않아 온 세월이었다. 하지만 이제는 더 이상 그럴 수가 없으리라. 그들이 아무리 원치 않아도, 앞으로 이러한 일들은 마땅히 그들의 책무 안에서 불가피한 행사들이 될 터이다. 아룬드는 이 순간 그것들을 깨달은 것이다. 조금 뒤늦은 자각이었으나 각오는 그만큼 절실하게 다지는 것이 그다운 성실함이다.

그래도 다과회의 참석까지는 조금의 짬이 있었다. 아룬드는 홀로 뉘른스에크 성의 뒤뜰로 나가서 차갑고 어두운 북녘의 공기를 마시며 잠시 걸었다. 더부룩한 위장의 안녕과, 영지의 불확실한 미래, 그리고 자신이 당면하게 될 상황들을 생각하느라 머리가 복잡하였다.

"누군가 있으리라곤 예상하지 못했는데."

어두운 뜰에서 밤하늘을 올려다보던 아룬드는 난데없는 목소리에 깜짝 놀라 고개를 돌렸다. 등불을 든 시녀와 함께 나타난 것은 다름 아닌 황녀 닐스그림이었다. 그는 시녀에게 그 자리에서 대기하라 명하더니 홀로 다가왔다. 아룬드는 얼떨떨하여 자신에게 다가오는 황녀를 보았다. 그 싱글거리는 표정을 한참이나 마주하고서야, 아룬드는 뒤늦게 자신이 무례했음을 깨닫고 황급히 예를 올렸다.

"아, 송구합니다. 전하. 제가……."

"됐다. 그런 것들 때문에 체할 것 같아 도망 나온 자리이다. 날 더 더부룩하게 하지 말라."

말을 마친 닐스그림은 갑자기 손에 입을 갖다 대더니 하필 때마침 나온 트림을 삭혔다. 아룬드는 더욱 당황해버렸고, 닐스그림이 차가운 목소리로 물었다.

"······들었느냐?"

"예? 아······, 무얼 말씀이시온지······?"

"좋아. 계속 모르도록 하여라."

말을 마친 닐스그림은 양팔을 앞뒤로 휙휙 저으며 뒤뜰을 왔다 갔다 하기 시작했다. 아룬드는 멍청하게 선 채 황녀가 하는 모양을 쳐다볼 뿐이었다. 만찬 자리에서 완벽하던 그의 예의범절이 홀라당 벗겨진 모습이었다. 아룬드는 갑자기 그 자리가 불편한 게 자신만이 아니었다는, 일종의 동질감을 느끼고 반가움과 호감을 동시에 느꼈다. 하지만 다음 순간, 그러한 감정이 무례하다는 것을 깨닫고 또 혼자 당황해 버린다.

"뭘 혼자 그러고 서 있느냐? 경호하는 흉내라도 내야 할 게 아닌가?"

닐스그림이 아룬드의 감정을 보기라도 한 것처럼 느닷없이 다그친다. 아룬드는 쩔쩔매며 어색하게 곁으로 다가섰고, 황녀는 그를 아래위로 훑어보더니 다시 뜰을 천천히 오가기 시작했다. 그러다 그가 입을 뗐다.

"폐하께서는 나를 그대와 짝지으려 하신다."

이 느닷없는 이야기에 아룬드가 도대체 뭐라고 대답할 수 있을까? 통촉해 주시옵소서? 감사합니다? 이런 상황에 대처할 만한 순발력이나 요령이 전무한, 이 성실하기만 해온 청년은 짧은 순간이나마 어떻게든 반응을 보여야 한다는 생각만이 절실했다. 하지만 아룬드가 간신히 쥐어 짜낸 말은 결국 이랬다.

"감축드리옵니다."

"……뭐?"

멈춰 선 닐스그림이 어처구니없다는 표정으로 되돌아보며 물은 것이다. 그 황당해하는 표정을 본 아룬드는 뒤늦게야 자신이 무슨 말을 한 것인지 자각하고 낯빛이 겨울 보름달처럼 창백해졌다. 그 꼴을 본 닐스그림이 갑자기 깔깔거리고 웃기 시작한다.

"아니! 그러한가? 그대라는 신랑을 얻게 된 나는 마땅히 감축 받아야 하는 것이냐? 내 그간 숱하게 받아본 사내들의 과시 가운데 그대가 으뜸이다!"

아룬드의 얼굴이 창백함을 건너 새빨갛게 달아올랐으나 뒤뜰의 묵직한 어둠은 다행히도 그를 잘 가려준다. 닐스그림은 혼자 실컷 웃어대더니 이윽고 정색하며 말했다.

"하지만 모두가 그것을 축복하지는 않는다. 드레스바르프 후작을 아까 보았지?"

물론이다. 적어도 아룬드에게, 그는 이미 잊기 힘든 사람이었다.

"그러합니다, 전하."

"그는 겉으로는 이번 파병을 지원하고 피어클리벤에 관한 일을 감독하기 위해 왔으나, 실은 훼방꾼에 가깝지. 그대, 중앙의 사정에 관해 아는 것이 있는가?"

닐스그림의 이 물음은 아룬드를 무시하거나 비웃는 어조를 품고 있지 않았다. 그 점에 고마움을 느끼며, 아룬드는 민망히 말했다.

"무지합니다. 용서하십시오."

"아니다. 모를 수 있다는 것이 차라리 행복한 것이다. 나는 부럽구나."

닐스그림은 그리고 한동안 말을 잇지 않았다. 뭔가를 고민하듯, 침묵에 잠겨 한동안 아룬드의 조바심을 두들기던 그가 마침내 입을 열었다.

"후작을 조심하거라. 지금은 단지 이렇게밖에 말할 수 없겠다. 아직은 내가 그대와 공유할 수 있는 것들이 적다."

아룬드는 말없이 고개를 끄덕였다. 닐스그림은 왠지 미소를 띤 채 그를 묵묵히 바라보더니 말했다.

"알겠느냐? 아직은 말이다."

아룬드는 의미를 몰라 눈만 깜빡거렸다. 때마침 다과 자리의 준비가 완료되었음을 알리는 시녀의 목소리가 다가왔다.

울리케는 아닌 밤중에 벌어진 결투의 경위를 듣기 위해 크누드와 라그나만을 따로 불러 고블린 요새의 방으로 들어갔다. 대화는 한참이나 이어져서 밖에서 기다리던 브륀힐데와 랄로프는 초조해지기 시작했다. 용병들은 별다른 동요나 감정을 내보이지 않은 채 그저 불가에 둘러앉아 있었고, 증언하길 청했으나 자매에게 거절당한 아그니르는 뾰로통해져서 그들 사이에 섞여 있다.

"울리케? 뭐야?"

그러던 아그니르가 놀라 이렇게 외친 것은, 그렇게 한참이나 지난 뒤 울리케가 아우케트와 함께 일단의 무장한 고블린 병사들을 데리고 나타난 직후였다. 모두가 의아하게 이 심상치 않은 분위기를 불편해하는 가운데, 이루 말할 수 없이 언짢은 표정을 구기고 있던 울리케가 딱딱한 목소리로 외쳤다.

"들어라! 너희 용병단의 조장이자 아우셀바프의 치안 판관인 크누드 서리엇은 반역의 무리와 내통한 정황을 실토하였다! 지금 즉시 전원 무장을 해제하고 체포에 응하라!"

"울리케! 무슨 헛소리야!"

아그니르가 소리 지르며 벌떡 일어나려 했지만 팔의 통증과 품에 안은 알 때문에 뜻을 이루지 못했다. 울리케는 그런 자매를 무시한 채 어안이 벙벙해 있는 용병들에게 재차 외쳤다.

"못 들었는가!"

이에 아우케트가 거들듯 손을 들어올리자, 도열한 고블린 궁수들의 쇠뇌가 용병들 모두에게 겨누어졌다. 그러자 그들 가운데 한 명이 소리높여 외쳤다.

"서리엇 경을 만나게 해 주시오! 우린 모르는 이야기요!"

"너희는 그럴 권리가 없다!"

울리케는 딱 잘라 소리쳤다. 그 태도는 자못 굉장한 분노에

차 있었고, 일렁이는 눈빛은 진심이었다. 마침내 용병들은 어떤 저항이나 사태파악이 불가능함을 깨닫는다. 애초에 그들이 앉아있는 이곳은 고블린의 소굴이며, 아까 들은바 오백의 포위 가운데 있는 셈이다. 납득할 수 없는 전개였지만 토 달만 한 분위기가 전혀 못 되는 것이다. 용병들은 결국 불만에 찬 얼굴로 무장을 해제하기 시작했다.

"울리케!"

팔의 통증 때문인지, 이 상황이 화가 난 것인지, 아그니르가 찡그린 채 다가왔다.

"이게 무슨 짓이야! 서리엇 경이 모반 내통이라니?"

울리케는 아그니르를 외면하며 말했다.

"자백했고, 자세한 것은 성에 데려가 재판하게 될 거야. 하우스케트 경!"

"예, 아가씨!"

근처에서 모험가들과 기다리다 이 뜻밖의 사태를 만나 모두와 마찬가지로 당황해 있던 기사 에길이 달려왔다.

"십장 누트가 안내할 거예요. 따라가서 크누드 서리엇을 체포, 임시 구금하세요."

"체포라니, 네가 뭔데?"

아그니르가 윽박질렀으나 울리케는 지금 전혀 그와 다툴 기분이 아니었다. 그래도 대답은 한다.

"난 그럴 권한이 있어. 그렇지 않은가요, 하우스케트 경?"

"네, 아가씨, 아니아니, 행정관님. 제게 체포를 지시하실 수 있습니다."

그의 곁에 있던 기사 에길이 이렇게 대답하였다. 그러나 답변의 내용과 달리 그 역시 의아하고 당황한 얼굴이다. 울리케가 아그니르를 쏘아보더니 말했다.

"넌 저들과 함께 여기까지 왔으니, 어차피 싫어도 성에 돌아가면 증언을 해야 할 거야. 그를 비호하고 싶거든 그때 실컷 하도록 해! 어떤 대화들을 했는지 낱낱이 이야기해야 할 거야. 그러니 혹시 부끄러운 일이 없을지 미리 잘 생각해두라고!"

울리케의 말엔 아그니르가 처음 목격하는 수위의 분노와 짜증이 실려있었다. 언제나 함께 자라며 울리케에게 짓궂게 대해왔던 아그니르지만, 울리케가 이렇게 정색을 하며 공격해오는 것은 처음이다. 울리케는 거기에 그치지 않고 한결 더 감정을 실으며 노성을 토했다.

"아버지와 오빠, 동생들이 영지 밖에서 어떤 위험에 처해 계실지도 모르는데! 어떤 의심도 없이 이따위 무리와 어울려? 나는 공무를 수행 중이니 아그니르는 저리 비켜있어! 돌아가 할 말들이나 정리해놔! 생각이란 걸 할 수 있다면 말이야!"

아그니르는 어이가 없어서 분노하는 자매를 쳐다볼 따름이었다. 울리케가 이런 식으로 자신을 모욕하는 것도 난생처음이다. 에길이 불안스레 둘을 쳐다보더니 아그니르에게 물러서길 청하는 몸짓을 했다. 자매의 이해할 수 없는 분노에 아직도 대들 말을 골라내지 못한 아그니르는 별수 없이 물러나야 했다.

이윽고 아우케트의 고블린 병사들이 일사불란하게 움직였다. 까마귀 금고단의 용병들 전원이 포박되었고, 천막 안에서 졸던 까마귀 그림니르마저 죄없이 커다란 새장 안에 갇혔다. 그런 가운데, 라그나만이 씁쓸한 조소를 띄고 요새 밖으로 걸어 나왔다. 브륀힐데와 랄로프가 뛰어가 그를 맞는다.

"형님! 이게 대체 무슨 소리요?"

"그래요, 안에서 무슨 이야기를 했어요?"

라그나는 자신을 바라보는 두 동료의 눈빛을 껄끄러워하며 받아넘긴다. 한동안 별말 없이 붕대가 감긴 오른손의 상처만 만지작거리던 그가 말했다.

"뭐……, 분명한 건, 크누드 저 자식을 내가 언젠가 꼭 한 대 치고 말 거란 거지."

영문모를 이야기에 랄로프와 브륀힐데는 서로를 쳐다볼 따름이다.

용의 송별을 받으며 떠나온 병사들은 긴 행군의 끝에 이르러 야만족의 대대적인 공격이 예상된다는 땅, 뉘른스에크에 이르렀음에도 여정의 처음부터 한껏 느꼈던 고양감이 여전한 채였다. 발트부름 산의 기슭에 마련된 광대한 숙영장에는 뉘른스에크의 군대와 더불어 피어클리벤보다 먼저 도착했던 두 용병단과 두 속령의 기치가 나부낀다. 마지막으로 합류한 피어클리벤의 부대는 오백이라는 가장 작은 규모였지만 그럼에도 누구 하나 별로 주눅 들지 않았고, 이유는 너무나 단순하다. 다름 아닌 용이 지키고 있는 땅으로부터 떠나왔기 때문이다.

디드리크를 포함한 피어클리벤의 상비군 일곱은 이제 종사(從士)라는 명칭으로 불린다. 이들은 기사 스벤의 지휘에 따라 오백의 징집군을 직접적으로 이끌고 통솔하며, 평시에는 훈련교관을 맡게 된다. 자연히 확고부동한 군기와 규율이 필요하였다. 때문에 스벤이 숙영준비를 지시하고 만찬에 참석하기 위해 향사 슈타크와 함께 성으로 떠나자, 남은 일곱의 종사들은 징집병들을 무섭게 다그치기 시작했다. 보급 마차로부터 싣고 온 물자들이 내려졌고, 스물두 개의 천막이 세워지기 시작한다. 날이 완전히 저물기 전까지 서두를 필요가 있었다.

"아, 배고파 미치겠네."

하지만 아직 고참들처럼 징집병을 다루기 민망한 발리엇과, 언감생심 더 말할 것도 없는 디드리크는 이 와중에 물러나 수레와 마차 근처에서 보급품 하역을 관리하고 있었다. 발리엇이 위와 같이 투덜거린 것은 숙영장의 가운데, 다섯 부대의 중심에 자리한 막사에서 풍기는 음식 냄새 때문이었다. 디드리크 또한 동의하듯 고개를 끄덕이며 그쪽을 보았다. 뉘른스에크 성에 속한 사람들일까? 많은 수의 일꾼들이 오가고, 거대한 솥과 화덕을 다루는 활기가 엄청나다. 그도 그럴 것이, 이러한 징집에서 속령의 부대에 관한 군량 보급은 오롯이 상위 영지의 책무이다. 지금 저곳에서는 피어클리벤의 오백을 포함, 다섯 부대의 저녁 식사가 만들어지고 있을 것이다. 바로 저기가 전쟁터다.

"피어클리벤! 지휘관 계십니까!"

천막이 모두 세워지고 병사들이 스물다섯씩 배정되는 편성이 마무리될 무렵이었다. 형 룻트의 천막이 어디인가 열심히 찾고 있던 디드리크의 귀에 위와 같은 외침이 들렸다. 발리엇과 디드리크가 동시에 돌아보자, 젊은 청년 문관이 피어클리벤의 숙영지 안으로 들어서 있었다. 아니, 문관이 아니라 비서일까?

"아드손 종사님!"

발리엇은 자연스럽게 최고참을 불렀다. 종사 전용 천막 안에 들어가 있던 그가 나온다. 젊은 청년 문관은 예의 바르게 읍을 하더니 말했다.

"환영합니다. 피어클리벤의 병력, 모두 오백이 맞습니까?"

"맞습니다. 어……, 하지만 종사 일곱에 기사님과 향사님이 또한 계시지요."

"달슨 경과 슈타크 향사 말씀이시지요. 그분들의 식사는 위에서 제공됩니다. 그러면 정확하게 오백하고 일곱 명분의 식사겠군요. 거의 준비가 끝났습니다. 여러분이 가장 먼저 배식을 받으십니다."

"어……, 우리가 가장 늦게 왔는데요?"

아드손이 의아한 얼굴로 질문하자, 젊은 문관은 웃으며 답한다.

"먼 길 오시지 않았습니까? 아, 그리고 장작을 받을 병사들을 스물 정도 내주시지 않겠습니까? 아울러, 말들을 먹일 꼴도 내어드릴 테니 그 편도 열 명쯤 부탁드립니다."

이야기는 그렇게 마무리되었다. 아드손의 지시에 의해 선별된 병사 서른이 문관의 뒤를 따른다. 이를 가만히 보던 발리엇이 중얼거렸다.

"……먼 길 왔다고? 정말 그뿐일까? 이거 아무래도 용 때문일 거 같은데."

"저도 그런 것 같습니다."

디드리크는 동의한다. 이곳에 집결한 다섯 부대의 면면 가운데 피어클리벤은 가장 수도 적고 또한 남작령에 불과하다. 대체 다른 부대는 그 수가 몇이나 될까? 디드리크는 어둠 속 곳곳에 밝혀진 타 부대의 모닥불들을 헤아려 보지만 도무지 가늠할 수 없었다. 거대한 발트부름의 기슭은 그렇게 수많은 병사가 집결한 가운데 일렁이는 모닥불들이 마치 다 타고 남은 잿불 속 불씨들처럼 어둠 속에 파묻혀 있었다. 사람들의 소음과 군마들의 울음소리, 재와 음식 냄새가 싸늘한 저녁 공기를 소란케 한다.

스무 명의 병사들이 장작을 짊어지고 와 각각의 천막 앞에 부리고 불을 놓을 무렵, 배식이 시작되었다. 중앙 취사장으로부터 솥이 실린 세 대의 수레를 이끌고 나타난 일꾼들이 다가왔다. 그래도 종사들이 가장 먼저인지라, 디드리크는 군장에서 개인 사발과 숟가락을 꺼내왔다. 아드손을 비롯한 고참 종사들은 이 막내에게 익숙한 모습을 보이고 싶지만, 유감스럽게도 그들 또한 이러한 행사가 처음이다. 그래서 뭔가 실수하거나 멍청한 모습을 보이지 않기 위해 아까부터 신경이 곤두서 있었다.

"이거 괜찮은데."

배식을 받고 종사들의 천막 앞, 막 지펴낸 불 앞에 앉은 발리엇이 감탄하며 말했다. 디드리크도 고개를 끄덕이며 손에 든 큰 솔밀전병과 사발의 걸죽한 고깃국을 보았다. 아드손을 비롯한 다른 고참 종사들도 만족스러운 표정으로 식사에 임하기 시작한다.

"아드손 최고선임 종사님."

"……그냥 이름 불러."

아드손이 때릴 듯한 얼굴로 발리엇을 보며 대꾸하였다. 발리엇이 낄낄거리더니 묻는다.

"도대체 여기 몇 명이나 있을까요? 우리 빼고 네 부대라면."

"지금 그걸 어떻게 알아? 내일 날 밝으면 보이겠지."

아드손이 싱겁게 답하자, 곁에 있던 스벨크가 고기를 씹으며 말한다.

"아까 올라올 때 대충 보았는데, 용병단 둘은 각각 줄잡아 이

천씩은 되어 보였고, 다른 두 영지군도 그에 못지않은 규모였어. 그러니까 족히 팔천에서 일만은 된다고 봐야 하지 않을까?"

"일만? 그럼 지금 저기에서 일만 명 밥을 하고 있다고?"

"왜? 일꾼만 백 명은 되어 보이드만."

소박한 피어클리벤의 삶에 익숙한 그들에겐 너무 단위가 다른 이야기였다. 다들 고개를 절레절레 젓는 가운데, 발리엇이 말했다.

"만 명이라고 해도, 겨우 백 명씩 백 줄이잖아요? 한데 모으면 생각보다 많은 수도 아니구만요, 뭘."

그러자 아드손이 피식거리며 말했다.

"그렇게 보면 그렇지. 그러니까 밥 이야기를 한 거야. 매일 만 명 어치 밥을 한다고 생각해봐라. 그게 얼마야? 이 겨우내 뉘른스에크는 그런 지출을 감당하는 거야. 이게 정말 그냥 훈련에서 그친다면 낭비도 그런 낭비가 없지."

그러자 발리엇이 입맛 떨어진다는 얼굴을 했다.

"아니, 그럼 뭐, 잘 먹인 만큼 죽도록 굴릴 거라는 이야기예요?"

"당연하지, 멍청아. 그러니까 맛있게 먹어라."

종사들은 그렇게 짓궂은 이야기를 그치지 않으면서도 음식이 식을세라 재빨리 식사했다. 디드리크는 배운 대로 마지막 국물 한 방울까지 털어 넣은 뒤 남은 뼛조각은 불 안에 던져넣는다. 설거지를 생각할 수 없는 환경이므로 자기 소유의 숟가락과 사발은 알아서 닦아내야 한다. 정 뭐가 없으면 모래로라 도 닦아야 했다. 식사를 마친 고참 종사들은 어느새 뿔뿔이 흩 어져서 징집병들의 식사 상태를 보기 시작했다. 디드리크 또한 형 룻트가 있는 천막 쪽으로 다가가기 위해 일어섰다. 여기 도 착해서 여태껏, 제대로 만나 이야기하지 못했기에 걱정이 된다. 하지만 어떤 목소리가 소년의 발목을 잡고 만다.

"지휘관 계십니까?"

디드리크는 또 무슨 일인가 싶어 실망스러운 얼굴로 돌아본 다. 여행객 차림임이 명백한, 한 무리의 일행이 짐말 한 필을 끌 고 숙영지로 들어서는 게 보였다. 그들의 접근을 미리 보고 있 던 아드손이 털레털레 걸어 나와 맞이한다.

"종사, 아드손입니다. 무슨 일입니까?"

"아, 종사 나리. 저희는 이번 동절기 훈련에 임해 뉘른스에크 변경백 각하의 허락을 얻어 주둔지의 여러 조달을 맡고 있는 예툰드 상회올습니다. 오시는 길, 혹시 다치신 분이나 환자는 없었습니까?"

이렇게 말하는 것은 풍채가 좋은 중년의 사내였다. 그가 말 끝에 손짓을 하자 그의 하인인 듯, 한 사내가 작은 궤짝을 들고 다가와 열어 보였다. 작은 약병들이 즐비하다. 그게 무엇인지 알아본 아드손은 잠시 할 말을 잃은 표정을 짓다가 이윽고, 숙 영지 안쪽을 향해 소리쳤다.

"야, 발 까진 병사들 다 데려와! 열나서 드러누운 놈들도!"

공짜 치료라니, 정말 후한 대접이며 만만찮은 지원이다. 저들이 들고 있는 것은 모험가 조합에서나 파는 고가의 영약임에 틀림없었다. 평생 그런 것과 인연이 별로 없는 이 촌놈들에겐 없는 병이라도 만들어서 누려봐야 할 일이었다. 곧 명백한 환자부터 대단찮은 부스럼쟁이들까지, 징집병의 삼 분의 일 정도가 와글와글 몰려들었다. *아무리 그래도 이건 너무 염치없잖아?* 아드손이 기가 막혀서 소리 지르기 시작한다.

"뭐야? 자넨 어디가 아퍼? 뭐? 치통? 뽑아줄까! 적당히 해!"

하지만 상회 사람들은 신경 쓰지 않고 곧 후하게 약을 쓰기 시작했다. 그래서 아드손은 보면서도 별로 믿기지 않았다. 혹시 가짜 약인가?

"디드리크, 뭐야?"

이 소란으로부터 살짝 떨어져 있던 디드리크에게, 마침내 룻트가 다가와 물었다. 디드리크는 씩 웃더니 사정을 알렸다. 그러면서 이렇게 묻는다.

"형은 어디 다친 데 없어?"

"뭐? 그거 좀 걸었다고? 말이 되냐, 나는 염소치기야."

튼튼한 몸 말고는 달리 자랑할 것도 없는 소년의 형이 그렇게 너스레를 떤다. 지금 그들은 다른 이들의 눈과 귀에서 멀어져 있었기에 막역한 듯 굴 수 있었다. 아니라면 명백히 징집병과 종사의 관계로, 상하 구분이 철저해야만 한다. 그렇기에 이런 시간들은 별거 아니지만 소중한 것이라 할 수 있었다.

"저런 약은 조금씩이라도 상비하고 있으면 정말 좋을 텐데."

룻트가 말하자, 디드리크도 고개를 끄덕였다. 만일 정말로 싸움이 벌어지면 전장 위에서 정말로 절실할 물건이 바로 저것이다. 하지만 부유한 영지의 기사라도 되지 않으면 모를까, 이름 없는 병사들이 가지고 다닐만한 물건은 도저히 못되었다. 두 형제는 단지 이런 말로 앞으로 있을 전투에 대한 걱정을 흘려 버렸다.

"이 비용은 전부 백작 각하께서 대시는 것입니까?"

소란스럽던 병사들에 대한 진찰과 투약이 일단락되고, 돌아가기 위해 채비를 하던 그들에게 아드손이 위와 같이 넌지시 물었다. 그러자 예의 그 풍채 좋은 사내가 활짝 웃으며 답했다.

"아무렴요! 또한 황자 전하께서도 지원하시지요. 저희 예툰드 상회 또한 이런 일에 이익을 우선하지 않습니다. 그저 손해나 면할 정도의 값으로 공급하고 있습죠."

"허어, 참으로 굉장하시군요."

아드손은 순진하게 감탄해준다. 이윽고, 상회 사람들은 아드손에게 인사를 하고 자리를 물러났다. 불이 밝혀진 숙영장을 벗어나자 그들 일행은 자연스레 어둠 속에 스며들어버린다. 그들은 한동안 말없이 숙영장의 기슭 아래, 자신들의 야영지로 길을 잡았다.

"어떻던가?"

예툰드 상회의 야영지는 군사 숙영지와는 다소 거리가 있고

한적한 장소에 위치했다. 뉘른스에크 성하촌으로 접어드는 길목 한편, 커다란 수호목의 아래였다. 모닥불 가에서 홀로 앉아 그들이 돌아오길 기다리던 여자가 일어나 맞이하더니 위와 같이 물었다. 그러자 풍채 좋은 사내가 답한다.

"별거 없었습니다. 파악한 대로 병력은 오백 정도였고요. 뭐……, 오합지졸이더군요."

"여동생은 만나보았나?"

"아직 아닙니다. 만찬이 끝나면 올라가 볼 생각입니다."

"그가 놀라겠군. 끌어들일 자신이 있는가?"

여자의 물음에, 사내는 수완 좋은 미소를 지으며 대답한다.

"그 아이의 성정은 제가 잘 압니다. 여태 맞지 않는 옷을 입느라 마음이 많이 다쳐 있을 것입니다. 운만 띄워도 알아서 바람대로 움직이리라 생각합니다. 이게 다 전……, 아가씨의 혜안 덕이지요."

사내는 말을 실수할뻔하고 자라처럼 목을 움츠렸다. 같이 돌아온 하인들은 이미 흩어져 쉴 채비를 하느라 그들 곁에 없었지만, 그래도 실수는 실수인 것이다. 여인이 냉담하게 말했다.

"내가 자네의 입을 닫아두어야 할까?"

"아니옵니다. 부디 용서하십시오."

"호칭 문제란 것은 늘 고약한 불씨지. 앞으로는 그저 이름으로 부르게."

추운 날씨건만 사내의 얼굴에 진땀이 스며 나온다. 그가 황망하게 말했다.

"아니, 아무리 그래도 어찌⋯⋯."

"불러라. 명령이다. 아니면 영영 부를 수 없게 해 주리라."

사내는 침을 꿀꺽 삼키고 서둘러 시선을 그의 어깨너머, 어둠 속으로 향했다. 하지만 그의 기름 낀 시선이 아무리 휘저어봐야 어둠 속에 진득히 숨은 칼들을 식별할 재간은 없었다. 사내는 작게 한숨을 토하며 말했다.

"저를 믿으십시오. 부디, 가시고자 하는 길에 심려가 없도록 하겠습니다."

"아직까지는 잘해주었다, 비드리."

구태여 그의 이름을 부른 것은 앞선 명령의 이행을 촉구하는 것일 게다. 비드리는 한숨을 푸욱 내쉬더니 살짝 몸서리치고 말했다.

"⋯⋯감사합니다, 아이슐리드."

제 15장

　로릭스데와 케틸이 피어클리벤에 머문 지 이틀째다. 아우셀바프 예방단과 같이 오긴 하였지만 그들은 엄연히 타 영지, 그것도 제국의 공작령이라는 상위 영지의 손님들이었기에 예방단과 달리 성 안에 마련된 객실에 묵을 수 있었다. 하지만 첫날의 저녁 식사를 끝으로 시그리드나 아셰리드는 그들을 더 이상 찾지 않았고, 따로 시간을 내 부르지도 않았다. 용들의 만남에 관한 어떤 확답도 없이, 그저 무익하게 이틀의 시간만 흘러간 것이다.

　하지만 라핀다시르 공작의 장남, 로릭스데는 요 이틀이 그렇게까지 무료하거나 초조하진 않았다. 물론 파마의 화살을 준비한, 저 음험한 무리의 이야기는 그와 늙은 마법사에게 충격을 주었다. 그러나 머리를 싸매고 있는 케틸과 달리 로릭스데는 그렇게 오래 걱정하지 않았다. 지금 당장 어쩔 수 있는 이야기가 아니므로. 충분히 생각하기는 해 두되, 공연히 염려하지 않는 것이 그의 성미였다.

"그렇다고는 해도, 도련님 참 대책 없네요."

그의 성격을 잘 알고 있는 에인달케가 이렇게 말하자, 책을 보고 있던 로릭스데가 떨떠름한 얼굴을 하고 고개를 들었다. 한 숨 정도의 침묵을 두고 그가 물었다.

"……그런 평가를 하필 아가씨가 내게 하는 겁니까?"

"왜요? 제 눈에 들보라고요?"

그들은 지금 비어있는 울리케의 집무실에 있었다. 성 안은 불을 아무리 지펴도 석조 건물 특유의 싸늘함이 좀처럼 가시지 않기에, 천장도 더 낮고 목조로 된 방문객 공간의 아늑함이 이 계절에는 더 선호될 만하다. 또한 대접에 부족함은 없었지만 명백히 환영받지 못하는 손님인바, 로릭스데가 조금이라도 면식이 있는 에인달케와 붙어있고자 하게 되는 것은 당연한 인지상정이리라. 이것이 이 둘이 지난 이틀간 이곳에서 대부분의 시간을 보낸 이유였다. 에인달케는 울리케의 책들과 자신이 가져온 책들을 전부 읽을 기세로 매달려 있었고, 로릭스데 또한 어울려 자연스럽게 책을 만지는 것이 모양새를 보건대, 그 또한 독서에 어지간한 취미를 가진 모양이다.

로릭스데가 에인달케의 반문에 피식 웃더니 잠시 타오르는 벽난로를 쳐다보다 말한다.

"어쨌거나, 미안합니다⋯⋯. 아가씨를 앞세워 피어클리벤과 인연을 맺어보려 한 때문에 여러모로 난처하게 해드리는 것 같 군요."

"아니요. 어차피 한 번쯤 돌아올 때가 되긴 하였으니까요. 뭐⋯⋯, 기대한 거랑은 좀 달랐지만요."

그가 기대한 것은 무엇이었을까? 로릭스데는 한숨을 내쉬고 생각한다. 그가 에인달케의 존재를 안 것은 불과 일 년 전이었 다. 수많은 가신과 하인이 오가는 라핀다시르 성에서 그는 단 지 서고에 하루 종일 틀어박힌 사서이자 필경사일 뿐이었으니 까. 물론 로릭스데는 책을 즐겼기에 자주 장서관을 찾았지만, 놀랍게도 에인달케가 그곳에서 일하기 시작한 이래 초반 이 년 간은 그의 존재를 전혀 몰랐다. 마치 보호색을 띤 곤충처럼 서 가의 사이에 스며들어 있었던 이 아가씨는, 그들이 같은 책을 같은 순간에 찾는 우연이 일어나기 전까지 결코 로릭스데에게 발견되지 못했다.

게다가 이번 여정을 계획하게 된 순간에 와서야, 로릭스데는 그가 피어클리벤 가문의 영애임을 뒤늦게 알았다. 에인달케를 앞세울 생각을 맨 처음 내놓은 것은 그가 아니라 마법사 케틸 이었는데, 노인의 입에 의해 에인달케의 성(姓)을 처음 들은 로 릭스데는 이렇게 물었다.

"그가 피어클리벤 양⋯⋯, 이었습니까?"

"⋯⋯여태 몰랐는가? 그럼 평소에 대체 뭐라 부르시오?"

"그냥 이름이죠."

그러자 마법사는 참 한심하다는 얼굴로 이렇게 말했었다.

"정말이지 둘이 똑같군."

우리가 똑같다고? 케틸의 평가를 회상하며, 로릭스데는 그의 눈앞 탁자 맞은편에 앉아 두꺼운 책에 집중하고 있는 에인달케를 본다. 그때는 그의 말이 무슨 뜻인지 몰랐으나, 피어클리벤까지 이르는 여정을 함께 겪고 또한 이번 상황에 직면하고 보니, 그도 슬슬 케틸의 평가에 공감하게 된다. 하지만 그것은 꽤 자기반성을 요구하는 종류의 자각이 필요한 일이었고, 그래서 로릭스데는 지금 퍽 심란하였다.

"……에인달케."

"네."

에인달케는 책에서 눈을 떼지도 않은 채, 반사적으로 대답한다. 로릭스데가 조심스레 이야기를 시작했다.

"전 애초에 이게 두 용의 문제일 뿐이라고 애써 격하해 왔습니다만, 시국이 이렇다는 걸 알게 되니 더 이상 그런 층위에서 다룰 수 없겠습니다. 물론 저는 아이비레인의 뜻을 이루기 위해 최선을 다하겠지만, 남작부인이나 피어클리벤의 의중을 거스를 수도 없는 일이니까요."

에인달케는 한참이나 말없이 책을 보고 있었다. 그러다가 문득, 깜짝 놀란 얼굴로 고개를 들어 로릭스데를 보더니 말했다.

"……뭐라고요? 다시 말해주세요."

로릭스데는 마치 예상했다는 듯, 기꺼이 다시 앞의 이야기를 반복해 주었다. 에인달케의 시선이 잠시 천장의 대들보를 쫓아 흐르더니, 그가 말했다.

"그렇군요?"

이 맥없는 대답. 보통 사람이라면 한숨이 나오지 않을 수 없으리라. 하지만 로릭스데는 애초에 딱히 그에게 어떤 명쾌한 대답을 기대한 건 아니었다. 지금 로릭스데에게는 단지 부담 없는 말 상대가 필요한 것이며, 그사이에 읽을 책을 두고 있다면 맞은편 상대방이 설령 황제라 하더라도 완전히 주의를 기울이지 않을, 이 대단한 여자야말로 그에게는 아주 알맞은 말 상대라 할 것이다. 에인달케의 그런 점을 이제 어느 정도 잘 알고 있는 로릭스데가 다시 이야기했다.

"남작부인이나 유세트 경 입장에서는 제가 참 한심하고 순진하게 보일 겁니다. 머리 아픈 문제들이 산적한 상황에서 눈치 없게 나타나 용들 간의 사교나 청한 꼴이니까요. 하지만……, 그분들도 아이비레인을 이해한다면 이야기가 다를 겁니다. 문제는 그게 쉽지 않다는 것이지만요."

"네."

명백하게 흘려듣는 어조의 에인달케다. 로릭스데는 신경 쓰지 않으며 독백 같은 대화를 계속해 나갔다.

"용이란……, 결국 인간에게는 전략 무기이자 그 자체로 권력의 증명일 수밖에 없죠. 대화와 이해, 공감이 가능한, 서로 같은 무게의 영혼을 지닌 다른 하나의 인격체일 수 있다는 점은 이러한 인식에서 언제나 소외되는 지점입니다. 저는 그게 정말로 유감스럽지만……, 토로해봤자 이해해줄 만한 사람이 애초에 없는 이야기죠. 하지만 이제 피어클리벤도 그 점을 이해할 수 있게 될 거예요. 뭐……, 당장은 어렵겠지만 말입니다. 라핀다시르처럼 수 대에 걸친 과정이 필요할까요? 피어클리벤은 어떻게 될까요? 현재는 우리가 아는 이 세상에서 그 전범이 될만한 경우가 딱 둘밖에 없네요. 피어클리벤은 어느 쪽의 몰락을 따르게 될까요?"

이야기의 말미에 이르러 로릭스데의 어조는 가라앉아 있었고, 더 이상 누군가에게 이야기하는 모양새가 아니라 말 그대로 독백이 되어있었다. 말을 마친 그는 자신이 읽던 책을 내려다보고 있다가 문득, 기이한 시선을 느껴 고개를 들었다. 책에만 집중하고 있는 줄 알았던 에인달케가 눈을 똑바로 뜨고 그를 보고 있었다. 그것도 살며시 웃으면서. 약간 놀란 로릭스데에게, 에인달케가 입을 연다.

"몰락이요? 왜 꼭 몰락한다고 생각하시죠?"

"그야……."

대답하기 위해 입을 열던 로릭스데가 말을 흐렸다. 에인달케는 황실에 용이 없다는 것을 모를 터이다. 그리고 아이비레인이 어째서 한계를 가진 용이 되었는지도. 단지 그 안의 답답함을 토로하기 위해 이런 것들을 알려줄 수는 없는 일이다. 무심코 그가 건성으로 듣는다고 생각해 말을 너무 함부로 했다고 자책하며, 로릭스데는 미적미적 입을 열었다. 차라리 실없는 남자로 보이는 것이 낫겠다.

"……아닙니다. 혼자 심란해서 헛소리했습니다."

"흐음."

그러자 에인달케는 이렇게 알 수 없는 소릴 내고는 턱을 괸 채 물끄러미 로릭스데를 쳐다보기 시작했다. 그 시선은 분명히 그를 보고 있었으나, 그를 꿰뚫고 저 너머의 어떤 것을 응시하는 듯했다. 그 바람에 라핀다시르의 장남은 약간 당황하기 시작한다. 그러다 별안간, 에인달케가 이렇게 말했다.

"저는 정치나 시국에 관해 잘 몰라요. 관심도 없고요. 그런 것들이 제게 즐거운 이야기였다면 애초에 집을 박차고 나갔을 리 있겠어요? 다만, 혜택받은 독서가로서 뭔가 말씀드려 보자면……."

말을 잠시 끊은 그는 시선을 흐리고 다독으로 점철된 그 머릿속의 기억을 더듬는 것 같았다. 그렇게 한동안의 수색을 마친 에인달케가 말했다.

"언약을 교환하시죠."

"……뭐라고요?"

너무나 뜻밖의 이야기에 순간 로릭스데가 살짝 갈라진 목소리를 낸다. 그런데도 에인달케는 마냥 천진스레 말을 이었다.

"그게 일종의 급소가 아닌가요? 제가 아는바, 용들의 언약은 그것이 지켜지는 한 그들에게 불멸을 준다고 들었어요. 만일 피어클리벤과 라핀다시르가 서로의 언약을 밝혀 공유할 수 있다면, 그보다 강력한 신뢰의 증거는 없지 않을까요? 뭐……, 그렇게 엮일 의사가 있을 때 이야기지만요. 이상 무지한 인간의 사견이었습니다."

말을 마친 에인달케는 다시 책에 집중하기 시작했다. 로릭스데는 얼빠진 표정으로 그를 바라본다. 용의 언약이 가진 힘에 대해 그가 대체 어떻게 알고 있는 거지? 우리 서고에 그런 내용을 다룬 책이 있었단 말인가? 하지만 로릭스데로서는 알 길이 없다. 아무리 책에 취미가 각별했다 하더라도 그가 장서관의 책을 모두 본 것은 아니었으니까. 하지만 에인달케라면……, 그라면 그걸 다 봤을지도 모른다. 그런 생각이 미치자, 로릭스데는 자신이 에인달케를 너무 안일하게 여겨온 게 아닌가 싶어진다.

— 아, 됐다! 야호! 여보세요?

"시야프리테."

— 네! 아주 잘 들리네요.

"보고하렴."

로릭스데와 에인달케가 공관에 머물러 있던 그 시간, 시그리드는 아셰리드의 집무실에서 일을 보다가 양해를 구하고 자신의 방으로 서둘러 들어온 참이었다. 시야프리테의 쓸데없이 명랑한 목소리가 머릿속에 직격하는 것은 참으로 정신 사나운 데가 있다. 곁에서 그의 안색을 살피던 발프리드는 스승이 마법을 사용하고 있음에도 고통 어린 표정이 아님을 보고 뭔가 이해한 듯, 고개를 끄덕인다. 시그리드는 그런 제자의 영특함에 피식 웃었다. 다시 머릿속에 쨍한 소녀의 음성이 내달렸다.

— 보고드립니다! 시우부름의 고블린은 이제 천에 가깝고, 전투원이 오백입니다. 아우케트 오빠는 이제 오백장이고요.

"……앞에 심각하게 빼먹은 이야기가 있다고 생각한다만."

— 그러네요! 시우부름에 북쪽에서 쫓겨온 고블린 무리가 나타났던 거예요! 오우거도 셋 떠밀려 내려오다 격퇴되었고, 사망자는 없지만 아그니르 아가씨가 약간 다쳤어요. 하지만 제가 고쳐주는 것은 싫대요. 그래도 그리핀의 알이 생겼어요! 뉘르뉴는 밥보다 과자가 좋대요.

무슨……, 이게 도대체 무슨 이야기야? 시그리드는 관자놀이를 눌렀다. 할 수만 있다면 보고자를 울리케로 바꾸고 싶다. 이류그라 소녀의 이야기는 보다시피 그야말로 중구난방과 지리멸렬의 극치였다. 시그리드는 별수 없이 그가 가장 싫어하는 걸 시작한다.

"자, ……시야프리테. 하나씩 묻겠다."

그렇게 한동안 시그리드는 시야프리테의 어지러운 이야기를 정돈해 나갔고, 용케도 전체적인 상황을 파악할 수 있었다. 대화의 말미, 왠지 아쉬운 표정으로 곁에 서서 한껏 귀를 기울이는 발프리드를 발견한 시그리드는 속으로 웃었다. 저런다고 그의 머릿속에 울리는 소리가 소년에게 들릴 리 없는 까닭이다.

"……그렇군. 알겠다. 그럼 지금은 모두 드리츠에 있는 것이냐?"

— 네! 모험가분들은 지도 제작을 위해 움직이고 있고, 저도 드리츠의 병자들을 살핀 뒤에 도울 것입니다. 내일이면 성으로 출발하겠죠.

"용병들은?"

— ……아, 맞다! 용병들은 모두 체포되었어요!

이건 또 무슨 이야기야? 그의 미간이 꿈틀거렸고, 한순간이었지만 유슬리스를 출동시키고 싶은 마음이 굴뚝같았다. 하지만 안 될 말이다. 피어클리벤 성에서 드리츠까지 나귀가 달려본들 하루는 너끈한 거리, 빙의는 그렇게 오래 유지할 수 있는 술기가 아니었다. 능력적 문제가 아니라, 피지배되는 개체의 의식에 심각한 부작용을 야기하기 때문이다.

안 그래도 벌써 제법 여러 차례 시그리드의 사고를 뒤집어썼던 나귀 유슬리스는 이제 일종의 요물이 되어 있었다. 여전한 해부학적 한계로 인해 비록 말은 못 하였지만, 성 안의 마구간이 자신에게 어울리지 않는다는 사실을 자각해 버린 듯하였다. 마구간지기들은 이 늙은 나귀가 사람의 말을 알아듣는 게 틀림없다고 수군거렸고, 때때로 유슬리스가 성벽 위에 올라가 석양을 그윽한 눈길로 감상하는 광경에 어처구니없어했다. 잠자리의 깨끗함과 꿀의 품질에 무척이나 까다로워졌다는 불평까지 들려온다. 그 모든 변화가 바로 시그리드의 영향인 게다.

"역시, 통증은 안 느끼셨습니까?"

시야프리테와의 폭풍 같은 대화를 마치고 나자, 발프리드가 묻는다. 시그리드는 머릿속에 아직도 앵앵대는 소녀의 환청을 떨치려는 듯, 도리질하며 대답했다.

"그래. 눈치챘느냐?"

"네. 결국 류그라네스의 힘과 응접할 때는 문제가 없는 것이로군요?"

제자의 이해력이 기특한 시그리드는 미소지으며 말했다.

"그렇다. 하지만 아주 통증이 없지는 않아. 나는 여전히 에다의 도리에 머무른 자니까."

"스승님께서 지팡이를 드시면……, 어떻겠습니까?"

발프리드가 조심스레 이리 묻더니, 어떤 면박이 날아오지 않을지 걱정한 듯 목을 움츠린다. 하지만 시그리드는 꾸짖기는커녕 생각에 잠긴 얼굴로 침묵하였다. 이제야 조금씩 마법에 관한 이야기들을 배우고 있는 소년의 이야기건만, 이 상상은 해 봄 직하다. 대륙 마법의 역사에서, 적지 않은 시도가 있어 왔지만 아무도 성공하지 못한 일, 바로 에다의 마법사가 류그라네스의 가지를 드는 것이다.

시그리드는 문득 베르벳을 떠올렸다. 류그네릭을 마시고, 말하자면 몸 안에 가지의 힘을 영구히 품게 된 그 소녀의 경우는 과연 어떨까? 어떤 윤리적 문제나 향후의 파장을 떠나, 순수한 마법사로서 흥미가 가지 않을 수 없는 생각들이다. 하지만, 그는 궁극적 탐구보다 실질적인 효용에 더 큰 가치를 두어온 사람이었다. 그랬으니 발라-라싸의 묵언궁(默言宮)을 떠나 모험가로서 대륙을 활보하며 살아온 것이지. 시그리드는 이러한 생각들을 고이 접어 머릿속 한편에 쑤셔 넣으며, 당면한 문제들로 사고를 환기한다.

"네 사조가 귀찮게 하지는 않더냐?"

발프리드는 한순간 질문을 못 알아듣고 뜸을 들였다. 그럴 법도 하지 않은가? 자신의 스승을 일러 제자의 사조라고 꼬아 일컫는 괴팍함이다. 발프리드는 이 사제 간의 전투적 관계가 가진 내막을 여태 알 수 없다. 다만 훗날 그 스스로가 시그리드와 마찬가지 관계가 되지 않기만을 바랄 뿐이다. 다행이랄까, 적어도 현시점에서 소년에게 그것은 상상하기 힘든 일이었다.

"어……, 저를 볼 때마다 눈을 빛내시지만, 달리 말을 거시지는 않습니다."

"그래?"

그렇게만 말한 시그리드는 한동안 생각을 정리하더니, 이윽고 시야프리테의 보고를 아셰리드에게 전하기 위해 방을 나섰다. 영주의 집무실에 이르자 아셰리드는 마침 문관 에이드리크와 함께 차를 마시는 중이었다. 발프리드는 스승의 자리를 마련하고 자연스레 비서 오토와 함께 서가 쪽에 섰다. 그걸 웃는 얼굴로 보고 있던 아셰리드가 시그리드에게 물었다.

"발프리드의 수양은 좀 어떤가?"

"어쩌다 논하기 너무 이른 시기입니다, 남작부인. 우선은 모양을 다듬는 데만 기를 써도 해를 넘길 테니까요."

"순조롭다는 말이로군."

아셰리드와 시그리드가 같이 일한 지 이제 일주일, 그사이 빠르게 이 마법 고문의 화법에 익숙해진 아셰리드다. 시그리드는 한동안 차향을 맡다가 시야프리테가 전해온 보고들을 나열하기 시작했다. 물론, 그답게 아주 잘 간추려서.

"사건 사고가 끊이지를 않는군."

아셰리드가 눈을 동그랗게 뜨고 듣고 있더니 탄식하듯 말했다. 무리도 아닌 평가이며, 듣고 있던 에이드리크도 고개를 끄덕거린다. 북부 고블린의 갑작스러운 합류는 차라리 시시한 문제에 가깝다. 뜬금없이 용병들의 체포라니? 그들은 내방한 자유도시 아우셸바프 예방단의 일원이다. 자칫하면 심각한 문제로 비화될 수 있을 것이다. 시그리드가 말한다.

"울리케 아가씨가 입을 다물고 있어서 자세한 내막은 전혀 알 수 없습니다."

"……유세트 경도 일전에 그 서리엇 경이라는 자를 봤다 하지 않았는가? 그가 정말 반역자들과 내통할 만한 사람이라고 보는가?"

그러자 에이드리크도 같은 질문을 던지는 듯한 얼굴로 시그리드를 본다. 울리케를 통해 그에 관한 이야기를 들었던 것은 아셰리드뿐만이 아니었고, 그의 평가에서 크누드는 상당히 주목할 만한 통찰을 보여준, 범상치 않은 인물이었다. 그랬기에 크누드에게 따로 쪽지까지 쥐여준 에이드리크가 아니던가.

"어떤 평가를 할 만큼 그에 관해 알지 못합니다, 부인."

시그리드는 이렇게만 대답하고 차를 마셨다. 그러자 아셰리드와 에이드리크가 서로 마주 본다. 셋은 잠시간의 침묵 속에서 전해온 소식들을 반추하며 또한 동시에, 산재한 현안들을 생각했다. 아셰리드는 영주의 권한대행으로서 남작이 하던 모든 업무를 대신하고 있지만, 이는 결코 노아크가 하던 수준의 평상시 업무와 비교할 수 없었다. 용 한 마리로부터 비롯된 일은 그들 모두의 예상보다 빠르게 복잡해졌고 구르는 눈덩이처럼 커졌다. 피어클리벤은 어느덧 미증유의 상황에 봉착해 있었다.

하지만 바로 그 지점에서, 영지의 현안을 결정할 최고 권한자가 본래의 영주가 아닌 아셰리드라는 점은 오히려 적절했다. 이는 노아크의 능력에 관한 비하가 아니라, 그가 상식적이고 반복적인 선의 업무만을 관성적으로 처리해온 부분이 있었다는 지적이다. 아셰리드는 평소 그의 조언자에 그쳤고, 때문에 실무에 있어서 그런 습관이 밸 겨를이 없었다. 또한 그가 권한대행이라 해도 여전히 영주는 아닌바, 부족한 부분들을 마법 고문 시그리드나 문관 에이드리크에게 전적으로 의지하고 있었기에 작금의 상황에 대한 최선안을 도출하는 데에 있어서 한결 부담이 덜하다는 측면도 있었다. 해서 의도한 것은 아니었지만, 현재의 피어클리벤은 바로 이렇게 아무도 의식하지 못하는 사이 이상적인 체계를 마련해가고 있었다.

"우리의 젊은 진흥행정관이 알아서 잘할 겁니다."

침묵하던 시그리드가 입을 떼자, 모두가 그를 보았다.

"애초에, 아우셀바프 예방단을 이토록 기다리게 하고 또한 아가씨를 통하도록 고지한 이유를 생각해 보시죠. 자유도시의 기세를 꺾고 아가씨가 경험을 쌓을 수 있도록 함이 아니었습니까? 제가 생각한 만큼 그 크누드 서리엇이 교활하다면, 이런 흐름쯤이야 곧바로 읽어내었을 것입니다. 그렇다면 자유도시의 일원이라 할 수 있는 그의 입장에서 가장 좋은 방법은, 스스로 자신이 속한 대표단을 공격할 수 있는 칼자루가 되어 울리케 아가씨의 손에 쥐어지는 것입니다. 역도당과 내통의 혐의를 받는 것은 그 역할에 꽤 부합하지 않을까요?"

"맙소사, 뭐라고요?"

에이드리크가 어처구니없다는 듯 나직이 외쳤다. 그렇게 두 여인의 환기를 이끌어낸 중년의 문관은 머리를 흔들면서 말했다.

"이 소동이 말짱 연극이란 말씀입니까? 그건 너무 억측이 아니십니까? 게다가 그 젊은 치안관이 그렇게까지 해서 울리케 아가씨를 도울 이유가 있겠습니까? 성공하든 실패하든 시민으로서의 평판은 끝장나게 됩니다. 아마 직위도 잃을 것이고요."

"네. 증거는 없어요. 저라면 그렇게 해 볼 여지도 있다는 말씀이죠. 그리고 제가 느낀 그 사내는 능히 그 정도의 일을 자청할 만합니다. 그리고 그는 시의 치안 판관이기 이전에 금융계 용병입니다. 우리의 저 성문 밖, 초조해하며 기다리고 있는 대표단의 면면들을 보셨습니까? 다들 낼 수 있는 것과 받아낼 것을 저울질하며 나름의 사활을 걸고 왔지요. 까마귀 용병단도 똑같습니다. 오히려, 이득을 취하는 데 있어 목숨을 거는 것이 익숙한 그들이니만큼, 승률이 높다면 도박적으로 나올 겁니다."

문관과 마법 고문이 서로의 얼굴을 보며 입을 다문 가운데, 깊이 생각하던 아셰리드가 조심스레 묻는다.

"유세트 경의 이 전제가 옳다고 해 보지. 그런데, 경은 이 작전이 그의 제안이리라 보는가?"

그러자 시그리드가 피식 웃더니 말한다.

"왜냐하면, 울리케 아가씨는 이런 못된 꿍꿍이를 누군가에게 강요하실 만한 성품은 아니라고 보니까요. 제가 잘못 보았을까요?"

그러자 아셰리드도 안쓰러운 듯 미소짓는 얼굴로 동의했다. 에이드리크만이 이 동감의 분위기에 섞이지 못하고 홀로 천장을 올려다보며 눈만 끔뻑거렸다. 아무래도 그가 받아들이기에는 여전히 너무나 발칙한 이야기이기 때문이다. 그러다 그가 말했다.

"이건……, 그 청년의 입장에서는 너무 위험 부담이 큽니다. 일이 잘못 꼬이면 정말로 누명을 쓴 채 목이 매달릴 일입니다. 말 그대로, 허무맹랑한 계획을 위해 자신의 생살여탈권을 울리케 아가씨에게 내어준 것이란 말입니다. 이런 일이란 게……, 그렇지 않습니까? 실제로 저지른 죄가 아니고, 판관조차 무죄임을 확신해도 뭔가 잘못되면 그 친구는 죽습니다. 그리고 이게 소동으로 그친다 한들, 기록이 남을 것이고요. 도모하고자 하는 바가 아무리 크다고 해도 저는 도무지 생각하기 어렵군요. 아닐 겁니다. 반역이나 재판은 애들 장난이 아닙니다."

남작의 곁에서 스무 해가 넘도록 살림과 법의 문제를 다루어 온 가신이다. 그랬기에 그는 여전히, 아무런 증거도 없이 시그리드의 추측을 받아들일 수 없다. 그러자 마법 고문은 순순히 고개를 끄덕였다.

"저도 그렇게 생각해요. 하지만 제 추측이 틀렸다면, 그렇다면 그 치안관은 정말로 간첩이겠죠."

에이드리크는 눈을 홉뜨더니 아셰리드를 한번 쳐다보고 다시 시그리드를 보았다. 그의 입이 열렸다.

"그런지 아닌지는 데려와서 조사해 봐야 할 문제입니다."

"그 조사는 누가 합니까?"

"제가……, 아니군요."

에이드리크는 이렇게 입을 열다 말고 다물었다. 현재 일차적인 송사와 그에 따른 법적 권한까지 얼마 전 모두 울리케에게 일임하지 않았던가. 아니었더라면 애초에 그가 영지 밖의 기사를 체포할 권한은 없는 것이다. 울리케가 행정관의 직함을 달고 있는 한, 체포한 죄수들의 호송과 사후 일차적인 조사까지 모두 그의 몫이 된다. 에이드리크는 마땅히 법률 자문으로 참여할 생각이지만.

"……맙소사, 일이 이렇게 되었군요. 만일 아가씨가 이 문제를 우리 '상부'에 넘기지 않는다면 전적으로 아가씨의 선에서 이 사건을 처리하거나 덮을 수 있을 겁니다. 우리는 그걸 막을 수 없고요."

에이드리크가 기막히다는 목소리로 중얼거렸다. 그러자 아셰리드가 받는다.

"뭐, '어른들'의 권위를 내세워 모든 책임과 권리를 회수하지 않는다면 그렇겠지."

남작부인의 이 냉소적인 말은 오히려, 절대로 그와 같은 일을 하지 않겠다는 의지의 표현이리라. 이제 갓 성년이라 할 만한 나이의 딸이지만 아셰리드는 결코 장난삼아 그에게 직함을 내린 것이 아니었고, 이는 문관과 마법 고문 모두 잘 알고 있는 바이다. 그러므로 이 일은 완벽하게 원칙적으로 처리되어야만 한다.

"아우셸바프의 상인들이 기겁하겠군요."

시그리드가 별다른 감정 없이 말했다.

크누드의 체포가 어떤 꿍꿍이를 갖고 있든 아니든, 그 사실 자체만으로도 이는 자유도시 예방단에 큰 타격이 된다. 그들 소속의 한 무리가 제국의 적들과 내통했다는 혐의. 그것이 사실이건 아니건, 울리케가 크누드와 용병들을 데려와 앞에 들이민다면 저들 입장에서는 그저 납작 엎드리는 수밖에 다른 도리가 없으리라. 피어클리벤이 용이 없는 그저 시시한 남작령이었다 해도 반역이라는 이야기는 제국의 복속된 군신인 영주 가문에 마땅히 그러한 힘을 부여한다. 처신을 잘못하다간 그대로 황제의 특허를 잃고 자유도시는 말 그대로 공중분해 될 수 있었다. 그러니 그 특권의 소중함을 아는 저들은 결코 이 혐의 앞에서 거만하게 굴 수 없는 것이다.

"지금 생각해봐야 알 수 없겠지. 울리케가 과연 어떻게 나올지, 우리는 일단 구경하기로 하지."

여전히 복잡하고 납득하지 못하는 얼굴의 문관 에이드리크와, 곧 있어 벌어질 재미난 구경거리가 몹시 기대된다는 얼굴의 시그리드가 대조되는 가운데, 아셰리드가 그렇게 정리했다. 노아크와 아룬드가 뉘른스에크에 당도한 날의 이야기였다.

난생처음 고향 영지를 떠나 타지에서 보낸 하룻밤이었으나, 디드리크에게 있어 그에 관한 소회는 그다지 말할 만한 것이 없었다. 제아무리 걷는 것에 익숙한 목동 출신이라 해도 일주일에 달하는 행군의 피로는 분명 무거운 것이었으니까. 취침 명령이 떨어진 직후 종사 전용 천막에 들어간 소년은 그대로 곯아떨어졌고, 잠시 눈을 감았다 뜬 것 같더라니 냅다 아침이었다.

"일어났어?"

마지막 순번의 불침번을 서고 있던 발리엇이 천막 안으로 머리를 디밀더니 물었다. 이에 디드리크는 어리둥절해 하며 주섬주섬 일어난다. 천막 사이로 스며드는 창백한 햇살과 북녘의 바람이 아니었다면, 여전히 한밤중이라 여겼으리라. 그래도 몸을 일으켜 사지를 뻗어보니 몸이 풀린 것이 느껴진다. 싸늘한 아침 공기에 연기 냄새와 음식 냄새가 섞여 있다. 디드리크는 재빨리 무구를 착용하고 천막 밖으로 나왔다. 바로 앞에 서 있던 발리엇이 입이 찢어져라 하품을 한다.

"너도 내일부터는 불침번을 설 거야. 한 명씩 돌아가면서 빠지는 거지. 동틀 녘부터 밥 짓는 냄새만 내내 맡고 있었더니 배고파 뒤지겠다. 막순번의 불침번은 정말 싫어. 하루가 너무 길다고……."

설명인지 불평인지 알 수 없는 발리엇의 이야기였다. 디드리크는 가볍게 웃으며 고개를 돌려 사방을 둘러보았다. 그리고 그제야, 발트부름의 완만한 기슭 곳곳에 자리잡은 숙영장 전부가 눈에 들어왔다. 수백은 되어 보이는 천막들과 사람들, 말들이 보인다. 어제저녁, 얼추 일만일 것이라던 스벨크의 이야기가 맞는 것일까? 하지만 디드리크로서는 알 수 없다.

"슬슬 전부 깨워야겠는걸."

하지만 그럴 필요는 없었다. 이미 디드리크가 일어날 때 고참 종사들 모두가 눈을 뜨고 있었으니까. 낯선 타지에서의 맑는 생경한 공기는 제아무리 신경이 무딘 자들이라 하더라도 절로 긴장케 하는 법이었다. 더구나 무슨 유람 여행도 아니고, 엄연히 군무로 불린 이들의 교관들이다. 모두 피어클리벤의 이름이 가진 무게를 허투루 다루지 않는다.

아침 식사도 지난 저녁처럼 피어클리벤이 가장 먼저 배식받았다. 다른 영지군들과 용병단의 눈치가 보이지만 거리가 꽤나 떨어져 있기에 직접적인 눈총을 받지는 않았다. 재빠르게 식사를 끝내고 피어클리벤보다 한층 더 춥게 느껴지는, 발트부름의 경사를 타고 떨어지는 뒤바람을 이기기 위해 장작을 지펴 올렸다. 종사들이 흩어져 각 천막들을 살피고 간밤에 발생한 환자는 없는지 등등을 보고받는 가운데, 지난밤을 뉘른스에크 성에서 보낸 기사 스벤과 향사 슈타크가 나타났다. 디드리크를 포함한 종사들이 모두 모여 군례를 올린다.

"오전 중에 성에서 영주님의 승작식이 있을 예정이다. 둘만남고 나머지는 올라와 식에 참여하라. 복장과 무장을 다듬을 시간을 주지. 전하와 각하를 비롯한 많은 고관들이 있는 자리니만큼, 신경 쓰도록."

스벤은 그렇게 말하더니 최고참인 아드손에게 별다른 문제는 없었는지 물었다. 아드손은 두 번의 배식을 가장 먼저 받은 것과 상단이 들려 무상으로 치료해준 것을 이야기했다. 스벤은 쓴웃음인 듯 희미한 미소를 지으며 그의 보고를 들었으나, 별다른 토를 달지 않고 그대로 물러나 다시 성으로 올라가 버렸다.

"자, 그럼……, 누가 남습니까?"

발리엇이 고참들을 보고 한 물음이다. 아드손이 잠시 생각하더니 말했다.

"나와 스벨크가 남겠다."

"아니 잠깐, 왜? 전 싫습니다."

스벨크의 즉각적인 거부에 아드손이 황망한 표정을 짓더니 말한다.

"오백 명을 병아리들에게 맡기고 올라갈 수는 없잖아?"

"병아리들이 광내고 그런 자리에 서는 영광을 얻는 것도 사리에 안 맞지 않습니까?"

"……나는 그런 자리 싫은데?"

"저는 완전 좋습니다!"

다들 어처구니없어하며 스벨크를 보았다. 아무래도 어떻게든 승작식에 참석하여 은퇴한 이후로도 내내 자랑거리로 삼을 게 분명해 보이는, 그의 강력한 의지가 모두에게 확실히 전달되었다. 아드손은 한숨을 쉬더니 말한다.

"그럼 나랑 같이 남을 자원자 없나?"

"제가 남겠습니다."

디드리크가 나섰다. 그새 소년은 재빠르게 고참들의 낯을 살폈고, 아드손을 제외한 모두가 승작식에 참석하고 싶어 한다는 것을 간파한 것이다. 아직 제대로 된 자격도 갖추지 못한 자신이 남는 것이 마땅하다. 디드리크는 그렇게 여겼다.

"좋아. 그럼 막내랑 내가 남는다. 나머진……, 알지? 번쩍번쩍하게 해라."

그러자 다들 희희낙락하며 천막 안으로 들어가 버린다. 아드손은 한심하다는 듯 콧방귀를 뀌더니 디드리크에게 병사들을 시켜 말들을 보게 하라고 지시했다. 소년의 날랜 다리가 움직이고, 익숙지 않은 장거리 행군과 낯선 잠자리에 시달려 영 푸석푸석해 보이는 징집병들을 불러모은다. 명백히 모두보다 어리지만, 이 소년 종사의 잘 다져진 태도와 몸에 딱 맞는 무구, 그리고 무엇보다 그 가슴팍에 물들인 피어클리벤의 토끼풀 문장이 절로 모두로부터 공경을 이끌어낸다. 디드리크는 복장과 계급의 힘에 새삼스레 감동하지만, 자신 또한 바로 그 이유 때문에 기사를 지망했음을 잊지 않는다. 그리고 그런 동생을 잘 알고 있는, 형 룻트가 부은 눈으로 아침 인사를 하며 말을 먹일 조 편성에 끼어들었다. 그러다 룻트가 입을 열고 만다.

"뭐야?"

뉘른스에크의 동쪽 성벽으로부터 단조로우면서도 날카로운, 금속 나팔의 울부짖음이 미적미적 데워지는 척하고 있던 발트부름 기슭의 아침 공기를 반으로 갈랐던 것이다. 집징병들이 멍한 얼굴로 선 가운데, 심상치 않음을 느낀 디드리크는 몸을 돌려 한달음에 아드손에게 달려갔다. 불 가에 있던 그도 벌떡 일어나 성의 동쪽을 노려보고 있었다.

"경계병이 분 거야. 파수탑 쪽이로군."

아드손이 말함과 동시에, 뉘른스에크 성에서도 대답하듯이 또 다른 나팔 소리가 들렸다. 천막 안에 들어가 있던 종사들이 모두 튀어나왔고, 둘러보니 다른 영지군의 숙영지에서도 소란이 일어난 게 보였다.

"젠장, 우린 어제 막 도착해서 저 신호의 의미를 몰라. 하지만 다른 부대들은 알 테지! 꼴사납게 되었군."

무언가 일이 일어나긴 했으나, 그 내용은 알 길이 없다. 뉘른스에크 성에서 울려 퍼진 두 번째 나팔소리는 분명 어떤 지시를 담은 곡조와 박자를 가지고 있을 테지만, 갓 도착해 아직 훈련에 참여하지 못한 피어클리벤은 신호의 의미를 해석할 수 없는 것이다. 아드손은 언짢은 얼굴로 다른 종사들과 숙영장 전체를 돌아보더니, 이내 결심한 듯 소리쳤다.

"내용은 몰라도 대비는 해야지. 모두 집합시켜!"

종사들 모두가 '집합!'을 외치며 무장을 하였다. 막내 디드리크까지 투구를 갖추고 검을 찬 채 창과 방패를 들고는, 우왕좌왕하는 병사들을 다그치기 시작하자 피어클리벤 부대는 자연히 일대 소란으로 뒤덮였다.

"끝쪽이도 소대를 맡습니까?"

발리엇이 아드손에게 묻는다. 실전에서 종사는 대체로 수십에서 백 명가량의 병사들을 이끌며, 전열을 감독하고 기사 및 지휘관의 지령을 전달하는 역할을 수행한다. 발리엇은 아직 한사람 몫의 종사라 하기 아쉬운 디드리크도 그러한 책임을 맡는지 물은 것이다. 이에 아드손이 우선 하나를 지적한다.

"병사들 앞에서 디드리크를 그렇게 부르지 마라."

"아, 네. 아드손 종사님."

발리엇이 몸을 꼿꼿하게 하고 멋쩍게 대답했다.

"그리고 그 문제는, 내가 결정할 일이 아니야. 그러니 우선 소대별로 집합시키지 않고 오십씩 열 줄로 세워라."

아드손의 간단하고 빠른 지시였다. 알아들은 발리엇과 다른 종사들이 목청을 높이며 병사들을 모았다. 여기까지 오는 행군의 와중 저녁 야영 때마다 기본 제식에 관한 것들을 반복해 왔지만 겨우 그 정도 훈련량으로는 숙달키 어려운 일이었다. 때문에 어쩔 수 없이 피어클리벤의 병사들은 오합지졸의 인상을 풍긴다. 아드손은 이마에 진땀을 흘려가며 목이 터져라 지휘를 이끌었다. 종사들 모두 디드리크처럼 본래 피어클리벤의 일곱 마을 출신들이며, 따라서 한 집 건너 대체로 얼굴과 이름들은 아는 이웃들이 현재의 징집병들이다. 사석에서 만난다면 그냥 이웃사촌이건만, 이런 상황에서는 그런 속 좋은 관계가 결코 될 수 없는 노릇이다.

"줄 맞춰 서! 이 멍청이들! 머리는 도대체 왜 내밀어! 화살 맞고 싶냐! 앞사람 뒤통수만 봐라!"

그래도 이 이상 모질게 말하지는 못하는 아드손이었다. 반면 스벨크는 입에 담을 수 없는 육두문자를 걸게 구사하며 이 '촌놈들'의 혼을 쏙 빼고 있는 것이 도무지 인정머리라곤 없었다. 하지만 피어클리벤의 명예를 위해 여기에 그 욕설을 옮기지는 않기로 한다. 종사들은 그렇게 나름의 책무를 다하며 전열을 꾸렸고, 미흡하나마 늦지 않게 모양새를 낼 수 있었다. 디드리크는 거칠게 소리치는 대신 발을 놀려 부대의 앞뒤를 오가며 흐트러짐을 바로잡도록 다독였다. 아직 뭣도 없는 스스로가 호령을 하기란 영 어색했기 때문이었다.

"용케 도열했군."

종사들이 부대를 집합시키고 초조함을 누르며 대기한 지 얼마였을까, 성으로부터 말을 탄 스벤과 슈타크, 그리고 뉘른스에크의 기사 헨릭이 달려왔다. 그들 모두 표정을 보아하니 긴장된 기색이 역력했다. 스벤은 부대가 모양을 딱 잡고 집합해 있는 걸 보더니 기대 밖이었는지, 약간 놀란 목소리로 위와 같이 말했다. 그러자 헨릭이 웃으며 거든다.

"아직 훈련도 합도 맞춰보지 않았는데, 좋은 부하들을 두셨습니다, 달슨 경. 이거 혹시, 피어클리벤이 뉘른스에크의 군호(軍號)를 모두 파악하고 계신 것은 아닙니까?"

"앞의 것은 칭찬이오만, 뒤의 것은 모욕 아닙니까?"

스벤이 표정을 고르지 못하고 묻자, 헨릭은 껄껄 웃으며 단지 농담이었다는 뜻을 표했다. 짓궂기는 했지만 그 악의 없음에 스벤도 공연히 깊게 받아들이지 않기로 한다. 그런 그가 도열한 병사들과 종사들을 향해 외쳤다.

"들어라! 북부의 야만인 놈들이 순찰대에 포착되었다! 대규모 무리가 곧장 뉘른스에크의 본성 쪽으로 다가오고 있다!"

디드리크는 창백해진 채 스벤의 이야기에 귀 기울였다. 하지만 이어진 스벤의 말은 벌어질 싸움에 임해 독려하는 내용이 결코 아니었다. 오백에 불과하고 어제 갓 도착해 아직 어떤 훈련도 시작하지 않은 피어클리벤에게 당장 창을 들고 적과 싸우라는, 그런 무리한 명령이 아니었다. 피어클리벤의 부대는 긴장 상태를 유지하되, 후방의 지원부대로서 역할하며, 때문에 훈련은 거칠고 고되겠지만 실제로 피를 흘리는 전투에는 노출되지 않으리라는 이야기였다. 모여선 병사들의 낯빛도 그 이야기의 전개에 따라 차차 창백했던 처음과 달리 풀려갔다. 하지만 물론, 그래도 종사인 디드리크는 그렇게 대놓고 안심한 표정을 짓지 않는다. 아니 오히려, 싸움이 없을지도 모른다는 사실에 살짝 실망스럽기까지 한 것이다.

헨릭은 스벤과 면식도 있고 한 인연으로, 말하자면 피어클리벤의 담당 기사로 자청한 모양이었다. 그는 앞으로의 전황에 따라 시시각각 떨어질 군호를 해석하여 전달하고, 또한 피어클리벤 부대가 하게 될 훈련과 여러 실무들을 돕게 된다. 그는 스벤의 연설이 끝나기가 무섭게, 그동안 관찰한 병사들의 무장 상태에 관해 이야기했다.

"창과 방패. 병장기는 그렇다 치고 갑옷은 조금 부실하군요. 일단 그것부터 보급계로 돌리겠습니다."

"……무구까지 지원한다는 말씀입니까?"

스벤이 어이없어함을 숨기지 못하고 물은 것이다. 헨릭이 어깨를 으쓱이더니 말했다.

"황자 전하께서 가져오신 것들이 얼마나 되는지 아십니까? 저희 쪽 부담조차도 아닙니다. 아, 병사들의 무장급을 올리는 만큼, 종사들의 무구도 격을 더 올려야 할 것입니다. 그 또한 신경 쓰도록 하지요."

마치 주운 지갑의 돈으로 생색내는 듯한, 헨릭의 말이다. 그러니 감사해할 대상을 찾지 못한 스벤은 무어라 말할 기회를 놓치고 우물거리고 만다. 이야기가 일단 그렇게 마무리된 가운데, 취사장 맞은편으로부터 두 개의 깃발이 움직이는 게 보였다. 기사들과 종사, 병사들의 시선이 자연스레 그쪽을 향했다.

"용병부대입니다. '아름드리 강철'단과 '얼음 모루'단이죠."

헨릭의 설명이었다. 스벤은 무심코 비웃는듯한 얼굴을 했지만 디드리크는 속으로 그 이름들이 무척 멋지다고 생각했다. 아직 열여섯 살의 소년, 결코 무리는 아니겠다.

제 16장

시그리드는 노아크에 의해 북부의 개전 소식을 곧장 전해들었다. 예정되어 있었던 승작식이 취소되었다는 말과 함께. 물론 이는 어디까지나 벌어진 전투에 임해 요식행위에 불과한 예식의 미룸일 따름이다. 노아크 피어클리벤이 백작임은 이미 내정된 일이었고, 승작에 따른 여러 행정적, 의전적 변화 또한 기정 사실이었다. 때문에 시그리드는 그의 안녕을 빌며 통신을 마치고 곧장 아셰리드와 에이드리크를 찾았다.

"오늘부터인가?"

아침잠이 많은 아셰리드가 비몽사몽 한낮을 채 지우지 못한 상태로 물어온다. 그러자 시그리드가 답했다.

"네, 백작부인."

그러자 아셰리드가 비로소 잠이 깬 얼굴을 했고, 에이드리크는 처리해야 할 것들을 예상하는 듯, 고뇌에 찬 표정이었다. 마법 고문의 말이 이어졌다.

"황실 의전관들은 이미 피어클리벤의 승작에 따른 절차에 착수했습니다. 사실 이미 모두 준비되어 있었고, 최종 인가만이 남은 상태라더군요."

"뭐가 변하는 것인가?"

아셰리드가 민망해하며 묻는다. 이 무지는 결코 허물이 아니었다. 제국이 안정기를 구가해온 지난 사백여 년의 역사에서 귀족가의 승작이란 선례가 그리 많은 일이 아니었으니까. 특히 중앙의 관심에서 자유로웠던, 피어클리벤 같은 변방 영지는 더욱 그렇다. 탁월한 행정가인 에이드리크조차 자세히 아는 바가 없었다. 그래도 그는 자신의 직무를 잊지 않고 쥐어짜 내듯 말했다.

"가문의 문장에 백작위를 의미하는 도안이 추가됩니다. 아니, 이런 의전적인 것들이야 별로 중요한 것은 아니고, 백작은 복속령을 둡니다. 남작이나 자작령을 말이죠. 또한 이제 세금을 황실에 직접 납부하게 됩니다."

"우리 복속령이 생기기는 하는가?"

아셰리드가 눈을 동그랗게 뜨고 묻는다. 그도 그럴 것이, 현재 피어클리벤에 이웃한 영지라 봐야 사실상 서쪽의 시구르날프 자작령뿐이다. 북쪽으로는 다름 아닌 뉘른스에크가 있고, 동쪽은 바다이며, 남쪽으로는 자유도시 아우셀바프가 있을 따름이다. 시구르냘프 자작령은 피어클리벤과 같이 본래 뉘른스에크에 속한 영지였다. 제국의 영지 간 관계는 이렇듯 이미 수백년간 고착되어 있었다. 이제 와서 그 짜임새 복잡한 벽돌 하나라도 옮기기는 지극히 무리한 일이다.

"그에 관해서는 영주님도 아직 모르시는 모양이더군요. 하지만 황실은 설령 속령이 없더라도 피어클리벤의 백작위를 인정할 태세입니다."

시그리드의 말이었다. 그의 예상처럼 뉘른스에크로 떠난 노아크와 그 부대는 벌써 여러모로 파격적인 대우를 받고 있었다. 피어클리벤이 백작령으로 올라선 것은 다른 무엇도 아닌 용이 있기 때문이며, 황실에는 오로지 그것만이 가장 중요한 것이었으니까. 나머지는 제아무리 백작급에 미치지 못하더라도 용납된다. 아니, 오히려 미치지 못하는 부분이 있다면 황실에서 직접 갖다 바쳐서 그 작위의 위엄에 누가 되지 않도록 해줄 작정들이었다. 뉘른스에크로 떠난 피어클리벤의 사람들은 만 하루 만에 그 사실을 여실히 체감했고, 시그리드는 이를 전해 들었다. 그러니 현재의 피어클리벤으로서는 백작령이 된 바에 따르는 책임에 관해 그리 크게 부담가질 필요가 없었다.

하지만 여태 입지 않던 옷을 걸친 것이다. 위계가 높아졌다고 마냥 좋아만 할 만큼 멍청한 사람은 지금 이 자리에 없었다. 오히려, 에이드리크 같은 경우에는 급기야 아주 불쌍한 표정에 도달해 있었다. 그는 신음처럼 다음과 같이 중얼거렸다.

"명색이 백작령에 기사가 둘뿐입니다……, 문관은 저 혼자이고요."

"녹봉 올려달라는 말인가?"

아셰리드가 이렇게 묻자, 중년의 문관은 순간 억울한 얼굴로 그를 보았으나 전혀 농담하는 표정이 아닌 것을 확인하고 되려 당황해버렸다. 창밖을 보고 있던 시그리드가 말한다.

"자유도시 졸부들을 상대하면서 바우트 공의 기분이 좀 좋아지실 수 있을 겁니다. 어제 시야프리테의 전언에 따르자면, 그 크누드 서리엇이 말하길, 저들은 피어클리벤의 직할 도시가 될 작정으로 왔다니까요."

이것은 시그리드가 들었음에도 여태 말하지 않은 내용이었다. 시급한 이야기도 아니거니와, 어제 논의 자리에서 화제가 크누드라는 인물의 진실성에 관한 의문으로 이어졌기에 적당치 않다고 판단해 입에 올리지 않았기 때문이다. 그래서 지금에야 이 새로운 사실을 들은 아셰리드와 에이드리크는 놀랐다. 문관이 참지 못하고 말한다.

"허! 자유도시임을 포기하겠다, 이 말입니까?"

"저들은 더 이익이 되는 쪽을 생각하는 것뿐이겠죠. 그리고 만일 아우셸바프로부터 세금을 받을 수 있다면 백작령에 어울리는 재정을 유지하는 데 도움이 될 것입니다."

그러자 다들 한동안 말이 없었다. 이런 중요한 일이 온전히 울리케의 손에 맡겨져 있음을 깨달은 데 따른, 고뇌 어린 침묵이었다. 하지만 유혹을 받는 듯한 표정에 시달리던 아셰리드는 이렇게 다시 한번, 스스로에게 다짐하듯 조용히 선언한다.

"그 아이에게 일단 맡길 것이다. 권한을 회수하라 하지는 말게."

두 가신은 불평하지 않았다. 무리하고 어색한 일임에는 분명하지만, 그 둘 모두 어느덧 울리케를 믿는 마음이 진했으니까. 이야기는 그렇게 마무리되었고, 이제 백작부인이 된 영주 권한 대행과 두 가신은 북부 야만인들의 준동에 관해 염려 어린 말들을 주고받았다. 모두에게 별일이 없기를 기원하면서.

일주일은 충분히 긴 여정이었다. 유레에게 있어 뉘른스에크는 방문할 기회가 없었던 땅이었지만, 웅대한 발트부름 산과 그것이 만들어낸 온천에 관한 이야기는 잘 알고 있었다. 그래서 일전 아셰리드가 온양을 다녀온 것이 내심 부러웠던 유레는 이번 훈련에 억지로라도 따라붙으리라 결심했다. 하지만 그가 각오한 것보다 여정은 길었고, 막내 요네의 칭얼거림과 말썽쟁이 쌍둥이들이 동반되니 이 여정은 상상 이상으로 끔찍한 것이 되었다. 물론 아이들을 건사하는 것은 주로 유모와 하녀들의 몫이지만, 어머니로서 방관할 수 있는 것은 결코 아니었으니까.

게다가 도착한 땅은 떠나온 땅보다 더욱 춥고, 단순한 훈련인 줄 알았던 파병은 진짜 전쟁을 목전에 두고 있었다. 그도 모자

라 난데없이 등장한 황자와 황녀까지 그의 얼을 연이어 빠지게
만든 데다, 어딜 봐도 군사 요새로서의 기능미만이 철저한 변
경백의 성채는 유레가 기대한 귀족다움과 영 격조가 멀기까지
하다. 뉘른스에크의 손님 대접에 소홀함은 분명 없었지만, 드레
스바르프 후작을 위시한 중앙 귀족들까지 가는 데마다 마주치
니 아주 속까지 불편한 것이다. 이러한 마당에 온천행 같은 사
치를 요청할 만큼, 유레는 눈치 없는 사람이 아니었다. 기대한
것들이 죄다 어그러졌지만 단 하나, 그가 어릴 때부터 잘해온
것이 바로 참는 것이었다. 참은 만큼 내일은 더 나아질 것이다.
유레는 항상 그렇게 믿어왔다.

"큰 오라버니?"

그렇게 불만을 꾹 누르고 뉘른스에크 성의 객실 안에서 아
이들과 머무르던 유레는, 오전 나절 예정되었던 승작식을 취
소시킨 그 나팔소리들에 기겁했다가 급기야 체증이 오고 말았
다. 뉘른스에크의 하인들은 손님이 아프다는 것을 알자 달려가
약사를 데려왔고, 침대에 누워있던 유레는 방에 들어선 인물의
면목을 보자마자 이렇게, 깜짝 놀라 소리쳤다.

"정말로 오랜만이로구나."

"세상에, 격조했어요! 아니, 도대체 여기는 어쩐 일이세요?"

비드리는 그 풍채 좋은 몸을 이끌고 들어와, 몸을 일으킨 유
레의 침대 곁에 앉았다. 그는 대답 대신 하인이 들고 있는 가죽
가방에서 약병을 꺼내 내민다.

"우선 몸부터 챙기거라. 여기는 건강 해치기 정말 좋은 땅이야."

"몇 년 만인가요?"

유레는 오빠가 내미는 약을 받아 한 모금 마시고는 이렇게 반가이 묻는다. 절기마다 서신은 주고받았으나, 피어클리벤으로 시집온 이후 그간 딱 세 번 본 오라비이다. 비드리는 안쓰러운 표정으로 한동안 그를 보더니 방 안의 풍경을 살폈다.

"아이들은?"

"유모와 다른 방에 있어요."

"막내가 요네라 했지? 내가 그 아이는 본 적 없으니, 햇수로 오 년은 족히 넘은 게지. 육 년인가 칠 년인가."

그는 통통하고 거친 손으로 세어보려다가 그만 포기한다. 노아크보다는 조금 어렸지만 그도 이제 반세기를 살아온 나이, 햇수를 세는 것이 귀찮은 시절이다. 약의 효과를 받는 것인지, 한동안 명치를 누른 채 그를 쳐다보던 유레는 말했다.

"아직도 직접 행상을 꾸리세요? 이제는 그만 상회에 들어앉아 계시지요."

"내가 직접 나서지 않으면 삥땅 치는 것들이 한둘이 아니란 말이야. 그리고 중요한 기회들도 놓치게 되지. 요즘 것들은 도무지 안목이란 없단 말이다. 배짱도 없고."

유레는 웃는다. 그가 기억하는 큰 오빠의 모습이 떠올랐던 것이다. 어릴 적부터 또래 이하의 아이들을 끌고 다니며 항상 무언가 작당을 꾸미던 비드리였다. 그 작당의 가치와 규모만이 달라졌을 뿐, 그의 살아가는 방식은 여전하다. 그런 비드리가 말했다.

"변경에 심상치 않은 움직임이 있다는 것을 알고 거래차 왔다. 다른 상회들은 고생만 하고 소득이 별로 없으리라 생각해 다들 고사한 자리지. 하! 멍청이들! 하지만 나도 황자 전하께서 나타나실 줄은 몰랐다. 덕분에 아주 재미 보고 있단다."

"뭘 취급하시는데요?"

"전부! 전선에서 필요로 하는 것은 전부 조달한다. 말먹일 꼴부터 시작해서 투석기까지 말이다!"

오빠의 너스레를 듣는 유레의 기분이 좋다. 문득 그는 그때까지 아무 대접도 하지 못하고 있음을 깨닫고 소리높여 하녀를 불렀다. 곧 재빠르게 차가 나왔고, 유레는 침대에서 일어나 격식을 갖추고 다시 비드리와 동석하였다. 그가 옷을 갈아입는 동안 잠시 나가 있던 비드리는 그 새 하인을 시켜, 선물인 양 작은 궤짝 하나를 들고 들어왔다.

"황자 전하께서 대금으로 치르신 것 중에 내가 골라낸 것들이다. 돌아갈 때 가져가렴."

유레는 그 작은 궤짝 안에 가지런히 놓인 패물들의 가치를 짐작하고 놀란 얼굴이 되었다. 비드리가 다시 말했다.

"전하께서 정말 통이 크시더란 말이야."

그러고는 껄껄 웃는다. 유레는 고맙다는 말조차 못 하고 그냥 어안이 벙벙해 있었다. 그렇게, 한동안 사소한 화제로 회포를 풀던 비드리가 문득 진지하게 말했다.

"예상하겠지만, 나도 용에 관한 이야기를 들었다."

"어련하시겠어요."

유레는 왠지 한숨을 내쉬며 그리 받았다. 안 그래도 용이 피어클리벤에 머물게 된 직후, 서신을 통해 알릴까 하는 생각도 해 본 그였다. 하지만 그것이 가져올 파장이 결코 좋기만 한 것은 아님을 그 또한 잘 알기에, 욕심을 끊고 참았던 일이었다. 결국 용의 주제는 어쩔 수 없이 예상보다 빠르게 알려져 버렸지만. 비드리가 동생의 안색을 살피며 말했다.

"뭐, 이제는 제국의 모두가 알고 있는 이야기니까 말이다. 황자 전하께서 움직인 걸 보면 알지 않느냐? 곧 아주 많은 이들이 피어클리벤에 들이닥칠 것이다. 한낱 남작령에 말이지!"

"참, 이제는 백작령이 되었어요."

유레가 말하자, 비드리는 깜짝 놀란 표정을 짓더니 이내 수긍하듯 고개를 끄덕이며 중얼거렸다.

"그렇지……, 당연하지. 그렇게 되었군. 그렇다면 거기서 그치지도 않을 게야."

"그래요. 남작, 아니……, 백작님은 이후 중앙에 불려갈 거래요."

"그럼 피어클리벤은 누가 상속하지?"

"그야 물론 아룬드지요."

"아깝구나⋯⋯."

비드리는 탄식하듯 말하고는 차를 들이켰다. 유레는 뚱한 얼굴로 묻는다.

"뭐가 아깝습니까?"

"열세 아이 중 여덟이 네 배로 나왔다! 그럼 뭐 하느냐? 상속자가 네 배에서 나오지 않은걸."

"어쩔 수가 없잖습니까?"

"아스미르가 너만큼만 참을성이 있었어도⋯⋯."

비드리가 다시금 아쉽다는 듯 입맛을 다시며 그렇게 말하자, 유레는 본격적으로 언짢은 얼굴을 했다. 그들이 말한 아스미르는 아룬드의 한 살 아래, 그러니까 유레의 배로 나온 두 번째이자 피어클리벤의 아이들 가운데 넷째인 아들을 말한다. 대대로 아들이 가문을 물려받는 피어클리벤의 전통에 따라, 아스미르가 그러길 원했다면 눌러앉아 오늘날 아룬드와 자리를 경쟁할 수도 있었다. 하지만 그는 권위보다 책무만이 막강한 개척 영지의 남작이 되고 싶어 하지 않았고, 결국 집을 떠나 황성에 자리 잡았다.

"생긴 것만 너를 빼다 박았지, 성정은 아니었나."

"이제 와서 어쩔 수 없는 일을 너무 되새기지 마시지요."

유레 또한 애써 생각하지 않으려던 아쉬움이다. 아스미르가 남았더라면, 아룬드가 아닌 그가 용이 수호하는 피어클리벤의 새로운 자작이 되었을 수도 있다. 팔이 안으로 굽어서만이 아니라, 아스미르는 그저 성실하기만 한 아룬드와 비교할 수 없을 만큼 비상하고 야심 찬 데가 있었다. 외려 그랬기에 한낱 남작의 자리에 만족하지 못하고 떠난 것이다.

생각할수록 입이 쓴 이야기지만 그렇기에 오히려 반추하지 않아 온 유레였다. 그가 화제를 전환하듯 입을 연다.

"하지만 큰 오라버니, 발프리드가 이제 마법사의 제자가 되었습니다."

"뭐야?"

비드리가 놀란 가운데, 유레는 자랑하듯 어린 아들에 관한 이야기를 늘어놓았다. 용이 그 재능을 알아본 데서부터, 시그리드라는 괴팍한 여 마법사의 제자가 되기까지의 이야기였다. 턱을 긁듯이 만지며 듣고 있던 비드리의 눈이 점점 빛났고, 이야기가 끝나자 그가 말했다.

"그래! 마법사가 되기란 기약 없는 세월이지만 되기만 한다면야, 그만한 경사가 또 없겠지. 부디 그 스승이란 인물이 못된 바람을 불어넣어 모험가 따위로 전락하지 않게 다잡아야 할 거다."

그러자 유레의 얼굴이 대번에 안 좋아졌다. 일전 시그리드와 벌어졌던 기 싸움에서 패배한 기억 때문이었다. 그 괴팍하기 이를 데 없는 여자만 생각하면, 아무리 상상해도 유레가 발프리드의 미래에 제대로 관여할 틈이 없어 보이는 것이다. 유레가 이렇게 속으로 우울해하는 것도 모른 채, 비드리는 기쁜 듯 말을 이었다.

"그래, 네가 변경의 남작가에 셋째 부인으로 들어가서 참은 세월이 그 얼마냐? 이제야 그 보답을 받을 때가 온 것이지! 하지만 이대로 두고만 봐서는 안 된다. 참기만 하는 것도 때를 봐서 그만둘 줄 알아야 해. 어떠냐? 나는 바로 지금이 그때라고 생각한단다."

"……뭘 어쩌란 말씀이세요?"

유레가 갸웃하며 물었다. 비드리의 입꼬리가 올라갔다.

제국의 지붕, 뉘른스에크에 비상이 걸렸다. 초병은 북부의 하늘 너머 꿈틀거리는 눈구름들이 결코 평이한 기상 현상이 아님을 꿰뚫어 보았고, 앞서 서너 차례 벌어진 교전 기록으로부터 비롯한 지식에 의해 그것이 북부의 이민족, 흐리늅의 겨울 마녀들이 사용하는 술법의 일종이라 판단했다. 그리고 그의 판단은 옳았다.

"요사하기 짝이 없군."

초병의 나팔 소리에 가장 먼저 반응하여 파수대로 뛰어 올라온, 뉘른스에크의 기사 트룬드가 북녘 하늘을 찌푸린 눈으로 바라보다 중얼거렸다. 그를 포함해, 뉘른스에크의 일곱 기사 가운데 다섯이 이곳에 올라와 있었다. 헨릭은 피어클리벤 부대를 돕기 위해 나가 있고, 다른 하나는 별도의 임무 차 파견 중이다.

나머지는 다들 노아크의 승작식에 임해 채비하다가 달려온지라 평소보다 번쩍거리는 무구와 예식용 휘장을 걸친 모양새가 일견 요란했다. 하지만 지금 그런 것을 따질 때가 아니다.

"이제 드디어 본격적이려나? 본성에 이리 가깝게 나타난 적은 없는데."

기사 그리그가 성가퀴 너머로 침을 탁 뱉더니 중얼거린다. 그의 말대로, 올겨울 들어 외각 순찰대들에 의해 저들의 준동과 집결이 보고된 이후 벌어진 대여섯 차례의 접전은 모두 영지의 경계에서 이루어졌다. 그 가운데는 마치 맹수들에게 초식동물들이 쫓기듯, 북쪽으로부터 내려와 뉘른스에크를 가로지른 일단의 고블린 무리도 있었다. 고블린들은 인간의 영지에 위해를 가하려는 의사가 전혀 없어 보였지만 그렇다고 그 대규모 무리가 영지를 가로질러가도록 뻔히 구경하며 내버려 둘 수도 없는 일이었기에, 뉘른스에크의 기사들은 마지못해 병사들을 추슬러 그들을 뒤쫓았고, 상당한 수의 고블린을 베어야 했다.

하지만 강대한 적에 맞선, 마땅하고도 불리한 응전이야말로 북부인들이 생각하는 숭무의 정의인바, 기껏해야 최소한의 자위와 도피에 그치던 고블린 무리, 특히 암컷들과 새끼들을 감싸기 위해 나서던 그들과 교전한 것은 뒷맛이 더러운 일전이었다. 남쪽의 속령 피어클리벤에 피해를 주지 않기 위해 어쩔 수 없는 일이었다고는 하나, 엄정한 기사도의 교전교리에서 이는 배척받는 폭력에 해당한다. 그랬기에 뉘른스에크의 기사들은 그러한 불필요한 폭력을 야기 시킨 모든 원흉, 바로 저 요사한 흐리눌들의 무리를 증오하고 있었다.

"비키시오! 비키시오! 본좌도 구경 좀 하겠소!"

갑자기 기사들의 틈바구니를 요란스레 헤치며 누군가 난입한다. 그러자 기사들은 마치 살쾡이를 본 기러기 새끼 떼처럼 좌우로 쩍 갈라지며 이 인물에 대한 평소의 감정을 표현한다. 그러나 이 명백한 질색함을 전혀 눈치채지 못하는지, 나타난 중년의 사내는 입을 헤벌린 채 성가퀴 너머의 눈 덮인 북쪽 평야를 바라본다. 그 경박한 옆얼굴을 흘겨보던 그리그가 내뱉듯 물었다.

"기주르 경의 연구실에서도 충분히 내다보이는 광경이 아닙니까? 뭐하러 파수대까지 올라오셨습니까?"

"내 방 창문이 더러운걸!"

자신을 보지도 않고 지평선 너머 꿈틀대는 구름만 응시하며 대꾸하는 그 사내에게, 그리그는 미간을 살짝 모으더니 마치 이빨에 뭐가 끼기라도 했다는 양 하관을 거창하게 꿈틀거리더니 또 성가퀴 너머로 침을 뱉었다. 어째 이번에는 좀 더 걸직하다.

"하! 그래, 저렇다는 말이지? 어찌 응전하실 계획이시오들?"

관찰이 끝난 것일까? 사내는 돌아서더니 기사들에게 물었다. 트룬드와 그리그를 포함, 다섯 기사는 묵묵히 그를 쏘아보았다. 뉘른스에크의 현 마법 고문, 나글핀넬 기주르는 그 시선에 섞인 못마땅함을 전혀 인식하지 못하는 모양이었다. 기어이 한숨을 섞으며, 트룬드가 말했다.

"용병단 둘이 일단 전위대입니다. 하지만, 아직 적들의 병력 파악도 끝나지 않았고……."

"끝났소! 흐리뉼이 오천에 서리심의 무녀가 둘이오. 문제는 마수 떼로군."

"마수 떼요?"

경박한 데다 어딘지 살짝 미친 것 같은 인물이지만 그래도 마법사는 마법사인 것일까, 구태여 올라와 설친 이유가 영 없지는 않은가보다. 그는 천 리의 주시를 통해 세빙으로 가려진 시계를 뚫고 적들의 수효를 파악한 직후였다. 죽은 전임 마법 고문의 제자였던 까닭에 몇 해 전부터 뉘른스에크의 새로운 마법 고문이 된 나글핀델이지만 존경받는 마법사였던 스승과 달리 뉘른스에크의 문무 가신들로부터 일찌감치 기인으로 낙인 찍혀온 그였다. 그런 그가 그래도 이런 순간 제 몫을 해 주니 기사들은 살짝 그를 다시 본다. 질문을 받은 나글핀델은 말했다.

"그렇소! 야만족 본대는 아마 문제가 아니겠지만, 서리심이 만드는 눈 폭풍과 그가 다스리는 마수 떼들이 성가시오! 수효는 좀 더 가까워져야 파악되겠는데, 일단 눈트롤과 와이번이 있소. 거기다 공성귀도 좀 섞여 있는 듯한데."

"이런, 미친."

그리그가 반사적으로 욕설을 내뱉더니 나글핀델을 무시하고 홍벽 바깥을 다시 노려보았다. 그러자 기사들 모두의 표정이 딱딱해졌다. 트룬드가 마법사에게 묻는다.

"좀 더 정확한 파악이 필요합니다."

"글쎄, 조감술은 내 전문이 아니오. 아시지 않소? 이런 데서 마법사 노릇을 하려면, 닦는 기술이란 게 뭐 다 그런 것이지. 실전에서는 훈기의 방패도 기대하지 마시오."

나글핀델이 오히려 불평하듯 이렇게 말한다. 그러자 '이런데'의 기사들 얼굴이 사나워졌다. 하지만 나글핀델의 토로에는 어느 정도 일리가 있었다. 북방 야만족들과 마수 떼들을 상대하는 데 그 온 역량을 수 세대째 집중시켜온 백작령이다. 마법 고문은 문관보다 무관에 가까웠고, 후방 보조나 민생에 관한 술기들은 거의 요구되지 않는 것이다. 언제나 철저하게 전투에 있어서 요긴한 실전적 마법들만이 선호되었으며, 그러한 기질의 마법사들이 뉘른스에크의 마법 고문으로서 봉직해왔다. 스승을 좇아 배워온 나글핀델 역시 그러했다. 그는 파괴와 전투의 마법사였고, 그것도 대규모 회전과 전면전에 적합한 방식의 주문들만을 연구해왔다. 이런 마법사들은 비록 그 위력은 대단할지언정 전장을 떠나면 도무지 쓸모가 없는 마법사들이며, 심지어 모험가로서도 전혀 환영받지 못한다. 때문에 백작가의 위명 어린 마법 고문이건만, 나글핀델의 넋두리 같은 불평은 마법사로서 충분히 할 수 있는 성격의 것이었다. 그는 시그리드와는 확실하게 그 유파가 달랐다.

하지만 지극히 개인적인 불평일 뿐이며, 임전을 두고 적당한 이야기도 아니다. 그렇게 여긴 트룬드가 무시하며 말했다.

"저들의 접근을 허용합니까? 아니면 선제공격합니까?"

"쟤들이 본좌가 있는 걸 알까?"

마법사의 뜬금없는 되물음이다. 도대체 무슨 대답을 기대하는 거야? 게다가 툭하면 스스로를 본좌라 올려 말하는 저 화법은 들을 때마다 패주고 싶은 욕구 외에는 아무것도 초래하지 않는다. 그래도 예의 바른 트룬드는 난처해하다 그리그를 보았다. 하지만 그리그는 왠지 눈을 감고 내면의 평화를 좇는 모양새로 서 있었다. 아, 어울리고 싶다.

"우리는 기다리면 저쪽 병력을 파악할 수 있지만, 저쪽은 불가능하죠. 조금 더 기다리는 게 맞지 않을까요? 우리도 예측하기 힘든 만큼 저쪽도 섣불리 공성을 시도하진 않을 겁니다."

기사들 가운데 가장 젊은 레긴드가 말했다. 듣고 있던 트룬드가 다시 나글핀넬에게 묻는다.

"서리심의 무녀란 건 마법사입니까?"

"뭐? 아니오. 하! 비슷하지도 않소! 그건 그냥 겨울을 다스리고 마수 떼를 현혹하는 마녀들이지. 생리적으로 따지자면 반신이긴 하지만, 그보다는 차라리 저주받은 인형에 가깝소! 빙하의 눈물이오!"

트룬드는 멍한 얼굴로 그 설명을 되씹었지만 무슨 말인지 알아듣지 못하고 다시 묻고 만다.

"……그러니까, 서리심의 무녀가 쓸 수 있는 힘이 뭐냐는 질문입니다. 상대한 적이 있으십니까?"

"없소! 경은 무슨 소릴 하시오? 우린 줄곧 한 지붕 아래서 살아오지 않았던가? 서리심에 관한 이야기는 구전뿐이고, 그나마도 오늘날에는 뉘른스에크에서나 전해지는 이야기지! 스승님조차 대한 경험이 없으셨소. 이 제국에, 서리심을 상대해본 마법사 같은 건 여태 없단 말이오! 저게 뭔지 알고 있는 거 자체만으로도 난 칭찬받아야 해!"

왜 저런 결론으로 가는 거야? 둘러서 있던 기사들의 면면에 어이없음이 한결같다. 그 바람에 여태 곁에서 외면한 채 눈을 감고 있던 그리그는 끝내 내면의 평화를 만나지 못한 모양이다. 그는 주먹을 부르르 떨더니 하늘만 올려다보았다. 그런 그가 말했다.

"여기까지 흐려지는군. 곧 폭설이 오겠어."

그러자 모두가 동시에 하늘을 올려다본다. 트룬드가 코를 킁킁대더니 말했다.

"그렇군. 악천후와도 싸워야 하는가. 골치 아프군."

그때였다. 파수대로 올라오는 입구 쪽 계단이 소란스러워지더니 한 무리의 사람들이 나타났다. 라프시르그 황자와 발리위그 드레스바르프 후작, 아울러 변경백과 노아크, 그리고 그들의 호위대였다. 뉘른스에크의 기사들은 물러나 예를 올린다.

"상황은 어떠한가?"

황자가 북쪽 하늘을 보며 근심스레 묻는다. 나글핀델이 먼저 나서서 헛소리를 할까 질겁한 트룬드가 재빨리 선수를 쳐 파악한 정황을 보고했다. 라프시르그는 고개를 끄덕였고, 그러자 갑자기 발리위그 후작이 입을 열었다.

"서리심이라. 흥미롭군."

모두의 이목이 그에게 쏠렸다. 황자는 쓰게 웃더니 말했다.

"설마하니, 맞서볼 생각이오?"

"전하께서 허락하신다면, 그 진면목을 이끌어 내보고 싶군요."

"폐하께 꾸지람을 듣고 만다. 나를 봐서라도 참아주시게."

황자는 이렇게 완곡히 거절했으나, 후작의 형형한 눈길은 거침없이 흉벽 너머의 평야를 쏘아보았다. 듣고 있던 노아크의 얼굴에 의아함이 감돌았고, 반면에 나글핀델은 불쾌한 낯이 되었다. 갑자기 그가 말한다.

"서리심은 보통 마법사가 상대하기 어려운 존재입니다! 본좌조차……."

"나는 보통 마법사가 아니라고 생각하네만."

후작의 말이 떨어지자 나글핀델은 입을 다물었다. 노아크는 그제야 놀란 얼굴로 발리위그를 본다. 어제 다과회의 자리에서 궁색한 모양새의 아룬드까지 껴 꽤 많은 이야기를 나누었지만, 후작 본인이 마법사라는 이야기는 전혀 하지 않았다. 지방 귀족들은 생각하기 어려운 일이었지만, 중앙 귀족들은 후작처럼 그 스스로가 마법사인 경우도 적지 않다 들었다. 발리위그 또한 바로 그러한 경우겠다.

"하지만 그 말이 옳겠지. 더구나 머무는 손님이니 경의 의견을 따르겠네. 다만 힘에 부치거들랑 사양 않고 내게 말하게. 한 수 거들어주지."

발리위그는 이렇게, 스스로의 위신을 세움과 동시에 영주의 마법 고문을 존중하며, 황자의 명을 받아들였다. 그 태도가 가진 기백은 단순한 오만을 뛰어넘는 어떤 것이 있었고, 영 눈치라곤 어릴 때 빠진 젖니와 함께 갖다버린 나글핀델조차 그 기세에 눌린다. 황자가 쓴웃음을 지으며 나섰다.

"자, 능력 있는 권신들과 함께해서 내가 아주 기쁘오. 나와 드레스바르프 경은 어디까지나 참관차 머무는 것이니 군사 회의는 변경백의 주재로 하시게."

그러자 다시 후작이 한마디 거들었다.

"기주르 경, 내가 황실 서고에서 가져온 서리심 관련 문헌이 있소. 그걸 참고하시게. 그리고 피어클리벤 백작."

"예?"

갑자기 불린 노아크가 놀라 대답했다. 이에 후작이 웃더니 말한다.

"어제 들은 경의 이야기가 마침 생각나는 날이 아니오? 그러니 필히, 피어클리벤의 천년 묵은 서리심에 관한 이야기를 기주르 경에게도 들려주는 게 좋겠소. 그의 식견이 넓어지게 말이오."

모두의 의아한 얼굴이 쏠린 가운데, 노아크는 살짝 난처한 얼굴을 했다. 가능한 한 최소한의 이야기만을 하고 눙치려 했던 자리였으나, 발리위그 후작의 언변은 정교하고도 능란하게 그가 원하는 정보를 얻어내고야 말았다. 그나마 나이에 부끄럽지 않을 만큼의 노회함을 갖춘 노아크에 대한 공략이 어렵다고 느껴지자마자, 후작은 그 공세의 창끝을 바로 아룬드에게 돌려버렸다. 결국 아룬드는 자기가 무슨 말을 하는지도 모르는 채 용과 고블린, 서리심에 관한 이야기까지 주워섬기고 말았다. 주의를 환기 시키기 위해 끊임없이 튀어나오던 노아크의 헛기침이 진짜 기침으로 변할 무렵, 난데없이 닐스그림이 난입해 아룬드의 팔을 엮고 나가버리지 않았더라면 아룬드는 독사 앞의 개구리인 양 끝없이 지껄였을 것이다. 그때는 그가 마법사란 걸 몰랐으니, 이제 와 생각해 보건대 그 화술 자체가 일종의 마법이 아니었을까? 노아크는 지극한 낭패감을 느꼈다.

"그게……, 도움이 되겠습니까?"

노아크가 간청하듯 묻자, 발리위그 드레스바르프 후작은 눈을 휘둥그레 뜨고 있는 나글핀넬을 보며 비웃듯 말했다.

"싸움엔 실로 여러 방법이 있지 않겠소? 맹위만이 능사가 아니오."

마치 그 말이 어떤 예고처럼 들리는 노아크였다.

닷새였다. 무려 닷새란 말이다! 세 번째 연임에 성공한, 자유도시 아우셀바프의 이번 임기 시장이자, 상공회의소장인 에밀 하그라프닐은 그렇게 속으로 부르짖었다. 피어클리벤의 성문 밖, 노숙에 가까운 형태로 막연하게 기다린 지가 벌써 닷새였다. 물론 예방단은 아우셀바프에서 피어클리벤에 이르는 이틀짜리 여정에 대비해 노숙의 준비를 해오긴 했고, 거기다 애초에 쉰에 이르는 대인원이었던 만큼 그들 모두가 지붕이 있는 곳에서 잘 수 있으리라 기대한 것은 아니었다. 비록 예방단의 대표들, 그러니까 시장인 그를 포함해 학술조합, 자유모험가 연맹 조합, 수운 조합, 직공 조합 연맹, 그리고 다섯의 대 상회 대표들은 성 안의 방문객 공관에 머물 수 있게끔 조처되었지만, 협소하기 그지없는 피어클리벤의 공관은 그들의 눈에 여행용 천막의 시설과 하등 다를 것도 없었기에 고사했다.

"젠장, 드디어 행차신가?"

사실 이런 불편이 그를 불만스럽게 한 것은 아니었다. 문제는 뻔히 그들을 맞이할 수 있는 권한과 책임이 있는, 아셰리드 영주 권한대행이나 마법 고문, 그리고 문관이 그들의 접견을 거절해온 것이다. 이제 겨우 열일곱에 불과하다는 영주의 여덟째 딸을 기다리며, 자유도시의 한다 하는 거부들이 닷새간 발이 묶여 있었다. 이 사실에 분통이 터지지 않으면 오히려 이상한 일이 아니겠는가. 그랬기에 성하촌의 동쪽에서 울리케의 것으로 보이는 행렬이 나타났음을 알리는 비서의 말이 전해지자,

에밀은 자연스럽게 위와 같이 투덜거리며 숯불로 훈훈한 천막 안의 공기를 뒤로하고 밖으로 나섰다. 정오 무렵부터 흩날리던 눈발을 피해 야영장 곳곳에 쳐진 크고 화려한 천막 안에 흩어져 숨어있던 다른 여러 대표도 머릴 내미는 게 보인다.

"저게 뭐야?"

그들 중 한 사람이 놀란 목소리를 낸다. 에밀의 눈가에도 힘이 들어간다. 성하촌에 들어서는 일단의 행렬은 그들이 예상한 규모와 편성이 아니었다. 울리케가 타고 있는 것으로 짐작되는 피어클리벤의 마차를 선두로, 말에 탄 모험가 셋과 피어클리벤의 기사 하나가 향사로 보이는 소년과 함께 그를 호위하고 있었다. 여기까지는 예방단도 상상할 수 있는 모양새다. 문제는 그 뒤, 포승줄에 묶인 일곱 명의 용병과 그들을 앞세운 채 걷고 있는 백여 마리의 고블린들이었다.

"구드위르! 저게 뭔가!"

에밀은 다급하게 까마귀 금고 용병단의 부단장을 부른다. 안 그래도 부하들과 함께 진작부터 다가오는 행렬을 보고 놀란 얼굴을 하고 있던 그가 답했다.

"고블린이군요."

"아니, 누가 그걸 몰라 물어?"

그럼 그 이상 뭘 대답하란 말인가? 구드위르 또한 이 사태가 이해 안 되기는 마찬가지다. 서서히 다가오는 울리케의 행렬 중간에 서서 말도 빼앗긴 채, 여태 걸어온 듯한 용병들의 행색은 말이 아니었다. 완전한 무장해제에 헝클어진 머리, 지친 듯 질질 끌리는 걸음이 뚜렷하다. 구드위르의 안면이 실룩거렸고, 그와 마찬가지로 의아하면서도 한편 화난 부하들과 함께 행렬 쪽으로 다가갔다.

"잠시, 죄송합니다만! 이게 어찌 된 영문입니까?"

구드위르는 감히 마차를 막아선 채 소리 질렀다. 그러자 모험가 셋이 말을 재촉해 그의 앞으로 달려왔고, 마부석에 앉아있던 류프리그데가 난처한 얼굴로 뒤를 돌아보았다. 마차 포장막이 걷히며 울리케의 굳은 얼굴이 나타나더니 구드위르를 향해 짧게 물었다.

"누구냐?"

"아우셸바프 대표단 행렬의 호위를 맡은 까마귀 금고 용병단의 부단장, 구드위르 브루니입니다. 저희 단원들이 왜 저런 꼴을 하고 있습니까?"

구드위르는 이렇게 거친 목소리로 질문하며, 마차 뒤에 선 자신의 부하들을 흘겨보았다. 그 가운데 크누드의 피로한 얼굴만이 이상스러울 정도로 뚜렷하게 보인다. 뭔가 자신을 쳐다보며 소란을 피울 법도 하건만, 체념한 듯한 표정으로 외면하고 선 것이 보이자마자 구드위르는 가슴이 철렁 내려앉는다.

"그럼 브루니 경이 이 무리의 책임자인가요?"

울리케가 묻자, 질문의 대답이 아님에 한결 더 기분이 상한 구드위르가 대꾸했다.

"그렇습니다."

"그렇군요. 잘 들으시지요. 경의 부하들 가운데 역당의 무리와 내통한 자들이 있다는 정황을 포착하였습니다. 이에 나는 행정관의 직무에 따르는 권리로써 저들을 체포하였습니다. 경과, 나머지 대원들에 대한 조사도 따를 것이니 부디 협조하시지요."

"이게 대체 무슨 말씀이오!"

구드위르가 분기탱천해 소리 지르며 한발 다가서자, 말에 탄 채 그를 보고 있던 모험가 셋이 동시에 무기를 뽑아 든다. 그러자 뒤이어 그들 뒤에서 기사 에길이 말을 몰고 나타나 소리쳤다.

"피어클리벤의 영내에서 검을 뽑지 마시오!"

단지 거기까지였다면 뼛속까지 무골인 구드위르의 기세가 꺾였을 리 없다. 하지만 그런 그조차, 기사 에길의 뒤에서 터덜터덜 다가오는 거대한 늑대와 그 위에 탄 고블린 아우케트에게는 흠칫 물러서지 않을 수 없었다. 어느새, 구드위르와 그 뒤에 선 용병단 전원의 손이 칼자루에 올라가 있었다.

"손을 떼시지요, 부단장. 저항은 무익합니다."

울리케가 말했다. 그리고 그의 말이 옳았다. 고블린 늑대 기수가 열에, 그들이 이끄는 백여 마리의 고블린 병사들은 창병대와 궁병대로 나뉘어 있었다. 구드위르와 나머지 열 명의 용병들로서는 어찌해볼 도리가 전무하다. 자신의 부하들에게 내려진 혐의가 얼마나 억울하든, 그로서는 일단 수긍할 도리밖에 없는 것이다. 부단장은 잔뜩 찌푸린 얼굴로 어깨를 늘어뜨리고 말했다.

"크누드와 이야기하게 해 주시오."

"아직은 불가합니다. 하지만 오래 기다릴 필요는 없을 것입니다."

울리케가 말했다. 이어서 기사 에길은 이 소란 통을 목격하고 놀라 달려 나온 피어클리벤의 병사들에게 다가가 짤막한 지시를 내렸고, 포박된 크누드와 용병들이 병사들과 에길에게 인솔되어 성문 안으로 사라졌다. 그 뒷모습을 보고 있던 울리케가 다시 구드위르에게 말했다.

"무장을 해제하시지요. 안 그러면 저들처럼 체포할 도리밖에 없습니다."

"대체 무슨 일입니까? 이건 너무한 폭거가 아닙니까!"

"폭거라고요?"

울리케가 오히려 영문을 모르겠다는 표정을 지어 보이더니, 이내 노한 표정으로 외쳤다.

"무슨 일인가는 오히려 내가 묻고 싶은 것입니다! 이제부터 그걸 알아볼 참이니, 부단장께서 궁금하시거들랑 조사에 협조하시는 것이 어떠십니까? 반역의 그림자는 그 조그만 조짐이라도 의심되는 한, 피어클리벤에게 무한한 무력행사의 권도를 쥐여줍니다! 그것이 제국에 복속된 가문의 의무랍니다! 나는 피와 명을 보는 게 참으로 질색이니 알아서 처신하시오!"

구드위르는 할 말을 잃고 울리케를 쳐다보며 입을 떡 벌렸다. 아무리 시시한 귀족이라도 귀족이 무서운 것이 바로 이런 지점이다. 적어도 귀족은 그들 영내에서 무소불위의 권력을 가지며, 제국의 통치기반에 의지한 보이지 않는 힘을 동시에 갖고 있다. 자유도시의 거상들이 그깟 농촌이라고 아무리 무시한들, 평화로울 때나 가능한 이야기지 이렇게 '반역'이라는 단어가 저울에 올라가는 순간 귀족들은 완전히 다른 성역에 속한 존재가 된다. 게다가, 설령 울리케가 겨우 대여섯의 호위병력만을 가지고 있었어도 앞서 한 호령은 충분한 두려운 것이 될 수 있거늘, 지금 그의 뒤에는 백이라는 숫자의 고블린 부대가 버티고 선 것이다. 구드위르는 연신 못 믿겠다는 표정으로 그 시커먼 군대와 울리케를 번갈아 바라보다, 마침내 자신의 처지를 받아들였다.

"좋습니다. 다만 자비를 구합니다."

"부단장이 내게 구할 것은 자비가 아니라 현철함입니다."

울리케가 그렇게 말했고, 이어서 구드위르를 비롯한 용병들의 무구가 차례로 땅바닥에 떨궈졌다. 멀리서 서성이며 이 광경을 지켜보고 있던 에밀 하그라프닐이 당황하여 달려오더니 그에게 외쳤다.

"무슨 일인가! 뭐 하는 게야?"

그는 사실 진작부터 다가오고 싶었지만 고블린 백 마리라는,

이 기겁할 만큼 낯선 호위가 붙은 일행에 접근하는 게 꺼려져 발만 동동 구르고 있었던 참이다. 그러나 대표단의 호위대가 무장해제하는 광경을 보자 마침내 더 참을 수가 없어 용기를 쥐어 짜낸 것이다. 낯선 그의 난입에 울리케는 궁금한 표정을 지었고, 구드위르는 한숨을 내쉬더니 대신 그를 소개해 올린다.

"이번 예방단의 대표이신 에밀 하그라프닐 시장님입니다."

"아, 그리고 또한 아우셀바프 상공회의소의 장도 역임하고 있습지요. 대관절, 이게 무슨 일들입니까?"

울리케는 그가 기어이 자신의 직함을 추가해 소개하는 꼴을 보더니 살짝 쓴웃음을 지었다. 모두의 눈이 울리케의 입만 쳐다보는 가운데, 한동안 침묵하던 그가 말했다.

"피어클리벤의 진흥행정관이자 고블린 대사인 울리케 피어클리벤입니다. 아우셀바프의 시장님, 그간 기다리시게 해서 송구하군요. 나눌 이야기가 많습니다만, 우선은 황제 폐하의 특허를 받은 자유도시의 시장으로서 아우셀바프가 방첩을 위한 어떤 활동과 체계를 가졌는지 들려주셨으면 합니다. 저는 우선 안으로 들어가 맞이할 자리를 준비할 테니, 그사이 회담에 참석할 인원을 꾸려주십시오. 다만 브루니 경과 나머지 용병단원들은 잠시 격리, 구류 조치합니다. 양해바랍니다."

그렇게만 말한 울리케는 에밀의 말을 기다리지도 않고 마차 안으로 들어가 버렸다. 행렬이 다시 움직였고, 구드위르와 용병들이 미적미적 그 뒤를 따랐다. 황망한 표정의 자유도시 시장만을 뒤에 남겨둔 채.

아우케트와 더불어 자신의 부대를 끌고 온 다른 한 고블린
은 의외롭게도 아난가크였다. 시우부름의 고블린들에게 합류
한 직후인지라 요새에 남아 자신의 식구들을 건사해야 마땅하
였겠지만, 아우케트는 그가 이번 호송에 따라붙어 피어클리벤
을 방문해 두는 게 좋겠다고 권했다. 고민하던 아난가크 역시
인간—고블린 동맹이라는 이 드문 경우에 임해, 자신이 여러
가지를 봐두고 생각할 필요가 있겠다고 마침내 수긍했다. 어쩔
수 없이 도망쳐 도달한 장소가 상상도 못 한 사정들로 얽혀있
다. 앞으로 자신들의 형편과 운신에 지대한 영향을 끼칠 이 내
용들을, 아난가크는 이해할 필요가 있는 것이다. 그는 인간들의
냄새가 진득한 성 안에 들어서자 절로 긴장하여 까칠해진 자
신의 숲흑늑대 에즈를 달래가며 어려운 걸음을 옮겼다. 그것은
그의 뒤를 따르는 십장들과 병사들도 별로 다르지 않겠다.

"여기 자주 왔는가?"

"아니다. 이번이 두 번째 방문이다."

피어클리벤 성 안, 연병장을 둘러보던 아난가크가 묻자 아우
케트가 대답했다. 그의 말대로 그가 피어클리벤에 왔던 것은
한 달 정도 전이었다. 그간 여러 가지 일들을 위해 움직이느라
눈코 뜰 새가 없었다. 대답을 들은 아난가크는 불안한 표정을
짙게 하며 계속해서 좌우를 살폈다. 아우케트가 다시 말했다.

"불안해하지 마라. 그럴 이유가 없다."

"······인간의 성 안이다."

"울리케와 저들은 우리 요새에서 밥을 먹고 잠을 잤다. 그 기백에 뒤질 셈인가?"

아우케트의 말은 대번에 놀라운 효과를 보였다. 늑대에 타고 있던 아난가크의 등이 똑바로 펴졌고, 근처에서 아우케트의 말을 들은 다른 십장들도 그와 같았다. 아우케트가 웃으며 말했다.

"하지만 용을 보았을 때 좀 떠는 것은 이해하겠다."

"······정말이지, 용이라니. 아직도 믿을 수가 없군."

아우케트는 말없이 고개를 끄덕인다. 그도 직접 보지 않았다면 절대 믿지 못했으리라 여기기 때문이다. 문득 요새의 파수탑 앞 벌판에서 처음 보았던 빌러디저드의 위용이 떠올랐다. 그건 참 굉장한 연출이었다.

고블린들이 이렇게 어색함을 물리치고 연병장의 한가운데에 도열했을 무렵, 이 낯선 손님들의 등장 소식을 들은 아셰리드와 시그리드, 에이드리크가 본관 정문으로부터 나타났다. 뿐만 아니라 그 곁에는 고블린 부대를 보고 얼굴이 하얗게 된 마법사 케틸도 있었다. 문관 에이드리크가 용병들을 구금하고 나타난 에길과 토날드를 발견하고 말했다.

"하우스케트 경! 울리케 아가씨는?"

"집무실에 계십니다."

에길이 피곤한 얼굴로 대답했다. 그의 말대로, 울리케는 마차에서 내린 직후 곧장 자신의 공관 집무실로 향했다. 그리고 그곳에서 오래 집을 떠나있던 둘째 언니와 뜻밖의 해후를 했음은 물론이다.

"······언니?"

"울리케!"

오늘도 로릭스데와 하릴없이 책만 보던 에인달케가 일어나며 반가이 외쳤다. 그래도 마차를 타고 온지라 그다지 여독이랄 건 없던 울리케가 에인달케의 상냥하지만 우악스러운 포옹을 맞이한다. 허리가 접히지 않도록 주의하면서.

"이쪽······, 분은?"

로릭스데를 발견한 울리케가 묻는다. 로릭스데는 보던 책을 얌전히 덮고 일어나 인사하였다.

"라핀다시르 가의 장남, 로릭스데가 아가씨를 뵙습니다."

공작가의 이름을 들은 울리케의 표정이 살짝 굳어졌다. 울리케 또한 황실에 용이 없다는 것을 알고 있는바, 제국의 유일한 용을 가진 가문의 장자와 이리 뜻밖에 마주치는 데 따른 경계와 놀라움이겠다. 그러거나 말거나, 유일하게 취미를 공유했던 자매와의 재회에 기뻐하는 에인달케의 두서없는 수다가 행정관 집무실을 가득 채운다. 복잡한 머릿속을 한쪽에 미뤄두고 그래도 정다운 그 이야기들에 변죽을 맞춰주는 울리케였다. 자신을 소개한 직후 꿔다놓은 보릿자루처럼 밀려나 자매의 대화에 소외되어 있던 로릭스데는 마침내 그의 안색을 곁눈질하던 울리케에 의해 다음과 같이 구원되었다.

"라핀다시르 경께서는 어쩐 일로 오셨습니까?"

사실 이미 시그리드는 시야프리테에게 성 안에 도착한 대표단과 그에 수반된 인물들의 면면에 대해 어느 정도 언질을 주었다. 문제는 시야프리테가 그 언질들을 혼자서만 아주 단단히 잘 기억한 뒤, 울리케에게 전하는 걸 홀랑 잊어버렸다는 점이다. 그래서 울리케는 로릭스데나 케틸, 에인달케의 도착에 대해 일절 아는 바가 없었다. 기회를 잡은 로릭스데는 조심스럽게 방문 목적을 전했고, 아이비레인이 빌러디저드와 만나고 싶어 한다는 이 뜻밖의 내용에 울리케는 조금 놀랐다. 아우셸바프의 문제만 해도 골치 아파 죽겠건만, 엮어 생각할 문제가 하나 더 늘어났다. 울리케는 한숨을 내쉬며 조금만 쉬었으면 좋겠다는 생각을 했다. 하지만, 형편이 도무지 그것을 허락하지 않는다.

"용! 빌! ……빌러디저드 님이 와요!"

예고 없이 공관의 문이 열어젖혀지더니 들이닥친 시야프리테가 외쳤다. 직후에 소녀는 에인달케와 로릭스데를 발견하고 아연한 표정을 지었다. 울리케는 시야프리테와 똑같은 표정을 짓고 있는 둘에게 한숨을 섞어 이렇게 말했다.

"자, 두 분은 자리를 좀 내어주시겠습니까? 나가서 용 구경이라도 하세요. 저는 조금 쉬다가 나가보겠습니다. ……시야프리테."

"네, 아가씨."

"빌러디저드 님에게 내가 나올 때까지 하품이나 하며 기다리시라고 전해."

"그럴게요!"

로릭스데의 눈이 부릅떠진 채 울리케와 류그라 소녀를 오갔다. *아니 지금 용을 기다리게 하겠다는 말이야?* 하지만 울리케는 진심인 듯 집무실 한쪽 가림막 너머에 놓인 침상으로 사라져버렸고 거기에 더해, 커다란 나뭇가지를 든 류그라 소녀는 울리케가 말한 그대로를 토씨 하나 틀리지 않고 용에게 전할 기세였다. 로릭스데가 이 영지간 '문화적 차이'에 대해 경악하고 있을 때, 에인달케는 발을 동동 구르더니 이렇게 소리치며 밖으로 뛰쳐나갔다.

"용이래요! 용!"

제 17장

에인달케의 뒤를 쫓아 나간 로릭스데는 순간 아찔할 정도로 거대한 그림자가 성의 안뜰과 연병장에 스쳐 가는 것을 보았다. 하지만 고개를 들고 이 좀처럼 보기 힘든 그림자의 주인을 열심히 올려다보고 있는 다른 이들과 달리, 로릭스데의 시선은 연병장에 도열한 고블린 부대에게 못 박혀 버렸다. 일전 한 번 있었던 식사 자리에서 시그리드가 허풍처럼 늘어놓았던 이야기 속의 그 고블린들일 것이다. 대적해야 할 마수가 아니라 정말로 우호적인 세력으로서, 저들이 인간의 성 안에 무장을 갖춘 채 모여있는 광경이라니! 어릴 적부터 아이비레인을 보고 자라왔던 로릭스데에게는 용보다 그쪽이 훨씬 신선한 충격을 안기는 구경거리가 된다.

하지만 그렇다고 로릭스데가 이 또 다른 용에 관심 없는 것은 결코 아니었다. 그것은 마땅히 그가 본래 이 영지를 방문한 목적이니까. 그래서 그는 뒤늦게나마 고개를 들어 성의 상공을 활강하는 거체를 보았다. 천천히, 용은 그렇게 모두의 주목을 갈무리하며 성의 연병장에 내려앉았다. 어느새 뛰쳐나간 시야프리테가 마치 착륙할 지점을 안내하듯 류그네라스의 가지를 열심히 휘둘러대고 있던 바로 그 자리 앞이었다. 용의 마법 같은 깨끗한 착륙에 더불어, 내리던 눈발들이 가을 도리깨질에 흩날리는 밀껍질처럼 헤쳐진다. 뒤이어 뭔가 잘못된 게 아닐까 싶을 정도의 정적이 모두에게 육박하였다. 아랑곳하지 않고 이 침묵을 깰 용기를 가진 이는 이 자리에서 딱 한 인물뿐이겠다.

"안녕하세요!"

"길가네스의 가지를 그렇게 휘두르지 말아라. 마치 내가 너의 유도를 받는 것처럼 보인다."

용의 지척에 서 있던 시야프리테가 올려다보며 이렇게 외치자, 용이 내려다보며 그 묵직하고 패기로운 저음으로 말했다. 그러나 류그라 소녀는 잘 모르겠다는 듯 고개를 갸우뚱했고, 잇달아 쏜살같이 달려온 아버지 류프리그데에게 목덜미를 잡히더니 강제로 구겨졌다. 딸을 제압한 류프리그데가 용에게 말한다.

"모쪼록 용서하십시오."

"개의치 않는다. 가지의 활착을 시험할 기회는 아직 없었느냐?"

"없었습니다. 송구합니다."

류프리그데는 이렇게 말하더니 딸을 우악스럽게 끌며 자리에서 물러났다. 이 작고 불필요한 소동은 거기서 끝났고, 피어클리벤 성 안에는 다시 적막이 감돌았다. 하지만 본관 앞에 나와 있던 아셰리드와 시그리드, 그리고 에이드리크가 천천히 그 적막을 헤치고 용에게 다가간다. 연병장에 도열한 고블린들의 시선이 일제히 그들을 따랐고, 방문객 공관 앞의 로릭스데와 에인달케도 그들을 본다. 마구간에 말을 넣은 뒤 공관 쪽으로 다가가던 모험가 셋은 성의 정문에서 창백한 표정으로 기웃거리는 아우셀바프 대표들을 발견하였지만 별다른 조치를 취하지 않았다. 안타깝지만 그들이 주목받기엔, 지금 이 성벽 안의 면면들이 너무나 으리으리하고 몰상식한 탓이다.

"번거로이 해드립니다. 린트부름의 올바른 적생자시여."

물러나는 류그라 가족을 스치며 용의 앞에 도착한 아셰리드가 이렇게 말했다. 대표로서 격식을 갖춘 공식적인 인사겠다. 빌러디저드의 자주색 눈이 그와 시그리드, 그리고 에이드리크를 훑었다. 용의 입이 열린다.

"내가 드리운 그림자에 관한 용무이다. 어찌 청을 물리겠느냐."

하지만 아셰리드는 용의 내방에 관한 어떤 언질도 미리 듣지 못했다. 시그리드와 에이드리크의 표정을 살핀 그가 용에게 묻는다.

"하오시면, 우리의 행정관이 감히 모시고자 청하였습니까?"

"나를 오라 가라 할 이가 달리 있겠느냐?"

"용서하소서. 미리 들었더라면 부엌을 데우라 명했을 것입니다."

"우리가 가장 잘하는 두 번째가 기다리는 것이니라."

그러자 아셰리드는 곧장 그들의 뒤편 멀찍이서 서성이던 겔다에게 손짓하였고, 눈치 빠른 성의 조리장은 냉큼 하녀들을 이끌고 안으로 들어가 버렸다. 울리케가 나타나지 않음에 의아해진 아셰리드가 공관 쪽을 바라보았으나, 눈을 크게 뜨고 있는 에인달케와 로릭스데만이 보일 따름이다. 초조해하는 그의 기색을 읽어낸 것일까, 용이 말했다.

"울리케는 신경 쓰지 말거라."

아득한 위계의 생물이 하는 말이다. 아셰리드는 자신의 두 가신과 시선을 주고받았다. 울리케에 관한 내용은 전적으로 그에게 맡기되, 그들에게는 그들 나름의 할 말이 있겠다. 아셰리드가 조심스레 용에게 물었다.

"울리케가 어디까지 고했나이까?"

"너희의 근심이 깊으리라는 것을 헤아릴 만큼은 된다."

"……헤아리기만 하십니까?"

하도 나긋하게 던져진 나머지, 곁에서 듣고 있던 에이드리크는 아셰리드의 이 물음이 숨기고 있는 가시를 뒤늦게야 눈치채고 핼쑥해졌다. 게다가 얼른 훔쳐본 시그리드의 얼굴조차 궁금하다는 표정으로 용을 올려다보고 있을 따름이다. 문관의 귀밑 머리 한 가닥이 그 순간 비명을 지르며 희게 세었지만, 가엾게 도 이는 문관 그 자신조차 모르는 일이 되었다.

"그러므로 기꺼이 오질 않았겠느냐?"

용은 올려다보는 아셰리드의 눈길을 회피하지 않고 내려다 보며 말을 잇는다.

"하지만 나에게 있어, 내가 가지고 태어난 천부의 존엄과 권 능 이상의 패권을 강요하는 이는 바로 너희다. 그 패권을 차지 하고자, 혹은 자신들이 설계한 균형에 맞지 않는 추라 여겨 배 제코자 하는 인위(人爲)의 모든 흐름들에게까지도 다 나의 책임 으로 묻는 것은 실로 불가하다. 다만 든든하고 강대한 이웃으 로 남으라며, 너희가 만든 세상의 질서를 무시하라 요청치 말 라. 나는 너희가 쉬 상상치 못할 층위에서 지난히 노력하고 있 노라."

빌러디저드의 말은 쉽게 이해하기 어려웠다. 하지만 말을 하 는 용의 어조는 실로 부드러웠고, 적어도 그들 모두가 아는 한 최초로 용이 인간에게 이해를 구하는 발언이었다. 그래서 아셰 리드와 시그리드, 에이드리크 모두는 다소 놀라고 복잡한 표정 이 되어 용의 앞선 말을 묵묵히 곱씹게 되었다.

그런데 그들 가운데, 빌러디저드의 이 말이 가슴을 후벼 파 버린 의외의 인물이 딱 하나 있었다. 그것은 바로 에인달케와 함께 공관의 나무 난간에 기대 안뜰을 내려다보고 있던 로릭스데 라핀다시르였다. 그는 빌러디저드의 말이 끝나자마자 시선을 떨구며 잠시 무언가 고민하더니, 이윽고 조용히 목조 계단을 내려서기 시작했다. 예의가 아닌 줄 익히 알았지만 더 이상 참을 수가 없었다. 그때까지 성의 본관 앞에서 발프리드와 함께 우두커니 선 채 용과 고블린들을 구경하고 있던 케틸이 로릭스데의 움직임을 발견하고 놀란 얼굴로 손짓했으나 로릭스데는 어깨를 으쓱하며 그냥 무시해 버린다. 그러자 케틸도 참지 못하고 빠른 걸음으로 다가왔다.

"뭐하시려는 게요?"

나직하지만 명백한 꾸지람이다. 로릭스데가 별일 아니라는 듯 응수한다.

"여기 온 용무가 있잖습니까? 좋은 기회 아닙니까?"

"예의를 차리시게!"

"제게는 그보다 중한 게 있습니다."

조용히 주고받는 대화이지만 이러다 언성이 높아질 것 같다. 그리고 마치 이를 염려하기라도 한 듯, 어느새 다가와 있던 에인달케가 불쑥 끼어든다.

"그럼 저랑 같이 가시죠! 저도 여기 온 역할을 마저 해내야겠습니다."

"……역할? 아가씨 역할이 뭐요?"

케틸이 당황하여 묻자, 에인달케가 묘한 표정으로 이렇게 대꾸하였다.

"혼나는 거죠!"

그리고 에인달케는 당당하게 길을 잡아 나갔고, 로릭스데와 케틸은 뒤질세라 그 뒤를 따르지 않을 수 없었다. 일찌감치 이 작은 소동을 눈치채고 있던 용이 그들의 접근에 눈을 돌렸고, 아셰리드와 시그리드, 에이드리크도 그들을 돌아본다. 에인달케를 본 아셰리드가 재빨리 용에게 말했다.

"오래 집을 떠나있던 딸입니다."

그리고 아셰리드는 간단히 에인달케에 관한 소개를 덧붙였으나 그 뒤를 따르는 로릭스데와 케틸에 관해서는 언급하지 않았다. 빌러디저드의 눈길이 흥미로운 듯, 그 세 사람을 향한다.

"에인달케라 합니다, 마땅한 선험의 군주시여. 제 시시한 관심에 충실하느라 가족을 소홀히 여긴 해가 여럿이었으나, 린트부름의 올바른 적생자분께서 거하신 낭보 덕에 그 의리를 다할 평계가 마련되었나이다. 하여, 이런 뒤늦은 인사를 올리는 것이니 부디 용서하십시오."

"아, 나무랄 데 없도다."

빌러디저드의 눈에 이채가 어리더니 이렇게 솔직한 칭찬이 이어진다. 난입에 가까운 이 등장에 미뤄 조마조마하게 지켜보던 아셰리드는 내심 안도의 한숨을 뿜었다. 하긴, 어릴 때부터 독서에 있어서만큼은 비상한 아이였다. 그 외의 모든 면이 부실한 데다, 뜬금없는 괴력 덕에 통제가 여의치 않아 그저 책 속에 파묻히도록 사실상 방치했던 아이. 그러니 용에 대면해 늘어놓을 말주변 자체는 울리케보다 더 나을지도 모른다. 에인달케는 미소를 짓더니 한발 물러나며 케틸과 로릭스데를 소개했다.

"제가 의탁하고 있는 제국의 공작 라핀다시르의 장남, 로릭스데 영식과 그 가신 케틸 아문세트 경입니다."

"선험의 군주를 뵙습니다."

로릭스데와 케틸의 인사가 이어졌으나, 용은 바로 반응을 보이지 않았다. 지극히 검고 하염없이 거대한 생물은 그렇게 잠깐의 의도된 침묵만으로 이 두 외인(外人)에게 막대한 불안감을 안긴다. 하지만 마치 이에 저항하듯, 로릭스데가 한발 나서더니 입을 열었다.

"이 모든 무례를 용서하소서. 저는 다만 명백한 사자(使者)로 이 영지에 들렀나이다. 앞서 하신 말씀의 모든 맥락과 행간이 저어하는 바에 누가 되지 않을 것임을, 라핀다시르의 이름으로 맹세합니다."

"그 말을 의심하지 않겠다."

물끄러미 그를 내려다보던 빌러디저드가 마침내 이렇게 대답했다. 용의 말이 이어진다.

"나는 너희가 스미드레드의 자손을 어찌 보호해왔는지 짐작하고 있다. 그가 엄혹한 패권주의에 소모되지 않을 수 있었던 것 자체가 너희의 진실성을 증명하며, 아울러 이 자리에 네가 있는 이유겠지. 사자라 했느냐? 하지만 이 자리에서 내가 던질 질문들에 답을 할 만큼, 너는 너의 가문을 대표하는가?"

그러자 로릭스데는 잠시의 망설임도 없이 대답했다.

"정당한 상속자로서, 그러합니다."

"그러면, 하나를 묻겠다."

용이 이렇게 말함과 동시에, 로릭스데의 얼굴에 놀란듯한 빛이 떠오르더니 그가 손을 들어 양 귀를 싸잡았다. 지켜보던 시그리드와 케틸은 즉각, 용이 로릭스데에게 심상을 통한 대화를 걸었음을 눈치챘다.

"……그랬는가?"

용과 로릭스데 사이에서 이뤄진 침묵의 문답은 짧았다. 빌러디저드가 이렇게 확인하듯 중얼거리자, 마법에서 풀려난 로릭스데가 한숨을 쉬며 답했다.

"저는 그렇게 알고 있으며, 확신합니다."

"비로소 모든 의혹이 정리되었다."

빌러디저드는 확실하게 짐을 던 듯한 목소리로 그렇게 말했다. 이를 지켜보던 주변의 모든 이들은 궁금해 죽을 지경이었지만, 용이 마법까지 써가며 은밀하게 주고받은 대화에 관해 캐묻기란 불가능하리라. 시그리드는 언짢은 표정을 지었고 케틸은 불안한 얼굴이 된다. 반면 아셰리드는 다소 화난 표정을 가리지 못하고 로릭스데를 보다가 용을 올려다보았다. 마치 그 시선이 자신을 찌르기라도 한 듯, 용이 눈을 깜박이곤 말했다.

"공연히 떠들 이야기가 아닐 뿐이다. 기필코 전할 테니, 네 심

약한 가신의 노화를 촉진하지 말거라."

안 그래도 아셰리드가 용에게 무언가 결례를 터트리지 않을까, 조마조마해있던 에이드리크는 용의 이 말에 더욱 울상을 지었다. 아셰리드는 쓴웃음을 짓고 그런 문관을 쳐다보더니 가만히 한숨을 내쉬었다.

그런 한편 용이 나타났던 그 순간부터 여태껏, 연병장에 도열했던 고블린들은 진득하게 침묵을 지킨 채 열을 흐트러뜨리지 않고 이 모든 장면을 지켜보고 있었다. 눈을 부릅뜬 채 경직된 어깨로 내내 버티고 있는 아난가크의 모양새가 심히 염려되었는지, 아우케트가 나직이 말했다.

"형제, 괜찮은가?"

"……아니."

"그래도 용케 떨지는 않는군."

"……형제는 저 용과 대화해 본 적이 있는가?"

"아니, 없다."

그러자 아난가크는 왠지 실망한 표정으로 아우케트를 본다. 그의 이 극적인 표정 변화에 잠시 어이없어하던 아우케트는 한동안 조용히 용을 보더니, 나직이 중얼거렸다.

"한번 해 볼까."

아난가크의 눈이 다시 튀어나오려 한다. 그러거나 말거나, 아우케트는 자신의 이름을 가진 숲흑늑대 칸을 다그쳐 앞으로 나갔다. 만일 그가 인간이었고, 타고 있는 것이 말이었다면 이는 무례에 속하는 행위가 되었겠지만, 십장 이상의 고블린에게 있어 늑대란 자신의 반신(半身)이자 한 때의 이름, 즉 책임감을 상징하는 증명이다. 때문에 기수급의 고블린은 자신의 늑대와 함께 먹고 자며, 어떤 의식에 있어서도 떼어놓지 않았다. 그리고 이 사실을 잘 알고 있는 빌러디저드 역시, 아우케트의 이와 같은 접근에 불쾌함을 느끼지 않는다. 그러나 피어클리벤과 라핀다시르의 사람들 모두는 이 뜻밖의 접근에 다소 놀랐다. 그래도 그를 막아서지는 않는다.

"흐로킨의 검은 혈맹, 시우부름의 오백장 아우케트 칸 아디우크가 린트부름의 후손을 뵙소."

아우케트의 말투는 인간이나 류그라들과 달리 그리 극진한 경어가 아니었다. 이에 모두의 얼굴에 무지로 인한 놀라움이 떠올랐지만, 고블린과 용이 서로를 어떻게 대하는지에 관해 아는 이가 이 가운데 딱 하나 있었다. 바로 다독의 승리자, 에인달케였다. 그가 좌중을 엄습한 염려를 감지하곤 조용히 이렇게 말했다.

"고블린은 인간이나 류그라와 또 조금 달라요. 신화학적으로……."

"어디 들어볼까?"

빌러디저드의 음성이었다. 아우케트 또한 흥미로운 얼굴로 에인달케를 본다. 그렇게 모두의 주목을 끌어 버린 에인달케는 이 생경한 압박에 조금 당황해버렸지만, 지식을 풀어놓고자 하는 욕망이 이 주목의 부담을 이겨낸다. 그의 이야기가 시작되었다.

"인간은 대지를 뒤덮을 번영을 선택한 까닭에 신께 직접 빌지 않고 그 제장들인 왈퀴레야들은 통하지요. 하지만 류그라나용, 고블린은 신들께 직접 소망합니다. 하지만 이 셋도 많은 차이가 있어요. 다 설명하기는 기니까 고블린들 이야기로만 한정하자면, 저들은 '스스로 추락한 신' 흐로킨의 혈맹들로 일컫는만큼 신학적 위계는 우리보다 높답니다."

"그의 말이 정확하다. 신화일 뿐이지만."

빌러디저드가 뒤에 이런 새침한 판정을 달자, 에인달케가 당황한 표정으로 용에게 묻는다.

"가장 신화에 가까운 생물께서 그런 말씀을 하십니까?"

"그 또한 단지 너희의 평가다. 나는 동의하지 않느니라."

일전 길가네스의 장로에게 스스로를 무신론자라 밝혔던 용, 빌러디저드가 이렇게 말했다. 아마도 자리가 적당했다면 이 반신의 생물과 더불어 에인달케는 끝없는 신학적 논쟁을 시작했으리라. 하지만 에인달케의 설명 덕분에 처음 인사를 하고 대화에서 밀려나 있던 아우케트가 재빨리 치고 들어왔다.

"이제 말 좀 해도 되겠소?"

"내게 할 말이 있는가?"

용이 묻는다. 아우케트는 고개를 끄덕이고는 답했다.

"의문이 하나 있소. 일전 서리심과의 문제에서 그대가 언약의 생물로서 서리심과 대적하는 것이 불가하다 했음을, 우리의 대사로부터 들은 바 있지. 한데 그렇다면 수백 년 전 스미드레드를 위시해 북방을 토벌했던 인간의 황제, 셰이위르는 도대체 어떻게 흐리늄들을 패퇴시켰던 것인가? 그게 순수히 인간들만의 힘으로 가능했던 것인가? 만일 그렇다면 더더욱, 최근에 일어난 북방의 소란을 이해하기 어렵소."

아우케트의 질문은 모두에게 생각지도 못한 이야기였다. 용에게 있어 서리심과 상대하는 것이 불가능하다는 빌러디저드의 말이 옳다면, 제국 초창기의 스미드레드 또한 그랬을 것이다. 그렇다면 원래 이 지방의 토착세력이었던 흐리늄들을 쫓아낸 것은 순수한 인간 기사들과 마법사들의 힘이었을까? 그게 가능했다손 치더라도, 그렇다면 어째서 흐리늄들은 용을 두려워해 물러났다고 알려졌을까? 그리고 바로 지금, 제국에 용이 없음을 알고 공격해 온다는 말인가? 앞뒤가 맞지 않는다. 아우케트는 바로 이 점을 지적한 것이다.

"서리심?"

이렇게 중얼거리는 에인달케를 포함해, 라핀다시르 공작령의 사람들은 의아한 얼굴이 된다. 이것은 그들이 아직 모르는 이야기였으니까. 하지만 지금 이 자리에서 그 의문을 풀어주기엔, 시그리드나 아셰리드 모두 아우케트의 지적이 불러일으킨 의문에 너무 강력히 몰입해버렸다. 빌러디저드의 눈이 빛나며, 용이 말했다.

"그 의문에 답할 수 있다. 이는 앞서 나와 라핀다시르의 장남이 나눈 이야기와도 연계가 된다. 하지만 탁 트인 자리, 또한 아는 바와 모르는 바가 서로 다른 이들이 한데 뒤섞인 자리다. 더구나, 자신을 빼놓고 이런 재미있는 이야기를 해버렸다고 화를 낼 사람 하나를, 우리 모두 알고 있지 않은가?"

그러고 보니 울리케는 정말 여태 나오지 않고 뭘 하는 것일까? 아셰리드는 새삼 용을 불러놓고 방치하는 딸의 태도에 할 말을 잃는다. 물론 옆에서 보는 에이드리크에겐 그 어머니나 딸이나 마찬가지겠다. 비록 아셰리드의 배로 낳은 아이는 피어클리벤에 존재하지 않지만, 그의 기질은 피보다 더 강하게 계승되는 것이 아닐까? 문관은 그리 생각하며 시선을 울리케의 집무실 쪽으로 돌렸다. 그러자 때마침, 울리케가 문을 열고 나오는 모습이 보였다. 문가에 서 있던 기사 에길을 호위처럼 붙인 채, 공관 복도의 난간에 기대어 성 안의 전경을 굽어보던 울리케는 에길에게 무어라 말을 건넸다. 그러자 에길은 그의 향사 토날드와 함께 여태껏 정문 바로 안쪽에서 어찌할 바를 모르고 서 있던 아우셸바프의 대표들에게 다가갔다.

에길이 그렇게 움직이는 동안 울리케는 공관 아래로 내려와 모두에게 향했다. 그는 지난 닷새의 먼지가 쌓인 옷을 새것으로 말쑥하게 갈아입고, 머리까지 새로 단정하게 만진 모양이었다. 왼팔에는 두툼한 제국 법전과 나무로 만든 박(拍)이 포개져 들려 있었다.

"기다리시게 했습니다."

모두의 앞에 선 울리케는 두려움 없이 그렇게 말했다. 그 행색을 살피던 아셰리드가 의외의 물건에 시선을 멈추고 물었다.

"……박? 그건 왜 가져 온 거니?"

"헛기침을 대신하려고요."

울리케는 그렇게 모를 소릴 하더니 좌중을 살피고는 의아해 물었다.

"아그니르는 없네요?"

팔을 다친 데다 그리핀의 알을 감싸고 있던 아그니르는 말을 포기하고 울리케와 함께 류그라들의 마차를 탔지만, 그럼에도 드리츠에서 피어클리벤에 이르는 요 이틀간 그들 자매는 서로 거의 말을 섞지 않았다. 크누드와 용병들의 체포라는, 납득할 수 없는 울리케의 명령 때문이었다. 울리케는 그리핀의 알이라도 있던 게 참 다행이라고 여긴다. 그나마 그것이 아그니르의 신경을 절반 이상 빼앗았기에 망정이지, 안 그랬다면 오는 내내 시달려야 했으리라. 그렇게 도착한 아그니르는 알을 싸 안고 냉큼 자신의 방으로 올라가 버렸다.

"하우스케트 경."

"네, 행정관님."

이제 울리케를 직함으로 부르는 데 익숙해진 기사 에길이 아우셀바프의 대표들을 이끌고 다가오다 그의 부름에 대답했다. 울리케가 명령한다.

"올라가서 아그니르를 참석시키세요. 사정 청취가 필요합니다."

"받들겠습니다."

에길은 각잡힌 언행을 보이며 성의 본관 안으로 사라졌다. 뒤에 남은 아우셀바프의 대표들은 기가 눌릴 대로 눌려 차마 고개도 들지 못하고 있었다. 그들 바로 곁에 고블린 군대가 쏘아 보고 있고, 또 성의 정문에서도 충분히 보이는 용의 압도적인 자태가 이제 그들의 지척에서 숨소리를 내고 있기 때문이다. 앞선 대화들을 먼발치에서 대강 구경했지만, 자유도시 시장 에밀은 도무지 이 광경을 쉽게 받아들일 수가 없었다.

에밀와 더불어 자유도시 대표들의 빈약한 지식과 상상력은 그랬다. 피어클리벤의 모든 사람들은 그저 납작 엎드려 용을 경배하고, 용이 하라는 대로 움직이는 그런 하인들 같은 것이라 상상했던 것이다. 대제 셰이위르에 관한 고전을 조금만 돌이켜보았어도 그런 착각은 면했으리라. 아셰리드와 가신들이 용과 아무렇지 않게 대화하고, 심지어 저 정체 모를 고블린 기수까지 나서서 용과 이야기했다. 이런 광경을 목격한 순간 이미, 피어클리벤은 아우셀바프의 수뇌들이 감당할 수 있는 그릇을 한참이나 벗어나 있었다. 더구나 도대체 저 고블린들은 뭐란 말인가?

"맙소사, 아그니르! 알 좀 내버려 둬!"

에길의 재촉을 받고 나타난 아그니르는 어느새 알을 넣을 만한 바구니를 마련한 모양이다. 그 '양모 담요에 덮인' 알바구니를 하녀 뮈리드에게 들려 대동한 아그니르가 나타나자, 울리케는 기가 막혀 이렇게 외친 것이다. 하지만 아그니르는 딱딱한 얼굴로 다음과 같이 대꾸했다.

"뉘르뉴 말 못 들었어? 떼어놓을 수 없어. 게다가 곧 깨어난다고."

그 말은 사실이었다. 뉘르뉴가 예언한 닷새 가운데 이제 벌써 사흘이 지났으니까. 늦어도 내일모레면 알은 깨어나겠지. 울리케는 이 자리에 참으로 어울리지 않는 소품인 그 알 바구니를 쳐다보았다. 그것은 용 빌러디저드도 마찬가지였다.

"그리핀의 알인가?"

용의 목소리를 지척에서 처음 들은 아우셀바프의 대표단들이 움찔 떨었다. 하지만 이를 깨끗이 무시한 채, 울리케가 올려다보며 용에게 묻는다.

"알아보시겠습니까?"

"아, 맥동이 느껴진다. 부화가 임박하였군."

용은 그렇게만 말했다. 이제 울리케가 나왔으니 이야기를 자꾸 엉뚱한 곳으로 가려가지 않으려는 배려이겠다. 울리케는 용과 눈을 마주친 뒤 고개를 끄덕이고는 자유도시의 대표들을 향해 외쳤다.

"들으시오! 아우셀바프의 까마귀 금고 용병단 단원이자, 시의 치안 판관을 겸직하고 있는 크누드 서리엇이 반역의 무리와 내통한 정황을 확인하였소, 하우스케트 경!"

"네, 행정관님!"

"가서 구금한 용병들을 데려오세요."

에길과 토날드가 사라졌다. 울리케는 무언가 떠올랐는지 새삼 급격하게 언짢아진 얼굴로 에밀을 비롯한 시의 대표들을 쏘아보았다. 울리케의 말이 떨어지기가 무섭게 모두의 얼굴이 하얗게 떠 있다. 그 가운데, 무구를 해제당하고 평복 차림으로 서 있던 용병단의 부단장 구드위르가 나서 외쳤다.

"내통의 정황이란 것이 구체적으로 무엇입니까? 저는 행정관님께서 무언가 오해하셨다고 생각합니다!"

— 짝!

제국 법전은 겨드랑이에 껴든 채, 울리케는 들고 있던 박을 쳐 이렇게 요란한 소리를 내었다. 백자단으로 만든 이 나무 악기는 어떠한 음률도 없고, 일반적으로 시간을 알리거나 주목을 끄는 데 사용되는 물건이니만큼 그 효과는 단순하면서도 명료하였다. 용을 제외한 모든 이들이 깜짝 놀라 울리케를 쳐다보았다. 젊은 행정관은 준비한 물건의 효과에 만족한 듯, 살짝 미소지었지만, 어느덧 위장된 권위의 표정 뒤로 그것을 숨기며 말했다.

"아직 부단장의 부하들이 오지 않았습니다. 모두 도착하면 충분히 발언할 기회를 약속드리지요."

말을 마친 울리케는 불안에 떠는 대표들의 면면을 쳐다보며 기다렸다. 이윽고, 에길과 병사들이 성의 본관 뒤편 영창으로부터 용병들을 데리고 나타났다. 드디어 모두가 모였다. 하지만 물끄러미 모두를 둘러보던 울리케는 성에 차지 않는지, 잠시 생각하다가 시야프리테를 불렀다. 방문객 공관 앞에서 모험가들과 이쪽을 보고 있던 류그라 소녀는 가지를 들고 종종걸음으로 다가왔다.

"부르셨어요?"

"중재의 가지가 있어야겠어."

"중재를요? 지금 필요한 건 심판의 나무가 아닌가요?"

"그런 나무는 없잖아?"

울리케와 시야프리테가 서로를 향해 의아한 표정을 교환한다. 그러자 보고 있던 용이 내리깔듯 말했다.

"류그네라스의 가지는 재판에도 어울린다. 약속의 목격자란 의미가 있으니, 모든 선고의 권위를 더하면서 아울러 증언의 진실함도 강요하지. 나쁜 장식이 아니다."

그러자 시야프리테가 자부심 가득한 목소리로 말했다.

"그렇다네요."

"······네가 모르면 어쩌자는 거야?"

울리케는 이렇게 가벼운 핀잔을 던지고 아셰리드와 시그리드, 그리고 에이드리크에게 한 번씩 눈길을 주었다. 그 명확한 의미는 알 수 없었으나, 아마도 믿고 지켜봐달라는 의미였으리라. 그렇게 생각한 세 '어른'들은 가만히 고개를 끄덕였다. 울리케는 마지막으로 용을 올려다보고, 자유도시 대표들에게 몸을 돌렸다. 그의 입이 열린다.

"지금부터, 린트부름의 올바른 적생자이신 빌러디저드 님의 피후견자로서 나는 피어클리벤의 행정관 직무를 다하여, 자유도시 아우셀바프가 받는 역모 지원의 혐의를 소상히 밝히고자 합니다! 이는 영광된 제국이 그 복속된 가문에 부여하는 마땅한 권리이며, 모든 영민과 자유민은 나의 이러한 권리 행사에 대해 성실히 협조할 의무를 가짐을, 알립니다!"

— 짝!

울리케는 말을 마치며 다시 박을 한차례 쳤다. 그 경쾌한 소리가 따귀를 올려붙이기라도 한 듯, 대표단의 모두가 움찔하며 기겁한 동시에 아우케트와 아난가크가 그들의 늑대와 함께 움직이기 시작했다. 아우셀바프의 대표들은 하얗게 질린 얼굴로 백여 명의 고블린 병사들이 자신들을 포위해 감싸는 것을 지켜보았다. 말 그대로 독 안에 든 쥐다. 아니, 그보다 형편이 훨씬 안 좋겠다. 용이 내려다보고 있으니. 급기야 대표 중 하나의 무릎이 풀려 주저앉는다. 그 추태를 외면한 채, 재차 구드위르가 용기를 내어 소리쳤다.

"발언을 허락해 주십시오!"

"허락합니다."

울리케의 말이 떨어지자마자 구드위르가 말했다.

"행정관께서는 무엇을 근거로 우리 용병단, 서리엇 경이 역도

당과 내통했다 여기십니까?"

"그가 직접 자백했으니까요."

그러자 구드위르의 표정이 일그러졌다. 그는 여전히 포승줄에 묶여 있는 크누드와 부하들을 쳐다보았다. 그런데 크누드는 아까까지 보이던 지친 표정을 거두고 살짝 환희에 찬 낯으로 정신없이 용을 올려다보고 있었다. 그러다 구드위르의 시선이 느껴지자 어색하게 시선을 피한다. *잠깐, 지금 뭐 하는 거야?* 구드위르는 의혹에 찬 얼굴로 울리케를 노려보았고, 울리케는 뒤늦게 크누드를 흘겨보더니 정말 마음에 들지 않는다는 표정을 지었다. 이런 가운데, 별안간 시장 에밀이 벌컥 나서며 구드위르에게 삿대질을 했다.

"이놈! 이런 미친놈! 행정관 나리, 저를 비롯한 아우셀바프의 대표단 모두는 이 일과 무관합니다! 저 무식한 용병놈들이 환장을 한 것입니다! 믿어주십시오!"

구드위르는 어이가 없다는 표정을 짓고 만다. 울리케는 미소를 짓더니 말했다.

"그런가요? 서리엇 경의 토설한 바에 따르면, 아우셀바프 의회는 암시장 조합으로부터 막대한 양의 자금을 상납받고 있으며, 이를 오랫동안 회계에서 누락시켜 탈세를 꾀해왔다고 합니다. 그리고 저는 이 부당 이익의 상당 부분이 역적들의 자금원이 되었으리라는 확신을 갖고 있습니다. 그런데 어떻게 아우셀바프 의회의 장이신 에밀 하그라프닐 시장께서 이 일과 무관하다 하십니까?"

아뿔싸. 안 그래도 희던 에밀의 얼굴이 더욱 하얗게 떴다. 하지만 그의 눈알은 뒤이어 재빠르게 좌우로 움직인다. 그는 세상 물정 모르는 아가씨는 어쩔 수 없다는 듯, 웃으며 말했다.

"한낱 무식한 용병의 이야기가 아닙니까? 암시장 조합이라니, 하하! 그 명칭부터 문제가 있습니다. 의회에 의해 인가된 조합이 아니올습니다. 자유도시의 상권을 잠식하는 그런 것을, 시가 용납할 까닭이 없지 않습니까? 암시장이 존재한다면 단속과 추심의 대상이지, 무슨 상납이라니요! 가당치 않습니다. 좀 더 조사해보시길 권합니다."

에밀의 말은 사실이라는 점에서 고약하다. 제국의 자유도시는 어느 곳이나 암시장이 형성되어 있었으나 그 규모와 운영방식은 다르며, 철저하게 비공식적이다. 또한 존재 자체가 불법일 수밖에 없는바, 시장인 에밀로서는 그런 것이 존재하지 않는다고 말할 수밖에 없다. 되려, 울리케 쪽에서 암시장 조합의 존재를 증명해야 이야기가 이어지는 것이다.

하지만 울리케는 당면한 이 과제에 어떤 낭패감도 느끼지 않았다. 그보다 그를 언짢게 한 것은 명백히 자신을 얕잡아보는 에밀의 태도와 말이었다. 고블린 군대를 곁에 두고, 귀족의 옷을 입고, 용의 턱 아래에서 말하고 있지만 본질적으로 그가 아직 갖지 못한 관록의 한계일까? 울리케는 스스로에게 초조함을 느끼지 않으려 애쓰며, 크누드를 보았다. 처량하게 포승줄에 묶인 채 에밀의 이야기에 귀 기울이고 있던 그와 눈이 마주친다.

"서리엇 경, 선물이 필요한 시점인 듯하군요."

"그럼 저 좀 풀어주시겠습니까?"

크누드는 천연덕스럽게 묶인 팔을 들어 올렸으나, 울리케는 웃지도 않고 새침이 대꾸한다.

"사람을 대신 보낼 겁니다."

"……저희 천막 쪽으로 사람을 보내서, 사환 아무나에게 금고를 열 시간이라고 전하십시오."

이 심부름을 맡은 것은 에길의 향사 토날드였다. 에밀을 비롯한 대표들은 불안한 침묵 속에서 이 움직임을 지켜보았고, 더러 그들끼리 귀엣말을 주고받는 게 보였다. 울리케는 그걸 전혀 제지하지 않고 내버려 둔다. 이윽고, 성문 밖으로 달려나갔던 토날드와 더불어 두건을 눌러쓴 한 사내가 등장했다. 그는 성문께에서 잠시 멈춰서 안뜰의 이 기괴한 광경을 한동안 쳐다보더니 어깨를 긴장시키고 다시 발걸음을 떼었다. 마침내 그가 모두의 앞으로 다가선다.

"다시 뵙습니다, 아가씨. 딱 한 달만인가요?"

그 나긋나긋한 목소리를 알아들은 울리케의 눈이 크게 떠졌다. 크누드에게 대충 어떤 사람이 이번 방문의 '선물'로 동행되었다는 이야기는 들었지만, 설마하니 구면이리라고는 생각 못 한 까닭이다. 이런 식으로 놀라는 게 영 마뜩잖은 울리케는 재빨리 크누드에게 눈을 흘기고 이 새로 등장한 사내에게 말했다.

"그렇군. 하지만 공갈에 가까운 흥정만을 했었지, 그대의 이름은 모른다. 이름과 소속을 밝혀라."

그러자 사내는 두건을 젖히고 그 얼굴을 드러냈다. 그가 또렷하게 말한다.

"자유도시 아우셸바프 암시장 조합의 하슈펠 레미크라 합니다."

그랬다. 그는 울리케가 처음 도시에 들러 찾아간 암시장 조합에서 그와 흥정에 임했던 바로 그 남자였으며, 아울러 일전 까마귀 금고 용병단을 찾아와 모종의 협력을 구한 장본인이었다. 그와 크누드 사이에 어떤 이야기가 오갔든 간에, 그는 그리젤이 크누드에게 물었던 '피어클리벤에 가져갈 것들' 가운데 하나로 낙점된 모양이다. 밝은 대낮, 자신을 비호해 줄 어떠한 친구들 없이 이렇게 많은 사람들 앞에서 그 은밀한 신분을 밝히는 것에는 실로 대단한 용기가 뒤따르리라. 하슈펠의 표정은 고요했으나 긴장감이 어려 있었고 눈 오는 추운 날씨를 무색게 하듯, 이마엔 한줄기 땀이 반짝였다. 울리케가 말했다.

"그래, 하슈펠. 하그라프닐 시장은 아우셸바프에 암시장 조합이 없으며, 자금 상납 같은 것은 더더욱 없었다고 말한다. 그의 말이 옳은가?"

"저런, 그렇게 말씀하시던가요?"

하슈펠은 반문하며 슬쩍 대표단들을 돌아본다. 이미 그의 고

해와 같은 소개를 듣고 완전히 얼어붙어 있던 그들의 낯이, 하슈펠의 시선을 받자 다들 백주대낮에 귀신을 본 듯한 얼굴로 바뀌었다. 하슈펠의 입이 열렸다.

"저희는 오래도록 시 의회의 암묵적 비호 아래 장물 취급과 같은 다양한 용역에 종사하며 사업해왔습니다. 그것을 가능케 한 것이 바로 실권자들에게 약속된 돈이죠. 시장님, 영수(領受)의 흔적을 감추시는 것은 쉬울지 모르나, 저희 쪽 장부는 다른 말을 간직합니다. 잘 생각하시지요. 알량한 이권이 아무리 아쉬워도, 목숨만은 못한 것이 아닙니까?"

"무슨 개소릴 하는……!"

에밀이 버럭 소리를 지르려 했으나 수행원인 듯한 남자가 그의 어깨를 잡아 말렸다. 그들 간에 속삭임이 오가고, 다시 각 조합장들과의 낮고 빠른 대화가 이어졌다. 에밀의 표정은 처참하기 이를 데 없었지만, 성질대로 말하고 행동할 수 없는 상황임을 납득한 것 같다. 이 모든 광경을 참을성 있게 기다리던 울리케가 물었다.

"이제, 아우셸바프 의회의 입장은 어떠합니까?"

에밀은 좌중을 둘러본다. 정체를 알 수 없는 고블린들, 미심쩍어하는 표정의 피어클리벤의 가신들, 재미있어 죽겠다는 표정의 크누드, 그리고 이 모든 것이 어떻든 아무 상관없게 만들어주는 저 거대한 검은 용. 마침내 그는 이 덫의 견고함을 이해한다. 그가 탈력된 목소리로 말했다.

"부당 이득에 관한 것을……, 전면적으로 인정합니다. 하지만, 이는 어느 도시나 그러한 관행적인 것입니다. 게다가 행정관 나리! 역모와는 기필코 아무런 관계가 없습니다!"

그러자 울리케는 한동안 그를 노려보더니 크누드에게 시선을 준다. 그러자 크누드가 멍한 얼굴로 에밀을 보더니 외친다.

"어? 그러면 안 됩니다! 제가 토설했단 말입니다!"

"도대체 네놈이 뭘 토설했다는 거야!"

에밀이 진심으로 기가 막힌다는 듯 버럭댄다. 크누드는 에밀의 곁에 서 있는 다른 조합장과 대표들을 훑어보며 말했다.

"여기 계신 많은 분이 '예튠드' 상회의 이름을 기억하시겠지요? 지난 가을 동안 다들 많은 접대와 거래를 하시지 않았습니까?"

"그 뜨내기들?"

에밀이 물어온다. 그가 말했다.

"그 떠돌이 상회가 뭐 어떻다는 말인가? 그 바보들은 제대로 거래를 하지도 못했어! 터무니없이 바보 같은 장사였다고. 돈만 뿌리고 갔단 말이야!"

"그렇죠. 참 잘 얻어먹지 않으셨습니까? 그자들의 목적은 이윤이 아니라 정보였으니까요. 그들은 다름 아닌, 반란군의 보급과 정보담당 상회입니다. 하슈펠 씨, 그렇지 않습니까?"

"그렇습니다. 심히 불쾌한 호위들을 거느린 상회죠."

하슈펠이 말했다. 그의 말이 이어진다.

"암시장 조합의 장께서는, 예튠드 상회와 그에 붙은 반란 주동자의 정체를 꿰뚫어 보셨습니다. 우리는 너무 깊이 관여했고, 제가 두려움을 느꼈을 때는 이미 상황을 거스를 시기를 한참이나 놓친 뒤였죠. 저희는 그자들에게 제거되지 않기 위해 협력하는 쪽으로 의견을 모았습니다만, 이는 어르신의 독단이기도 합니다."

"무슨 말인가?"

울리케가 물었다. 그러자 하슈펠이 간곡한 어조로 울리케를 보며 말했다.

"우린 살기 위해 협력할 수밖에 없었습니다. 그리고 지금은 예튠드 상회와 그 살수들이 아우셀바프에 머물지 않고 있습니다. 저간의 비리와 범죄행위에 대해서는 얼마든지 밝히겠으며, 수사에도 협조할 것입니다. 그러니 역모에 가담했다는 혐의만은 거두어주시기를 바랍니다. 다만, 이는 저와 저를 따르는 몇 조합원들의 뜻일 뿐, 어르신의 의사와는 현재 대치됩니다."

"거래인가?"

별안간 용이 끼어들었다. 하슈펠조차 움찔하며 물러선다. 빌러디저드는 참으로 흥미롭다는 듯, 그 눈을 빛내며 좌중을 둘러보았다. 그 거대한 목이 움직이자 죽음 같은 침묵이 따라 달린다. 용이 다시 말했다.

"그것도 죄에 관한 거래로군? 말해보라, 행정관 울리케 피어클리벤. 마침 인간의 법전을 들고 있는 자여. 죄를 묻고 그 벌을 결정하는 일련의 사법 절차에 있어서 이러한 거래의 성립이 옳은가?"

면발치에서 지금까지의 대화를 흥미진진하게 지켜보고 있던 세 모험가 중, 랄로프가 뚱딴지같은 표정이 되더니 옆에 선 브륀힐데를 쳐다보았다. 하지만 그 또한 그냥 고개를 가로저을 뿐이다. 라그나는 혼자 팔짱을 끼더니 생각하기 시작한다.

그처럼, 용의 이 난데없는 참견은 많은 이들을 아연케 했다. 특히나 빌러디저드에 관해 아무런 지식이 없던 아우셀바프 쪽 사람들과 까마귀 금고단 용병들의 표정이 불만해졌다. 용이 이런 이야기까지 하리라고 상상조차 하지 못했다. 크누드는 눈을 휘둥그렇게 뜨고 용을 올려다보더니 생각에 잠긴 울리케에게 시선을 다시 준다. 그리고 어떻게든 제대로 된 답변을 위해 고민하는 울리케의 열성적인 표정을 확인하자마자, 곧장 참지 못하고 큭 하는 웃음을 터트리고 말았다. 그러자 대번에 살벌한 울리케의 시선이 그에게 쏟아진다. 동시에 그의 차가운 목소리가 떨어졌다.

"……죄인은 지금 좀 미쳤나요?"

"죄인이라 하지 마십시오. ……이제 전부 정리된걸요."

"그런 것은 제가 결정합니다! 거기다, 애초에 경이 제게 그렇게 말하지 않았습니까? 수틀리면 역모죄를 뒤집어 씌워버리라고요!"

그러자 크누드가 모기만 한 가성으로 이렇게 말했다.

"살려주십시오."

그러고 보니 언젠가, 이 남자를 처음 보았을 때였던가. 용의 면전에 들이밀면 좋겠다는 생각을 했었다. 그의 바람이 이렇게, 포승줄까지 꽁꽁 묶어둔 모양으로 멋지게 이뤄졌건만, 도통 저 남자는 두려워하질 않았다. 안 그래도 용의 난데없는 질문에 머리까지 아픈데 그는 이렇게 성질까지 돋운다! 하지만 울리케가 어떤 형태로든 폭발하기 직전, 크누드는 웃음기를 거두고 정색을 하더니 갑자기 용을 쳐다보며 말했다.

"사법거래가 법치적인 관점에서 가당한가의 논의를 하기 전에, 우선 민사와 형사를 나눠 생각해야 한다고 말씀 올립니다. 왜냐하면 민사란 것은 애초에 송사에 휘말린 당사자들의 합의와 거래를 전제로 하니까요. 그러므로 사법 거래라는 것이, 위임된 공권력이 행사하기에 마땅한, '사회적으로 합의된 정의'의 실현에 있어서 해악인가 아닌가가 이 이야기의 쟁점이 되겠습니다."

"이름이 무엇인가?"

용이 묻는다. 이미 앞서 지나치듯 그의 이름과 신분에 대해 들었겠지만, 용은 이렇게 물음으로써 그의 발언에 모종의 힘을 실어준다. 크누드는 상쾌하게 답하였다.

"자유도시 아우셸바프 주재 까마귀 금고 용병단의 조장, 크누드 서리엇입니다. 또한 시의 치안 판관을 역임하고도 있습니다. 아마 올해 안에 탄핵당할 것 같지만요."

"그렇군. 그가 이렇게 말했다. 행정관, 그렇다면 저 하슈펠이라는 자가 청한 사법 거래를 받아들이는 것이 가당하겠느냐?"

울리케는 짜증 나는 표정으로 크누드를 보았다. 현직 치안 판관의 앞에서 법에 대한 이야기를 해야 하다니! 물론 법전을 받은 이후 지금까지 일주일이 조금 넘는 날 동안 울리케는 없는 시간을 쪼개가며 읽어왔다. 아셰리드는 서두의 대헌장과 뒷부분, 영지 자치에 관한 법률 항목만 보아도 충분하다 했지만 울리케에게 있어 어떤 책의 일부만 읽고 두는 것은 일종의 죄악이었다. 그래서 모두 읽어치운 지 오래였지만 지금 용이 제기한 이 논의 같은 건 법전에 나오지 않는다. 이는 뭔가 다른 책을 참고하던가, 아니면 울리케 스스로가 생각해야 할 문제였다. 문득 울리케가 언니 에인달케를 보니, 뭔가 말하고 싶어 입이 근질거려 하는 게 명백했다. 그리고 크누드는 빙글빙글 웃으며 울리케에게 도전적인 눈빛을 던지고 있는 것이, 무슨 허튼소리를 했다가는 신나게 비웃어버릴 태세다. 미치고 환장할 노릇이었다. 대체 왜 이 이야기가 여기로 왔는가?

용이 아니라 다른 이가 던진 질문이었다면 이 자리의 당면한 과제를 선결하리라는 그의 권한으로 무시할 수도 있었겠다. 하지만 질문자는 다름 아닌 바로 그 용. 저 망할 용이다. 울리케는 이 질문을 무시할 수 없었으며, 좀 더 솔직히 말하자면 무시하고 싶지 않았다. *어떻게든 대답해 주겠어!* 그렇게 다짐하며 울리케는 하슈펠을 보았다. 죄와 벌에 관한 각오를 다지고 이 자리에 선 그는 다소 창백하고 어처구니없어하는 표정이 되어 있었다. 이는 에밀과 아우셀바프의 대표들도 비슷했다. 그 표정에 차라리 어떤 동정을 느끼며, 울리케는 입을 열었다.

"하슈펠의 말이 옳다면, 진정으로 역모에 가담하고자 하는 의지가 없었다는 게 진실인 이상, 불법적인 상행위와 더불어 저질러온 범죄에 관한 수사 협조를 받아내는 조건으로 역모의 혐의는 거두어도 좋다고 생각합니다."

"행정관! 그 말씀엔 두 가지 심각한 문제가 있습니다!"

포승줄에 꽁꽁 묶인 크누드가 소리쳤다. 울리케가 질색한 얼굴로 뒤를 돌아보기가 무섭게, 그가 대답의 허락도 구하지 않고 소리높여 외쳤다.

"먼저 하나! 수사의 협조를 통해 밝혀진 죄목을 확정한 뒤 그 처벌에 있어 사법거래를 적용할 것인가 마느냐의 문제이지, 애초부터 특정한 죄의 소추를 제외하고 생각하는 것은 마땅한 일이 아닙니다. 그리고 둘! 지금 행정관께서 대답하셔야 할 것은 형사소추 전반에서 사법거래는 옳은가에 관한 원론적인 물음이지, 하슈펠의 경우에 한정한 임의적인 해석과 적용이 아닙니다. 그러니 부디 재고하시지요!"

그냥 역모를 뒤집어 씌워버릴까 보다. 울리케는 부르르 떨었다.

제 18장

하지만 크누드의 지적은 옳다. 이 난처한 상황에 직면한 울리케가 하슈펠에 관한 이야기로 어물쩍 눙치려던 것을 날카롭게 지적해온 것이다. 울리케의 얼굴이 어쩔 수 없이 붉어졌고, 전에 없이 머릿속이 하얗게 되었다. 그가 곤혹스러운 침묵에 잠기자, 한 구원의 손길이 의외의 방향으로부터 들어왔다.

"어렵게 생각할 필요가 없다, 울리케."

아우케트였다. 이렇게 모두의 주목을 모은 고블린이 말한다.

"아까 저 용병이 전제한 민사와 형사의 가름 자체가 내게는 그리 와닿지 않는다. 일반적인 민사상의 소송이든, 형사상의 재판이든 소추의 주체가 공권력인가 아닌가의 문제일 따름이다. 그러므로 이 이야기는 오히려, 공권력의 역할과 한계에 따른 논의로 가져가는 게 먼저다."

아우케트의 말을 액면 그대로 받아들이고 생각하기 시작한 것은 이 자리에서 오로지 울리케와 시그리드뿐이었다. 시야프리테는 '또 시작인가요……'하는 표정으로 자신과 들고선 가지를 일체화하고 있었고, 나머지 모든 인간은 충격에 눈을 부릅뜬 채 아우케트를 본다. 특히 크누드의 표정이 볼만하였다. 울리케는 그런 크누드의 얼굴에 잠깐 만족해하다가 마치 아우케트의 응원을 받기라도 한 듯, 소리높여 말했다.

"오백장의 지적이 흥미롭군요. 형사 또한 공권력이 소추의 주체가 되는 소송으로 볼 수 있고, 그러므로 수렴적으로 민사와 별다를 것도 없다. 여기에 대해 어떻게 생각하십니까, 치안관?"

"예? 아니……, 그런데 저 고블린은 대체 뭡니까?"

그 의문을 풀 수 있다면 어떤 면박을 당해도 신경 쓰지 않을 태세인 크누드다. 울리케가 말했다.

"시우부름의 오백장, 아우케트 칸 아디우크지요. 이미 알고 있지 않은가요?"

크누드가 믿을 수 없다는 듯 물었다.

"변장한 인간이 아닌 거죠?"

그러자 늑대 위의 아우케트가 심드렁하게 대꾸해왔다.

"그건 욕인가 칭찬인가? 너희들 사이에서 '고블린 같은 놈'이라는 표현이 어떻게 쓰이는지 구태여 지적해야 하겠는가?"

크누드는 한 방 먹었다는 표정을 숨기지 않았다. 망연하게 고블린을 쳐다보던 그는 별안간 견딜 수 없다는 듯이 웃음을 터트렸다. 다만 누구의 공감대도 구하지 못할 웃음이었고, 부단장 구드위르는 '지금 대체 뭐하고 자빠진 거냐.'란 기색을 역력히 드러내었다. 여전히 포승줄에 묶인 채 낄낄거리던 그가 말했다.

"소추의 주체가 공권력이라는 것은, 사적인 차원에서 개인의 이익을 위한 것이 아니라 공공의 이익을 위해 소를 제기한다는 것이 됩니다. 형사소송절차는 사회의 질서를 유지하기 위해 형벌권을 행사할 것인지 여부에 주된 관심이 있죠. 민사와 차이가 없다니요! 여기에는 '정의'라는 확고부동한 원칙이 작용합니다."

고블린은 바로 받아친다.

"문제는, 바로 그렇기 때문에 그 '정의'가 무엇인가에 관한 물음이 따를 수밖에 없고, 너희들이 말하는 사회의 질서와 우리의 가치관은 알다시피 충돌한다. 예를 들어 나는 민, 형사의 개념을 이해하고는 있지만, 우리 사회에서 모든 갈등은 개인과 개인의 충돌로 이해되고 판가름난다."

울리케가 이번 공무에서 보물처럼 싸 안고 간 제국 법전을 틈날 때마다 챙겨보는 가운데, 시우부름에서 머물렀던 그 날 울리케는 법전에 흥미를 보이는 아우케트와 바로 이 부분에 관해 이야기했었다. 그 대화는 상대적으로 제국의 법리에 비해 더 원초적이고 단순하게 수행되는 고블린 사회의 재판이나 결투에 관한 이야기들까지 이어졌고, 울리케는 자칫 계몽적인 태도로 치닫기 쉬워질 그 대화에서 가능한 한 객관성을 유지하려 노력하였다. 그러한 그의 노력과는 별개로, 아우케트는 아우케트대로 나름 그 시간을 유익하게 보냈던 것일까, 크누드와 말을 섞는 그의 태도에는 마치 오래 다루어 온 사유를 풀어내는 듯한 여유마저 있다. 울리케는 새삼 이 별난 고블린에게 감탄하지 않을 수 없었다.

"그것은 작은 사회이기 때문에 가능한 것입니다. 사회가 커지고 복잡해질수록 법치의 개념은 상세해집니다. 예를 들어 조합은 그 자체로 법인입니다. 고블린 사회에 그러한 개념이 있습니까?"

크누드는 지지 않고 열성적으로 말했다. 그는 이 의외의 대화 상대가 무척 마음에 든 것 같았다. 질문을 받은 아우케트는 별다른 감정 없이 즉각 대답했다.

"없다."

어느새 울리케는 대화에서 밀려나 있다. 이 화제는 명백히 이 자리의 목적에서 너무 이탈한 것이고, 그래서 흥미롭기는 하지만 적당치 않다. 울리케는 고개를 들어 용을 쳐다보았다. 그 시선이 담은 의미를 짐작한 용이 말한다.

"흥미롭군. 모든 갈등을 개인 간의 충돌로 파악하는 시선과, 개인과 공공의 충돌을 제도화한 시선의 이야기다. 오백장 아우케트여, 너희 가운데 부족 전체에 위해를 가할 수 있는 행위를 꾀한 자에 대한 제재는 어떤 절차로 이루어지는가?"

"다시 말해, 잠재적 피해자를 특정할 수 없는 경우를 묻는 것이오?"

그러자 여태 멀거니 이 의외의 전개를 구경하고 서 있던 에밀의 입에서 나직히 '세상에……' 같은 탄식이 떨어졌다. 용이 답했다.

"그렇다."

"우리의 경우, 그것은 누구나 제기할 수 있는 소추이지만 대체로 십장 이상의 자들이 총의를 모아 대신하오."

그러자 크누드가 날쌔게 끼어든다.

"바로 그게 공권력의 대리가 아니겠습니까? 그것을 여전히 개인 간의 갈등이라 말할 수 있습니까?"

"여전히 개인 간의 갈등이다. 우리는 결투라는, 명백한 사적 제재의 전통을 가지고 있다. 제아무리 많은 수의 지지를 받는 오십장이나, 설령 오백장인 나라고 해도 그 직위 자체가 공권력을 의미하지 못한다."

"뭐라고요?"

크누드가 당황하여 물은 가운데, 아우케트가 언짢은 얼굴이 되더니 되묻는다.

"애초에 공권력이란 무엇인가? 사회적 합의에 따라 무형의 공공주체에게 일반에는 금지된 폭력을 행사할 수 있도록 규정한 것이다. 나는 우리가 그러한 폭력을 부정한다는 말을 하는 게 아니라, 그 폭력의 주체가 철저히 개인의 차원에 머문다고 이야기하는 것이다. 너희는 귀족이나 황실, 도시의 의회와 같은 주체들이 그러한 공권력을 다룬다. 하지만 이는 합의에 따른 것이 아니지 않은가? 어디까지나 위로부터 허락된 것이다."

"……합의?"

크누드의 표정이 신묘하게 흐트러진다. 그러더니 갑자기 그답지 않은 침묵에 빠져들었다. 다른 이들의 표정도 그와 별반 다르지 않았다. 모두가 '무슨 미친 소릴 하는 거야?'라는 기색을 갖추며 아우케트를 쏘아본다. 다만 예외라면 일전 서리심과의 논쟁에서 유사한 이야기를 들은 적 있었던 울리케와, 이미 가지가 나인지 내가 가지인지 구별되지 않는 상태에 이른 시야 프리테뿐이었다.

— 짝!

울리케의 박이 때마침 소릴 내었다. 그가 말한다.

"여기까지 해도 되겠습니까? 들은 바에 의해 이야기하건대, 하슈펠이 청한 암시장 조합 관련 비리와 범죄 수사는 우선 그 탈세의 명백한 피해자로 황실을 지정하고, 황실의 충직한 신하인 피어클리벤 백작령을 이 소추의 대리 주체로 세우겠습니다. 즉, 다시 말해 이를 민사로 처리합니다."

"백, 백작령이라고 하셨습니까?"

갑자기 에밀이 더듬거리며 끼어든다. 그러자 울리케가 상쾌하게 대꾸하였다.

"그렇습니다, 하그라프닐 시장님. 어제부로 황실의 인가가 났답니다. 모두 그렇게 아시지요."

그러자 대표단들이 술렁였다. 울리케는 다시 말했다.

"또한! 역모와 관련된 혐의에 관해서는 광범위한 조사에 착수할 것이나 협력의 단계를 차등하여 미필적 고의에 의한 협력 등을 구별할 것입니다."

"하슈펠과 사법 거래를 하실 겁니까?"

크누드가 묻는다. 울리케는 여태 침묵을 지키고 서 있던 하슈펠을 지그시 노려보다 고개도 돌리지 않은 채 말한다.

"그의 말이 모두 진실이라는 전제하에, 참작의 여지가 없지 않아요."

"황실의 사람들 앞에서도 그리 말할 수 있겠습니까?"

크누드가 재차 묻는다. 그제야, 울리케는 몸을 획 돌려 그를 쳐다보더니 엄격한 목소리로 선언했다.

"물론입니다! 암시장 조합은 차라리 그들이 그간 저질러온 비리와 불법의 무게가 훨씬 클 것입니다. 목전의 위협에서 안전하고자 잠재적인 모반의 가능성에 발을 들였다고요. 황실은 우리의 황실이지만, 고블린의 황실이 아니며 빌러디저드 님의 황실은 더더욱 아니지요. 피어클리벤의 의리는 탈세를 잡아내고 아우셀바프에 뿌리내린 역당을 발본색원하는 데 그치는 것으로 충분치 않을까요? 그들에 관한 제재의 수위는 어디까지나 이 소추의 대리 주체인 피어클리벤이 결정하며, 이는 속지주의를 따르는 제국의 법률에 위배되지 않습니다! 불만이 있다면 황실이 직접 우리와 다시 교섭해야겠지요!"

크누드의 얼굴에 솔직한 경탄의 빛이 떠올랐다. 포박된 채 끌려 나온 그가 오늘 이 자리에서 몇 번이나 이렇게 자유로이 표정을 바꾸는지 모르겠다. 그리고 그의 표정처럼, 울리케의 말에는 지극히 여러 심대한 정치적 함의들이 있었다. 아셰리드는 당황한 얼굴로 입을 달싹이다 가신들을 보았다. 시그리드는 그럴 줄 알았다는 표정으로 고개를 끄덕이고 있었고, 에이드리크의 낯은 시퍼렇기 짝이 없다. 이런 가운데, 에밀이 묘하게 떨며 외쳤다.

"그게 진심이십니까? 이게 정말 피어클리벤의 공식적인 입장입니까?"

아무리 그래도 울리케가 멋대로 긍정해버릴 수는 없는 이야기였다. 그는 엄벌과 질책을 각오한 표정으로 아셰리드 쪽을 본다. 하지만 그가 뭐라고 하기 전, 시그리드가 나서버렸다.

"뭐, 아가씨가 멋대로 한 이야기인 만큼 벌은 생각해두겠습니다만 저는 결국 이러한 방향으로 갈 수밖에 없다고 생각합니다, 백작부인. 대륙 전체에 공표한 것도 아니고요. 차제에 이러한 입장을 보다 확고하게 하시지요. 큰 힘을 쥐고 그에 걸맞은 배포를 갖지 못하면, 그 힘은 결국 통제 불능의 재난이 되고 맙니다."

"그 힘은 생각이란 걸 할 줄 안다만."

용이 불만스러운 목소리로 중얼거린 것이었다. 시그리드는 빙긋 웃으며 용을 올려다보더니 대꾸했다.

"기억해두겠습니다."

"한 말씀 드려도 되겠습니까?"

갑자기 로릭스데가 나선다. 그와 에인달케, 케틸은 지금까지 진행된 이야기에서 일체 나서지 않았으나 지극히 흥미로운 듯 열심히 구경하고 있었다. 시그리드가 아셰리드를 보고, 아셰리드가 고개를 끄덕이자 그는 말을 잇는다.

"저희 라핀다시르 가문이 오랫동안 황실과는 척을 져 왔음을 잘 아실 것입니다. 적대한 것은 아니지만, 일체의 교류 없이 지내온 것이 벌써 수 세대였고 지난 전쟁에서 골은 더욱 깊어졌죠. 만일 피어클리벤이 황실과 일정한 거리 두기를 하실 작정이라면, 저희가 도울 일이 있으리라 생각합니다."

"라핀다시르? 공작? 그, 그것도 공식적인 동맹 이야기입니까!"

핼쑥해진 에밀이 천지 분간 못하고 질문을 던지자, 주변의 수행원들과 대표들이 다급히 그를 붙잡아 당겼다. 그 소란 통에 잠시 시선을 주었던 로릭스데가 아셰리드에게 간곡히 말했다.

"동맹 요청입니다. 부디, 아이비레인에게 좋은 소식을 전해줄 수 있기를 바랍니다. 저희의 자산과 인맥은 피어클리벤령이 황실의 영향력으로부터 자유로울 수 있는 여러 방법들을 제시할 수 있습니다."

아셰리드는 얼른 대답하지 않는다. 어차피 이 자리에서 확답을 줄 필요도 없는 이야기겠다. 그의 바람은 어디까지나 남편 노아크와 아이들의 안녕이었다. 바로 그걸 위해 이 북새통을 견디고 있는 것이며, 용을 향해 언제든 멱살을 쥘 태세를 취하는 것이다. 그는 말했다.

"라핀다시르 경, 이 문제는 우리 행정관과 먼저……."

"아니, 싫습니다!"

울리케가 다급하게 소리쳤다. 그러더니 손에 들고 있는 박을 뒤늦게 두어 번 딸각거렸으나 서두르느라 영 제대로 된 모양새가 나지 않는다. 울리케가 다시 억울한 듯 외쳤다.

"아우셀바프 일만 해도 도저히 제 직무 범위가 아니었다는 생각이 드는데요! 공작령까지 맡으라세요? 재가합니다! 상신합니다!"

"그렇게 하마."

안 그래도 명백히, 울리케가 처한 이 자리의 압박감은 실로 대단한 것이었다. 그리고 그를 모를 아셰리드가 아니었다. 갈팡질팡했으며, 만점짜리 결론이라고는 도저히 평가할 수 없지만 열일곱 살의 신임 행정관이 보일 수 있는 최선의 장면이었다고 생각된다. 애초에, 아셰리드와 가신들이 울리케에게 기대한 역할은 어디까지나 아우셀바프의 거만한 대표들을 기다리게 하고 그 기세를 꺾는 데까지였다. 그런 점에서 보자면 울리케는 고블린 군대와 용까지 불러내, 맡은 역할 이상으로 훌륭하게 해낸 셈이었다. 그래서 아셰리드는 선선히 그렇게 말하였다.

하지만 아직 울리케가 처리할 일들은 잔뜩 남아있다. 하슈펠의 증언과 더불어 도시 의회의 비리를 낱낱이 수사해야 하니까. 울리케는 현기증을 느낀다. 나름 호젓하게 지도나 만들며 올겨울 영지의 일곱 마을을 왕복하려던 계획이 이런 식으로 무너지다니. 마치 그런 울리케의 고민을 읽어내기라도 한 듯, 크누드가 줄에 묶인 팔을 들어 올리며 이렇게 말한다.

"이제 저 좀 풀어주시지요? 일 잘하는 치안 판관이 필요하지 않으십니까?"

울리케는 모든 차분한 혐오를 담아 그를 쳐다보며 천천히 고개를 끄덕였다. 여기서 그가 그를 풀어주는 것은 어디까지나 당면한 공무에 임해 절실한 일손을 늘리는 결정이었지, 절대로 막중한 업무에 시달릴 앞으로의 자신을 위해 그를 해방시키는 것이 아니다. 울리케 피어클리벤은 그렇게도 공사의 구분이 철저하였다.

"무슨 짓을 한 것인가?"

피어클리벤 방문객 공관의 한 객실이었다. 막 지펴진 벽난로 앞에 수그리고 그 온기에 뻣뻣해진 삭신을 녹이던 크누드의 뒤통수에 대고, 거칠게 문을 닫으며 쳐들어온 부단장 구드위르가 사납게 물었다. 크누드는 어깨를 움츠리더니 돌아보며 말했다.

"보신 대로입니다."

"난 내가 뭘 봤는지 모르겠네!"

구드위르는 이렇게 말하며 방 한구석에 놓여있던 걸상을 끌어와 그의 앞에 앉았다. 크누드는 그냥 마룻바닥 위에 쪼그려 앉아있던 터라 구드위르를 올려다보는 모양새가 되었지만 구태여 다른 의자를 가져와 눈높이를 맞추려 하지 않는다. 그는 천연덕스럽게 말했다.

"결론부터 말씀드리자면, 역모에 가담했다는 자백 같은 건 없었습니다. 연극이었죠."

"왜 그런 짓을 한 거야?"

"저 노인네들은 너무 오래 더러운 돈을 받아먹어 왔습니다. 이 적폐는 지극한 관성을 갖고, 그것들이 어쩔 수 없이 범하는 여러 죄악에 무감각해지게끔 하죠. 자신들이 뭘 하고 있는지 좀 깨우쳐 줄 필요가 있었습니다. 역모라는 단어는 그것에 가장 효과적이니까요. 애초에 자신들이 누리고 있는 모든 이권이 어디서부터 유래되었는지, 그 노후한 머릴 흔들어 다시 생각하게끔 해야 했어요. 자유도시? 흥! 황제 폐하의 특허장이 날아가면 저기는 그저 돈이 가득 쌓인 무주공산이 되죠. 인근의 네 영지가 모두 달려들어 살을……."

"아니, 그건 됐고……!"

크누드의 수다에 익숙한 구드위르건만 이 지점에서는 진절머리를 치지 않을 수 없다. 그는 손을 들어 뒤늦게 크누드의 입을 틀어막으며 다시 묻는다.

"그 하슈펠이라는 자를 미리 증언케 할 생각이었다면, 구태여 자네가 나설 필요도 없지 않은가 말이야? 더구나 나와 동료들에게 일언반구도 하지 않고!"

"하슈펠의 증언만으로는 불충분합니다. 의회 영감들은 언제든 꼬리 자르기를 할 테니까요. 암시장 조합은 공식적인 조직이 아닌 만큼, 부정하기가 더 쉽잖습니까? 명백히 시의 일원들 가운데 역모에 가담한 자가 있다, 그리 믿게 해야 했습니다. 그래야 같이 엮일까 봐 두려울 것이고, 최소한의 피해로 보신하기 위해 손을 뗄 지점을 계산하기 시작할 테니까요. 그리고 모름지기 속이려면 모두를 속여야죠."

구드위르는 언짢은 얼굴로 크누드를 보며 생각하다가 다시 물었다.

"그럼 아까 중간부터 연극이라는 티를 감추지 않은 것은 뭐야?"

"저와 동료들이 포박당해 끌려오고, 자리를 만드는 데까지만 연극을 하면 충분했으니까요. 이야, 하지만 저는 울리케 아가씨가 고블린 부대 둘을 붙이고, 거기에 용까지 불러낼 줄은 정말 기대하지 못했습니다."

"그럼 역시 괜한 짓이 아니었는가?"

"네? 아, 부단장님 아직 모르셨습니까?"

구드위르는 크누드와 함께 지내온 가운데 이 질문을 가장 많이 들었다. 그리고 그것은 그가 가장 싫어하는 물음이기도 했다. 반사적으로 이맛살을 찌푸리며, 구드위르가 되묻는다.

"도대체 뭘? 자네 때문에 이 법석을 떠는 와중에!"

"저희가 체포되어 호송되어온 것이 알려진 직후, 대표단의 구성원 중 몇 명이 모습을 감췄습니다. 지금 열심히 영지 밖으로 달아나고 있겠죠. 하지만 그 고블린, 아우케트의 추적대가 그들을 쫓고 있습니다. 그리고 제가 알기로, 인간의 마필은 숲흑늑대 기수를 뿌리칠 수 없거든요. 기대하시죠."

이 도망자들의 존재를 감지한 것은 마법 고문 시그리드였다. 시그리드가 뒤늦게 성 밖 야영지의 인원에 변화가 생겼음을 깨닫고 이를 알리자, 곧장 아우케트 아래 십장 넷이 달아난 이들을 추격해 달려나갔다. 그리하여 그들이 잡혀 올 때까지 행정관 울리케에 의해 주관된 자리는 일차적으로 파장하였다. 하슈펠은 중요 참고인으로 피어클리벤의 '지하 감옥'에 수감되는 영광을 누렸으며, 아셰리드와 가신들은 로릭스데와 케틸을 데리고 즉시 영지 간 협력에 관한 회담에 착수했다.

그런 한편, 울리케는 잠시 머리도 식힐 겸 성의 부엌으로 달아나버린 직후였다. 아우셸바프 시의 대표들은 고블린 오십장 아난가크 부대의 삼엄한 감시 속에 야영지로 돌아가 머무는 중이었다.

"이거, 단장님은 모두 아시는 일인가?"

"대충요."

침묵 속에서 석연찮은 표정으로 크누드의 음모를 되새기던 구드위르가 묻자, 크누드가 대답한 것이다. 벽난로에 장작 하나를 더 던져넣으며, 그가 말을 이었다.

"인가는 받았다고 여기셔도 됩니다."

"……그 행정관, 울리케 아가씨는 이런 대담하고 어처구니없는 일에 그래, 손발을 맞춰준 거야?"

"그 아가씨, 저를 무척 싫어하거든요!"

크누드가 웃으며 이렇게 말했다.

"그러니 제가 허튼수작을 부리는 것 같거나, 일이 잘 안 풀리면 저를 죄인으로 만들 이 기회를 놓치실 리가 없지요!"

구드위르는 어처구니가 없었다. 하지만 그가 어떤 반응을 입 밖에 내기 전, 크누드가 계속 말했다.

"하지만 제가 아무리 마음에 안 들어도, 울리케 아가씨는 옳고 그름을 분별할 줄 압니다. 그런 분이라고 여겼으니까 목을 내어드린 겁니다. 뭐 고초라면야 이미 요 며칠 묶여서 끌려다닌 거로 충분하고요. 되려, 분명 미안하게 여기고 있을걸요."

"……자넬 죽이고 싶은 표정이던데."

"아, 그거요? 그건 제가 이 연극을 제안했던 그 날 밤부터 그랬어요. 엄청 재수 없어 하는 사람의 꿍꿍이대로 움직여줘야 한다는 게, 울리케 아가씨로서는 정말 참을 수 없이 싫었을 테니까요. 하지만 그럼에도 어울려 준 것입니다. 이 장난의 효과를 계산할 줄 알았으니까요. 굉장하지 않습니까?"

구드위르로서는 크누드의 이런 평가와 짐작에 액면 그대로 동의할 수가 없다. 그는 울리케에 대해 거의 아무것도 몰랐으니까. 그리고 크누드와 울리케가 어떻게 엮여왔는지도 전혀 모르기 때문이다. 그랬기에 부단장은 여전히 미심쩍은 얼굴로 이 얄미운 부하의 낯짝을 본다. 일이 생각대로 잘 풀린 것인지, 풀려가는 것인지조차 여전히 전혀 모르겠다. 거리만 가까웠다면 당장 아우셀바프로 달려가 그리젤에게 하소연하고 싶은 구드위르였다. 그런 그가 이렇게 말한다.

"……나는 차치하더라도, 자네 때문에 공연히 수모를 당한 동료들이 이를 갈고 있다네."

여기에는 변죽 좋은 크누드조차 갑자기 입을 다문다. 그렇게 벽난로만 바라보고 있던 그가 말했다.

"……술 사는 거로 안 끝나겠습니까?"

"어려울걸."

"그래도 설마……, 몰매를 칠까요?"

"나라면 조심하겠네."

이건 경고일까 소망일까? 이렇게 강조하는 구드위르가 일말의 희열을 느꼈다고 해서 그를 탓할 수는 없겠다. 이에 한동안 말없이 벽난로 앞에 앉은 크누드였다. 그 뒤통수를 쳐다보던 구드위르가 여태까지의 화제를 정리하여 이렇게 묻는다.

"그래서, 결과적으로 뭘 하려는 것인가?"

"자유도시 아우셀바프는 이제 피어클리벤 백작령의 직할시가 될 겁니다. 대표들 사이에서도 찬반이 갈리는 논의였지만, 이번 역모의 협력 건으로 저들은 특허를 잃어도 할 말이 없게 되었으니까요. 그리고 저는 우리 용병단이 이곳, 피어클리벤과 아우셀바프 사이를 연결하는 중계 조직이 되기를 원해요. 제 생각에는 한발 더 나아가서 이 영지의 문장을 달아도 될 것 같은데요."

구드위르가 놀라 묻는다.

"라르그문드 단장님이 그것까지 허락하던가?"

"……저는 그리젤에게 뺨을 맞고 이가 부러진 적이 있습니다. 말도 꺼내지 않았어요."

갑자기 그들은 그들의 상관을 동시에 떠올린 듯, 부르르 떤다. 그러다 문득, 생각난 크누드가 화들짝 놀라 일어났다.

"그림니르는 어디 있죠? 전혀 챙기질 못했네!"

"난 모르겠네."

드리츠에서 여기까지 내내 묶여오는 동안, 도래까마귀는 새장 안에 갇혀진 채 류그라들의 마차를 타고 왔다. 거기에 생각이 미친 크누드는 애써 데워놓은 객실의 공기를 뒤로하고 문을 열며 나섰다. 그러자마자, 문 바로 밖에 서 있던 단원들이 그를 맞이한다.

"조장, 이야기는 끝났습니까?"

그들의 표정과 눈길이 삼엄하다. 크누드는 말없이 눈을 굴리며 그들을 보았다. 엄밀한 상관으로서 권위에 의해 이 위기를 눌러버리는 것은 간편하겠지만, 그러기엔 평소 그가 단원들과 쌓아온 막역함이 지나치다. 사람은 이럴 때 평소의 행실을 되새기게 되는 법이다. 그런 순간, 안뜰에 여태 앉아 그 거대한 몸에 눈이 쌓이도록 내버려 두고 있는 용이 눈에 들어왔다. 더 생각할 것도 없이, 크누드는 다짜고짜 팔을 치켜들며 크게 소리쳤다.

"린트부름의 올바른 적생자시여! 여쭐 것이 있습니다!"

이 예상외의 사태에 경황을 따질 단원들이 못 된다. 더구나 성큼성큼 용에게 다가가는 크누드를 뒤쫓아 시비를 걸 이들은 더더욱 아니었다. 그렇게, 그들은 놓쳐버린 크누드의 뒷모습만 하염없이 보았다.

"너의 이름을 아까 내가 물었지. 그래, 무슨 일인가?"

그새 내리던 눈발은 더욱 굵어져 있다. 덕분에 사박거리는 듯한 환청 외에는 세상의 끝과 같은 적막만이 사방을 감싼다. 긴 발자국을 남기며 용의 턱 아래 도착한 크누드는 위와 같이 물어오는 이 기막힌 존재를 올려다보았다. 공포를 넘어선 경외가 겹겹이 둘러진, 지상 최강의 생물에게 이 사내는 이렇게 대답했다.

"아닙니다. 그저 잠시간의 곤경을 모면하고자 그 존귀하신 이름을 빌렸을 따름입니다. 용서하시지요."

"우리의 이름은 너희에게 항상 그렇게 소모된다. 용서할 것조차 없느니라."

크누드는 용의 이런 대답에 감동한 표정을 짓는다. 순간적으로 그는 모든 머리 아픈 인간의 음모에서 벗어나, 그저 순수하게 눈앞의 경이를 목격하고 찬탄하는 열 살 소년의 얼굴이 되었다. 하지만 그의 앞과 뒤, 딛고 선 세상은 이를 아주 잠깐만 허락할 따름이었다. 이내 다시 속한 세상으로 돌아온 크누드가 말했다.

"귀찮게 해드리지 않겠습니다. 잠시 머물게만 해 주십시오."

"그 이상 해도 좋다. 말벗이 없던 참이다."

크누드는 문득 성의 본관 쪽을 보았다. 보이지는 않지만 주방에서 풍기는 냄새들이 이제 제법 아우성이다. 울리케는 필시 저 안에서 화풀이하듯 식재료들을 두들기고 있겠지. 이렇게 생각하다, 크누드는 자신을 내려다보는 용에게 물었다.

"아이들은 개미집을 부수며 강자의 희열을 취하곤 합니다. 적어도 그 쾌감만큼은, 갖춘 지혜의 무게만으로 끊을 수 없는 것이라, 저는 내내 보아왔습니다."

"물론 나 또한 욕망으로 움직인다. 그렇기에 생물이다."

"같은 말을 제가 해보았자, 같게 들리지는 않을 것입니다."

"그 유감이 우리를 나누지만, 동시에 우리가 서로를 향하게 하지."

그러자 크누드가 웃음을 터트렸다. 이 잠깐 동안, 벌써 머리 위를 하얗게 만들 만큼 눈이 쏟아지는 가운데 자신이 용과 나누고 있는 이 대화의 맥락이 그 스스로를 웃긴 탓이다. 검은 용은 딱히 어떤 반응도 감정도 없이 자신의 앞에 선 그를 본다. 그러다 용이 말했다.

"너는 왜 이 땅에 왔느냐?"

"제 욕망을 위해섭니다."

크누드는 일말의 망설임도 없이 답했다. 용이 머리가 살짝 움직였고, 그가 다시 물었다.

"그것은 어떠한 욕망인가?"

"부를 위한 욕망이지요."

검은 용의 자주색 눈이 빛났다. 용이 또 물었다.

"그렇다면 네가 생각하는 부란 어떤 것인가?"

"혹자는 금붙이를 이를 테고, 혹자는 노동의 가치를 형언할 테지요. 하지만 제가 생각하는 부는 조금 더 복잡합니다. 저는 여기에 대해서 하룻밤 내내 어울려드릴 수 있습니다."

"좋다. 그러한 대화는 내 식욕을 자극한다."

크누드는 잠깐 오해하고 몸을 떨다가 그가 울리케의 요리들을 기다리는 중이라는 걸 떠올렸다. 이에 빙긋이 웃으며, 크누드가 말했다.

"어울려도 되겠습니까? 하지만 저도 꼭 묻고 싶은 게 있습니다."

"거래인가? 대화가 만족스럽다면 물음에 대답해 주겠다. 하지만 먼저, 그 물음이 뭔지 우선 말해두어라."

크누드는 잠시 심호흡을 했다. 그러다 어느 순간 용을 똑바로 쳐다보며 말했다.

"왜 하필 이 땅에 오셨습니까? 이 모든 것이, 그저 우연이거나 충동입니까?"

용이 질문을 받았다.

용을 위한 만찬의 준비는 이번으로 세 번째이다. 이제 용찬에
관한 한 어느 정도 조예가 생겼다고 자부할 수 있을 요리장 겔
다는 울리케의 지시 없이도 척척 이 상식 밖의 음식들에 대한
밑준비를 해나갔다. 어찌나 그 솜씨가 야무졌는지, 뒤늦게 울리
케가 시야프리테와 실네스레유를 데리고 합류했을 때 참견할
만한 것이 아무것도 없을 정도였다.

"소를 통째로 구워요? 이걸 어떻게 익혀요?"

이렇게 묻는 실네스레유에게, 울리케는 웃으며 주방 뒷마당
의 구이용 구덩이를 보여준다. 이런 준비들을 함께하는 가운데
문득, 울리케는 황실에 있다고 알려진 용찬 조리사들의 이야기
가 궁금해졌다. 황실에 용이 오래전부터 없어 왔다면, 용찬에
관한 지식이나 기술들도 모두 소실되었을까? 여기에 생각이 미
치자, 울리케는 마침 이 성에 머무는 로릭스데 일행이 떠올랐
다. 공작가에서는 분명 실제로 아이비레인을 대접하고 있을 테
니, 동맹에 관한 영수회담이 일단락되는 대로 언제 시간을 내
어 자문을 구해보면 좋겠다. 그렇게 생각하는 울리케였다.

"뭐 도와줄까?"

울리케가 그런 생각을 마무리했을 때쯤, 때마침 에인달케가

쭈뼛거리며 주방으로 들어선다. 보아하니 회담 자리에 끼지 못하고 서성이다가 흘러온 꼴이다. 오랜만의 집이었지만 성에는 이미 자신의 방조차 남아 있지 않아 객실에 머물러야 하고, 아는 얼굴들보다 낯선 얼굴들이 더 많아 보일 지경인 현재의 피어클리벤 성이다. 에인달케가 다소 겉도는 것은 무리가 아니었다.

"언니는 요리 못 하잖아."

여섯 살 터울, 하지만 모두 같이 이실케의 아이들로서 막역하게 자란 사이기 때문일까, 울리케는 가차 없이 말했다. 그 순간 옆에서 젤다에 의해 달궈진 돼지기름에 떨어지는 야채들이 요란한 비명을 질렀다. 물론 생야채라곤 순무뿐이며, 나머지는 대개 가을에 말려둔 것들을 불린 시래기다. 울리케는 그쪽을 잠깐 보다가, 다시 에인달케에게 말했다.

"언니, 아이비레인 본 적 없어?"

"없어. 나는 장서관 사서이자 필경사란다. 라핀다시르 성에서 일하는 사람들이 얼마나 많은지 알아? 용의 처소 쪽에는 얼씬도 못 한다고."

에인달케의 말은 사실이었다. 황실의 사주를 받은 첩자들이 용과 접촉하는 것을 막기 위해, 라핀다시르 공작가는 백룡의 처소를 아주 철저히 지키고 있었다. 성에서 일하는 이들이라 하더라도 명백하고 공식적인 용건 없이는 접근할 수 없었다. 울리케는 살짝 실망한 표정을 짓고 있다가 찜솥이 뿜어내는 김

너머로 날아오는 길가네스 자매들의 웃음소리를 들었다. 시야프리테와 실네스레유가 커다란 돼지의 뱃속에 감자와 향초들을 장난치듯 쑤셔 넣는 모습이었다.

"그래, 언니. 마침 잘 왔어. 소나 좀 옮겨줘."

괴력도 요리에 쓸데가 있다. 에인달케는 앞치마를 두르더니 양념 바르기가 끝난 소를 끌어안고 질질 끌기 시작했다. 울리케는 소가 흙바닥에 쓸리지 않게 쫓아가며 바닥에 마포를 번갈아 댄다. 이 뜻밖의 묘기를 본 류그라 자매들은 얼이 빠져버렸다.

"세상에! 장사야!"

소를 숯 구덩이에 던져넣고 몸을 돌린 에인달케는 시야프리테의 이러한 찬사에 표정이 미묘해졌다. 힘이 세다는 것은 그에게 칭찬이었던 적이 없었으므로.

"그런데, 이 애들은 누구지?"

"아, 시야프리테와 실네스레유 자매들. 모두 길가네스의 가지야."

에인달케의 물음에 울리케가 답한 것이다. 지팡이를 들고 있던 시야프리테의 모습을 떠올리며, 에인달케가 다시 물었다.

"류그라들이 영지에 머무는 중인 거야?"

"아니. 이들은 이제 영민이야. 그렇게 되었어."

그러자 에인달케가 깜짝 놀란 표정으로 자매들을 본다. 눈길을 받은 시야프리테가 배시시 웃더니 말했다.

"그렇게 되었어요! 이제 세금을 내고 살 수 있어요!"

아무래도 권리와 의무를 착각하는 것 같은 소녀의 해맑은 이야기에, 에인달케는 웃어버렸다. 그러다 문득, 시야프리테의 양념투성이 빈손을 보고 물었다.

"들고 있던 류그네라스의 가지는 어디 있어?"

"어, 저기 어디에……."

"로테! 그거 부지깽이 아니야!"

겔다의 고함 소리. 뒤늦게 사태를 파악한 시야프리테가 화덕 쪽으로 후다닥 달려가더니 하녀의 손에 들려있던 가지를 낚아챈다. 하지만 류그네라스의 가지 입장에서, 그을음을 뒤집어쓰려다 찐득한 마늘 양념투성이 손에 떨어진 것이 과연 얼마만한 형편의 전환일지 모르겠다. 그나마 불쏘시개 취급을 면한 것은 다행이었을까?

"괜찮을 거야. 류그네라스 가지는 불에 안 타."

덩달아 놀라 있던 울리케에게 에인달케가 말했다. 검댕이 묻은 가지 끝을 탈탈 털며 돌아오던 시야프리테가 귀를 쫑긋하더니 묻는다.

"어라, 아시네요?"

"그래. 하지만 그렇다고 해서 그걸 부지깽이로 쓰는 미친 류그라는 없다고 알고 있지만."

그러자 실네스레유가 그런 짓을 시도한 적 있는 '미친 류그라'를 본다. 검댕이 대신 양념이 묻어 점점 더 더러워지는 가지의 꼬락서니에 짜증을 내고 있던 시야프리테가 동생의 시선을 느끼더니 이렇게 발칵 외친다.

"적신 행주나 좀 찾아줘!"

"왜 나한테 짜증이야!"

실네스레유는 지지 않고 외친다. 그래도 부탁받은 대로 행주를 찾아 나서는 착한 동생이었다.

울리케는 싱글거리며 손을 허리에 올리고 주방을 둘러본다. 이제 곧 이른 저녁 시간, 용을 대접하는 것도 중요한 일이지만 성 안의 모든 이들과, 더불어 상당한 수의 손님들도 생각해야 한다. 채찍 뒤엔 당근. 아우셀바프의 대표들도 대접하면 어떨까? 하지만 그 부자들의 입맛을 만족시킬 수 있을까?

"실례합니다."

주방의 입구 쪽에서 남자의 목소리가 들리자, 울리케를 비롯한 모두가 반사적으로 고개를 돌렸다. 문가에 선 것은 어깨에 눈이 쌓인 크누드였다. 그의 모습을 확인하자마자 대번에 눈매가 가늘어진 울리케가 화덕의 불빛을 등지고 선 채 물었다. 손은 여전히 허리에 올린 채라 그 모습이 꽤 늠름해져 버렸다.

"뭐죠?"

"술 없습니까?"

이 남자가 진짜.

울리케가 없는 사이, 크누드가 빌러디저드에게 말을 걸었고 이제 용과 대작(對酌)하려 한다는 사실은 그를 심히 불편케 했다. 젤다에게 연회의 규모와 면면에 대해 이것저것 당부한 울리케는 그때까지 벌서듯 청어젓갈 통 옆에 대기하고 있던 크누드와 함께 밖으로 나갔다. 노주 아베냐드의 궤짝을 든 에인달케가 그 뒤를 따랐지만, 길가네스 자매는 그냥 부엌에 남기로 했다. 이는 시야프리테의 뜻보다 실네스레유의 의지였다. 용에게 실례를 할 기회는 최대한 박탈하는 것이 좋다는, 이제 반쯤은 가훈이 된 네그레즈의 뜻을 좇은 것이다.

"이제 반밖에 안 남았군."

술궤짝의 항아리 개수를 헤아리며, 빌러디저드가 우울하게 말했다. 하지만 울리케가 아우셀바프에서 사 왔던 이 아베냐드는 오로지 빌을 대접할 때만 소모되었다. 그러니 그가 불평할 염치는 딱 여기까지겠다.

"이번에 예방단이 가져온 선물 중에 틀림없이 아베냐드도 있을 것입니다. 린트부름의 후예들께서 풍류를 즐기시는 것은 상식이니까요."

크누드가 위로하듯 말한다. 울리케는 말없이 술항아리의 입구를 허물고 용의 앞에 대령하였다. 그러고는 크누드와 자신도 한 잔씩 나눈다.

"에인달케 아가씨는……."

"아니, 저는 사양합니다."

에인달케가 얼른 대답한다. 술을 싫어하는 것은 아니었지만 취중엔 그 괴력이 배가 된다. 그가 스무 해 넘게 살아오면서 겨우 익혀낸, 그 완력의 통제가 풀려버리는 것이다. 에인달케에게 그것은 악몽이었고, 그 염려를 짐작하는 울리케는 고개를 끄덕인다. 그러다 용에게 물었다.

"빌러디저드 님, 언니의 힘도 발프리드의 재능처럼, 어떠한 내력을 지닌 것입니까?"

"그렇다."

울리케는 잠시 기다렸으나 용은 아무 부연설명도 하지 않았다. 그렇게 사방이 고요한 가운데, 용이 첫 항아리를 비우자 크누드와 울리케도 말없이 잔을 넘겼다. 마침내 용이 에인달케를 보며 말했다.

"하지만 너는 무가의 도를 좇지 않는다. 그러므로 구태여 말할 필요가 없지. 에인달케라 했는가? 너는 알고 있느냐?"

"……짐작만 하옵니다."

"그렇다면 됐다. 울리케, 이것은 너의 문제가 아니니 물어서는 안 된다. 발프리드의 경우에는 피할 수 없고, 그 본인이 받아들였으니 상관없지만 에인달케는 일생을 저 힘을 억눌러오는 데 보냈다. 그것이 어떤 신력이든, 혹은 저주든 우리가 관여할 일이겠는가."

용은 그렇게 점잖은 말로 울리케의 호기심을 누른다. 울리케는 말없이 수긍하더니 분위기를 바꾸려는 듯, 용과 크누드를 보며 말했다.

"자 그래, 두 분이 저 없는 동안 어떤 이야기를 하셨습니까?"

"아, 진정한 부란 무엇인가에 관한 그의 생각을 듣고 있었다."

울리케의 눈이 커졌다. 그러고 보니 그들의 대화는 꽤 길게 이어진 모양인 듯, 크누드는 공관에서 걸상 하나를 가져와 놓고 앉아있었고, 그 곁에는 불까지 지펴져 있다. 타는 모양새가 수상쩍다고 생각한 울리케는 그 불에서 나는 마늘 냄새에 흠칫하더니, 크누드를 노려본다. 두 번째 술잔을 기울이며 그 향기에 취해있던 크누드가 말했다.

"아, 빌러디저드 님께서 붙여주신 불입니다. 제가 특별히 백린의 불길로 부탁드려봤습니다."

진정한 부란 무엇인가. 이것은 울리케가 빌러디저드와 처음 만났을 때 그를 살려준 의문이기도 하다. 그가 아우셀바프를 방문하고, 지금까지 동분서주하는 가운데 계속 생각해왔던 문제이기도 했다. *그걸 감히 저 남자가 자신을 제치고 용과 이야기해? 거기다 용이 지펴준 불을 쬐고 앉아서?* 울리케는 이 치밀어오르는 감정이 무엇인지 자각한다. 이것은 일종의 질투다.

"그래요?"

울리케가 차갑게 물었고, 용이 부연한다.

"우리의 불은 두 종류가 있다. 일반적인 불꽃은 흥분된 날숨에 가까우며 살상력은 별로 없지. 너희가 아는 것은 대부분 백린의 불이다."

"유치한 청을 들어주셔서 감사드립니다."

눈치 없이 대화하는 이 두 '남자'를 보고 있노라니 울리케의 속이 말할 수 없이 부글거린다. 하지만 그보다 신경 쓰이는 것은 그들이 나눴다는 대화의 내용이었다. 울리케 못지않게 호기심이 강한 에인달케가 불 가로 와 코를 킁킁대는 걸 무시하며, 울리케는 크누드에게 물었다.

"제게도 고견을 들려주시지 않겠습니까? 진정한 부란 무엇입니까?"

"고견이라 할 만한 것은 아니었습니다. 하지만, 그 물음은 아가씨께서 스스로 도달하고자 하시던 답이 아닙니까? 제가 일러도 될까요?"

"경의 견해가 정답이라는 전제로 하시는 말씀이군요?"

"네."

질끈.

만일 울리케가 에인달케였다면, 지금 이 순간 그의 턱이 스스로의 어금니를 부쉈을지도 모르겠다. 하지만 크누드는 결코 울리케를 놀리거나 도발하려고 이런 말을 한 게 아니었다. 그는 진심으로 그렇게 여긴다는 표정이었고, 그래서 울리케는 더 화가 난다. 그의 신념에 대한 확신이 굳건한 저 평온한 표정 말이다. 매사에 최선의 결론을 도출하기 위해 애써온 스스로가 가엾게 여겨지기까지 한다. 아니, 아니다. 결코 그렇지 않다!

다시 세상은 고요하였다. 온종일 찌푸렸던 하늘은 이제 동녘부터 어두워질 채비를 한다. 내리는 눈발은 제법 가벼워져 있었지만, 그래도 온종일 쌓인 눈이 영지와 성 안을 온통 희게 분칠하였다.

덕분에 반쯤 하얗게 된 검은 용이 말했다.

"그의 견해는 일리가 있고, 즐거웠다. 울리케. 하지만 심각한 문제가 하나 있었지."

"……어떤 문제였나요?"

"내게는 아무 소용이 없는 이야기였다."

하지만 울리케는 결코 거기에 대해 기뻐하지 않았다. 그보다는 온통, 그 '일리 있지만 용에게는 아무런 소용이 없는' 부의 고찰이 무엇일까 생각하게 되었다. 추운 겨울 오후, 마늘 냄새가 나는 백린의 모닥불 가에서 홀로 치열하게 생각하는 그다. 술잔을 들고 선 채 침묵에 잠긴 울리케를 보며, 크누드가 말했다.

"실마리를 드릴까요?"

"닥쳐요."

울리케는 너무 깊게 생각하고 있던 나머지 자신이 이런 거친 말을 던졌다는 것도 자각하지 못했다. 에인달케가 얼빠진 표정으로 동생을 보았지만, 크누드는 울리케의 말이 '한 잔 더 하세요'라는 의미라도 되는 양, 기쁘게 술을 마셨다. 그러자 용이 말했다.

"내게는 그리 말하지 않겠지. 그러니까 나는 멋대로 말하겠다."

울리케는 멍한 얼굴로 용을 올려다본다. 그제야 자신이 무슨 말을 크누드에게 던졌는지 깨달은 것이다. 어느 누구에게도 허락을 구할 필요가 없는 생물, 때때로 선험의 군주라 불리는 용은 말했다.

"그의 논리는 이 전제로 시작했다. 부(富)는 '분배되어야 하는 것'을 의미한다고. 오로지 그것뿐이었다."

멀거니 용을 쳐다보던 울리케는 몸을 돌려 모닥불에 시선을 주었다. 곁에 선 채 말없이 그 불의 온기를 쬐던 에인달케도 용의 말에 뭔가 생각하기 시작한 모양이었다. 정확히 말하자면 용의 말이 아니라 크누드의 말이었지만.

"……그렇군요. 알겠습니다."

"뭐? 알겠다고?"

울리케가 위와 같이 말하자, 에인달케가 놀라 물었다. 지식의 양은 그가 압도적일지도 모르지만, 울리케가 보내온 지난 시간의 사유는 나름 충실하였다. 용에게 아무 소용이 없는, 분배되어야 하는 것. 울리케는 단지 이 단서만으로 크누드의 생각을 순식간에 맞춰내었다. 에인달케의 물음에 작게 고개를 끄덕인 울리케가 몸을 돌려 크누드에게 말했다.

"경은 사회의 기간(基幹)을 부의 정체로 포착하신 게 아닌가요?"

크누드는 얼어붙었다. 그것은 이 북방의 추위 때문이 결코 아니었고, 용의 면전이기 때문은 더더욱 아니었다. 지펴진 백린의 모닥불과 노주의 독한 기운도 그를 도와주진 못했다. 그는 한참이나 꼼짝 않고 울리케를 바라보더니, 들고 있던 술잔을 털어내곤 나직하게 말했다.

"맞습니다. 놀랍군요. ……어떻게 아셨습니까?"

"저는 도시에 가보고 느꼈어요. 그곳은 편리했죠. 영지에서는 제 호주머니에 아무리 금화가 두둑하다 해도, 그것을 받고 제가 필요로 하는 물자나 용역을 제공할 누군가가 없다면 제가 가진 부는 의미가 없죠. 하지만 도시에는 실로 많은 이들이 그런 물자와 용역을 제공할 만반의 준비를 하고 있었고, 그럼으로써 제 소비를 가능하게 해요. 피어클리벤의 곳간에 아우셀바프를 통째로 살 만한 금화가 쌓여있다 한들, 어떨까요? 드리츠의 아기 엄마가 한밤중에 고열에 시달리는 아이를 들쳐업고 시야프리테를 찾아 달려오기는 불가능해요. 하지만 아우셀바프에는 언제든 찾아갈 수 있는 간호소가 운영되지요. 이것이 발전된 사회의 기간이며, 잘 분배된 부의 기능이 아니겠습니까? 그러니, 이러한 기간은 결코 빌러디저드 님에게는 소용이 없는 부의 개념이 될 테지요."

"더할 바 없이 정확하다. 나는 사회에 속한 생물이 아니므로."

빌러디저드의 조용하고 묵직한 칭찬이었다. 크누드는 아무 말 없이 울리케만 뚫어지라 보았다. 일종의 문제를 맞힌 승리감에 기뻐할 법도 하건만, 울리케는 그저 고요히 선 채 말한 내용을 되짚어가며 자신만의 고찰을 섞어가는 모양새였다. 그 모습엔 용의 거체가 뿜어내는 경외와는 또 다른, 생각하는 인간이 가진 경이가 있었다. 크누드는 그렇게 느꼈다.

〈3권에서 계속〉

피어클리벤의 금화 2

1판 1쇄 찍음 2019년 8월 29일
1판 1쇄 펴냄 2019년 9월 5일

지은이 | 신서로
발행인 | 박근섭
편집인 | 김준혁
펴낸곳 | 황금가지

출판등록 | 2009. 10. 8 (제2009-000273호)
주소 | 06027 서울 강남구 도산대로 1길 62 강남출판문화센터 5층
전화 | 영업부 515-2000 **편집부** 3446-8774 **팩시밀리** 515-2007
홈페이지 | www.goldenbough.co.kr

도서 파본 등의 이유로 반송이 필요할 경우에는 구매처에서 교환하시고
출판사 교환이 필요할 경우에는 아래 주소로 반송 사유를 적어 도서와 함께 보내주세요.
06027 서울 강남구 도산대로 1길 62 강남출판문화센터 6층 민음인 마케팅부

©신서로, 2019. Printed in Seoul, Korea

ISBN 979-11-5888-547-2 04810(2권)
　　　 979-11-5888-545-8 04810(세트)

㈜민음인은 민음사 출판 그룹의 자회사입니다.
황금가지는 ㈜민음인의 픽션 전문 출간 브랜드입니다.